dtv

Berlin 1932. Eine junge Frau wird im Wald bei Caputh bewusstlos aufgefunden. In der Nähe entdeckt man den Programmzettel eines Vortrags von Albert Einstein: ›Der gegenwärtige Stand der Quantentheorie‹. Die Presse tauft sie daraufhin »das Einstein-Mädchen«. Als sie aus dem Koma erwacht, hat sie keine Erinnerung an ihr früheres Leben, weiß nicht einmal ihren Namen. Martin Kirsch, Psychiater an der Charité, ist fasziniert von diesem ungewöhnlichen Fall und fühlt sich im Lauf der Zeit immer mehr zu seiner Patientin hingezogen. Bei seinen eigenen, heimlichen Nachforschungen zur Identität der »Patientin E.« stößt er auf ein geheimnisvolles Notizbuch mit mathematischen Formeln und einen Brief, adressiert an Mileva Einstein-Marić, die erste Frau Albert Einsteins. Um Mileva aufzusuchen, reist er nach Zürich und lernt dort ihren und Einsteins Sohn Eduard kennen, der in der Nervenheilanstalt Burghölzli lebt. Weiß Eduard, wer das geheimnisvolle »Einstein-Mädchen« ist? Kirsch ahnt noch nicht, dass die »Patientin E.« sein letzter Fall sein wird – denn während er sich in Zürich aufhält, ergreifen in Deutschland die Nazis die Macht …
»Wenn es eine Formel für ein gelungenes Buch gibt, dann hat Sington sie gefunden. Er mixt Fakten und Fiktion zu einem rasanten Historienkrimi.« (myself)
»Ein packender Thriller.« (Für Sie)

Philip Sington studierte Geschichte in Cambridge und arbeitete als Journalist und Magazinherausgeber, Drehbuch- und Theaterautor. Er lebt mit seiner Familie in London.

Philip Sington

Das Einstein-Mädchen

Roman

Deutsch von
Sophie Zeitz

Deutscher Taschenbuch Verlag

**Ausführliche Informationen über
unsere Autoren und Bücher
finden Sie auf unserer Website
www.dtv.de**

MIX
Papier aus verantwortungsvollen Quellen
FSC
www.fsc.org
FSC® C019821

Ungekürzte Ausgabe 2012
2. Auflage 2013
Deutscher Taschenbuch Verlag GmbH & Co. KG,
München

Titel der englischen Originalausgabe:
›The Einstein Girl‹ (Harvill Secker, London 2009)

Umschlagkonzept: Balk & Brumshagen
Umschlaggestaltung: Wildes Blut, Atelier
für Gestaltung, Stephanie Weischer unter
Verwendung eines Fotos von Steve Vaccariello
Satz: Fotosatz Amann, Aichstetten
Druck und Bindung: Druckerei C. H. Beck, Nördlingen
Gedruckt auf säurefreiem, chlorfrei gebleichtem Papier
Printed in Germany · ISBN 978-3-423-21399-8

Für Uta
&
Leo

»Der, der unfähig ist, in Gesellschaft zu leben, oder der das Bedürfnis nicht hat, weil er sich selbst genug ist, muss entweder Tier oder Gott sein.«

Aristoteles, ›Politik‹

»Wir sind uns alle einig, dass Ihre Theorie verrückt ist. Die Frage, die uns spaltet, ist, ob sie verrückt genug ist, um möglicherweise korrekt zu sein.«

Niels Bohr, Kommentar zu einem
Vortrag von Wolfgang Pauli

Zürich, 18. Oktober

Liebste Elisabeth!

In diesem Paket findest Du das Manuskript eines Buches, das ich am Tag nach Deinem Abschiedsbesuch fertiggestellt habe.

Ich nenne es Buch, auch wenn es bislang nicht mehr ist als ein Stoß Papier, der nicht einmal einen Titel trägt. Und so soll es bleiben, solange ich lebe. Aus Gründen, die Du im Laufe der Lektüre verstehen wirst, wage ich nicht, mich nach einem Verlag umzusehen. Trotzdem nenne ich es »mein Buch«, nicht etwa aus Eitelkeit, sondern weil der Zeitpunkt, wann ein Buch ein Buch wird, schwer zu benennen ist. Wann wird aus einer Folge von Noten eine Melodie? Ein Buch entsteht im Geist des Lesers, so wie die Melodie im Geist des Zuhörers entsteht.

Bitte nimm das Buch mit, wenn Du abreist. Aus Erfahrung weiß ich, wie lang die Reise ist, die vor Dir liegt, und ich hoffe, die Geschichte lenkt Dich, eine Zeitlang zumindest, vom Rattern der Räder ab, von der stickigen Luft und der ermüdenden Zudringlichkeit der Bürokraten. Anders ausgedrückt, mit diesem Buch will ich Zeit und Entfernung schrumpfen lassen, damit wir einander in beiden Dimensionen nahe bleiben.

Außerdem hoffe ich, dass es Dir bei der Vorbereitung auf Deine Mission in Berlin behilflich ist. So vieles hätte ich Dir längst erzählen sollen. Doch in der Erfindung lässt sich die Wahrheit viel leichter sagen – vielleicht weil in der Erfindung die Wahrheit nicht verlangt oder erwartet wird. Sie lässt sich verkleiden, so dass sie erst viel später zutage tritt, wenn die Handlung und die Figuren im Dunkeln verschwunden sind.

Ein letztes Anliegen habe ich noch, das egoistischer ist als die anderen: dass Du mir, wenn Du es gelesen hast, hilfst, einen Titel zu finden. Wenn ich ihn offenlasse, dann wird jemand anders dem Buch nach meinem Tod einen Titel geben. Und das würde mir sehr missfallen, selbst wenn ich mich im Tod nicht mehr wehren kann.

Doch all dies hat Zeit bis zum Ende Deiner Reise. Fürs Erste soll das Buch namenlos bleiben, denn so, das wirst Du vielleicht feststellen in diesen Tagen des Aufruhrs und der Angst, ist es am sichersten.

NAMENLOS

1

Berlin, Mai 1933

Zwei Wochen nach dem Verschwinden ihres Verlobten machte sich Alma Siegel auf den Weg zum anderen Ende der wimmelnden Großstadt, in die östlichen Bezirke, um Fotografien namenloser Toter zu studieren. Die Bilder waren im Korridor des Polizeipräsidiums ausgestellt, aufgereiht in Glasvitrinen und mit Kärtchen versehen, auf denen Ort und Zeit des jeweiligen Fundes vermerkt waren: *Brachland Danziger Straße, 24. Januar; Abort Anhalter Bahnhof, 7. Februar; Landwehrkanal Höhe Kottbusser Brücke, 15. April.* Auf dem Korridor herrschte reger Betrieb. Leute kamen aus verschiedensten Gründen zum Polizeipräsidium: um beim Ausländeramt vorzusprechen, ein Visum zu beantragen, im Fundbüro nach verlorenen Gegenständen zu fragen oder einen Diebstahl zu melden. Sie rempelten Alma im Vorbeigehen an, hastig und zielgerichtet, ohne innezuhalten, um auch nur einen Blick auf die erstarrten Gesichter zu werfen, die aus den Vitrinen blickten.

Ihr alter Freund Robert hatte darauf bestanden, sie zu begleiten. Über Robert hatte sie Martin Kirsch damals kennengelernt. Die beiden Männer hatten gemeinsam an der Psychiatrischen Klinik der Charité gearbeitet; und wahrscheinlich fühlte Robert sich verpflichtet, ihr bei der Suche beizustehen. Er versicherte ihr, dass der Besuch bei der Polizei eine reine Formalität sei. Es war höchst unwahrscheinlich, dass sie ihren Verlobten bei den Fotografien in der Vitrine fand. Die Gesichter gehörten Tagelöhnern, Einwanderern, Dienstboten und »Damen vom Gewerbe« – womit er vermutlich Prostituierte meinte. Ein Mann von Martins Stellung, ein Doktor der Psychiatrie, pflegte solche Gesellschaft nicht. Und so war es auch. Es fand sich selten ein weißer Kragen der gebildeten Klassen bei den namenlosen Toten. Deren grobe Hemden standen offen und hatten dunkle Farben, damit man den Schmutz nicht sah. Die Menschen selbst strahlten eine Derbheit, eine Verwahrlosung aus, die über den Zustand ihrer Kleider hinausging.

Die Leichen wurden am Fundort fotografiert, wenn nötig auf den Rücken gerollt, von grellem Magnesiumblitzlicht erhellt, die Haut kalkweiß vor dem bodenlosen schwarzen Grund. Längst zerrte die Schwerkraft am Fleisch ihrer Wangen und an ihren Haaren, so dass bei manchen der Eindruck entstand, sie reckten das Gesicht in den Wind, die Augen zusammengekniffen, den Mund geöffnet, um ein letztes Mal nach Luft zu schnappen. Seit Anfang des Jahres waren hier mehr als hundert Tote aus ganz Berlin zusammengekommen.

Der Zweck ihrer Zurschaustellung war die Identifizierung, nichts weiter. Auf den Karten wurde kein Unterschied gemacht zwischen einem ungelösten Mord, Selbstmord oder Tod durch Erfrieren – selbst wenn die Unterschiede zum Teil nur zu offensichtlich waren: die Blutspur im Gesicht eines Mannes, der Lederriemen, zugezogen um den überstreckten Hals einer Frau. Am schlimmsten sahen die Ertrunkenen aus: verkrusteter Schlick, gedunsenes und aufgeplatztes Fleisch, als hätte sich das Opfer zu Tode gefressen. Die Leichen lagen ein paar Wochen in der Leichenhalle, dann wurden sie beseitigt. Und so hatten die meisten der namenlosen Toten in der Vitrine längst aufgehört, in der Materie zu existieren. Alles, was von ihnen übrig war, der einzige Nachweis, dass sie je gelebt hatten, waren die Schnappschüsse des Polizeifotografen, die hier im Korridor aushingen. Aber selbst diese Gefälligkeit war befristet. Nach ein paar Monaten wurden die Abzüge aus der Vitrine genommen und im Keller archiviert, um nie wieder aufzutauchen.

Alma hatte eine Fotografie mitgebracht: Martin in einem Dreiteiler, untypisch schick, das Haar etwas länger als gewöhnlich, so dass ihm eine verwegene Locke in die Stirn fiel, während er lächelnd ins Licht blinzelte. Die Polizisten sahen sich das Foto an und erklärten, sie hätten den Mann nie gesehen.

»Er trägt eine Brille«, sagte Alma. Die Beamten schüttelten den Kopf.

Alle paar Tage kehrte sie zurück, allein. Die Polizisten gewöhnten sich an sie und lächelten ihr zu, wenn sie das Revier betrat. Mit ihren rotblonden Locken und der hübschen Stupsnase, den maßgeschneiderten Jacketts und gepunkteten Schals war sie anders als die Frauen, mit denen sie sich sonst herumschlagen mussten. Alles an ihr wirkte teuer: die weiße Haut, die schlanken Beine mit den zierlichen Knöcheln, ihre Haltung, das melodische Klappern ihrer Absätze. Eilfertig begleitete man sie zu den Vitrinen. Manchmal zeigte man ihr Bilder, die noch nicht ausgestellt waren, weil noch die bürokratischen Formalitäten fehlten. Man ließ sie sogar die Fotografien sehen, die der Öffentlichkeit vorenthalten wurden: Körper, die von einem Zug überrollt und in der Mitte durchgetrennt worden waren, verkohlte Leichen aus Hausbränden oder solche, die in flachen Gräbern lagen und aus verwestem Fleisch emporgrinsten.

»Kein hübscher Anblick«, sagten die Polizisten, wenn sie die Akten öffneten. Und dann beobachteten sie die junge Dame, während vor deren Augen die dunkle, verschwommene Masse Gestalt annahm, Fleisch und Blut wurde, allmählich menschliche Züge bekam. Trotz der vorgeschützten Skrupel der Polizisten spürte Alma, dass es ihnen Spaß machte, sie das Grauen zu lehren, wie Verführer, die die Vernichtung der Unschuld auskosteten. Es brachte ein Gefühl von Komplizenschaft mit sich, gemeinsam die Extreme des körperlichen Verfalls zu betrachten, ohne sich abzuwenden. Oder vielleicht wollten die Polizisten gern sehen, wie Alma auf dem Sockel ihrer gesellschaftlichen Stellung ins Wanken geriet. Dass Alma sich an dieser Erniedrigung selbst beteiligte, indem sie immer wiederkam, als würde sie einen niederen Hunger stillen, verstärkte den Eifer der Beamten noch.

Einer der älteren Polizeimeister hatte eine glänzende Narbe, die ihm längs durch das Gesicht lief, und ein Augenlid, das nie ganz aufging. »Wie kommen Sie darauf, dass er tot ist, Ihr Doktor Kirsch?«, fragte er Alma eines Tages, als sie vor den Vitrinen standen.

Seit ihrem letzten Besuch waren die Fotos neu sortiert worden. Alma brauchte einen Moment, um sich zurechtzufinden. Eine Ertrunkene war in die unterste Reihe gewandert, wie vom eigenen Gewicht hinabgezogen, und in der obersten Reihe klaffte eine Lücke.

»Wir wollten heiraten«, sagte sie.

»Ja, junges Fräulein, aber hat er irgendwas zu Ihnen gesagt? Etwas, das Ihnen Grund zur Sorge gibt? Hatte er Feinde?«

Alma schüttelte den Kopf. Sie hatte ihre eigenen Gedanken dazu, Ahnungen, doch erklären konnte sie es nicht. Es hatte mit einer von Martins Patientinnen zu tun, einer jungen Slawin. Der Fall hatte wochenlang in den Zeitungen gestanden und zu wilden Spekulationen geführt. Als ihr Arzt war auch Martin Kirsch fotografiert und in der Presse erwähnt worden, worüber sich Alma damals gefreut hatte. Doch dann fing Martin an, sich zu verändern. Der Fall schien auf ihn zu wirken wie eine Droge. Es war, als wäre er verführt, vergiftet worden. Robert Eisner beklagte sich über Martins Distanziertheit und Geheimniskrämerei. Er hatte Andeutungen gemacht, es könne sich um eine Fixierung handeln. Alma erkannte Martin nicht wieder, und den anderen ging es genauso.

Seine Vorgesetzten wollten sich nicht äußern. Sie könnten nicht sagen, ob der Fall etwas mit Martins Verschwinden zu tun habe. Sie behandelten Alma höflich, aber abweisend, als hätten sie etwas zu verbergen. Doch ihr Mangel an Besorgnis sprach dafür, dass sie davon ausgingen, Martin sei aus freiem Willen verschwunden. Falls er doch einem Verbrechen zum Opfer gefallen war – einem Raubüberfall, der aus dem Ruder gelaufen war, einer Entführung, einem Mord –, so hatte man im Krankenhaus offenbar nicht die Absicht, Nachforschungen anzustellen.

Kirsch hatte in der Nähe der Schönhauser Allee eine möblierte Wohnung gemietet, zwei Kilometer von der Klinik entfernt. Alma war nicht oft dort gewesen – und sie hatte die Räume nur einmal kurz betreten –, doch sie wusste, dass die Gegend keinen guten Ruf genoss. Im Norden lagen die Pankower Mietskasernen, im Süden die zwielichtigen Spelunken, die sich wie ein Ausschlag um den Alexanderplatz ausbreiteten. Die Mieten seien günstig dort, hatte Martin erklärt, und dass er es nicht weit zur Arbeit habe. Als Alma etwas Passenderes in Charlottenburg fand, hatte er sich gesträubt.

»Mir gefällt meine Wohnung. Wozu der Aufwand, wenn wir nächstes Jahr ohnehin aufs Land ziehen?«

Sie hatte seinen Widerstand auf Trägheit zurückgeführt und auf die unbekümmerte Haltung gegenüber Konventionen, wie sie für Junggesellen so typisch war. Er brauchte ja nur Platz für seine Bücher und Ruhe zum Arbeiten. Doch seit seinem Verschwinden war sie gezwungen, ihre Annahme zu überdenken. Sie fragte sich, ob es stimmte, was man sagte, ob es Reize in diesem Teil der Stadt gab, von denen sie keine Ahnung hatte.

Ihre Eltern verstanden nicht, warum sie immer noch nach ihm suchte. Sie waren der Meinung, es sei das Beste, wenn Alma Kirsch so schnell wie möglich vergaß. Für den Sommer hatten sie ein Haus an der Ostsee gemietet und bestanden darauf, dass Alma sie begleitete. Alma nahm eine Halbtagsstelle als Rezeptionistin an, nur damit sie sie in Ruhe ließen.

Nach der Arbeit nahm sie die S-Bahn, die in Höhe der Dächer über die Straßen hinwegschoss und sich dann in den Untergrund stürzte, so dicht an den Wohnhäusern vorbei, dass Alma in den Fensterscheiben ihr Spiegelbild sehen konnte. Sie folgte den Wegen, die ihr Verlobter genommen hatte, fest entschlossen, die Stadt mit seinen Augen zu sehen. Aus der S-Bahn sah man Dinge, die von der Straße aus unsichtbar waren: einen einsamen Kirschbaum, der in einem Hinterhof blühte, Kinder, die sich in einer Blechwanne wuschen, ein junges Mädchen, das auf dem Balkon einer Mietskaserne ein türkisfarbenes Kleid an die

Leine hängte. Die Bahn war teils Skalpell, teils Filmkamera: Sie schnitt die Stadt auf und spielte die freigelegten inneren Vorgänge mit fünfzig Einzelbildern pro Sekunde ab. Die S-Bahn war der Ort, wo Alma sich am wenigsten verlassen fühlte, als könnte sie hier die Zeit zurückdrehen und der Zukunft näher kommen, die sie verloren hatte.

Manchmal fuhr sie über den Alexanderplatz hinaus mit der Straßenbahn an Orte, deren Namen sie nur vom Hören kannte, Emigrantenviertel, wo es für Spaziergänger nichts zu sehen gab. Seit dem Krieg war die Hauptstadt immer größer und schmutziger geworden. Sie breitete sich aus, wucherte über Felder und Wälder, und die proletarischen Massen schwollen mit den Horden aus dem Osten an: Russen und Polen, Zigeuner und Juden. Verglichen mit jeder anderen deutschen Stadt war Berlin keine deutsche Stadt mehr; das hatte ihr Vater gesagt.

Alma starrte hinaus in die fremden, ausländischen Straßen mit ihrem wachsamen Gewimmel und den überdachten Märkten und Tempeln. Die Vorstellung, dass dies Orte waren, die ihr Verlobter kannte, wo er vielleicht immer noch bekannt war, quälte sie. Einmal sah sie ihn vor einem Schaufenster stehen, vornübergebeugt, um sich eine Zigarette anzuzünden. Sie sprang aus der Straßenbahn und rannte über die Straße, bevor sie merkte, dass sie sich geirrt hatte.

»Entschuldigen Sie. Ich dachte …«

Der Fremde hatte sie angelächelt, an seinen Hut getippt und etwas in einer Sprache gesagt, die sie nicht verstand.

Alma ging zur Preußischen Staatsbibliothek, um die alten Zeitungsberichte durchzusehen. In den Korridoren war eine Gruppe junger Männer in Studentenuniform eifrig am Werk, die Magazine neu zu organisieren. Sie schoben Wagen mit Büchern auf und ab, unterhielten sich und lachten dabei laut. In Berlin gab es Dutzende von Zeitungen. Alma saß im Zeitschriftensaal, überflog die Seiten, atmete den öligen Geruch der Druckerschwärze ein, während ihre Finger und Handflächen langsam schwarz wurden. Irgendwo zwischen all den Schlagzeilen musste sich ein Körnchen Wahrheit verbergen, ein Vorzeichen der privaten Katastrophe, die über ihr Leben hereingebrochen war.

Man hatte Martins Patientin in einem Waldstück in der Nähe von Potsdam gefunden, zwanzig Kilometer südwestlich von Berlin. Zwei Jungen hatten sie beim Fahrradfahren entdeckt. Die ›Berliner Morgenpost‹ zeigte Fotos von ihnen: Hans und Ernst Waise standen steif neben ihren Rädern und starrten in die Linse der Kamera. An einem Samstagmorgen Ende Oktober hatten die Buben nach Caputh radeln wollen, weil sie gehört hatten, dass der große Albert Einstein dort lebte und auf dem See ein Segelboot hatte. Doch es war neblig und sie hatten sich verirrt. Schließlich hatte der jüngere Bruder die Frau am Wasser entdeckt.

SIE SUCHTEN EIN GENIE UND FANDEN EIN SEXUALVERBRECHEN, lautete die reißerische Schlagzeile. Die junge Frau war halbnackt und bis auf die Haut durchnässt. Sie hatte blutige Schrammen an den Beinen. Weitere nicht näher erläuterte Verletzungen waren an ihrem ganzen Körper gefunden worden. Sie war so bleich, dass die Buben sie bereits für tot hielten, doch sie fanden einen schwachen Puls und deckten sie mit ihren Jacken zu. Hans, der Ältere, fuhr mit seinem Fahrrad los, um Hilfe zu holen. Es dauerte über eine Stunde, bis er mit der Polizei zurückkehrte.

Ein fabulierfreudiger Reporter der ›Berliner Illustrirten‹ beschrieb in grellen Farben die Qualen des achtjährigen Ernst, wie er allein mit einer sterbenden Schönheit im nebligen Wald wartete, wie Spukgestalten und böse Geister seine Phantasie heimsuchten und er kaum zu atmen wagte, damit sie ihn in Frieden ließen. Später behauptete der Junge, die Frau habe gesprochen, bevor sie wieder das Bewusstsein verlor, doch er könne ihre Worte nicht wiederholen. Er sagte, er habe sie sogar geküsst, weil er dachte, er könnte sie damit irgendwie am Leben erhalten.

Bis Details über das weitere Schicksal des Mädchens durchsickerten, dauerte es eine Weile. Die ausführlichsten Berichte fand Alma in den Wochenillustrierten, sensationslüsternen zweifarbigen Blättern voller grobkörniger Fotografien. Die Art von Presse, die der Chauffeur ihres Vaters las, wenn er am Steuer wartete.

Die Polizisten vor Ort hatten nicht gewusst, was sie tun sollten. Man brachte die bewusstlose Frau zunächst zur Unfallstation in Caputh, wo es nur Decken, Pflaster und Jodtinktur gab, dann in ein Potsdamer Sanatorium. Doch auch hier hatte man wenig Erfahrung mit Notfällen, da die Patienten hauptsächlich Schwindsüchtige und Bronchienkranke waren. Wegen der Unterkühlung steckte man die Frau in ein heißes Bad, eine Maßnahme, die ihren Zustand möglicherweise verschlimmerte, wie die Ärzte der Charité später kritisierten. Die plötzliche Wärmezufuhr von außen konnte bewirken, dass sich die verengten Blutgefäße in den Extremitäten zu schnell weiteten, hieß es. Außerdem sei das Blut stark übersäuert gewesen. Wahrscheinlich hatte die Azidose zum Koma geführt.

Die junge Frau erlitt einen Krampfanfall. Die Schwestern des Sanatoriums verhinderten, dass sie sich an ihrer eigenen Zunge verschluckte. Dann weiteten sich ihre Pupillen und sie fiel in tiefe Bewusstlosigkeit. Da ihr Puls immer schwächer wurde, ließ man sogar den Geistlichen vom Mittagessen holen, für den Fall, dass sie römisch-katholisch war. Er erteilte ihr die letzte Ölung. Gegen zwei Uhr, als sich starke Regenfälle über die Stadt ergossen, kam endlich der Krankenwagen an, der sie über die Avus nach Berlin brachte. Als sie schließlich das Bewusstsein wiedererlangte, hatte sie ihr Gedächtnis verloren. Sie wusste nicht einmal ihren Namen.

Am nächsten Tag wurde hastig eine polizeiliche Suche organisiert. Überall in den Wäldern rund um die Hauptstadt gab es Zeltlager, in denen Arbeitslose mit ihren Familien hausten – ein Bruchteil der Millionen von Arbeitslosen, die wie menschliches Treibgut von einem Ballungsraum zum nächsten geschwemmt wurden. In der Zeitung wurde spekuliert, dass sich die Wahrheit hier, in einer der »Inseln der Verzweiflung«, verbarg. Sechzehn

Polizeibeamte durchsuchten unter Beobachtung durch die Presse den Wald rund um Caputh. Die Dienstagsausgabe der ›Berliner Morgenpost‹ brachte eine Aufnahme von Männern in Ölzeug, die sich über eine laubbedeckte Senke im Boden beugten. Doch sie fanden kein Zeltlager und auch keine Anzeichen, dass es dort je eines gegeben hatte. Aus forensischer Sicht hatte die ganze Operation wenig zutage gefördert: ein paar Stofffetzen, eine Haarspange, einen schlammverkrusteten Stiefel, fast neu. Außerdem fand man ein aufgeweichtes Flugblatt, das für einen öffentlichen Vortrag in der Philharmonie warb. Der Titel des Vortrags lautete: ›Der gegenwärtige Stand der Quantentheorie‹. Der Hauptredner war Professor Albert Einstein.

Um sechs Uhr schloss die Bibliothek. Alma trat hinaus auf die Straße Unter den Linden und beschirmte die Augen gegen die Abendsonne. Es hatte geregnet. Das Kopfsteinpflaster war schwarz und glatt. Aus Lautsprechern in der Nähe dröhnte Musik, Männerstimmen und Marschkapellen hallten von den rußgeschwärzten Prachtfassaden wider.

Robert wartete in seinem neuen Daimler auf sie. Als er sie sah, stieg er aus und hielt ihr lächelnd die Beifahrertür auf.

Die Studenten arbeiteten auch vor dem Gebäude. Sie karrten Ladungen mit Büchern zu einem wartenden Pritschenwagen. Einer der jungen Männer zwinkerte ihr zu, als Alma die Stufen hinabstieg. Seine Zähne blitzten so weiß wie das Einstecktuch, das zu einem Dreieck gefaltet in seiner Brusttasche steckte. Alma sah stirnrunzelnd zu, wie er anfing, die Bücher auf die Pritsche des Lastwagens zu werfen. Er wirkte wie ein Heizer, der Kohlen schaufelte.

»Was machen die da?«, fragte sie Robert.

»Sich amüsieren, so wie es aussieht.«

Behutsam legte er ihr die Hand auf die Schulter. Seine Sorge um sie überraschte sie. Robert war immer ein amüsanter Begleiter, aber echte Zärtlichkeit hatte sie ihm nicht zugetraut. Die Tatsache, dass sie beide so verwirrt von den jüngsten Ereignissen waren und Martin Kirschs Verschwinden ihnen beiden zu schaffen machte, hatte sie einander nähergebracht.

Als sie an dem kleinen Platz vor der Oper vorbeifuhren, sah Alma die Bücher wieder. Sie waren zu meterhohen Haufen aufgeschichtet. Erst jetzt begriff sie, was hier geschah: Die Bücher sollten verbrannt werden.

2

Oktober 1932

Martin Kirsch stand im Waschraum, als er das Geräusch hörte: einen rauen, metallischen Schrei. Er schien aus dem Ausguss zu kommen – ein schrecklicher Schrei voll Schmerz und Angst. Wie angewurzelt blieb Kirsch mit tropfenden Händen vor dem Waschbecken stehen und starrte durch das rostige O in die Dunkelheit.

Er war heute ein wenig früher in die Klinik gekommen, um in Ruhe den überfälligen Papierkram nachzuholen. Die ganze Woche war in der Schönhauser Allee die Hölle losgewesen: Wagenladungen von Wahlkämpfern und bewaffneten Trupps fuhren hupend, grölend und krakeelend die Straße auf und ab. Wenn die Polizei nicht hinsah, gab es Schlägereien. Eingeschlagene Zähne, gebrochene Knochen. Frau Schirmann, seine Wirtin, verriegelte neuerdings die Haustür mit einer Eisenstange und einem Vorhängeschloss. Heute früh hatte er sie aus dem Bett holen müssen, damit sie ihn aus dem Haus ließ.

Es wurde eben erst hell. Die Patienten schliefen noch. Die Krankensäle lagen ohnehin auf der anderen Seite des Gebäudes. Kirsch stand wie versteinert da und lauschte. Doch das Einzige, was er hörte, war das Tropfen des Wassers von seinen Fingern auf das gesprungene weiße Porzellan.

Es waren die Rohre, nur die Rohre. Ein Boiler, der aufmuckte. Eine Luftblase in den Leitungen. Dumm von ihm. Er richtete sich auf und griff nach einem Handtuch. Dieses alte Gebäude ächzte und stöhnte schlimmer als ein alter Mann.

Wieder eine Stimme, eine andere diesmal: schneller, leiser.

Keuchend – oder schluchzend? Kirsch hielt die Luft an, beugte sich vor.

»Nein nein nein nein nein nein nein nein.«

Irgendwo in der Leitung rauschte Wasser. Eine Luftblase, die gurgelte. Keine Stimme.

Er setzte die Brille wieder auf und spähte unter die Waschbecken. Die Rohre waren ein halbes Jahrhundert alt: schweres verzinktes Eisen, Rostblasen unter der grauen Farbe. Nach dem Siphon führte das Rohr zu den Kabinen, bevor es im Boden verschwand. Unter dem Waschraum lagen die Verwaltungsräume im Erdgeschoss und darunter der Keller, der teilweise für die Experimente des stellvertretenden Direktors ausgeräumt worden war. Es gab Waschbecken da unten, erinnerte sich Kirsch, in der alten Wäscherei. Alle Rohre im Gebäude standen miteinander in Verbindung, wie eine gewaltige Fernsprechanlage.

Er sah auf die Uhr: Es war gerade einmal sieben. Dann beugte er sich wieder vor und hielt das Ohr so nah wie möglich an den Ausguss.

Nur ein Flüstern, ein Gurgeln in der Ferne. Ein Klopfen. Dann wieder Stimmen, die durch die alten Röhren wanderten – Frauenstimmen.

»Widerliches Schwein.«

Er fuhr zurück. Die Stimme war ganz deutlich gewesen.

Etwas klapperte. Dann rauschte Wasser durch das Leitungsnetz.

Hinter ihm flog die Tür auf. Der stellvertretende Direktor trat ein, klappernde Sohlen auf den Fliesen: Dr. Heinrich Mehring, Stehkragen, Glatze und die ›Kreuz-Zeitung‹ unter dem Arm.

»Morgen, Kirsch.«

Kirsch richtete sich auf.

»Wieder den Kittel vergessen?«

Im Dienst war die gesamte ärztliche Belegschaft angewiesen, einen weißen Kittel zu tragen. Der Direktor bestand darauf. Er legte Wert darauf, dass zwischen Arzt und Patient eine klare professionelle Distanz gewahrt wurde.

»Nein, Dr. Mehring. Ich sehe heute keine Patienten.«

Mehring öffnete die Tür zu einer der Kabinen und stellte sich auf die Zehenspitzen. Wie immer inspizierte er aus sicherer Entfernung die Schüssel, bevor er sich festlegte. »Aber vielleicht sehen die Patienten Sie. Darum geht es schließlich. Ich habe noch einen Kittel in meinem Sprechzimmer, falls Sie einen brauchen.«

Anscheinend hatte die Schüssel die Prüfung bestanden. Mehring zog die Kabinentür hinter sich zu und schloss ab. Dann hörte Kirsch, wie er die Zeitung aufschlug.

Er war nicht mehr im Kellergeschoss gewesen, seit Mehring es in Beschlag genommen hatte. Er erinnerte sich an ein Labyrinth von Lagerräumen, ein Archiv mit ausrangierter Fachliteratur, den uralten Heizkessel, der von einem wortkargen, wachsamen Hausmeister ohne Zähne instand gehalten wurde. Mehring zog den Keller den verfügbaren oberirdischen Räumen vor. Er wollte seine Experimente in wissenschaftlicher Isolation durchführen, als könnte die Einbindung in den Klinikalltag den Wert seiner Entdeckungen schmälern.

Bei seiner Arbeit konzentrierte er sich vor allem auf eine neue Behandlungsmethode, die in einem nur wenige Kilometer entfernten Sanatorium in Lichterfelde erstmals erprobt worden war. Dort hatte der Psychiater Manfred Sakel Morphiumsüchtigen das Hormon Insulin gespritzt, das den Blutzucker im Kreislauf regulierte. Die Injektion schien die Nebenwirkungen des Entzugs – das Zittern, das Erbrechen, die Ängste – zu lindern. Allerdings erzielte Sakel die besten Ergebnisse mit Dosen, die so hoch waren, dass sie beim Patienten einen hypoglykämischen Schock auslösten. Infolge der künstlich herbeigeführten Unterzuckerung fiel der Patient in ein Koma, aus dem er nur durch hochdosierte Glukose-Injektionen geweckt werden konnte. Sakel war sich noch nicht im Klaren, ob die Heilwirkung auf den Schock oder das Koma zurückging, doch er berichtete, dass sich das Verhalten seiner Patienten nachweislich gebessert habe. Sie seien weniger reizbar, weniger feindselig, weniger unkooperativ. Inzwischen setzte er seine Arbeit an der Wiener Universitätsklinik fort, wo er die gleiche Methode an *Dementia-praecox*-Patienten testete – Schizophrenie, wie man heute dazu sagte. Auch wenn der offizielle Bericht noch auf sich warten ließ, ging das Gerücht, dass die Ergebnisse ähnlich beeindruckend waren. Bei Patienten, die fünf bis sechs Mal in der Woche ins Koma geschickt wurden, nahmen die psychotischen Gedanken ab. Halluzinationen ließen nach oder verursachten zumindest keine Beschwerden mehr. Und auch wenn ein Teil der Patienten nach der Behandlung unter Desorientierung und Gedächtnisverlust litt, zeigten sie sich weniger in sich zurückgezogen und weniger emotionsgestört. Wie Sakel zusammenfasste: Sie wurden »unkomplizierter«.

Dr. Mehring hatte Sakels Arbeit mit Interesse verfolgt. Sobald die nächste Schwesternstelle frei wurde, besetzte er sie mit einem Mitglied aus Sakels alter Mannschaft in Lichterfelde. Mehring hatte eigene Theorien, wie sich die Schocktherapie weiterentwickeln ließe. Er glaubte, dass die Wirkung, die Sakel beobachtet hatte, auf eine Veränderung der elektrischen Aktivität im Gehirn zurückzuführen war, was Aussichten auf aufregende neue Behandlungsmethoden eröffnete.

Kirsch hatte Berichte über Mehrings Vorgehensweise gelesen. Morgens um sechs Uhr wurde der Proband geweckt und sofort in einen fensterlosen Raum gebracht. Dort legte man ihn auf eine Liege und bettete seinen Kopf auf ein Kissen. Dann führte man ihm einen eingeölten Gummischlauch durchs linke Nasenloch die Speiseröhre hinunter in den leeren Magen ein. Am anderen Ende des Schlauchs war ein Gefäß mit Zuckerwasser, das hinter dem Bett hing. Der Zucker würde den Probanden zu gegebener Zeit aus dem Koma wecken. Außerdem stand ein Tablett mit Besteck für eine schnellere Intervention bereit: Spritzen und Ampullen mit achtunddreißigprozentiger Glukoselösung.

Um sieben Uhr wurde dem Probanden Insulin intravenös in

den linken Unterarm gespritzt. Die Dosis wurde von Tag zu Tag erhöht, von zwanzig auf vierzig auf achtzig Einheiten, bis der Patient in ein Koma fiel. Manche Probanden legten eine ungewöhnliche Insulinresistenz an den Tag. Mit zuckenden und zitternden Armen und Beinen wehrten sie sich gegen den Bewusstseinsverlust, als käme er einem Abstieg an einen Ort des Grauens gleich. Wenn der Schock einsetzte, lief ihnen Gänsehaut über die Arme, Schweiß brach ihnen aus und der Speichelfluss erhöhte sich derart, dass man sie auf die Seite legen musste, damit sie nicht erstickten.

Kirsch hatte verlangt, dass seine Schizophrenie-Patienten von Mehrings Experimenten ausgenommen wurden. Er war überzeugt, dass eine solche Tortur seiner eigenen Behandlung abträglich war, die auf dem Vertrauen seiner Patienten aufbaute. Er hatte das Thema bei Professor Bonhoeffer, dem Direktor, angesprochen, und als er dort nicht weiterkam, bei den Angehörigen der Patienten. Dr. Mehring hatte davon, soweit er wusste, keine Notiz genommen.

Der Lastenaufzug hielt. Kirsch ließ die Tür offen und ging den großen Korridor hinunter. Elektrische Glühbirnen hingen von der Decke. Ihr Licht pulsierte im Takt der schwankenden Spannung der Krankenhausgeneratoren. Ein saurer Geruch nach Farbe lag in der Luft.

Das Bücherarchiv war verschwunden. Man hatte die Lagerräume und die alte Wäscherei in Behandlungsräume umgewandelt. Schwere, selbstschließende Türen waren eingebaut worden. Zwei von Mehrings Schwestern beugten sich über ein Eisenbett. Die eine hielt einen Schwamm in der Hand, die andere eine Krankenakte. Zwischen ihnen lag ein Patient. Seine nackten, knotigen Füße sahen unter der Wolldecke hervor.

Die Füße waren nach innen gedreht, die Zehen zusammengekrallt wie Fäuste. Klappmesser-Phänomen war der Fachbegriff, gewöhnlich ein Symptom von spastischen Lähmungen oder Gehirnverletzungen.

Die Füße zuckten.

»Mach ihn später sauber. Er macht sich sowieso gleich wieder voll.«

Regine Honig war die Schwester aus dem Lichterfelder Sanatorium und nahm von niemandem außer Dr. Mehring Anweisungen entgegen. Sie war eine große, schwere Frau, deren Haut ständig unnatürlich gerötet schien. Die andere Schwester hieß Adele Ritter. Sie war dünn und nervös und hatte tiefliegende Augen, die von Schlaflosigkeit kündeten. Kirsch hatte sie nie ein Wort sprechen hören, zumindest nicht in einer Unterhaltung. Er hatte den Eindruck, dass sie krankhaft schüchtern war.

Schwester Regine sah auf ihre Taschenuhr und notierte etwas in ihrer Akte. Der Patient krampfte. Die Decke rutschte auf den Boden. Erst jetzt erkannte Kirsch, dass es Andreas Stöhr war, einer seiner Patienten. Aus seiner Kehle kam ein würgendes, gurgelndes Geräusch.

Schwester Adele beugte sich vor. »Sollen wir ihn umdrehen?«

Kirsch konnte nicht einfach dastehen und zusehen. Er trat in den Raum. »Was ist hier los?«

Schwester Regine sah auf, runzelte die Stirn, dann hob sie abwehrend die Hand und ging auf ihn zu.

»Herr Doktor, wir sind mitten in einer Behandlung. Wenn Sie so nett wären ...«

Anscheinend war sie vor seiner Einmischung gewarnt worden.

Er schob sie zur Seite. Stöhr war am Bett festgeschnallt. Seine Arme waren vom Handgelenk bis zum Ellbogen mit schwarzen und blauen Flecken übersät – die Einstichlöcher der Insulinspritzen, die sich abzeichneten wie eine fortschreitende Krankheit. Der Tod stand ihm ins eingefallene Gesicht geschrieben. In seinem dichten, abstehenden Haar zeigten sich unregelmäßige weiße und graue Strähnen. Von seiner frisch verschmutzten Schlafanzughose stieg stechender Uringeruch auf.

Stöhrs Kopf zuckte von einer Seite zur anderen, der Mund verzerrt, als er versuchte, den Gummischlauch herauszuwürgen, den man ihm in die Speiseröhre eingeführt hatte.

»Das macht er immer«, erklärte Schwester Regine. »Er wehrt sich gegen das Koma. Das ist nur die Übergangsphase.«

»Er erstickt«, sagte Kirsch.

Schwester Regine baute sich vor ihm auf. »Er kann nicht ersticken, Herr Doktor. Da ist nichts, woran er ersticken könnte.«

Stöhr begann heftig mit den Kiefern zu mahlen. Er versuchte den Schlauch zwischen die Zähne zu bekommen, ihn aus dem Mund zu befördern. Speichel rann ihm über das Kinn.

Schwester Adele sah nervös zu und drehte mechanisch den Ring an ihrem Finger. »Sollen wir ihn auf die Seite legen, Oberschwester?«, fragte sie wieder.

Stöhr röchelte. Dann schlug er die Augen auf. »Sch-sch-schwarze Hunde!«

Er brüllte und zerrte an den Gurten.

»Er hat einen Anfall«, rief Kirsch. »Holen Sie ihn zurück.«

Inzwischen kam Schaum aus Stöhrs Mund – wie ein Topf Milch, der überkochte. Das Röcheln hörte sich fürchterlich an.

»Oberschwester?« Schwester Adele sah besorgt aus.

»Wir haben alles unter Kontrolle.« Schwester Regine versuchte Kirsch wegzuschieben. »Dr. Mehring ist gleich wieder da. Ich glaube nicht, dass er …«

Ein lautes Würgegeräusch ließ sie zurück an die Liege eilen. »Leg seinen Kopf zur Seite.« Sie ließ die Akte fallen und stieß eine Nierenschale unter Stöhrs Kinn, während Schwester Adele mit der flachen Hand seinen Kopf nach links drehte. Seine Arme zuckten unter den Gurten.

Kirsch suchte auf dem Instrumentenwagen nach einer Spritze. Vorschriftsgemäß mussten für Notfälle Spritzen mit achtunddreißigprozentiger Glukoselösung bereitliegen. Durch die Injektion wurde das Gehirn schneller mit Zucker versorgt, als wenn man die Glukose durch den Magen zuführte.

Zwei Spritzen waren vorbereitet.

Stöhr bäumte sich auf. Die Füße des Eisenbetts kratzten über die Fliesen. Schwester Adele taumelte rückwärts.

»Halten Sie ihn fest!« Schwester Regine warf Kirsch einen

feindseligen Blick zu, als wäre er schuld an allem. »Ich weiß nicht, warum er sich so anstellt.«

Kirsch nahm die Spritze und drückte die Luft heraus. »Treten Sie zurück. Bitte.«

»Herr Doktor, das können Sie nicht tun. Wir sind mitten in einer …«

»Ich übernehme die volle Verantwortung.«

»Aber Dr. Mehrings Programm …«

Er griff nach Stöhrs Hand und streckte seinen Arm. Die Oberflächenvenen waren so oft traktiert worden, dass kaum noch eine gute Stelle übrig war.

Plötzlich klammerte sich Stöhr an seiner Hand fest. Sein Griff war überraschend kräftig für einen so ausgemergelten Mann. »Die haben mich gefunden.« Mit hervorquellenden Augen starrte er Kirsch an. »Sie haben mich verraten. *Sie*.«

»Ganz ruhig.«

Stöhrs Körper krampfte. Stöhnend sank er zurück. Kirsch zerrte an dem Gurt um sein Handgelenk und löste ihn, um eine geeignete Stelle für die Injektion zu finden.

»Herr Doktor, das ist nicht ratsam.« Schwester Regine war rot im Gesicht. »Ohne Gurte könnte er …«

»Fliehen? Würden Sie ihm das verübeln?«

»Dr. Mehring hat eindeutige Anweisungen gegeben, die Glukoselösung nicht vor …« Sie griff nach Kirschs Arm.

Er riss sich los. »Dr. Mehring ist nicht hier.«

»Trotzdem …«

Schwester Adele schrie. Mit der freien Hand hatte Stöhr ausgeholt und sie am Haar gepackt. Jetzt zog er sie zu sich.

»*Schwarze Hunde!*«

Ihre Haube fiel zu Boden, als er ihren Kopf zu sich herunterzog. Ihr langes braunes Haar hatte sich gelöst und ergoss sich über sie beide.

Stöhr riss den Mund auf. Kirsch sah seine Eck- und Schneidezähne, rissig und gelb, die krankhaft weiße Zunge. Stöhrs Augen waren offen, aber blicklos, nichts als animalische Leere.

»Sch-sch-schwarz.«

Bevor jemand dazwischengehen konnte, hatte Stöhr die Zähne tief in Schwester Adeles Hals geschlagen, an die Stelle hinter dem Ohr. Ein schmatzendes Knirschen war zu hören. Dann schoss Blut über sein Gesicht.

Schwester Adele lag schreiend am Boden und drückte die Hand auf die blutende Wunde, als Dr. Mehring in den Raum gerannt kam.

3

Kirsch hatte ein besonderes Interesse an Andreas Stöhr entwickelt. Er war ein schwieriger Fall – Kirschs Kollegen hatten sich nicht gerade um ihn gerissen –, doch als Kirsch seine Akte las, wusste er, dass er ihn übernehmen musste.

Stöhr war vierunddreißig Jahre alt, ehemaliger Feldwebel im 140. Infanterieregiment. Man hatte ihn mit zwei Handgranaten und einem Kanister Petroleum vor der Oper verhaftet. Laut seiner eigenen Aussage hatte er das Gebäude sprengen wollen. Beim Verhör beharrte er darauf, dass sich unter der Oper der Eingang zu einem geheimen Gang befand, der die Erdoberfläche mit dem neunten Kreis der Hölle verband, wo die Verräter büßen mussten. Diese rachsüchtigen Seelen, behauptete er, seien von Satan rekrutiert worden und kehrten jetzt durch das Opernhaus zurück, um die Erde zu kolonisieren. Man hatte Stöhr zur Untersuchung in die Psychiatrische Klinik der Charité geschickt, wo die Diagnose *Dementia praecox* des paranoiden Subtypus gestellt wurde.

Stöhr träumte vom Ertrinken. Erstickungsängste quälten ihn Tag und Nacht. Bei Regenwetter stieg er nicht in die U-Bahn, weil er Angst hatte, im Tunnel stecken zu bleiben. Wenn er über eine Brücke ging, zitterte er vor Angst beim Gedanken an das dunkle Wasser, das unter ihm vorbeiströmte. Mitten in der Nacht wachte er auf und schrie nach Luft.

Kirsch hatte bei anderen Kriegsveteranen ähnliche Phobien gesehen. Es waren Männer, die Giftgasangriffe überlebt hatten oder deren verheerende Wirkung aus der Nähe mit ansehen mussten – wie das Chlorgas bei Kameraden das Lungengewebe verätzte und sie an ihren eigenen Flüssigkeiten erstickten.

Mit fünfzehn hatte sich Stöhr freiwillig zum Kriegsdienst gemeldet. Bei der Rekrutierung musste er wegen seines Alters schwindeln und wurde an die Westfront geschickt, wo er rechtzeitig zur Schlacht um Verdun antrat. Kirsch versuchte so gut es ging die Fakten zusammenzutragen, auch wenn Stöhrs Erinnerungen oft verschwommen waren. In Frankreich erkrankte er an der Ruhr, weil er Wasser aus einem Granattrichter voller Leichen getrunken hatte. Irgendwann bekam er eine Tapferkeitsmedaille und wurde zum Feldwebel ernannt. Bei einem Angriff auf Fort Souville traf ihn eine Kugel in die Hüfte. Er lag über einen halben Tag unversorgt im Delirium auf dem Schlachtfeld und musste dabei die Schreie und das Flehen der anderen Verwundeten mit anhören.

Nach dem Krieg war er in seine Heimatstadt Bremen zurückgekehrt, wo er ein Jahr lang als Gepäckträger am Bahnhof arbeitete, bevor er zu seiner Schwester nach Berlin zog. In der Hauptstadt hangelte er sich von einer Gelegenheitsarbeit zur nächsten, bis er schließlich eine Stelle als Nachtwächter im Warenlager des Bekleidungsgeschäfts der Gebrüder Sklarek fand. Hier schien er sich wohlzufühlen. Ausnahmsweise gab es keine Beschwerden und keine Fehlzeiten. Doch ein paar Jahre später mussten die Sklareks nach einem Finanzskandal ihr Geschäft aufgeben. Sie lösten den Bestand auf und schlossen das Lager. Nach Aussage seiner Schwester war das die Zeit, als Stöhr seltsam zu werden begann und sein Verhalten besorgniserregend. Insbesondere hatte sie den Verdacht, dass er den Nachbarshund getötet hatte. Nach einer Auseinandersetzung mit seinem Schwager war Stöhr in ein möbliertes Zimmer in Pankow gezogen. Dann hatte seine Familie nichts mehr von ihm gehört, bis er vor der Oper verhaftet wurde.

Stöhrs Irresein hatte ein Muster, wenn man sich die Mühe machte hinzusehen. Das Epizentrum seiner Angst, all seines Grauens, lag unter seinen Füßen, in der mahlenden Erde und den stinkenden Gewässern. Die Granattrichter waren voller Leichen, wie er sagte, und das war nicht phantasiert. In Verdun hatten zehn Monate Artilleriegefecht mehrere tausend Tonnen menschliches Fleisch in den Boden gesät. Feldwebel Stöhr hatte Leichengestank geatmet, war auf allen vieren durch menschliche Überreste gekrochen, hatte beim Kämpfen auf ihnen gestanden, seinen Magen mit ihrem verwesten Blut gefüllt. Ihr Fleisch war sein Fleisch geworden.

Kirschs Kollegen waren erstaunt über sein Interesse an dem wirren Gerede des Feldwebels. Bestimmte neurologische Erkrankungen verursachten bestimmte Symptome, das war ihr Credo. Die Form des Irreseins eines Patienten war der Schlüssel zur Identifizierung seiner Krankheit. Es gab ein Klassifizierungssystem. Doch der Inhalt der irren Gedanken, die konkreten Halluzinationen und Phantasien, die sich des Patienten bemächtigten, waren irrelevant. Der Psychiater hatte ein Heilmittel zu finden, wenn nötig durch Ausprobieren, damit der Patient seinen Platz in der Gesellschaft wieder einnehmen konnte. Was hätte die Psychiatrie für eine medizinische Rechtfertigung, wenn es nicht darum ginge, Heilmittel zu finden?

Aber was würde in Stöhrs Fall Heilung bedeuten? Welcher Aspekt seines Gehirns, welche Gedanken und welches Verhalten sollten gebessert werden? Worin bestand seine besondere Krankheit, falls er überhaupt krank war? An der Wurzel seiner Probleme lagen seine Kriegserlebnisse. Das war zumindest anzunehmen. Doch die Vergangenheit ließ sich nicht berichtigen, sondern nur vergessen. Und soweit Kirsch wusste, war künstlich herbeigeführte Amnesie keine anerkannte Behandlungsmethode, in keiner psychiatrischen Schule.

Schwester Adele wurde auf einer Trage ins Hauptgebäude gebracht. Sie zitterte so stark, dass sie nicht gehen konnte. Sobald Stöhrs Blutzucker wieder normal war, wurde er in eine Zwangsjacke gesteckt, und man sperrte ihn in eine der Zellen für gefährliche Patienten im Südflügel. Kirsch sah stündlich nach ihm, doch Stöhr schien ihn nicht zu erkennen. Er saß mit angezogenen Knien auf der Matratze und starrte an die Wand.

Den Rest des Morgens verbrachte Kirsch in seinem Arbeitszimmer und wartete, dass Dr. Mehring bei ihm auftauchte. In der Aufregung um Schwester Adeles Verletzung war er nicht dazu gekommen, zu erklären, warum er den Gurt um Stöhrs Arm gelöst hatte, warum er die Behandlung unbedingt abbrechen wollte. Er erwartete nicht, dass Mehring seine Erklärung akzeptierte, doch er erwartete, dass er eine verlangte.

Andererseits war er nicht der Einzige, der einen Fehler gemacht hatte. Mehring hatte ein gefährliches Experiment durchführen lassen, ohne persönlich anwesend zu sein. Die Schwestern, die er damit zurückgelassen hatte, waren vielleicht kompetent, doch man konnte nicht von ihnen erwarten, grundlegende Entscheidungen zu treffen. Tag für Tag hatte Mehring die Insulindosen, die seinen Patienten verabreicht wurden, erhöht und immer längere und tiefere Komata herbeigeführt. Während jeder einzelnen Phase war strenge Beaufsichtigung nötig. Im Waschraum zu verschwinden (noch dazu mit einer Zeitung unter dem Arm), hätte er wohl kaum an einem anderen Tag als am Sonntag gewagt, wenn wenig Betrieb herrschte und seine Nachlässigkeit nicht auffiel.

Die Stunden vergingen, doch Mehring kam nicht. Draußen wurde es dunkel. Regen klopfte gegen das schmale, schmutzige Fenster. Kirsch knipste das Licht an, aber es fiel ihm schwer, sich auf die Arbeit zu konzentrieren. Er beschloss, Mehring selbst aufzusuchen. Vielleicht verlangte die Hierarchie danach. Doch als er zum Sprechzimmer des stellvertretenden Direktors kam, war es abgeschlossen. Auch auf den Stationen und in den Gemeinschaftsräumen hatte er keinen Erfolg. Als er nach Schwester Regine fragte, erhielt er die Auskunft, sie sei nach Hause gegangen.

Anscheinend hatte Mehring es nicht eilig, über den Vorfall zu reden – zumindest nicht mit Kirsch.

Hastig kehrte er in sein Arbeitszimmer zurück. Was er brauchte, war jemand, der seine Sicht der Ereignisse bestätigen konnte, nämlich dass Stöhrs Krämpfe Anlass zum Eingreifen gegeben hatten. Und er musste mit dieser Person reden, bevor Mehring es tat.

Er griff nach dem Telefon. Die Vermittlung stellte ihn zur Notfallstation durch.

»Ich wollte mich nach Schwester Adele erkundigen.«

»Sie schläft jetzt. Wir haben ihr Luminal gegeben. Sie hatte starke Schmerzen.« Dr. Oswald Brenner am anderen Ende der Leitung klang leicht verärgert. »Wir haben sie mit fünf Stichen genäht, aber die Wunde ist tief und es hat sich ein großer Bluterguss gebildet. Ob sich die Wunde entzündet, lässt sich noch nicht sagen.«

Kirsch erinnerte sich an das Knirschen von Knorpel und das spritzende Blut – überraschend rotes Blut bei einer so anämisch wirkenden Frau.

»Braucht sie irgendetwas? Kann ich etwas –«

»Ruhe. Sie braucht Ruhe. Morgen früh sehen wir sie uns noch einmal an.«

Kirsch dachte an Schwester Adeles Blick, als Stöhr Schaum vor den Mund trat. Sie hatte Angst gehabt. Seine einzige Hoffnung war, dass sie seine Sicht teilte. »Hat sie gesagt, was passiert ist?«

»Wir haben sie natürlich gefragt. Wie es die Anamnese verlangt.«

»Und?«

»Soweit ich verstanden habe, wurde sie gebissen. Von einem Irren.«

»Ja, von einem Patienten. Aber er war nicht … Ich glaube nicht, dass er wusste, was er tat.«

Dr. Brenner knurrte: »Die Einzelheiten heben wir uns für später auf. Jedenfalls habe ich angewiesen, sie über Nacht dazubehalten.«

»Ist das wirklich nötig?«

»Nur eine Vorsichtsmaßnahme. Die Entzündungsgefahr bei Bisswunden ist groß, vor allem in diesem Fall.« Im Hintergrund waren Stimmen zu hören, schnelle Schritte. »Wenn Sie mich jetzt entschuldigen …«

»Eins noch: Ist Dr. Mehring da gewesen? Ich habe nach ihm gesucht.«

»Ist eine Weile her, dass er hier war. Ich habe ihm das Gleiche gesagt wie Ihnen: Wenn Sie mit Schwester Adele reden wollen, müssen Sie die Besuchszeit morgen abwarten.«

4

Es war nach fünf, als der Zug im Bahnhof Alexanderplatz einfuhr. Eine Stunde Regen hatte die Straßen leergefegt. Die meisten Wahlkämpfer hatten die Segel gestrichen; die durchnässten Reste ihrer Pamphlete tapezierten Mauern und Laternenpfähle. Am Ausgang verteilte ein einsames Grüppchen junger Mädchen Flugblätter und rief im schrägen Chor: »Deutschland, erwache!« Sie wirkten fehl am Platz mit ihren sonnengebräunten Gesichtern und den blonden Zöpfen. Die meisten Flugblätter landeten sofort im Rinnstein.

Die Straßenbahn 69 fuhr nach Norden in Richtung Schönhauser Allee, doch Kirsch ignorierte die Haltestelle und ging zu Fuß. Er nahm nicht den kürzesten Weg, sondern einen Umweg über die Grenadierstraße. Tagsüber war das eine lebhafte Durchgangsstraße mit kleinen Geschäften und Marktständen, nachts der Treffpunkt von Dirnen und plündernden Katzen.

Kirsch mochte die Grenadierstraße. In den Wintermonaten roch es nach gerösteten Kastanien und gebranntem Zucker. In den Läden wurden Dinge verkauft, die kein Warenhaus anbot: Tierskelette, verschreibungspflichtige Arzneien, Bernstein, rotes Gold. Bärtige Männer versammelten sich unter den Markisen, vermutlich um den neuesten Klatsch auszutauschen, auch wenn sie dabei dramatisch die Köpfe schüttelten und ein Gesicht machten, als wäre ein guter Freund gestorben. Die hebräische Schrift auf den Laden- und Namensschildern war zerklüftet und monumental wie die Inschrift eines göttlichen Edikts oder die Chiffre einer Geheimgesellschaft. Hier kannte ihn niemand, und es war unwahrscheinlich, dass er einem Kollegen oder einem anderen Bekannten begegnete. Zu ärmlich war die Gegend, zu fremdländisch.

Am anderen Ende der Straße, gegenüber von einem billigen Hotel, war eine Stelle, an der sich immer das Regenwasser sammelte und eine riesige Pfütze neben dem Bordstein bildete. Am Montag vor einer Woche hatte er Elisabeth hier zum ersten Mal gesehen.

Er war gegen fünf von der S-Bahn zu Fuß nach Hause gegangen. Bei seinem Händler hatte er mehrere Ampullen Salvarsan erstanden, dann war er vor einem Laden stehen geblieben, der Schellackplatten verkaufte. Er betrachtete die Schallplatten im Schaufenster, die auf einem drapierten Stück rotem Samt auslagen, als er ihre Spiegelung in der Scheibe sah. Er erhaschte nur einen flüchtigen Eindruck ihres Gesichts – volle, leicht geöffnete Lippen, dunkle Augen –, doch die Erkenntnis, dass sie ihn (oder die Schellackplatten?) angesehen hatte, ließ sein Herz schneller schlagen. Er drehte sich um. Sie ging auf den Rinnstein zu, wo die unüberwindliche Pfütze ihren Weg versperrte. Mit dem schlichten braunen Glockenhut und dem unförmigen, unmodernen Mantel wirkte sie wie ein einfaches Mädchen vom Land, das gerade aus dem Zug gestiegen war, um sich in der großen Stadt nach einer Stelle umzusehen. Unter dem Arm hatte sie einen dicken weißen Umschlag, auf dem eine Adresse geschrieben stand.

Jede andere hätte einen Bogen um die Pfütze gemacht. Doch sie streckte ein Bein über das Wasser – Kirsch sah noch die schweren schwarzen Schnürschuhe vor sich –, sprang hinüber und landete mit der Anmut einer Ballerina. Und als ihr anderer Fuß am Rand der Pfütze platschend im Wasser auftraf, ärgerte sie sich nicht oder fluchte, sondern lachte nur.

Sie überquerte die Straße, rasch, weil ein Taxi die Hirtenstraße heraufkam. Kirsch sah ihr nach, in der Hoffnung, der anmutige Sprung sei für ihn vollführt worden und sie würde sich noch einmal umblicken, um sich ihrer Wirkung zu vergewissern. Doch wenige Augenblicke später war sie in der Menge und dem Verkehr verschwunden und hinterließ nichts als ein Kräuseln in einer Pfütze.

Der Ladenbesitzer hatte ihn bemerkt und eigens für ihn noch einmal geöffnet. Kirsch fiel es schwer, sich auf die Schallplatten zu konzentrieren. Am Ende nahm er die Aufnahme eines Klavierkonzerts von Artur Schnabel, weil der Inhaber sie ihm empfahl, und trat den Heimweg an. Vielleicht war es die hereinbrechende Dunkelheit, vielleicht seine Geistesabwesenheit, doch plötzlich fand er sich in einer Gasse wieder, die er nicht kannte.

Es war niemand in der Nähe, den er nach dem Weg fragen konnte, und so hastete er weiter, kam an einem Wasserturm und einer Synagoge vorbei und bog in ein Sträßchen ab, das ihn, so hoffte er, wieder zurück auf eine der großen Straßen bringen würde. Vor sich konnte er die Mauer eines Friedhofs ausmachen, als über ihm ein Fenster aufging. Da sah er sie wieder.

Sie hatte einen kleinen gusseisernen Balkon, gerade groß genug für einen Kleiderständer oder ein paar Topfpflanzen. Sie lehnte sich hinaus, griff nach einer Flasche Milch, öffnete mit dem Daumen den Deckel und roch daran. Den Hut hatte sie abgesetzt, doch selbst im Halbdunkel erkannte er sie eindeutig. Sie wirkte südeuropäisch, hatte ein angenehm flächiges Gesicht und kräftige Augenbrauen, die sich jede Berlinerin zu künstlichen Bögen gezupft hätte. Wahrscheinlich war sie zur Post gegangen, um ihren Brief aufzugeben, und war dann, während er die Schallplatte kaufte, nach Hause zurückgekehrt.

Sie zog die Balkontür zu.

»Entschuldigen Sie! Zur Schönhauser Allee? Geht es hier lang?«

Seine Kühnheit überraschte ihn selbst. Er hatte Herzklopfen. Wie ein Schuljunge, der zum ersten Mal ein Mädchen anspricht.

Zögernd öffnete sie die Balkontür wieder.

»Fräulein?«

Sie streckte den Kopf über das Balkongeländer. Im Stockwerk über ihr ging das Licht an.

Er zog den Hut. »Ich habe mich anscheinend verlaufen. Zur Schönhauser Allee? Verzeihen Sie, dass ich Sie einfach anspreche.«

Sie musterte ihn einen Moment, dann zeigte sie die Straße hinauf. »Einhundert Meter. Hier rechts, und dann links.« Sie sprach mit einem Akzent.

»Danke. Vielen Dank.«

Er sah sie lächeln, als sie zu ihm herunterblickte.

Ein paar Sekunden, es konnte nicht länger gewesen sein, obwohl es sich länger anfühlte, rührten sie sich beide nicht. Dann schloss sie die Balkontür wieder.

Jetzt stand er wieder an derselben Ecke der Grenadierstraße, sein Spiegelbild in der Pfütze ein schwarzer Umriss vor dem Schein der Laterne, und dachte an sein Benehmen letzte Woche zurück. Er hatte sich wirklich verirrt. Er hatte nach dem Weg fragen müssen. Aber das war nicht der Grund, warum er es getan hatte. Irgendetwas war geschehen, als er vor der Musikalienhandlung stand. Die Intensität seiner Gefühle war eine Offenbarung: Sie waren berauschend und verstörend zugleich. Er fürchtete – nein, er wusste –, dass er für seine Verlobte nie solche Gefühle gehabt hatte, trotz ihrer unzähligen Tugenden. Vor langer Zeit hatte er aufgehört, daran zu glauben, dass es solche Gefühle überhaupt geben konnte, zumindest für ihn.

Jetzt nahm er den gleichen Weg wie letzte Woche. Ein Blick auf den Stadtplan hatte ihm gezeigt, wo er falsch abgebogen war. Dort war die Stelle. Er kam am Wasserturm vorbei und an der Synagoge, bevor er auf den Friedhof zuging und in die kleine Gasse an der Ecke Wörther Straße einbog. Inzwischen nahm er fast jeden Tag diesen Weg – es war gesünder, als sich in eine Straßenbahn voll mit hustenden und niesenden Menschen zu zwängen. Und wie jeden Tag blieb er vor der Pension stehen, um zur Balkontür der jungen Frau hinaufzusehen.

Seit drei Tagen hatte er dort kein Licht mehr gesehen.

Für einen Sonntag machte das Café Tanguero gute Geschäfte, doch die Mädchen, die um die Tanzfläche herumsaßen, sahen wenig davon. An den Tischen waren hauptsächlich Paare, die Schutz vor dem Regen suchten. Der Geruch von nasser Wolle und Leder mischte sich mit dem Gestank von Zigarettenrauch und schalem Bier.

Kirsch setzte sich an die Theke. Im hinteren Teil des Raums, unter dem abblätternden Fresko einer Hirtenszene, saß ein alter Mann in einem gestreiften Hemd und quetschte das Akkordeon. Es war eine langsame, traurige Melodie. Eins der Mädchen beugte sich hinüber und rüttelte ihn am Knie, worauf er zu einer Polka überging. Sie nannte sich neuerdings Carmen, auch wenn Kirsch aus verlässlicher Quelle wusste, dass sie Ludmila hieß und aus Warschau kam. Sie hatte auch ihr Äußeres verändert und trug jetzt statt des altmodischen Pagenkopfs die Haare exotisch im Nacken zusammengefasst. Den spanischen Stil unterstrich sie mit einem langen schwarzen Kleid und hohen Schnürstiefeln.

Carmen fing seinen Blick auf und kam auf ihn zu. »Du bist schon wieder da? Gefällt dir anscheinend hier. Komm, tanz mit mir.« Es war das alte Muster: Für einen Tanz bezahlte der Kunde mit einer Runde Getränke, etwas Teures gewöhnlich, Cocktails oder Cognac – oder Kümmel, wenn das Geld knapp war. Das war der Teil, den das Haus bekam. Dann, nach dem Trinken und Tanzen, gab es die Option auf ein weniger verblümtes Geschäft, das mit dem Ausflug in ein Zimmer oder billiges Hotel in der Nachbarschaft einherging.

Er schüttelte den Kopf. »Ich tanze nicht.«

»Natürlich tanzt du. Jeder tanzt.«

Zwei der anderen Mädchen hatten die Tanzfläche betreten und wirbelten einander herum, um Blicke auf sich zu ziehen. Die Regenmäntel und Schirme hatten die Dielen nassgetropft. Die Mädchen schlitterten und rutschten über den glatten Boden, kreischten künstlich vor Vergnügen.

»Ich nicht.«

Der Wirt stellte ihm ein Bier hin. Carmen machte einen Schmollmund. Ihre Hand lag immer noch auf seinem Arm. Sie streichelte seinen Ellbogen. »Erzähl mir keine Lügen. Das ist nicht nett.« Sie hatte eine Fahne und war schon beschwipst. »Ich habe doch gesehen, wie du tanzt.«

»Hier?«

»Jetzt tu nicht so, als hättest du's vergessen. Hast lange genug gebraucht, um deinen Mut zusammenzunehmen.«

Es stimmte. Letzten Donnerstag, nach einem anstrengenden Tag in der Klinik, war er noch auf ein Bier ins Tanguero gegangen. In der Ecke saß das Mädchen aus der Grenadierstraße in ihrem unförmigen Mantel und den derben Schuhen, Robustheit und Unschuld verknüpft wie die Schleife ihrer Schnürsenkel. Sein Herz klopfte schneller, als er sie sah. Sie beobachtete die tanzenden Paare, allein am Tisch, vor sich ein Glas. Irgendwann bat er sie um einen Tanz. Ohne ein Wort zu sagen, war sie aufgestanden und hatte ihm die Hand gereicht.

Er wusste immer noch nicht richtig, was dann passiert war. Er erinnerte sich nicht an die Musik, die Gäste oder die anderen tanzenden Paare. Er erinnerte sich nur an die Schulter des Mädchens, an die Falten des dunklen Stoffs unter der Passe ihres Kleids; die erdige Süße ihres Haars; wie leicht ihr Körper war – so leicht, dass er sie mit einem Arm hätte forttragen können, zumindest fühlte es sich so an. Mehrmals kam sie aus dem Takt. Anscheinend kannte sie die Schritte nicht und musste sich konzentrieren.

»Sollen wir uns setzen?«, fragte er beim zweiten Mal.

Sie schüttelte den Kopf, weigerte sich aufzugeben.

»Sind Sie allein hier?«, fragte er, als das Stück zu Ende war.

Sie nickte.

»Ich auch.«

Sie blieben in Position, blickten jeweils über die Schulter des anderen.

»Sind Sie nicht von hier?«, fragte sie.

»Doch, das bin ich.«

»Warum sind Sie dann allein hier?«

Er wusste nicht, was er sagen sollte. Um sie herum trennten sich die Tanzpaare oder kamen zusammen, verließen die Tanzfläche oder betraten sie. Bevor er sagen konnte: »Ich weiß es nicht«, fing die Musik wieder an. Sie sah ihn an, und dann ging das Licht aus und sie standen plötzlich im Dunkeln.

Wieder ein Stromausfall. Ein Stöhnen ging durch die Menge, begleitet von ironischem Beifall. Die Kellner, mittlerweile an solche Unterbrechungen gewöhnt, machten sich daran, Laternen über der Bar anzuzünden. Die Musik begann erneut, etwas holpriger als zuvor. Kirsch spürte ihre Stirn an seiner Wange.

In der Dunkelheit küsste er sie.

Es dauerte nur eine Sekunde, vielleicht zwei. Er spürte, wie sie sich von ihm losmachte, überrascht oder verärgert. Er kam sich dumm vor und schämte sich. Doch bevor er eine Entschuldigung murmeln konnte, küssten sie sich wieder, länger und leidenschaftlicher. Ihr Körper in seinen Armen strahlte eine dunkle, sanfte Hitze aus.

Die Glühbirnen flackerten, dann brannten sie wieder. An der Theke war es noch voller geworden. Und da war Robert Eisner, der sich den Weg durch die Menge bahnte, eine der Krankenschwestern aus der Charité im Schlepptau. Ausgerechnet.

Eisner sah ihn und winkte. Kirsch winkte zurück.

»Bitte entschuldigen Sie mich«, sagte er zu der jungen Frau. »Ich muss ... ich bin gleich wieder da.«

Sie schien zu verstehen. Sie nickte und wandte sich ab. Kirsch fragte noch nach ihrem Namen. Sie zögerte kurz, als müsse sie nachdenken, dann sagte sie: »Elisabeth.« Er hatte sofort das Gefühl, dass es nicht ihr eigener Name war, sondern ein erfundener, den sie sich spontan ausgedacht hatte.

Es war schwer, Eisner loszuwerden, der anscheinend nicht gerade darauf brannte, mit seinem Rendezvous allein zu sein. Aus dem Augenwinkel sah Kirsch, wie Elisabeth mit einem anderen Mann tanzte, und dann mit einem dritten. Beide Männer waren betrunken und aufdringlich, zogen sie näher heran, als ihr recht war. Endlich ging auch Eisner tanzen. Doch inzwischen war Elisabeth verschwunden.

Kirsch kehrte am nächsten Abend ins Tanguero zurück, und am übernächsten und an jedem folgenden Abend. Doch er sah sie nicht wieder. Vielleicht war sie dorthin zurückgegangen, wo sie herkam. Wahrscheinlicher war, dass sie einen Mann kennengelernt hatte, der ihr ein besseres Leben in einem besseren Teil der Stadt bot.

So war es am besten, sagte sich Kirsch. Sein Interesse war ein Symptom vorehelicher Panik, es war eine Episode gewesen, die er am besten gleich wieder vergaß.

Er blickte in sein Glas. Carmen spielte mit einem ihrer großen silbernen Ohrringe. »Du bist am Donnerstag also auch hier gewesen«, sagte er.

»Ich bin immer hier.«

»Erinnerst du dich an das Mädchen, mit dem ich getanzt habe?«

Carmen musterte über seine Schulter hinweg den Mann, der gerade zur Tür hereinkam. »Nein.«

»Versuch es.«

»Tanzt du dann mit mir?«

»Versuch dich zu erinnern. Sie hat gesagt, sie hieße Elisabeth.«

Carmen sah ihn prüfend an. »Ach, die. Die Dunkle.«

»Richtig.«

Carmen kicherte. »Die sah aus, als würde sie sich die Haare selber schneiden.«

»Sag mir, wie sie heißt. Ihren vollen Namen.«

»Warum? Willst du ihr nachlaufen?«

»Vielleicht.«

»Ich kann dir nicht helfen. Sie ist keine …« Carmen senkte die Stimme. »Sie arbeitet nicht hier.«

»Ich weiß. Ich dachte nur, vielleicht hast du mal mit ihr geredet. Wo du immer hier bist.«

Ein verschlagener Ausdruck huschte über Carmens Gesicht. Sie hob die Hand und nahm ihm die Brille ab. »Wie wär's damit: du tanzt mit mir, und dann sage ich dir alles, was ich weiß.«

Doch es war leicht zu erkennen, dass sie gar nichts wusste.

5

Robert Eisner stand mit zwei Lernschwestern vor dem Aufenthaltsraum. Als er Kirsch am Ende des Korridors entdeckte, eilte er ihm entgegen. Seine sorgenvoll gerunzelte Stirn verriet, dass der Vorfall mit Schwester Adele die Runde gemacht hatte.

»Da bist du ja. Ich hatte schon befürchtet, du kommst gar nicht mehr.«

Kirsch hatte früh in die Klinik kommen wollen, doch eine unruhige Nacht hatte diesen Plan durchkreuzt. »Warum sollte ich nicht kommen? Ich bin doch nicht krank.«

Er merkte, dass er sich den linken Arm hielt. Die Salvarsan-Injektion hatte einen konstanten Schmerz verursacht, den nicht einmal Alkohol betäuben konnte. Er setzte den Weg zu seinem Zimmer fort.

»Ich rede von gestern«, sagte Eisner. Robert war nur fünf Jahre jünger als Kirsch, doch mit seinem glatten Gesicht und den hellblauen Augen konnte er auch für zwanzig durchgehen. »Was in Gottes Namen ist in dich gefahren?«

Kirsch war sich nicht sicher, ob er sich über Eisners Neugier ärgern oder freuen sollte. »Nichts ist in mich gefahren. Ich bin zufällig vorbeigekommen, als ...«

»Im Keller?«

»Der Patient hat gekrampft, und Mehring war nicht da.«

Eisner schwieg, während sie nebeneinander die Treppe hinaufstiegen, die Falten auf seiner Stirn ungewöhnlich tief. »Hör zu, ich weiß, dass du vom Insulinverfahren nicht viel hältst, aber ...«

»Zehn Prozent der Patienten wachen aus dem Koma nicht mehr auf. Was den Rest angeht, ist die Wirkung ungefähr die gleiche wie bei einem heftigen Schlag auf den Kopf.«

»Ja, ja. Aber ich verstehe nicht, warum du und Schwester Regine …« Er zuckte die Schultern. »Warum du handgreiflich werden musstest.«

Kirsch blieb stehen. »Das hat sie behauptet? Ich wäre *handgreiflich* geworden?«

»Das habe ich gehört.«

Kirsch versuchte sich zu erinnern, Schwester Regines gerötetes Gesicht dicht vor seinem, ihre rotgeränderten, hervortretenden Augen. Allerhöchstens hatte er sie zur Seite gestoßen.

»Mehring. Das hat er ihr eingetrichtert.«

»Mehring?« Eisner schob die Hände tief in die Kitteltaschen. »Du hast gar nicht …?«

»Das hat sie erfunden.«

Als sie den Korridor erreichten, blieb Eisner stehen. »Na ja, die Honig und Mehring, die stecken natürlich unter einer Decke.«

»Eben. Ihm verdankt sie die Stelle.«

Eisner nickte kräftig. »Dann wurde Schwester Adele auch nicht …?«

»Ich schätze, *ich* soll sie gebissen haben. Erzählt man sich das?«

»Nein. Stöhr hat sie gebissen, nachdem du …« Eisner legte ihm die Hand auf die Schulter. »Das Wichtigste ist: Hast du irgendjemanden, der deine Version stützt?«

Mit Eisner im Schlepptau hastete er über die Straße zum Hauptgebäude. Besuchszeit war erst am Nachmittag, doch sie konnten die Formalitäten umgehen, indem sie durch die Rettungsstelle gingen.

»Dieser Brenner ist ein Korinthenkacker«, sagte Eisner auf der Straße. »Und er hält Psychiater für Quacksalber. Er lässt uns bestimmt nicht zu ihr vor.«

Ein Krankenwagen stand vor dem Eingang. Gerade wurde ein Verletzter eingeliefert. Sein Hemd war zerrissen, und die Schulter war hässlich geschwollen und schwarzblau verfärbt. Mit schockstarrem Blick fixierte er sie, als sie ihm ins Gebäude folgten.

In der Rettungsstelle herrschte Hochbetrieb. Ärzte und Schwestern arbeiteten fieberhaft auf beiden Seiten des Saals und redeten durcheinander, während sie ihre Patienten zu stabilisieren versuchten: Atemwege freilegen, Infusionen legen, Morphium verabreichen. Der graue Linoleumboden war blutverschmiert. Letzte Nacht hatte es wieder Straßenkämpfe gegeben, in Friedrichshain und Neukölln. In einer Bierhalle in Pankow waren Schüsse gefallen. Eisner sagte, einige der Krankenwagenfahrer hätten sich geweigert, vor Anbruch des Tages die Verletzten zu bergen.

Am anderen Ende des Saals begann jemand zu schreien. Eine Schwester eilte hinter einem Wandschirm hervor und stieß mit Kirsch zusammen. Klappernd fielen die Nierenschale und die Instrumente zu Boden.

»Aaau! Ihr … *Sch-schweine*!« Der Patient war völlig außer sich.

Die Schwester bückte sich, um die Instrumente aufzuheben. Eine Locke hatte sich aus ihrer Haube gelöst und fiel ihr kraftlos über die Stirn. Durch einen Spalt im Wandschirm sah Kirsch ein Paar Beine in braunen Hosen, die wild um sich traten.

Zwei Krankenpfleger versuchten den Patienten festzuhalten. Er war jung, höchstens fünfundzwanzig, und trug SA-Uniform. Mit weit aufgerissenen Augen starrte er auf die Reste seines zerrissenen Hemds und Unterhemds und den blutgetränkten Verband um seinen Bauch.

Die Ärzte und Schwestern, die ihn behandelten, wirkten gereizt, nervös, vielleicht nur wegen der Schwere der Wunde, des Blutverlusts. Vor zwei Wochen war ein SA-Mann mit Kopfverletzungen in ein Lichterfelder Krankenhaus eingeliefert worden. Jemand hatte ihm eine Eisenstange über den Kopf geschlagen, und ein paar Stunden später war er gestorben. Am nächsten Tag tauchte eine Truppe seiner Kameraden im Krankenhaus auf und beschuldigte den Chirurgen, er habe ihn absichtlich sterben lassen. Sie gingen mit Knüppeln auf den Arzt los und warfen ihn aus dem Fenster im zweiten Stock. Er wäre tot gewesen, hätte nicht ein Lastwagen unter dem Fenster gestanden, auf dessen Plane er landete. Obwohl es mindestens ein Dutzend Zeugen gab, kam es zu keiner Verhaftung.

An der Charité kannten alle die Geschichte – auch wenn nicht viel darüber geredet wurde. Über Politik, selbst über politische Gewalt, zu reden, gehörte sich nicht für ein Krankenhaus, als könnte allein die Erwähnung zu Diskussionen und Zwietracht führen und damit alles noch schlimmer machen. Die einzig akzeptable politische Äußerung war die unter den Akademikern verbreitete Meinung, dass die Republik zugrunde ging, dass die politische Gewalt Symptom dieses Scheiterns war, und dass früher oder später etwas geschehen müsse.

Der SA-Mann wurde bleich. Er blinzelte langsam, dann sackte sein Kopf aufs Kissen. Die Anstrengungen der Ärzte wurden hektischer, als sie ihn für den OP vorbereiteten.

Kirsch fühlte Eisners Hand auf seinem Arm.

»Nicht unser Problem, was?«

Von der Rettungsstelle aus nahmen sie eine falsche Abzweigung und landeten in einem Lagerraum. Auf drei Betten lagen Leichen. Unter einem Laken sah eine rußige Stirn mit einem Büschel schmutziger Haare darüber hervor.

Ein Stockwerk höher ging es ruhiger zu. Hohe Decken und weiße Wände, im Hintergrund gedämpfte Stimmen und leise Schritte. Kirsch kamen Zweifel, ob er mit Schwester Adeles Unterstützung rechnen konnte. Immerhin war sie tatsächlich seinetwegen verletzt worden. Vielleicht war es besser, gleich zum Direktor zu gehen und ihm seine Sicht selbst zu erklären, doch davon wollte Eisner nichts hören.

»Angriff ist die beste Verteidigung. Stell den alten Sack Mehring bloß, und du bist fein raus.«

Ein Hilfspfleger schob einen Wäschewagen über den Flur. Sie fragten ihn nach der Frauenstation. Teilnahmslos zeigte er in die Richtung, aus der er gekommen war.

»Gestern wurde eine Krankenschwester eingeliefert«, sagte Kirsch. »Adele Ritter. Mit einer Bisswunde.« Er deutete auf die Stelle hinter seinem Ohr. »Junge Frau, dunkles Haar.«

Der Pfleger stank nach Tabak. Er hatte Pockennarben und gefärbtes Haar. »Ich weiß, wen Sie meinen.«

Sie standen um das Bett herum wie Pathologen, die eine besonders interessante Leiche vor sich hatten. Dr. Brenner leuchtete ihr mit einer Stableuchte in die Augen, während sich die Stationsschwester Notizen machte. Etwas musste schiefgegangen sein. Schwester Adele lag reglos da, offensichtlich bewusstlos. Man hatte ihr eine Infusion angelegt.

Brenner war fünfzig, ungepflegt und kurzsichtig, und sein fleischiges Gesicht hatte sich vom ständigen Augenzusammenkneifen eingefaltet. Man kannte ihn in der Psychiatrischen Klinik. Über die Jahre hatte er sich mit Professor Bonhoeffer einige Patienten geteilt, hauptsächlich neurologische Fälle, die auf Kopfverletzungen zurückzuführen waren. Doch Schwester Adele war weder ein neurologischer noch ein psychiatrischer Fall. Sie hatte nur eine leichte Verletzung, eine Fleischwunde.

Das Blut wich aus Kirschs Gesicht. Bei seinem letzten Gespräch mit Dr. Brenner hatte dieser eine Infektion befürchtet. Bisswunden waren voller Keime. Aber eine Infektion hätte Tage gebraucht. Selbst nach dem Biss eines tollwütigen Hundes hätte es länger gedauert, bis sie ins Koma fiel.

Dr. Brenner seufzte und beugte sich über die Patientin. Schwester Adeles weiße Arme lagen dicht neben ihrem Körper, die Handflächen zeigten nach oben.

»Pupillenreflex vorhanden«, sagte er. »Wir haben also vegetative Stammhirnfunktionen.«

Das Stammhirn. Die walnussgroße graue Masse, die die vitalen Organfunktionen steuerte: den Herzschlag, die Atmung. Hier wurden alle lebenswichtigen Aufgaben erfüllt, für die weder Bewusstsein noch Denken erforderlich war.

»Sehen wir uns die Sehnenreflexe an.« Brenner richtete sich

auf, als er merkte, dass er Publikum hatte. »Kann ich Ihnen behilflich sein, meine Herren?«

Kirsch trat vor. Im Geist sah er die Bisswunde vor sich, angeschwollen wie eine Knospe, an den Nähten zerrend, die sie zusammenhalten sollten, violett, eiternd: der Biss des Zerberus, eine Kostprobe von Feldwebel Stöhrs Innenwelt.

»Schon gut, Dr. Brenner«, sagte Eisner. »Ein Irrtum.«

Kirsch rührte sich nicht. Erst jetzt sah er ihr Gesicht. Es war nicht Schwester Adele.

Eisner zog ihn am Arm. »Falsche Patientin, Martin. Gehen wir.«

Brenner runzelte die Stirn und wandte sich wieder der Patientin zu. Er zog ein kleines Holzhämmerchen aus der Tasche. Die Stationsschwester schlug die Decke zurück. Durch die Prüfung der Reflexe ließen sich Nervenschäden ausschließen.

»Martin? Was ist los?«

Ihre Haut war wächsern, die blutleeren Lippen aufgesprungen, die Lider geschwollen. Aber sie war es – kein Zweifel möglich: das Mädchen aus der Grenadierstraße. Sie trug ein Krankenhausnachthemd, die Art, die wie eine Zwangsjacke am Rücken geschnürt wurde. Ineinanderlaufende Blutergüsse verfärbten ihren Hals.

Das Krankenhaus war der letzte Ort, wo er sie zu finden erwartet hätte. Panik stieg in ihm auf, und einen Moment bekam er keine Luft. Ein besserer Teil der Stadt. Sie hätte in einem besseren Teil der Stadt sein sollen.

Brenner drehte die Hände der Frau um. »Sie sind Bonhoeffers Leute, oder? Hat er Sie geschickt?«

Eisner sah Kirsch prüfend an. »Wir suchen nach Fräulein Ritter. Man hat uns gesagt …«

»Schwester Adele ist heute Morgen entlassen worden«, sagte die Stationsschwester. »Sie ist nach Hause gegangen.«

Kirsch stand am Fuß des Bettes. Die Reglosigkeit des Mädchens war unerträglich. Es war fast wie Totenstarre. »Was ist passiert?«

Brenner klopfte mit dem Hammer leicht auf ihr Handgelenk. Keine Reaktion. »Wir wissen es nicht. Sie wurde bewusstlos aufgefunden. Die Wunde an der Schläfe ist nichts Ernstes; ich nehme also an, dass sie wegen Unterkühlung ins Koma gefallen ist.«

»Ins Koma? Seit wann ...«

»Wir wissen es nicht genau. Vielleicht achtundvierzig Stunden. Vielleicht länger.« Brenner klopfte noch einmal mit dem Hammer. Der Unterarm zuckte. »Brachioradialisreflex vorhanden, sehr schwach.«

Die Schwester schrieb mit. Brenner beugte sich über das Bett und wiederholte den Test am linken Arm.

»Aber sie wacht doch wieder auf. Sie wird wieder aufwachen, oder?«

»Schwer zu sagen. Hängt von den Schäden im Gehirn ab. Nach meiner Erfahrung: je länger das Koma, desto schlechter die Prognose.« Brenner fuhr mit der Untersuchung fort. Auf der Suche nach Schäden des zentralen Nervensystems klopfte er mit der Präzision eines Geigenstimmers Arme, Hände und Finger der jungen Frau ab. »Wahrscheinlich überlebt sie es nicht.«

Kirsch musste sich am Fußende des Betts festhalten. Er war selbst überrascht von der Heftigkeit seiner Reaktion. Sie war unpassend, unnatürlich. Körperlich. Er kannte die Frau doch kaum.

Brenner winkelte ein Bein der Patientin an und legte es über das andere. Er hielt ihren Fuß, während er die Achillessehne abklopfte. Die Zehen waren blau verfärbt. Es sah aus, als wäre eine Zehe gebrochen. Unter den Zehennägeln klebte getrocknetes Blut.

»Wissen Sie, wie sie heißt?«

Brenner schob das Nachthemd über ihr Knie. Die Kratzer und blauen Flecken sahen aus, als wäre sie gestürzt.

»Noch nicht«, sagte Brenner. »Die Polizei hofft, dass die Angehörigen sich melden.«

»Warten Sie mal.« Eisner stand neben ihm. »Es stand alles in der Zeitung. Ich habe den Artikel gelesen. Zwei Jungen haben eine Unbekannte im Wald bei Caputh gefunden.« Die Schwester warf ihm einen stirnrunzelnden Blick über ihre Akte zu. »Alles, was man bei ihr fand, war ein Flugblatt«, sagte er. »Die Ankündigung einer Physik-Vorlesung.«

»Eine Physik-Vorlesung?«, wiederholte Kirsch. »Bist du sicher?«

»Hast du die Zeitung nicht gelesen? Ein Vortrag von Albert Einstein.« Eisner verschränkte die Arme vor der Brust und musterte das Mädchen wie einer, der das neue Auto seines Nachbarn begutachtet. »Deswegen nennen sie sie das Einstein-Mädchen.«

QUANTEN

6

Mit einem Ruck wachte Dr. Oswald Brenner auf. Er saß an seinem Schreibtisch, vor ihm lag die Budgetplanung seiner Abteilung für das kommende Jahr, Zahlen, die er selbst nach einem langen Abend des Kürzens, Abrundens und Ausgleichens nicht auf das erforderliche Maß hatte stutzen können. Er tastete nach seiner Brille, als er eilige Schritte über den Flur rennen hörte. Hastig klemmte er sich die Brillenbügel hinter die Ohren und blinzelte zur Uhr. Es war fast elf. Wie lange hatte er geschlafen?

Eine Tür schlug zu. Er hörte Stimmen, es klang wie eine Auseinandersetzung. Die Schritte wurden lauter, dann hielten sie vor seiner Tür an.

»Was in Gottes Namen …?«

Es klopfte eindringlich. Eine Lernschwester steckte den Kopf durch die Tür. »Herr Doktor? Ich glaube, es ist besser, wenn Sie kommen.«

Schwester Else: sehr jung, sehr unsicher, schlecht ausgebildet.

»Schwester Else, ich bitte Sie, im Krankenhaus nicht zu laufen. Es tut unseren Patienten überhaupt nicht gut, wenn Sie sie umrennen.«

»Entschuldigung, Herr Doktor. Es ist die Komapatientin. Das Einstein-« Schwester Else stockte. »Die Patientin, die man im …«

Sie war so außer Atem, dass sie kaum sprechen konnte.

»Ich weiß, wen Sie meinen. Was ist mit ihr?«

Noch jemand rannte über den Flur. Die Schritte verhallten auf der Treppe zur Frauenstation.

»Sie ist …« Schwester Else trat von einem Bein aufs andere, als müsste sie dringend zur Toilette. »Ich glaube, es ist besser, wenn Sie kommen.«

Jemand hatte der Presse einen Tipp gegeben. Die Reporter trafen noch vor der Polizei am Krankenhaus ein, doch Dr. Brenner untersagte ihnen, das Gebäude zu betreten. Stunden später lungerten sie immer noch draußen herum und stürzten sich auf jeden, der aussah, als könnte er Informationen haben. Vom Fenster des Aufenthaltsraums beobachtete Kirsch, wie die Meute vor dem Wagen des Polizeiinspektors auf und ab lief: magere, hungrig aussehende Männer mit verstohlenen Bewegungen, wie Hunde, die Tritte gewohnt waren.

Er hatte es von Robert Eisner gehört, der es von den Schwestern hatte. Das Einstein-Mädchen war schreiend aus dem Koma erwacht. Die Nachtschwester war sofort zu ihr geeilt, doch das Mädchen wirkte vollkommen hysterisch. Sie hatte ein Glas an der Bettkante zerschlagen und versucht, es der Schwester ins Gesicht zu drücken. Die Schwester wollte Hilfe holen, aber als sie zurückkam, war die Patientin verschwunden. Nachdem man Alarm geschlagen hatte, wurde sie schließlich draußen auf der Feuerleiter gefunden. Es war nicht klar, sagte Eisner, ob sie sich verstecken oder hinunterspringen wollte. Zwei Wärter und eine Phenobarbitalspritze waren nötig, um sie wieder hereinzuholen. Seitdem war sie sediert.

Auch Eisner war im Aufenthaltsraum. Er hockte in einem alten Ledersessel, die Nase in der ›Neuen Berliner Zeitung‹. Berichte über das Wahlergebnis nahmen die gesamte Titelseite ein. Wieder ein Patt im Reichstag. Bis auf die Kommunisten hatten die meisten Parteien Sitze verloren. Doch da Präsident Hindenburg seine Regierung ohnehin ohne Rücksicht auf die vom Volk gewählten Repräsentanten zusammenzustellen pflegte, schien es keinen großen Unterschied zu machen.

»Sieht aus, als würde es von Papen nicht lange machen«, sagte Eisner. »Bei der Reichswehr haben sie längst die Nase voll von ihm.«

Einer der Reporter schlenderte hinter einen geparkten Lastwagen und pinkelte dagegen.

»Wäre dir Hitler lieber?«

»Als Kanzler?« Eisner blätterte weiter. »Hindenburg würde sich eher die Gurgel durchschneiden. Hitler ist ein Prolet.«

»Wer dann?«

»Generäle sind wie Brennnesseln. Reißt du einen raus, wächst der nächste nach. Die Reichswehr setzt ein, wen sie will. Irgendeiner kommt immer nach.«

Kirschs Schwiegervater in spe war ein vorsichtiger Unterstützer Franz von Papens gewesen, des gegenwärtigen Reichskanzlers, dessen Kabinett von der Berliner Presse spöttisch das »Kabinett der Barone« genannt wurde. Diese Tatsache hatte am Esstisch der Siegels hin und wieder zu Spannungen geführt. Der ehemalige Kavallerieoffizier und Amateur-Rennreiter von Papen, dessen langes Gesicht selbst etwas Pferdeähnliches hatte, hatte unter dem Vorwand, Ordnung und nationale Einheit wiederherstellen zu wollen, mit Hilfe der Armee die preußische Regierung abgesetzt. Offensichtlich war dies der erste Schritt dahin, die verhasste Republik ganz aufzulösen. Doch mit der Wirtschaft ging es trotzdem weiter bergab, und die Gewalt auf den Straßen wurde immer schlimmer.

Kirschs Atem ließ die kalte Scheibe beschlagen. Wieder trafen Männer in Uniform die Entscheidungen, genau wie im Krieg. Und niemand schien das merkwürdig zu finden, trotz des Ausgangs jenes speziellen Konflikts. Warum auch? Drill und Stiefelwichse waren die wichtigsten Requisiten einer guten Regierung. Das wusste jeder.

Vor dem Krankenhaus entstand Bewegung, Blitzlichter zuckten. Die Reporter warfen ihre Zigaretten weg und kamen angerannt.

Der Polizeiinspektor war hager und schlaksig. Der Großteil seiner Energie schien in seinen buschigen, glänzenden Schnurrbart zu gehen. Er knurrte, als das nächste Blitzlicht in sein Gesicht explodierte, und verweigerte mit gereiztem Kopfschütteln alle Fragen. Kirsch stellte sich auf die Zehenspitzen.

»Was ist los?«, fragte Eisner und spähte über den Rand seiner Zeitung.

Der Polizeiinspektor blieb vor dem Wagen stehen und wandte sich den Reportern zu. Es sah aus, als würde er doch ein paar Fragen beantworten.

Kirsch vergrub die Hände in den Hosentaschen. »Ich muss etwas frische Luft schnappen«, sagte er.

Es fing zu regnen an. Dicke, unrhythmische Tropfen klatschten auf Hutkrempen und Überzieher. Als Kirsch über die Straße lief, schaltete der Fahrer des Polizeiwagens gerade die Scheinwerfer an.

»Dr. Brenner hat mir versichert, dass die Patientin nicht in akuter Lebensgefahr schwebt. Körperlich scheint sie in recht guter Verfassung zu sein.« Der Inspektor hustete und warf einen finsteren Blick zum Himmel. »Zum jetzigen Zeitpunkt ist sie allerdings immer noch desorientiert.«

»Was soll das heißen?«, rief ein Reporter. »Ist sie verrückt?«

»Es heißt, dass sie desorientiert ist.«

Einer der Reporter feixte, während er sich Notizen machte. Anscheinend hatte er eine gewisse Autorität; die anderen hielten den Mund und hörten zu, wenn er sprach.

»Inspektor Hagen, haben Sie *irgendwelche* Fortschritte bei der Suche nach dem Täter gemacht?«

Der Inspektor runzelte die Stirn. »Herr Lehnert, wir haben keine handfesten Hinweise, dass überhaupt ein Verbrechen stattgefunden hat. Die Frau hat nur leichte Verletzungen, die sie sich auch bei einem Sturz zugezogen haben kann.«

»Im Wald? Und wo soll sie runtergestürzt sein, Inspektor? Von einem Baum?«

Die anderen Reporter lachten.

»Sie hat keine Anzeige erstattet«, sagte Hagen, »gegen wen auch immer.«

Die Reporter schienen ihren Ohren nicht zu trauen. Wie aufs Stichwort riefen alle durcheinander.

»Ist es nicht offensichtlich, dass sie überfallen wurde?«, wollte Lehnert wissen. »Wo sollen sonst ihre Kleider sein?«

»Wir haben keine gefunden. Aber das heißt nicht …«

»Denkt die Polizei, dass sie schwimmen war?« Wieder lachten die anderen, lauter als zuvor. »Oder dass sie oben auf dem hypothetischen Baum ein Sonnenbad genommen hat?«

Die Reporter konnten kaum noch an sich halten. Angewidert schüttelte Inspektor Hagen den Kopf; wahrscheinlich bereute er, dass er überhaupt etwas gesagt hatte.

In den letzten Jahren wurden die Fähigkeiten der Polizei von der deutschen Presse zunehmend zum Gespött gemacht. Vor allem die späten Ermittlungsergebnisse bei verschiedenen Serienmorden waren der Öffentlichkeit noch zu gut in Erinnerung. Da war Karl Denke, ein kleiner Kirchenangestellter aus Münsterberg, der in akribischen Aufzeichnungen dreißig Morde katalogisierte. In seinem Keller hatte man Fässer mit geräuchertem Menschenfleisch, Knochen und gepökelter Haut gefunden und töpfeweise Menschenschmalz. In Berlin war es Carl Großmann, ein ehemaliger Metzger und Hausierer, der den Mord an vierundzwanzig jungen Frauen gestanden hatte. Seine Opfer waren Einwanderinnen, die neu in die Stadt kamen. Er hatte eine nach der anderen als Wirtschafterin eingestellt, bevor er sie tötete, zerlegte, ihr Fleisch in Papier einschlug und verkaufte. Dann war da Fritz Haarmann, ein Informant der Polizei in Hannover, der am Bahnhof junge Wanderarbeiter ansprach. Er freundete sich mit ihnen an, nahm sie mit nach Hause, verging sich an ihnen und tötete sie dann, indem er ihnen mit den Zähnen die Gurgel herausriss, in mindestens fünfundzwanzig Fällen – bis an den Ufern der Leine menschliche Schädel angespült wurden. Wie die anderen hatte Haarmann keinen Grund gesehen, die Leichen verkommen zu lassen, und so zerlegte er sie fachmännisch, kochte das Fleisch und verkaufte es auf dem Schwarzmarkt als eingemachtes Kalb und Schwein. Wie bei den anderen hieß es, seine Verhaftung habe in der ganzen Stadt heftige Brechanfälle ausgelöst.

Was Kirsch interessant fand, war das Fehlen jeglicher Reue auf Seiten der Mörder. Darüber, ob sie wahnsinnig waren oder nicht, ließ sich streiten. Unbestreitbar dagegen war ihre Unfähigkeit, mit den Opfern oder deren Familien mitzufühlen. Untersuchungen zeigten, dass sie überhaupt nur zu einem sehr begrenzten Gefühlsspektrum fähig waren. Sie befanden sich in einem Zustand emotionaler Verarmung und Isolation von normalem menschlichem Leben. Ein amerikanischer Psychiater namens Partridge hatte den Begriff »Soziopath« vorgeschlagen, da es sich Untersuchungen an jugendlichen Kriminellen zufolge um eine soziale Fehlanpassung handelte.

Kirsch hätte gern gewusst, ob ein solcher Zustand umkehrbar war, aber die Presse stürzte sich auf das Offensichtliche: In Leitartikeln und Berichten ging es vor allem um die Inkompetenz der Polizei. Ob beabsichtigt oder nicht, der Effekt war eine unausgesprochene Rechtfertigung für die Existenz bewaffneter Gruppen, die immer häufiger das Recht selbst in die Hand nahmen.

Lehnert und die anderen Reporter lachten immer noch. Mit rotem Gesicht hatte sich der Inspektor abgewendet, doch jetzt drehte er sich noch einmal um und hob drohend den Zeigefinger. »Sie können Ihrer Phantasie gern freien Lauf lassen, meine Herren. Ich dagegen halte mich an die Fakten. Die junge Frau hat Schlimmes durchgemacht, aber zum jetzigen Zeitpunkt ist nicht erwiesen, ob Dritte beteiligt waren.«

Ohne weitere Fragen zu beantworten, stieg er in den Fond des Wagens. Das Fenster auf der anderen Seite stand ein Stück offen. Kirsch klopfte gegen die Scheibe.

»Wie heißt sie, Inspektor? Haben Sie ihren Namen herausgefunden?«

Der Inspektor registrierte Kirschs weißen Kittel und schloss, dass es sich nicht um einen Reporter handelte. Sein Ausdruck wurde freundlicher. »Leider nicht, Herr Doktor. Sie sagt, sie kann sich an nichts erinnern.« Der Fahrer fluchte, als das Innere des Wagens von einem blendenden Blitzlicht erfüllt wurde. »Wenn Sie mich fragen, ist sie …«

Doch Kirsch hörte die Meinung des Inspektors nicht mehr, denn der Wagen war bereits angefahren.

Später am selben Tag kam es zu einem Tumult im Speisesaal. Es war nicht der erste. Seit Beginn des Wahlkampfs war auch unter den Patienten steigende Erregung zu spüren. Obwohl sie nur sporadischen Kontakt zur Außenwelt hatten, schien die erbitterte Auseinandersetzung der politischen Gegner und deren heftige Rhetorik auf sie abzufärben.

Vor allem die nationalsozialistische Propaganda bewegte die Gemüter. Mehrere Patienten behaupteten, führende Parteimitglieder zu sein (was offensichtlich nicht stimmte), und verlangten, dass sich die anderen Patienten ihrer Autorität beugten. Andere denunzierten angebliche Verräter und forderten Säuberungsaktionen und Rache. Fast täglich stellte sich Franz Scheck, ein manisch-depressiver Zahnarzt, oben an die Treppe, erklärte sich zum Führer und schwor, Rache an den Teufeln und Juden der Hochfinanz, die Deutschland in den Ruin trieben, zu üben. Einmal unterstrich er seine flammende Rede damit, dass er auf sein Publikum herunterpinkelte. Immer wieder wurden Patienten verprügelt und erschienen mit geschwollenen Lippen und Veilchen beim Mittagessen, doch es war unmöglich, die Schuldigen zu identifizieren. Kirsch vermutete, dass zum Teil auch Wärter beteiligt waren. Mehrmals musste er Wärter zurechtweisen, weil sie Patienten anbrüllten oder grob wurden. Er hatte versucht, einen bekannten Grobian namens Jochmann versetzen zu lassen, doch seine Aktennotizen an den Direktor wurden ignoriert. Die Isolationszellen füllten sich, Beruhigungsmitteldosen wurden verdoppelt, und trotzdem wurden die Nächte von Ausbrüchen dämonischen Krakeelens gestört, begleitet von Pfiffen und Schreien, die im ganzen Haus widerhallten. Während der Direktor mit der Grippe im Bett lag und sein Stellvertreter mit seinen Insulinexperimenten beschäftigt war, lag die Ahnung eines bevorstehenden Zusammenbruchs in der Luft.

Mehr als eine Woche war vergangen, und Kirsch hatte nichts Neues von Schwester Adele oder seiner angeblichen Handgreiflichkeit gegen Schwester Regine gehört. Er schöpfte Hoffnung, dass Gras über die Sache gewachsen war; dass er vielleicht doch nicht entlassen würde. Bisher hatte er niemandem von seiner prekären Situation erzählt, weder seiner Familie noch Alma. Er wusste, dass sie sich aufregen würden. Und wozu war das gut, wenn sich vielleicht herausstellte, dass es keinen Grund zur Aufregung gab?

Den ganzen Tag verbrachte er mit Patienten, beobachtete ihre Fortschritte oder den Mangel derselben und dachte über Behandlungsmöglichkeiten nach. Die bedrohliche Atmosphäre machte allen zu schaffen. Selbst die gefügigeren Patienten verhielten sich ihm gegenüber misstrauisch, als wagten sie nicht, offen zu reden. Immer wieder kehrten seine Gedanken zu der jungen Frau zurück, die als Einstein-Mädchen im Krankenhaus lag. Er hätte die polizeiliche Ermittlung beschleunigen können, indem er meldete, was er wusste, unter anderem ihre wahrscheinliche Adresse in der Wörther Straße. So hätte man sie wenigstens identifizieren können. Doch wie sollte er erklären, woher er sie kannte? Was würde die Presse daraus machen, von seiner Verlobten und ihrer Familie ganz zu schweigen? Es war die Art von Bekanntschaft, die bei einem Mann in seiner Position verdächtig war.

Er wünschte, sie würde ihr Gedächtnis wiederfinden, und zwar bald. Er wünschte – auch wenn er noch nicht bereit war, es zuzugeben –, sie würde sich an ihn erinnern. Und wenn sie sich erinnerte, was dann? Was würde daraus werden? Nichts natürlich. Nichts Gutes. Er war Arzt, und er heiratete bald. Seine Zukunft mit Alma war genau geplant. Sie war seine Chance für einen Neuanfang, Familie und Kinder – gesunde, strahlende Aussichten, die ihn von der Vergangenheit erlösen würden. Was konnte das Einstein-Mädchen dem entgegensetzen, eine Fremde, deren Missgeschicke sie sogar in die Presse gebracht hatten?

Sie bedeutete ihm nichts, mit oder ohne Erinnerung: eine Phantasiegeliebte ohne jede Wirklichkeit – außer wenn er die Augen schloss und an sie dachte. Der Sog, den er dann spürte, der Hunger, schien dringlich und echt wie sonst nichts auf der Welt.

7

Man hatte sie aus der Frauenstation in ein Zimmer unter dem Dach verlegt, mit einem vergitterten Fenster und einer Tür mit Schloss, vorgesehen für hoch ansteckende Patienten oder solche, die aus irgendeinem anderen Grund eine Gefährdung für den Ablauf des Klinikalltags darstellten.

»Dr. Brenner hielt es für das Beste«, sagte die Schwester, als sie Kirsch hinführte, »nach allem, was passiert ist. Lange behalten wir sie sowieso nicht hier.«

»Wo soll sie hin?«

Die Schwester zuckte die Schultern. »Dr. Brenner sagt, hier können wir nichts mehr für sie tun.«

Von den Holzpaneelen an den Wänden blätterte die graue Farbe ab. Ein kleines Holzkreuz über dem Bett war mit einer vertrockneten Blumengirlande geschmückt. Von der Decke baumelte eine einsame Glühbirne. Die Schritte der Schwester verhallten auf dem Flur.

Das Mädchen schlief. Man hatte ihr das Haar geschnitten. Sie wirkte kindlich und knabenhaft – eine andere, androgyne Art von Schönheit. Die aufgeplatzte Lippe war fast verheilt, die Blutergüsse in ihrem Gesicht waren verblasst und hatten leichte Schatten auf den Wangen und unter den Augen hinterlassen. Sie wirkte noch zerbrechlicher als zuvor.

Leichte Verletzungen, die sie sich bei einem Sturz zugezogen haben kann. Das hatte Inspektor Hagen gesagt.

Kirsch trat näher. Plötzlich stieß das Mädchen ein Keuchen aus. Ihr ganzer Körper bäumte sich auf, als wäre sie gefesselt und versuchte verzweifelt, sich zu befreien. Sie schluchzte verängstigt, und dann – genauso plötzlich – war sie wieder still.

Alpträume. Er kannte sie zu gut. Vor kurzem, etwa zu der Zeit, als er begonnen hatte, sich mit dem Fall Stöhr zu befassen, waren seine Alpträume zurückgekehrt: grauenhafte Visionen, an die er sich bei Tag nur schwer erinnern konnte, doch er wusste, dass sie auf ihn lauerten, bis die Nacht wieder hereinbrach. Er blieb immer länger und länger auf – er las, trank, zog durch die Straßen von Kneipe zu Kneipe –, nur um den Augenblick hinauszuzögern, wenn die Träume zurückkamen. Der beste Schlaf, der tiefste Schlaf, war der Schlaf völliger Erschöpfung.

Er setzte sich ans Bett und griff nach ihrer Hand. Sie war glatt und weich, nicht die Hand eines Dienstmädchens oder einer Arbeiterin. Es waren keine Spuren eines Kampfes zu sehen, nur die Abschürfung und Schwellung am Handgelenk. Er suchte nach ihrem Puls und war überrascht, wie kühl sich ihre Haut anfühlte. Es war zu kalt im Zimmer. In seinem Kittel war es ihm nicht gleich aufgefallen. Er zog ihre Bettdecke höher und schlug sie unter ihrem Kinn ein. Dann griff er wieder nach ihrer Hand, sah auf die Uhr und begann ihren flatternden Puls zu zählen. Er fragte sich, wie Dr. Brenner zulassen konnte, dass man dieser Patientin Barbiturate injizierte, ganz gleich unter welchen Umständen. Sie hätte leicht wieder ins Koma fallen und nie mehr aufwachen können. Sie hätte sterben können, ohne dass irgendjemand wusste, wer sie war.

An ihren Armen waren blaue Flecke. Die Kanülen hatten die Venen gereizt: sie standen dunkel hervor wie die Tentakel eines aggressiven Tumors.

Achtzig Schläge pro Minute: leicht erhöht, doch nicht beunruhigend. Mehr Sorge machte ihm, dass der Puls so unregelmäßig war. Er sah sie an und merkte, dass ihre Augen nicht mehr ganz geschlossen waren. Unter den dunklen Wimpern bewegten sich kleine Lichtpunkte.

Ihre Lider flatterten, dann schlug sie die Augen auf.

»Guten Abend«, sagte er.

Jäh setzte sie sich auf, betastete ihre Lippe, innen und außen, schob die Finger zwischen die Zähne. Sie war völlig verängstigt.

»Nur ein Alptraum«, sagte Kirsch. »Sie sind in Sicherheit.«

Sie ließ die Hand sinken, sah sie an, dann sah sie ihn an. Er suchte nach einem Zeichen des Wiedererkennens in ihren Augen, doch da war nichts.

»Wissen Sie, wo Sie sind?«

Sie wich zurück, zog die Decke höher. »Wenn Sie das Buch wollen, sind Sie zu spät.«

»Zu spät?«

»Ich habe es nicht mehr. Ich habe es zurückgeschickt.«

»Was für ein Buch?«

Sie öffnete den Mund, doch sie sagte nichts. Langsam schüttelte sie den Kopf. »Ich habe nur geträumt.«

»Wirklich?«

Sie antwortete nicht. Ihr Blick glitt zum Fenster, dann wurde ihr Ausdruck leer. Eine Stille senkte sich über sie, die Kirsch von psychotischen Patienten kannte. Die Schwerkraft der Innenwelt; in bestimmten Zuständen war sie unwiderstehlich, verzerrte die Geometrie des bewussten Denkens, die geraden Linien und rechten Winkel. Erinnerungen liefen im Kreis, außerstande, ein Ziel zu erreichen. Ohne die Disziplin der Chronologie überkreuzten sie einander, liefen rückwärts, stellten die grundlegende Logik von Ursache und Wirkung auf den Kopf. Anwesenheit, Entgleiten, Abwesenheit, das war das Bild, das er vom Wahnsinn hatte: eine Art Verschwinden. So fühlte es sich auch für die Angehörigen an. Der Patient war zwar körperlich noch da, doch sein Geist war auf der Reise. Einer Reise, auf der ihm kein Mensch folgen konnte, nicht einmal die, die ihm am nächsten standen.

Er musste die Verbindung zwischen ihr und der Außenwelt wiederherstellen, sie in die lebendige Gegenwart zurückbringen.

»Darf ich mich vorstellen«, sagte er. »Mein Name ist Dr. Kirsch. Martin Kirsch. Ich arbeite in der Psychiatrischen Klinik der Charité.« Er deutete mit dem Kopf zum Fenster. »Auf der anderen Straßenseite.«

»Kirsch.« Sie starrte immer noch in den Himmel, der sich mit der fortschreitenden Dämmerung tiefblau färbte. Ein Krankenwagen entfernte sich mit läutender Alarmglocke. »Ich habe Sie mir anders vorgestellt.«

»Sie haben mich erwartet?«

»Sie stehen im Buch. Ich dachte, Sie wären älter.«

Offensichtlich war sie verwirrt.

»Wir sind uns einmal kurz begegnet«, sagte er. »Erkennen Sie mich nicht wieder?«

Sie runzelte die Stirn, schluckte. »Habe ich den V-Verstand verloren?«

Wieder fiel ihm ihr Akzent auf: slawisch? Oder weiter aus dem Süden, griechisch vielleicht oder italienisch?

»Natürlich nicht. Unter den Umständen ist es ganz natürlich, dass Sie …«, er suchte nach einem harmlosen Ausdruck, »… desorientiert sind. Erinnern Sie sich, wie Sie hierhergekommen sind?«

»In einem Krankenwagen. Ich erinnere mich an die Glocke.«

»Und davor?«

»Man hat mir g-gesagt, dass ich gefunden wurde. Im Wald.«

»Aber Sie erinnern sich nicht daran?«

Sie schüttelte den Kopf. »Amnesie. So heißt es doch, oder?«

»Gedächtnisverlust, ja.«

Sie nickte. »Ich leide an Amnesie.« Als sie die Worte sagte, hob sie das Kinn, als wäre die Diagnose irgendwie tröstlich. »Können Sie mich heilen?«

Sie sah ihn mit klaren Augen an.

»Das Problem ist …« Die Offenheit ihres Blicks machte ihn nervös. »Ich bin nicht der behandelnde Arzt. Sie sind nicht meine Patientin. Dr. Brenner ist für Ihren Fall zuständig. Ich war nur …«

Das Mädchen runzelte die Stirn. »Nur was?«

»Neugierig.«

Kirsch dachte an die Reporter auf der Straße und wünschte, er hätte etwas anderes gesagt. Das Mädchen starrte auf ihre

Decke. Mit dem Finger fuhr sie sich geistesabwesend über den Hals.

»Sie müssen durstig sein«, sagte er. »Kann ich Ihnen ein Glas Wasser bringen?«

Ohne eine Antwort abzuwarten, ging er nach unten, um ein Glas zu holen. Als er zurückkehrte, hatte sie die Augen geschlossen. Einer ihrer Füße sah unter der Decke hervor. Der Knöchel war immer noch geschwollen, und um die Zehennägel war getrocknetes Blut. Er musste daran denken, wie er sie zum ersten Mal gesehen hatte, in der Grenadierstraße, als sie den Fuß über die große Pfütze streckte und lachte, als sie ins Wasser trat. Sie war auf dem Weg, einen Brief aufzugeben. Wer war der Adressat? Ein Liebhaber vielleicht? Und falls es so war, wo war dieser Liebhaber jetzt? Und wo war ihre Familie? Warum hatte sich niemand im Krankenhaus gemeldet? Wie kam es, dass sie allein war?

Vorsichtig zog er die Decke über ihr Bein. »Schlafen Sie«, sagte er, doch sie schlief längst.

Er fand Dr. Brenner in der Anatomie.

»Die Amnesie ist rückläufig. Sie erinnert sich an alles, was passiert ist, seit sie aus dem Koma erwacht ist, auch an das, was die Schwestern heute Morgen zu ihr gesagt haben. Nur was vor dem Koma war, liegt im Dunkeln. Als ich nach ihrer Vergangenheit gefragt habe, war sie außerstande zu antworten.«

»Oder sie wollte nicht«, murmelte Dr. Brenner, »wenn wir alle Möglichkeiten in Betracht ziehen, Herr Kollege.« Er zögerte, dann ging er in den Lagerraum voraus.

»Sie wollte nicht?«

Brenner schüttelte den Kopf. »Spielt keine Rolle. Wahrscheinlich sollte ich für Ihr Interesse dankbar sein. Ich habe daran gedacht, Professor Bonhoeffer um ein psychiatrisches Gutachten zu bitten. Jedenfalls sehe ich keinen Hinweis auf ein Schädeltrauma oder sonstige Schäden, bis auf die Amnesie. Ich habe ein paar Tests mit ihr durchgeführt, und ihre geistigen Fähigkeiten sind eher überdurchschnittlich.«

»Gibt es Hinweise auf Alkoholismus?«

»Nein. Als sie eingeliefert wurde, haben wir einen Bluttest gemacht, doch natürlich war schon recht viel Zeit vergangen. Wir können Alkohol nicht völlig ausschließen.«

»Mir ist ein leichtes Stottern aufgefallen, aber das könnte sie schon vorher gehabt haben.«

»In der Tat. Andererseits ist so etwas nach einem Koma zu erwarten.«

Kirsch zuckte zusammen, als sein Blick auf ein vollständiges menschliches Gehirn fiel, das in Formaldehyd eingelegt in einem großen Glas im Regal stand. Überall in dem schlecht ausgeleuchteten Raum waren ähnliche Gläser in den Regalen, in jedem eine Probe besonderer Art: Hirne, Föten, Lungen oder andere Organe. Doch es war das Gehirn, an dem Dr. Brenner interessiert war. Er hatte mehrere Abhandlungen über Schädeltraumata und ihre Wirkungsmuster verfasst.

»Außerdem träumt sie lebhaft«, sagte Kirsch. »Alpträume. Möglicherweise von Verletzungen im Mundbereich, was wichtig sein könnte.«

»Inwiefern?«

»Ähnliches habe ich im Zusammenhang mit erzwungenem Schweigen gesehen, mit einer Unfähigkeit, freiheraus zu sprechen. Manchmal auch mit starken Schuldgefühlen.«

»Nun.« Brenner runzelte die Stirn. »Ihre Träume gehen mich nichts an.« Er knipste eine Tischlampe an. »Aber ich stimme mit Ihren Beobachtungen überein. Wie Sie wissen, glaube ich, dass der Schaden durch das Koma entstanden ist. In solchen Fällen können neurologische Symptome fast jede Form annehmen.« Er hielt inne, um das größere von zwei eingelegten Gehirnen zu bewundern, die vor ihm standen. Die letzten Spuren von Farbe waren aus dem Gewebe verschwunden, es war von einem cremigen, faserigen Weiß. »Jedenfalls scheint mir die Patientin nicht in unmittelbar kritischem Zustand. Im Gegenteil, physisch ist sie so gut wie wiederhergestellt.«

»Ich habe gehört, dass Sie vorhaben, sie zu entlassen.«

»Sofern sich ihr Zustand nicht verschlechtert. Wir beobachten sie noch ein paar Tage. Aber dann gibt es keinen Grund, sie hierzubehalten. Wir können nichts weiter für sie tun.«

»Aber sie hat keinen Ort, wo sie hingehen kann.«

»Irgendwann meldet sich schon jemand. Vermisstenmeldungen und so weiter. Ich bin überzeugt, dass die Presse nur zu gern ein Bild von ihr veröffentlichen wird. In der Zwischenzeit gibt es ja Wohnheime für mittellose Frauen, nicht wahr?«

Solche Wohnheime wurden von kirchlichen oder städtischen Organisationen geführt. In den meisten ging es zu wie beim Militär oder im Gefängnis, und die Insassen mussten für ihr Obdach schuften. Selbstmorde kamen häufig vor. Die meisten Frauen, mit denen Kirsch gesprochen hatte, zogen ein Leben auf der Straße vor.

Er konnte nur eins tun.

»Ich möchte die Möglichkeit prüfen, ob die Ursache der Amnesie psychischer Natur ist«, sagte er, »statt rein neurologisch.«

Brenner sah ihn leicht verstimmt an. »Ich habe noch nie von einer psychischen Störung gehört, die zum Koma geführt hätte. Aber vielleicht habe ich in der Literatur etwas übersehen.«

Einen Augenblick wandte er sich dem kleineren Gehirn zu. Er nahm das Glas in die Hand und betrachtete eine Stelle über dem rechten Schläfenlappen, die wie Tumorgewebe aussah.

»Vielleicht war die Ursache ein Schock.«

Brenner drehte das Glas in den Händen. Das Hirn schwappte in der Flüssigkeit. »Sie wurde nicht vergewaltigt, das wissen Sie? Um genau zu sein, gab es keinen Hinweis auf sexuelle Aktivität in jüngster Zeit.«

Gegen seinen Willen stellte sich Kirsch die Untersuchung der bewusstlosen Patientin vor, wie sie auf einen Tisch gehievt wurde und Dr. Brenner zwischen ihre angewinkelten Beine spähte, während seine dicken Finger sie abtasteten.

»Abgesehen davon war sie aber auch keine Unschuld vom Lande«, fuhr Brenner fort. »Wir können mit Sicherheit sagen, dass sie irgendwann ein Kind geboren hat. Und sie trägt keinen Ehering am Finger.«

»Den hat der Täter ihr vielleicht abgenommen.«

»Man hätte einen Abdruck gesehen. Ich habe keinen gefunden.«

Plötzlich verstand er Brenners Gleichgültigkeit: In Brenners Augen war das Einstein-Mädchen keine ehrbare Frau. Sie gehörte zu einer Klasse von Damen, die anfällig für derlei Missgeschicke waren – die Täter waren Männer, doch schuld waren immer sie selbst.

»Jedenfalls«, sagte Kirsch, »hat sie offensichtlich ein traumatisches Erlebnis hinter sich.«

»Ich weiß nicht, ob irgendetwas in diesem Fall offensichtlich ist, Dr. Kirsch. Die Polizei hat keine Hinweise auf Fremdeinwirken gefunden.«

»Aber wie erklärt man dann …«

»Es gibt die Theorie, ob sie stimmt oder nicht, dass die Frau schlicht verwirrt ist, und immer schon war. Bei der Polizei erlebt man solche Fälle häufiger. Eine verwirrte Person kann gut und gern auf die Idee kommen, mitten im Oktober im See baden zu gehen. Vielleicht dachte sie, es wäre Mitte Juli.« Brenner lächelte spöttisch. »Natürlich kommt der Polizei diese Theorie sehr gelegen, denn sie macht weitere Nachforschungen überflüssig.«

Er nahm einen Stift aus der Tasche und trug sich ins Register ein. Nichts durfte aus dem Lager entfernt werden, ohne dass es säuberlich registriert wurde. »War sonst noch etwas?«

»Wenn Sie nichts dagegen haben, würde ich darum bitten, dass die Patientin zur Beobachtung in meine Klinik überwiesen wird.«

Brenners Stift hielt inne. »Ich kann Ihr Interesse verstehen, Dr. Kirsch. Patientinnen wie diese, so ganz ohne Angehörige, sind selten zu finden. Sie hätten sozusagen völlig freie Hand.«

»Ich versichere Ihnen, dass es nicht meine Absicht ist …«

»Sie ist natürlich mittellos. Sie kann nicht zahlen.«

»Die Kosten würden ihr erlassen werden.«

»Mit der Zustimmung des Direktors, nehme ich an.«

»Der Fall ist potentiell von wissenschaftlichem Interesse. Ich bin mir sicher, dass er einverstanden ist.«

Brenner sah Kirsch über seine Brille an, dann widmete er sich wieder seiner Arbeit. »Nun gut. Ich werde eine Überweisung anordnen. Sobald ich Professor Bonhoeffers Unterschrift auf dem Formular sehe.«

Als Kirsch nach dem Besuch im Hauptgebäude an seinen Schreibtisch in der Klinik zurückkehrte, fand er dort einen versiegelten Brief vor. Es war eine Nachricht von Professor Bonhoeffer, der ihn über seine Rückkehr aus dem Krankenstand am folgenden Montag informierte und ihn aufforderte, gleich am Morgen bei ihm vorzusprechen.

8

Oranienburg, 3. November

Mein liebster Martin!

Eben habe ich erfahren, dass in Berlin die Straßenbahnfahrer streiken. Ich hoffe, dass der Streik sich nicht auf andere Bereiche ausdehnt und meine Briefe Dich trotzdem erreichen und nicht wochenlang in irgendeinem Postsack liegen, ohne ausgetragen zu werden. Vater sagt, ich müsse vorsichtig sein, was ich Dir schreibe, denn früher oder später würden die Streikenden die Briefe öffnen, um nach Geld zu suchen, wenn sich der Streik ausweitet. Meinst Du, sie würden es wagen, das Briefgeheimnis zu brechen? Die Vorstellung, dass meine Worte, die nur Dir gelten, in den Händen solcher Leute landen könnten, die sich darüber lustig machten, ist mir unerträglich. Ich weiß, es ist kindisch, aber ich werde den Gedanken nicht mehr los.

Ich bilde mir nicht ein, meine Worte wären etwas Außergewöhnliches. Wahrscheinlich wurden die gleichen Worte Millionen Mal zuvor benutzt. Aber für mich sind sie etwas Besonderes, denn sie kommen direkt aus meinem Herzen und ich habe sie noch nie zu irgendjemandem gesagt und hoffe, sie auch in Zukunft zu niemand anderem zu sagen als zu Dir – da! Siehst Du, ich fange schon an, über meine eigenen Gedanken zu stolpern. Ich muss nicht <u>hoffen</u>. Ich <u>weiß</u>, dass niemals jemand Deinen Platz in meinem Herzen einnehmen könnte … Und schon versinke ich in allen möglichen traurigen Spekulationen, dabei gibt es nicht den geringsten Grund – ich sollte glücklich sein! Und all das nur wegen eines albernen Streiks.

Also bitte, mein Liebster, lass mich so bald wie möglich wis-

sen, dass Du diesen Brief erhalten hast, damit ich Ruhe finde. Seit über einer Woche habe ich nichts von Dir gehört, und es gibt so viel, worüber ich mit Dir sprechen will, so viele Dinge, die wir bis Juni entscheiden müssen. Ich weiß, es scheint noch lange hin, aber wenn wir nicht bald selbst Entscheidungen treffen, tun es andere für uns. Ich habe jetzt schon alle Mühe, zu verhindern, dass Mama alles an sich reißt. Sie hat ihre festgefahrenen Vorstellungen, wie eine Hochzeit aussehen sollte (der »gesellschaftliche Höhepunkt des Jahres«, wie sie sagt, auch wenn ich die Vorstellung abscheulich finde, meinst Du nicht?), doch ich will ihr keine Zugeständnisse machen, solange ich nicht mit Dir gesprochen habe. Sie stellt bereits eine Liste der Illustrierten zusammen, die sie für gut genug hält, über den Empfang zu berichten, und verlässt sich dabei zweifellos auf Papas Unterstützung, damit sie nicht enttäuscht wird. Möchtest Du wirklich eine Stunde Opernarien vor dem Diner hören? Mama ist so erpicht darauf, mit ihrer Freundschaft zu Ruth Jost-Arden anzugeben, deren Stimme ja wirklich wunderschön ist, aber eine ganze <u>Stunde</u>? Und möchtest Du, dass Deine arme kleine Braut in der Kirche eine riesige Schleppe hinter sich herzerrt wie eine Ameisenkönigin? Du als Mann musst Dir natürlich um solche Dinge keine Gedanken machen. Aber ich tue es. Für meinen Geschmack hat Mama zu viele Bilder von königlichen Hochzeiten gesehen.

Wenn Du am dreizehnten in Reinsdorf bist, werde ich natürlich am Sonntag kommen, wie Du vorschlägst. Ich habe Deine Eltern so lange nicht gesehen. Sag ihnen bitte, ich freue mich auf sie. Die Idee eines Kriegerdenkmals finde ich ausgezeichnet. Wie könnte man Deines lieben Bruders Max und all der anderen tapferen jungen Männer besser gedenken? Das notwendige Geld wird gewiss zusammenkommen.

Ich muss zum Ende kommen, sonst versäume ich die Post. Hans-Peter bringt den Brief für mich weg.

Schreib mir, Liebster, wenn Du kannst, also wann immer es Dir Deine armen Irren erlauben. Ich leide schrecklich, wenn ich so lange nichts von Dir höre. Mama sagt, es macht mich den ganzen Tag unleidlich.

Deine Dich liebende (schon wieder zensiere ich mich selbst – will heißen, Dich innigst liebende!)

Alma

9

Früher sah er Max, wenn der Herbst kam; wenn morgens der Nebel aufstieg und um die Gaslaternen Höfe bildete, auf den Leitungen der Elektrischen knisterte und die hohen Fassaden der Wohnhäuser an der Schönhauser Allee verschwimmen ließ. Er dachte an seinen kleinen Bruder, wenn das Ende der Allee im Dunst verschwand und die Straße unvollständig wirkte, ein Bruchstück, das in grauer Leere schwebte – voll fleckiger, abgenutzter Details, doch isoliert, wie das Fragment eines Frieses oder die herausgerissene Seite eines Bilderbuchs.

Woran er am meisten dachte, waren die Ferien in Mecklenburg, als sie Kinder waren. Er und Max liefen hinunter zum See und sahen vom Waldrand zu, wie der Nebel sich über dem Wasser hob und in silbernen Fäden zum Himmel stieg. Sie standen am Ufer, wenn sich der Nebel landwärts wälzte, bis das Licht sie verschluckte und sie nichts als Weiß sahen. Es war ihr Geheimnis. Morgens früh, bevor der Rest der Familie aufwachte, krochen sie aus den Betten und ruderten mit dem Boot hinaus (etwas, das ihnen ohne Aufsicht streng verboten war). Immer übernahm Max die Riemen und ruderte sie übers Wasser, bis sie an der tiefsten Stelle waren. Dort, wo sie niemand sehen konnte, ließen sie sich in der Stille treiben und fühlten sich wie Entdecker am äußersten Rand der Welt.

Wenn sie sich im Boot auf den Rücken legten, fühlte es sich an, als würden sie frei schweben, als würden sie hinauf in den Himmel gehoben. Abgeschnitten von der Welt, und gleichzeitig näher am Herzen der Schöpfung – die Seele an der Schwelle zur Ewigkeit. Dann, wenn der Nebel sich hob und das Ufer wieder sichtbar wurde, war es, als würden sie zurück zur Erde schweben.

Max interessierte sich leidenschaftlich für Astronomie. Zu seinem zwölften Geburtstag hatte ihm Onkel Stefan ein altes Messingteleskop geschenkt. In klaren Nächten starrte er stundenlang hinein und nahm es sogar mit, wenn sie aufs Land fuhren, weil, wie er sagte, dort die Luft sauberer war und die Sterne heller strahlten. Die Eltern ermutigten ihn. Ihre Mutter unterrichtete am örtlichen Gymnasium Französisch und ihr Vater leitete das Familienunternehmen, eine Firma für mathematische Instrumente: Kompasse, Zirkel, Winkelmesser. Auf Bildung – insbesondere naturwissenschaftliche – wurde großer Wert gelegt. Von Religion war dagegen kaum die Rede. Das Thema rief abschätziges väterliches Gemurmel hinter der Zeitung hervor. Die Kirchen hatten sich in Bezug auf das Universum zu oft geirrt. Allem Anschein zum Trotz war die Erde keine Scheibe, und sie wurde auch nicht einmal täglich von der Sonne umkreist. Entgegen ihrer Behauptung, mit dem Höchsten Wesen in enger Verbindung zu stehen, hatten die Männer Gottes lediglich versucht, menschliche Wahrnehmungen in Stein zu meißeln. Es hatte Vorstellungskraft, Skepsis und die strengen Methoden der Wissenschaft gebraucht, um aufzudecken, dass diese Wahrnehmungen falsch waren.

Viele Jahre später, im Krieg, waren sie ein letztes Mal nach Mecklenburg gefahren. Die Tage waren von gezwungener Heiterkeit und überschattet von unausgesprochenen Vorahnungen. Max hatte gerade das Offizierspatent der Infanterie erhalten und sollte in wenigen Tagen nach Frankreich fahren. Ihre ältere Schwester Frieda hatte sich mit Julius, einem Marineleutnant, verlobt. Martin war auf Urlaub vom Rumänienfeldzug, wo er in der 9. Armee als Sanitätsoffizier diente. Damals hatte er noch eine ruhige Hand und konnte als Chirurg arbeiten. Sie waren alle zusammen – zum letzten Mal, wie sich herausstellen sollte.

Ihr Vater hatte die Idee gehabt: Ferien an den Mecklenburger Seen, wie früher. Besser als zu Hause herumzuschleichen, sagte er. Kirsch vermutete, dass er andere Gründe hatte: Nach den

Ferien wäre der Abschied weniger schwer, weniger endgültig. Es war ein Weg, die Angst zu bewältigen, vor allem für seine Mutter, und Optimismus zu mobilisieren. Der Wald und die Seen veränderten sich nicht. Sie würden immer da sein. In Mecklenburg konnten sie an die Möglichkeit einer eigenen Zeitrechnung glauben.

Gleichwohl war die Stimmung höchst zerbrechlich. Selbst die Delikatessen waren unecht: statt Champagner gab es Limonade mit einem Schuss Schnaps, die Zigarren, die ihnen Friedas Verlobter mitbrachte, bestanden aus getrockneten Kohlblättern, die in Nikotin getränkt waren. Jeder versuchte, nicht über den Krieg zu reden, doch Nachrichten von der Revolution in Russland sickerten durch. Kirsch erinnerte sich, wie seine kleine Schwester Emilie mit einer Zeitung zum Frühstückstisch gerannt kam. In Sankt Petersburg und Moskau war Gewalt ausgebrochen. Sie hatten den Zar zum Abdanken gezwungen. Gewiss bedeutete das, dass der Krieg bald vorbei war und die Jungen zu Hause bleiben durften. Sie versammelten sich um den Zeitungsbericht, und Kirsch sah den Blick seines Vaters. Deutschland hatte noch keine Lust auf Frieden, selbst wenn Frieden im Angebot war. Man wollte Sieg um jeden Preis, und sei es nur, damit die Toten nicht umsonst gestorben waren. Auf den Straßen hatte es Jubel gegeben, als die U-Boote Befehl erhielten, neutrale Schiffe in alliierten Gewässern zu versenken, obwohl jeder wusste, dass der uneingeschränkte U-Boot-Krieg höchstwahrscheinlich zum Kriegseintritt Amerikas führen würde.

Bei den Kirschs wurde nicht gejubelt, genauso wenig wie bei Kriegsausbruch. Die Paraden und Marschkapellen und Gesänge auf den Straßen waren wie eine riesige Festlichkeit gewesen, zu der sie nicht eingeladen waren. Als Martin erklärte, dass er sich melden wollte, hatte seine Mutter ihn geohrfeigt und war aus dem Haus gelaufen. Dann war er wegen seiner Sehschwäche nicht zum Dienst an der Front zugelassen worden. Aber sie mussten immer noch um Max bangen, Max mit dem blonden Haar und den jadegrünen Augen, den Jungen, der immer Fragen stellte, auch wenn er schon alles zu wissen schien. Der alle zum Lachen brachte. Er hatte keine Achillesferse, die ihm das Leben rettete.

Während der Offiziersausbildung hatte Max Albert Einstein gelesen. Das neueste Buch des Professors hatte er sogar nach Mecklenburg mitgebracht. Und wollte unbedingt darüber reden – weil es in der Kaserne keinen interessierte, dachte Kirsch, oder vielleicht, weil sie dann nicht über andere, wichtigere Dinge sprechen mussten.

Von allen großen Wissenschaftlern hatte Max Einstein schon immer besonders bewundert. Als Heranwachsender verschlang er jedes Buch und jeden Aufsatz, die Einsteins Arbeit zu erklären versuchten, auch wenn die Mathematik viel zu hoch für ihn war. Besucher des Hauses wurden auf ihre Kenntnisse in Differentialrechnung geprüft und gebeten, ihm bei der Entschlüsselung zu helfen, wenn sie konnten (was nicht oft der Fall war). Was Max damals am meisten beeindruckte, war Einsteins Widerlegung scheinbar eherner Wahrheiten – je unantastbarer, desto besser. Für Max war Einstein ein Bilderstürmer, der die falschen Abgötter überlieferter Weisheit zerstörte, ganz gleich wie eifersüchtig sie bewacht wurden.

Eins der ersten unantastbaren Konzepte, die Einstein zunichtemachte, war das vom Äther, das seit Aristoteles Theologen wie Wissenschaftlern heilig war. Der Äther war angeblich überall im Universum vorhanden, unsichtbar und unnachweislich, so wie Gott überall war. In der Wissenschaft war der Äther das Medium, durch das Lichtwellen passierten, so wie Schallwellen durch die Luft und Meereswellen durch das Wasser liefen. Der Äther musste existieren, da einfache Experimente zweifelsfrei bewiesen hatten, dass Licht nicht stofflich war, sondern eine Welle, eine Schwingung, die eines Mediums bedurfte. Wenn zwei Lichtstrahlen von zwei dicht beieinanderliegenden Punkten ausgingen, überschnitten sie einander und riefen ein Streifenmuster hervor, helle Streifen, wo Wellenberge und Wellentäler übereinander lagen, dunklere, wo Berge auf Täler und Täler auf Berge trafen. Ein solcher Effekt konnte nur von Wellen hervorgerufen werden. Doch Einstein betrachtete den geheimnisvollen Äther mit Skepsis. War es wissenschaftlich, die Existenz einer Substanz anzunehmen, die sich jeder Beobachtung entzog?

»Zweitausend Jahre Religion und zweihundert Jahre Wissenschaft.« Kirsch erinnerte sich an Max' leuchtende Augen. »Mit einer einzigen Gleichung demontiert.«

Für Max gab es nichts Schöneres als mit anzusehen, wie die Autoritäten widerlegt wurden. Für ihn bedeutete es Freiheit, als würde eine Last von ihm abfallen, die Freiheit, dass er sich alles vorstellen durfte.

Einsteins Gleichung besagte, dass Licht keine Welle war, sondern ein Energiestrom mit Teilchencharakter, den er *Quant* nannte. Wie eine Salve winziger Kügelchen reiste ein Lichtstrahl durch die Leere des Raums, auch ohne Äther. Und im Gegensatz zu Wellen hatten die Quanten eine Masse, was bedeutete, dass auch sie, wie die Objekte, die sie aussandten, der Schwerkraft ausgesetzt waren. Ein Lichtstrahl, der ein massives Objekt wie die Sonne passierte, veränderte also seine Bahn und lieferte dem Beobachter ein falsches Bild von seinem Ausgangspunkt.

Martin Kirsch war das alles phantastisch vorgekommen. Wie konnte Licht – die reinste Form der Energie – Gewicht haben? Masse und Energie waren zwei verschiedene Einheiten, eine stofflich und dauerhaft, die andere immateriell, eine Eigenschaft, kein Gegenstand. Ein Gegenstand konnte heiß sein, doch Hitze selbst hatte keine Substanz. Hitze brauchte Masse, um zu existieren, so wie ein Gedanke ein Gehirn brauchte. Doch nun behauptete Einstein, Masse sei nur eine andere Form von Energie. Er sprach der Masse sowohl Festigkeit als auch Dauerhaftigkeit ab, sogar die klare Abgrenzung von ihrer Umgebung. Masse war Energie, in ungeheuer konzentrierter Form. Wie Max es erklärte, konnte man sich das gesamte materielle Universum als gefrorenes Licht vorstellen. Im Kern alles Materiellen war das Immaterielle.

Was Max nicht wissen konnte, war, wie Einsteins doppelbödige Quanten die ganze Welt verändern würden. Und dass Einstein anfangen würde, seine Schöpfung zu verabscheuen und ihre Zerstörung zu betreiben. All das lag in der Zukunft.

Martin konnte Max' Begeisterung für die Wissenschaft des Lichts nicht teilen. Er kam sich dumm vor, wenn sie darüber sprachen, und das hat ein älterer Bruder nicht so gern. Er hörte nur deshalb so aufmerksam zu, damit Max sich nicht wiederholen musste, sonst wäre er sich noch dümmer vorgekommen. Manchmal fragte er sich sogar, ob vielleicht genau das Max' Absicht war, der Antrieb hinter seiner unermüdlichen Neugier: ein heimliches Bedürfnis, den Erstgeborenen zu übertrumpfen.

Später erfuhr er, wie falsch er lag. Er erkannte die Wahrheit, als er Max zum letzten Mal lebendig sah: Einsteins Vision war nicht nur eine Quelle der Faszination für seinen Bruder. Sie war etwas viel Wichtigeres.

An jenem letzten Morgen ruderten sie auf den See hinaus, nur sie beide. Es war Max' Idee gewesen.

»Wir schleichen im Morgengrauen raus, wie früher. Ich habe schon ein Boot aufgetrieben.«

Ohne Erklärung. Er setzte einfach voraus, dass Martin mitmachen würde, obwohl es Anfang April und noch kalt war. Als wären sie Kinder, und nichts – weder Zeit noch Krieg – läge zwischen der Vergangenheit und heute.

Kirsch erwartete, dass Max ihn fragen würde, was ihn an der Front erwartete. Er musste Angst haben. Neue Rekruten hatten immer Angst, auch wenn sie ihr Bestes taten, sie zu verbergen. Doch es stellte sich heraus, dass Max über nichts anderes als Einsteins neues Buch reden wollte. Das ganze Wochenende hatte er es herumgetragen wie ein Priester die Bibel. Er sagte, er sei kurz davor, es zu verstehen. Er sei kurz davor, klar zu sehen, wie alles im Universum – Materie, Energie, Raum und Zeit – in Wirklichkeit eins war, wie eine Riesenschlange, die sich drehte und wand, während sie ihren eigenen Schwanz verschluckte.

»Das geht dir durch den Kopf? Riesenschlangen?«

Lächelnd sah Max auf das Wasser hinaus. Die Sonne stand schon am Himmel. Gelbes Licht schoss hinter den Wolken hervor. »Wofür hat man einen Kopf, wenn nichts drin ist?«

»Und in deinem ist Einstein, sogar jetzt.«

»Ja.« Max legte die Stirn in Falten, während er weiterruderte. Sonnenstrahlen, die sich im Wasser spiegelten, tanzten auf seinem Gesicht und gaben seiner blassen Haut einen goldenen Schimmer. »Und ich hoffe, dass es noch eine Weile so bleibt.«

Kirsch wünschte, er hätte sich an die Riemen gesetzt. Vielleicht wäre ihm dann warm geworden. Er wünschte, er wüsste, was sie hier draußen machten.

»Es geht nicht darum, dass wir eine Menge zu lernen haben«, erklärte Max. »Im Gegenteil. Wir müssen *ver*lernen – vergessen, wenn du so willst. Das ist viel schwieriger. Wir müssen unsere Intuition aufgeben. Wir müssen annehmen, was unmöglich scheint.«

Kirsch hauchte in seine Hände. »Zum Beispiel?«

Max ließ die Riemen los und griff nach seinem Rucksack. »Sieh es dir selber an.«

Es war das Buch ›Über die spezielle und die allgemeine Relativitätstheorie. Gemeinverständlich‹.

Kirsch lachte. »Du willst, dass ich es jetzt lese?«

»Nicht jetzt. Später, wenn wir weg sind. Es ist ein Geschenk.«

Max hielt ihm das Buch hin. Kirsch sah es an. Sein Lächeln verschwand.

»Behalt es«, sagte er. »An mich ist es verschwendet.«

»Wie kannst du das sagen, bevor du es gelesen hast?«

»Wir reden darüber, wenn du zurück bist. Dann haben wir genug Zeit.«

Für den Bruchteil einer Sekunde entstand eine Pause, gerade lange genug, dass Kirsch verstand. Sein Bruder rechnete nicht damit, zurückzukehren; das Buch, das ihm so viel bedeutete, war sein Abschiedsgeschenk.

»Ja, natürlich«, sagte Max dann. »Trotzdem.« Er warf ihm das Buch in den Schoß und griff wieder nach den Riemen. »Es wird mich aufheitern, mir vorzustellen, wie du dir den Kopf zerbrichst. Wenn mir der Schlamm bis zum Hals steht, brauche ich was zu lachen.«

Es war das erste Mal, dass er erwähnte, was ihm bevorstand, das erste Eingeständnis, dass keine angenehmen Zeiten vor ihm lagen.

»Und wie du sagst, wenn wir zurück sind, dann unterhalten wir uns über die Nichtexistenz der Zeit.«

Kirsch las das Buch erst viele Jahre später. Inzwischen hatten Experimente mit Sternenlicht, das die Sonne passierte – Beobachtungen, die nur bei einer totalen Sonnenfinsternis möglich waren –, Einsteins Theorien brillant bewiesen. Seitdem war der deutsche Wissenschaftler der berühmteste Mann der Welt.

Doch Martin und Max konnten sich nicht mehr darüber unterhalten. Einige Monate nach ihrem Besuch am See, am 7. Juni, hatte die britische Armee während der Schlacht von Messines in Stollen unter den deutschen Stellungen fünfhunderttausend Kilo Sprengstoff gezündet. Max Kirsch war unter den zehntausend, die bei der Explosion ums Leben kamen. Die Detonation war noch in fünfhundert Kilometern Entfernung zu hören, bis an die Grenze von Mecklenburg. Keine Spur von ihm wurde je gefunden.

10

Max' Zimmer war ganz oben im Haus in Reinsdorf. Alles war genauso, wie er es verlassen hatte, und zusätzlich hatten einige seiner Besitztümer aus anderen Teilen des Hauses den Weg zurück gefunden: ein Schildpattkamm, in den sein Name eingraviert war, eine perlmutterweiße Nautilusmuschel, die Porzellanfigur eines bebrillten Terriers, die er einmal geschenkt bekommen, aber nie gemocht hatte. Auf der Kommode stand in einem Winkel zum Spiegel, so dass das Spiegelbild von der Tür aus zu sehen war, ein gerahmtes Foto von Max, aufgenommen einen Monat, bevor er an die Front ging. Er posierte in seiner Uniform – steif, doch nicht ohne Selbstironie. Das Foto verblasste mit der Zeit, das Gesicht war inzwischen schneeweiß, die Züge in zarten Sepiatönen gezeichnet. Auch der Spiegel war stumpf geworden, so dass Max' Spiegelbild wie hinter einem trüben Vorhang verschwunden war.

Niemand hatte geplant, einen Schrein daraus zu machen. Es war einfach passiert. Weil weder Max' Leichnam noch irgendein Gegenstand seiner persönlichen Habe je gefunden worden war, galt er als vermisst. So hielt sich die Hoffnung, dass er eines Tages vielleicht doch heimkehrte, dass er in Gefangenschaft war oder wie das Mädchen in der Charité irgendwo in einem Krankenhaus lag, ohne Gedächtnis, ohne seinen eigenen Namen zu kennen. Hin und wieder kehrten Vermisste heim. Die Zeitungen berichteten von Soldaten, die zu Fuß aus dem Osten kamen, wo sie mit den Kosaken gekämpft hatten und bei den Roten in Gefangenschaft geraten waren. Für die Familie hatte es den Moment nie gegeben, in dem die Hoffnung erlosch, nie die Krise, die ihnen die Chance gegeben hätte, eines Tages über den Verlust hinwegzukommen. Ein Schwebezustand, irgendwo zwischen Trauer und Normalität, der seit Jahren andauerte.

Die ganze Zeit blieb Max' Zimmer das Zimmer von Max. Hin und wieder wurde die Bettwäsche gewechselt, auch wenn in seinem Bett niemand schlief, und wie im Rest des Hauses wurden die Gaslampen durch elektrische ersetzt. Doch das war alles. Am Ende war es undenkbar geworden, irgendetwas zu verändern. Emilie wohnte noch immer in der winzigen Kammer, die sie schon als Kind gehabt hatte, auch wenn sie viel zu klein war für eine erwachsene Frau. Einmal hatte Martin zögernd vorgeschlagen, sie könne doch nach oben ziehen, doch sie hatte heftig den Kopf geschüttelt: Sie sei zufrieden, wo sie war. Außerdem hielt sich Mutter immer noch manchmal in Max' Zimmer auf, sagte sie, an den Nachmittagen, vor allem den regnerischen.

Emilie, blond und gertenschlank, fast ungelenk, hatte Reinsdorf nie verlassen. Sie war Lehrerin in einer Schule in Wittenberg, wie ihre Mutter, und um kein Geld für die Bahn auszugeben, fuhr sie jeden Tag mit dem Fahrrad. Statt Französisch unterrichtete sie Geographie und elementare Mathematik.

Ein paar Jahre vor dem Krieg hatte Emilie Martin sehr nahegestanden, näher als Frieda, die Älteste, oder sogar Max, der die Nase immer in Büchern hatte. Emilie war ein begeisterungsfähiges und neugieriges Kind. Wenn Erwachsene zum Essen kamen, setzte sie sich im Wohnzimmer in eine Ecke, die Hände unter die Beine geschoben, und hörte aufmerksam den Gesprächen zu. Doch diese Neugier schien sich irgendwann erschöpft zu haben. An ihre Stelle traten Nüchternheit und Scheu, und eine fast absichtlich wirkende Fadheit im Auftreten und der Kleidung, als wäre jegliche Spur von Eitelkeit verachtenswert. Wenn man ihre stumpfe, bleiche Haut und das hochgesteckte Haar sah, war es schwer zu glauben, dass sie einst als kommende Schönheit gegolten hatte.

Wie ihr Aussehen war auch das enge Verhältnis zu ihrem Bruder Martin verblasst. Irgendwann, vielleicht während der langen Nachkriegsjahre, als er selten da war, schien sie beschlossen zu haben, ihr Vertrauen zurückzuziehen. Er fragte sich, ob sie ihm insgeheim Vorwürfe machte: ob sie tief im Herzen das Gefühl hatte, er hätte sie im Stich gelassen in einem Haus der Trauer.

Insgesamt waren im Weltkrieg vierzehn junge Männer aus Reinsdorf und den anliegenden Dörfern gefallen. Die Keils hatten beide Söhne verloren – 1917 Erich, 1918 Fritz –, zufällig beide, als sie genau einundzwanzig Jahre und drei Monate alt waren. In der Kirche hing eine Eisentafel mit den Namen der Gefallenen. Doch zehn Jahre später wurden Pläne für ein frei stehendes Denkmal in der Ortsmitte ins Leben gerufen. Es war ein kompliziertes Vorhaben. Geld musste gesammelt, ein Flurstück erworben, der Entwurf genehmigt werden. Kirschs Mutter war im Komitee, sie organisierte Spendensammlungen und knüpfte Kontakte zu Künstlern. Dieser Tage verlangte ihr das Komitee den Großteil ihrer Energie ab. Wenn Kirsch nach Hause kam, wurde stets in epischer Breite von den jüngsten Entwicklungen berichtet. An diesem Wochenende fand ein wichtiges Ereignis statt: Am Sonntagnachmittag gab es im alten Schulhaus ein Kammerkonzert, um Spenden zu sammeln. Das Ensemble reiste eigens vom Leipziger Konservatorium an.

»Bach, Beethoven und eine Wagner-Bearbeitung«, sagte sein Vater morgens auf dem Weg zur Kirche. »›Siegfried‹, glaube ich.«

»Würdige Auswahl«, sagte Kirsch. Er hatte beschlossen, seiner Familie von dem Vorfall an der Charité zu erzählen, und von der allzu wahrscheinlichen Aussicht auf seine Entlassung. Doch die Gelegenheit hatte sich noch nicht ergeben.

»Oh ja, sehr würdig«, sagte sein Vater. »Eigentlich wollten sie mit Rossini anfangen – die Musiker, meine ich. Irgendeine Ouvertüre. Aber das Komitee …« Resigniert schüttelte er den Kopf.

»Zu leicht?«

»Zu italienisch. Haben auf der falschen Seite gekämpft.

Selbst Mozart fanden sie geeignet, weil er nicht *richtig* deutsch ist.«

Früher hätte er derart einfältige Ansichten belächelt, heute nicht mehr. In der Nachkriegszeit war patriotisches Denken, egal wie idiotisch, über jeden Tadel erhaben. Zur Kritik waren nur jene berechtigt, die das höchste Opfer gebracht hatten. Seltsamerweise äußerten sie nie welche.

»Ich weiß nicht, ob Beethoven *richtig* deutsch ist«, sagte Kirsch. »Kam seine Familie nicht aus Flandern?«

»Möglich.«

Sein Vater blieb stehen und blickte nervös zurück. Die Frauen teilten sich einen Schirm und kamen langsam hinterher. Kirschs Mutter ging steif, als wäre die Last der Winterkleider zu schwer für sie.

Dann setzte sein Vater den Weg fort, und das Thema war erledigt. »Schade, dass Frieda nicht kommen konnte. Wir sehen sie viel zu selten. Julius natürlich auch.«

Kirsch stimmte zu. Allerdings bekam überhaupt kaum jemand Julius noch zu Gesicht. Im selben Jahr, als Max starb, war Julius' Schiff von einem britischen Kreuzer getroffen worden. Er hatte überlebt, doch mehr Glück hatte er nicht gehabt. Er hatte bei der Explosion den linken Arm verloren und sein Gesicht war so fürchterlich entstellt, dass er sich nicht mehr in der Öffentlichkeit zeigte. Kirsch hatte gehört, dass es in Frankreich spezielle Heime für Veteranen mit *gueules-cassées* gab – mit kaputten Gesichtern –, damit sie niemand ansehen musste. Doch soweit er wusste, gab es in Deutschland nichts Derartiges. Hier versuchten die Entstellten ihr Glück auf der Straße, oder sie machten es wie Julius und verbargen sich im Schatten, gespenstergleich. Sie zogen es vor, Menschen der Vergangenheit zu sein, Erinnerungen, anstatt so gesehen zu werden, wie sie waren.

Vorn in der Kirche war auf einer Staffelei ein Aquarell des Entwurfs für das Denkmal ausgestellt. Obelisken und Kalksteinskulpturen waren verworfen worden, man hatte sich für eine massive Granitplatte entschieden. Ein schlichtes militärisches Tatzenkreuz in den dunklen Stein gemeißelt, darunter die Worte FÜR GOTT UND VATERLAND.

Der neue Pastor war klein und übergewichtig, sein Gesicht gerötet. Dem Denkmal zu Ehren ging es in der Predigt an diesem Morgen um Opfer: das Opfer Christi, Abraham, der seinen Sohn opferte, das Opfer all jener, die in der Schlacht gefallen waren. Das Opfer sei so alt wie die Schöpfung und führe zur Erneuerung, sagte der Pastor, so wie die fallenden Blätter im Herbst die Erde anreicherten und das Kommen des Frühlings möglich machten – eine Analogie, die es ihm sehr angetan hatte, danach zu urteilen, wie er lächelte und auf den Zehen wippte. Kirsch starrte auf das Aquarell. Er hörte nur das Tropfen des Regenwassers vom Kirchendach und das Quietschen der Sohlen des Pastors. Er stellte sich Max' Namen in Granit vor, seine Vaterlandstreue für die Ewigkeit festgehalten, falls noch Zweifel daran bestanden. Max und die anderen, rühmte das Monument, waren für den deutschen Boden gefallen. Sie hatten ihr Blut in Deutschlands Fundamente gegossen, viele Tonnen menschlichen Zements, und die Erde sollte das Zeugnis darüber erbringen.

Für Gott und Vaterland. Er wunderte sich, dass seine Mutter mit dieser Behauptung einverstanden war. Immerhin war der Held, den Max verehrte, Albert Einstein, ein eingefleischter Pazifist, dem alles Militärische verhasst war. Außerdem war schwer zu erkennen, wie Gott von diesem Opfer profitierte, und in welcher Form ein Weltkrieg seinen Interessen gedient haben sollte. Andere Denkmäler hielten Gott klugerweise aus der Sache heraus. Die Gefallenen waren fürs Vaterland gestorben, das ließ sich noch vertreten, auch wenn die Wahl der Präposition fragwürdig war. Die meisten Männer an der Front waren eingezogen worden; wäre es da nicht richtiger zu sagen, *im Dienst* des Vaterlandes gestorben? Oder *auf Befehl* des Vaterlandes, schließlich war es das Vaterland, das sie bewusst dem Tod ausgeliefert hatte, ohne dass sie etwas in der Sache zu sagen hatten?

Kirsch sah sich die Reihen der von Kummer erschöpften Gesichter an, da saß Frau Keil, da der Bauer Kehlitz, dessen Junge in den ersten Kriegsmonaten in Mons gefallen war, und plötzlich ging ihm auf, dass es gar nicht um die Erinnerung ging. Das Denkmal würde ihnen nicht beim Gedenken helfen. Nein, das Wichtige für die Leute hier war, stolz sein zu können – deswegen mussten ihre Söhne Helden sein, die in einem bewussten und notwendigen Akt der Selbstaufopferung ihr Leben gegeben hatten. Auf Kanonenfutter hätten sie nicht stolz sein können. Ein unfreiwilliger Tod wäre ohne Sinn und Zweck gewesen, und aus irgendeinem Grund hätte das den Verlust unerträglich gemacht.

Eines Abends, als der Entwurf schon da war, aber noch auf Genehmigung wartete, hatte Kirsch Emilie von seinen Vorbehalten erzählt. Er könne nicht für die anderen Gefallenen sprechen, sagte er, aber für Max sei das Denkmal völlig verfehlt. Etwas so Krudes, Bombastisches in der Mitte des Ortes hätte ihm nie gefallen. Doch Emilie hatte ihn inständig gebeten, still zu sein, der Mutter wegen: »Sie will es so. Misch dich nicht ein.«

Aber nach zwei Gläsern Weinbrand hatte Martin nicht lockerlassen können. »Ich würde meinen Namen jedenfalls nicht auf diesem verdammten Steinbrocken haben wollen.«

Emilie war zu ihm gegangen, hatte ihm das Glas aus der Hand gerissen und die Hälfte über ihr Kleid verschüttet. »Schade, dass es nicht dein Name ist«, zischte sie, »anstatt dem von Max. Dann wäre es den Leuten sowieso egal.«

Nach einem schrecklichen Moment des Schweigens entschuldigte sich Emilie und versicherte, dass sie das nur im Zorn gesagt und nicht so gemeint habe. Er nahm ihre Entschuldigung an und wehrte alle weiteren Beteuerungen mit einem Lächeln ab.

Das Denkmal erwähnte er nie wieder.

Nach dem Gottesdienst eilten die Kirchgänger nach Hause und bereiteten das Mittagessen vor. Ein wenig später griff Martin nach einem Schirm, um Alma am Taxi abzuholen, doch draußen stellte er fest, dass der Regen aufgehört hatte und die Sonne durch die Wolken brach. Er musste die Hand über die Augen legen, als sie aus dem Wagen stieg.

Sie trug ein schickes Tweedkostüm unter dem Regenmantel und ein Hütchen mit Feder wie die Jägerin aus einer Operette. Die blonden Locken waren frisch onduliert. Sie legte ihm die Hand auf die Schulter und hielt ihm die Wange hin. Ihre Haut duftete nach Rosen.

»Warum hast du mir nichts von dem Zeitungsartikel erzählt?«, fragte sie und drückte seinen Arm.

»Wovon redest du?«

»Du hast das Bild noch nicht gesehen?« Sie griff in ihre Handtasche und zog eine Ausgabe der ›Berliner Woche‹ hervor. »Es ist gestern erschienen. Hans-Peter hat es entdeckt.«

Die ›Berliner Woche‹ war eine Illustrierte, die sich Alma nie selbst gekauft hätte, voller Kriminalgeschichten und Skandale. Sie blätterte ein paar Seiten vor und hielt sie ihm hin. Die Schlagzeile lautete DAS EINSTEIN-MÄDCHEN: FALL WIRD IMMER RÄTSELHAFTER – POLIZEI TAPPT IM DUNKELN. Darunter war ein Foto abgedruckt. Das Mädchen saß aufrecht im Bett, vom Blitzlichtgewitter eingefangen, presste mit beiden Händen die Decke an die Brust. Das Bild musste ein paar Tage alt sein, denn ihr Haar war noch lang. Die Blutergüsse und Schnitte in ihrem Gesicht wirkten dunkel und hässlich, doch nichts konnte ihren hübschen Mund und den dunklen Glanz ihrer Augen entstellen.

»Nicht das, die anderen!«

Alma deutete auf zwei Fotos am Ende der Seite. Sie waren vor dem Krankenhaus aufgenommen worden: Inspektor Hagen bei seiner spontanen Presseerklärung, mit offenem Mund, die Hände nach oben geöffnet, machtlos, kapitulierend; dann Hagen im Fond des Polizeiwagens, während er durchs Fenster mit einem Mann im weißen Kittel sprach. Das Gesicht des Arztes war teilweise verdeckt, weil sich der Blitz in den Brillengläsern spiegelte. Die Bildunterschrift lautete: *Inspektor Hagen konsultiert den eminenten Psychiater Dr. Martin Kirsch, der den Fall betreut.*

»Ist das nicht wunderbar?«, flötete Alma. »Mein eminenter Verlobter. Und die ganze Welt weiß es.«

Kirsch schüttelte ungläubig den Kopf. »Woher haben die meinen Namen?«

Wie er sich so ins offene Wagenfenster lehnte, sah er aus wie ein Autogrammjäger.

»Sei nicht immer so bescheiden«, sagte Alma. Er spürte, dass sie ihn beobachtete, während er den Artikel las. »Ein hübsches Ding, nicht wahr?«

»Wer?«

»Wer meinst du wohl?«

Er zuckte die Schultern. »Wenn man ein Faible für blaue Flecken hat.« Dann faltete er die Zeitung zusammen. »Darf ich sie mir ausleihen?«

»Behalt sie.« Sie nahm seinen Arm, und sie gingen zum Haus. »Ich muss sagen, ich hätte gedacht, dass du dich mehr darüber freust.«

Er dachte an das bevorstehende Gespräch mit Bonhoeffer und schüttelte den Kopf. »Verzeih mir.«

»Was ist denn?«

»Es ist einfach nicht sehr hilfreich, dieser Unsinn.«

»Für die Patientin, meinst du? Wenn es stimmt, was man sagt, hat das arme Mädchen das Gedächtnis verloren und weiß nicht, wer sie ist. Da kann es doch nur helfen.«

Doch bevor er erklären konnte, was er meinte, kam seine Mutter aus der Küche und streckte die Arme aus, um Alma zu begrüßen.

Auf dem Esstisch lag die beste Spitzendecke. Silber, das sie seit Jahren nicht benutzt hatten, blitzte in der bleichen Wintersonne. Beim Essen fand eine freundliche Befragung statt. Kirschs Mutter wollte alles über die Hochzeitsvorbereitungen wissen und ließ Alma kaum zum Essen kommen.

»Habt ihr schon überlegt, wo ihr wohnen werdet?«, fragte sie.

»Martin hat Ihnen nichts erzählt?«

»Martin erzählt mir nie etwas. Ich bin ja seine Mutter.«

»Nun, ich habe ein hübsches Haus in Zehlendorf gefunden, nicht weit vom Wannsee.« Lächelnd zerteilte Alma eine Kartoffel. »Es steht noch nicht zum Verkauf, aber ich bin schon im Gespräch mit den Besitzern. Bis dahin müssen wir uns eben eine Wohnung in der Stadt nehmen.«

»Martin hat immer in Berlin gearbeitet«, sagte seine Mutter. »Ich verstehe nicht, was ihn dort hält. Was man alles darüber liest! Es muss eine schmutzige, gefährliche Stadt sein. Was sagt denn Ihr Vater dazu?«

Alma warf Kirsch einen entschuldigenden Blick zu. »Ich fürchte, er ist ganz Ihrer Meinung, Frau Kirsch. Er sagt, in der Stadt müsste mal gründlich aufgeräumt werden.«

»Ein Arzt muss dahin gehen, wo er gebraucht wird, Klara«, sagte Kirschs Vater. »Nicht dahin, wo ihm die Landschaft am besten zusagt.«

Seine Mutter zuckte die Schultern. »Gibt es denn keine Verrückten in Wittenberg? Oder Leipzig? Oder ist ihm der Wahnsinn dort nur zu langweilig und zu provinziell?«

Kirsch griff nach dem Weinglas, während alle lachten. Sein Vater hatte eine Flasche Riesling aus dem Keller geholt, die letzte einer Kiste, die für irgendeine Feier vor langer Zeit vorgesehen war und ihren Zenit längst überschritten hatte.

»Da gibt es keine Stellen«, erklärte Kirsch.

»Und die Universität? Könntest du nicht unterrichten?«

Alma legte ihm die Hand auf den Arm. »Ich habe immer gedacht, dass Martin der geborene Professor ist.«

Seine Mutter nickte. »Er war ein großartiger Chirurg in der Armee. Ich habe noch den Brief seines Vorgesetzten, Oberst Schad. Er sagte, Martin sei der beste Mann in seiner Einheit.« Sie sah ihren Sohn an. »Ich habe nie verstanden, warum du die Chirurgie an den Nagel gehängt hast, Martin. Gute Chirurgen werden immer gebraucht.«

Über die wahren Gründe, weshalb er sich von der herkömmlichen Medizin verabschiedet hatte, hatte Kirsch seine Familie nie aufgeklärt. Sie dachten, er sei einem Interesse gefolgt, so wie es die Männer in seiner Familie immer taten, ohne Rücksicht auf wirtschaftliche Konsequenzen.

»Er selbst ist sein schärfster Kritiker«, sagte Alma.

Er schüttelte den Kopf. »Ganz und gar nicht.«

»Aber er muss bestimmt nicht mehr lange an der Charité bleiben, es sei denn natürlich, er möchte es.« Aus Almas Mund klang es, als hätte er eine Gefängnisstrafe abzusitzen. »Er macht sich einen Namen. Der Aufsatz, den er geschrieben hat, zum Beispiel ...«

»Ach, das war nichts«, sagte er, weil es nichts war, oder jedenfalls nicht viel. Sein erster und einziger Beitrag zur Fachliteratur, erschienen in den ›Annalen der psychiatrischen Medizin‹, einer neuen Zeitschrift mit einer lächerlich kleinen Auflage, die in München gedruckt wurde.

»Aber mein Vater hat gesagt ...«

»Dein Vater hat meinen Aufsatz gelesen?«

Alma drückte seinen Arm. »Natürlich hat er ihn gelesen. Er war sehr beeindruckt. Und er hat gesagt, dass er ihn ein paar Leuten zeigen will.«

Seine Eltern tauschten einen erfreuten Blick.

»Was für Leuten?«, fragte er.

Alma lächelte und zuckte die Schultern. »Medizinern, schätze ich. Seine Firma stellt schließlich Medikamente her, Liebling.« Sie sah auf ihren Teller und begann an einem Stück Fleisch herumzupicken. »Er unterstützt alle möglichen Einrichtungen im medizinischen Bereich.«

Kirsch wollte dagegenhalten, er hege nicht die Absicht, die Charité zu verlassen, Professor Karl Bonhoeffer sei wohl der angesehenste Psychiater in Deutschland und es gebe keinen erfahreneren Mentor. Doch dann dachte er an die Vorladung am nächsten Morgen und ließ es bleiben.

»Es ist gut, dass Martin jetzt Sie hat, Alma«, sagte seine Mutter. »Seine Bücher sind ihm sehr wichtig. Aber im Leben voranzukommen ...«

Sein Vater wollte Alma nachschenken, doch sie lächelte und hielt die Hand über das Glas. »Das Seltsame ist, als sie klein waren, war Max der Denker«, sagte er, »und Martin war eher der Praktische. Wir dachten, er würde Ingenieur oder Geschäftsmann werden. Er zerlegte immer alle möglichen Geräte in ihre Einzelteile, um herauszufinden, wie sie funktionierten.« Schmunzelnd schenkte er sich nach. »Wir haben immer noch ein paar Uhren im Haus, die dank Martins Eingriffen recht exzentrische Zeiten anzeigen. Nicht wahr, Klara?«

Doch Kirschs Mutter schien nicht mehr zuzuhören. Sie starrte auf die Spitzendecke und glättete sie abwesend mit dem Finger. Ein Schatten huschte über das Gesicht seines Vaters, als ihm klar wurde, dass er etwas Falsches gesagt hatte. Eine Weile herrschte Schweigen. Dann holte Kirschs Mutter scharf Luft und hob den Blick zur Decke, über der Max' Zimmer lag.

Das Komitee hatte sein Bestes gegeben, das alte Schulhaus gastlich zu gestalten. In jeder Ecke brannten Petroleumlampen. Wintersträuße aus Weidenkätzchen und gelbem Jasmin flankierten den Eingang und schmückten den Raum. Den Bühnenrand säumten kleine Lichter, so dass an der Wand hinter den Musikern, wo die alte Reichsflagge hing, ihre Schatten zu spielen schienen. Die Musiker stimmten bereits ihre Instrumente, doch die meisten Plätze waren noch leer.

Kirschs Mutter war nervös. »Vielleicht hat das Wetter die Leute aufgehalten«, sagte sie. »Sagt ihnen, sie sollen noch nicht anfangen.«

Sie stand vor der Tür, hielt Programme bereit und weigerte sich hereinzukommen. Doch ihre Hartnäckigkeit wurde nur mit einem einzigen Zuspätkommenden belohnt, der auf dem Fahrrad kam und dann ohne zu zahlen wieder ging. Irgendwann ließ sie sich überreden hereinzukommen, aber sie stand nach jedem Stück auf und ging hinaus, um nachzusehen, ob nicht doch noch weitere Besucher warteten.

Die Musik wirkte merkwürdig fehl am Platz. Die meisten der

Musiker waren schmächtige junge Männer mit Brille, die, wenn nicht wegen ihrer Sehschwäche, dann wegen ihrer schwachen Konstitution ausgemustert worden wären, und in ihrer Musik lag eine Melancholie und Kultiviertheit, die weit weg war vom Exerzierplatz, geschweige denn von der Front. Das Publikum, Veteranen, Dörfler und örtliche Würdenträger, saß regungslos auf den Klappstühlen und sah mit leeren Augen zu, respektvoll gewahr, dass ein solches Exempel von Hochkultur ein Beweis der Überlegenheit der deutschen Zivilisation war, auch wenn sie lieber eingängigere Melodien gehört hätten. Alles in allem, dachte Kirsch, wäre eine Blaskapelle angemessener gewesen – abgesehen von der Tatsache vielleicht, dass Max Blaskapellen gehasst hatte und sich immer die Ohren zuhielt, wenn eine vorbeimarschiert kam.

Nachdem sich die Musiker verbeugt hatten, erhob sich das Publikum und die Nationalhymne wurde angestimmt. Dann drängten alle aus dem Schulhaus, sichtlich erleichtert, aufstehen zu dürfen. An der Tür hatte man eine Spendenkasse aufgestellt, doch die meisten Besucher schienen der Meinung zu sein, mit dem Erwerb einer Eintrittskarte hätten sie bereits genug Opfer für das Kriegerdenkmal gebracht.

Der Pfarrer, der hereingesegelt war, ohne die geringsten Anstalten zu machen, eine Karte zu kaufen, war der Einzige, dem die allgemeine Enttäuschung zu entgehen schien.

»Ein wundervoller Abend, Frau Kirsch«, sagte er nach dem Konzert überschwänglich. »Das sollte ein jährliches Ereignis werden.«

»Wir hatten eigentlich gehofft, ein Konzert würde reichen«, entgegnete Kirschs Vater. »Aber das müssen wir wohl überdenken.«

»Es war wirklich wundervoll«, sagte Alma. »Ich werde diesen Abend nie vergessen.«

Seine Mutter sah sie überrascht an, dann lächelte sie dankbar. »Wenn es so ist, war es die Sache wert. Ganz gleich, was sonst dabei herauskommt.«

Sie verließen das Schulhaus und schlenderten in der einbrechenden Dunkelheit durch das Dorf. Die Stelle, die für das Denkmal vorgesehen war, war ein mit Gras bewachsenes Dreieck, das er und Max früher als Zielpunkt ihrer Fahrradrennen benutzt hatten.

Alma nahm wieder seinen Arm. »Wie viel Geld fehlt denn noch?«, fragte sie leise.

»Für das Denkmal? Ein paar hundert Mark. Das Problem ist, je länger es dauert, das Geld aufzutreiben, desto mehr brauchen sie.«

Alma zog ihn näher an sich heran. »Sag deiner Mutter, sie soll sich keine Sorgen machen. Es ist für so einen guten Zweck. Sie bekommt das Geld, da bin ich ganz sicher.«

11

Als er abends wieder in seinem möblierten Zimmer war, zog Kirsch die Vorhänge zu. Er legte Jacke, Pullover und Hemd ab und stellte sich vor den Spiegel. Der blaue Fleck an seinem Oberarm war tiefer und dunkler geworden, die äußere Hautschicht um die Einstichstelle wurde trocken und glänzend. Der Muskel schmerzte, als steckte ein kalter Keil aus Stein darin. Was er befürchtet hatte, war eingetreten: das Subkutangewebe starb ab. Das war die Gefahr bei Salvarsan, wie bei jeder anderen Arsenverbindung. Nicht nur rief es stundenlange Übelkeit, Krämpfe und Erbrechen hervor, die Injektion musste auch vollständig in die Vene gelangen. Wenn etwas in das umgebende Gewebe geriet, kam es zur Nekrose. Außerdem war auch die Vene gefährdet: Salvarsan konnte an der Einstichstelle zu Blutgerinnseln führen, die die Vene verstopften oder reizten und das Infektionsrisiko erhöhten. Vielleicht war das das Problem. Im schwachen elektrischen Licht fuhr er mit dem Finger die Basilarvene nach, um empfindliche Stellen zu ertasten, doch es war schwer, bei den starken Schmerzen irgendetwas anderes zu spüren.

Inzwischen waren die meisten Ärzte dazu übergegangen, das Medikament über eine intravenöse Tropfinfusion zu verabreichen. Injektionen bargen zu viel Risiko. Doch Kirsch konnte sich nicht an die üblichen medizinischen Kanäle halten. Ginge er zu einem Kollegen, würde der sich vielleicht weigern, ihm das Medikament zu verschreiben, erst recht ohne Untersuchung. Auch auf die ärztliche Schweigepflicht konnte er sich nicht verlassen. Ein Mediziner, der sich der Behandlung einer ernsten ansteckenden Krankheit unterzog, selbst in der latenten Phase, das würde für Gerüchte sorgen. Derartige Geheimnisse sickerten durch, wenn nicht durch die Ärzte, dann durch Krankenschwestern oder Sekretärinnen. Außerdem hielten es einige Kollegen für ihre Pflicht, Infektionskrankheiten den Behörden zu melden. Andere waren der Meinung, dass infizierte Patienten nicht heiraten durften, selbst auf die Gefahr einer Bloßstellung hin, so lange, bis die serologischen Tests mehrere Jahre lang negativ waren. Alles in allem war es einfacher und sicherer, wenn er die Sache selbst in die Hand nahm, auch wenn das bedeutete, dass er das Puder bei Schwarzhändlern beziehen und die Injektionen selbst mischen musste, genau wie die Quecksilber- und Wismutsalben, die er unter dem Waschbecken versteckte, für den Fall, dass die Wunden und Gewebeveränderungen wieder auftraten.

Das elektrische Licht war zu schwach. Er zündete die Petroleumlampe an und zog sich nackt aus. Die ersten Zeichen der Ansteckung waren im Krieg aufgetreten, in Form von kleinen Knötchen an der Innenseite der Finger. Die Schwellungen waren bräunlich und hart, fast wie Nesselausschlag oder eine Blase, doch kaum empfindlich und auf keinen Fall schmerzhaft. Nach ein paar Wochen verschwanden sie von selbst wieder, noch bevor er anfangen konnte, sich Sorgen zu machen. Mehrere Monate vergingen, dann traten neue Symptome auf: Fieber, Gelenkschmerzen, ein hässlicher roter Ausschlag unter den Armen und auf der Brust. Selbst zu diesem Zeitpunkt kam er noch nicht auf die Idee, dass er von einer tödlichen Krankheit befallen sein könnte, dass die winzigen schraubenförmigen Bakterien des *Treponema pallidum* durch seinen Körper wanderten, sich vermehrten, zusammenrotteten, in Drüsen und Blutgefäßen verklumpten, sich durch sein Nervensystem fraßen und sein Gehirn belagerten.

Hunderte der Männer, die er im Feldlazarett behandelte, litten an der Krankheit, auch manche der österreichischen Offiziere, die auf besonderen Befehl der Obersten Heeresleitung gebracht wurden, weil sie ihren eigenen Chirurgen nicht trauten. An der Front rafften Geschlechtskrankheiten mehr Männer dahin als jede andere Krankheit, außer im Winter Lungenentzündung.

Doch die primären und sekundären Symptome der Syphilis waren von Patient zu Patient verschieden und leicht mit anderen, weniger ernsten Leiden zu verwechseln. Dazu kam, dass die Behandlung einer Krankheit, die vielleicht erst nach zwanzig Jahren zum Tod führen würde, keinen militärischen Vorrang hatte, wenn zugleich so viele Männer an ihren Verwundungen starben. Selbst Kranke mit großflächigen offenen Stellen im Sekundärstadium, nässenden Geschwüren, die von Bakterien nur so wimmelten, wurden gewöhnlich weder isoliert noch unter besonderen Vorsichtsmaßnahmen behandelt. Dazu war einfach nicht genug Zeit. Kirsch konnte nicht rekonstruieren, wann die Krankheit seinen Blutkreislauf befallen hatte oder bei welchem Patienten er sich angesteckt hatte. In den Operationssälen schnitten sich die Ärzte häufig am Skalpell, und Hygiene wurde allzu oft dem Zeitdruck geopfert. Doch das hielt ihn nicht davon ab, sich Gedanken darüber zu machen. In seinen Träumen konnte er sogar das Gesicht des Überträgers sehen: einer von vielen, die ihre Operation überstanden hatten, nur um später an der Front zu fallen. Kirsch erkannte es an der Uniform und an dem Blut, das über sein Gesicht strömte.

Es war auch möglich, dass er sich die Krankheit anderswo zugezogen hatte, auf herkömmliche Art, doch die Schanker – der medizinische Name der braunen Knötchen, wie er später herausfand – traten gewöhnlich in der Nähe der Stelle auf, wo die Übertragung stattgefunden hatte. Bei den meisten fing es daher in der Schamgegend oder an den Geschlechtsteilen an. In Kirschs Fall war es die empfindliche Haut seiner Hände.

Das Sekundärstadium brachte Kopfschmerz und Fieber. Er litt an Anfällen, die mehrere Tage dauern konnten und dann wieder verschwanden, so dass er sein normales Leben weiterführen konnte. Mit dem Fieber kamen Alpträume und Visionen, die so kristallklar waren, dass sie ihm später realer als echte Erinnerungen schienen. In den Träumen lauerten ihm Patienten auf, deren Gesichter er längst vergessen zu haben glaubte, blutüberströmt, mit klaffenden oder halb vernähten Wunden. Sie beobachteten ihn bei der Arbeit am Operationstisch; sie starrten ihn vom entfernten Ende eines Korridors an. Nachts und bei Tagesanbruch hielten sie auf dem Lazarettgelände Wache. Er musste nur das Kondenswasser von einer beschlagenen Scheibe oder einem Rasierspiegel wischen, und schon blickte er in das Gesicht eines Toten. Selbst wenn er wach war, lebte er in Angst. Er mied dunkle Räume und leere Treppenhäuser. Er blieb stets in der Nähe des Lichts, und, wenn möglich, in Gesellschaft, obwohl er immer wortkarger wurde.

Manchmal sah er Max in seinen Träumen. Er stand auf der anderen Seite des Kanals, der das Lazarettgelände begrenzte. Damals hatte er noch ein Gesicht, auch wenn es immer totenbleich war. Einmal wurde ein Mann auf einer Bahre hereingerollt, dem die Beine weggesprengt worden waren, ein Mann, dem nicht mehr zu helfen war, das sah Kirsch sofort. Auch ihn hatte er einen Moment für Max gehalten.

Seine Hände hatten zu zittern angefangen: erst beim Essen, dann beim Rasieren, dann im Operationssaal. Das Zittern kam und ging, unvorhersehbar. Er wusste nicht, ob es ein weiteres Symptom der Krankheit war oder die Nerven, ob es neurologisch oder psychologisch bedingt war; doch der Kontrollverlust machte ihm noch mehr Angst als die Visionen, weil sich das Zittern nicht geheim halten ließ. Das war der Zeitpunkt, als er mit der medikamentösen Behandlung begann, indem er sich in der Lazarettapotheke mit dem Nötigen versorgte und die Mittel spätnachts in seinem Zimmer zusammenmischte: Kalium, Jod, Wismut, Quecksilber und Arsen.

Ein paar Monate nach dem Waffenstillstand verschwanden die schlimmsten Symptome des Sekundärstadiums. Vielleicht war er geheilt. Wahrscheinlicher aber war, dass er sich in der »Latenzzeit« befand, wie es die Handbücher nannten, die ein paar Wochen oder auch dreißig Jahre dauern konnte. Bei einem von vier Patienten begann nach der Latenzzeit die Tertiärphase, die von entstellenden Geschwüren und Knoten begleitet wurde und zu progressiven Lähmungen, inneren Blutungen, Wahnsinn, Blindheit und Tod führen konnte. Die Behandlung im Tertiärstadium war die drastischste und die, die am wenigsten Erfolg versprach.

Er konnte nicht wissen, ob er geheilt war oder nicht. Die Tests auf die Krankheitserreger in seinem Blut waren zuzeiten positiv, dann wieder negativ gewesen. Doch seit kurzem machte er sich wieder große Sorgen. Eine vertraute Steifheit kehrte in seine Gelenke zurück. Fieberschübe kamen und gingen, und manchmal wachte er nachts schweißgebadet aus seinen Alpträumen auf. Am Bauch und an der Hüfte hatte er rotbraune Flecken entdeckt, etwa so groß wie ein Daumenabdruck.

Jetzt stand er im grünlichen Licht der Petroleumlampe und verfolgte das Muster der Verfärbungen, indem er sich vor dem Spiegel hin und her drehte. Die Flecken hatten sich vermehrt, vor allem an den Seiten. Inzwischen gingen sie ineinander über, wurden dunkler und röter. Einige wölbten sich leicht. Nur der Rücken und die Schultern waren noch nicht betroffen. Dafür zeichneten sich Muskeln und Knochen überdeutlich ab, wie bei einem anatomischen Modell. Er verlor an Gewicht, das subkutane Fett schmolz jeden Tag mehr.

Auch Alma war es heute aufgefallen. Am Bahnhof in Berlin hatte sie die Arme um ihn geschlungen, als die Zeit für den Abschied gekommen war.

»Du arbeitest zu hart«, sagte sie und strich mit der Hand über seinen Mantel. »Du darfst dich nicht so ausmergeln. Versprichst du mir das?«

Er hatte es ihr versprochen.

»Warte nur, bis wir verheiratet sind. Dann mäste ich dich wie ein Spanferkel. Ich mache Braten mit Klößen, zweimal am Tag.«

Und dann küsste sie ihn mit ungewöhnlicher Dringlichkeit und hielt sich an ihm fest, bis der letzte Zug nach Oranienburg beinahe ohne sie fuhr, als wüsste sie nicht, ob sie gehen sollte oder bleiben und über Nacht in der großen Stadt stranden.

12

Professor Bonhoeffer stand am Fenster und blickte durch den Nebel auf die mit wildem Wein bewachsene Fassade des Hauptgebäudes. Jener Teil des Krankenhauses, wo seine Kollegen aus der konventionellen Medizin ihre Räume hatten, ging nach Südwesten, und die Blätter waren jetzt rötlich-gold gefärbt. Das Hauptgebäude war höher als die psychiatrische Klinik und fing die Abendsonne ein, so dass selbst die Passanten stehen blieben, um das Schauspiel zu bewundern. Man hatte versucht, mit der Pflanzung verschiedener Rebengewächse auch das martialische Äußere der Psychiatrischen zu verschönern, doch mit wenig Erfolg, die wenigen dünnen Ästchen, die es schafften, sich an den Klinkern festzuklammern, verliehen dem Bau nur eine halbherzige Patina. Noch unangenehmer aber war, dass sich durch die ständige Feuchtigkeit an der Nordseite die Fensterrahmen verzogen hatten, so dass trotz der doppelten Scheiben ein ständiger Zug herrschte.

»Ich wollte Sie vorwarnen«, sagte Professor Bonhoeffer, »damit Sie Zeit haben, sich nach einer anderen Stelle umzusehen.« Verdrossen sah er sein Spiegelbild in der Scheibe an. Er war vierundsechzig, mit tiefen Furchen auf der hohen Stirn, das gepflegte Haar gespenstisch weiß. »Es tut mir leid, dass wir Sie nicht behalten können. Aber ich habe wenig Mitsprache in dieser Angelegenheit.«

Sie gaben ihm nicht einmal die Möglichkeit, sich zu rechtfertigen.

»Sagen wir, Weihnachten? Dann hätten Sie genug Zeit, Vorkehrungen für Ihre Patienten zu treffen. Natürlich ist es ratsam, dass Sie keine neuen Patienten annehmen.«

Kirsch merkte, wie naiv er gewesen war. Dem Direktor stand

nicht der Sinn nach einem formalen Disziplinarverfahren. Solche Dinge waren peinlich für alle Beteiligten. Außerdem würde man Kirsch damit ein Podium geben, sich zu verteidigen und die Urteilskraft seiner Vorgesetzten in Frage zu stellen. Vielleicht brächte er sogar Anwälte ins Spiel. Viel einfacher war es, ihn dazu zu bewegen, freiwillig zu kündigen, im Austausch gegen positive Referenzen und einen unbefleckten Ruf.

»Ich weiß, dass Sie sehr unschöne Berichte zugetragen bekommen haben, Herr Direktor«, sagte Kirsch. »Aber ich wäre Ihnen dankbar, wenn ich zu den Anschuldigungen, die gegen mich gemacht werden, Stellung nehmen dürfte.«

»Anschuldigungen?«

»Ich glaube, das ist mein Recht.«

Bonhoeffer seufzte. »Es geht hier nicht um Anschuldigungen, Dr. Kirsch. Es geht um Angemessenheit, und um die Notwendigkeit, Kürzungen im Budget umzusetzen.«

»Aber der Vorfall mit Schwester Adele ... Dr. Mehrings Experimente ...«

»Bei all dem könnten ... können wir ein Auge zudrücken.«

»Wenn ich kündige.«

»Wenn Sie sich eine Stelle anderswo suchen und Ihre Kündigung fristgerecht einreichen. Tun Sie das, müssen wir den Vorfall nicht weiter untersuchen.« Bonhoeffer setzte sich an den Schreibtisch und breitete die Hände aus. »Offen gesagt wundert es mich, dass Sie Ihr Talent auf eine Fachrichtung verschwenden, an die Sie längst nicht mehr glauben. Ich habe Ihren Aufsatz gelesen. Was Sie da verfasst haben, ist praktisch schon ein Kündigungsschreiben. Ich hätte es früher merken sollen, aber ich hatte keine Ahnung, dass Sie Ihre Ideen in die Tat umsetzen wollten.«

Ein paar letzte Eingriffe durch den Redakteur der ›Annalen der psychiatrischen Medizin‹ hatten den Ton seines Aufsatzes schärfer und kompromissloser gemacht, als Kirsch beabsichtigt hatte, aber die zentrale Aussage blieb: Die derzeitige Klassifizierung psychischer Krankheiten war unwissenschaftlich. Die Pioniere der Disziplin hatten im neunzehnten Jahrhundert versucht, in der Psychiatrie eine Art Spiegelbild der Allgemeinmedizin zu schaffen. Sie hatten deren Prämissen und Methoden einfach übernommen. Sie waren fest davon überzeugt, dass man zwischen psychisch Kranken und psychisch Gesunden klar trennen konnte; dass es eine endliche Zahl von eindeutig definierbaren Geisteskrankheiten gab; und dass sich diese durch die rigorose Ableitung der Symptome identifizieren ließen. Und man glaubte, dass alle Geisteskrankheiten auf biologische Ursachen zurückgingen und daher nur durch Medikation oder chirurgische Eingriffe zu heilen waren.

Die ersten Jahrzehnte der modernen Psychiatrie waren also der Kategorisierung vorbehalten: der sorgfältigen Aufgliederung, und Etikettierung des Verhaltens von psychiatrischen Patienten. Das Ergebnis war die moderne Palette der Psychosen: Schizophrenie, Schizotaxie, Paranoia, Hypomanie, Persönlichkeitsstörungen, Affektstörungen, neurotische Depressionen, psychotische Depressionen, endogene Depressionen – jedes Jahr kamen weitere Formen und Unterformen dazu. Wenn das Verhalten eines Patienten nicht sauber in eine der existierenden Kategorien passte, wurde einfach eine neue geschaffen: die paranoide Unterform einer Depression vielleicht, oder die depressive Unterform einer Paranoia.

Alles schien logisch wie ein Uhrwerk, doch es passte mit den Fakten nicht zusammen. Kirsch hatte bemerkt, dass sich die Definitionen der häufigsten Psychosen von Ort zu Ort und von Zeit zu Zeit unterschieden. Für den großen Emil Kraepelin war Schizophrenie oder *Dementia praecox* eine Krankheit, die den Intellekt befiel, das logische Denkvermögen; für den führenden Schweizer Psychiater Eugen Bleuler betraf sie die kognitive und emotionale Sphäre; während Kurt Schneider, dessen Werk ebenfalls weite Zustimmung fand, die Krankheit anhand der Halluzinationen und Wahnvorstellungen definierte, die sie hervorrief. Schon als Student waren Kirsch diese Unterschiede aufgefallen. Als praktizierender Arzt stieß er oft auf ähnlich frappierende Widersprüche in den Krankengeschichten seiner Patienten.

Diese Zustände hatte er in seinem Aufsatz beschrieben. Kirsch hatte fünfzig Patienten verschiedener Berliner Institutionen untersucht, die jeweils von mehreren verschiedenen Psychiatern behandelt worden waren. In allen bis auf sieben Fälle lagen ihm die Krankengeschichten vor. Wie erwartet, widersprachen sich die Diagnosen häufig, selbst wenn die renommiertesten Ärzte beteiligt waren. Er kam zu dem unvermeidlichen Schluss, dass das Gebäude der modernen Psychiatrie auf Sand gebaut war. Wie konnten bestimmte Krankheiten erkannt werden, wenn die Ärzte sich nicht auf die Symptome einigen konnten? Und wenn die Krankheiten nicht erkannt wurden, welche Hoffnung bestand dann auf die Entwicklung spezifischer Behandlungsmethoden? Vielleicht funktionierte die Seele doch nicht so mechanisch wie der Körper, vielleicht konnte sie nicht in Einzelteile zerlegt werden, Funktion für Funktion, Organ für Organ. Vielleicht sollte anomales Verhalten – an sich schon schwer zu definieren – nicht als Symptom von etwas anderem betrachtet werden, als Teil eines Codes, den nur Experten entschlüsseln konnten. Angesichts der Komplexität der Materie schien es Kirsch, der kundigste Führer durch die seelischen Landschaften eines Patienten sei der Patient selbst. Er war schließlich in der besten Position, sein Verhalten und seine Erfahrungen zu erklären. Doch überall war der Patient der Letzte, der gefragt wurde. Denn der Patient war ja irre.

Diese konstruktiven Ansätze waren aus dem Artikel herausgekürzt worden. Aus irgendeinem Grund fand der Redakteur nur Platz für Kirschs Kritik an der gängigen psychiatrischen Methodologie. Damals hatte Kirsch keinen Einspruch erhoben, weil nur diese Kritik auf Belege gestützt war. Erst jetzt wurde ihm bewusst, wie angreifbar ihn sein Aufsatz machte.

»Es ist eine Sache, den Ansatz eines Kollegen zu kritisieren«, sagte Bonhoeffer. »Doch es ist etwas anderes, systematisch seine Arbeit zu sabotieren.«

»An meinem Eingreifen war nichts Systematisches, Herr Direktor. Ich hatte Grund zu der Annahme, dass Feldwebel Stöhrs Leben in Gefahr war.«

»Dr. Mehring sagt, Sie haben sich mit dieser Vermutung geirrt. Und da er mit der Therapie vertraut ist und Sie nicht, neige ich dazu, ihm zu glauben.«

»Ich habe alles gelesen, was zur Insulinschocktherapie geschrieben wurde. Ich kenne die Erhebungen des Lichterfelder Sanatoriums, die eindeutig dafür sprechen, wie gefährlich sie ist.«

Bonhoeffer schob seinen Stuhl zurück. »Wie kommt es, dass Sie sich mit einer Therapie beschäftigen, die Sie für Zeitverschwendung halten?«

»Weil sie an einem meiner Patienten ausprobiert wurde, zu seinem Schaden.«

»Oder zu seinem Wohle. Soweit ich weiß, ist es noch zu früh, das zu entscheiden. Oder schließen Sie die Möglichkeit, dass Sie sich irren, vollkommen aus?«

Aus irgendeinem Grund schien Bonhoeffers Sarkasmus ein Schatten von Schmerz anzuhaften. Kirsch versuchte seine Irritation hinunterzuschlucken.

»Ich habe keinen Zweifel, dass die Behandlung Feldwebel Stöhr gefügiger macht. Das ist bereits erkennbar. Aber ich sehe kein Anzeichen dafür, dass damit eine Besserung seiner seelischen Gesundheit einhergeht oder dass die Behandlung sonst irgendwie zu seinem Wohlergehen beiträgt.«

»Sie scheinen zu vergessen, aus welchen Gründen Stöhr bei uns ist. Er war eine Gefahr für die Gesellschaft. Wenn Dr. Mehrings Behandlung diese Gefahr reduziert, ist das gewiss ein lohnendes Ergebnis.«

»Für die Gesellschaft vielleicht, aber nicht für den Patienten.«

»Aha. Das Wohl der Gesellschaft interessiert Sie nicht.«

»Das Wohl der Gesellschaft mag wichtig sein, aber es liegt nicht in meiner Verantwortung. Ich bin für meinen Patienten verantwortlich.«

Bonhoeffer schüttelte den Kopf. Kirsch konnte seine Enttäuschung darüber spüren, dass eine vielversprechende Karriere die falsche Wendung nahm.

»Sie waren Militärarzt, bevor Sie sich der Psychiatrie zuwandten, nicht wahr? Im Krieg.«

Kirschs Wunde begann zu pochen. Instinktiv griff er sich an den Arm.

»Ja.«

»Sie haben die jungen Männer zusammengeflickt, die man Ihnen brachte, nicht wahr?«

»Die, die Glück hatten.«

»Und dann haben Sie sie zurück an die Front geschickt, wo viele von ihnen zweifellos später ums Leben gekommen sind, richtig?« Kirsch schwieg. »War *das* im Interesse Ihrer Patienten? Oder war es im Interesse des Krieges, des Vaterlands, der Gesellschaft?«

»*Ich* habe sie nicht an die Front geschickt.«

Der Schmerz wurde heftiger, pochend und heiß. Kirsch spürte, wie er in seinen Adern pulsierte.

»Vielleicht wäre es für viele besser gewesen, Sie hätten ihre Wunden eitern lassen oder präventiv ein paar Amputationen vorgenommen. Dann wären sie noch am Leben.«

»Ich habe sie nicht an die Front geschickt.«

Bonhoeffer sah ihm in die Augen. »Nein. Sie haben sie an die Front schicken lassen. So wie es die Pflicht von Ihnen verlangte.«

Kirsch stand auf. In seinen Träumen war der Mann, bei dem er sich angesteckt hatte, immer einer von denen, die zurück an die Front mussten. Rache, natürlich. Ein Leben für ein Leben. Quid pro quo.

Er hatte Mühe, sich aufrecht zu halten. »Wenn Sie mich entschuldigen, Herr Direktor.«

»Genauso ist es auch hier, Dr. Kirsch. Nichts hat sich verändert. Die erste Priorität der Medizin – im Krieg wie im Frieden – ist, die Gesundheit der Gesellschaft zu schützen. Das Wohl der Gesunden darf nicht immer dem Wohl der Kranken untergeordnet werden. Daran müssen Sie denken.«

Kirsch fragte sich, ob ein völliges Abrücken von seiner Position ihn selbst jetzt noch retten würde. Bonhoeffers Erklärungen hatten etwas Gezwungenes, das vermuten ließ, dass er selbst nicht ganz überzeugt war.

»Solche Dinge kann ich nicht beurteilen, Herr Direktor: das Wohl der Gesellschaft, das Wohl der Gesunden. Ich muss mich mit dem auseinandersetzen, was ich vor mir sehe, mit dem einzelnen Patienten. Alles andere ist ...« Er überlegte kurz, suchte nach dem richtigen Wort, auch wenn ihm das Pochen in den Schläfen das Denken schwermachte. »... abstrakt.«

Wieder in seinem Zimmer, setzte Kirsch einen Entwurf für seine Kündigung auf. Die Feder kratzte über das Blatt. Die Tinte wollte nicht richtig fließen, dann blieb die Feder ganz trocken. Er schüttelte den Füllfederhalter, doch er war leer.

In einem der Aufenthaltsräume spielte ein Grammophon. Wie vom Meeresgrund trieb der Klang von Streichern über den Hof herein. Kirsch lauschte, versuchte die Melodie zu erkennen.

Er schloss die Augen, doch Bonhoeffer starrte ihn immer noch über den Rand seiner Brille an. *Sie haben sie an die Front schicken lassen.*

Was sollte er Alma sagen? Wie sollte er die Geschichte erklären? Es würde nicht einfach sein, eine neue Stelle zu finden. Er vergrub das Gesicht in den Händen. Vielleicht sollte er sich einfach weigern zu kündigen: im Kampf untergehen und Heinrich Mehring mitnehmen. Dann hätte die Sache wenigstens ein Gutes.

Er trat ans Fenster und sah hinaus auf den Hof, durch die Ranken, die vor dem Fenster hingen, zu den Fenstern auf der anderen Seite. Im Augenwinkel nahm er eine Bewegung wahr. Er sah genauer hin. Vor der Krankenhausküche, hinter einer Feuerleiter verborgen, stand ein Mann mit einem braunen Filzhut. Er gehörte nicht zu den Angestellten, aber etwas an ihm – der schlecht sitzende, ausgebeulte Anzug, die Art, wie er die Hände tief in die Taschen schob –, kam Kirsch bekannt vor. Dann erinnerte er sich: Es war einer der Reporter, die vor der Charité kampiert hatten, ein untersetzter Kerl mit sandfarbenem Haar und einem Netz geplatzter Äderchen auf den Wangen. Er redete mit jemandem, der im Kücheneingang stand. Dann nickte er, drehte sich um und ging. In nächsten Moment sah Kirsch, wie Robert Eisner die Küchentür zuzog.

Offensichtlich war das Einstein-Mädchen immer noch interessant genug für ein paar Zeilen, vielleicht sogar ein Foto. Kirsch hörte wieder das Explodieren der Blitzlichter, sah die scharfen Kontraste: die schwarzen Pupillen, die weißen Wangen, der schöne, geschwollene Mund. Er schloss die Augen und erinnerte sich an die Berührung ihrer Lippen, den süßen Duft ihrer Haut.

Er hatte ihren Fall übernehmen wollen, doch dafür war es jetzt zu spät. Bonhoeffer hätte wahrscheinlich nicht einmal vor dem Vorfall mit Schwester Adele zugestimmt. Für ihn war Amnesie ein neurologisches Problem, kein psychisches.

Was hätte Max dazu gesagt? Was hätte Max *getan*? Kirsch legte die Stirn an die Scheibe. Max hätte die Verbindung zu Einstein fasziniert, sei sie noch so vage und phantastisch. Und das Mädchen war genau sein Typ: zierlich, dunkel, zurückhaltend, doch mit einer Direktheit in dem, was sie sagte, die die ermüdenden Heucheleien des Alltagslebens beiseiteschob. Das hätte Max sehr gefallen.

Die Grammophonmusik wurde lauter, dann brach sie ab. Kirsch war überzeugt, dass er nicht mehr allein war. Er spürte ein Gewicht auf den Dielen hinter sich, hörte regelmäßiges Atmen.

»Was kann ich tun?«, fragte er laut.

Doch Max hatte es ihm schon gesagt.

In der untersten Schreibtischschublade fand er ein Tintenfass und füllte seinen Füller nach. Er griff nach dem Formular, das er vorbereitet hatte – die Bestätigung, dass die Patientin in die Psychiatrische Klinik aufgenommen wurde und dass sie und ihre Angehörigen keine Kosten übernehmen mussten. Dann setzte er sorgfältig Bonhoeffers Namen darunter, indem er die Unterschrift von einem Memorandum abschrieb, das im Flur an der Wand hing.

13

Am nächsten Tag, zwei Wochen, nachdem man sie gefunden hatte, überwies Dr. Brenner die immer noch namenlose Patientin in die Psychiatrische Klinik der Charité. Auf Kirschs Anweisung wurde sie in ein Einzelzimmer im zweiten Stock des Frauenflügels gelegt, eine schmale Kammer mit Waschbecken, einem Eisenbett, einem kleinen Schrank und einem vergitterten Fenster, durch das man auf den Hof sah. Die letzte Bewohnerin, Frau Wassermann, die inzwischen in eine private Einrichtung außerhalb der Stadt verlegt worden war, hatte unter einer irrationalen Angst vor Keimen gelitten. Während ihres Klinikaufenthalts hatte sie Putzmittel aus den Lagern gestohlen und war mehrmals dabei erwischt worden, wie sie den Boden schrubbte oder die Wände des Zimmers mit Karbolsäure und Desinfektionsmittel tränkte. Trotz ausgiebigen Lüftens hing der Geruch noch im Raum, doch alle anderen Einzelzimmer waren belegt. Kirsch ließ den Boden wischen und hängte Säckchen mit getrocknetem Lavendel hinter die Tür und über das Eisenbett. An einem Stand auf der Grenadierstraße kaufte er ein Potpourri aus Rosenblättern, das er auf das Bord über dem Waschbecken stellte.

Die Anmeldung der Patientin wurde durch das Fehlen ihrer Identität erschwert. Kirsch trug sie als »Patientin E.« ein, wobei E. für Elisabeth stand, den Namen, den sie ihm im Tanguero genannt hatte. Da er das niemandem sagen konnte, ging der Rest des Personals davon aus, dass E. für Einstein stand; »das Einstein-Mädchen« wurde sie von den Zeitungen immer noch genannt. Die Bezeichnung »Patientin E.« schien ihren zweifelhaften Ruhm noch zu unterstreichen – das Letzte, was Kirsch bezweckte, doch zunächst blieb es dabei.

»Wie sollen wir Sie nennen?«, fragte er sie am ersten Nachmittag.

Im Behandlungszimmer standen mehrere Sessel, doch sie setzte sich auf einen Stuhl, einen von zweien, die zu beiden Seiten eines Tischchens standen. Kirsch nahm auf dem anderen Platz.

»Ein Name, mit dem Sie sich wohlfühlen«, sagte er. »Irgendwie müssen wir Sie ja nennen.« Sie sah ihre Hände an. Die Schwestern hatten sie in ein graues Wollkleid gesteckt, das ihr mindestens eine Nummer zu groß war. Ihr schmaler Körper verlor sich in den schweren Falten. Sie war noch blasser geworden: die Lippen korallenrot, die blutleeren Wangen glänzend wie weißer Taft. Ein Auge war noch leicht geschwollen, und an ihrem Hals waren die violetten Spuren einer Abschürfung zu sehen.

Er wartete, doch sie sagte nichts. »Es kommt nicht oft vor, dass man sich selbst einen Namen aussuchen kann. Sonst tun es andere für uns. Gibt es keinen Namen, der Ihnen gefällt?«

Zum ersten Mal an diesem Tag sah sie ihm in die Augen. »Maria«, sagte sie. Ihre Pupillen waren samtschwarz. »Geht das?«

Maria. Die heilige Jungfrau. Die heilige Mutter.

»Natürlich.«

Kirsch sah Dr. Brenner vor sich, wie er blinzelnd zwischen ihre gespreizten Schenkel spähte. Seine suchenden Finger. *Kein Hinweis auf sexuelle Aktivität in jüngster Zeit.*

Als er sich räusperte, hatte er den Geschmack von Desinfektionsmittel im Mund. Er griff nach seinem Notizbuch und schrieb *Maria* auf eine neue Seite. Seine Gefühle spielten keine Rolle. Wichtig war, dass er genau festhielt, woran sich die Patientin erinnerte und woran nicht. Der Literatur zufolge war die Erscheinungsform des Gedächtnisverlusts ein maßgeblicher Indikator für seine Ursache: Gehirnerschütterung, Alkoholvergiftung, Tumor, Demenz, ein psychisches Trauma oder (diskutabel) Hypnose.

»Ich weiß, dass die Polizei Ihnen bereits viele Fragen gestellt hat, aber es ist wichtig, dass Sie auch mit mir über die Ereignisse sprechen.«

»Gehöre ich jetzt Ihnen?« Das Mädchen sah zu Boden und wippte mit einem Bein. Er blickte auf die schmalen weißen Knöchel unter dem Tisch, die aus schwarzen Wollsocken hervorschauten. »Mein Fall, meine ich.«

»Ja.«

»Sie haben also Ihre Meinung geändert.«

»Anscheinend erinnern Sie sich an unsere Unterhaltung. Das ist ein gutes Zeichen.«

»Warum?«

»Anterograde Amnesie könnte ein Hinweis auf einen Hirnschaden sein. Dann könnten wir nicht viel tun.«

»Nein, ich meinte, warum?«

»Warum wir nicht viel tun können?«

»Warum haben Sie Ihre Meinung geändert?«

Kirsch legte den Bleistift hin. »Hätten Sie lieber einen anderen Arzt? Ich könnte versuchen, jemanden zu finden.«

Die junge Frau runzelte die Stirn. »Jemand hat m-mich fotografiert. Im Krankenhaus, in meinem Bett. Ich habe aufgesehen, und d-da stand er. Der Blitz hat mich geblendet. Das ist unhöflich, oder? Man muss vorher f-fragen, wenn man jemanden fotografieren will.«

»Das stimmt. Aber Reporter sind nicht sehr höflich, fürchte ich.«

»Reporter?«

»Die Presse interessiert sich für Ihre Geschichte. Man hält Sie für eine Prinzessin oder eine Spionin. Am besten ignorieren Sie sie einfach.«

»Und für wen halten Sie mich?«

Kirsch lächelte und öffnete seine Aktentasche. »Ich habe mich noch nicht festgelegt«, sagte er und fragte sich dabei, ob er die Wahrheit sagte. »Ich habe ein paar Dinge mitgebracht, die ich Ihnen zeigen möchte.«

Er nahm einen kleinen Stapel Postkarten heraus und legte sie auf den Tisch. Preußische Schlösser, rußgeschwärzte Prachtbauten, in Sepiatönen festgehalten, nur die Sommerresidenz Sanssouci war in Gelb, Grün und einem unwirklich strahlenden Blau nachkoloriert. Er hatte die Straßenstände und Schropps geographische Buchhandlung abgeklappert, um die Karten zu finden.

»Das sind alles Bauten in der Gegend, wo Sie gefunden wurden«, sagte er.

Auf der ersten Karte war eine Kirche zu sehen, deren merkwürdig zylinderförmiger Glockenturm wie ein verzierter Fabrikschornstein in die Höhe ragte. Die zweite zeigte eine wuchtige Barockvilla mit einer steinernen Freitreppe, die Brüstung mit Efeu bewachsen. Auf der dritten Karte war ein Bootshaus am Wasser, an dem ein Ruderboot vorbeiglitt.

»Der nächstgelegene Ort ist Caputh. Viele Leute fahren mit dem Boot dorthin. Vielleicht waren Sie deswegen da.«

Er schob die Bilder über den Tisch. Auf der Karte mit dem Bootshaus war der Name des Orts auf einem Schild am Steg zu sehen, wo die Ausflugsboote im Sommer anlegten.

Maria nahm die Karte und runzelte die Stirn. »Caputh. Ein lustiger Name. Wie *kaputt*.« Doch sie lächelte nicht.

»Erinnern Sie sich? An die Kirche vielleicht?«

Er griff nach dem ersten Foto. Der Turm war ungewöhnlich. Sie würde wissen, ob sie ihn schon einmal gesehen hatte, doch sie schien sich nur für das Bootshaus zu interessieren.

»Ich hatte eine Karte.«

»Eine Schiffsfahrkarte?«

»Ich weiß es nicht. Ich … ich hatte eine Karte in der Hand.«

Das Bootshaus hatte keine Besonderheiten. Es hätte überall sein können. Kirsch stellte weitere Fragen, aber ansonsten erinnerte sie sich an nichts. Es war das Gleiche, als er sie nach Berlin fragte, nach ihrer Kindheit, und wo sie geboren war, ihrer Schulzeit und Ausbildung, ihrer Familie, nach Freunden. Manchmal setzte sie zum Sprechen an, als würde sie sich beinahe erinnern, als wäre sie kurz vor einem Durchbruch. Doch dann glitt ein

Schatten über ihr Gesicht, die Erinnerung löste sich auf, und an ihre Stelle trat Leere.

Ihr Stottern hatte sich abgeschwächt. Das war die einzig erkennbare Besserung. Andererseits schien sie noch weniger mit der Gegenwart verbunden als zuvor und driftete häufiger in schweigsames Grübeln ab. Die Veränderung beunruhigte Kirsch.

»Das ist genug für heute«, sagte er schließlich. »Wir unterhalten uns morgen weiter. In der Zwischenzeit möchte ich, dass Sie etwas tun.« Er griff wieder in seine Aktentasche, und diesmal nahm er einen Skizzenblock und einige Bleistifte heraus. »Ich möchte, dass Sie zeichnen. Was Sie wollen, es spielt keine Rolle. Je mehr, desto besser. Wenn Ihnen das Papier ausgeht, besorge ich Ihnen mehr. Werden Sie das für mich tun?«

Sie nickte und beobachtete schweigend, wie er aufstand. Er sammelte die Postkarten von Potsdam wieder ein, dann überlegte er es sich anders und legte sie zurück auf den Tisch. Im selben Moment hatte sie die Hand nach dem Skizzenblock ausgestreckt. Seine Finger streiften ihren Handrücken, bevor sie die Hand hastig zurückzog.

Als er auf dem Korridor war, spürte er die Berührung ihrer Haut immer noch, wie ein elektrisches Kribbeln.

Er arbeitete bis in den Abend, lief zwischen der Referenzbibliothek und seinem Arbeitszimmer hin und her und nahm so viele Bände, wie er tragen konnte, mit. Unter den Fallgeschichten stieß er auf eine besonders interessante. Der Patient Hans J. war ziellos umherirrend auf dem Nürnberger Marktplatz aufgegriffen worden. Zunächst hatte man ihn für einen Landstreicher gehalten, doch bei der Befragung stellte sich heraus, dass er nicht wusste, wer er war oder wie er dort gelandet war. Man brachte ihn ins Krankenhaus und untersuchte ihn. Er wurde von der Polizei und den Ärzten gründlich befragt und behauptete, er heiße Peter Kleist und sei selbst Kriminalbeamter. Er sei aus Berlin angereist, gab er an, auf der Spur eines Kriminellen namens Schwarz. Obwohl seine Geschichte Ungereimtheiten enthielt und es bei der Berliner Polizei keinen Kriminalbeamten mit Namen Kleist gab, beharrte er von Tag zu Tag heftiger darauf, dass er die Wahrheit sprach. Er unterhielt sogar die Schwesternschaft und die Patienten mit detailreichen Geschichten der Fälle, die er geknackt hatte.

Eine Woche später wurde seine wahre Identität aufgedeckt. Hans J. entpuppte sich als unverheirateter Bankangestellter aus einer schwäbischen Kleinstadt etwa zweihundertfünfzig Kilometer entfernt. Anscheinend hatte er die Bank wie gewöhnlich um ein Uhr verlassen, um zum Mittagessen zu gehen, und war nie wiedergekommen. Eine Zeitlang hatte man befürchtet, er habe sich im nahen Fluss ertränkt – es hatte ihn jemand auf der Brücke gesehen –, und die örtliche Polizei hatte sogar eine Suche flussabwärts eingeleitet. Obwohl Hans J. in sein früheres Leben zurückkehren konnte, litt er fortan unter periodischen Anfällen von Amnesie und wurde schließlich von der Bank entlassen. Auch seine Erinnerung an den Vorfall in Nürnberg verblasste ungewöhnlich schnell, und als er ein Jahr später von einem Psychiater untersuchte wurde, erinnerte er sich überhaupt nicht mehr daran.

Aus einem Fachaufsatz ging hervor, dass anderswo ähnliche Fälle vorgekommen waren: zwei in Frankreich, einer in der Schweiz, mehrere in England. Der Autor nannte das Leiden *psychogene Fugue.* Ein Merkmal dieses seltenen Typus der Amnesie waren plötzliche, unvermittelte Reisen, die oft mehrere Tage oder länger dauerten. Außerdem verloren die Patienten mitunter jedes Wissen um ihre Identität und nahmen teilweise fiktive neue Identitäten an. In allen Fällen hatte die Untersuchung der Umstände ein psychisches Trauma aufgedeckt, das dem Vorfall unmittelbar vorausgegangen war. Hans J. hatte am Morgen seines Verschwindens einen Brief von einer langjährigen weiblichen Bekanntschaft erhalten, in dem sie seinen Heiratsantrag ablehnte. Später wurde er beschuldigt, wenn auch nicht verurteilt, in den Monaten vor seinem Verschwinden Geld bei der

Bank veruntreut zu haben. Auch wenn solche Fälle selten waren, sprach einiges dafür, dass die Flucht nicht nur ein Mittel war, schmerzhaften oder peinlichen Umständen zu entgehen, sondern ein Selbstschutzmechanismus, der den Patienten vor Selbstmord- oder Mordimpulsen bewahren konnte. In mehreren Fällen war es nach der Rückkehr ins gewohnte Umfeld zu Selbstmord oder Selbstmordversuchen gekommen. In einem zugegeben kontroversen Fall (kontrovers insofern, als die Polizei die Amnesie für vorgetäuscht hielt) hatte ein Mann, der von seiner Frau betrogen wurde, einen Mordversuch unternommen.

In der Fallgeschichte des Hans J. gab es einen langen Nachtrag, den Kirsch gerade las, als das Telefon klingelte. Es war Inspektor Hagen. Er wollte wissen, ob es irgendeine Besserung im Zustand der Patientin E. gab.

»Im Wesentlichen nein.«

»Im Wesentlichen?«

»Sie erinnert sich immer noch an nichts, oder an fast nichts. Sie weiß nur noch, dass sie eine Fahrkarte hatte, für den Zug oder das Schiff.«

»In der Nähe von Potsdam?«

»Ich denke ja.«

»Dann wird es der Zug gewesen sein. Die Dampfer fahren um diese Jahreszeit nicht. Wo hat sie die Fahrkarte gekauft?«

»Sie erinnert sich nicht.«

Es gab eine Pause, und Kirsch hörte gedämpfte Stimmen am anderen Ende der Leitung. Der Inspektor war nicht allein.

»Ihre Meinung, Dr. Kirsch – ist sie verrückt?«

»Das mag bei Ihnen ein Begriff sein, Herr Inspektor. In der Medizin ist es keiner.«

Hagen seufzte. »Sie wissen schon. Ist sie normal? Kann es sein, dass der Grund für den ganzen Vorfall geistige Verwirrung war?«

Kirsch erinnerte sich, was Dr. Brenner über die Lieblingstheorie der Polizei gesagt hatte: dass die Patientin die ganze Zeit unzurechnungsfähig gewesen war. Niemand hatte sie entführt oder angegriffen; daher gab es für die Polizei nichts weiter zu tun, und die Öffentlichkeit hatte keinen Grund zur Sorge. Kirsch sollte es recht sein, solange es hieß, dass man sie in Ruhe ließ.

»Es ist gut möglich, dass ein psychisches Trauma eine Rolle gespielt hat. Das halte ich für wahrscheinlich.«

»Trauma?« Hagen war enttäuscht. Er wollte hören, dass die Frau geisteskrank war, nicht mehr und nicht weniger. Doch das war ein gefährlicher Weg, der am Ende zur Zwangseinweisung in eine Anstalt führen konnte. »Und wer ist für das Trauma verantwortlich? Falls jemand beteiligt war.«

»Sobald ich Antworten habe, sage ich Ihnen auf jeden Fall Bescheid.«

Hagen war noch nicht fertig. »Und ein Selbstmordversuch? Haben Sie schon an diese Möglichkeit gedacht? Vielleicht hat sie sich von einer Brücke gestürzt.«

»Warum hätte sie das tun sollen?«

»Sie hat ein Kind und keinen Ring am Finger. Für viele Leute reicht das.«

»Die Geburt liegt mindestens ein Jahr zurück. Wahrscheinlich mehrere Jahre.«

»Schuldgefühle können einen auch nach langer Zeit einholen.«

Kirsch spürte einen stechenden Schmerz im Arm. Seine linke Seite fühlte sich kalt und schwer an, als würde sie langsam zu Stein erstarren.

»Wir wissen nicht, ob das Kind überhaupt am Leben ist.«

»Es ist lobenswert, dass Sie Ihre Patientin schützen wollen, Dr. Kirsch«, sagte Hagen. »Ich will Ihnen nur raten, keine vorschnellen Schlüsse zu ziehen. Wenn dieses Mädchen wirklich das Opfer eines Verbrechens war, ist es das seltsamste Verbrechen, das mir je untergekommen ist.«

14

Frau Schirmann schob die Riegel der Haustür zurück, als er am Abend nach Hause kam. Die Tür zu ihrer Wohnung stand offen, und ein Geruch nach Katzen und Fischleim zog in den Flur.

»Ich habe mir Sorgen um Sie gemacht, Herr Doktor. Ich wollte schon die Polizei anrufen.«

Sie spähte hinaus auf die dunkle Straße und hielt sich mit einer Hand am Türrahmen fest, so dass ein schweres silbernes Armband zum Vorschein kam. Kirsch wusste nicht, wie alt sie war – vielleicht fünfundsiebzig, schätzte er. Irgendwann hatte es einen Herrn Schirmann gegeben, aber der war schon vor Jahren gestorben.

»Sie wissen doch, dass ich oft bis spät arbeite. Sie brauchen sich keine Sorgen zu machen.«

Er half ihr, die Tür zu schließen.

»Herr Bronstein ist im Krankenhaus. Sie haben seinen Laden überfallen.«

Kirsch kannte keinen Bronstein, aber das wunderte ihn nicht. Frau Schirmann versorgte ihn immer mit Neuigkeiten von Menschen, die er nicht kannte, Menschen, die, wie er annahm, in der Nachbarschaft lebten und mit denen sie Kontakt pflegte. Fast immer waren die Neuigkeiten schlimm, oft spielten Tod oder Krankheiten eine Rolle. Einmal hatte der Sohn von Frau Hammerstein in der Lotterie eine erkleckliche Summe Geld gewonnen, doch selbst das war eine Hiobsbotschaft, da es seine tragische Spielsucht aufdeckte.

»Tut mir leid, das zu hören«, sagte Kirsch und begann die Treppe zu seiner Wohnung im zweiten Stock hinaufzusteigen. »Hoffen wir, dass er sich bald wieder erholt.«

»Es heißt, er wird sich nie mehr erholen«, sagte Frau Schirmann. »Und allein kann seine Frau den Laden nicht führen. Sie versteht nichts von Musik.«

Kirsch blieb stehen. »Musik?«

»Acht gebrochene Rippen und das Gesicht geschwollen wie ein Ballon. Er hat sogar ein Loch in der Lunge.«

»Er hat ein Musikgeschäft?«

Frau Schirmann sah mit milchigen Augen zu ihm hoch. »Der kleine Laden in der Grenadierstraße. Mit dem roten Samt im Schaufenster.«

Dort hatte er die Schellackplatte gekauft, an dem Abend, als er Maria zum ersten Mal begegnet war. Er versuchte sich an den Mann zu erinnern, der ihn bedient hatte, aber er wusste nur noch, dass er eine eckige Brille getragen hatte.

»Natürlich. Richten Sie Herrn Bronstein meine besten Wünsche aus.«

Er ging weiter, aber Frau Schirmann rührte sich nicht.

»Ach, Herr Doktor. Vor einer Weile war jemand für Sie da. Haben Sie ihn gesehen?«

»Für mich?«

»Ein Mann namens Bucher. Er sagte, er würde im Wagen auf Sie warten.«

Kirsch hatte keinen Wagen vor der Tür bemerkt. Der Name Bucher sagte ihm nichts. »Was wollte er?«

»Er wollte etwas abliefern, hat er gesagt, aber mir wollte er es nicht geben. Ein großer Mann. Ich habe ihn nicht hereingelassen. Hätte ich das tun sollen?«

Verschwommen erinnerte sich Kirsch, dass er einmal einen Patienten namens Bucher gehabt hatte, einen Schizophrenen mit gewalttätigen Episoden. Oder hatte der Buchner geheißen?

»Nein, Frau Schirmann«, sagte er. »Es war richtig, dass Sie vorsichtig waren.«

Kirsch hatte einen schmalen Klappsekretär, den er aus zweiter Hand bei einem Händler am Kurfürstendamm erstanden hatte.

Es war das einzige abschließbare Möbel außer dem Kleiderschrank, und er war sich sicher, dass Frau Schirmann für den Schrank einen Zweitschlüssel besaß. In dem Sekretär bewahrte er Almas Briefe auf, ein altes Tagebuch, Erinnerungen und Fotografien aus vergangener Zeit, die er weder ansehen noch wegwerfen wollte. Hier hatte er auch das Salvarsan und die Kanülen, und das Buch, das Max ihm an jenem letzten Morgen in Mecklenburg gegeben hatte: ›Über die spezielle und die allgemeine Relativitätstheorie. Gemeinverständlich.‹

Er nahm das Buch in die Hand – Max' Bibel – und blätterte vorsichtig durch die Seiten. Als Max an die Front ging, hatte Kirsch angefangen, es zu lesen, doch er hatte es bald wieder weggelegt. Bei aller Gemeinverständlichkeit verlangte es mehr Konzentration, als er aufbringen konnte. Außerdem war er damals noch nicht bereit, sich auf das Werk eines Pazifisten einzulassen, eines Mannes, dessen Loyalität zum Vaterland allenfalls unsichtbar war und dem die Opfer seiner Landsleute gleichgültig waren.

Ein Vorfall im Besonderen hatte Kirsch gegen Einstein eingenommen. Zwei Monate nach Kriegsbeginn hatten dreiundneunzig von Deutschlands führenden Denkern und Wissenschaftlern ihre Namen unter einen offenen Brief mit dem Titel ›Aufruf an die Kulturwelt‹ gesetzt. Der Brief wurde in allen wichtigen Tageszeitungen abgedruckt und in zehn Sprachen übersetzt. Ziel der Unterzeichner war es, Deutschlands Sache im Ausland zu vertreten und die Verletzung der belgischen Neutralität zu rechtfertigen. Der Krieg, hieß es, sei ein Selbstverteidigungskrieg, der Deutschland von seinen Feinden aufgezwungen worden war. Die meisten von Einsteins Kollegen hatten unterschrieben, sogar sein Mentor Max Planck.

Plancks Arbeit über Energiequanten war grundlegend für Einsteins Forschung gewesen. Es war Planck gewesen, der Einstein aus seinem Schattendasein in der Schweiz zurück nach Deutschland holte, es war Planck, der für die Spezielle Relativitätstheorie eintrat und Einstein zur Akzeptanz in der Welt der

Wissenschaften verhalf. Dennoch unterzeichnete Einstein den Aufruf nicht. Wenn sein Name irgendwo auftauchte, dann auf linken Appellen zur Schaffung eines vereinigten Europa oder Traktaten, die die Schuld am Krieg abnormen Auswüchsen der männlichen Psyche zuschrieben. Für Einstein, schien es, gab es keine Gerechtigkeit im Krieg, kein Richtig oder Falsch. Es gab nur Irrsinn, genuinen, kollektiven Irrsinn, der sowohl den freien Willen als auch den Selbsterhaltungstrieb ausschaltete. Später, als der Krieg sich hinzog, Jahr um Jahr, stellte Einstein auch diese Kommentare ein, als sähe er selbst darin keinen Sinn mehr. Deutschland, ganz Europa, war ein Irrenhaus. Und Irrsinn war ein Leiden, das nicht einmal die Wissenschaft heilen konnte.

Und doch blieb Einstein in Deutschland. Er kehrte nicht in die Schweiz zurück oder zog ins neutrale Holland, wo das Leben leichter gewesen wäre. Anscheinend hatte das Irrenhaus seine Vorzüge. Hier stellte er die Allgemeine Relativitätstheorie fertig, bis heute seine wichtigste Arbeit. Der Widerspruch, in dem er mit den Menschen in seiner Umgebung stand, und seine Isolation schienen weder seine Sicht auf die Dinge noch seine Intelligenz zu trüben: wenn überhaupt, dann schärften sie sie.

Der Krieg schauderte seinem Ende entgegen. Kirsch fühlte sich orientierungslos, verloren. Niemand konnte die plötzliche Lähmung an der Westfront erklären, genauso wenig wie den Krieg an sich. Die Generäle erklärten erst recht nichts. Der Ausdruck *Niederlage* kam nicht über ihre Lippen. Die Rede war von Verrat: an der Armee, an der Arbeiterklasse, vor allem aber an zwei Millionen Toten. Der Krieg konnte nicht vorbei sein, solange er nicht gewonnen war. Und gewinnen würden sie.

Aber die Menschen wollten Antworten. Kirsch wollte Antworten. Er wollte wissen, wofür das alles gewesen war. Jede Wirkung hatte eine Ursache – das sagte ihm die Vernunft –, aber was war die Ursache des Krieges gewesen? Er hatte immer vorausgesetzt, dass Europa in der Welt führend war in Wirtschaft,

Kunst und Wissenschaft. Doch wo hatte Europa die Welt hingeführt? Das war der Moment, als Albert Einstein zurück auf die Bühne geschlendert kam; der Mann, der recht gehabt hatte, als der Rest der Menschheit sich irrte. Ein Prophet, dem die Geschichte recht gab.

Für Kirsch begann es mit der ›Berliner Illustrirten‹ vom 14. Dezember 1919. Er hatte die Titelseite aufgehoben und in sein Tagebuch gelegt. Ein ganzseitiges Foto von Albert Einstein, den Blick gesenkt, das Kinn nachdenklich auf die Hand gestützt. Darunter stand: »Eine neue Größe der Weltgeschichte: Albert Einstein, dessen Forschungen eine völlige Umwälzung unserer Naturbetrachtungen bedeuten und den Erkenntnissen eines Kopernikus, Kepler und Newton gleichwertig sind.«

Einsteins Theorien über das Licht waren endlich experimentell bestätigt worden. Britische Astronomen hatten die Ablenkung des Sternenlichts durch die Schwerkraft der Sonne aufgezeichnet, die genau in dem Grad aufgetreten war, den Einstein vorausgesagt hatte. Jede Zeitung in Berlin brachte die Neuigkeiten. Einsteins Gesicht war überall. Und dabei lag die deutsche Presse mit ihrer Berichterstattung nicht einmal vorn. In Amerika und England wurde seit Tagen von nichts anderem berichtet. Es spielte keine Rolle, dass der Physiker Deutscher war oder dass seine Entdeckungen keinen absehbaren praktischen Nutzen hatten. Es spielte keine Rolle, dass seine Theorie mathematisch und schwer zu begreifen war – in einer amerikanischen Zeitung hieß es, nur zwölf Menschen auf der Welt seien in der Lage, sie zu verstehen. Das Wesentliche war, dass seine Theorie alles umkrempelte, was bisher gewesen war. Das mechanische Universum mit seinen alten Gewissheiten – die krönende Leistung der europäischen Denker – war als Illusion entlarvt worden. An seine Stelle trat ein Universum, dessen Wesen vom menschlichen Intellekt akzeptiert werden konnte, so wie man einen mathematischen Beweis akzeptierte, doch das, wie die Unendlichkeit oder die göttliche Bestimmung, nie wirklich wahrgenommen, geschweige denn erfasst werden konnte – außer vielleicht von Einstein selbst und den zwölf namenlosen Erleuchteten, von denen die ›New York Times‹ sprach.

Kirsch gehörte zu den Massen, die einen Blick auf den Mann erhaschen wollten. Er war unter den Tausenden, die in seine Vorträge an der Berliner Universität drängten. Überall sprach man von Einstein. In Kneipen und Läden diskutierten Leute, die nie einen Gedanken an die Natur des Lichts oder der Schwerkraft verschwendet hatten, über die Bedeutung von Einsteins Arbeit. In der verrauchten Dunkelheit der Kinos sah man in der Wochenschau die Menschenmengen, die Einstein empfingen, wo immer er hinkam. Staatsmänner, Monarchen, Filmstars standen Schlange, um an Einsteins Seite gesehen zu werden. Kirsch verfolgte seinen Triumphzug durch London, Paris und New York, dann Skandinavien, Südamerika und Japan: Einstein auf Podien, Einstein, der aus Ozeandampfern oder aus Automobilen mit heruntergeklapptem Verdeck stieg, Einstein, der Diagramme auf Tafeln zeichnete und Vorträge hielt und lächelte und Hände schüttelte, immer inmitten eines Meers von Gesichtern, die sich ihm zuwandten wie Badende der Sonne. Einsteins Feinde, die Nationalisten und Antisemiten, fingen an, ihn den »jüdischen Heiligen« zu nennen. Am Ende des Jahres war sein Gesicht das berühmteste der Welt.

Kirsch sah Einsteins Ruhm mit gemischten Gefühlen. Max war lange vor den Millionen da gewesen. Er hatte die Bedeutung von Einsteins Visionen instinktiv begriffen, lange bevor sie in den Zeitungen standen. Max hatte vorausgesehen, was kommen würde. Die letzten Tage und Wochen seines Lebens hatte er in Albert Einsteins Universum verbracht.

Und so hatte Kirsch schließlich wieder zu dem Buch gegriffen. Er wusste, dass Max nicht mehr zurückkam. Er würde keinen Führer durch Einsteins seltsames neues Universum haben, nur Einstein selbst. Wenn er die Geheimnisse dieses Universums erfahren wollte, wenn er sehen wollte, was Max gesehen hatte, dann musste er sich allein auf die Reise machen.

Für ihn als Kind, sagte Einstein, hatten Raum und Zeit ein universelles Bezugssystem gebildet, einen unsichtbaren Kasten, in dem die Galaxien kreisten und die Planeten wanderten. Ein Kilometer war ein Kilometer, egal wo er gemessen wurde; und die Zeit tickte im ganzen Universum gleich schnell. Jedes Objekt, jeder Ort, jede Strecke ließen sich an einem absoluten Maßstab messen. Die Bewegung der Objekte, oder des Beobachters, änderte nichts daran, egal wie schnell sie war. Es war eine Sicht, die auf der Erfahrung der Menschen gründete, deren Leben durch die präzise Regelmäßigkeit von Tag und Nacht, von Gezeiten und Jahreszeiten und der unveränderlichen Geographie des Planeten Erde bestimmt wurde. In diesem Universum herrschten Newtons Gesetze der Bewegung und Schwerkraft; ein himmlischer Mechanismus, im Gleichgewicht, präzise, vorhersehbar. In diesem Universum geschah nichts ohne Grund, und jede Wirkung hatte eine Ursache. Man musste nur die Vergangenheit kennen, dann kannte man auch die Zukunft.

Doch bereits als Einstein zu studieren anfing, tauchten Risse in der heiligen Idee eines absoluten Maßstabs auf. Für bestimmte Beobachtungen in der Elektrodynamik – der Wissenschaft von Lichtwellen und Elektrizität –, fand man keine Erklärung. Zuerst in Berlin, dann in Amerika hatten Physiker Experimente durchgeführt, deren Ziel es war, die Wirkung der Erdbewegung auf die Lichtgeschwindigkeit zu untersuchen. Die Erde, das war bekannt, bewegte sich mit einer Geschwindigkeit von dreißig Kilometern pro Sekunde um die Sonne und drehte sich gleichzeitig um die eigene Achse. Mit einem Triangulationsverfahren wurde die Lichtgeschwindigkeit in Richtung Orbit mit der Geschwindigkeit der Lichtstrahlen in der Gegenrichtung verglichen. Erwartet wurde, dass im ersteren Fall die Erdgeschwindigkeit zur Geschwindigkeit der Lichtstrahlen hinzukäme und sie im zweiten Fall verminderte. In einem mechanischen Universum, wo Zeit und Raum absolut waren, galt für Geschwindigkeiten das Additionsgesetz. Die Geschwindigkeit eines Menschen, der sich in einem fahrenden Zug fortbewegt, war in Bezug auf die Welt draußen schlicht die Summe seiner Gehgeschwindigkeit und der Geschwindigkeit des rollenden Untersatzes. Doch die Experimente mit der Lichtgeschwindigkeit führten zu einem anderen Ergebnis: Egal mit welcher Geschwindigkeit sich die Lichtquelle bewegte, das Licht erreichte den Beobachter stets gleich schnell. Licht – tatsächlich das ganze Spektrum elektromagnetischer Strahlen von Radiowellen bis zu Röntgenstrahlen – gehorchte Newtons Bewegungsgesetzen nicht. Die Geschwindigkeit des Lichts war unveränderlich.

Albert Einstein, der zu jener Zeit allein in der Schweiz arbeitete, wagte die Frage, ob der Widerspruch mit dem Konzept eines absoluten Bezugssystems zu tun hatte. Denn dieses Bezugssystem war letztlich, wie der Äther, eine abstrakte Konstruktion des Menschen, deren Existenz sich nicht nachweisen ließ. Kein unsichtbarer Kasten umgab das Universum; solche Vorstellungen gehörten ins Reich der Metaphysik. Licht aber war messbar, Licht ließ sich beobachten. Und seine Geschwindigkeit im Vakuum war stets dieselbe. Wie würde ein Modell des Universums aussehen, wenn seine Gesetze auf dieser Konstante gründeten?

Das Licht kümmerte sich weder um Entfernung noch um Zeit. Seine Geschwindigkeit blieb gleich, selbst wenn die Lichtquelle mit unvorstellbarem Tempo durchs All raste. Worauf wirkte sich die Bewegung der Lichtquelle dann aus? Wenn die Lichtgeschwindigkeit unveränderlich war, blieben nur noch Raum und Zeit. Dies waren die Faktoren, die sich verändern mussten, die flexibel waren, die *relativ* waren. Bewegung veränderte Raum und Zeit.

Einsteins Mathematik erschütterte die Grundfesten der wissenschaftlichen Beobachtung, wie man sie seit Galileo praktizierte. Das war es, was Max so tief beeindruckt hatte. Jahrhundertelang hatten die Astronomen daran gearbeitet, die Präzision ihrer Messgeräte zu verbessern, Teleskope, Sternwarten und Sextanten zu perfektionieren, nur um eines Tages festzustellen, dass die Entfernung zwischen zwei Punkten nicht objektiv messbar war. Entfernung war nicht nur eine Beziehung zwischen zwei Punkten. Sie schloss auch den Beobachter ein, dessen Beziehung zu den zwei Punkten das Ergebnis der Messung beeinflusste. Auch zeitliche Intervalle hatten keinen absoluten Wert mehr, da der Fluss der Zeit von der Beziehung zwischen Objekt und Beobachter abhing. Was der Mensch für das Universum gehalten hatte, war in Wirklichkeit nicht mehr als seine subjektive Wahrnehmung des Universums, betrachtet aus einem spezifischen Bezugsrahmen.

Max hatte beim Abendessen atemlose Monologe über diese Offenbarung gehalten, die nur Kirschs Vater zu verstehen vorgab. Für den Rest der Familie war sein Gerede das Produkt seiner überreizten Phantasie, zu vieler durchwachter Nächte oder eines bevorstehenden Fieberschubs. Denn in diesem seltsamen neuen Universum sollten Uhren in Bewegung anders ticken als Uhren im Ruhezustand. Am Äquator verging die Zeit langsamer als an den Polen. Verschiedene Beobachter konnten zwei Ereignisse in unterschiedlicher Reihenfolge wahrnehmen, während ein dritter sie gleichzeitig sah. Die verschiedenen Wahrnehmungen widersprachen sich, aber keine war falsch. Wenn die Dimensionen von Zeit und Raum relativ waren, gab es so viele Wahrheiten wie Beobachter.

Die Spezielle Relativitätstheorie war veröffentlicht worden, als Kirsch noch ein Kind war. Damals hatte es keine Schlagzeilen gegeben, keine Zuschauermassen, die einen Blick auf den Visionär erhaschen wollten. Die Skepsis, die in Kirschs Familie herrschte, war allgemein. Selbst viele Physiker gingen davon aus, dass es Einstein hauptsächlich um theoretische Probleme der astronomischen Beobachtung ging, nicht um das Wesen der Wirklichkeit. Erst als er die Relativität auf die Gesetze der Schwerkraft ausweitete – die beherrschende Kraft im Universum –, dämmerte es seinen Kollegen, dass er ein völlig neues Modell der Schöpfung entwarf, dessen Grundprinzip die Geschwindigkeit des Lichts war. Zeit und Raum wurden durch Bewegung beeinflusst, und jedes Kind wusste, dass Bewegung durch Schwerkraft beeinflusst wurde. Man musste nur einen Apfel fallen lassen, um das zu überprüfen.

Elf Jahre arbeitete Einstein an seinen Formeln, jonglierte mit Newtons Bewegungsgesetzen und der neuen Geometrie des flexiblen Raums. Dann, 1916, im Jahr der Großoffensiven an der Westfront, war die Allgemeine Relativitätstheorie fertig. Während in Verdun und an der Somme Armeen aufeinanderprallten in dem verzweifelten Versuch, die angenommenen Grenzen der Landkarte eines angenommenen Europa neu zu ziehen, war Einstein dabei, Raum und Zeit jegliche objektive Realität zu nehmen. In seinem neuen Modell der Schöpfung waren Materie und Raum Teil eines einzigen Kontinuums, einer einheitlichen Struktur, die sich ungebrochen durchs ganze Universum zog, sich zu unterschiedlichen Formen verband, ohne je auseinanderzufallen. Geometrie wurde von Gravitation diktiert, und Gravitation von Masse. Alle absoluten Bezugspunkte waren verbannt: Es konnte sie nicht mehr geben, wenn Zeit und Raum nichts als Produkte eines Gravitationsfelds waren. Wenn die Erde um die Sonne kreiste, dann nicht wegen einer geheimnisvollen unsichtbaren Anziehungskraft, sondern weil durch die Gegenwart der Sonne die Raumzeit verformt wurde. Die Erde bewegte sich durch gekrümmten Raum und gekrümmte Zeit, so wie die Straßenbahn auf gekrümmten Schienen an der Schönhauser Allee um die Ecke bog.

Das war die Arbeit, die Einstein in Berlin fertigstellte, nach jahrelanger Forschung in den Grenzgebieten wissenschaftlicher Erkenntnis. Während die alte Welt in den Krieg zog, arbeitete Einstein an einer neuen Welt und warf überflüssig gewordene metaphysische Gewissheiten aus dem Fenster, für deren Verteidigung sich gleichzeitig Europas Jugend opferte. Hatte Max diese Ironie gesehen? Hatte er seinem Bruder deswegen Einsteins Buch geschenkt? Oder ging es ihm um etwas anderes? Sollten Einsteins Entdeckungen, ihre Größe und Bedeutung, die menschlichen Opfer klein und unbedeutend erscheinen lassen, damit sie besser zu ertragen waren?

Kirsch blätterte immer noch in dem Buch, als er hörte, wie es unten an die Haustür klopfte. Es war halb elf. Er wartete, dass Frau Schirmanns Wohnungstür aufging und die alte Frau in den Flur humpelte, doch es war nichts zu hören. Dann klopfte es noch einmal, diesmal lauter. Jemand rüttelte an der Tür, aber Frau Schirmann rührte sich immer noch nicht.

Er ging ans Fenster. Ein kleiner steinerner Balkon und ein Baum versperrten ihm die Sicht auf die Haustür. Am Bordstein stand ein Wagen, von dessen schwarzen Kotflügeln der Regen perlte. Kirsch legte das Buch weg und trat ins Treppenhaus.

»Frau Schirmann? Gehen Sie an die Tür?«

Es klopfte zum dritten Mal. Während er die Treppe hinuntereilte, fragte er sich, warum seine Wirtin nicht öffnete. Fürchtete sie sich nach dem, was Bronstein geschehen war? Oder hatte sie sich abgeschminkt und wollte sich in ihrem natürlichen Zustand nicht zeigen?

Als er schon die Hand am Riegel hatte, zögerte er. Es war wirklich spät. Zu spät für Höflichkeitsbesuche.

»Wer ist da?«

Er hörte das Knirschen von Kies auf Stein.

»Dr. Kirsch?« Eine Männerstimme.

»Was wollen Sie?«

»Entschuldigen Sie die Störung. Mein Name ist Bucher. Ich war schon einmal da.«

Bucher. Kirsch war immer noch nicht sicher, ob es sein schizophrener Patient war. Er machte das Licht an. »Kenne ich Sie?«

Die Tür bewegte sich leicht.

»Ich habe eine Einladung von Professor Fischer für Sie. Er wollte, dass ich auf Ihre Antwort warte.«

»Professor Fischer? Ich kenne keinen Professor Fischer.«

»Professor Eugen Fischer, Direktor des Kaiser-Wilhelm-Instituts für Anthropologie.«

Kirsch hatte den Namen schon gehört. Er wusste, dass Fischer ein wichtiger Mann war, doch er konnte sich nicht an seine Arbeit erinnern, außer dass sie etwas mit gemischtrassigen Ehen im Süden Afrikas zu tun hatte.

»Er kennt Sie jedenfalls, Herr Dr. Kirsch.« Der Fremde klang leicht gekränkt.

Kirsch zögerte, dann öffnete er die Tür. Der Mann trat zurück und lüftete seinen Hut. Er war jünger als der Bucher, an den Kirsch gedacht hatte, und sehr viel besser gekleidet.

»Professor Fischer fährt morgen Nachmittag nach München, und er lässt anfragen, ob Sie ihn vorher treffen könnten.« Er lächelte, wobei er schiefstehende Schneidezähne entblößte. »Sie möchten die Kurzfristigkeit entschuldigen.«

Der Fremde reichte ihm einen Umschlag und trat zurück, während Kirsch den Inhalt überflog. Es war eine Einladung zum Mittagessen im Hotel Adlon. *Ich war höchst beeindruckt von Ihrem Aufsatz und würde sehr gerne vor meiner Abreise mit Ihnen darüber sprechen.* Kirsch war überrascht. Er hatte angenommen, dass sein Aufsatz zu kurz und zu unwichtig war, um irgendjemanden zu beeindrucken. Doch dann fiel ihm ein, was Alma gesagt hatte – dass ihr Vater ihn einigen Leuten zeigen würde, und all den wichtigen Institutionen, die er mit seinem Geld unterstützte.

»Haben Sie morgen Mittag Zeit, Herr Dr. Kirsch?«

Kirsch faltete den Brief zusammen. Das Adlon sollte das beste Restaurant in Berlin haben.

»Sagen Sie Professor Fischer, ich fühle mich geehrt.«

15

Die Türen zur Küche schwangen auf und der Duft von gebratenem Fleisch zog herüber. Geschäftige Stimmen und das Klappern von Töpfen und Pfannen waren zu hören. Kirsch wünschte, er hätte sich mehr ins Zeug gelegt. Sein Kragen war schon einen Tag alt, und er hatte keine Zeit mehr gehabt, den Anzug bügeln zu lassen. Seine Weste sah aus wie eine alte Ziehharmonika. Schlimmer noch, er hatte eine weitere unruhige Nacht hinter sich; er hatte zwar geschlafen, doch in seinen Träumen war er ständig in Bewegung, hetzte Terminen nach, die er nicht versäumen durfte, raste in Schnellzügen durch Tunnel und überfüllte Bahnhöfe, im Hintergrund das Kreischen von Stahl auf Stahl.

Der Oberkellner führte ihn in den Speisesaal. Dort eilten befrackte Kellner von Tisch zu Tisch oder standen neben dem großen Kamin stramm. In Kirschs Magen rumorte es. Der Duft nach Gebratenem hatte plötzlich seinen Hunger geweckt. In der Kantine der Charité passierte ihm das nie. Dort roch es nach ranzigem Fett und gekochtem Kohl, ein dauerhafter, unauslöschlicher Gestank, der sich über die Jahre in den Mauern festgesetzt hatte.

Er wurde an einen Tisch am Fenster mit Blick auf den Pariser Platz geführt. Draußen strömte der Verkehr stetig unter den Bögen des Brandenburger Tors hindurch. Der Kellner bot ihm einen Aperitif an, doch Kirsch lehnte ab und sah sich im Saal um. Das Adlon war berühmt für seine prominente Klientel. Vor dem Krieg hatten der Kaiser und der russische Zar hier diniert, in jüngerer Zeit Henry Ford und die Rockefellers, Marlene Dietrich und Albert Einstein. Der Ruhm des Adlon reichte so weit, dass man in Hollywood einen Film darüber gedreht hatte, mit Greta Garbo in der Hauptrolle. Hier wohnte auch Almas Vater bei seinen seltenen Besuchen in der Hauptstadt, was Kirsch zu der Überlegung veranlasste, ob dies ein Versuch war, ihn in höhere gesellschaftliche Sphären zu holen, wie sie Otto Siegels zukünftigem Schwiegersohn angemessen waren.

Kirsch erkannte keinen der anderen Gäste. Dann fiel sein Blick auf einen großen bärtigen Mann, etwa zwanzig Jahre älter als er, der mit einer Hand in der Westentasche durch den Saal geschritten kam und dabei freundlich mit dem Oberkellner plauderte.

»Der eminente Dr. Kirsch. Hocherfreut, Sie kennenzulernen.«

Kirsch stand auf. »Herr Professor Fischer.«

Trotz des schlaksigen Körperbaus und der großen Hände hatte sein Gastgeber mit der breiten Stirn, den abstehenden Ohren und dem spitzen Kinn, das durch den Ziegenbart betont wurde, etwas Lausbubenhaftes. Er nahm Kirschs Hand und schüttelte sie herzlich und lange, wie um zu demonstrieren, dass die Geste nicht reiner Höflichkeit entsprang. »Ich hoffe, das Lokal ist Ihnen recht. Nicht zu weit von der Klinik?«

»Keine zehn Minuten zu Fuß.«

Sie setzten sich, dann faltete Fischer seine Serviette auseinander und nahm die Speisekarte entgegen. »Sie sind zu Fuß gekommen. Ausgezeichnet. Auch ein denkender Mann braucht Bewegung. Zu viele vernachlässigen die körperliche Ertüchtigung. Dasselbe gilt für die Ernährung. Gelehrte haben oft die bedauerliche Angewohnheit, nichts Anständiges zu sich zu nehmen.«

Kirsch schlug die Karte auf und bemerkte ungläubig die Preise. »Ich fürchte, manche haben keine Wahl.«

Fischer lachte. »Erlauben Sie, dass ich mich heute darum kümmere. Hoffentlich haben Sie einen gesunden Appetit mitgebracht.« Und er begann den Oberkellner, den er Konrad nannte, nach den Spezialitäten des Tages zu befragen.

Eine Weile sprach man vom Essen und von Professor Fischers persönlichen Vorlieben. Kirsch fühlte sich wie ein Lieblingsneffe, dem die Weisheiten des Onkels zusammen mit einer warmen Mahlzeit zuteilwurden. Fischer redete derart vertraulich mit ihm, dass Kirsch sich fragte, ob er vielleicht mit der Familie Siegel verwandt war und damit bald auch mit ihm. Erst als sie sich der Wildterrine zuwandten, brachte Fischer das Gespräch auf Kirschs Aufsatz.

»Was Sie geschrieben haben, war sehr mutig«, sagte er. »Um radikale Meinungen zu äußern, braucht es Mut, vor allem in einem Beruf, der so konservativ ist wie die Medizin.«

»Eigentlich wollte ich nur auf ein paar diagnostische Unstimmigkeiten hinweisen.«

»Unstimmigkeiten, die die Grundlagen der modernen Psychiatrie in Frage stellen, wie sie von Ihren Vorgesetzten praktiziert wird.« Fischer brach ein Stück frisches Brot und reichte Kirsch die größere Hälfte. »Ein eigennütziger Mensch hätte sich ein bequemeres Thema ausgesucht. Er hätte die Unstimmigkeiten ignoriert, so wie es alle tun.«

Die Terrine war köstlich. Kirsch nahm sich zusammen, um nicht mit vollem Mund zu sprechen. »Ja, ich habe mich gewundert, dass noch niemand die Frage aufgeworfen hatte.«

Fischer brummte zustimmend. Allem, was er tat – wie er aß, sprach, die Hände bewegte –, wohnte eine Intensität inne, die an Ungeduld grenzte. »Status. Die Achillesferse der ganzen Profession.« Er zeichnete mit dem Buttermesser kleine Kreise in die Luft. »Die Psychiatrie hat sich in das überstürzte Bemühen verrannt, sich schnellstmöglich zu etablieren und den gleichen Status wie die konventionelle Medizin zu erlangen. Doch die konventionelle Medizin hat Jahrhunderte anatomischer Studien hinter sich. Gibt es eine ähnliche Forschungsgrundlage für die Funktionsweisen des Geistes? Nein. Und bis wir so weit sind, wird es noch lange dauern.« Ein zweiter Kellner erschien und schenkte Wein nach. »Doch auszusprechen, dass die Psychiater vorschnell und unfundiert vorgehen, ja, auch nur in Betracht zu ziehen, die Grundannahmen der ganzen Wissenschaft könnten etwas anderes sein als unerschütterlich – das, Dr. Kirsch, ist Häresie.«

Fischer hatte recht. Wie hatte Bonhoeffer seinen Aufsatz genannt? *Praktisch ein Kündigungsschreiben.*

Fischer nahm sein Weinglas und schnupperte daran, dann schwenkte er es und lächelte. Es war, als wäre er in Bonhoeffers Büro dabei gewesen und hätte das Gespräch mit angehört. Kirsch fragte sich, wie viel Fischer wirklich wusste.

»Gibt es einen besonderen Grund, weshalb Sie …? Ich hatte den Eindruck, Sie hätten ein dringendes Anliegen …«

Einen Moment hielt Fischer beim Kauen inne. Dann lächelte er wieder, lehnte sich etwas vom Tisch zurück und strich sich die Krümel vom Schoß. »Sie haben ganz recht, wenn Sie ein Motiv vermuten.« Er schnalzte mit der Zunge. »Ich hätte da ein Angebot für Sie, und ich hoffe, dass es Ihnen zusagt.«

Kirschs Ergebnisse bezogen sich bis dato auf eine zu kleine Versuchsgruppe, erklärte Fischer. Theoretisch konnten die widersprüchlichen Diagnosen als nicht repräsentative Anomalien abgetan werden. Das wäre nicht der Fall, wenn eine neue Studie einen größeren Teil der deutschsprachigen Welt und einen größeren Zeitraum umfassen würde.

»Ein Beweiskatalog in einer Größenordnung, die nicht mehr ignoriert werden kann. Damit wäre der ganze Berufszweig gezwungen, seine Herangehensweise an Geisteskrankheiten zu überdenken. Nur so könnte es zu einem echten Wandel kommen.«

Kirsch dachte an Feldwebel Stöhr und die anderen Patienten, die Heinrich Mehrings experimentellen Behandlungsmethoden ausgeliefert waren – Behandlungen von Krankheiten, deren Klassifikation auf ähnliche Weise erfolgte, wie die Theologen im Mittelalter verschiedene Typen von Dämonen kategorisierten, und mit ähnlich viel Rücksicht auf empirische Beobachtung. Kirsch dachte an die »Besserung«, die angeblich erzielt wurde, und die unausgereiften Theorien zum Wesen der Krankheit, die unweigerlich daraus folgten.

»Es wäre eine enorme Unternehmung«, sagte er. »So viele verschiedene Einrichtungen müssten kooperieren.«

Fischer sah ihn erwartungsvoll an, griff nach der Flasche und schenkte Wein nach.

»Sie wollen doch nicht sagen, dass *ich* das tun könnte? Ich fürchte, das ist unmöglich.«

»Sie würden natürlich bezahlt. Das Kaiser-Wilhelm-Institut würde die Studie in Auftrag geben. Und sie veröffentlichen.«

»Das Institut für Anthropologie?«

»Oder das medizinische. Wir geben viele Untersuchungen in Auftrag: Ahnenforschung, Kraniometrie, Blutgruppen. Wir arbeiten dieser Tage zunehmend über die Disziplinen hinaus, und erst recht über die Reichsgrenzen hinaus. Wir reden von internationalen Anstrengungen. Es ist an der Zeit, dass die Männer der Wissenschaft aus ihren intellektuellen Zellen heraustreten und sich zum Wohl der Allgemeinheit zusammenschließen. Finden Sie nicht?«

»Ja, aber …«

»Ich denke, ich kann Ihnen das Äquivalent eines Jahressalärs versprechen. Im Voraus.«

Mit besonderer Sorgfalt begann Fischer Butter auf ein Stück Brot zu streichen, während Kirsch sich fragte, ob wirklich Otto Siegel hinter alldem steckte.

»Verzeihen Sie, aber ich dachte, Ihr Gebiet wäre die Anthropologie.«

»Das ist sie. Aber ich studiere die Herkunft des Menschen aus einem bestimmten Grund. Wie Sie glaube ich, dass man, um die Rasse zu schützen, sie erst einmal verstehen muss.«

»Die Rasse?«

Fischer schnitt etwas von seiner Terrine ab. »Die nordische Rasse. Die, der wir alle angehören. Soweit es die Psychiatrie angeht, bin ich überzeugt, dass viele Formen von Geisteskrankheit erbliche Komponenten haben. Das ist zu erwarten. Schließlich liegt auch Intelligenz in der Familie, ganz zu schweigen von physischen Gebrechen. Ihre eigene Studie enthält eine ganze Reihe von Fällen, wo Geisteskrankheit von einer Generation zur nächsten weitergegeben wurde, vor allem der schizophrene Typ.«

Kirsch runzelte die Stirn. »Das kann Zufall sein.«

»Oh, da stimme ich Ihnen zu. Ganz recht. Aber mit einer größer angelegten Studie könnten wir alle Zweifel ein für alle Mal ausräumen. Wir können gar nicht zu viel Information erheben, oder?«

»Wahrscheinlich nicht.«

Kirsch nippte an seinem Wein und dachte daran, wie gut er ein Jahresgehalt im Voraus gebrauchen könnte. Irgendetwas musste er tun, wenn er die Charité verließ. Ein solcher Auftrag konnte ihm helfen, die Umstände seines Abschieds zu verschleiern. Es wäre absolut nachvollziehbar, wenn er die Stelle in der Psychiatrie aufgab, um sich einer wissenschaftlichen Laufbahn zu widmen. Alma fände es einleuchtend, ihre Familie auch, und mögliche künftige Arbeitgeber sicher ebenfalls.

»Darf ich fragen«, sagte er, »ob Sie zufällig mit Otto Siegel bekannt sind?«

Fischer sah ihn verständnislos an.

»Mein zukünftiger Schwiegervater.«

Fischer schüttelte den Kopf. »Ich wusste gar nicht, dass Sie verlobt sind. Herzlichen Glückwunsch, mein Bester.«

»Danke. Ich dachte, Sie wären vielleicht ...«

Doch bevor Kirsch erklären konnte, was er dachte, rollten die Kellner einen Wagen mit einer knusprigen, glänzenden Lammkeule heran.

Fischer ließ sich Zeit beim Essen. Er aß sein Fleisch ohne Soße und Beilagen und bemerkte, wie wichtig es auf lange Sicht sei, die Verdauung zu pflegen. »Die Verdauung ist wie das Gewissen«, sagte er. »Vernachlässigt man sie in der Jugend, bereitet sie einem im Alter schlaflose Nächte.«

Kirsch musste gestehen, dass er gewöhnlich in Eile aß, vor allem bei der Arbeit.

»Das kann ich verstehen«, sagte Fischer. »Es gibt Mahlzeiten, über denen man lieber nicht lange sitzt, vor allem solche, wie sie im Krankenhaus serviert werden. Im besten Fall unappetitlich.

Und ein Mann wie Sie will natürlich schnell zu seinen Patienten zurück.«

»Ich kann ihnen kaum halb so viel Zeit widmen, wie sie brauchen. Manchmal ist es überwältigend.«

Fischer verschränkte die Hände. Seine Finger zuckten. »Und doch sind Sie wahrscheinlich versucht, den interessanten Fällen mehr Zeit zu schenken. Den ungewöhnlichen. Ich schätze, von denen lernt man am meisten.«

»Alle Fälle sind ungewöhnlich. Je näher ich hinsehe, desto ungewöhnlicher sind sie. Wie die Menschen.«

»Der Fall in der Presse zum Beispiel, das Mädchen, das im Wald gefunden wurde. Ein überaus interessanter Fall.«

»Möglich.«

»Der völlige Identitätsverlust, die Nacktheit. Und doch kein Hinweis auf ein sexuelles Motiv. Als hätte man sie gezielt ihrer Identität beraubt. Ein Fall wie aus einer Detektivgeschichte.«

Kirsch nahm ein Stück Brot und tunkte die Soße von seinem Teller. »Die Zeitungen haben die Sache aufgebauscht. Eigentlich ist es ein ganz gewöhnlicher Fall von Amnesie.«

»Na, kommen Sie schon. Gewöhnlich? Wie erklären Sie sich die Sache denn?«

»Das kann ich nicht. Noch nicht.«

»Aber Sie müssen doch eine Theorie haben. Jeder, mit dem ich rede, hat eine Theorie. Sogar mein Chauffeur.«

Vielleicht war sich Fischer nach all den Spekulationen in der Presse nicht bewusst, dass Patientengeschichten vertraulich waren. Kirsch überlegte, wie er sich ausdrücken sollte, ohne unhöflich zu klingen, doch Fischer schien seine Gedanken zu lesen.

»Natürlich, sie ist ja noch Ihre Patientin, nicht wahr? Sie dürfen kein Wort dazu sagen. Meine Neugier ist eitel und verwerflich.«

»Sie ist verständlich.« Kirsch sah sich um. Einige der Gäste waren gegangen, und die, die noch da waren, lehnten sich bequem zurück und nippten Kaffee oder Brandy oder rauchten Zigarren. »Also, wenn Sie mir versichern …«

»Aber natürlich, mein Bester. Ich schweige wie ein Grab. Nennen Sie es eine fachliche Konsultation. Daran ist doch sicherlich nichts auszusetzen, oder?«

»Ich denke nicht.«

»Ich verlasse mich nicht gern auf die Herren von der Presse. Man kann kein Wort glauben, das gedruckt wird.«

»In diesem Fall …« Kirsch hatte zu Ende gegessen und schob den Teller beiseite. »Ich glaube, die Amnesie wurde durch ein traumatisches Erlebnis hervorgerufen. Ich bin mir nur nicht sicher, ob dieses Erlebnis direkt vor ihrem Auffinden stattgefunden hat. Vielleicht ist sie vorher einige Zeit umhergeirrt. Es gibt ähnliche Fälle, Gedächtnisverlust in Verbindung mit Wandertrieb. Fachsprachlich: psychogene Fugue. Das Einzige, was wir wissen, ist, dass Deutsch nicht die Muttersprache der Patientin ist.«

»Wirklich?« Fischer beugte sich vor. »Woher kommt sie?«

»Schwer zu sagen. Wahrscheinlich aus dem Osten, dem Akzent nach zu schließen. Russland vielleicht, oder der Balkan.«

Fischer nickte bedächtig. »Sie teilen also die Meinung der Polizei. Der Inspektor – wie war noch sein Name?«

»Hagen?«

»Ja. Er glaubt, das Mädchen ist aus einer Anstalt entkommen, und es gab gar kein Verbrechen, keinen Triebtäter, der die Wälder unsicher macht.«

Kirsch zuckte die Schultern. »Ich habe keine Informationen, die dafür oder dagegen sprechen.«

Fischer lehnte sich zurück, legte Messer und Gabel auf den Teller und schob die Hand in die Westentasche. »Ich habe meine eigene Theorie, eine, die Sie zweifellos mit Leichtigkeit widerlegen werden.«

»Und die wäre?«

Er griff nach einem Zahnstocher und bohrte ihn zwischen seine Schneidezähne. »Am Ende wird sie sich als Hochstaplerin entpuppen.«

Kirsch lachte, obwohl ihm nicht danach war. »Wie das, wenn sie keine Identität angibt?«

»Das kommt schon noch. Denken Sie an Anna Anderson. Die Frau, die man aus dem Landwehrkanal gezogen hat. Es dauerte achtzehn Monate, bis sie behauptete, sie sei die Großfürstin Anastasia.«

Kirsch kannte die Geschichte. Nach einem gescheiterten Selbstmordversuch hatte man die Frau in die Irrenanstalt Dalldorf gebracht. Sie weigerte sich, ihren Namen anzugeben. Erst später behauptete sie, sie sei die Tochter des Zaren Nikolaus II. und habe als Einzige das Massaker an der Zarenfamilie durch die Bolschewiken ein paar Jahre zuvor überlebt. Obwohl sie weder Russisch noch Französisch – die Sprache des russischen Adels – sprach, hatten mehrere russische Aristokraten im Exil ihre Identität bestätigt und ihr die Treue gelobt. Der Stein kam ins Rollen, Spenden wurden gesammelt und finanzielle Forderungen gestellt, selbst nachdem die Berliner Presse Anna Anderson bereits als Franziska Schanzkowska identifiziert hatte, eine polnische Fabrikarbeiterin mit einer langen Geschichte von Geistesstörungen. Es hieß, dass sie und ihre Berater durch die Früchte ihres Ruhms reich geworden waren.

»Sie sehen die Parallelen«, sagte Fischer. »Heutzutage muss man nur die Presse auf sich aufmerksam machen, und die Kasse klingelt. Ersteres hat Ihre Patientin bereits geschafft.«

Kirsch wusste nicht, was er sagen sollte. Natürlich kam es vor, dass Menschen psychische Krankheiten vortäuschten, um Aufmerksamkeit zu erregen, aber dass Maria ein solcher Fall sein könnte, wäre ihm nicht im Traum eingefallen.

Fischer beobachtete ihn kurz, dann winkte er ab. »Nur so ein Gedanke. Zerbrechen Sie sich nicht den Kopf darüber.« Er griff in die Jackentasche und zog ein goldenes Zigarettenetui hervor. »Rauchen Sie, Dr. Kirsch?«

16

Eugen Fischers Theorie ging ihm nach. Doch Maria hätte kein Koma vortäuschen können, das so tief war, dass Dr. Brenner Zweifel an ihrem Überleben hatte, davon war Kirsch überzeugt. Ansonsten waren die Ähnlichkeiten mit dem Fall Anna Anderson unbestreitbar: die Amnesie, die Umstände des Beinahe-Ertrinkens, die Tatsache, dass sich niemand meldete, um sie zu identifizieren. Anna Anderson und seine Patientin sahen einander sogar entfernt ähnlich, und auch das Alter stimmte in etwa überein. Das Interesse der Presse – immer noch lungerten Reporter und Fotografen vor der Klinik herum und lauerten den Krankenhausangestellten auf – verlieh der ganzen Angelegenheit etwas von einem Schauspiel, einer Darbietung zur Unterhaltung der Öffentlichkeit. Fischer fand, dass die Abfolge der Ereignisse inszeniert wirkte, und Kirsch stellte fest, dass es ihm ähnlich ging. War es wirklich Zufall, dass er Maria im Krankenhaus wiederbegegnet war? Die Frage nagte an ihm bei seiner täglichen Visite, im Pausenraum und bei der Schreibtischarbeit. Hatte man ihm eine Rolle in dem Komplott zugewiesen? Je länger er darüber nachdachte, desto mehr meinte er die Gegenwart verborgener Mächte zu spüren; er fühlte sich wie ein kleiner Planet, der in den Orbit eines großen, aber unsichtbaren Sterns gezogen wurde.

Wenn er zwischen den langen Behandlungsstunden und den endlosen Berichten Zeit hatte, beobachtete er Maria, weil er wissen wollte, ob sich jemand mit ihr in Verbindung setzte. Theoretisch war die Klinik ein gesicherter Ort, damit die Patienten nicht einfach ausrissen, doch es war keine geschlossene Anstalt. Den ganzen Tag herrschte Kommen und Gehen – Angestellte,

Lieferanten, Besucher. Kirsch beobachtete Maria im Speisesaal, wo sie gewöhnlich allein aß. Er beobachtete sie in der Bibliothek, wo sie sich nach dem Mittagessen hinsetzte und Bücher durchblätterte, ohne sich mehr als ein paar Sekunden auf eine Seite zu konzentrieren. Er beobachtete sie, wenn sie auf dem kleinen Flecken Wiese mit ein paar Bäumen darauf auf und ab spazierte, der als Garten diente, oder auf der Bank saß, wo die Wintersonne Lichtpunkte in ihr Gesicht malte. Einmal sah er vom Fenster im zweiten Stock, wie ein Mann auf sie zuging. Er hatte eine Zigarette im Mund und einen braunen Filzhut tief ins Gesicht gezogen. Kirsch stellte sich auf die Zehenspitzen, um besser sehen zu können. Er war sich sicher, dass es der Reporter war, den er mit Robert Eisner an der Küchentür gesehen hatte. Oder vielmehr, er war sich nicht sicher, da er das Gesicht nicht erkennen konnte. Jedenfalls dauerte die Begegnung nur ein paar Sekunden, dann tippte der Mann an seinen Hut und ging rasch davon.

Kirsch hatte die Schwestern gebeten, solche Vorfälle zu melden und ihm jede Korrespondenz vorzulegen. Fast jeden Morgen lag nun Post auf seinem Tisch, die an Maria adressiert war, häufig mit einem der Spitznamen aus der Zeitung versehen: »An die Potsdamer Patientin«, »die Dame vom See« oder »das Einstein-Mädchen«. Manche waren Liebesbriefe, anscheinend von ihrem Foto in der Presse inspiriert:

Als ich Ihr Gesicht sah, dachte ich, meine geliebte Susanne sei zu mir zurückgekehrt. Es ist ein Wunder, wie sehr Sie ihr ähneln. Ich schwöre, Sie könnten ihre Schwester sein, auch wenn sie nie eine hatte, soweit ich weiß. Vor dreizehn Jahren hat sie die Grippe dahingerafft, und seitdem bin ich allein.

In einem anderen Brief fragte eine Frau in zittriger Schrift, ob sie nicht Elsa Mühlhausen hieß, ein Kind, das im Jahr 1895 mit sechs Monaten aus der Wiege geraubt und nie wieder gesehen wurde. Maria war viel zu jung, um in Frage zu kommen. Ein anderer Brief versicherte, die Schreiberin sei Maria bei einer

Séance begegnet. Kirsch wollte der Behauptung schon nachgehen, als ihm klar wurde, dass die angebliche Begegnung nicht im Diesseits stattgefunden hatte. Mehrere anonyme Briefe waren obszön. Einer der Briefeschreiber wollte Maria für verschiedene sexuelle Handlungen bezahlen und fragte einzeln nach dem Preis (in aufsteigender Reihenfolge, wie es schien). Ein anderer schickte die Zeichnung einer Frau, vermutlich Maria, beim Geschlechtsverkehr mit einem befrackten Mann, der einen Davidstern auf der Stirn trug. Andere baten um Fotografien und legten Geld bei. Soweit Kirsch es beurteilen konnte, stammte keiner der Briefe von einem Komplizen oder von jemandem, der Marias Identität kannte, es sei denn, der Komplize benutzte eine Art Code. Weil er nicht wusste, was er sonst damit tun sollte, sammelte er die Briefe in einem Aktenkarton und verstaute diesen unter seinem Schreibtisch.

Er besuchte Maria jeden Tag. Oft brachte er ihr Postkarten mit, die er auf dem Sims der Paneele abstellte; bald war sie, wenn sie schlief, rundum von Berliner Wahrzeichen umgeben. Er ordnete die Postkarten geographisch an, so dass das Bett das Zentrum der Stadt bildete: neben dem Fenster war der Tiergarten; unter dem Lichtschalter gegenüber die Säulenfassade der Nationalgalerie; dazwischen standen das Brandenburger Tor, die Oper und die Kathedralen und Kirchen. Wenn er damit ihren Orientierungssinn anregen konnte, würde vielleicht ein Sinn für Chronologie und Inhalt folgen. Er hatte auch nach Postkarten von der Grenadierstraße und dem Tanguero gesucht, doch keine gefunden.

Anfangs betrachtete Maria seine Beiträge zum Dekor mit Verwirrung oder Gleichgültigkeit; später mit einem Anflug von Belustigung. Ermutigt weitete Kirsch die Palette aus: von Berliner Wahrzeichen zu Rosen, Ozeandampfern, Dampfmaschinen, Hunden, Katzen und Pferden. Doch die Zeit verging, und es zeigte sich keine Besserung, zumindest was die Amnesie betraf. Maria versuchte sich zu erinnern, versuchte die Fragen, die er ihr beiläufig stellte, zu beantworten (War sie schon einmal auf einem Schiff gewesen? Hatte sie je einen Hund gehabt? Welche Hunderasse war ihre liebste?); doch je mehr sie sich anstrengte, desto verwirrter und nervöser schien sie zu werden. Sie fing wieder zu stottern an, rang die Hände im Schoß. Er sah, dass ihr die Tränen kamen, dass Panik in ihr aufstieg, während sie nach Antworten suchte, nach einem Bruchstück greifbarer Wahrheit, das ihr versicherte, dass sie real war, dass sie existierte. In diesen Momenten erhaschte er einen Blick auf die wogende Dunkelheit unter ihren Füßen, und dann wechselte er das Thema, um sie in die Gegenwart zurückzuholen. Er wurde die unsinnige Überzeugung nicht los, dass sie langsam starb, als wäre sie an einer tödlichen Infektion erkrankt. Der Vergangenheit beraubt, musste sie um den Glauben an ihre eigene Existenz kämpfen, daran, dass sie mehr war als ein Phantasiegebilde, ein Geist oder eine Erinnerung, die sich beim Aufwachen in Luft auflösten.

Die Schwestern berichteten, dass sie immer noch unter Alpträumen litt. Sie redete im Schlaf, sagten sie, manchmal in einer fremden Sprache, manchmal auf Deutsch, doch immer unverständlich. Einmal kehrte Kirsch nachts in die Klinik zurück und setzte sich lauschend vor Marias Tür. Er hörte sie im Schlaf murmeln, dann aufstehen und minutenlang durchs Zimmer wandern, bevor sie sich wieder ins Bett legte. Schreien hörte er sie nie, auch wenn die Schwestern versicherten, sie schreie oft, meistens in den frühen Morgenstunden. Sie wollten ihr Beruhigungsmittel geben, doch das ließ er nicht zu. Wenigstens in den Alpträumen, dachte er, wusste sie vielleicht, wer sie war.

Dann, eines Tages, begann sie zu zeichnen. Sie saß barfuß an einem Fenster im Aufenthaltsraum der Frauen und hatte den Skizzenblock auf dem Schoß. Durchs Fenster sah man den Kanal und das gewölbte Dach des Lehrter Bahnhofs. Bei Westwind hörte man die Züge über die Weichen rattern, und ihr Pfeifen hallte durch die Stadt. Irgendwoher hatte sie ein grobes wollenes Tuch, in das sie sich wickelte, so dass Mund und Kinn in den Falten verschwanden. Vielleicht deswegen, oder weil sie so vertieft in ihre Arbeit war, kam es selten vor, dass sie von den anderen Patientinnen gestörte wurde.

Sie zeichnete fast jeden Morgen. Wenn sie fertig war, klappte sie den Skizzenblock zu, schlüpfte in ihre Schuhe, die sie mit ordentlichen Schleifen schnürte, und kehrte in ihr Zimmer zurück. Dort räumte sie als Allerererstes Block und Stifte an ihren Platz: ins oberste Fach des alten Schranks in der Ecke.

Sie zeichnete Gesichter. Jede Seite füllte sich mit Gesichtern, die aus gestrichelten Schatten ans Licht zu schweben schienen. Sie zeichnete gut. Feine Linien beschrieben die Konturen: Gesichter von vorn und im Profil; alte, sorgenvolle Gesichter und jugendliche voller Erwartungen, doch allen haftete die gleiche zögerliche, flüchtige Qualität an, als wären sie sich ihrer Unvollständigkeit bewusst, oder als wunderten sie sich, in dieser seltsamen zweidimensionalen Welt gefangen zu sein.

Manche Gesichter tauchten immer wieder auf: ein Kind – ein Mädchen, dachte er –, den Kopf in einen Schal gewickelt, und zwei Männer. Der erste war jung genug, um ein Verlobter oder Bruder zu sein. Er hatte schmale Augen, eine breite Stirn und einen schönen Mund, die Lippen nachdenklich geschürzt. Sie hatte ihn mehrmals gezeichnet, aus verschiedenen Winkeln, mit unterschiedlichem Ausdruck, doch meistens melancholisch. Kirsch fragte sich, ob dies der Fremde sein konnte, den er auf dem Krankenhausgelände gesehen hatte.

»Wie sollen wir ihn nennen?«, fragte er einmal. »Welcher Name würde zu ihm passen?«

Doch sie wusste keinen Namen für ihn. »Er ist Schriftsteller«, sagte sie nur.

Der andere Mann war alt. Er hatte dunkle Augen, die gleichen vollen Lippen und weißes Haar wie ein alttestamentarischer Prophet oder eine Renaissance-Darstellung des gütigen Gottes. Auch für ihn hatte sie keinen Namen.

Während Kirsch durch den Skizzenblock blätterte, fiel ihm auf, dass sie nicht nach dem Leben zeichnete. Er fand keine Bilder von anderen Patientinnen, keine Schwestern oder Wärter. Es waren alles Visionen aus ihrem Innenleben, die Schatten erinnerter Menschen. Die Menschen dagegen, mit denen Maria in der Klinik lebte, waren vollkommen abwesend. Kirsch war enttäuscht.

»Wie wäre es mit einem Selbstporträt?«, schlug er vor.

»Warum?«

»Ich hätte gern eines.«

Vielleicht half ein Selbstporträt ihrem Sinn für Identität auf die Sprünge. Vielleicht zeigte es, was sie sah, wenn sie sich selbst sah.

Maria schüttelte den Kopf. »Es gibt keine Spiegel hier.«

Sie hatte recht. Aus Sicherheitsgründen waren Spiegel verboten. Zu viele Patienten hatten, von ihrem eigenen Anblick verstört, Spiegel zerschlagen und sich an den Scherben verletzt oder diese sogar als Waffen missbraucht. Nur in den Duschräumen der Frauen hingen noch zwei Spiegel, doch sie waren klein und fest an die Wand geschraubt.

»Ich könnte Ihnen einen mitbringen.« Kirsch zeichnete ein Rechteck in die Luft, das ihr Gesicht umrahmte. »In dieser Größe. Ich glaube, ich weiß, wo ich einen bekomme.«

»Wenn Sie wollen«, sagte Maria und spielte abwesend mit einer Haarsträhne.

»Ja, das will ich«, sagte er.

Zum Beweis schlich er sich in der Mittagspause aus dem Krankenhaus und kaufte bei einem Möbelhändler auf dem Kurfürstendamm einen Spiegel in einem vergoldeten Rahmen.

In der Woche nach dem Mittagessen im Adlon hörte er nichts von Professor Fischer. Keine Bestätigung des Auftrags, der so dringlich gewirkt hatte, oder irgendeine Nachricht, was von Kirsch erwartet wurde. Er fragte sich, ob der Anthropologe seinen Vorschlag überhaupt ernst gemeint hatte, und ob er tatsächlich über die nötigen Mittel verfügte. Kirsch kam der Verdacht, dass Fischer nur ein einsamer, wenn auch gut betuchter Exzentriker war, ein Mann, der sich die Zeit mit oberflächlichen

Schwärmereien vertrieb, die er fallen ließ, sobald sich etwas Interessanteres bot. Kirschs Aufsatz hatte ein Thema berührt, das zufällig eins seiner Steckenpferde war, und so hatte Fischer mit der Ungeduld eines Mannes mit viel Zeit und wenig Aufgaben den Verfasser aufgespürt. Kirsch bereute, dass er so offen über seine Arbeit und über Maria gesprochen hatte.

Er hatte sich endlich hingesetzt, um seine Kündigung abzufassen, als Robert Eisner mit der Post hereinschlenderte. Auch ihm hatte Kirsch nichts von Bonhoeffers Entscheidung erzählt, weil er immer noch hoffte, der Direktor würde einlenken, doch jetzt waren vierzehn Tage vergangen, und es hatte sich nichts getan.

»Ein Brief vom Kaiser-Wilhelm-Institut für Anthropologie, menschliche Erblehre und Eugenik«, las Eisner vom Absender eines steifen weißen Umschlags ab und warf den Brief in Kirschs Eingangskorb.

Der Umschlag war versiegelt. Kirsch legte den Füller weg und griff nach seinem Brieföffner.

»Du arbeitest also wieder an einem Aufsatz?« Eisner war neben ihm stehen geblieben. »Ich wusste gar nicht, dass dich Vererbungslehre interessiert.«

»Tut sie auch nicht«, sagte Kirsch und spähte in den Umschlag, ohne den Inhalt herauszunehmen. Er sah auf die Uhr. »Ich muss los.«

Er schob den Umschlag in die Innentasche seiner Jacke und ging hinaus.

Fischer schickte nicht nur Geld. Er hatte auch eine Liste des Kaiser-Wilhelm-Instituts für Psychiatrie beigelegt, auf der alle psychiatrischen Einrichtungen und Ärzte in Deutschland, Österreich und der Schweiz aufgeführt waren, die sich an der Erhebung diagnostischer Daten beteiligen würden. *Das Institut interessiert sich nicht für Einzelfälle*, schrieb er, *die Kollegen brauchen sich also keine Sorgen wegen der Schweigepflicht zu machen.*

Im Adlon hatte Kirsch ganz bewusst keine klare Zusage gegeben. Doch Fischer schien ihn anders verstanden zu haben. Er wollte, dass Kirsch sofort mit den Instituten Kontakt aufnahm und seine Ziele und Methoden darlegte. *Dieses Vorhaben ist von höchster Wichtigkeit, und ich bin überzeugt, dass es zu einer bedeutenden Veröffentlichung führen wird. Ich hoffe, Sie können die nötige Zeit bei Ihren regulären Verpflichtungen erübrigen.*

Zwei Tage lang tat Kirsch nichts. Professor Bonhoeffer hatte an seiner Meinung zu Kirschs erstem Aufsatz keinen Zweifel gelassen. Wenn Kirsch ihm jetzt mitteilte, er werde an einer größer angelegten Studie in der gleichen Richtung arbeiten, käme dies einer Kampfansage gleich. Damit wäre jede Hoffnung auf Rehabilitierung dahin. Es war, als müsste er sich plötzlich für eine Seite entscheiden – oder für einen Herrn. Andererseits hatten ihm Heinrich Mehring und Schwester Regine die Entscheidung im Grunde schon abgenommen.

Am dritten Tag reichte er den Scheck ein.

17

Am selben Tag hatte Kirsch einen Fieberschub, der ihn ganz plötzlich in der vollen Straßenbahn vom Alexanderplatz überfiel. In seinem schweren Überzieher stand er schwitzend im Gang und hielt sich müde an einer der Schlaufen fest, und so weit war alles in Ordnung, bis der Straßenbahnfahrer heftig bremste. Die Fahrgäste ächzten. Einer Frau rutschte ein Marmeladenglas aus der Tasche und rollte den Gang herunter. Dann fand jeder das Gleichgewicht wieder und die Straßenbahn fuhr weiter. Kirsch bückte sich nach dem Marmeladenglas, das auf ihn zurollte und ihm direkt in die Hand sprang. Vom Etikett leuchteten ihm zwei Kirschen entgegen, glänzend und rot, was ihm seltsam lustig erschien, wegen seines Namens. Er kam sich ertappt vor, als würde ihn eine höhere Macht beobachten. Im nächsten Moment war alles dunkel.

Er hörte Schreie, ohrenbetäubendes Gewehrfeuer. Er musste sein chirurgisches Besteck finden. Bald würden die Verletzten mit Wunden voller Dreck und Erde hereinkommen. Keine Zeit, Schutz zu suchen. Er rief nach Licht, sah Laternen durch die Dunkelheit tanzen, näher kommen. Bleiche Gesichter huschten vorbei. Dann klärte sich sein Blick, und er stellte fest, dass er rücklings auf dem gerippten Boden der Straßenbahn lag, während eine Gruppe Fahrgäste zu ihm herunterstarrte.

Niemand half ihm auf. Wahrscheinlich hielten sie ihn für einen Betrunkenen. Er bahnte sich den Weg zur Tür und stieg an der nächsten Haltestelle aus, ohne an seine Aktentasche zu denken. Ein junger Mann warf sie ihm hinterher. Die Tasche landete auf dem Bordstein und sprang auf, Papiere, Berichte und Postkarten verteilten sich über das Kopfsteinpflaster.

Als er nach Hause kam, zitterte er am ganzen Körper. Frau Schirmann sah ihn auf der Treppe und fragte, ob sie einen Arzt holen sollte, doch er lehnte ab. Nur eine leichte Grippe, die er sich in der Klinik geholt hatte, sagte er. Er sei ruckzuck wieder auf den Beinen.

Vor der Grippe fürchtete sich Frau Schirmann wegen ihrer schwachen Lunge. Sie brauchte keine weitere Aufforderung, sich fernzuhalten. Kirsch schloss sich in seinem Zimmer ein und fiel aufs Bett. Das Fieber dauerte die ganze Nacht. Im Morgengrauen bereitete er eine Dosis Salvarsan zu, doch seine Hände zitterten zu stark, um die Nadel sicher zu setzen. Eine unsaubere Injektion konnte zu einer Arsenvergiftung führen.

Er brauchte das Salvarsan nicht, sagte er sich. Wahrscheinlich war es wirklich die Grippe, er war geschwächt von den langen Arbeitstagen in der Klinik und der Last seiner Situation. Das Haupthaus der Charité war voller Grippekranker, nur einen Steinwurf von der Psychiatrie entfernt. Hilfspersonal und Lieferanten trugen die Keime von einem Gebäude zum anderen. Sein Fieber hatte nichts mit der Syphilis zu tun oder mit den braunen Flecken, die sich auf seinem Brustkorb ausbreiteten.

Gegen Mittag brachte ihm Frau Schirmann Brot und Gemüsebrühe herauf, die sie vor seiner Tür abstellte. Am Nachmittag ging das Fieber zurück. Es war wie die Erinnerung an eine alte Krankheit gewesen, der Nachgeschmack eines vergangenen Leidens, nicht wie die Vorhut eines künftigen.

Trotzdem sehnte sich Kirsch nach Gewissheit. Er brauchte einen Menschen, dem er sich anvertrauen konnte, der die Wahrheit über seinen Zustand feststellen und das Ergebnis für sich behalten konnte. Doch egal wie sehr er grübelte, es fiel ihm niemand ein.

Am Mittwoch ging er wieder zur Arbeit. In seiner kurzen Abwesenheit hatten sich Marias Zeichnungen verändert. Kirsch saß mit ihr im üblichen Behandlungszimmer und blätterte den Zeichenblock durch. Erstmals tauchten jetzt auch Mitpatientinnen und Mitarbeiter der Charité aus den schraffierten Schatten auf: Schwester Regine mit Sorgenfalten auf der Stirn, die Kirsch noch nie aufgefallen waren; Schwester Brigitta, hübsch, aber fordernd, mit ungeduldig zusammengepressten Lippen; Dr. Mehring, die Kuppel seines Schädels glatt wie ein Ei, sein Ausdruck steif und distanziert, als wüsste er, wie leicht die Schale brechen konnte. Auf der Suche nach Motiven zeichnete Maria endlich nach dem Leben. Jetzt waren die Seiten nicht mehr mit Gespenstern, sondern mit lebendigen Menschen bevölkert.

Kirsch lächelte vor sich hin. Es musste eine Art Fortschritt sein. Zwar hatte sich ihre Vergangenheit nicht aufgeklärt, doch wenigstens knüpfte Maria eine Verbindung zur Gegenwart; sie widerstand dem Sog ihrer Innenwelt und trat wieder mit der Außenwelt in Kontakt. Denn am meisten hatte Kirsch gefürchtet, dass sie die Verbindung zur Realität verlieren und unter der Last ihrer Situation in einer Psychose versinken könnte.

»Diese Zeichnung von Dr. Eisner – Sie haben ihn genau getroffen.« Er hielt den Zeichenblock hoch. Robert Eisner hatte einen unentschlossenen, ziellosen Ausdruck, wie einer, der bei einem Gespräch zuhörte und nicht wusste, ob er sich beteiligen sollte. Die Augen waren gespenstisch hell bis auf die harten schwarzen Punkte seiner Pupillen.

»Ist er Arzt?«

»Wussten Sie das nicht?«

Maria schüttelte den Kopf. »Manchmal trägt er einen weißen Kittel, wenn er kommt, wie Sie. Manchmal nicht.«

Kirsch fragte sich, wie oft »manchmal« war.

»Ich wusste gar nicht, dass er mit Ihnen gesprochen hat.«

Maria neigte den Kopf zur Seite. Ein Sonnenstrahl fiel durchs Fenster auf ihre Wange. Ihr Haar, das sich inzwischen gerade zu einem Knoten im Nacken binden ließ, glänzte kupfern, eine Spur von Feuer im Dunkeln. »Oh, ja«, sagte sie. »Er tut so, als würde er zufällig vorbeikommen. Aber er ist kein guter Schauspieler. Er ist sehr neugierig.«

Kirsch lächelte. »Das kann ich mir vorstellen.«

»Wie Sie am Anfang.«

»Ich?«

»Das haben Sie gesagt. Als Sie mich im Krankenhaus besucht haben. Dass Sie neugierig sind.«

»Natürlich.« Kirsch wurde rot. Er wünschte, er könnte ihr sagen, dass sie mehr war als ein interessanter Fall, mehr als ein potentieller Schlüssel zu seinem beruflichen Weiterkommen, wozu prominente Fällen oft missbraucht wurden. Doch er wusste nicht wie.

Er blätterte weiter durch den Block. »Also kein Selbstporträt?«

»Ich habe es versucht, aber es ist schwer. Ich sehe mich an, aber ich kann nicht behalten, was ich sehe.« Sie zuckte die Schultern. »Ich habe kein Gefühl dafür. Ich zeichne eine Linie, und dann ist es weg.«

Er blätterte zur letzten Seite. Hier war nur ein Gesicht zu sehen, seines. Auf der Zeichnung blickte er nach unten und zur Seite. Die Schattierung war grob und kraftvoll, anders als bei den anderen Bildern. Sie hatte das Porträt in Eile gezeichnet, als hätte sie versucht, die Ähnlichkeit einzufangen, bevor sie ihr wieder entglitt – als fürchtete sie, dass er bald verschwinden würde. Es war, als würde er sich im Spiegel sehen, doch ohne die Leere einer reinen Reflexion. Er starrte auf die Zeichnung, überrascht von der Intensität seines Abbilds: die gefurchte Stirn, der beunruhigte Blick.

»Mein Gott.« Er lachte gezwungen. »Sehe ich wirklich so unglücklich aus?«

Maria nickte. Sie hob die Hand und berührte sein Gesicht.

Draußen stieß etwas gegen die Tür. Sie bewegte sich leicht im Schloss. Leise Schritte entfernten sich auf dem Korridor.

Die Mittagsglocke läutete. Maria zog die Hand zurück. »Ich muss gehen«, sagte sie.

Sie stand auf und lief aus dem Zimmer. Es dauerte einen Moment, bis Kirsch merkte, dass sie den Zeichenblock zurückgelassen hatte.

Am Abend begann es zu schneien. Kirsch verließ die Klinik ein wenig früher als sonst und landete im letzten Stoß des Berufsverkehrs. Der S-Bahn-Waggon war von vorn bis hinten voll. Er wurde gegen die Tür gepresst, von anderen Fahrgästen angerempelt und atmete den Dunst von Tabak und nassem Leder ein, während sich seine Gedanken aufgewühlt im Kreis drehten. Über den Alexanderplatz strömten die Massen, schweigend, eilig, Gesichter, die im Laternenschein aufleuchteten, bevor sie wieder in den Schatten eintauchten.

Es war, als hätte er bisher ein Spiel gespielt, auch wenn das Spiel die Maske ernsthafter wissenschaftlicher Methode und medizinischer Recherche trug. Doch ab heute war es kein Spiel mehr.

Auf der Grenadierstraße war es ruhiger. Der Schnee blieb auf den Gehwegen liegen. Im Vorbeigehen warf er einen Blick auf das zugenagelte Schaufenster von Bronsteins Musikalienhandlung und die Glasscherben, die wie Frost auf dem Pflaster glitzerten. Ein paar Minuten später kam er zum jüdischen Friedhof und sah hinauf zum Fenster der Pension, genau wie zwei Monate zuvor.

Er fand die Haustür nicht gleich. Sie befand sich an einer Seite des Gebäudes, ein paar Stufen hoch, halb verborgen hinter der rostigen Spirale einer Feuerleiter. Er klingelte. Nichts rührte sich, und er hämmerte mit der Faust gegen die Tür.

»Hallo?«

Seine Stimme hallte durch die Einfahrt und wurde zu einem einzigen Laut zusammengepresst. Als im Gebäude gegenüber das Licht ausging, stand er völlig im Dunkeln.

»Was wollen Sie?«

Im ersten Stock streckte ein Mann den Kopf aus dem Fenster. Er hatte einen Glatzkopf und trug eine Brille.

»Ich bin wegen eines Zimmers hier. Ich suche ein Zimmer zur Miete.«

»Ich vermiete nur an Damen.«

»Es wäre nicht für mich.«

»Kommen Sie morgen wieder.« Der Mann zog das Fenster zu.

»Ich zahle im Voraus«, rief Kirsch. »Wenn Sie mich hereinlassen. Morgen ist es zu spät.«

Der Vermieter hieß Sebastian Mettler, und er sprach mit Schweizer Färbung. Er konnte nicht älter als vierzig sein, aber er bewegte sich wie ein alter Mann, der Rücken krumm, einen Arm an die Seite gepresst, als er sich die nackte Holztreppe hinaufschleppte. Seine Mutter, eine fettleibige Frau mit Kneifer auf der Nase, stand in der offenen Tür ihrer Wohnung und sah ihm nach, als fürchtete sie, die Anstrengung könnte zu viel für ihn sein.

»Ich hab nur ein freies Zimmer, nach hinten raus. Keine große Aussicht.«

Sie waren jetzt im zweiten Stock, da, wo er Maria gesehen hatte. Eine elektrische Tischlampe warf Schatten auf die verblasste Blümchentapete. Von der Decke hing ein überflüssiger Kronleuchter aus Glas.

Mettler öffnete eine Tür, an der eine »2« aus Messing hing. »Für wen soll es denn sein?« Er knipste das Licht an und trat zurück, um Kirsch durchzulassen. »Ich hab ja gesagt, dass ich nur an …«

»Es wäre für eine Studentin von mir.«

»Eine Studentin?« Mettler rückte sich die Brille zurecht. »Solange Sie für sie bürgen.«

Das Zimmer war schlicht, aber ordentlich eingerichtet. Ein Kamin mit gusseisernem Gitter und einem Sims aus Gips verlieh ihm eine spartanische Gemütlichkeit. Kirschs Blick glitt über den Tisch mit der Spitzendecke, den massiven Kleiderschrank, das Kruzifix über dem Bett. Das Fenster ging zum Hof, wo Wäscheleinen und Schneeflocken Muster in die Dunkelheit malten.

»Blick auf die Straße. Danach suche ich.«

Mettler schüttelte den Kopf. »Ich hab nur das eine Zimmer.«

Kirsch zeigte über den Flur auf die Tür mit der Nummer 3. Sie war dunkelrot gestrichen, doch die Farbe war so dünn aufgetragen, dass man die Maserung sah. »Was ist damit?«

»Belegt. Im Moment jedenfalls.«

»Im Moment?«

»Bezahlt ist es bis zum Ende des Monats.«

»Heute ist der neunundzwanzigste.«

»Dann ist es bis morgen belegt.«

»Ist jemand zu Hause?«

Mettler sah sich blinzelnd im Treppenhaus um. »Kann ich nicht sagen. Ich überwache meine Mieterinnen nicht.«

»Darf ich mal hineinsehen?«

»Wozu? Ich habe Ihnen doch gesagt, dass es nicht frei ist.«

»Noch nicht.« Kirsch öffnete seine Brieftasche. »Ich bezahle natürlich für die Mühe, die ich Ihnen mache. Wo es schon so spät ist.«

Mettler richtete sich langsam auf, sein Rücken gab knackende Geräusche von sich. Er fuhr sich mit der Zunge über die Lippen. »Ich muss den Schlüssel holen.«

Kirsch nahm einen Zehnmarkschein heraus. »Ich gehe mit Ihnen hinunter. Dann müssen Sie nicht noch einmal heraufsteigen.«

Zwei Minuten später stand er allein vor Marias Tür. Der Eisenschlüssel lag kalt und schwer in seiner Hand. Er versuchte sich vorzustellen, wie es in ihrem Zimmer aussehen würde. War es so nichtssagend wie das Nachbarzimmer? War es sauber oder unordentlich? Gab es Hinweise auf ein Verbrechen, oder auf einen Betrug, wie Professor Fischer vermutete? Oder auf den Abstieg in den Wahnsinn? Er hatte solche Zimmer gesehen, und es war eine Erfahrung, die er nie wieder machen wollte.

Vielleicht war er deswegen nicht früher gekommen, dachte er. Es wäre schwer zu erklären gewesen, woher er Marias Adresse kannte. Es hätte peinliche Fragen aufgeworfen. Daran hatte sich allerdings auch jetzt nichts geändert. Der wahre Grund, weshalb er nicht eher gekommen war, war die Angst vor dem, was er finden würde.

Vom Treppensteigen war ihm schwindelig geworden. Die

dunkelrote Tür verschwamm vor seinen Augen, die Maserung pulsierte, als wäre sie lebendig. Er nahm den Schlüssel und drückte für einen Moment das kühle Metall an sein Gesicht, dann schob er ihn ungeschickt ins Schloss.

WAHNSINN

18

Warum bin ich nach so langer Zeit hier? Es ist nur natürlich, dass Sie eine Erklärung verlangen, doch obwohl ich lange genug Zeit hatte, darüber nachzudenken, weiß ich nicht, wo ich anfangen soll. Das Einfachste wäre, Ihnen alles von Angesicht zu Angesicht zu erzählen, doch bei der Vorstellung zittern mir die Knie. Ich habe keine große Gabe für Worte, und oft fällt mir erst im Nachhinein ein, was ich hätte sagen sollen. Daher schreibe ich nun alles auf, damit ich wenigstens erst über meine Worte nachdenken kann.

Lassen Sie mich Ihnen zunächst versichern, dass die Umstände meiner Herkunft keinen materiellen Nachteil mit sich brachten. Die Familie, in der ich aufwuchs, war in unserem Dorf Orlovat sehr angesehen. Zoltán Draganović besaß eins der größten und schönsten Häuser am Ort. Anders als die anderen Häuser hatte es einen Vorgarten, der uns im Sommer vor dem Staub der Straße und den Blicken der Passanten schützte. Nach hinten hatten wir eine weiß verputzte Veranda, und Gatter für Gänse und Hühner, einen Obstgarten mit Apfel- und Kirschbäumen und mehrere Nebengebäude für die Pferde und die alte Kutsche; mein Vater nannte sie Kutsche, in Wirklichkeit war es wohl kaum mehr als ein alter Leiterwagen. Außerdem besaßen wir Land, das verpachtet war.

Das Haus war groß und gelb, die Fenster hatten grüne Rahmen und waren mit Stuck verziert. In den Friesen waren österreichische Wappen zu sehen, auch wenn die meisten längst abgebröckelt waren. Die Draganovićs hatten österreichisches Blut über irgendeine mütterliche Linie, wie mein Vater zu betonen nicht müde wurde. Ich hatte früh begriffen, dass diese Tatsache wichtig war, für ihn und damit auch für mich, aber bald merkte ich auch, dass es nicht immer klug war, davon zu sprechen. Als ich sieben war, beschuldigte mich die Lehrerin, ich hielte mich für etwas Besseres, und die Buben beschimpften mich und warfen mit Steinen nach mir, wenn keiner hinsah. Eine Zeitlang hatte ich solche Angst vor dem Schulweg, dass ich Ohnmacht oder Krankheit vortäuschte, indem ich mir das Gesicht mit Wasser benetzte und wirres Zeug redete wie im Fieber. So entwickelte ich mich zu einer recht guten Schauspielerin; manchmal machte ich meiner Mutter solche Angst, dass ich ein schlechtes Gewissen bekam und eine wundersame Genesung vortäuschte. Meinem Vater erzählte ich nichts von dem Ärger, den ich seinetwegen hatte, oder von den Buben, die mich mit Steinen bewarfen. Ich fürchtete, er würde in die Schule gehen und ihnen den Hals umdrehen, so wie er es jedem androhte, der die Ehre der Familie beleidigte. Ich hätte zwar nichts dagegen gehabt, wenn er die Buben erwürgte, doch ich wollte nicht, dass er dafür ins Gefängnis musste. Damals hing ich noch sehr an ihm.

Zu dieser Zeit beneidete ich meine Schwester. Senka war ein Jahr jünger als ich, und obwohl sie wie ich mit der Schule angefangen hatte, brauchte sie bald nicht mehr hinzugehen. Stattdessen wurde sie zu Hause unterrichtet, von unserer Mutter. Doch ihre Lektionen waren nicht wie meine in der Schule, wo wir Stunde um Stunde Texte abschrieben und Fakten auswendig lernten. Ihr Unterricht fand im Freien statt, außer bei schlechtem Wetter, sie lernte etwas über Tierhaltung und die Namen von Pflanzen und Insekten. Wenn es regnete, brachte ihr meine Mutter in der Küche am Feuer Nähen und Sticken bei, und nur zu gern hätte ich meine kalte Schulbank und die endlosen Übungen in Rechtschreibung und Arithmetik gegen einen Platz am Küchentisch eingetauscht. Das einzige Fach, das ich zu Hause lernte, war Deutsch. Mein Vater bestand darauf, wegen der mütterlichen Linie.

Damals arbeitete er für die k.u.k. Zollbehörde und verbrachte viel Zeit in Novi Sad. Ich wollte, dass er stolz auf mich war, und so lernte ich fleißig, wenn er nicht da war, um ihn mit meinen Fortschritten zu beeindrucken. Am glücklichsten war ich, wenn er mich hochhob und auf Deutsch »meine schlaue kleine Dame« zu mir sagte. Es war das erste Lob, das ich von ihm bekam, denn es war kein Geheimnis, dass ein Mann vor allem einen Sohn brauchte, und solange seine Frau ihm noch keinen geschenkt hatte, waren Töchter ein Luxus, und ein teurer dazu. Als ich aber mit meinen Deutschkenntnissen sein Lob gewann, beschloss ich, mich auch in den anderen Fächern anzustrengen, damit er sah, dass ich doch zu etwas gut war und dem Namen der Familie vielleicht sogar zur Ehre gereichte. Dieser Entschluss machte mich bei meinen Mitschülern nicht gerade beliebter, aber wenigstens hielt er mich vom Spielplatz fern und außerhalb der Reichweite ihrer Wurfgeschosse.

Was Senka anging, so glaubte ich, sie werde dazu erzogen, den Haushalt zu führen, weil sie die Jüngste war, und ginge deswegen nicht zur Schule. Den wahren Grund erfuhr ich von einem Buben in der Schule, der mich eines Tages mit Beleidigungen statt mit Steinen bombardierte. Deine Schwester ist ein Schwachkopf, rief er und zog eine hässliche Grimasse, die Senka überhaupt nicht ähnlich sah, doch aus irgendeinem Grund verstand ich, was er meinte. Als ich an jenem Tag nach Hause kam, war mein Neid verschwunden, und ich schämte mich.

Danach kamen Senka und ich einander näher. Ihr Name bedeutet »Schatten« auf Serbisch, und so nah wie ein Schatten war sie mir, wenn ich nicht gerade für die Schule lernte. Ich übernahm sogar einen Teil ihres Unterrichts, worüber meine Mutter froh war (auch wenn mein Vater sagte, es sei Zeitverschwendung). Ich brachte ihr Lesen und Rechnen bei – nie zu viel auf einmal, denn nach kurzer Zeit ließ ihre Konzentration nach, und dann war es unmöglich, sie zum Zuhören zu bringen. Doch sie lernte, und ich versuchte von ihr zu lernen, vor allem den Umgang mit den Tieren. Die Gänse liebten sie, liefen ihr hinterher und pickten mit ihren gelben Schnäbeln zärtlich nach ihrem Ärmel oder ihrem Rocksaum. Von Senka ließen sie sich sogar die langen weichen Hälse streicheln.

Ich dachte, Senka sei meine einzige Schwester, doch ein paar Jahre später erfuhr ich, dass es vor langer Zeit noch eine andere gegeben hatte. Eines Sommertages hatten wir Gäste, und es wurde vom Scharlach gesprochen, der in einigen Nachbardörfern wütete. Meine Mutter wurde still, und am Blick meines Vaters sah ich, dass das Thema sie schmerzte. Ich wusste, wie sehr der Scharlach gefürchtet war, weil er schon viele Kinder dahingerafft hatte. Und so fragte ich später meine Großmutter, ob auch in unserer Familie jemand daran gestorben war.

Zuerst erschrak sie und sagte, solche Fragen gehörten sich nicht für eine junge Dame, was mich natürlich erst recht davon überzeugte, dass meine Vermutung stimmte. Ich erklärte, ich sei gut darin, Geheimnisse zu hüten und würde auch dieses bewahren. Da erzählte sie mir, das erstgeborene Mädchen meiner Mutter sei kurz nach der Geburt am Scharlach gestorben, aber dass ich nicht darüber sprechen dürfe, sonst würde der Scharlach gewiss in unser Haus zurückkehren. Das fand ich damals durchaus vernünftig. Man sprach nicht vom Teufel, aus Furcht, ihn heraufzubeschwören, und beim Scharlach schien es eine ähnliche Vorsichtsmaßnahme zu geben. Erst Jahre später begann ich mich zu fragen, warum meine Familie beschlossen hatte, die Last der Trauer durch die Last der Heimlichkeit noch zu erschweren.

Nachdem sie mir das Geheimnis anvertraut hatte, fürchtete meine Großmutter, dass ich traurig wäre. Zum Trost erklärte sie mir, dass Gott, was er mit einer Hand nahm, mit der anderen zurückgab. Mir gefiel diese Vorstellung, denn sie verhieß, dass es Gerechtigkeit im Universum gab und eine tröstliche Symmetrie – wie in der Algebra, die wir gerade in der Schule durchnahmen, wo eine Aufgabe nur gelöst werden konnte, wenn auf beiden Seiten der gleiche Wert stand. Der beste Beweis war, dass ich denselben Namen wie das gestorbene Mädchen trug. Nur meine Schwester Senka, stellte ich traurig fest, war nicht in der

Gleichung enthalten, doch ich wusste auch weshalb: weil sie nicht in die Schule ging wie ich und daher weder von Algebra noch von Gott etwas wusste.

Inzwischen galt ich als vielversprechende Schülerin. Der Unterricht hatte sich seit der Ankunft eines neuen Lehrers namens Bošković aus Zagreb stark verbessert. Er hatte an der Universität studiert und kam mit vielen neuen Ideen, was den Lehrplan betraf. Eines regnerischen Tages kurz vor meinem elften Geburtstag stand er in seinem besten Gehrock vor unserer Tür und verlangte meinen Vater zu sprechen. Ich wusste nicht, was das zu bedeuten hatte, und fürchtete, ich hätte etwas angestellt und sollte bestraft oder gar von der Schule gewiesen werden. Ich versuchte an der Tür zu lauschen, aber meine Mutter schickte mich auf mein Zimmer, bis man mich holte. Also saß ich den Tränen nah auf meinem Bett, während Senka in der Ecke sang und malte, was sie ziemlich gut konnte. Als sie sah, dass ich traurig war, begann sie ein Porträt von mir zu zeichnen. Das lenkte mich von meinen Sorgen ab, vor allem, weil ich auf ihrer Zeichnung hübsch und erwachsen aussah, was mir sehr gefiel.

Durchs Fenster sah ich endlich, dass Herr Bošković ging, und lief nach unten, obwohl man mich noch nicht gerufen hatte. Meine Eltern führten hinter der geschlossenen Tür ein ernstes Gespräch, wie ich deutlich hören konnte: meine Mutter aufgeregt und flehend, mein Vater starrköpfig, wie immer bei ihren Diskussionen, egal worum es ging. Mehrmals fiel das Wort Geld, und ob genug davon aufgebracht werden könne, was mich nicht überraschte, denn es war das einzige Thema, über das sie sich länger als eine Minute austauschen konnten – abgesehen von den Verfehlungen der Familie meiner Mutter, über die mein Vater immer etwas zu schimpfen hatte.

Es stellte sich heraus, dass ich keineswegs in Schwierigkeiten war. Wie meine Mutter mir mitteilte, hatte der Lehrer empfohlen, dass ich meine Ausbildung am Gymnasium in Bečkerek fortsetzte, dessen Direktor er persönlich kannte. Beträchtliche Ausgaben wären nötig, denn das Gymnasium kostete Geld, und dazu kam die tägliche Zugfahrt ins zwanzig Kilometer entfernte Bečkerek. Deswegen, sagte mein Vater, war es unwahrscheinlich, dass man der Empfehlung folgen würde, was mich tief enttäuschte. Ich hatte die Dorfschule satt, den Spott der Buben und den Unterricht, der viel zu leicht für mich war, vor allem in Mathematik. Und auch wenn Bečkerek bei weitem keine Großstadt war, oder überhaupt eine richtige Stadt, schien es mir damals unendlich elegant und beeindruckend. Tränenüberströmt rannte ich zurück in mein Zimmer und vergrub den Kopf in den Armen. Ich sah nicht mal auf, als Senka mich darum bat, und so zeichnete sie mich in dieser Haltung, umgeben von Schatten, die so schwarz waren wie meine Stimmung.

Meine Enttäuschung währte nicht lang. Ich weiß nicht genau, wo das Geld für das Gymnasium herkam, aber plötzlich war es da. Ich weiß nur, dass meine Mutter an unsere Tante Helene in Belgrad schrieb und etwa einen Monat später eine Antwort erhielt. Zur gleichen Zeit fand der plötzliche Gesinnungswechsel meines Vaters statt, und ich ahnte eine Verbindung. Ich fragte sogar, ob Tante Helene Geld für meine Ausbildung geschickt hätte, bekam aber nur zu hören, ich solle nicht solchen Unsinn reden. Also beließ ich es dabei, und dachte auch nicht mehr daran.

Danach war mein Leben kaum noch das meine. Der Unterricht am Gymnasium war anstrengender als alles, was ich bis dahin gekannt hatte, auch weil ich um einiges jünger war als meine Klassenkameradinnen. Die wenigen Stunden, die vom Tag blieben, verbrachte ich hauptsächlich im Zug, und wenn ich nach Hause kam, hatte ich weder Zeit noch Kraft zum Spielen. Dann war da mein Vater, der sich inzwischen mehr für meine schulischen Leistungen interessierte, streng meine Hausaufgaben kontrollierte (auch wenn er bald nicht mehr mitkam, vor allem in Mathematik) und ständig von meinen Lehrern Berichte über meine Fortschritte verlangte. Doch das Schlimmste war, dass er anfing, mit meinem Erfolg zu prahlen und den Leuten zu erzählen, seine Tochter sei ein Wunderkind, und dass es in der Gegend noch nie ein Mädchen wie mich gegeben hätte, was nicht stimmte, wie Sie von allen am besten wissen.

Kurz, die Aufmerksamkeit, die ich einst gesucht hatte, wurde zur Belastung; und doch hätte ich sie mit Freuden ertragen, wenn er nicht zur gleichen Zeit begonnen hätte, meine Schwester immer schlechter zu behandeln. Es war, als hätte mein Vater nur einen begrenzten Vorrat an väterlicher Liebe, und diesen schüttete er von nun an allein über mir aus. Zu Senka war er hässlich, spottete über ihr langsames Begriffsvermögen und beschwerte sich, dass sie zu viel aß für ein Kind, das den ganzen Tag nichts tat – dabei arbeitete sie hart, um die Tiere bei guter Gesundheit zu halten; ihretwegen legten Hühner und Gänse Eier in Überfülle, dass das ganze Dorf davon sprach. Früher hätte meine Mutter ihn zurechtgewiesen, aber mit ihrer Gesundheit stand es nicht mehr zum Besten, und oft hatte sie sich schon hingelegt, wenn ich nach Hause kam.

Ich wusste nur zu gut, was ihm zu schaffen machte. Senka war eine Draganović, und die Tatsache, dass sie nicht klug war und wahrscheinlich keinen Mann finden würde, warf ein schlechtes Licht auf die Familie. Es war ein weiteres Zeichen dafür, dass die Linie verkam, so wie die bröckelnden Wappen über den Fenstern, und der Besitz dahinschwand (auch wenn wir immer noch mehr hatten als die meisten). Ihr Anblick erinnerte ihn ständig daran – und daran, dass er keinen Sohn hatte, der den Besitz wieder aufbauen würde, und mit meiner Mutter auch keinen mehr haben würde. Alle Erwartungen ruhten jetzt auf mir, und ich machte mir keine Illusionen, dass er, falls ich versagte, mich nicht besser behandeln würde als meine Schwester.

Erst im Krieg begriff ich, was für ein Mensch mein Vater war. Bis dahin hatten wir die Gänse wegen der Eier gehalten, doch nun verkündete er wenige Tage vor Weihnachten, dass wir eine der Gänse für das Weihnachtsessen schlachten würden. Er trug Senka auf, den fettesten Vogel herauszusuchen und ihm den Hals umzudrehen, damit meine Mutter ihn ausnehmen und zubereiten konnte. Die arme Senka schwieg, denn sie hatte große

Angst vor ihm. Ich wusste, wie verstört sie sein musste; die Gänse waren ihre Freunde, und sie hatte jeder einzelnen einen Namen gegeben. Doch ich ahnte nicht, was sie tun würde. In der Nacht riss sie aus und führte die Gänse hinaus auf die Felder – so weit fort, dass sie selbst erst im Morgengrauen zurückkehrte.

Früh am Morgen ging ich zur Schule und fand erst bei meiner Rückkehr am Abend heraus, was passiert war. Die Gänse waren fort, und auch Senka war spurlos verschwunden. Mein Vater war nicht im Haus, und meine Mutter lag bereits im Bett. Irgendwann fand ich Senka im unbenutzten Teil der Ställe – unbenutzt, da uns nur ein Pferd geblieben war. Zitternd lag sie in einem Winkel und hatte sich mit Stroh zugedeckt. Sie wagte nicht, zurück ins Haus zu gehen, und als ich ihr aufhelfen wollte, sah ich, warum. Ihre Lippe war aufgeplatzt, an Schultern, Armen und Beinen hatte sie Striemen und blaue Flecken; ihren Rücken wollte ich gar nicht erst ansehen. Bis zu diesem Tag war unser Vater kein Mensch gewesen, der Prügel verteilte, denn er hielt es für die Aufgabe unserer Mutter, uns im Zaum zu halten. Doch jetzt war es, als hätte er die verlorene Zeit gutmachen wollen.

In den folgenden Tagen wurden einige der Gänse im Dorf eingefangen und uns zurückgebracht, mein Vater behauptete, viele seien gestohlen worden. Zu Weihnachten kam wie geplant die Gans auf den Tisch, auch wenn Senka nicht mitaß. Seit diesem Tag durfte sie nicht mehr mit uns essen, außer wenn mein Vater nicht da war. Er sagte, ihr Anblick verderbe ihm den Appetit.

Ich lernte weiter, fleißiger denn je, obwohl wegen des Krieges die Bahnverbindung manchmal unterbrochen war, so dass ich nicht zur Schule kam. Inzwischen lernte ich nicht mehr, um meinen Vater zu beeindrucken, sondern um irgendwann fortzugehen. Ich hatte zwar kein bestimmtes Ziel, aber ich wusste, dass ich weit weg wollte und dass ich Senka mitnehmen würde.

Bei allem, was passiert war, hasste ich meinen Vater nicht, auch wenn er es vielleicht verdient hätte. Vielmehr wuchs in mir das Gefühl, dass wir in jeder Hinsicht verschieden waren – so verschieden, dass, falls wir tatsächlich aus derselben Familie stammten und das gleiche Blut durch unsere Adern floss, diese Verbindung wenig zu bedeuten hatte, weniger als allgemein angenommen. Denn von jenem Tag an sah ich keine Schwierigkeit, keine Auflehnung wider die Natur darin, mich von der Familie der Draganovićs für immer loszusagen – auch von jener mütterlichen Linie, mit der zu prahlen es keinen Grund mehr für mich gab.

19

Das Erste, was er sah, als er die Tür öffnete, waren Lavendelzweige in einer Kristallvase und ein Stapel ordentlich gefalteter Unterröcke auf dem Korbstuhl. Auf einer Kommode lag ein Stoß Postkarten – unbeschrieben, wie er feststellte: Berliner Ansichten, genau wie die, die er für Maria gekauft hatte. Daneben lagen ein Handspiegel und eine passende Bürste, zwischen deren Borsten einzelne dunkle Haare hingen. Auf dem Bett saß eine antike Puppe mit Porzellankopf und orientalischen Augen in einer rot-grünen chinesischen Tracht. Ein Paar schwarze Schnürstiefel – die Schuhe, die Maria trug, als er sie vor Bronsteins Musikladen gesehen hatte – standen ordentlich hinter der Tür, die Schuhspitzen dem Raum zugewandt.

Alles war an seinem Platz. Alles war normal. Nichts in Fetzen gerissen. Keine Kritzeleien an der Wand. Kein Blut. Der Stapel mit den Unterröcken roch immer noch nach sauberer, frisch gemangelter Wäsche.

Sie hatte das Zimmer so eingerichtet, dass der Raum bestmöglich genutzt wurde und die wenigen Objekte von Wert zur Geltung kamen – die Puppe, die Spitzendecke auf dem Tisch, der Handspiegel mit seinen Perlmuttintarsien. Das Zimmer war nicht in Eile verlassen worden. Sie schien für ihre Rückkehr aufgeräumt zu haben. Als wollte sie einen guten Eindruck machen. Aber bei wem?

Abgesehen von der antiken Puppe konnte Kirsch nichts entdecken, das dafür sprach, dass sie ein Kind hatte, nicht einmal ein Foto oder ein Medaillon mit einer Locke. Er ging an die Balkontür und sah auf die Straße, stellte sich vor, wie er selbst dort unten gestanden hatte, den Hut in der Hand, ein Fremder, der nach dem Weg fragte. Schnee klebte an den Laternenpfählen und an der Friedhofsmauer. Auf der Straße sammelten sich Schneewehen. Ein eingemummtes Paar eilte mit lautlosen Schritten am Friedhofstor vorbei.

Er schloss die Tür und wandte sich der Kommode zu. In den Schubladen waren vor allem Kleidungsstücke, sauber und ordentlich gefaltet, aber wenig an der Zahl; Nähzeug mit Garnrollen in verschiedenen Farben. Manche Kleidungsstücke waren ausgebessert. Sie besaß mehrere Paar Baumwollstrümpfe, schwarz und von der gröberen, dickeren Sorte, die die Mädchen im Tanguero nicht anziehen würden. Er suchte nach Etiketten, doch er fand keine.

Drei Kleider hingen im Schrank, schlichte Muster auf dunklen Stoffen, eines davon mit einem Faltenrock. Keins hatte ein Etikett. Im Fach lag der braune Glockenhut, den sie auf der Straße getragen hatte. Auf dem Etikett stand: HERMANN GERSON, WERDERSCHER MARKT, BERLIN, doch es war kein neues Modell. Entweder war sie schon vor Jahren in Berlin gewesen oder sie hatte ihn aus zweiter Hand gekauft, vielleicht an einem der Stände auf der Grenadierstraße. Auch der Mantel war da; und das Kleid, das sie im Tanguero getragen hatte.

Als er die Schranktür schloss, sah er sein stirnrunzelndes Spiegelbild in der trüben Scheibe. Was hatte sie bei ihrem Ausflug nach Potsdam getragen? Einen anderen Hut, einen anderen Mantel, ein anderes Kleid, andere Schuhe – sagte Alma ihm nicht immer, wie wichtig solche Dinge für eine Frau waren? Er sah sich noch einmal um, und mit einem leichten Schauder fiel ihm auf, wie nichtssagend das Zimmer war. Hier gab es keine sichtbare Geschichte, keine greifbare Vergangenheit. Ein paar Gegenstände, geschickt arrangiert, als wartete jemand darauf, ein neues Leben zu beginnen. Eine leere Bühne, bereit für die Ankunft der Darsteller.

Er setzte sich aufs Bett. Konnte er seinen Eindrücken trauen? Was er sah, ließ sich auch anders interpretieren. Vielleicht war Maria nur deshalb mit so wenig gekommen, weil sie nur so wenig besaß. Oder weil sie nicht vorgehabt hatte, lange zu bleiben. Der Kissenbezug und die Laken waren makellos. Er drehte das Kissen um, fand ein paar Falten in der Baumwolle. Er drückte das Gesicht hinein und erhaschte einen schwachen Duft.

Mit dem Absatz stieß er gegen etwas Hartes. Etwas war unter dem Bett: ein Reisekoffer, gewachstes gelbes Segeltuch auf Holz gespannt, die Initialen Z M D in roten Buchstaben auf den Deckel geprägt. Er zog ihn heraus. Auf einem verblassten Aufkleber stand: *Hotel Sacher, Wien*. Von draußen hörte er das Schlagen einer Tür. Er lauschte kurz, dann öffnete er die Schließen.

Der Deckel hob sich knackend, und ein vertrauter, modriger Geruch kam ihm entgegen. Er kniete sich auf den Boden, dann nahm er die Bücher heraus, immer zwei auf einmal, und hielt die Buchrücken ins Licht. Es waren Lehrbücher: Mathematik, Physik, Chemie – deutsche Ausgaben älteren Datums. John F. Herschels ›Grundzüge der Astronomie‹, mit zahlreichen Bleistiftanmerkungen. ›Das Relativitätsprinzip‹ von Lorentz, Einstein, Minkowski und Sommerfeld, die Originalausgabe von 1913, der Rücken gebrochen, so dass die Seiten herausfielen, als er das Buch aufschlug. Was machte Maria mit solchen Büchern?

Darunter befand sich ein gebundenes Notizbuch. Es war voller mathematischer Formeln – Zeile für Zeile, Seite für Seite: Ziffern und Symbole, viele davon korrigiert, ausgestrichen. Kirsch erkannte die Darstellungsweise von Differentialrechnungen, die gleichen mathematischen Rätsel, mit denen Max die Besucher in Reinsdorf verwirrt hatte. Und ihm fiel ein, was in der Zeitung gestanden hatte: Die Polizei hatte einen Programmzettel im Potsdamer Wald entdeckt, dort, wo Maria gefunden wurde. Es war die Ankündigung eines Vortrags von Professor Albert Einstein in der Berliner Philharmonie: ›Der gegenwärtige Stand der Quantentheorie.‹

»Was habe ich dir gesagt?«, sagte Max so deutlich, als würde er hinter ihm stehen.

»Gar nichts hast du gesagt«, antwortete Kirsch.

Auf der Treppe hörte er ein Husten und Stimmen: Mettler

und seine Mutter diskutierten leise. Kirsch steckte das Notizbuch ein und wandte sich wieder dem Koffer zu. Ganz unten, unter den Lehrbüchern, lag ein Paket, das in weißes Tuch gewickelt war.

Mettler rief von unten: »Herr Doktor?« Anscheinend erkauften zehn Reichsmark nur begrenzte Zeit. »Sind Sie fertig?«

Hastig wickelte Kirsch das Paket aus. Es war ein altes Fotoalbum mit geprägtem Ledereinband. Ein ähnliches hatte bei seinem Großvater im Regal gestanden, ein dicker, schwerer Band, der wie die Familienbibel einen besonderen Platz hatte, wo weder Sonne noch neugierige Finger Schaden anrichten konnten.

Die Messingschnalle an der Seite zeigte Spuren von Beschädigung. Er brauchte beide Hände, um sie aufzuzwingen.

Unten seufzte Mettler hörbar, dann begann er die Treppe heraufzusteigen; alle paar Stufen ächzte er unwillig. Kirsch schlug das Album auf.

Die Fotografien waren mit Silberpapierecken befestigt gewesen. Auf jeder Seite zeichneten sich kleine und große Rechtecke ab. Doch die Fotos selbst fehlten. Es waren nur noch schwache Schatten zu sehen.

Nach der Hälfte des Albums veränderte sich das Format, als hätte jemand in der Familie eine eigene Kamera erworben. Jetzt waren die Spuren der Bilder kleiner, Quadrate von einigen Zentimetern, gleichmäßig über die Seiten verteilt.

Auf der letzten Seite, am unteren Rand, fand Kirsch das einzige Bild, das übrig war. Zwei Mädchen mit Kopftüchern, vielleicht zehn oder elf, fütterten eine Schar Gänse. Eines davon stand ein wenig im Hintergrund und hielt ein Stück Brotrinde in der Hand. Das andere saß in der Hocke und streichelte die Gans, die ihm aus der Hand fraß. Beide Mädchen sahen in die Kamera und lächelten. Jede hätte Maria sein können, oder keine von ihnen.

Mettler stand auf dem Flur und kündigte sein Eintreten mit einem Räuspern an. »Ist Ihnen das Zimmer recht?«

Er stand in der Tür und sah sich durch dicke Brillengläser um, offensichtlich ratlos, ob er gegen Kirschs Eigenmächtigkeit protestieren sollte.

Kirsch klappte das Album zu. »Verzeihen Sie, Herr Mettler«, sagte er. »Aber ich habe das Gefühl, dass Sie nicht die Zeitung gelesen haben.«

Mettler rückte seine Brille zurecht. »Die Zeitung?«

»Ich glaube, Sie haben eine berühmte Mieterin.«

Sie hieß Maria, wie sie gesagt hatte, nur wurde ihr Name slawisch geschrieben: Marija Draganović. Zumindest war das der Name, den sie bei ihrer Ankunft angegeben hatte. Mettler musste zugeben, dass er nie nach ihrem Pass gefragt hatte. Sie war Mitte Oktober aus Zürich gekommen, wo sie studiert hatte, wie sie sagte. Man hatte ihr seine Pension wegen ihrer Sauberkeit und zentralen Lage empfohlen. Weshalb sie in Berlin war, hatte sie nicht gesagt. Sie hatte für sechs Wochen im Voraus bezahlt, lebte zurückgezogen und hatte wenig Besuch, wenn überhaupt. Das war alles, was er wusste.

Marija: sie hatte sich richtig erinnert. Das musste ein gutes Zeichen sein, ein Zeichen der Hoffnung – es sei denn, es war ein Ausrutscher, ein Fehler in der ansonsten perfekten Inszenierung.

Wenn wir alle Möglichkeiten in Betracht ziehen, Herr Kollege.

Auf dem Rückweg zur Straßenbahn durch verschneite, leuchtende Straßen ging Kirsch die Fakten durch. Seine Patientin hatte in Zürich Mathematik studiert, doch ihrem Akzent nach stammte sie wahrscheinlich nicht von dort. Marija Draganović. Der Nachname war ein Ausgangspunkt. Er verband sie wieder mit der Welt außerhalb der Charité – das war gut, redete er sich ein, denn Ziel jeder psychiatrischen Behandlung war die Rückkehr in die Gesellschaft. Andererseits war es der Literatur zufolge ein typisches Symptom der psychogenen Fugue, dass sich der Patient eine neue Identität erfand. Hans J., der Bankangestellte aus Nürnberg, hatte geschworen, dass er Otto Kleist hieß und in Berlin Kriminalbeamter war. Bevor Kirsch nicht den Namen Marija Draganović auf irgendeinem offiziellen Dokument sah, konnte er sich nicht darauf verlassen, dass er stimmte.

Marija Draganović. Warum aber hatte sie ihm im Tanguero einen falschen Namen gesagt? Warum hatte sie ihn angelogen? Vielleicht wollte sie ihre slawische Herkunft verbergen, so wie es die Damen vom Gewerbe taten? Oder tat sie es, weil sie sich auf diese Weise sicherer fühlte?

Sie traute ihm nicht. So einfach war das.

Er überlegte, ob er sofort in die Klinik zurückkehren und ihr erzählen sollte, was er eben erfahren hatte. Doch welche Wirkung würden diese Informationen auf sie haben? Die Fallgeschichten der psychogenen Fugue, die er studiert hatte, waren nicht ermutigend. Hans J. war, als seine Identität geklärt war, nach Nürnberg und in seine Bank zurückgekehrt. Doch von da an waren ihm sein Leben und seine Gesundheit langsam durch die Finger geglitten. Ähnlich ging es der achtundzwanzigjährigen Ethel aus England. Auch Ethel fand ihr Gedächtnis wieder und kehrte nach Manchester zurück. Bei späterer Befragung erklärten verschiedene Familienmitglieder, dass sie nicht mehr dieselbe war, dass sie sich seltsam verhielt und manchmal ohne eine Erklärung stundenlang verschwand. Eine Tante behauptete sogar, es handle sich um eine Betrügerin, die sich nur für Ethel ausgab, und meldete die Sache bei der Polizei.

Die Wurzel der Probleme, die diese Patienten hatten, lag nicht in der Tatsache, dass Wissen verloren gegangen war. Sondern darin, dass das Gehirn gewisse Erinnerungen ausblenden wollte, mit denen der Patient schwer oder gar nicht leben konnte. In Marijas Fall würde ihr Gehirn bei der Konfrontation mit ihrem Namen vielleicht wieder das Gleiche tun. Und dann würde sie auch Kirsch vergessen.

Als er nach Hause kam und den schweren Mantel ablegte, rutschte ihm das Notizbuch aus der Tasche und mehrere lose Seiten fielen heraus. Er bückte sich, um sie einzusammeln, und sah, dass ein alter Brief darunter war. Das Papier war vergilbt, die Adresse in einer sauberen Frauenschrift geschrieben: *Fr. Mileva Einstein-Marić, Tillierstraße 18, Bern, Schweiz.*

Belgrad, 21. April 1903

Liebe Mileva!

Ich nutze die Gelegenheit, Dir schnell zu schreiben, da die Kinder schlafen, Milivoj unterwegs ist und ein wenig Frieden im Haus herrscht. Ich wollte Dir viel früher auf Deinen Brief mit den lieben Wünschen antworten, aber das Baby nimmt mich so in Anspruch, dass es mir schwerfällt, allen anderen Verpflichtungen nachzukommen und dabei auch der kleinen Julka gerecht zu werden.

Ich war überrascht zu hören, dass Du Dich nach einer Stelle hier in Belgrad umsehen willst. Hast Du das auch mit Deinem Mann besprochen? Natürlich ist es schade, wenn er mit seiner jetzigen Anstellung nicht zufrieden ist, doch die Art von akademischen Posten, die er im Sinn hat, gibt es hier nicht, nicht einmal an der Universität, die, wie Du weißt, in den Wissenschaften nicht gerade erstklassig ist. Und dass Du Deutsch unterrichten willst, scheint mir eine Vergeudung Deiner mathematischen Gaben, wegen derer Du doch überhaupt in die Schweiz gegangen bist.

Ich weiß, dass Du bei diesen Überlegungen ans Lieserl denkst. Aber ich bitte Dich, in dieser Sache Vorsicht walten zu lassen und, soweit es in Deiner Macht steht, die Vereinbarungen zu achten, die getroffen wurden. Wir hatten das Glück, Menschen zu finden, die uns helfen konnten, und es wäre tragisch, vor allem für das Kind, wenn alles zunichtegemacht würde. Ich hoffe, ich kann Dich ein wenig mit Neuigkeiten aus Orlovat trösten, die mir eine Freundin überbracht hat, die vor einer Woche dort zu Besuch war. Sie sagt, das Kind wirke gesund, habe guten Appetit und mache einen gepflegten Eindruck. Demnächst wird es ein Brüderchen oder Schwesterchen bekommen, denn Frau D. ist in freudiger Erwartung und soll in etwa sechs Wochen niederkommen. Allerdings fühlt sie sich seit einigen

Wochen nicht gut, und anscheinend gibt es Befürchtungen hinsichtlich der Gesundheit des Kindes, so wie beim letzten.

Jetzt, da Ihr geheiratet habt und Albert eine Anstellung hat, mit der er Euch beide ernähren kann, hoffe ich von ganzem Herzen, dass Ihr bald eine glückliche Familie gründen und all diese Sorgen hinter Euch lassen könnt. Milivoj und ich sind natürlich hocherfreut über Deinen Plan, uns im Laufe des Jahres zu besuchen, doch ich hoffe, Du spielst nicht mit dem Gedanken, an den Vereinbarungen zu rütteln, die auf Deinen Wunsch und zum Besten aller getroffen wurden.

Bald schreibe ich Dir ausführlicher. Bis dahin sende ich Euch beiden meine herzlichsten Grüße,

Deine Freundin
Helene Savić

Kirsch ließ sich aufs Bett sinken. Die Namen in dem Brief sagten ihm nichts. Sie waren dreißig Jahre alt; Sorgen von Fremden, die der Lauf der Geschichte längst eingeholt hatte, bestenfalls Erinnerungen.

Doch was wollte Marija mit diesem alten Brief? Hatte ihn ihr jemand gegeben? War es Zufall, ein privates Schreiben, wie er selbst sie auch manchmal zwischen den Seiten eines gebrauchten Buchs fand: etwas, das nicht mehr Bedeutung hatte als ein Lesezeichen?

Er legte sich hin. Er war erschöpft, aber angespannt, ohne zu wissen, warum. Er hätte beruhigt sein sollen von dem, was er in Marijas Zimmer gefunden hatte – der Ordnung, der Sauberkeit –, doch er war es nicht. Er hatte das Gefühl, dass das Zimmer etwas Unheimliches, Düsteres gehabt hatte, beinahe wie eine wartende Gruft.

Er sah sich den Brief noch einmal an. Frühling 1903. Eine Welt vor dem Krieg, eine Welt, an die er sich kaum erinnerte. Eine Welt, die längst tot war, das war gewiss.

20

Am nächsten Tag erhielt Kirsch einen Brief von seinem alten Vorgesetzten. Er hatte seit über zwölf Jahren nichts von Gustav Schad gehört, doch der Oberst hatte seinen Namen in der Zeitung gesehen und ihm daraufhin geschrieben.

Ich hatte gehört, dass Sie in die Psychiatrie gewechselt hätten. Jetzt bin ich hocherfreut, wenn auch keineswegs überrascht, zu sehen, dass Sie sich einen Namen gemacht haben.

Nachdem er lange an einem Krankenhaus in Essen gearbeitet hatte, war Schad kürzlich in die Hauptstadt gezogen und hatte eine Privatpraxis eröffnet.

Ich hatte genug vom Kohlestaub und habe beschlossen, es mit der berühmten Berliner Luft zu versuchen, von der alle so schwärmen. Ich habe noch nicht viele Bekanntschaften gemacht und würde mich sehr freuen, mit einem Kameraden von früher über die schlimme alte Zeit zu plaudern.

Kirsch notierte sich die Adresse: Charlottenburg, ein vornehmerer Stadtteil im Westen, der von rheumatischen älteren Damen und ihren kläffenden Hunden bevölkert wurde. Auch wenn er Schad immer geschätzt hatte, bezweifelte er, dass er die Zeit für einen Ausflug dorthin finden würde. Bei aller Heiterkeit und Jovialität hatten ähnliche Wiedersehen stets Erinnerungen geweckt, die er lieber ruhen ließ. Das Wissen, dass es anderen auch so ging, machte es nicht besser. Die Kameraden, die er wirklich gern wiedergesehen hätte, waren, soweit er wusste, alle tot.

Er verbrachte den Morgen mit liegengebliebenem Papierkram. Der Rückstand von ungeschriebenen Berichten und Fallgeschichten wuchs, und es kamen jeden Tag neue Patienten dazu. Auch mit Professor Fischers Projekt hatte er noch nicht angefangen, obwohl dieser auf Resultate drängte. Jetzt begann er auf seine alte Adler einzuhämmern, hastig und ruhelos, ohne Fehler zu korrigieren, um den ratternden Fluss nicht zu unterbrechen.

Er stellte einen Bericht fertig, legte ihn in die Akte, begann den nächsten. *Vorläufige Diagnose des Patienten Joseph Grossmann.* Grossmann war Musiker, Geiger in einem der großen Berliner Symphonieorchester: siebenundvierzig, klein, schütteres Haar. Sein Spiel war immer unbeständiger geworden; und irgendwann begann er, die Proben zu stören. Erst da bemerkte man auch andere Verhaltensanomalien: seine distanzierte und unstrukturierte Art, Gespräche zu führen (und ebenso seine Korrespondenz, wie sich zeigte), seine Angewohnheit, auf der Straße und in der S-Bahn Fremde anzusprechen, die unzusammenhängenden Kompositionen, die er in seiner Wohnung schrieb, nicht nur auf Stapel von Notenpapier, sondern an Wände, Türen, Lampenschirme und Möbel. Als seine Wirtin versuchte, das Gekritzel abzuschrubben, drohte er, ihr die Ohren abzuschneiden.

Grossmanns Verhaltensauffälligkeiten waren klassische Symptome der Schizophrenie und leicht als solche zu erkennen; irritierend fand Kirsch, wie lange seine Mitmenschen nichts davon mitbekommen hatten. Trotz des geselligen Aspekts seiner Arbeit schien Grossmann praktisch keine Freunde zu haben, was sich erst änderte, als er in die Klinik eingewiesen wurde. Hier machte ihn seine Musik sehr beliebt bei den anderen Patienten, vor allem bei Marija. Selbst wenn er im Garten spielte, kam sie heraus und hörte ihm zu, wie hypnotisiert von den Bewegungen des Bogens und seiner Finger mit den abgekauten Nägeln, die sich wie Krebse von Saite zu Saite schoben, während sie vor Kälte langsam blau anliefen.

Einen Moment glaubte Kirsch Grossmann spielen zu hören,

ferne Streicherklänge auf dem Hof, doch es war nur der Wind, der um die Ecken pfiff.

Er tippte weiter, trug den Namen des nächsten Patienten ein, dann brach er ab. Seine Finger waren wie gelähmt. Sein Kopf formte keine Worte mehr. Es war nur ein Bericht, die routinemäßige Zusammenfassung von ersten Erkenntnissen, eine vorläufige These. Doch er schaffte es nicht, sie zu Papier zu bringen. Er überflog seine Notizen in der Hoffnung, dort einen Sinn, einen Zweck zu finden. Aber es war hoffnungslos. Alles, was er las, jede Phrase, jede professionelle Beobachtung, kam ihm wie hohler Schwindel vor.

Er schlug das Notizbuch auf, das er in Marijas Koffer gefunden hatte, und starrte die Formeln mit den exotischen Symbolen und Zahlen an. Es war etwas Poetisches daran. Die Mathematik versuchte stets, die Welt ins Gleichgewicht zu rücken, die präzise Entsprechung zweier scheinbar völlig unterschiedlicher Dinge aufzuzeigen – Beschleunigung und Schwerkraft, Energie und Masse –, die Wirklichkeit auf einem Angelpunkt zu balancieren, dargestellt durch die zwei parallelen Strichlein des Gleichheitszeichens. In der theoretischen Physik war die Aufgabe heikel und monumental zugleich, sogar heroisch: die Reise in eine Welt, in der kein Stein mehr auf dem anderen stand; wo die menschliche Wahrnehmung und die menschliche Sprache genauso gut Feinde wie Freunde sein konnten.

Aber wonach suchte Marija? Welches Problem versuchte sie zu lösen?

Vielleicht gab es gar kein Problem. Vielleicht hatte er reinen Unsinn vor sich, wie die Noten, mit denen Joseph Grossmann seine ganze Wohnung bekritzelt hatte.

Max hätte es gewusst. Er hätte die Formeln lesen können wie so viele Dinge, die für seinen älteren Bruder unverständlich waren. Doch Max lebte nur noch in seinen Träumen.

Unter den Linden waren Arbeitstrupps am Werk, krumme, ausgemergelte Männer, die aus Obdachlosenasylen und Suppenküchen rekrutiert wurden, um für ein paar Pfennig die Stunde Splitt auf das vereiste Pflaster zu schaufeln. Im Gegensatz zu den Arbeitskräften war der Splitt knapp. Die Männer standen Schlange, um ihre Schaufeln an kleinen Haufen zu füllen, die in Abständen am Straßenrand verteilt waren. Dann standen sie mit gebeugtem Rücken da und warteten auf gut beschuhte Passanten, um ihnen, wenn sie vorbeieilten, ein wenig der kostbaren Ladung vor die Füße zu streuen wie Palmblätter vor die Füße eines siegreichen Feldherrn, in der Hoffnung, die Ehrerbietung würde ihnen ein Trinkgeld einbringen.

Kirschs Taschen waren leer, als er unter den rußigen Säulen der Oper ankam. Durch den Schneematsch schlitternd lief er über die Straße zur Akademie der Wissenschaften, quer durch eine Prozession von Taxis. Ein kalter Ostwind zerrte an seinem Mantel, riss ihm fast den Hut vom Kopf. Er hielt krampfhaft das Notizbuch unter dem Mantel fest.

Er hatte fast den Bürgersteig erreicht, als er das wilde Hupen eines Wagens hörte. Gerade noch rechtzeitig blickte er auf und sah, wie ein grüner Mercedes von rechts einen Lastwagen überholte und mit rennbahnwürdiger Geschwindigkeit auf ihn zugerast kam. Kirsch sprang auf das Trottoir, verlor die Balance und stürzte unsanft auf ein Knie. Das Notizbuch fiel aus seinem Mantel und landete aufgeklappt auf der Straße. Hastig sammelte er die Seiten ein, doch es war schon geschehen. Die Tinte war verschmiert, Zahlen und Symbole verschwammen. Das Papier war von geringer Qualität. Es saugte das Wasser auf wie ein Schwamm und verklumpte. Der Mercedes schoss vorbei und besprühte ihn von oben bis unten mit Schneematsch. Kirsch fluchte laut, drehte sich um und konnte gerade noch den Fahrer durchs offene Fenster sehen. Ein Mann über fünfzig mit buschigem weißem Schnurrbart und traurigem Hundeblick. Er wirkte verlegen, als wüsste er, dass eine Entschuldigung angezeigt war, hätte es aber zu eilig, um eine abzugeben. Dann bog der Mercedes scharf rechts ab und verschwand mit einer Abgaswolke.

Der Portier der Akademie der Wissenschaften musterte Kirsch von oben bis unten, die durchnässten Hosen, das Wasser, das von seinem Mantel tropfte. »Wie war noch Ihr Name?«

»Dr. Martin Kirsch von der Psychiatrischen Klinik der Charité.«

Seufzend verschwand der Portier in seinem Kabuff und ließ Kirsch allein in der Halle stehen. Eine große Marmortreppe führte in den ersten Stock, von wo ein weiterer Portier – ein massiger Mann mit schimmernder Glatze – zu ihm herunterstarrte. Kirsch hörte, dass irgendwo oben eine Vorlesung im Gang war. Der Vortragende machte einen Witz, und höfliches Gelächter stieg auf.

Was, wenn der Vortragende Albert Einstein war? Möglich war es. Viele seiner wichtigsten Thesen hatte er hier an der Akademie vorgestellt. Der Gedanke, Einstein könnte hier im Gebäude sein, jeden Moment die Treppe herunterkommen, ließ Kirschs Herz schneller schlagen.

»Herr Dr. Kirsch?«

Vor ihm stand ein Mann mit Kneifer und Vatermörder. Er war von der Akademieverwaltung und stellte sich als Klepper vor.

Kirsch zeigte ihm das Notizbuch. Er erklärte, dass es Berechnungen eines seiner Patienten enthielt. »An der Klinik kann niemand sagen, ob sie Hand und Fuß haben. Die Mathematik ist zu komplex. Aber einer Ihrer brillanten Köpfe müsste nur einen Blick darauf werfen, um das zu erkennen.«

Klepper betrachtete das Notizbuch, das zerknitterte Papier und die verschmierte Tinte. »Ich weiß nicht, ob ich Ihnen folgen kann. Es handelt sich um einen Patienten der Psychiatrie?«

»Ja.«

»Und dieser Patient ist Mathematiker?«

»Student der Mathematik. Oder vielleicht Physik.«

»Und Sie wollen …« Klepper verzog den Mund. Er konnte nicht älter als dreißig sein, aber alles an seinem Auftreten und seiner Kleidung verriet eine tiefe Sehnsucht nach der würdigen Reife des Alters. »Sie wollen, dass er hier weiter studiert?«

»Ich will wissen, ob die Berechnungen von einer Geistesstörung zeugen. Ich will wissen, ob sie mathematisch sinnvoll sind oder nicht.«

»Wenn Ihr Patient Student ist, sollten Sie sich lieber an einen seiner Dozenten wenden.«

»Ich fürchte, das geht nicht.«

Klepper zuckte die Schultern. »Wie dem auch sei, Herr Dr. ...«

Kirsch spürte einen kalten Luftzug. Jemand kam durch den Haupteingang. »Mein Name ist Kirsch.«

»Unsere Mitglieder geben keine Gratiskonsultationen.« Sein Blick blieb an Kirschs feuchten Schuhen hängen.

»Es würde nur ein paar Minuten dauern. Ein Physiker könnte ...«

»Ausgeschlossen, fürchte ich. Unsere Wissenschaftler sind überaus beschäftigte Leute. Wie Sie bestimmt nachvollziehen können, ist ihre Zeit kostbar.« Mit einer vagen Geste wies Klepper zur Straße. »Versuchen Sie es an der Universität.«

Kirsch drehte sich um und stand vor einem Mann mittleren Alters mit hoher Stirn und einem beeindruckenden weißen Schnurrbart. »Guten Morgen, Herr Professor«, sagte Klepper. »Kann ich etwas für Sie tun?«

Der Professor sah Kirsch reumütig an, und diesem fiel der rasende Mercedes wieder ein, der ihn beinahe überfahren hätte, und das Gesicht des Fahrers im offenen Fenster.

Der Professor zog seine schweren Lederhandschuhe aus und streckte ihm die Hand entgegen. »Max von Laue. Sie suchen einen Physiker, sagten Sie?«

Von Laue. Kurz vor dem Krieg hatte er für seine Arbeit zur Röntgenstrahlung den Nobelpreis erhalten. Außerdem hatte er ein Buch über die Relativitätstheorie geschrieben.

Kirsch stellte sich vor und erklärte den Grund seines Besuchs. Der Professor nickte ernst, nahm das Notizbuch entgegen und blätterte durch die feuchten Seiten. Doch das Licht in der Halle war schlecht, und obwohl er die Augen zusammenkniff, konnte er offenbar nicht viel erkennen.

»Vielleicht könnten Sie es mir hierlassen«, schlug er vor. »Ich verspreche Ihnen, dass ich gut darauf aufpasse.«

Oben ging die Vorlesung zu Ende. Kurzer Applaus unterbrach die feierliche Stille. Dies war Max' Welt, eine Welt der abstrakten Ideen, der reinen Gedanken; dies war die Welt, für die er geschaffen war, auch wenn er nicht lange genug gelebt hatte, um daran teilzunehmen.

Kirsch überreichte von Laue seine Karte, warf einen letzten Blick die Marmortreppe hinauf und ging.

Im Aufenthaltsraum sprach man von General von Schleicher und seiner Beförderung vom Reichswehrminister zum Reichskanzler. Die meisten waren der Meinung, dass es nur eine Frage der Zeit war, bis das Kriegsrecht ausgerufen wurde, da Schleicher kaum eine Chance hatte, eine arbeitsfähige Mehrheit im Reichstag zusammenzubekommen. Andere glaubten, er würde eine Koalition mit dem pragmatischen Flügel der Nazipartei eingehen und Hitler in der Kälte stehen lassen. Die Wirtschaftslage zeigte Anzeichen der Besserung, und die öffentliche Unterstützung für die Nationalisten war langsam am Abklingen. Vielleicht würden die Nazis doch nicht an die Macht kommen.

Kirsch kehrte in sein Arbeitszimmer zurück und setzte sich wieder an seine Berichte, doch nach wenigen Stunden taten ihm die Augen weh und er konnte nicht mehr schreiben. Sein Arm war kalt und schwer, als würde er langsam versteinern. Er hatte ihn seit Tagen nicht mehr untersucht. Er trat ins Treppenhaus und zündete sich eine Zigarette an. Der Schnee leuchtete blau in der Dämmerung. Auf der anderen Seite des Kanals brannte ein Abfallhaufen, flackerndes gelbes Licht verfärbte die dunstige Luft.

Er sah Spuren im Schnee, von Tieren und Menschen. Nachts, vor allem wenn es kalt war, kamen streunende Hunde; der Geruch aus der Küche zog sie an. Mehr als einmal hatten sie die Mülltonnen umgestoßen und Küchenabfälle auf dem Hof verteilt. Kirsch betrachtete die Muster ihrer Spuren, bis die Dunkelheit sie verschluckte.

Er verließ die Klinik gegen acht. Die Luft war feucht und kalt. Der Schneematsch auf den Trottoirs gefror, und das Eis knirschte unter seinen Sohlen wie Glasscherben. Er zog den Kopf ein und vergrub das Kinn im Revers seines Mantels.

Ein Wagen wendete vor dem Haupteingang. Kirsch sah, wie sein Schatten über die Mauer glitt. Er blinzelte in die Scheinwerfer, als der Wagen näher kam.

»Dr. Kirsch?«

Die Tür des Fond schwang auf. Eine Abgaswolke verhüllte das Innere. Dann erkannte er den Spitzbart, das gegerbte Seemannsgesicht, den schlaksigen Körperbau.

»Professor Fischer?«

»Was für ein Glück! Kommen Sie, steigen Sie ein. Bucher und ich stehen Ihnen zur Verfügung.« Fischers Chauffeur stieg aus und hielt ihm die Tür auf. »Machen Sie schnell. Es zieht.«

Kirsch stieg in den Wagen. »Ich fürchte, ich habe nicht mit Ihnen gerechnet, Professor Fischer. Waren wir ...?«

»Ich komme eben aus München. Dachte, ich versuche es auf gut Glück. Ich habe vom Bahnhof angerufen, aber niemand schien zu wissen, wo Sie waren.«

Sie fuhren Richtung Osten. Zu beiden Seiten ragten Mietshäuser in die Höhe, schwarz vor dem finsteren Himmel über der Stadt. Bucher fuhr schnell.

»Haben Sie den Scheck erhalten?«, fragte Fischer.

»Ja, vielen Dank.«

»Die Summe ist angemessen, hoffe ich, um die Sache ins Rollen zu bringen.«

»Mehr als angemessen. Ich habe schon angefangen, eine Liste von Institutionen und Ärzten zusammenzustellen, an die ich mich wenden möchte.« Mehr fiel ihm nicht ein. In Wirklichkeit hatte er noch keinen Finger gerührt.

»Aber die habe ich Ihnen doch geschickt.«

»Ich habe Ihre Liste als Ausgangspunkt genommen. Aber ich dachte, am besten stecke ich den Rahmen so weit wie möglich.«

Fischer griff in die Tasche und zog sein Zigarettenetui heraus.

»Ich habe einen guten Überblick, wer bereit sein wird, an Ihrer Studie teilzunehmen, und wer nicht.« Er bot Kirsch eine Zigarette an. »Halten Sie sich an meine Liste. Sie werden feststellen, dass Sie sich viel Zeit damit sparen.«

Kirsch lehnte die Zigarette ab. Er fragte sich, wie es kam, dass Fischer sich mit den deutschen Psychiatern so gut auskannte, und nach welchen Kriterien er seine Liste zusammengestellt hatte.

Fischer riss ein Streichholz an und hielt die Hand schützend um die Flamme. »Ich will Sie nicht drängen. Nichts liegt mir ferner. Nehmen Sie sich alle Zeit, die Sie brauchen.«

Sie überholten eine Straßenbahn, breite Lichtstreifen, die vorbeirollten, dunkle Umrisse von Köpfen und Gesichtern hinter beschlagenen Scheiben. Kirsch hatte das Gefühl, er werde sehr wohl gedrängt. Aber vielleicht war es einfach Fischers Art.

Fischer lehnte sich zurück und zupfte sich ein Tabakfädchen von der Zunge. »Und wie geht es Ihrer speziellen Patientin? Irgendwelche Fortschritte?«

»Ein paar.«

Fischer sah ihn an und atmete hörbar aus. »Und?«

Auch Bucher beobachtete ihn im Rückspiegel. Im Licht der Straßenlaternen konnte Kirsch seine Augen sehen.

Er zuckte die Schultern. »Sie ist eine Studentin aus Zürich.«

»Das hat sie Ihnen gesagt?«

»Nein. Ihr Vermieter hat sich gemeldet. Er hat das Foto in der Zeitung gesehen. Sie heißt Draganović. Marija Draganović. Ich hielt es für das Beste, noch keine Bekanntgabe zu machen.«

»Sehr klug.« Das Leder des Sitzes quietschte, als Fischer sich leicht bewegte. »Aber sie erinnert sich nach wie vor an nichts? Die Amnesie hat sich nicht gebessert?«

»Nein.«

Fischer sah aus dem Fenster, ohne den Krankenwagen zu beachten, der ihnen mit schrillender Glocke entgegenkam. Lächelnd zog er an seiner Zigarette. »Dann ist in Ihren Augen an meiner Theorie wohl nichts mehr dran.«

»Ich sehe keinen Grund, von einem Betrug auszugehen, wenn Sie das meinen. Ich wüsste nicht, wer aus der Sache Nutzen ziehen könnte.«

Fischer lachte. »Irgendjemand zieht immer Nutzen, Herr Doktor. Vielleicht könnten *Sie* Nutzen daraus ziehen, wenn Sie die Sache richtig angehen. Wenn die Presse das Ganze nicht in einen Zirkus verwandelt.«

Sie hatten die Torstraße erreicht, die der einstigen Stadtgrenze folgte, und der Verkehr wurde dichter. Bucher gab Gas, und der Wagen rumpelte, als sie über eine Straßenbahnweiche fuhren.

»Es ist ein interessanter Fall«, sagte Kirsch, nicht sicher, ob es das war, worauf Fischer hinauswollte.

»Hochinteressant. Es könnte der Fall Ihres Lebens werden.«

Er sah Marija im Fenster sitzen und mit gerunzelter Stirn Gesichter zeichnen. Wenn er die Augen schloss, erinnerte er sich an den Duft ihres Kissens.

»Das hängt davon ab«, sagte er, »ob sie meine Patientin bleibt. Was zurzeit unwahrscheinlich ist, fürchte ich.«

»Unwahrscheinlich? Wieso?«

Kirsch beschloss, ihm die Wahrheit zu sagen. Er konnte sie ohnehin nicht länger verheimlichen. »Weil Professor Bonhoeffer auf mein Kündigungsschreiben wartet.«

Er erzählte Fischer von der Auseinandersetzung mit Dr. Mehring, von der Insulinschocktherapie und dem Übergriff auf Schwester Adele. Nur dass der Fall von Feldwebel Stöhr ihm nahegegangen war, weil sein Leiden alte Kriegserinnerungen weckte, verschwieg er. Er fürchtete, Fischer würde ihn für sentimental halten.

Fischer hörte schweigend zu. Er war zu alt, um im Krieg gedient zu haben. Wahrscheinlich hatte er bequem an irgendeiner Universität gesessen und von dort aus das Leiden an der Front bedauert, wenn er es sich überhaupt vorstellen konnte; jedenfalls wusste er nichts von dem betäubenden Schock und den schrecklichen Visionen, die nie verblassten.

»Daher«, schloss Kirsch, als sie an einer Kreuzung hielten, »sind meine Tage an der Charité gezählt. Wenn ich die Charité verlasse, werde ich auch den Fall aufgeben müssen.«

An der Ecke stieg eine Gruppe von Polizisten von einem Pritschenwagen. Zwei von ihnen trugen Gewehre. Fischer strich sich übers Kinn.

»Dr. Mehring ist Jude, nicht wahr?«, fragte er.

»Das weiß ich nicht.«

»Heinrich Mehring? Ich glaube ja. Ihr Berufsstand ist voller Juden. Seit Dr. Freud.«

»Dr. Mehring ist kein Freudianer, so viel steht fest.«

»Nicht dass ich etwas gegen sie hätte, verstehen Sie mich nicht falsch. Viele Israeliten sind ausgezeichnet im analytischen Denken, auch wenn die meisten einen ungesunden Hang zum Abstrakten haben.« Als sie weiterfuhren, rutschte einer der Polizisten auf dem Eis aus. Die anderen lachten. »Doch es gibt viele Leute, die weniger internationalistische Ansichten pflegen. Und ich fürchte, es wäre nicht klug, sie zu provozieren.«

»Ich bin mir nicht sicher, ob ich Ihnen folgen kann«, sagte Kirsch.

Fischer öffnete das Fenster und warf die Zigarettenkippe hinaus. »Unwichtig.« Er lehnte sich vor und legte Kirsch die Hand auf den Arm. »Ein Mann mit Ihren Fähigkeiten darf nicht einfach so ausgebootet werden. Ich lasse meinen Einfluss spielen, der nicht unbeachtlich ist.«

»Ich soll vor Weihnachten gehen. Das ist bereits vereinbart.«

Fischer schnalzte mit der Zunge. »Nicht so hastig. Wir werden sehen, was ich tun kann. Vielleicht zieht das Gewitter vorüber.«

Sie passierten den steinernen Turm der Zionskirche. Hinter den Buntglasfenstern brannten Lichter, doch die große Tür war geschlossen. Ein paar Minuten später bogen sie in die Schönhauser Allee ein.

Ohne zu warten, dass Bucher ihm den Schlag öffnete, stieg Kirsch aus. Skeptisch blickte Fischer zu Frau Schirmanns Mietshaus hinauf, während er mit einer weiteren Zigarette gegen das Etui klopfte. Kirsch dankte ihm fürs Mitnehmen.

»Nichts zu danken«, sagte Fischer. »Ich bin gespannt auf Ihre Arbeit. Sehr sogar. Glauben Sie mir, diese Studie ist wichtiger, als Sie denken.«

Er zündete sich die Zigarette an und schnippte mit einer nachdrücklichen Handbewegung das Streichholz aus.

21

Vor ein paar Jahren hatte Kirsch nach einem sonntäglichen Besuch in Reinsdorf seinen Mantel von der Garderobe genommen und erst zu spät bemerkt, dass es gar nicht seiner war. Max hatte fast den gleichen Mantel gehabt – dunkelgrau, zweireihige Knopfleiste, schwarzer Filz um den Kragen –, nur dass seiner, wie Kirsch feststellte, als er sich am Bahnhof hineinzwängte, ein paar Nummern kleiner war. Seitdem hing der Mantel bei ihm in Berlin, unberührt und ungetragen. Kirsch hatte keine Verwendung für ihn, doch er hatte ihn auch nie nach Reinsdorf zurückgebracht. Mehrmals hatte er es sich vorgenommen, doch dann hatte er es entweder vergessen, oder der Anlass war ihm unpassend erschienen. In Wahrheit wollte er einfach nicht, dass ein Besuch mit einer Erinnerung an Max begann. Genauso wenig wollte er erklären müssen, wie der Mantel bei ihm gelandet war und warum er ihn nicht früher zurückgebracht hatte. Denn das würde eine andere, unausgesprochene Frage aufwerfen: Warum Max' Sachen überhaupt noch im Haus waren, Dinge, die niemand je wieder benutzen würde. Darüber schwieg man sich aus, als sei die Tatsache, dass Max tot war, kein tragischer, durch den Krieg bedingter Unglücksfall, sondern ein schändliches Geheimnis, ein dunkles Verbrechen, in das sie alle verwickelt waren.

Der Mantel verströmte muffigen Kampfergeruch, unterlegt mit einem schwachen Duft, der Kirsch an die Bonbons erinnerte, die sie als Kinder manchmal von ihrem Vater bekommen hatten. Soweit er wusste, war der Mantel nicht mehr gereinigt worden, seit Max ihn trug. Doch selbst ihn zur Reinigung zu geben brachte Kirsch nicht übers Herz. Was, wenn der Mantel dabei beschädigt wurde? Wenn der Kragen nicht farbecht war oder ein Knopf verloren ging? Dafür wollte er nicht die Verantwortung übernehmen. Und würde in all der Seifenlauge nicht auch etwas von Max herausgewaschen werden?

Also hing der Mantel auf einem Bügel hinter der Tür, ohne eine Funktion, ohne irgendwen vor Wind und Regen zu schützen; eine Erinnerung an Kirschs Gedankenlosigkeit, dass er ihn von seinem rechtmäßigen Haken genommen hatte und nicht in der Lage war, die Dinge in Ordnung zu bringen.

Nun endlich, an einem Freitag Anfang Dezember, nahm Kirsch Max' Mantel vom Bügel, bürstete ihn sorgfältig ab und hängte ihn sich über den Arm, als er das Haus verließ.

Er fand Marija in ihrem Zimmer. »Hier«, sagte er und hielt den Mantel an den Schultern hoch. »Es ist kalt draußen.«

Marija zeichnete eine der anderen Patientinnen. Inzwischen saßen sie ihr freiwillig Modell, auch wenn sie oft nicht lange stillhielten. An diesem Morgen war Frau Becker an der Reihe. Eine Witwe um die fünfzig, die einmal schön gewesen war, doch der knallrote Lippenstift schmeichelte ihr nicht mehr. Sie saß auf einem Hocker, die Hände zwischen den Knien, und sah geduldig der Künstlerin bei der Arbeit zu. Niemand, der sie so sah, hätte vermutet, dass sie eines Morgens nackt auf die Straße gelaufen war und behauptete, sie käme zu spät zum Gottesdienst.

Marija sah von ihrem Zeichenblock auf. »Wo gehen wir hin?«

»Wir gehen aus.« Kirsch hielt ihr den Mantel hin. Der Geruch nach Mottenkugeln vermischte sich mit dem Geruch nach Desinfektionsmittel, der immer noch im Zimmer hing.

»Ich kann nicht«, sagte sie. »Ich bin noch nicht fertig.«

»Ich möchte nur, dass Sie den Mantel anprobieren. Wir können später gehen.«

»Ich kann nicht.« Sie zeigte mit dem Bleistift auf den Boden. »Ich muss hier sitzen bleiben. Wenn ich aufstehe, sieht alles anders aus. Dann muss ich wieder von vorn anfangen.«

Sie sprach von ihrer Zeichnung. Oder hatte er sie verärgert?

»Es dauert nur einen Moment.«

Doch sie sah ihr Modell an und zeichnete weiter. Vielleicht ging es ihr wirklich um den Augenblick, den Einfall des Lichts, den Winkel, das Gefühl für das Bild. Vielleicht machte ihre Amnesie flüchtige Augenblicke kostbarer und das Bedürfnis, daran festzuhalten, stärker.

Er beobachtete sie eine Weile, dann hängte er den Mantel über ihr Bett und strich eine Falte glatt. »Ich hole Sie gegen drei Uhr ab«, sagte er.

Bei seiner Rückkehr saß sie auf dem Bett und trug Max' Mantel. Sie stand auf, als sie ihn sah, und stellte sich in die Mitte des Zimmers. Kirsch überlief ein Schauder. Es war, als würde Max aus ihren Augen schauen, sein Bild hinter ihren Zügen durchschimmern. Doch der Mantel passte nicht so gut, wie er gehofft hatte. Selbst als junger Mann war Max größer als Marija gewesen und hatte breitere Schultern gehabt. Der Mantel sah geborgt aus, wie die schweren Halbstiefel und das formlose Wollkleid.

Draußen nahmen sie ein Taxi und fuhren über den Fluss in Richtung Innenstadt. Die Sonne stahl sich durch die Wolken und spiegelte sich auf nassen Dächern und Kopfsteinpflaster, so dass Kirsch die Hand vor die Augen halten musste. Sie überquerten Unter den Linden und folgten der Wilhelmstraße, vorbei an den wuchtigen Palästen der Banken und Regierungsgebäude. Marija saß schweigend da und betrachtete die Fußgänger. Manchmal, wenn jemand ihre Aufmerksamkeit erregte, kniete sie sich auf den Sitz, damit sie ihn durchs Heckfenster weiter beobachten konnte. Sobald der Passant verschwunden war, drehte sie sich wieder um und betrachtete den nächsten, als wäre jedes Gesicht ein Gemälde in einer Galerie, interessant und einzigartig. Als sie an der Leipziger Straße hielten, um die Straßenbahn vorbeizulassen, klopfte ein Bettler ans Fenster und schepperte mit seiner Blechtasse. Sein Gesicht war von Brandnarben entstellt, und von seinem linken Auge war nur noch ein roter Schlitz übrig. Marija sah ihn an, ohne zu erschrecken, die Hände an die Scheibe gepresst.

Schließlich erreichten sie den Anhalter Bahnhof. Hier kamen die Reisenden aus Zürich in Berlin an. Es war Nachmittag, doch auf den Trottoirs drängten sich bereits die Beamten und Angestellten auf dem Weg nach Hause. Kirsch bezahlte den Fahrer, während Marija an dem Gebäude hinaufblickte, zu den majestätischen Säulen und ausladenden Backsteinbögen. Kirsch sah, wie sie schluckte. Er hätte dafür sorgen sollen, dass sie anständige Kleider bekam. Zum einen brauchte sie einen Schal. Ihr nackter Hals unter dem schweren Stoff des Herrenmantels wirkte einfach falsch.

»Werden Sie mich jetzt hierlassen?«, fragte sie.

»Wie kommen Sie darauf?«

Sie vergrub die Hände in den Taschen. »Wollen Sie mich nicht fortschicken?«

Er schlug ihren Kragen hoch, um die bloße Haut in ihrem Ausschnitt zu bedecken. »Wie könnte ich Sie wegschicken, wenn ich gar nicht weiß, wo Sie herkommen?«

Ihr Haar war inzwischen lang genug, dass er es über den Kragen heben musste. Bei der Berührung stieg ihm ihr vertrauter Duft in die Nase, verdeckt, aber nicht verdrängt von dem chemischen Cocktail aus Kampfer und Bleiche, wie eine Blume, die auf einem Schuttfeld blüht.

Zwei Frauen sahen von der Bahnhofstreppe zu ihnen herab. Eine trug einen Dackel auf dem Arm. Mit gefletschten gelben Zähnen kläffte der Hund ihn an. Wahrscheinlich vermuteten sie etwas Unmoralisches. Marija war nicht wie eine Dame gekleidet.

Kirsch drehte sich zu dem Taxifahrer um. »Ich habe es mir anders überlegt. Bringen Sie uns zu Karstadt.«

Das Kaufhaus Karstadt war eins der größten Gebäude in Berlin, eine ausladende Festung aus Stein mit massigen Türmen an der Südseite, die über fünfzig Meter in den Himmel ragten. Mit seinen strikten rechtwinkligen Formen (am ganzen Gebäude gab es weder Kurven noch Diagonalen) erinnerte es Kirsch an ein Elektrizitätswerk, doch Alma versicherte, dass es für Alltagskleidung und Haushaltswaren keinen besseren Laden gab. »Ich würde mir nicht gerade ein Abendkleid dort kaufen«, sagte sie, »aber man verschwendet so viel Zeit in kleinen Geschäften, wenn man nur auf der Suche nach einem Paar Handschuhe ist.« Im letzten Sommer hatte sie ihn zweimal hinauf auf die Dachterrasse geschleppt, wo ein Streichorchester aufspielte, während sich die Kunden an Kaffee und Kuchen gütlich taten. Beim ersten Mal hatte sie ihm eine Krawatte gekauft, die er, auf ihre Bitte, zum Familienbesuch bei den Siegels in Oranienburg trug. Bei der zweiten Gelegenheit hatte sie ihm ein Nagelpflegeetui aus Juchtenleder geschenkt.

Anscheinend war Marija noch nie mit einer Rolltreppe gefahren. Bei der ersten Etappe schwankte sie und hielt sich mit beiden Händen am Geländer fest, während sie ängstlich in den glitzernden weiten Raum über ihnen spähte. Kirsch musste sich ein Lächeln verkneifen angesichts ihrer erschrockenen Miene, als die Stufen weiter oben unter den stählernen Zähnen des Metallkamms verschwanden. Im letzten Moment ließ sie das Geländer los, streckte die Arme aus wie eine Seiltänzerin und sprang über die Schwelle, die sie fast einen Meter hinter sich ließ.

»Wenn es Ihnen lieber ist, nehmen wir die Treppe«, sagte Kirsch.

»Nein.« Sie richtete sich auf. »Ich will es noch einmal versuchen. Wie kommt man wieder hinunter?«

Doch sie mussten nicht wieder nach unten, denn zur Damenabteilung ging es weiter nach oben. Auf der zweiten Rolltreppe hielt sich Marija mit nur einer Hand fest, auch wenn sie jedes Mal, wenn die Rolltreppe ruckelte, nach Kirschs Arm griff. Sie war so fasziniert, dass sie die Blicke der Leute nicht bemerkte – verstohlene, abschätzige Blicke. Kirsch war sich nicht sicher, was die Leute am meisten störte – das Fehlen eines Huts oder einer ordentlichen Frisur, die Arbeitsstiefel, das ungeschminkte Gesicht oder schlicht die Tatsache, dass sie hübscher war, als ihr zustand. Während sie Stockwerk um Stockwerk durch das Kaufhaus emporfuhren, stellte Kirsch fest, dass er die Entrüstung der Leute genoss.

Er suchte ein Kostüm aus braunem Kammgarn heraus. Alma trug dieser Tage häufig Kostüme, einmal sogar einen Hosenanzug, wie Marlene Dietrich. Doch Marija hielt davon nichts. Sie griff nach einem blau gemustertem Hauskleid mit Puffärmeln und Faltenrock, hielt es sich an, drehte sich und betrachtete sich dabei im Spiegel.

»Probieren Sie es an«, sagte Kirsch.

Es sah genauso aus wie die Kleider, die in ihrem Schrank in der Pension hingen, nur dass es farbenfroher und neuer war.

»Warum? Ohne Geld kann ich es nicht kaufen.«

»Probieren Sie es. Ärztliche Anweisung.«

Er brachte sie zu den Umkleidekabinen und wartete draußen, während er dem Rascheln lauschte, das hinter dem Vorhang zu hören war. Mehrere Frauen gingen an ihm vorbei, Kleidungsstücke über dem Arm. Aus einer der Kabinen kam Kichern: zwei Freundinnen, die gemeinsam einkauften. Wahrscheinlich war er der einzige Mann auf dem ganzen Stockwerk.

Barfuß trat sie vor den Vorhang. Nach der Krankenhauskluft wirkte das Kleid hübsch und feminin. Als sie sich um die eigene Achse drehte, bauschte sich der Rock und entblößte die verblassenden Blutergüsse an ihren Waden. Er sah, wie dünn sie geworden war, seit sie miteinander getanzt hatten. Ihre Taille war so schmal wie die eines dreizehnjährigen Mädchens.

»Sie brauchen Strümpfe«, sagte er und rief nach einer der Verkäuferinnen.

Zwei Paar Seidenstrümpfe, ein Strumpfhalter, das Kleid, ein Paar schwarze Schnürschuhe mit Absatz, sie verbrachten fast eine Stunde damit, ihre Garderobe zusammenzustellen. Dann fuhren sie noch ein Stockwerk nach oben und probierten Hüte auf: einen cremefarbenen Fedora mit braunem Band, einen schwarzen Wollhut mit umgeklappter Spitze, den die Verkäuferinnen als »Schweizer Stil« anpriesen, einen runden Filzhut mit glänzenden Federn an beiden Seiten, der Kirsch an den Helm von Merkur, dem geflügelten Boten, erinnerte. Marija setzte einen nach dem anderen auf den Kopf und musterte sich mit gerümpfter Nase im Spiegel. Die Wahl war schwierig. Jeder Hut ließ sie anders erscheinen: der Fedora machte sie keck und mondän, der Schweizer Hut verspielt, der Filzhut kühl und zerbrechlich wie eine Ballerina. Ihre Unschuld verlieh jedem Typ eine besondere Intensität, jeder Nuance einen besonderen Glanz.

»Sie müssen sich entscheiden«, sagte er.

»Ist das eine Prüfung? Ist das Teil der Behandlung?«

Er hatte ihr immer noch nicht gesagt, wo sie hingingen, und offensichtlich hatte sie beschlossen, nicht nachzufragen.

»Nein, das ist keine Prüfung. Aber Sie brauchen etwas zum Anziehen. Sie wollen doch nicht aussehen, als kämen Sie aus dem Gefängnis.«

Sie nahm den Fedora ab und gab ihn ihm. »Ich kann mich nicht entscheiden. Sie sehen alle so hübsch aus.«

»Es ist anscheinend die neueste Kollektion.«

Sie drehte sich wieder zum Spiegel und hob freimütig den Rock an, um sich die Strümpfe zurechtzurücken. Im Spiegel sah Kirsch zwei Verkäuferinnen, die hinter der Theke über sie tuschelten.

»Die Strümpfe sind herrlich«, sagte sie.

»Seide.«

»Ich habe noch nie Seide getragen.«

»Vielleicht konnten Sie es sich nicht leisten.«

Sie ließ den Rock sinken und entfernte einen Fussel. »Mein Vater war nicht arm. Er hat für die Regierung gearbeitet und zu Festtagen trug er Uniform.«

Waren das echte Erinnerungen, fragte sich Kirsch, oder wieder ein Traum?

»Wo ist er jetzt, Ihr Vater?«

»Tot.« Sie stellte sich vor ein weiteres Regal voller Hüte und fuhr mit dem Finger über die Krempen. »Meine ganze Familie ist tot.« Dann nahm sie eine Melone aus schwarzem Filz heraus. »Wie wäre es mit dem? Steht er mir?«

»Vielleicht zum Pferderennen. Wie kommen Sie darauf, dass Ihre Angehörigen tot sind?«

Sie zog sich den Hut tiefer ins Gesicht, so dass ihre Augen im Schatten lagen.

»Gestern war ich draußen, im Garten. Da steht eine Bank, auf der ich manchmal sitze.«

»Ich weiß. Ich habe Sie dort gesehen.«

»Ach, wirklich.« Sie legte eine Hand an die Wange.

»Und?«

»Ich habe mich erinnert, wie ich am Grab meines Vaters stand. Der Schnee und die frische Erde. Der feuchte Erdgeruch. Ich glaube, er wurde in seiner Uniform beerdigt.«

»Und an mehr erinnern Sie sich nicht?«

»Ich erinnere mich, wie ich mich fühlte.«

»Und wie haben Sie sich gefühlt? Traurig, wahrscheinlich.«

»Nein. Ich erinnere mich sehr gut an das Gefühl.« Sie setzte den Filzhut ab und probierte stattdessen einen blauen Glockenhut aus Stroh mit hochgebogener Krempe, den Alma als *passé* bezeichnet hätte. »Ich fühlte mich frei.«

Von Karstadt fuhren sie in einer überfüllten Straßenbahn zum Alexanderplatz, dann folgten sie zu Fuß Kirschs gewohnter Route: vorbei an den Ständen auf der Grenadierstraße, die weniger geworden waren; an Bronsteins mit Brettern zugenageltem Musikgeschäft, an dem Wasserturm und der Synagoge in der Rykestraße, wo ein einzelner Polizist die Prozession der Gläubigen im Auge behielt, die hineingingen. Wenn Marija die Gegend wiedererkannte, sagte sie es nicht. Sie sagte überhaupt nichts. Sie ging gefasst voraus, ohne sich umzusehen oder innezuhalten. Hin und wieder blieb Kirsch an einer Ecke absichtlich zurück, um zu sehen, ob sie zögerte oder die Orientierung verlor; doch jedes Mal ging sie weiter, ohne auch nur einen Blick zurückzuwerfen.

Vor dem Friedhof blieb sie stehen. Das Tor war offen. Im Halbdunkel sah Kirsch eine Handvoll Gestalten, die sich zwischen den Grabsteinen bewegten; Gärtner vielleicht, die Bäume beschnitten oder frische Gräber schaufelten. Die Glut ihrer Zigaretten schwebte in der Dunkelheit.

»Hier war ich schon einmal«, sagte sie, und ihr Atem bildete weiße Wolken.

Es dauerte lange, bis Mettler zur Tür kam. Und selbst dann schien er sie nicht mehr als ein paar Zentimeter öffnen zu wollen.

»Was wollen Sie? Ich dachte ...« Sein Blick fiel auf Marija, die auf dem Trottoir stand. Er senkte die Stimme zu einem Flüstern. »Was macht die denn hier?«

»Ich möchte das Zimmer noch einmal sehen. Nummer drei.«

Aus dem Innern war das Radio zu hören: knisternde Stimmen und Applaus. Mettler trat von der Tür zurück. Kirsch nahm Marija beim Arm und führte sie hinein. Sie war leicht außer Atem.

»Wenn Sie uns den Schlüssel geben, finden wir uns selbst zurecht«, sagte Kirsch.

Mettler murmelte etwas und ging in seine Wohnung zurück. Ein gedämpfter Wortwechsel war zu hören, dann kam er wieder zum Vorschein und winkte Kirsch zu sich.

»Ich habe eine Interessentin für das Zimmer.« Er hauchte seine Brille an und putzte die Gläser mit dem Ärmel. »Wenn das Fräulein ihre Sachen haben will, müssen Sie sie gleich mitnehmen.«

Sie standen in einem schmalen Flur. An einem Haken hingen Schlüssel. Entlang der Wand waren alte Schuhe aufgereiht. Der Geruch von gekochten Kartoffeln zog von der Küche herein.

Kirsch griff in seine Tasche. »Und wenn ich die nächste Woche bezahle?«

Mettler schüttelte den Kopf. Er habe eine gute Mieterin an der Hand, sagte er, jemand für länger – eine Adelige: So eine

Mieterin wollte man nicht vergraulen. Je mehr er erklärte, desto klarer wurde Kirsch, dass er log.

»Und wenn ich zwei Wochen im Voraus bezahle, nur für den Anfang? Ich glaube, es tut Fräulein Draganović gut, wenn sie aus der Klinik herauskommt und wieder hier einzieht.«

»Hier? Sie meinen, auf Dauer?«

»Wenigstens ein paar Monate.«

»Nein, nein. Das ist unmöglich.«

»Warum? Sie war eine angenehme Mieterin. Das haben Sie selbst gesagt.«

»Das war vorher.« Mettler warf einen Blick in Richtung Küche. »So eine wollen wir hier nicht.«

»Ich weiß nicht, was Sie meinen.«

»Die anderen Mieter fühlen sich nicht mehr sicher.« Mettler rieb sich die Schläfen. »Man weiß doch nie, was solche Leute machen, oder? Wofür gibt es Irrenanstalten?«

Kirsch öffnete seine Brieftasche. »Dreißig Tage, bar und im Voraus. Die Anzahlung kann ich Ihnen gleich dalassen.«

Mettler sah an Kirsch vorbei ins Treppenhaus. »Wo ist sie hin?«

Kirsch drehte sich um. Marija war verschwunden. Ebenso der Schlüssel zu Nummer drei. »Anscheinend ist sie ...« Er trat aus der Wohnung. »Marija?«

Auf der Straße zerschellte eine Flasche. Ein Hund fing zu bellen an. Mettler hastete zur Haustür und schob den Riegel vor. Kirsch ging nach oben.

Draußen liefen schnelle Schritte vorbei.

»Marija?«

Keine Antwort. Er hatte nicht gewollt, dass sie allein hinaufging. Er wollte nichts überstürzen. Eine plötzliche Flut von Erinnerungen konnte unvorhersehbare Folgen haben. Vielleicht war es gefährlich.

Und ein Selbstmordversuch? Haben Sie schon an diese Möglichkeit gedacht? Vielleicht hat sie sich von einer Brücke gestürzt.

In einem der Zimmer im ersten Stock ging das Licht an. Kirsch hastete die Treppe zum zweiten Stock hinauf. Als er Marijas Zimmer erreichte, fiel die Tür ins Schloss.

Sie wollte allein sein. Schließlich war es ihr Zimmer, zumindest früher einmal. Hier waren ihre Sachen: Kleider, Bücher, das Fotoalbum. Er klopfte leise an.

An den Füßen spürte er einen kalten Luftzug. Er klopfte noch einmal.

»Marija?« Er lauschte: nichts. Er probierte die Klinke. Die Tür war nicht abgeschlossen.

Im Zimmer brannte kein Licht. Der Schein einer Straßenlaterne malte Streifen an die Decke. Es war erstaunlich kalt.

Er wollte das Licht anknipsen, doch die Glühbirne war durchgebrannt. Er trat in die Dunkelheit. Marija war nicht da.

Geräuschlos schwang die Balkontür auf. Die Vorhänge bauschten sich. Das Brausen der Stadt in der Ferne wurde lauter.

Er lief durchs Zimmer, riss die Balkontür auf und blickte über die Brüstung des kleinen eisernen Balkons. Die Gaslaternen brannten ungewöhnlich hell. Kirsch musste blinzeln. Doch es lag keine Leiche auf dem Pflaster, keine Schaulustigen liefen zusammen. Ein Mann zündete sich eine Zigarette an. Als er das Streichholz wegwarf, sah er zu Kirsch hinauf.

»Was ist denn?« Marija stand neben ihm.

»Was tun Sie hier draußen?«

Sie zog die Schultern hoch. »Ich habe Sie dort unten stehen sehen. Kann das sein? Ich dachte, ich könnte mich erinnern, wie ich Sie dort gesehen habe.«

Er nahm sie in den Arm und hielt sie fest. Sie wirkte fast unwahrscheinlich leicht. Dann hob er sie hoch, trug sie hinein und setzte sie auf dem Boden ab.

»Ich dachte, ich hätte dich verloren.«

Ihre Arme lagen noch auf seinen Schultern, ihr Gesicht war in den Falten seines Mantels versteckt. Er spürte, wie er sich auf sie zubewegte, die kurze Schwerelosigkeit vor dem Fall.

Ihre Augen waren fest geschlossen, als er sie küsste, fast so, als wünschte sie sich etwas. Dann nahm sie sein Gesicht in beide Hände, erwiderte den Kuss, ihre Lider flatterten, und ihr Körper entspannte sich. Sie verharrten lange in der Umarmung, in der kalten Dunkelheit, während die nackten Dielen unter ihren Füßen knarrten. Kirsch vergaß zu fragen, woran sie sich noch erinnerte. Ausnahmsweise schien es nicht wichtig.

Ihm kam der Gedanke, dass diese Liebe vielleicht doch kein Traum war, kein Ausrutscher oder Anfall von Irrsinn. Sie war ein Geschenk, eine Rettung.

Er zitterte. Im Zimmer war ein kleiner Kamin, Feuerholz lag bereit, doch es würde dauern, bis es warm wurde.

»Ich sterbe vor Hunger«, sagte Marija. »Könnten wir etwas essen gehen? Ich hatte kein Mittagessen.«

»Kein Mittagessen? Warum nicht?«

»Ich war zu nervös. Hat man das nicht gemerkt?«

»Ehrlich gesagt, nein.«

Was bin ich nur für ein Psychiater?, dachte Kirsch. Und er hatte auch die Antwort: einer, der eine Affäre mit seiner Patientin begann.

»Ich kenne ein Lokal.«

22

Er zuckte zusammen, als Alma die Arme um ihn schlang. Die Kälte hatte die Wunde gereizt. Unter dem Mantel war sein Arm rot und geschwollen.

»Was ist? Was hast du?«

»Nichts. Ich bin gestürzt. Glatteis.«

Es war Sonntagmorgen. Gleißendes Sonnenlicht drang durch das Glasdach des Bahnhofs und sprenkelte die Halle.

»Du lügst.«

Kirsch rieb sich den Arm. »Wie kommst du darauf?«

»Ich weiß, was passiert ist«, sagte Alma. »Jemand ist auf dich losgegangen, nicht wahr? Papa hat mir erzählt, dass in Irrenanstalten ständig Patienten auf Ärzte losgehen.«

»So ein Unsinn. Außerdem arbeite ich in einer psychiatrischen Klinik, nicht in einer Irrenanstalt.«

Der Schaffner blies in seine Pfeife. Kirsch öffnete die Waggontür und reichte Alma seinen gesunden Arm.

»Umso schlimmer«, sagte sie. »In Anstalten haben sie wenigstens Wärter. Ich wüßte nicht, was ich tun sollte, wenn dir etwas zustößt.«

Ihr Schelten war scherzhaft gemeint, aber was dahintersteckte, war ebenso ernst wie vertraut: Alma wollte, dass ihr zukünftiger Ehemann die Klinik verließ und sich eine Stelle in einem bekömmlicheren Zweig der Medizin suchte, wo weniger Elend und Schande herrschten. Sie hatte nichts gegen die Psychiatrie, solange es um die Theorie ging. Doch den gestörten Patienten selbst haftete etwas an, und dieser Makel färbte auf jeden ab, der sich unter sie begab.

Kirsch überlegte, dass dies die ideale Gelegenheit wäre, Alma von seinem wahrscheinlichen Abschied von der Charité und der neuen Studie für Professor Fischer zu erzählen. Doch es war zu spät. Er hatte beschlossen, die Verlobung zu lösen. Jetzt, da er sich selbst nicht mehr belog, durfte er auch sie nicht weiter belügen. Er musste nur noch die richtigen Worte finden, den richtigen Zeitpunkt.

Er hatte vorgeschlagen, nach Potsdam zu fahren und den Tag am See zu verbringen. Er wollte ins Grüne, sagte er, und sie stimmte glücklich zu, auch wenn er erst im Zug herausfand, warum: Sie könnten einen Abstecher nach Zehlendorf machen und sich die kleine Villa ansehen, in der Alma ihr gemeinsames Nest bauen wollte.

»Dann bekommen wir gleich ein Gefühl für die Nachbarschaft«, sagte sie. »Es heißt, die Gegend wird bald die begehrteste in ganz Berlin sein. Es wohnen lauter berühmte Leute dort. Wir werden Feste geben, und die Fotos kommen in die Zeitung.«

»Falls wir die Presse einladen«, entgegnete Kirsch, »was wir nicht tun werden.«

Alma zog eine Nadel aus ihrem Hut. Ihre frisch gelegten blonden Locken wippten und rochen leicht nach Ammoniak.

»Du klingst wie Papa.«

»Wirklich?«

»Du weißt, was er von der Presse hält.« Sie zuckte die Schultern. »Er ist eben sehr …«

»Reaktionär?«

»Altmodisch.«

»Nett gesagt.«

Sie seufzte und drückte seinen Arm. Graue Dampfschwaden zogen an den Fenstern vorbei. »Er will nur, dass alles so bleibt, wie es ist und immer war. Man kann ihn irgendwie verstehen, oder nicht? Seine Generation hat mit jeder Veränderung etwas verloren, das ihr wichtig war.«

Kirsch dachte an seine Mutter, die immer noch Max' Zimmer besuchte und weinte; an seine Schwester Emilie, die das Weinen in ihrer kleinen Kammer im Parterre hörte.

»Zu spät«, sagte er. Sie passierten einen Güterbahnhof. Die Schornsteine und Kirchtürme der Stadt wurden kleiner. »Nichts kann wieder so werden, wie es einmal war. Die Zeit ist zwar nicht linear, aber rückwärts geht sie auch nicht.«

Alma seufzte und schmiegte sich an seine Schulter. Ihr Kopf war schwer. »Spielt auch keine Rolle. Wir ziehen nach Zehlendorf, und dort machen wir, was wir wollen.«

Als der Schaffner kam, richtete sie sich wieder auf. Ein paar Minuten später rollten sie durch eine zerzauste Landschaft aus Zäunen und matschigen Feldern, in deren Furchen noch Eis und Schnee lagen. Alma sprach von den Hochzeitsvorbereitungen. Die wichtigen Dinge waren bereits beschlossen, aber es gab noch unendlich viele Details, die bedacht werden mussten: die Blumen, die Reihenfolge des Gottesdienstes, die Musik, die Tischordnung, die fast jeden Tag umgeschrieben wurde, auch wenn die Einladungen erst in Monaten hinausgingen.

»Glaubst du, wir können deine Schwester Emilie überreden, Brautjungfer zu sein?« Alma hielt mit beiden Händen die seinen umfasst. »Es wäre doch schön, sie in die Zeremonie einzubinden, findest du nicht?«

»Emilie als Brautjungfer?« Die Vorstellung hatte etwas Absurdes.

»Das Kleid würden wir ihr natürlich nähen lassen«, erklärte Alma.

Kirsch fragte sich, ob das der eigentliche Grund für den Vorschlag war – ob Alma sichergehen wollte, dass Emilie nicht ihre freudlose Lehrerinnentracht trug. »Sie ist sehr schüchtern. Ich glaube nicht, dass ihr die Aufmerksamkeit lieb wäre.«

»Aber sie ist doch Lehrerin. Und sie spielt Klavier, oder? Als ich das erste Mal bei euch war, hat sie gespielt – sogar ziemlich leidenschaftlich, wie ich fand.«

Kirsch erinnerte sich daran; an den tranceartigen Zustand, in den seine Schwester gefallen war, wie sie ihren Oberkörper zur Musik wiegte, fast wie manche seiner Patienten in verschiedenen Stadien der Entfremdung von der Welt.

»Das ist etwas anderes. Wenn sie Klavier spielt, ist sie … nicht wirklich da.«

»Wie meinst du das?«

»Im Geiste.« Er sah Alma an. Zwei senkrechte Falten standen zwischen ihren Augenbrauen. »Aber wenn du möchtest, frage ich sie.«

Der Zug schwankte, und sie stießen leicht aneinander. Alma saß dicht bei ihm, ihr Schenkel berührte seinen, ein seltenes Ereignis in der Öffentlichkeit.

»Es muss nicht sein«, sagte sie, »wenn sie schüchtern ist. Und ich habe schon gedacht, dass sie mich nicht mag, weil sie oft so still war.«

In dem Lokal am See herrschte ein solcher Lärm, dass man sich unmöglich leise unterhalten konnte. Die meisten Gaststätten im Potsdamer Umland hatten im Winter geschlossen, doch das gute Wetter hatte eine späte Invasion von Tagesausflüglern aus der Stadt gelockt, und jeder Tisch war besetzt. Ein paar pausbackige Jungen spielten draußen, während ihre Eltern noch aßen. Unbeaufsichtigt fingen sie an zu raufen und zu treten, der kleinste schrie laut, doch keiner kümmerte sich darum.

Immer wieder glitt Kirschs Blick auf den See hinaus. Weit draußen kreuzte ein Segelboot vor dem Ostwind.

»Es ist so hell hier draußen. Ich brauche eine Sonnenbrille.«

»Weil du deine Nase immer in Bücher steckst«, sagte Alma. »Deine Augen sind den Himmel nicht mehr gewohnt.«

Kirsch beobachtete das Boot, den schäumenden Bogen, den es durchs Wasser zog. Vor ein paar Jahren hatte Albert Einstein in einer Zeitung über seine Liebe zum Segeln gesprochen. Als er jung war, sei es ihm anders gegangen, hatte er gesagt. Damals zog er die Berge vor. Manche seiner besten Gedanken waren ihm oben auf einem Alpenpass gekommen, bei langen Wanderungen mit Freunden. Doch jetzt war er des Hochlands müde. Die Berge versperrten ihm die Sicht. Stattdessen liebte er die öden Orte der Erde, das Meer und die Wüste, alles, was weit und endlos war.

Zuerst fand Kirsch das verwunderlich. Die Erhabenheit der Natur, schien ihm, war nirgendwo deutlicher als in den Bergen, zwischen Gletschern und aufragenden Gipfeln. Zahllose Künstler und Dichter hatten dort ihre Inspiration gefunden. Doch je mehr er von Einsteins Werken las, desto besser verstand er ihn: Um tausend Jahre überlieferter Vorstellungen zu überwinden, brauchte man Kühnheit und geistige Unabhängigkeit. Es war nicht Erhabenheit, die der Physiker brauchte, oder Inspiration, sondern Leere, Ferne – Platz, um neue Gedanken zu formen, die für die Masse der Menschheit undenkbar waren. Auf dem Wasser kam Einstein der Objektivität, die er suchte, am nächsten. War es möglich, dass Marija hierhergefahren war, weil sie die gleiche sengende Klarheit brauchte? Vielleicht war sie deswegen nach Berlin gekommen: um alte Bande zu lösen und sich ganz dem Wissen und der Wahrheit zu widmen. Überrascht stellte Kirsch fest, dass er hoffte, es wäre nicht so. Denn wenn Marija alles klar sah, würde sie auch ihn klar sehen.

»Ich dachte, dass du vielleicht Ruhe möchtest.«

Alma sprach von den Flitterwochen.

»Ruhe?«

»Statt den ganzen Tag von einer Kirche zur anderen zu traben. Das müssen wir nicht. Wir können auch einfach am Lido herumliegen und nichts tun als essen.« Sie schob die Hand über den Tisch und flocht ihre Finger in seine. »Du siehst so erschöpft aus in letzter Zeit. Du arbeitest zu viel, das sagen alle.«

»Wer sind alle?«

Alma senkte den Blick und stocherte mit der Gabel in ihrem Gemüse herum. »Neulich habe ich mit Robert gesprochen.«

»Ach, unser Dr. Eisner.«

»Sei doch nicht so.«

»Wie bin ich denn?«

»Ich weiß gar nicht, was du gegen Robert hast. Er hat dir nichts getan.«

»Habe ich das behauptet?«

Alma schüttelte den Kopf. Anscheinend machte sie sich schon

länger Gedanken darüber. »Ich weiß, dass er einem manchmal ein bisschen auf die Nerven gehen kann, aber er ist ein guter Kerl. Ich kenne ihn seit Jahren. Hast du vergessen, dass er uns einander vorgestellt hat?«

Kirsch antwortete nicht. Er dachte an Freitagabend. Als er Marija in die Klinik zurückgebracht hatte, war er Eisner auf dem Flur begegnet. Es war ungewöhnlich, dass der länger blieb, als er musste. »Sieht aus, als würdest du Fortschritte machen«, hatte Eisner mit einem anzüglichen Grinsen gesagt. Kirsch hatte ihn stehen lassen. Er war sofort in den Waschraum gelaufen, um nach Lippenstiftspuren zu suchen, bis ihm einfiel, dass Marija keinen Lippenstift trug.

»Was genau hat er gesagt?«

Alma seufzte. »Er sagt, du halst dir zu viele schwierige Fälle auf. Zermarterst dir das Hirn. Er macht sich Sorgen um dich.« Sie trank einen Schluck Selterswasser. »Dieses Mädchen, zum Beispiel, das aus der Zeitung. Anscheinend verbringst du furchtbar viel Zeit mit ihrem Fall.«

Kirsch griff nach seiner Gabel. »Natürlich. Die Presse soll doch nicht schreiben, der *eminente* Dr. Kirsch wäre nicht auf Draht.«

»Plötzlich kümmert dich, was die Presse sagt? Da kenne ich dich besser, Liebling.« Alma stellte mit einem Klirren ihr Glas ab.

»Es ist ein schwieriger Fall«, sagte Kirsch. »Aber ich mache Fortschritte, glaube ich.«

Am anderen Ende des Gastraums brach Gelächter aus. *Sag es ihr jetzt,* dachte er.

»Alma ...«

»Das Einstein-Mädchen. Warum nennt man sie eigentlich so? Soll das ein Witz sein?«

»Ein Witz?«

»Ironie. Weil sie sehr dumm ist oder so etwas?«

»Sie ist nicht dumm. Es hat damit zu tun, wo sie gefunden wurde ...«

»Wie nennst du sie eigentlich?«

Kirsch griff nach seinem Glas. »Ist das wichtig?«

»Ist es ein Geheimnis?«

»Wir haben einen Namen erfunden. Fürs Erste.«

»Welchen Namen?«

Er wollte ihn nicht aussprechen. Es war, als verlangte Alma etwas, das er ihr nicht geben wollte. Aber sie musste ja nur Robert Eisner fragen.

»Maria. Sie hat den Namen ausgesucht. Wir wissen noch nicht, wie sie wirklich heißt.«

Alma schwieg einen Moment. Dann lächelte sie ihren Verlobten versöhnlich an und streckte die Hand nach seiner aus. »Ich finde es einfach wunderbar, wie du dich für deine Patienten einsetzt, mit Leib und Seele.« Sie legte den Kopf auf die Seite und fuhr mit dem Finger über seinen Handrücken. »Du musst nur aufpassen, dass du nicht zu weit gehst. Was sie von dir erwarten können, hat seine Grenzen. Du darfst dich nicht ganz aufopfern. Das wäre nicht richtig.«

Kirsch sah wieder hinaus auf den See. Das Segelboot hatte nach Süden abgedreht, in Richtung Caputh, ein funkelnder weißer Splitter in der Ferne. Er stellte sich Marija darauf vor, die Sonne im Gesicht, mit Kurs auf einen Horizont, der ihm für immer unerreichbar war.

»Keine Sorge«, sagte er. »Ich gehöre nicht zu den Menschen, die sich aufopfern.«

Nach dem Mittagessen bezog sich der Himmel. Sie wurden von einem Regenschauer überrascht und rannten zum Bahnhof. Der Zug nach Berlin war überfüllt, weil alle Tagesausflügler gleichzeitig zurückwollten. Die tropfenden Regenmäntel und Schirme hinterließen Pfützen auf dem Boden. Kirsch überließ einer älteren Frau seinen Platz; er stand draußen im Gang und sah zu, wie das glitzernde Wasser der Havel hinter den Bäumen verschwand. Erst als sie in Berlin ankamen, sprachen er und Alma wieder miteinander.

»Hast du Zeit für eine Tasse Kaffee?«, fragte er.

Für die Tanzlokale war es noch zu früh, zumindest für die respektableren, die Alma gewohnt war. Doch sie beharrte darauf: sie wollte Musik und etwas, das sie aufwärmte.

»Zeig mir deine Lieblingsspelunke«, sagte sie.

»Ich habe keine Lieblingsspelunke. Manche sind günstiger gelegen als andere.«

»Dann zeig mir die, die am günstigsten gelegen ist.«

»Wie du willst«, sagte er.

Bei Tag wirkte das Tanguero noch schäbiger: Die Bilder an der Wand waren vergilbt, das Glas war staubig, die Farbe blätterte ab und die Wände waren fleckig vom Nikotin. Das Geschäft ging schleppend: ein Paar saß rauchend in einer Ecke, und ein alter Mann las allein seine Zeitung. Es gab keine Musik und die Tanzfläche war leer. Zu dieser Zeit tanzten höchstens die Prostituierten.

Sie setzten sich an einen Tisch, Kirsch mit dem Rücken zur Tanzfläche. Alma bestellte eine Limonade und einen Kümmelschnaps, Kirsch ein Bier.

»Du wolltest ja eine Spelunke«, sagte er.

Almas Gesicht war gerötet, winzige Schweißperlen glitzerten an ihrem Haaransatz und am Hals. »Nicht ganz, was ich erwartet habe, gebe ich zu.«

»Was hast du erwartet?«

Sie spreizte die Finger. »Ich weiß es selbst nicht. Es ist schwer, mir dich hier vorzustellen, Martin. Es ist so schmutzig.« Sie sah hinauf zur rissigen, vergilbten Decke. »Es sieht aus, als müsste hier mal jemand gründlich saubermachen.«

Kirsch zuckte die Schultern. Er fühlte sich an diesem schmutzigen, heruntergekommenen Ort wohler als in der sauberen Welt, die sie bewohnte. Doch wie konnte er verlangen, dass sie das verstand?

»Wir hätten in ein Café gehen sollen«, sagte er, »in ein richtiges.«

»Nein, schon gut.« Alma trank einen Schluck Kümmel. Es war das erste Mal, dass Kirsch sie Schnaps trinken sah. Sie schnitt eine Grimasse. »Jetzt weiß ich wenigstens, wo du dich rumtreibst, wenn ich nicht dabei bin.«

Nach und nach kamen weitere Gäste. Über der engen Bühne am Ende der Tanzfläche flammten elektrische Lichter auf. Der Pianist schlug eine holprige Version von ›Die schönsten Beine von Berlin‹ an. Ein paar Damen vom Gewerbe betraten das Tanguero. Auch Carmen war dabei. Sie hatte einen Stammkunden im Schlepptau; der Besuch im Café schien der Nachtisch zu sein, der gesättigten Leere in seinem Blick nach zu urteilen.

Alma bestellte noch einen Kümmel und trank einen großen Schluck. »Tanzen wir«, sagte sie.

»Hier?«

»Warum nicht?«

»Das ist nicht dein Ernst.«

»Warum nicht? Es ist ein Tanzcafé, oder nicht?«

»Es ist eine Spelunke mit einer Tanzfläche. Das ist was anderes. Hier tanzt eigentlich keiner.«

»Und was machen die beiden da?«

Carmen hatte ihren Kunden auf die Tanzfläche bugsiert. Sie hielten sich eng umschlungen, der Mann war ein wenig betrunken, Carmen hatte den Kopf mit der gelackten Frisur an sein Schlüsselbein gepresst.

»Wenn du nicht tanzen willst, fordere ich jemand anderen auf.«

»Das wäre keine gute Idee.«

Alma leerte den Kümmel und stand auf. Sie zeigte auf einen verschlagen wirkenden Mann an der Theke. »Der tut's auch.«

Kirsch hielt sie am Handgelenk fest. »Na gut, du hast gewonnen. Tanzen wir.«

Widerwillig führte er sie auf die Tanzfläche. Alle Augen waren auf Alma gerichtet. Es war offensichtlich, dass sie nicht hierher passte. Sie war zu schick, zu jung, zu sauber. Der alte Mann ließ seine Zeitung sinken und starrte sie an, während er sich mit der Zunge über die Lippen fuhr.

Es wurde ein langsamer Walzer gespielt. Die Art, wie Alma

tanzte, war ebenso auffällig wie sie. Die Stammgäste schoben sich stolpernd und krumm über das Parkett und waren hauptsächlich darauf aus, so viel wie möglich vom Körper des anderen zu spüren. Alma dagegen tanzte mit hoch erhobenem Kinn wie eine Ballettschülerin. Als sie über eine gebrochene Diele stolperte, kam aus den Schatten heiseres Gelächter.

Kirsch sah, wie sie errötete. »Vielleicht sollten wir …«

»Schon gut.«

Sie hielt ihn fester. Sie tanzten mehrere Nummern, bis ihnen der Schweiß über das Gesicht lief. Er hatte schon öfter mit ihr getanzt, in den eleganten Hotels Unter den Linden und auf der Friedrichstraße, aber nie so eng wie jetzt. Die Wölbung ihrer Brüste streifte ihn. Die Musik wurde langsamer, und sie hielt ihn ganz fest, ihr Körper straff und hart wie eine Waffe. Als er aufsah, fing er Carmens Blick auf, die an der Ecke der Theke stand, ein breites gelbes Grinsen im Gesicht. Im Tanguero war das Tanzen fast immer ein Vorspiel – hier und in den anderen Lokalen, die er besuchte, um zu trinken und den anderen Gästen zuzusehen.

»Wir müssen gehen«, sagte er schließlich. »Sonst verpasst du deinen Zug.«

»Man stelle sich vor«, sagte sie und schmiegte das Gesicht an sein Revers. Er roch den Alkohol in ihrem Atem. »Wo würde ich dann bloß hingehen?«

Kirsch versuchte sich aus ihrer Umarmung zu lösen. Alma war beschwipst und seltsam verwegen.

»Nicht zu mir«, sagte er. »Frau Schirmann ist sehr streng, was Damenbesuch angeht. Außerdem würden die Leute reden.«

»Sie reden jetzt schon«, sagte Alma mit erhobenem Zeigefinger. »Über dich. Vielleicht ist es an der Zeit, dass ich auch mit ins Spiel komme.«

»Ich glaube nicht, dass dein Vater damit einverstanden wäre.«

Kirsch nahm ihre Hand und führte sie von der Tanzfläche. Glücklicherweise legte die Kapelle gerade eine Pause ein.

»Du machst dir zu viele Sorgen um Papa«, sagte Alma. »Papa macht genau das, was ich ihm sage. Immer.«

23

Die Freiübungen waren Dr. Mehrings Idee gewesen, doch die Durchführung hatte er von Anfang an anderen überlassen. Zwei Krankenschwestern führten die Patienten auf das Gelände hinter dem Gebäude, stellten sie in Dreier- und Viererreihen auf und machten ihnen die Bewegungen vor. Wenn es nicht zu windig war, wurde ein Grammophon aufgestellt, das eine Anzahl schwungvoller Stücke spielte. Die Klänge hallten in den benachbarten Höfen wider, und im Innern der Klinik hörte es sich an, als spielte ein Orchester unter Wasser.

Montagmorgens waren die Frauen an der Reihe. Von einem Fenster im Speisesaal sah Kirsch ihnen zu, als sie der Reihe nach aus der Hintertür kamen. Wie er gehofft hatte, war auch Marija dabei, in ihren alten Schuhen und Max' grauem Mantel. Kirsch öffnete geräuschvoll das Fenster. Marija sah zu ihm herauf. Auch einige der anderen Frauen drehten den Kopf. Zögernd winkte Kirsch. Marija lächelte, dann sah sie weg.

Die Frauen nahmen ihre Plätze ein, jeweils eine Armlänge voneinander entfernt. Das Grammophon wurde aufgezogen. Ein Windstoß blies Marija eine Haarsträhne ins Gesicht. Kirsch sah zu, wie sie sich das Haar hinters Ohr steckte. Wie lange, bis sie wieder zu ihm heraufsah? Wie lange, bis er sie anlächeln konnte, winken oder nicken; ihr zeigen, dass er immer an sie dachte, dass sie nicht mehr allein war? Sie war keine zwanzig Meter weg von ihm, doch selbst die kurze Entfernung war eine Qual, ein Kümmernis – genau wie das Wochenende: verlorene Zeit, verlorene Liebe. Er stützte sich auf den Fensterrahmen. Seine Ungeduld, sie wieder in den Armen zu halten, sie an sich zu drücken, machte ihn schwindelig.

Jemand stellte sich neben ihn. »Schönes Wochenende gehabt?« Es war Robert Eisner, der eine Zeitung unter dem Arm hatte.

Kirsch richtete sich auf. »Ja, danke.«

»Wie geht es Alma?«

Ich weiß gar nicht, was du gegen Robert hast.

»Hervorragend, unter den Umständen.«

Eisner nickte mitfühlend. »Natürlich. Ja, ja, der größte Tag im Leben einer Frau, nicht wahr?«

Bevor Kirsch das Fenster schließen konnte, legte Eisner die Hand auf das Fensterbrett und warf einen Blick auf die Szene draußen. »Ist sicher nicht einfach – du hier oben, und sie da unten.«

»Was meinst du damit?«

»Unten in Oranienburg. Mit den ganzen Hochzeitsvorbereitungen.« Er sah ihn an. »Wieso? Was hast du gedacht?«

»Nichts.« Kirsch hoffte, dass er nicht rot wurde. »Aber die Siegels haben alles fest im Griff.«

Draußen spielte das Grammophon ein Seemannslied. Die Schwestern wippten rhythmisch auf den Zehenspitzen. Die Patientinnen taten es ihnen nach, manche im Takt, manche aus dem Takt, andere hatten ihren eigenen Rhythmus.

»Wie geht es der Patientin E.? Ich habe gehört, es hat sie jemand identifiziert.«

Kirsch schob die Hände in die Jackentaschen. Er hatte nicht erwartet, dass sich die Neuigkeit so schnell herumsprechen würde. »Ja.«

»Wann war das?«

»Am Freitag. Ich wollte es nicht an die große Glocke hängen. Wegen der Presse und so weiter.«

Eisner trat einen Schritt näher. Kirsch roch sein Rasierwasser. »Wer ist sie?«

Kirsch nannte ihm ihren Namen. Marijas Vermieter habe sie auf dem Foto erkannt und in der Klinik angerufen, sagte er. Sie sei vor kurzem aus der Schweiz gekommen und habe sich in einer Damenpension in der Wörther Straße ein Zimmer genommen. Bis dato seien das die einzigen Informationen.

»Hast du es der Polizei gemeldet?«

»Das muss ich noch tun. Nicht, dass es der Untersuchung weiterhilft. Sie erinnert sich immer noch nicht, was passiert ist.«

Die Schwester hoben die Arme über den Kopf und begannen sie von einer Seite zur anderen zu schwingen. Die Patientinnen folgten. Selbst in ihrem unförmigen Mantel und den Stiefeln machte Marija eine anmutige Figur. Kirsch sah zu, wie sie die Finger zum Himmel ausstreckte, ohne jede Spur von Befangenheit.

»Und was macht sie in Berlin? Dieser Vermieter muss doch irgendetwas wissen.«

»Wahrscheinlich hat sie Arbeit gesucht.«

»Arbeit? Davon gibt es hier zurzeit wohl nicht viel. Außerdem, hast du ihre Hände gesehen? Das sind nicht die Hände eines Hausmädchens.«

Kirsch schloss das Fenster. »Ich schätze, sie hat eher nach Büroarbeit gesucht.«

Er wollte gehen, doch Eisner tippte ihm mit der Zeitung auf den Arm. »Ich wüsste, wie wir mehr herausfinden könnten. Schau dir das an.«

Er gab Kirsch die Zeitung. Auf Seite vier lautete eine kleine Überschrift: AMERIKANER ENTDECKEN WAHRHEITSSERUM. Der Artikel war kurz. Chemiker einer pharmazeutischen Fabrik in Chicago hatten mit einer neuen Form von Sedativa auf der Basis von Barbitursäure experimentiert. Dabei hatten sie eine unerwartete Nebenwirkung entdeckt: Patienten, die nach der Injektion der neuen Substanzen in einem halbwachen Bewusstseinszustand waren, war es anscheinend unmöglich, unter Befragung zu lügen. Es war geplant, die Versuche auszuweiten.

Kirsch gab ihm die Zeitung zurück. »Das ist nicht dein Ernst.«

»Warum nicht?«

»Das ist doch nur so eine Zeitungsgeschichte.«

Eisner schüttelte den Kopf. »Ich habe mich umgehört. Die Amerikaner haben ein kurzwirkendes Barbiturat verwendet, eines, das sie seit Jahren als Narkosemittel benutzen.«

»Marija lügt nicht. Sie hat Amnesie.«

»Wie kannst du dir da so sicher sein? Außerdem hilft das Zeug vielleicht auch bei Amnesie. Stell dir vor: ein direkter Zugang zum Unbewussten. Keine höheren Hirnfunktionen, die den Weg versperren. Vielleicht haben wir den großen Durchbruch vor uns.«

»Du bist ja schlimmer als Mehring.«

»Wir fangen natürlich langsam an. Mit kleinen Dosen.«

Kirsch ging zur Tür.

»Ich weiß, wo wir das Zeug herbekommen«, rief Eisner ihm hinterher. »Natriumpentothal. Ich habe Kontakte. Wir würden in die Geschichte eingehen.«

An der Tür blieb Kirsch stehen. »Warum fragst du nicht Bonhoeffer, was er davon hält? Vielleicht lässt er sich zu dem Experiment überreden. Dann stehe nur noch ich dir im Weg. Und ich sage, nur über meine Leiche.«

Später am selben Tag fand Kirsch einen Brief von Professor Bonhoeffer in seinem Postfach. Der kühle Ton überraschte ihn nicht, wohl aber der Inhalt. Dr. Mehring, hieß es in dem Brief, habe den Vorfall, der zur Verletzung von Schwester Adele geführt hatte, noch einmal untersucht und seine Beschwerde vollständig zurückgezogen. Schwester Regines Anschuldigungen gegen Kirsch seien ebenfalls zurückgenommen worden. Schwester Adele habe an der Charité gekündigt, um eine Stelle im Städtischen Krankenhaus im Friedrichshain anzunehmen, und habe nicht den Wunsch, die Sache weiterzuverfolgen. Angesichts dieser Entwicklung gebe es keinen Grund für Kirsch, das Klinikum zu verlassen. Er möge die Angelegenheit als erledigt betrachten.

Kirsch ging sofort zu Bonhoeffer und bat um eine Erklärung. Doch der Direktor hatte keine. Anscheinend hatte Dr. Mehring es sich anders überlegt, das war alles. »Vielleicht ist er letztlich zu dem Schluss gekommen, dass Sie aus Ihrer Sicht im besten Interesse des Patienten gehandelt haben«, war die einzige Erklärung, die er abzugeben bereit war.

24

Oberst Schads Praxis lag nicht weit von der Bismarckstraße mit ihren geschäftigen Straßenbahnen und prächtigen Alleebäumen, doch die unmittelbare Gegend war weniger vornehm, als Kirsch erwartet hatte. Schads Räume befanden sich im ersten Stock eines rußgeschwärzten Mietshauses, dessen gelber Stuck stellenweise abbröckelte und die bloßen Backsteine freilegte. Eine Ecke des Gebäudes war eingerüstet. Schad beschäftigte eine Dame an der Anmeldung, ansonsten arbeitete er allein.

»Ursprünglich wollte ich mich mit einem Partner zusammentun«, erklärte er, als er Kirsch durch die Praxis führte. »Einem Studienkollegen aus alten Zeiten. Aber es hat nicht geklappt.«

Schad war seit ihrer letzten Begegnung stark gealtert. Anders als die meisten Männer um die fünfzig hatte er Gewicht verloren, statt zuzulegen, und sein ehemals fülliges Gesicht war schmal, fast hager geworden. Er trug keinen Schnurrbart mehr, und sein Haar war kürzer und grauer als damals beim Militär.

»Sie haben genug Patienten, hoffe ich«, erkundigte sich Kirsch.

»Bis jetzt hauptsächlich ältere Damen und Kinder mit Atembeschwerden. Ich fürchte, die Berliner Luft ist nicht so gut, wie behauptet wird.«

Schad zeigte Kirsch das Sprechzimmer, das groß und spärlich möbliert war. Eine Wand wurde von einem Bücherregal eingenommen, eine andere von Anatomiezeichnungen. Zur Beruhigung der Patienten hingen vier Aquarelle in symmetrischer Anordnung hinter dem Schreibtisch: ländliche Szenen mit saftigen Wiesen, Bauernhoftieren und schmucken Scheunen.

Bei einer Tasse bitterem Kaffee sprachen sie übers Geschäft:

Schads Jahre an einem Essener Krankenhaus, Kirschs Arbeit in der Psychiatrie, verschiedene Aspekte des Lebens in der Hauptstadt. Ein Thema, das sie beide vermieden, war der Krieg. Kirsch wollte es ansprechen – darüber zu schweigen schien ihm unnatürlich –, doch dann wusste er nicht, was er sagen sollte. Er spürte, dass es seinem alten Oberst ähnlich ging. Doch vielleicht lag in dieser Wortlosigkeit auch eine gewisse tröstliche Verbundenheit.

Irgendwann sah Schad auf seine Taschenuhr. »Gegenüber vom Schillertheater gibt es ein annehmbares Lokal«, sagte er. »Es wäre mir eine Ehre, Sie zum Mittagessen einzuladen. In einer Viertelstunde kommt noch eine Patientin, aber es dürfte nicht lange dauern. Frau von Hassell, chronische Simulantin, wie die meisten von ihnen.«

»Mein Besuch hat noch einen anderen Grund, Herr Oberst. Ich wollte …«

»Bitte, keine militärischen Formalitäten. Ich bin schon lange kein Oberst mehr.«

»Ich komme als Patient zu Ihnen.«

Schad sah Kirsch mit festem Blick an. Dann nickte er. Er hatte wohl sofort erraten, worum es ging. Die Umstände machten es offensichtlich.

»Sie können sich auf meine Diskretion verlassen«, sagte Schad.

Er zog ein schweres Papierrouleau herunter, während Kirsch den Oberkörper freimachte. Die Untersuchung dauerte nur wenige Minuten. Die Wunde an Kirschs Arm begann zu verheilen, das tote Fleisch verhärtete sich zu einem weißen Knubbel unter der Haut. Doch die Male auf seiner Brust und an den Flanken waren dunkler geworden. Manche davon waren erhaben, dunkelrote Flecken, die aussahen wie kleine Blutungen unter der Haut.

»Sie fürchten, die Flecken könnten Anzeichen des Tertiärstadiums sein?«, fragte Schad, als er sich seinen Rücken ansah.

Kirsch blickte zur Wand. »Sollte ich das?«

»Meiner Erfahrung nach, nein. Granulome treten in vielen Formen und an vielen Stellen des Körpers auf, aber nicht so. Auffällig ist, dass Ihr Rücken nicht befallen ist.« Er strich über Kirschs Rippen. »Diese Male, tun sie weh?«

»Manchmal, ein bisschen. Meistens am Morgen. Sie fühlen sich an wie blaue Flecken.«

»Vielleicht *sind* es blaue Flecken.«

»Wie ist das möglich?«

Schad rieb sich übers Kinn. »Nur so ein Gedanke. Sie können sich jetzt wieder anziehen.«

Er setzte sich an den Schreibtisch, während sich Kirsch rasch anzog. Kirsch wusste, dass er erleichtert sein sollte, aber irgendetwas stimmte nicht: nicht zuletzt Schads Andeutung, er könnte sich die Male selbst zugefügt haben. Er spürte, dass der Oberst ihn beobachtete, während er mit seinen Manschetten kämpfte.

»So.« Schad stützte das Kinn auf die Fingerspitzen. »Was ist Ihnen noch aufgefallen?«

»Was meinen Sie?«

»Symptome. Mögliche Symptome.«

Kirsch hatte die Krawatte zu schnell abgelegt und dabei den Knoten zugezogen. Jetzt bekam er ihn kaum wieder auf. Seine Fingernägel waren zu kurz, um den Stoff zu lösen.

»Nicht viel. Schlafstörungen. Hin und wieder Alpträume. Nichts Außergewöhnliches.«

»Keine stechenden Schmerzen?«

Kirsch schüttelte den Kopf.

»Taubheitsgefühle? In den Gliedmaßen zum Beispiel?«

»Eigentlich nicht.«

»Das ist gut.« Schad griff nach seinem Bleistift. »Also kein Verlust der Reflexe? Unwillkürliche Bewegungen oder so etwas?«

Kirsch erinnerte sich an die Kaffeetasse, die er am Vorabend zerbrochen hatte. Aber was hieß das schon? Jedem fiel ab und zu etwas hinunter.

»Nein.«

»Halluzinationen?«

Ihm rutschte die Krawatte durch die Finger. »Nein. Jedenfalls nicht, dass ich wüsste. Wahrscheinlich kann man da nie ganz sicher sein.«

Schad lächelte kurz. »Wahrscheinlich nicht. So, und nun möchte ich, dass Sie auf meine Hand sehen. Kommen Sie etwas näher, bitte.«

Kirsch tat, was von ihm verlangt wurde. Im gleichen Moment zog Schad das Rouleau hoch. Obwohl der Himmel bedeckt war, war das Licht grell. Kirsch musste sich wegdrehen.

»Verzeihen Sie. Ich musste das überprüfen.« Schad ließ das Rouleau wieder herunter.

»Was überprüfen?«

»Ihre Augen. Sie sind sehr lichtempfindlich, nicht wahr?«

Das stimmte. In letzter Zeit musste Kirsch ständig wegen der Helligkeit die Augen zusammenkneifen. Es war Dezember, und trotzdem hatte er mehrmals daran gedacht, sich eine Sonnenbrille zu kaufen.

»Was bedeutet das?«

»Bitte, Kirsch, setzen Sie sich.«

Er ließ sich auf den Stuhl sinken.

»Es ist ein deutlicher Hinweis auf Neurosyphilis. Ein Indikator dafür, dass der Erreger das Gehirn erreicht hat. Nach meiner Erfahrung sind davon drei von zehn Patienten betroffen. Das heißt nicht, dass die Krankheit das Tertiärstadium erreicht hat, oder dass es je so weit kommt. Allerdings ist die Gefahr groß, dass sich gewisse Störungen einstellen.«

Im Krieg, als die Symptome des Sekundärstadiums auftraten, hatte sich Kirsch mit der Pathogenese der Neurosyphilis auseinandergesetzt. Die Symptome lasen sich wie ein Katalog göttlicher Strafen: angefangen bei Kopfschmerzen, Schwindel und Taubheitsgefühlen im frühen Stadium bis zu Schlaganfällen, Lähmung, Demenz und Tod. Dazwischen kam es zu verstörenden Persönlichkeitsveränderungen, Gedächtnisverlust, Halluzinationen und dem Verfall der geistigen Fähigkeiten.

»Wie lange, bis …?« Er zögerte, er wusste nicht, wie er die Frage formulieren sollte. »Wie lange kann ich noch arbeiten?«

»Das lässt sich unmöglich sagen. Alles zwischen wenigen Monaten und einigen Jahren, vielleicht länger. Sie wissen ja selbst, wie viele Variablen es gibt.«

Der Oberst machte sich daran, Kirsch Blut abzunehmen. Serologische Tests waren nicht ganz verlässlich, sagte er, aber vielleicht war es hilfreich, eine ungefähre Vorstellung zu bekommen, wie weit sich das Bakterium vermehrt hatte. Er würde das Blut an ein örtliches Krankenhaus schicken, ohne Kirschs Namen zu nennen. Die Ergebnisse erwartete er nach Weihnachten.

»In der Zwischenzeit wäre es klug, davon auszugehen, dass Sie ansteckend sind. Sie sagten, Sie sind nicht verheiratet?«

Kirsch zog seine Schuhe an. Seine Hände zitterten nicht mehr, doch es kostete ihn trotzdem Mühe, die Schnürsenkel zu binden und die Schleife festzuziehen.

»Das stimmt. Ich bin nicht verheiratet.«

»Vielleicht ist das ganz gut so, unter den Umständen.« Schad füllte das Blut vorsichtig in ein verschließbares Glasröhrchen. »Es ist schwer, geliebten Menschen so etwas zu erklären. Sie nehmen immer das Schlimmste an. Wenigstens haben Sie den Luxus, darüber schweigen zu können.«

Schad hatte recht. Unter diesen Umständen war an Ehe nicht zu denken, die Verlobung mit Alma war ein Akt des Wahnsinns oder zumindest eines an Wahnsinn grenzenden Optimismus. Und doch war ihm all das nicht bewusst gewesen, bis Marija seinen Weg gekreuzt hatte. Erst jetzt sah er es klar.

Schad verschloss das Röhrchen. Durch die Tür hörten sie, dass Frau von Hassell ankam.

Kirsch griff nach seinem Mantel. »Gibt es irgendeine Hoffnung auf Heilung?«

Schad nickte langsam. Seine Wangen waren leicht gerötet, doch ansonsten war sein Gesicht ausdruckslos. »Es gibt immer Hoffnung«, sagte er.

Am Abend rief Kirsch Alma in Oranienburg an. Er musste ein Treffen arrangieren, bald. Wenn er die Verlobung lösen wollte, war es am besten, dies von Angesicht zu Angesicht zu tun.

»Lieb, dass du gleich anrufst«, sagte sie, bevor er zu Wort kam. »Du hast es also schon gehört.«

»Was habe ich gehört?«

»Von Papa. Er wird wieder gesund, ich weiß es. Er ist so stark wie ein Ochse. Das sagen alle.«

Otto Siegel war mit einem Herzanfall ins Krankenhaus gebracht worden. Man wusste noch nicht, wie lang er dort bleiben musste. Auf jeden Fall war die ganze Familie ans Bett des alten Mannes geeilt.

»Mama macht sich schreckliche Sorgen«, sagte Alma. »Ich habe ihr versprochen, dass er sich bald wieder erholt. Heute Morgen saß er schon im Bett und las die Zeitung, und hat die Schwestern verflucht, dass sie ihn dabehalten wollen. Am liebsten würde er schon wieder herumspringen.«

Doch Kirsch war überzeugt, dass Alma mehr Angst hatte als ihre Mutter. Dass ihr Vater sterben könnte, dass ein geliebter und unersetzlicher Mensch ihr einfach weggenommen werden könnte, war eine Vorstellung, die die Grundfesten ihrer Welt erschüttern musste.

»Dann kommst du in nächster Zeit wahrscheinlich nicht nach Berlin«, sagte Kirsch.

»Du weißt, wie gern ich kommen würde, aber Mama braucht mich jetzt. Das verstehst du doch?«

»Natürlich«, sagte Kirsch. »Natürlich. Du musst da sein, wo du gebraucht wirst.«

25

Am nächsten Morgen kam per Rohrpost eine handschriftliche Nachricht von der Preußischen Akademie der Wissenschaften:

Sehr geehrter Herr Dr. Kirsch!

Nach Durchsicht der Notizen, die Sie mir freundlicherweise überlassen haben, wäre es mir eine Freude, so bald wie möglich mit Ihnen darüber zu sprechen. Ich halte es für das Beste, wenn wir uns persönlich treffen. Diese Woche habe ich jeden Nachmittag Vorlesungen an der Universität. Kommen Sie jederzeit vorbei.

Hochachtungsvoll,
Max von Laue

Da mehrere neue Patienten in die Psychiatrie eingewiesen wurden, schaffte Kirsch es nicht vor vier Uhr zur Universität. Eine Viertelstunde irrte er durch das Institut für Physik, bis man ihm sagte, dass der Professor gerade eine Vorlesung hielt, und ihn in einen anderen Teil des Gebäudes schickte. Als er ankam, strömten gerade die Studenten aus den Hörsälen. Er ging von Saal zu Saal, sah ansteigende Sitzreihen und Tafeln voller Diagramme und mathematischer Formeln, Dozenten, die ihre Papiere zusammensuchten oder sich mit Kollegen unterhielten. Dann endlich fand er von Laue, der allein an einem der großen Fenster stand und rauchte, offensichtlich tief in Gedanken.

»Herr Professor.« Kirsch reichte ihm die Hand. »Ich hoffe, ich komme nicht ungelegen.«

»Im Gegenteil«, sagte von Laue. »Schön, dass Sie da sind. Ich wäre zu Ihnen an die Charité gekommen, aber ich war mir nicht sicher …«

»Nein, es ist gut so.«

»Ich habe das Notizbuch in meinem Büro. Sollen wir?«

Von Laue hatte eine altmodische Höflichkeit, das war Kirsch schon bei ihrer ersten kurzen Begegnung aufgefallen. Herablassendes Verhalten lag ihm fern, keinerlei Andeutung, dass seine Zeit wertvoller sei als die der anderen.

»Sie sagten, Sie haben einen Blick darauf geworfen.«

»Ja.« Der Professor griff nach Mantel und Aktentasche und ließ Kirsch den Vortritt. »Habe ich Sie richtig verstanden? Die Berechnungen stammen von einem Ihrer Patienten?«

»Davon gehe ich aus. Einer Patientin, um genau zu sein. Ich habe das Notizbuch bei ihren Sachen gefunden.«

Von Laue blieb stehen. »Sie meinen, eine Frau?«

»Ist das so unwahrscheinlich?«

»Sagen wir, es ist unerwartet.«

»Aber es sind Formeln? Ergeben sie einen mathematischen Sinn?«

»Nun …« Von Laue wiegte den Kopf, als sei die Angelegenheit etwas heikel. »Manche würden behaupten, sie seien verstiegen. Die Vorstellung, dass die fünfte Dimension mehr sein könnte als ein mathematisches Konstrukt, hat nicht eben eine große Anhängerschaft. Aber was die Ausführung angeht – die ist, würde ich sagen, recht schlüssig.«

Sie durchquerten die Eingangshalle und traten auf den gepflasterten Hof. Es wurde bereits dunkel. Die Studenten befestigten Klammern an ihren Hosenbeinen und schoben die Fahrräder auf die Straße.

»Meine Patientin müsste also Physikstudentin sein.«

»Das ist anzunehmen«, sagte von Laue, »und eine außerordentlich gut unterrichtete. Diese Art von Problemen wird normalerweise nicht von Studenten behandelt. Sie sind zu experimentell, zu … aktuell. Daher bin ich neugierig zu erfahren, bei wem sie studiert.«

»Ich wünschte, das könnte ich Ihnen sagen. Aber sie ist ein ungewöhnlicher Fall. Sie leidet an Amnesie.«

»Amnesie, sagen Sie?«

Kirsch sah ein Glitzern in von Laues Augen. Der Professor runzelte die Stirn, zog noch einmal an seiner Zigarette, bevor er sie in den Rinnstein warf. Trotz des rauen Dezemberwinds schien ihm die Kälte nichts auszumachen.

»Es ist der Zeitpunkt, verstehen Sie«, sagte er nach einem Moment. »Sehr beunruhigend.«

»Der Zeitpunkt? Ich fürchte, ich weiß nicht ...«

»Lassen Sie es mich erklären. Die Berechnungen, die Sie mir gezeigt haben, sind Teil des Versuchs, verschiedene Gleichungen – Gleichungen, die physikalische Gesetze beschreiben – zu einer einzigen zusammenzufassen: ein Gesetz, von dem sich alle anderen ableiten lassen. Die erste Gruppe von Gleichungen bezieht sich auf die Bewegung von Objekten in einem Gravitationsfeld: Sterne, Planeten, Asteroiden und so weiter. Die andere bezieht sich auf Objekte in einem elektromagnetischen Feld: Atome, Elektronen. Die beiden Gruppen von Gesetzen scheinen einander zu widersprechen, das ist die Schwierigkeit. Wir haben einen Satz von Gesetzen für die Bewegung von großen Dingen und einen anderen für die Bewegungen von kleinen Dingen, was nicht sehr befriedigend ist, geschweige denn einleuchtend. Es ist ein wichtiges Problem, vielleicht das wichtigste in der Physik.«

Von Laue konnte es nicht wissen, doch Kirsch hatte darüber gelesen, weil er wusste, dass Max es getan hätte, und mit demselben Hunger. Als Einstein bewies, dass Licht, und alle Formen reiner Energie, ein Teilchenstrom war, und dass die Teilchen Masse hatten, hatte er die Tür zu einer Welt der Ungewissheit geöffnet. Inzwischen waren seine Thesen durch Beobachtungen und Experimente belegt. Licht bestand tatsächlich aus Quanten, Energieteilchen wie winzige Sandkörner, die sich mit ungeheurer Geschwindigkeit bewegten. Es gab nur ein Problem: Die alten Experimente, die demonstrierten, dass Licht Welleneigenschaften besaß, wie ein Kräuseln im Wasser, waren nach wie vor gültig. Die Überlagerungsmuster bewiesen immer noch, wie auch Einstein anerkannte, dass Licht eine Welle war. Die Mathematik war unwiderlegbar.

Egal wie sie das Problem betrachteten, egal welche Experimente sie anstellten, die Physiker mussten einsehen, wogegen sich Vernunft und Erfahrung sträubten: ein Lichtstrahl konnte zwei völlig unterschiedliche Dinge sein, abhängig davon, wie man ihn beobachtete. Beide Möglichkeiten koexistierten in einem fortwährenden Zustand der Zweideutigkeit, bis die Interaktion mit dem Beobachter die Frage in die eine oder andere Richtung entschied. Die Konsequenzen waren, gelinde gesagt, verstörend. Wenn die Natur einer Sache durch den Akt und die Methode der Beobachtung beeinflusst wurde, wie konnten Wissenschaftler dann noch hoffen, gültige Schlüsse zu ziehen? Es war, als hätten sich die Prinzipien der Relativität von Zeit und Raum weiterbewegt, um das Wesen der Erkenntnis zu zerpflücken.

Und das war noch nicht alles. Das alte Planetenmodell vom Atom, in dem Elektronen um einen Nukleus kreisten, wie die Planeten um die Sonne kreisten, und denselben physikalischen Gesetzten gehorchten, war bald tot und begraben. Einsteins junge Schüler – Niels Bohr, Werner Heisenberg, Erwin Schrödinger – zeigten, dass die Bewegungsgesetze auf subatomarer Ebene keine Gültigkeit hatten. Genauso wenig wie konventionelle Geometrie. Elektronen und Lichtquanten hatten keine festen Orte wie die Objekte in der größeren. Ihre Position hing davon ab, wie sie beobachtet wurden. Anscheinend verfügten sie über eine Anzahl möglicher Positionen, die alle gleichzeitig existierten. Ihr Verhalten konnte nicht einzeln vorausgesagt werden, sondern nur statistisch, *en masse*.

In der klassischen Physik galt, dass alles, selbst die kleinste Bewegung des kleinsten Teilchens, eine Ursache hatte. Wenn sich ein Elektron anders verhielt als ein anderes, dann weil die Kräfte, die auf es wirkten, andere waren. Mit ausreichend Information ließ sich alles voraussagen, zumindest theoretisch. Das klassische Universum war ein Mechanismus, der am Anfang aller Zeit in Gang gesetzt worden war und dessen Bewegungen vorherbestimmt waren. Doch diese Vorstellung wurde nun von den jungen Aposteln der Quantenmechanik verspottet. Im Wesen von Energie und Materie, argumentierten sie, existierte kein Zusammenhang von Ursache und Wirkung. Ein Universum, das auf der Physik des Lichts gründete, war ein Universum, in dem einzelne Ereignisse völlig willkürlich waren. Das Verhalten von Materie war nicht nur unergründet, sondern unergründlich. Die Realität war nicht auf dem Fels von Aktion und Reaktion gebaut, sondern auf dem Treibsand des Zufalls. Einstein hatte der Welt gezeigt, dass der Kern aller Materie immateriell war; und jetzt zeigten seine kostbaren Quanten, dass im Kern aller Vernunft Unvernunft herrschte.

Doch dem großen Physiker ging das zu weit. Zum Entsetzen von Bohr und den anderen war er fest entschlossen, seine Quantenmechanik zurückzupfeifen. Seine Waffe sollte ein neues mathematisches Modell sein, eines, das den physikalischen Parvenü der Quantenmechanik der strengen Kausalität des kosmischen Reichs unterordnen würde. Eine einheitliche Feldtheorie würde die verborgenen Gesetze offenbaren, die die Quantenwelt bestimmten, genau wie alle anderen Welten. Einstein würde beweisen, dass am Ende doch alles ergründbar war und die Willkür der Quantenwirklichkeit nur eine Illusion.

Vier Jahre bevor Marijas Notizbuch Kirsch in die Preußische Akademie der Wissenschaften führte, hatte die Presse hier vor der Tür kampiert und auf Neuigkeiten von Einsteins entscheidendem Sieg gewartet. In Kirschs Tagebuch lagen zahlreiche Artikel über phantastische Prophezeiungen: eine Zukunft der unbegrenzten Energie, des unverzögerten Transfers von Materie, der Zeitreisen sogar. Morgens hatte sich Kirsch in die Schlange vor der Redaktion der ›Berliner Morgenpost‹ eingereiht, weil es Gerüchte gab, die Zeitung würde den autorisierten Bericht in der Morgenausgabe bringen (Gerüchte, die sich als falsch herausstellten). Doch es hatte bis heute keinen Durchbruch gegeben.

Wenn er die Zeitungen und Magazine las, fragte sich Kirsch oft, auf wessen Seite Max in der großen Schlacht um die Realität gestanden hätte. Hätte er gewollt, dass Einstein, sein Held, den Sieg davontrug? Oder hätte er der Exotik einer Quantenwelt nicht widerstehen können? In Kirschs Träumen wich Max einer Stellungnahme aus, als hätte er eine Meinung, wäre aber noch nicht bereit, sie zu teilen.

Von Laue führte ihn über einen Hof voller Studenten. Es war kalt.

»Sie sagen, der Zeitpunkt der Aufzeichnungen beunruhigt Sie«, sagte Kirsch. »Was meinen Sie damit?«

»Verzeihen Sie«, sagte von Laue. »Ich habe mich nicht sehr klar ausgedrückt. Ich meinte Folgendes: Als ich das erste und letzte Mal hörte, wie dieses Gebiet der Mathematik – eine fünfdimensionale Geometrie – auf dieses spezielle Problem angewendet wurde, war das bei einem Vortrag, den Professor Einstein vor den Mitgliedern der Preußischen Akademie hielt, im April. Der Vortrag wurde erst vor zwei Monaten veröffentlicht.« Sie erreichten einen Seiteneingang. Von Laue hielt ihm die Tür auf. »Verstehen Sie, die Aufzeichnungen, die Sie mir überlassen haben, müssen also entweder von einem der führenden Physiker stammen oder von jemandem aus dem Umkreis eines der führenden Physiker. Das war jedenfalls meine Vermutung.«

Von Laue führte Kirsch in sein Büro und knipste das Licht an. Der Raum war kleiner, als Kirsch erwartet hatte, doch geschmackvoll möbliert mit Bücherregalen an den Wänden, einem Mahagonischreibtisch und einem alten Perserteppich. Auf einem Aktenschrank stand ein antikes Modell des Sonnensystems aus Elfenbein und Messing. Mit einem Schlüssel aus seiner Westentasche schloss von Laue die Schreibtischschublade auf und nahm Marijas Notizbuch heraus. Zögernd schlug Kirsch es auf. Die Zeilen starrten ihm entgegen, unleserlich und verschmiert von dem Bad in der Pfütze auf dem Weg zur Akademie.

»Heißt das, die Berechnungen sind vollständig? Beweisen sie irgendetwas?«

Von Laue lächelte. »In der theoretischen Physik werden Dinge nur selten bewiesen, Dr. Kirsch, zumindest nicht im Sinne der Wahrheitsfindung. Wir können ein einzelnes Atom noch nicht beobachten, genauso wenig wie wir zu den Sternen reisen können.« Er trat ans Fenster und sah hinaus auf den Kaiser-Franz-Joseph-Platz. »Wie ich meinen Studenten häufig sage, die menschliche Perspektive setzt unserer Fähigkeit, zu beobachten, fast genauso viele Grenzen wie unserer Fähigkeit, zu verstehen. Sie zu überwinden, ist keine leichte Übung. Wahre Objektivität verlangt Hingabe und beachtliche Opfer.«

Kirsch blätterte die Seite um. Sie war steif und wellig, doch danach wurde die Schrift klarer. Ein einzelnes Löschblatt war sorgfältig zwischen die Seiten gelegt worden. Ein paar Seiten weiter lag noch eines.

»Wenn nichts bewiesen werden kann«, sagte er, »woher weiß man dann, ob man richtig liegt?«

Von Laue betrachtete die Straßenlaternen. Sie flackerten vor einem kobaltblauen Himmel. »Es ist eine Frage der Schönheit. Wir suchen nach Eleganz, Einfachheit, Effizienz. Das sind die Lösungen, die die Natur bevorzugt. Natürlich ist es eine sehr seltene Art der Intuition, die weiß, wo sie danach suchen muss. Die meisten von uns können nicht über den Nebel unserer Annahmen hinaussehen.« Er drehte sich um. »Im Falle Ihrer Patientin ist die Arbeit leider unvollständig. Die letzten Seiten fehlen.«

Kirsch war es vorher nicht aufgefallen, doch der letzte Bogen des Notizbuchs war herausgerissen worden – zwanzig Seiten oder mehr. Er zupfte an den losen Fäden der Bindung.

»Sie wissen vermutlich auch nicht, wo sich diese Seiten befinden?«, fragte von Laue.

»Ich fürchte nein.« Stille trat ein. Nach einem Augenblick streckte Kirsch von Laue die Hand hin. »Sie haben mir sehr geholfen, Herr Professor. Ich möchte Ihnen nicht noch mehr Zeit stehlen.«

Von Laue sah ihn resigniert an. »Wenn sich Ihre Patientin erholt hat, würde ich sie sehr gern kennenlernen. Täuschen Sie sich nicht: Sie verfügt über eine bemerkenswerte Intelligenz – angenommen natürlich, dass es wirklich ihre Berechnungen sind.«

»Ich habe keinen Grund, daran zu zweifeln. Die Handschrift scheint ihre zu sein.«

Von Laue brachte ihn zur Tür. »Ich möchte mich nicht abfällig über das schöne Geschlecht äußern, verstehen Sie mich nicht falsch. Es ist nur, dass ich in meiner ganzen Zeit als Physiker lediglich zwei Frauen kennen gelernt habe, die Albert Einsteins Arbeit ohne weiteres verstehen konnten. Eine davon war Marie Curie, und sie hat den Nobelpreis bekommen.«

»Und die andere?«

Von Laue zögerte. »Die andere war seine Frau.«

»Elsa Einstein?«

Von Laue lachte. »Nein. Elsa machen schon die Haushaltsbücher Schwierigkeiten. Ich meine seine erste Frau.«

»Ich wusste gar nicht, dass er schon einmal verheiratet war.«

»Das wissen nicht viele. Es war in der Schweiz, vor langer Zeit. Sie und Albert studierten am Polytechnikum.« Er öffnete die Tür. »Ich glaube, sie unterrichtet dort immer noch.«

»In der Schweiz?«

»In Zürich. Nur Privatschüler, hauptsächlich junge Frauen. Ein Hexenzirkel, sagt Albert.« Von Laue lächelte kurz. »Es herrscht ein großer Mangel an gut ausgebildeten Lehrerinnen, vor allem in der Physik. Viele Universitäten lassen Frauen leider noch immer keine Naturwissenschaften studieren.«

»Können Sie mir ihren Namen sagen? Falls es nicht …«

Von Laue zuckte die Schultern. »Mileva. Mileva Marić.«

Kirsch brauchte ein paar Sekunden, bis er den Namen eingeordnet hatte.

»Ein serbischer Name«, sagte von Laue. »Mileva ist Serbin, wissen Sie. Aus irgendeinem kleinen Nest meilenweit von jeder Stadt entfernt.«

Kirsch hastete zurück in die Klinik. Das Abendessen wurde gerade ausgegeben, und im Gebäude war es ruhig. Er ging in sein Zimmer und schloss die Tür. Dann nahm er den Schlüssel zu seinem Aktenschrank aus der Tasche. Er schob die Adler zur Seite, nahm Marijas Akte heraus und leerte sie auf dem Tisch aus. Da lag der Brief, zwischen einer von Marijas Zeichnungen und dem Foto aus der ›Berliner Woche‹, das Alma ihm gegeben hatte. *Fr. Mileva Einstein-Marić, Tillierstraße 18, Bern, Schweiz.*

Als er den Namen zum ersten Mal las, hatte er es für Zufall gehalten. Doch jetzt gab es keinen Zweifel: dieser Brief war an Einsteins erste Frau adressiert.

Er las den Brief noch einmal. April 1903. Die Einsteins erwogen, nach Serbien zu ziehen. Mileva sorgte sich um ein kleines Kind namens Lieserl. Ihre Freundin Helene versicherte ihr, dass es dem Kind gut gehe, und warnte sie, gegen Vereinbarungen zu verstoßen, die *zum Besten aller* getroffen worden waren.

Es war Milevas Kind. Das war die einzige plausible Erklärung. Lieserl war zur Adoption freigegeben worden – still und heimlich, dem Ton des Briefes nach zu urteilen. Es gab keinen Hinweis darauf, warum sich der Brief achtundzwanzig Jahre später unter Marijas Habseligkeiten befand. Oder warum sie ihn mit nach Berlin gebracht hatte.

Ein hässlicher Gedanke schoss ihm durch den Kopf. Wenn der Brief der Schlüssel zu einem Familiengeheimnis war, konnte er als Druckmittel einer Erpressung dienen. Vielleicht war das die Absicht, die hinter allem steckte: Einstein mit einem Skandal zu drohen.

Eugen Fischer vermutete einen Schwindel, und er war nicht der Einzige. Selbst die Polizei war nicht geneigt, in Marija das Opfer eines Verbrechens zu sehen. Objektiv betrachtet war etwas Seltsames, Kalkuliertes an der Art, wie sie ins Licht der Öffentlichkeit geraten war, als wollte sie um jeden Preis Aufmerksamkeit erregen, und damit Einfluss gewinnen.

Kirsch betrachtete die Zeichnungen, die auf seinem Tisch lagen. Der junge Mann und der Ältere, die aus der zarten Schraffierung auftauchten, da waren sie wieder. War der junge Mann ihr Komplize gewesen? Wenn ja, was war aus ihm geworden? Kirsch betrachtete die breite Stirn, den schönen, sinnlichen Mund. Vielleicht hatte er weniger Glück gehabt als Marija: vielleicht war er nicht gefunden worden. Kirsch stellte sich die beiden auf dem See vor, in einem Ruderboot; ein Streit, ein Kampf. Vielleicht hatte sie ihn umgebracht und seine Leiche über Bord geworfen. Vielleicht lag er immer noch unentdeckt im See, die Taschen voller Steine.

Kirsch dachte daran, wie sie an den Freiübungen teilgenommen hatte, die erhobenen Arme, wie sie den Blick senkte, als sie sich das Haar hinters Ohr steckte. Sie war keine Mörderin. Sie war nicht fähig zu Erpressung oder Betrug.

Andererseits *hatte* sie ihn schon einmal belogen. Im Tanguero. Als er sie nach ihrem Namen gefragt hatte, hatte sie sich Elisabeth genannt.

Er nahm den Brief noch einmal in die Hand. *Ich weiß, dass Du bei diesen Überlegungen ans Lieserl denkst.*

Lieserl. Ein Kosename, kein Name, der in einer Geburtsurkunde oder einem Pass auftauchen würde.

Beim Aufstehen warf er eine leere Kaffeetasse um. Sie rollte über den Tisch und fiel zu Boden. Er starrte die Scherben an, doch er dachte an Marija, den letzten kurzen Wortwechsel im Tanguero, wie sie gezögert hatte, bevor sie ihm antwortete, den Hauch eines Lächelns auf den Lippen.

Ein kleines Mädchen namens Lieserl war zu einer Frau namens Elisabeth herangewachsen.

Er hatte geglaubt, sie hätte sich einen Namen ausgedacht, um ihn an der Nase herumzuführen. Doch er lag falsch. Sie wollte ihn nicht anlügen. Sie hatte ihm ein Geheimnis anvertraut. Sie war das Kind aus dem Brief. Sie war Lieserl.

Der junge Mann und der ältere. Er klappte die Akte zu und verschloss sie im Schrank. Die ganze Zeit hatte er sich gefragt, wer der ältere Mann war. Jetzt wusste er es.

Früh am nächsten Morgen rief er in der Universität an, doch erst nach mehreren Versuchen fand er jemanden, der eine Nachricht entgegennahm. Gegen Mittag rief von Laue zurück.

»Ich muss mit Professor Einstein in Kontakt treten«, sagte er. »Es geht um diesen Fall, diese Studentin.«

»Albert Einstein? Ist das Ihr Ernst?«

»Ich weiß, dass es viel verlangt ist.«

Kirsch hörte Schritte im Korridor, das Klappern einer Tür. Nach einer schlimmen Nacht – heimgesucht von einem Strudel von Erinnerungen, Träumen und Spekulationen – war er müde und nervös. »Herr Professor?«

»Sie wollen ihm das Notizbuch zeigen. Ist es das?« Von Laue klang argwöhnisch. Die Erwähnung von Einstein, der Wunsch, ihn zu treffen, schien die Situation völlig zu verändern.

»Nein. Es geht nicht nur um Physik.«

»Wie kommen Sie dann darauf, dass er interessiert sein könnte? Professor Einstein ist Physiker. Psychiatrie ist nicht sein Fachgebiet.«

»Dieser spezielle Fall, der Fall Marija Draganović: Ich glaube, er würde den Professor interessieren, wenn er über die Sachlage Bescheid wüsste. Aber ich wollte Sie um Rat fragen, bevor ich mir anmaße, mich direkt an ihn zu wenden.«

Kirsch war versucht, von Laue von dem Brief zu erzählen, davon, was er implizierte – doch es war zu gefährlich. Was, wenn der Brief gestohlen war? Es handelte sich eindeutig um private Korrespondenz. Außerdem, objektiv gesehen war der Brief kaum ein Beweis.

»Draganović haben Sie gesagt?«

»Ein serbischer Name. Ich glaube, sie ist Serbin. Wie die erste Frau des Professors.«

Eine Pause entstand. Einen Augenblick dachte er, von Laue würde auflegen.

»Sprechen Sie weiter.«

Kirsch setzte sich. »Ich glaube, es besteht die Möglichkeit, dass Professor Einstein meine Patientin gekannt hat. Es gibt vielleicht eine Verbindung zwischen den beiden, eine, die der Grund für ihren Aufenthalt in Berlin ist.«

»Verzeihen Sie, aber ich weiß immer noch nicht …«

»Der Professor ist vielleicht der einzige Mensch, der ihr helfen kann.«

Von Laue seufzte, als hätte er all das schon einmal gehört. »Dr. Kirsch, wir sprechen hier von dem berühmtesten Mann der Welt. Haben Sie das vergessen?«

»Ich weiß …«

»Albert Einstein ist in jedem Winkel der zivilisierten Welt bekannt. Die Presse belagert ihn Tag und Nacht, und es gibt keine Zeitung, die sein Foto noch nicht gebracht hat. Als Psychiater müssen Sie wissen, dass allein das für viele Menschen, seien sie gesund oder wahnsinnig, eine Verbindung darstellt, ja, sogar eine Beziehung. Ich versichere Ihnen, es vergeht kaum eine Woche, ohne dass irgendeine verirrte Seele solche Behauptungen aufstellt.«

»Das mag sein, aber in diesem speziellen Fall glaube ich, dass den Professor interessieren würde, was ich herausgefunden habe. Natürlich behandle ich die Sache streng vertraulich.«

Von Laue ließ sich Zeit mit der Antwort. »Ich würde Ihnen gern helfen, Dr. Kirsch, aber ich fürchte, es ist unmöglich. Professor Einstein und seine Frau reisen noch heute Nachmittag nach Bremerhaven ab.«

»Bremerhaven? Sind sie lange fort?«

»Ich hoffe, Ihnen ist klar, dass seine Reisepläne aus Sicherheitsgründen nicht herumposaunt werden dürfen. Albert ist nicht nur der berühmteste Wissenschaftler der Welt. Er ist auch der berühmteste Jude der Welt. Ganz zu schweigen davon, dass er ein lautstarker Gegner des Nationalsozialismus ist.«

»Ich verstehe.«

»Sehr gut. In ein paar Tagen reisen sie weiter nach Amerika. Sie werden nicht vor März zurückkehren; und so wie sich die Lage hier entwickelt, würde ich nicht darauf zählen, dass sie überhaupt zurückkommen.«

Kirsch kam der Gedanke, dass die Auskunft vielleicht eine Lüge war, eine Art, ihm seine Bitte abzuschlagen, ohne unhöflich zu wirken. Andererseits hatte von Laue bewiesen, dass er kein Mensch war, der zu Lügen griff.

»Es tut mir leid, dass ich nicht mehr für Sie tun kann, Dr. Kirsch, oder für Ihre Patientin. Doch ich möchte auf keinen Fall verantworten, dass sich Professor Einsteins Abreise verzögert. Seine Feinde hier werden jeden Tag dreister und gefährlicher. Egal was für eine Verbindung es zu Ihrer Patientin gibt, sie darf ihn nicht von seiner Arbeit abhalten und erst recht nicht seine Sicherheit gefährden.«

»Aber …«

»Es tut mir leid, aber mehr kann ich nicht für Sie tun.«

»Ich glaube, sie ist seine Tochter. Einsteins Tochter, Elisabeth. Würde das nicht alles verändern?«

Wieder entstand eine Pause.

»Leben Sie wohl, Dr. Kirsch.«

26

Marija hatte Dr. Kirsch ein paar Tage lang nicht gesehen. Als er im Hof auf sie zukam, merkte sie, dass etwas nicht stimmte. Er hatte die Hände tief in den Manteltaschen vergraben, so dass sich die Knöchel durch den Wollstoff abzeichneten. Außerdem bewegte er sich mit einer Steifheit, die sie nicht von ihm kannte.

»Zeichnen Sie etwa das Klinikgebäude?«, sagte er.

Marija saß auf ihrer gewohnten Bank. Sie hatte sich dem Gebäude zugewandt, den Block auf dem Schoß, doch sie hatte noch nicht zu zeichnen begonnen. Die Nachmittagssonne brach durch die Wolken. »Warum nicht?«

Kirsch blinzelte zu den vergitterten Fenstern und den kargen Backsteinmauern hinauf, die bis auf das räudige Skelett der Kletterpflanzen nackt waren. »Es gibt schönere Ansichten.«

Sie rutschte auf der Bank zur Seite, um ihm Platz zu machen, doch er setzte sich auf die Armlehne. Marija sah auf ihren Block, zeichnete eine Kurve, wartete, dass Kirsch weiterredete. Aus der Kurve wurde ein Wangenknochen. Unter die Wange zeichnete sie den Kiefer.

»Gibt es schlechte Neuigkeiten?«

»Nein«, sagte er. »Nein, es ist ein Fortschritt. Eindeutig ein Fortschritt. Mit etwas Glück sind Sie bald hier weg. Dann können Sie in Ihr Leben zurückkehren.«

Sie zog den Bogen einer Braue. Ein Mann oder eine Frau? Sie wusste es noch nicht. Ihr war flau im Magen.

»Wo schicken Sie mich hin?«

»Dahin, wo Sie hingehören.« Er sah sie zum ersten Mal an, doch sie blickte nicht auf. »Das hier ist nur eine vorübergehende Zuflucht. Bald brauchen Sie die Klinik nicht mehr.«

Sie zeichnete dunkle, durchdringende Augen. »Und Sie?«

Im obersten Stock glitt eine Person in Weiß an einem Fenster vorbei. Wie viele andere beobachteten sie noch, fragte sich Marija. Es war nicht leicht für Dr. Kirsch, dieses Gespräch mit ihr vor aller Augen zu führen. Oder legte er es darauf an? Wollte er, dass die Öffentlichkeit für die nötige Distanz zwischen ihnen sorgte?

»Marija, was bei Mettler passiert ist …« Ihr Bleistift stockte. »Ich habe einen Fehler gemacht. Einen großen Fehler.«

»Ja? Warum?«

»Ich bin Arzt. Meine Rolle … meine Aufgabe ist es, Sie gesund zu machen. Alles andere würde Ihre Genesung nur komplizieren.«

Sie spürte, wie ihr die Tränen kamen. Doch sie biss sich auf die Lippe. Sie hatte Angst, wenn sie etwas sagte, würden ihr die Tränen über das Gesicht laufen. Wie dumm, dachte sie. Wie *abnorm*. Sie zwang sich, sich auf die Zeichnung zu konzentrieren, füllte die Pupillen und die Lider mit harten Bleistiftstrichen aus.

»Sie müssen das verstehen«, sagte Kirsch. »Im Moment sind Sie allein und isoliert. Die Gefühle, die Sie vielleicht haben, sind aus dieser Isolation geboren. Aber wenn es Ihnen besser geht, wird alles anders. Ihr Horizont wird wieder weiter. Dann können Sie diesen Ort vergessen.«

»Und alle, die damit zu tun haben. Ist es das, was Sie meinen?«

»Ja.«

»Im Vergessen bin ich gut.«

Sie hörte, wie er seufzte. Ihre Wangen brannten, als sie begriff, was für eine Last sie für ihn darstellte.

»Und abgesehen davon …« Er legte eine Hand auf seine Brust. »Ich bin verlobt. Verstehen Sie …«

Ein Schauer lief ihr über den Rücken. Sie wollte fortlaufen, aber wohin? Außerhalb des Klinikgeländes war die Welt ein Nebel halb erinnerter Bilder, einsam und einschüchternd.

Sie stand auf. »Ich verstehe, Herr Doktor. Danke.«

Sie wollte zur Klinik zurückgehen, doch Kirsch hielt ihren Arm fest. Sie wagte nicht, ihn anzusehen.

»Ich habe etwas herausgefunden.« Er sprach leise, obwohl niemand in der Nähe war, der sie hören konnte. »Wenn es wahr ist, verändert das alles. Ich habe die ganze Zeit versucht, Ihre Vergangenheit zu rekonstruieren. Ich dachte, das sei der einzige Weg, gegen die Amnesie anzukommen. Aber jetzt glaube ich, in Ihrem Fall ist es die Zukunft, auf die es ankommt. Wir müssen versuchen, Ihre Zukunft zurückzuholen. Vielleicht eine brillante Zukunft.«

Sanft machte sie sich von ihm los. »Wie?«

»Lassen Sie mir ein wenig Zeit.« Jetzt sprach er wieder normal, wie ein Arzt: ruhig, ermutigend, distanziert. »Ich muss eine Weile fort. Ich habe um Urlaub gebeten, der Direktor ist einverstanden. Ich muss mehr herausfinden, verstehen Sie, und das kann ich hier nicht. In der Zwischenzeit ...« Er hatte etwas dabei, ein Buch, das er ihr hinhielt. »Ich will, dass Sie das lesen.«

Sie warf einen Blick auf den Titel. ›Über die spezielle und die allgemeine Relativitätstheorie. Gemeinverständlich.‹ Was für ein seltsames Geschenk, dachte sie: das Geschenk eines Fremden an eine Fremde. Alles, nur kein Geschenk der Liebe.

»Betrachten Sie es als Neuanfang«, sagte Kirsch.

Sie nahm das Buch, weil sie nicht unhöflich erscheinen wollte. »Natürlich, Herr Doktor. Wenn Sie es für das Beste halten.«

DER SCHRIFTSTELLER

27

Und so lernte ich nicht wegen des Lobes oder der Meinung anderer, sondern weil ich mir Unabhängigkeit erhoffte. Bald wurde das Lernen mein Leben. Es war mir Beschäftigung und Zuflucht, denn wenn ich mich in meine Bücher versenkte, war ich nicht allein, sondern in Gesellschaft: in der Gesellschaft erleuchteter Seelen, deren Leidenschaft die Erleuchtung anderer war. Ich spürte, dass es ein Privileg war, dem Diskurs dieser großen Köpfe zu lauschen, und manchmal ärgerte ich mich über die Störungen durch das tägliche Leben. Ihnen kann ich es gestehen, denn ich weiß, Sie kennen die Versuchungen des Gelehrtendaseins. Manchmal glaube ich, hätte ich diesen Weg nicht eingeschlagen, wäre ich in einem Strudel der Gefühle untergegangen. Wut, Kummer und Einsamkeit lauerten allenthalben. Wäre ich nur ein paar Schritte vom Weg abgekommen, hätten sie mich überwältigt, und ich wäre verzweifelt. Denn was sind die Tränen einiger sanftmütiger Seelen gegen die Grausamkeit so vieler?

Doch glücklich war ich nicht. Zwar war ich stolz auf meine Leistungen, umso mehr, da sie selten waren für eine junge Frau, doch Auszeichnungen bedeuteten mir nichts. Ich wollte, dass mein Wissen mich glücklicher machte, und andere, die mir lieb waren, und ich wollte, dass es ein dauerhaftes Glück war. Bisher hatten mir meine Erfolge nichts als Einsamkeit eingebracht. In der Schule hielten mich die anderen Mädchen für burschikos und unnormal, weil ich gut in Mathematik und Naturwissenschaften war; die Buben hielten mich für besserwisserisch und arrogant. Ich glaube, diese Erfahrungen machten mich empfänglich für die Idee, dass mein Wissen mich wenigstens näher zu Gott brächte.

Diese Vorstellung hatte ich nicht aus der Kirche. Wenn überhaupt, hatte ich den Eindruck, dass die Geistlichen, die ich kannte, zu viel Bildung mit Skepsis betrachteten, vor allem, wenn es um die natürliche Welt ging. Gott und seine Schöpfung waren Mysterien, die mit der menschlichen Vernunft nicht fassbar waren, sagten sie. Es sei vermessen, wenn Sterbliche versuchten, Theorien über die Naturgesetze aufzustellen. Nur auf den Glauben kam es an. Alles Wissen der Welt brachte die Seele dem Himmelreich nicht einen Schritt näher, es sei denn, es war das Wissen um die Heilige Schrift.

Glücklicherweise gab es am Gymnasium Lehrer, die anderer Meinung waren. Mein Physiklehrer Dr. Stanić vertrat den Standpunkt, dass Gott und die Naturgesetze eins waren, da das Wesen des Universums ein Ausdruck der Naturgesetze war, ihnen unterlag alles. Wenn wir also die Naturgesetze besser verstanden, würden wir dann nicht auch Gott besser verstehen? Mit diesem Gedanken hatte Dr. Stanić mir ein neues Ziel gesetzt. Der Weg des Lernens und Forschens führte nicht nur zur Erkenntnis, sondern zur Quelle aller Güte und Liebe.

Darin fand ich großen Trost und Ansporn. Mein Vater konnte mir wahrhaftig nicht vorwerfen, ich würde das Geld, das er in meine Ausbildung steckte, verschleudern, was ihn nicht daran hinderte, mich immer wieder an die Opfer zu erinnern, die er brachte. Er sprach so oft davon, dass ich fürchtete, er würde mich von der Schule nehmen, obwohl ich inzwischen ein Stipendium bekam, das den Großteil des Schulgelds deckte. Ich hätte mir weniger Sorgen gemacht, wenn ich gewusst hätte, dass er im ganzen Bezirk mit mir prahlte.

Ich denke, er hatte sonst wenig, womit er prahlen konnte, denn als der Krieg zu Ende war, war es auch mit seiner Stellung bei der Zollbehörde vorbei. Auf Befehl der Großmächte war die Grenze verschwunden, und die Zollbehörde mit ihr. Von Vorteil für mich war, dass das neue Königreich Jugoslawien all seine Universitäten für Frauen öffnen wollte, die medizinischen und naturwissenschaftlichen Fakultäten eingeschlossen. Dr. Stanić sagte, weder die Universität in Zagreb noch die in Belgrad seien in den Wissenschaften erstklassig, und dass ich, wenn es irgend möglich wäre, im Ausland studieren sollte. Aber ich wusste, dass mein Vater dafür nie aufkommen würde, denn seit er seine Stelle verloren hatte, stritten sich meine Eltern immer häufiger über das Geld.

Gewöhnlich verließ ich den Tisch, wenn sie anfingen, weil ich das Gefühl hatte, meine Anwesenheit machte alles noch schlimmer. Ich hatte immer noch Angst, dass mein Vater seine Meinung bezüglich meiner Ausbildung ändern (die noch keinen roten Heller eingebracht hatte) und mich nach Hause holen würde, damit ich arbeitete. Er vertrieb sich jetzt die Zeit entweder beim Angeln oder beim Trinken mit den anderen Müßiggängern aus dem Dorf. Statt nach Arbeit zu suchen – das wenige, das es gab, war unter seiner Würde –, ersann er immer wieder irgendwelche verrückten Pläne, mit denen er ein Vermögen machen würde. Einmal wollte er auf dem Dachboden und in der Scheune Seidenraupen züchten und kam eines Tages mit Körben voller glänzender brauner Kokons aus Novi Sad zurück, doch keine einzige Raupe schlüpfte. Ein andermal wollte er Wein anpflanzen, wofür er eine gute Weide umpflügte und in eine schlechte voller Unkraut verwandelte. Doch auch wenn er seine Pläne wieder fallen ließ (was er glücklicherweise jedes Mal tat), sah er stets Bedarf für Hilfe im Haus, zumal es um die Gesundheit meiner Mutter nicht gut bestellt war. Sobald also das Thema aufs Geld kam, stand ich auf, um den Tisch abzuräumen, und verschwand in der Spülküche, während mein Vater mit seinen üblichen Vorwürfen begann – unsere Mutter sei verschwenderisch, was nicht stimmte, ihre Familie habe die versprochene Mitgift nie herausgerückt, und zahlreiche andere Kränkungen und Beschwerden.

Eines Abends blieb ich in Hörweite. Ich hatte mein Zeugnis aus dem Gymnasium mitgebracht; es war eins der letzten. Bald bekam ich mein Diplom und war mit der Schule fertig. Die Frage, ob ich meine Ausbildung fortsetzen sollte, konnte nicht länger aufgeschoben werden. Meine Eltern flüsterten miteinander, was mich neugierig machte. Ich gestehe, ich lauschte an der Tür und wagte kaum zu atmen vor Angst, die Dielen unter meinen Füßen könnten knarren.

Wie erwartet sprachen sie über Geld, und ob sie mehr verlangen sollten – von wem, konnte ich nicht verstehen. Meine Mutter sträubte sich, wegen eines Versprechens, das sie gegeben hatten, doch mein Vater beharrte darauf. »Wir haben nie zugestimmt, uns eine solche Last aufzubürden«, hörte ich ihn deutlich sagen. »Das können sie nicht erwarten. Außerdem haben sie inzwischen Geld wie Heu. Und wir haben fast nichts.«

Mir wurde schwer ums Herz, denn ich wusste genau, von welcher Last sie sprachen. Trotzdem war ich neugierig zu erfahren, wer es war, der uns das Geld gegeben hatte. Dann hörte ich meinen Vater sagen, dass sie Helene dazu bewegen mussten, sich für uns einzusetzen, denn sie trage schließlich auch Verantwortung. Meine Mutter widersprach, wenn auch nicht allzu vehement. Ich fragte mich, ob sie von Tante Helene redeten, die ich seit über einem Jahr nicht gesehen hatte.

Meine Mutter sagte Tante Helene zu ihr, doch sie war nicht wirklich mit uns verwandt. Ihr Mann Milivoj war ein alter Schulfreund meines Vaters und arbeitete in einem Ministerium, was meinen Vater nicht daran hinderte, ihn hinter seinem Rücken einen Narren und Dummkopf zu nennen. Sie lebten in Belgrad und besuchten uns gelegentlich. Manchmal kam Tante Helene auch allein, denn sie hatte in der Nähe von Novi Sad Verwandte. Meine Mutter hatte großen Respekt vor ihr. Tante Helene war hochgebildet, zierlich und elegant gekleidet, auch wenn sie ein Bein nachzog. Vor allem beeindruckte mich die Tatsache, dass sie vor ihrer Hochzeit in der Schweiz studiert hatte. Sie erzählte mir von hohen Bergen und Gletschern, die ich bisher nur in Büchern gesehen hatte, denn, wie Sie wissen, ist das Land, in dem ich aufwuchs, flach wie eine Bratpfanne. Einmal flüsterte sie mir zu, dass ich, wenn ich weiter so fleißig lernte, vielleicht eines Tages selbst dort studieren würde. Ich wäre nicht die erste intelligente junge Serbin in Zürich. Manche gingen zum Studieren hin und bekämen obendrein einen Ehemann dazu.

Ich wurde rot, denn ich war noch zu jung, um an so etwas zu denken; ich kannte ja nur meine Lehrer und ein paar Lausbuben mit aufgeschürften Knien, denen man besser aus dem Weg ging. Und ich fragte mich, ob ihr das zweite Glas Apfelbranntwein zu Kopf gestiegen war.

Wenigstens zweimal, als ich noch sehr klein war, hatte Tante Helene eine Freundin mitgebracht: eine dunkle, stille Dame, streng gekleidet, aber schön. Zuerst hielt ich sie für eine Gesellschafterin oder Dienerin, denn sie saß meistens schweigend in einer Ecke, sah uns Kindern beim Spielen zu und lächelte warm, wenn sich unsere Blicke trafen. Ich glaube, ich hätte sie ganz vergessen, hätte nicht ihre melancholische Anwesenheit eine merkwürdige Wirkung auf meine Eltern gehabt. Normalerweise wurde bei Tante Helenes Besuchen gelacht und getratscht – über gemeinsame Freunde, Neuigkeiten aus Belgrad, Politik. Doch wenn Tante Helenes Freundin dabei war, kam das Gespräch immer wieder ins Stocken, als wäre jeder der Anwesenden in Gedanken woanders. Wenn sie dann wieder fort war, wurden die anderen plötzlich aufgekratzt, als wären sie knapp einer Katastrophe entgangen. Immer wenn ich die Dame sah, fragte ich mich, welchen großen Kummer sie in ihrem Herzen verschloss und wieso niemand ein Wort darüber sprach.

Und jedesmal nach ihrem Besuch träumte ich von ihr. Ich träumte, dass sie in mein Zimmer kam und mir im Schlaf übers Haar strich, oder sie stand in der Tür und beobachtete mich, eine dunkle Silhouette vor dem Licht. Ich kam zu der Überzeugung, dass sie einmal eine Tochter gehabt haben musste, die sie verloren hatte, vielleicht an den Scharlach, dem so viele Kinder erlagen. Daran war ihr Herz zerbrochen.

Ich erinnerte mich, dass Tante Helenes Freundin Mileva hieß. In Zürich waren die beiden Kommilitoninnen gewesen. Sie lebte immer noch in der Schweiz, doch sie hatte Familie in Kać und

Titel, nur eine Tagesreise von Orlovat entfernt. Erst viel später fand ich heraus – von meinem Lehrer Herrn Bošković –, dass sie die brillanteste Physikerin war, die Serbien hervorgebracht hatte, und niemand anderes als die Ehefrau des großen Professor Einstein.

28

Mileva Einstein-Marić lebte in einer vornehmen Wohngegend am Hang des Zürichbergs nicht weit vom Eidgenössischen Polytechnikum, wo sie und Albert Einstein sich vor dreißig Jahren kennengelernt hatten. Kirsch stieg zu Fuß die langen Treppen hinauf, die die Schleifen der Serpentinenstraße abschnitten, und hielt nur inne, um Atem zu schöpfen. Unter ihm rollten tiefhängende Wolken über das graue Wasser des Zürichsees und teilten sich nur ab und an, um den Blick auf die dicht bewaldeten Hügel am anderen Ufer freizugeben. Es schneite. Weiter unten ratterte die Straßenbahn über weiß gepolsterte Schienen.

Einsteins erste Frau war die Einzige, die im Besitz aller Fakten war. Niemand, nicht einmal Einstein selbst, könnte ihm mehr über Lieserl sagen. Schließlich wurde das Kind geboren, bevor sie und Einstein geheiratet hatten, unter Umständen, die alles andere als klar waren. Nur Mileva konnte sicher sein, wer der Vater war. Aus dem gleichen Grund würde sie am besten wissen, was aus dem Mädchen geworden war und wo es sich jetzt befand. Es waren Milevas Geheimnisse, und es war ihre Entscheidung, ob sie sie weiter bewahren oder teilen wollte.

Huttenstraße Nummer 62 war ein wuchtiges vierstöckiges Etagenhaus, mit Zement verputzt und mit einem Fundament aus schwerem Stein. Es war in düsterem Jugendstil erbaut, mit farbigen Scheiben über den Türen und in den Fenstern und zierlichen Geländern an Treppen und Balkonen. Kirsch hatte beschlossen, seinen Besuch nicht anzukündigen. Briefe konnten leicht ignoriert werden, und das Telefon eignete sich nicht für derart delikate Angelegenheiten. Er stieg die Treppe zum dritten Stock hinauf und klingelte.

Ein Hausmädchen öffnete die Tür, nahm seine Visitenkarte entgegen und führte ihn nach kurzer Rücksprache in einen Salon. »Bitte warten Sie hier«, sagte sie. »Frau Professor Einstein kommt sofort.«

Obwohl sie seit dreizehn Jahren geschieden waren, ließ sich Mileva Einstein-Marić noch immer mit Namen und Titel ihres früheren Ehemannes anreden. Liebte sie ihn noch? Oder erhob sie Anspruch auf einen Anteil an seinem Ruhm? Wenn ja, war ihre Strategie nicht aufgegangen. Außerhalb der Schweiz wusste kaum jemand von ihrer Existenz oder der ihrer Söhne. Für die Presse war Elsa die einzige Frau Albert Einsteins. Schlimmer noch, es wurde gemeinhin angenommen, dass Elsas Töchter aus erster Ehe auch Einsteins Töchter waren. Vielleicht zeugte es von Einsteins Gleichgültigkeit der herrschenden Meinung gegenüber, dass er das Missverständnis nicht aufklärte. Mileva hatte die Scheidung möglicherweise nie wirklich akzeptiert. Ob sie religiös oder schlicht altmodisch war, vielleicht war sie der Meinung, der Bund der Ehe werde allein durch den Tod gelöst. Vielleicht war ihr Anspruch auf den Namen ihres Gatten für sie eine Frage der Ehre.

Das Zimmer war luftig, mit hohen Decken und weißen Wänden. Es war mit dunklen, polierten Holzmöbeln eingerichtet. In einer Ecke ein Stutzflügel, in der Mitte ein großer Tisch mit ordentlichen Bücher- und Papierstapeln. Auf einem Bord über der Heizung stand eine Reihe kleiner Kakteen in Tontöpfen. Eine Flügeltür führte auf einen Balkon. Draußen war ein Garten mit Obstbäumen, und im Hintergrund die schneebedeckten Dächer der Stadt.

Auf einem Tischchen waren Milevas Familienfotos aufgestellt. Damen mit hohen Kragen, die sich in sorgfältig arrangierten Gruppen um bärtige Patriarchen scharten. Dicke Kleinkinder in Matrosenanzügen, die dümmlich in die Kamera blickten. Auf einem Bild – seinem fleckigen Zustand nach das älteste – waren drei Generationen in Reihen aufgestellt. Die Männer trugen keine Jacketts, nur Westen, die Frauen Kopftücher. Wie die

Kleidung sprachen die wettergegerbten Gesichter vom harten Leben auf dem Land. Die neueren Fotografien waren weniger steif: ein Baby im Taufkleid auf dem Schoß einer Frau; zwei grinsende Jungen in Wanderhosen auf einem Waldweg; ein gutaussehender junger Mann zwischen zwei Frauen in einem sonnendurchfluteten Garten. Kirsch suchte nach einem Bild von Albert Einstein, doch er konnte keins finden.

Der junge Mann kam ihm vage bekannt vor: die breite Stirn, der sinnliche Mund, der misstrauische Blick. Er erinnerte Kirsch an einen amerikanischen Filmstar, der neue Valentino, wie Alma gesagt hatte. Dann fiel es ihm ein: Er kannte das Gesicht nicht aus dem Kino. Er hatte es auf Marijas Zeichenblock gesehen.

Er ist Schriftsteller.

Er nahm die Fotografie und drehte sie um. Auf der Rückseite stand nichts. War es derselbe Mann? Als er näher hinsah, war er sich nicht mehr sicher.

Im Flur schlug eine Standuhr halb vier. Unten in der Stadt stimmten die Kirchenglocken ein. Kirsch kannte keinen anderen Ort, wo so eifrig die Zeit gemessen wurde. Eine eigene Uhr war völlig überflüssig.

»Sie haben Eduard gefunden, wie ich sehe.«

In der Tür stand eine schwarz gekleidete Frau. Sie war klein und trug eine zweireihige Perlenkette um den Hals. Das feine dunkle Haar, das sie im Nacken lose zusammengebunden hatte, zeigte silberne Strähnen. Ihre Pupillen wirkten wie schwarzes Glas. Er dachte, dass die Augen sie vielleicht einmal schön gemacht hatten, doch der große Mund und der starke Unterkiefer erinnerten ihn an ein Äffchen.

Mileva Marić, sechzehn Jahre lang Einsteins Ehefrau. Marijas Mutter, möglicherweise. Kirsch suchte nach einer Ähnlichkeit und bildete sich ein, er könnte sie in den Wangenknochen, den Augen und den eckigen Bögen ihrer Brauen erkennen. Er stellte die Fotografie ab und stammelte eine Begrüßung, doch sie schien es mit den Formalitäten nicht eilig zu haben.

»Das Foto wurde vor drei Jahren aufgenommen.« Sie schloss

die Tür hinter sich. Sie hatte den gleichen Akzent wie Marija, nur weniger ausgeprägt. »Kurz bevor wir ihn fortschicken mussten. Seitdem hat er ein bisschen zugelegt. Das Essen im Burghölzli, immer gibt es Kartoffeln und Knödel.«

Das Burghölzli war die berühmteste psychiatrische Einrichtung der Schweiz. C. G. Jung hatte viele Jahre dort gewirkt.

»Das ist Ihr Sohn?«

Mileva wies aufs Sofa und setzte sich in einen Sessel. Es war, als hätte sie ihn erwartet. »Es heißt, er habe eine schizophrene Störung. Ist das Ihr Gebiet, Dr. Kirsch? Die Schizophrenie?«

Kirsch überlegte, ob Professor von Laue seinen Besuch vorausgesehen und Mileva vorgewarnt haben könnte. Wie sonst ließe sich erklären, dass sie so schnell zur Sache kam? Es sei denn, diese Direktheit entsprach ihrem Naturell: intelligent, exzentrisch, anscheinend mit einem besonderen Interesse für Psychiatrie, doch ohne jeglichen Sinn für höfliches Geplänkel.

»Ich habe mich damit beschäftigt«, sagte er. »Auch wenn ich, ehrlich gesagt, skeptisch bin, ob solche Etiketten hilfreich sind. Mich überzeugt die wissenschaftliche Grundlage solcher Kategorien nicht.«

»Ich verstehe. Und bezieht sich Ihre Skepsis auch auf Dr. Freud und seine Lehre?«

»Ich glaube, Skepsis ist immer gut, bis etwas bewiesen ist. Und wenn es um die Krankheiten des Geistes geht …«

Ein Lächeln spielte um Milevas Lippen. »Ein skeptischer Psychiater? Jetzt verstehe ich, warum mein Mann sich an *Sie* gewandt hat.«

Kirsch hatte keine Ahnung, wovon sie sprach.

»Albert hat nichts übrig für all die modernen Theorien der Psychiatrie. Er glaubt, dass der Wahnsinn im Blut liegt, in der Familie, wie …« Sie hielt inne und lächelte wieder. »Wie ein Hüftleiden. Und dass man nichts dagegen tun kann, außer aufzuhören, sich fortzupflanzen.«

»Frau Professor Einstein …«

»Eduard wiederum ist ein großer Verfechter der Psychiatrie.

Tatsächlich kennt er sich mit Freud besser aus als die Leute, die ihn behandeln. Es heißt, dass die Psychoanalyse bei ihm völlig nutzlos ist: Er führt sie alle an der Nase herum.« Milevas Blick fiel auf das Foto der beiden Knaben in Wanderhosen. Der jüngere war, wie Kirsch jetzt zu erkennen glaubte, Eduard. »Er hatte immer eine bemerkenswerte Vorstellungskraft. In der Schule sagten seine Lehrer, er solle Schriftsteller werden. Seine Aufsätze waren stets brillant. Der Direktor sagte, er hätte Einsteins Genie geerbt.«

In seinem Tagebuch bewahrte Kirsch ein Interview mit Einstein aus einer Zeitschrift von vor drei Jahren auf. Phantasie ist wichtiger als Wissen, sagte er dort. Wissen hat Grenzen. Die Phantasie umfasst die ganze Welt.

»Und Sie sollten ihn am Flügel hören.« Mileva sah ihn an. »Aber ich vermute, das hat sein Vater Ihnen schon alles erzählt.«

Endlich begriff er: Eduard Einstein war seit drei Jahren im Burghölzli. Aus irgendeinem Grund war sein Vater mit seiner Behandlung dort nicht zufrieden und wollte einen unabhängigen Psychiater aus Berlin hinzuziehen. Mileva hatte angenommen, dass er, Martin Kirsch, dieser Psychiater war. Das war die einzige Erklärung.

»Ich fürchte, hier liegt ein Missverständnis vor«, sagte er. »Ich hatte nicht die Ehre, Professor Einstein kennenzulernen.«

Mileva starrte ihn an. »Er hat Sie nicht geschickt?«

»Ich fürchte, nein.«

Sie schwieg einen Moment. »Dann sind Sie neu am Burghölzli, nehme ich an. Und Eduard ist Ihr Patient.«

Kirsch schüttelte den Kopf. »Meine Patientin, die Patientin, um die es hier geht, ist in Berlin in der Psychiatrischen Klinik der Charité. Ihr Name ist Marija Draganović.«

Kirsch machte eine Pause, wartete auf eine Reaktion, eine Gefühlsregung. Kurz vor seiner Abreise nach Zürich hatte er die Fakten zu Einsteins erster Ehe recherchiert, die bei der Scheidung im Berliner Rathaus detailliert festgehalten wurden. Am 6. Januar 1903 hatten Einstein und Mileva Marić standesamtlich in Bern geheiratet. Fünf Monate nach Marija Draganovićs Geburt, wenn man den Papieren glaubte, die sie beim Ausländermeldeamt vorgelegt hatte.

Er sah ein Flackern in Milevas Augen. Ansonsten zeigte ihr Gesicht keine Regung.

»Studentin der Naturwissenschaften«, fügte er hinzu. »Kennen Sie sie?«

Mileva antwortete nicht. Ohne Erklärung stand sie auf und ging zur Tür. Zum ersten Mal fiel Kirsch auf, dass sie ein Bein nachzog. Einer ihrer Schuhe hatte eine verstärkte Sohle. *Es liegt in der Familie, wie ein Hüftleiden.*

Anscheinend war das Gespräch zu Ende.

»Frau Professor Einstein, ich versichere Ihnen, dass ich mich nicht in Ihre privaten Angelegenheiten mischen möchte. Aber ich glaube …«

»Biljana!«, rief Mileva in den Flur, dann sagte sie etwas in einer Sprache, die Kirsch nicht verstand. Sie drehte sich kurz zu ihm um. »Sie trinken doch eine Tasse Kaffee mit mir, nicht wahr, Dr. Kirsch?« Bevor er antworten konnte, nickte sie und verschwand im Korridor.

Als sie nach ein paar Minuten zurückkehrte, hatte sich ihre Haltung verändert. Es war, als wollte sie ihre anfängliche Offenheit zurücknehmen. Jetzt wirkte sie spröde, was Kirsch nicht als gutes Zeichen wertete. Es war, als hätte er die Frage nach Marija nie gestellt.

Während das Dienstmädchen den Kaffee einschenkte, beschrieb er die Fakten des Falles, wobei er nur zwei wichtige Details für sich behielt: das große Interesse der Presse und den Brief, den er bei Marijas Sachen gefunden hatte. Mileva hörte zu, ohne ihn zu unterbrechen.

»Sie stammt offenbar aus Serbien«, sagte er und nahm mit beiden Händen die Kaffeetasse entgegen. »Und da sie hier in Zürich Naturwissenschaften studiert hat, dachte ich, Sie haben sie vielleicht gekannt.«

»Danke, Biljana«, sagte Mileva. Das Mädchen ließ sie allein. »Nehmen Sie Zucker, Dr. Kirsch? Sahne vielleicht?«

»Nein, danke. Ich habe einen Teil ihrer Aufzeichnungen Professor von Laue an der Preußischen Akademie gezeigt. Er war sehr beeindruckt. Und er war sehr neugierig, bei wem sie studiert hat.«

Milevas Ausdruck wurde weich. »Von Laue ist ein guter Mensch. Ein Ehrenmann. Mehr als man vom Rest behaupten kann.«

»Habe ich mich geirrt, Frau Professor Einstein? Sie haben nie von Marija Draganović gehört?«

Ihre schwarzen Augen schienen ihn zu durchbohren. Einen kurzen Moment sah er eine jüngere Frau: leidenschaftlich, klug, und doch unbeholfen – eine Unbeholfenheit, vielleicht aus Isolation geboren. Ein Wunderkind, das nicht tanzen konnte.

»Sie haben sich nicht geirrt, Herr Dr. Kirsch«, antwortete sie. »Fräulein Draganović war meine Studentin. Im letzten Herbst habe ich sie ein, zwei Monate unterrichtet. Privat.« Mit einer Kopfbewegung zeigte sie zum Tisch in der Mitte des Raums. Hier gab sie ihre Stunden, hier saßen Studentin und Dozentin Seite an Seite am Fenster. »Es tut mir leid zu hören, dass sie nicht wohlauf ist. Ich hoffe, es ist nichts Ernstes.«

»Möglicherweise ist es ernst. Sie leidet an einer akuten Form der Amnesie, die, so glaube ich, psychisch bedingt ist. Falls ich nicht mehr über ihre Geschichte herausfinde – und das schnell –, wird die Amnesie vielleicht nicht mehr umkehrbar sein.«

Kirsch war sicher, dass er mit dieser Information jeden Widerstand auf Seiten Milevas brechen würde. Keine natürliche Mutter konnte danebenstehen und zusehen, wie ihrem Kind Leid geschah, ganz gleich wie groß die Distanz zwischen ihnen war.

Mileva schwieg einen Moment. Dann sagte sie: »Ich wusste nicht, dass sie in Berlin ist. Ich dachte, sie wäre wieder nach Hause gefahren.« Sie drehte ihre Tasse auf der Untertasse. »Ich glaube, sie kam aus der Nähe von Novi Sad. Eine Adresse hat sie mir nie gegeben. Aber ich glaube, sie kam aus dieser Gegend.«

»Novi Sad?«

»In Jugoslawien. In der Provinz Wojwodina. Vor dem Krieg gehörte es zu Österreich. Aber das ist vorbei.«

»Kommen Sie nicht auch von dort?«

Mileva sah ihn durchdringend an. Es war nicht die Art von Information, über die ein Fremder verfügte, es sei denn, er hatte Erkundigungen eingeholt. »Nein. Ich wurde in Titel geboren. Das ist ein ganzes Stück entfernt.«

»Aber es liegt auch in der Wojwodina?«

»Ja.«

Mileva war ganz ruhig. Kirsch konnte weder in ihrem Ausdruck noch in ihrer Stimme eine Spur von Nervosität entdecken. Er war enttäuscht.

»Dann hatten Sie einander sicher viel zu erzählen«, sagte er, weil ihm nichts Besseres einfiel.

Mileva schüttelte den Kopf. »Fräulein Draganović kam hierher, um zu studieren, nicht um zu plaudern. In unseren Gesprächen ging es um Physik.«

»Um Quantenphysik?«

»Sie wollte sich einen Studienplatz sichern. Verstehen Sie, sie war an ein wenig Geld gekommen. Ihr Vater war kürzlich gestorben.«

Ich habe mich erinnert, wie ich am Grab meines Vaters stand. Der Schnee und die frische Erde.

»Ist sie allein in die Schweiz gekommen?«

Ich erinnere mich, wie ich mich fühlte.

»Ja, ganz allein.«

Ich fühlte mich frei.

Kirsch griff nach seinem Taschentuch und tupfte sich die Stirn ab. Der Aufstieg hatte ihn erschöpft. Und die Möglichkeit, dass er sich irrte, dass Mileva ihm nicht weiterhelfen würde, erschöpfte ihn noch mehr.

»Geht es Ihnen nicht gut, Dr. Kirsch?«

»Doch, doch. Danke. Wann haben Sie Marija zuletzt gesehen?«

»Vor ein paar Monaten. Im September oder Oktober.«

»Wo hat sie gewohnt?«

Mileva schürzte die Lippen. »Sie hat sich ein Zimmer unten in der Stadt genommen. Ich habe den Namen vergessen. Irgendwo beim Bucheggplatz.«

Kirsch griff in seine Jacke und nahm einen Umschlag heraus, in dem das Foto von Marija aus der ›Berliner Woche‹ steckte. Es war immer noch das einzige Foto, das er besaß.

»Ist sie das?«

Mileva betrachtete das Bild. »Sie sieht dünner aus.« Das Papier zitterte leicht in ihrer Hand.

»Es ist wichtig, dass ich mich mit ihrer Familie in Verbindung setze. Können Sie mir helfen? Ich verbürge mich natürlich für Diskretion.«

Mileva sah immer noch das Foto an. »Ich habe Ihnen alles gesagt, was ich weiß.«

»Sonst erinnern Sie sich an nichts?«

Sie reichte das Bild zurück. »Ich fürchte, nein.«

Kirsch schob den Zeitungsausschnitt wieder in den Umschlag. Er hatte Jahre damit verbracht, die Psyche des Menschen zu studieren, und trotzdem konnte er nicht erkennen, ob man ihn anlog oder nicht. »Frau Professor Einstein, hat Marija irgendetwas gesagt … Hat sie je von einem Kind gesprochen?«

»Einem Kind? Was reden Sie da?«

»Es ist nur eine Möglichkeit.«

»Marija war nicht verheiratet. Wie können Sie so etwas behaupten?«

Die Entrüstung wirkte echt. Kirsch war froh, dass er endlich eine Reaktion bekam. Aber was sollte er damit anfangen?

»Wir wussten nicht, ob sie verheiratet war oder nicht«, sagte er. »Sie ist alt genug, um verwitwet oder geschieden zu sein. Und könnte daher Kinder haben.«

»Nun.« Mileva entspannte sich merklich. »Da kann ich Ihnen helfen. Sie hat mir eindeutig gesagt, dass sie nie verheiratet war.«

»Ich verstehe immer noch nicht ganz, wie es dazu kam, dass sie Ihre Studentin wurde.«

»Die meisten meiner Schülerinnen sind junge Frauen aus jenem Teil der Welt, dem Balkan.«

»Sie wurden ihr empfohlen.«

»Ich musste mich nie um Schüler bemühen. In gewissen akademischen Kreisen bin ich bekannt.«

Kirsch schob den Umschlag in sein Jackett. Mileva vertraute ihm nicht. Warum sollte sie auch? Sie konnte weder seine Motive durchschauen noch seine Integrität einschätzen. Vielleicht würde sie ihm mit der Zeit vertrauen. Doch Zeit war das Einzige, das er nicht besaß.

»Haben Sie mit Marija über Berlin gesprochen?«

»Nicht dass ich mich erinnere.«

»Warum ging sie nach Berlin?«

»So viele Fragen, Dr. Kirsch.«

»Sie muss doch etwas gesagt haben.«

»Nicht zu mir.«

»Ist es möglich, dass sie Professor Einstein sehen wollte? War das vielleicht ihr Plan?«

Mileva nahm ihre Tasse in die Hand und rührte darin herum. »Es wäre eine lange Reise, nur um einen öffentlichen Vortrag zu besuchen, Dr. Kirsch, selbst wenn man davon ausgeht, dass man an eine Karte kommt.«

»Vielleicht wollte sie ihn persönlich treffen.«

Ihre Hand hielt inne. »Das wäre ziemlich anmaßend gewesen. Professors Einsteins Zeit ist kostbar. Kostbarer als Sie sich vorstellen können.«

»Vielleicht hatte sie das Gefühl, sie hätten etwas gemeinsam.«

Mileva saß ganz still auf der Kante ihres Sessels, als fürchtete sie, die kleinste Regung könnte sie zu Fall bringen. Kirsch wünschte, sie würde fallen.

»Auch das wäre anmaßend«, sagte sie. »Nur zu Ihrer Information, Herr Dr. Kirsch, Marija hat mir nie den Eindruck eines anmaßenden Menschen gemacht.«

»Was für einen Eindruck hatten Sie dann von ihr?«

»Sie war eine gute Studentin. Begabt. Solche Menschen sind oft … anders. Was der Herr mit der einen Hand gibt, nimmt er mit der anderen.«

Kirsch beugte sich vor. »Inwiefern war sie anders?«

Mileva seufzte und sah aus dem Fenster. Es schneite nicht mehr, aber der Wind hatte aufgefrischt. Er rüttelte an den Fensterrahmen, die Scheiben klirrten.

»Marija war beeinflussbar, Herr Dr. Kirsch. Eine Träumerin. Man könnte fast sagen, eine Phantastin. Wenn man ihr den Samen einer Idee einpflanzte …« Sie hob die Faust und öffnete die Finger, als würde sie einen kleinen Vogel fliegen lassen. »In ihren Studien verstand sie die Notwendigkeit der strengen Beweisführung. In anderen Bereichen weniger.«

»Wovon hat sie denn phantasiert?«

»Ach, davon, das Glück zu finden, auf die unwahrscheinlichsten Arten, davon, ein neues Leben zu beginnen. Von Liebe, möchte ich fast sagen. Sie war einsam. Ja, einsam. Menschen, die wie sie aufgewachsen sind, haben zur Gesellschaft nur ihre Phantasie, und davon mehr, als gut für sie ist. Ihr Leben verläuft ruhig, doch in ihren Träumen geht es wild zu. Das ist Ihnen sicher schon bei Ihrer Arbeit begegnet.« Mileva warf einen Blick auf die Uhr über dem Kamin. »Leider erwarte ich gleich eine Studentin. Kann ich sonst noch etwas für Sie tun?«

Er hätte ihr den Brief zeigen können. Daran war nichts Phantastisches. Er hatte ihn hier in seiner Jackentasche. Er hätte sie fragen können, was der Brief bedeutete und wie es kam, dass er sich in Marijas Besitz befand. Er hätte nach Lieserl fragen können. Doch was würde er damit erreichen? Inzwischen hatte sie auf jede Frage eine ausweichende Antwort parat.

»Nur noch eines. Ihr Sohn Eduard, hat er Marija auch kennengelernt?«

Wieder sah ihn Mileva durchdringend an. »Hat sie Ihnen das erzählt?«

Es war schwer, ihrem Blick standzuhalten. »Sie erinnert sich recht gut an ihn. Gut genug, um Porträts von ihm zu zeichnen.«

Mileva schüttelte ungeduldig den Kopf. »Mein Sohn ist nicht gesund. Das müssen Sie verstehen. Normale Beziehungen zum anderen Geschlecht sind ihm nicht möglich. Es war eine solche Verwicklung, die zu seinem ersten Rückfall geführt hat.«

»Und Marija …?«

»Ich habe ihr gesagt, sie soll sich von ihm fernhalten, aber sie hat nicht auf mich gehört. Sie haben sich hinter meinem Rücken getroffen.«

»Im Burghölzli?«

»Ja. Wir hofften, dass er auf dem Weg der Besserung sei. Es hatte schon länger keine Zwischenfälle gegeben. Aber dann ging es ihm schlechter denn je.« Sie fasste sich an die Kehle. »Vielleicht war Marija schuld daran. Ich weiß es nicht. Damals unterrichtete ich sie schon nicht mehr.«

»Sie meinen, die beiden hatten eine Affäre?« Die Frage kam direkter heraus, als er gewollt hatte.

»Nein, Herr Dr. Kirsch, das meine ich nicht. Ich weiß nur, dass Eduard Gefallen an ihr fand. Und sie …«

»Sie …?«

»Sie hat ihn nicht davon abgehalten. Selbst nachdem ich ihr sagte, wie es um ihn stand.« Mileva schüttelte enttäuscht den Kopf. »Sie hat es nicht böse gemeint, bestimmt nicht. Vielleicht hatte sie ihn auch gern. Aber es hat ihm nicht gutgetan, bei all seinen anderen Schwierigkeiten. Überhaupt nicht gut.«

»Seinen anderen Schwierigkeiten?«

Mileva ging nicht darauf ein. »Sie verstehen also, dass ich nicht erpicht darauf war – dass ich nicht erpicht darauf *bin*, dass die beiden ihre Bekanntschaft wiederaufnehmen. Für mich hat die Gesundheit meines Sohnes Vorrang.«

»Das verstehe ich.«

»Ich hoffe es, Dr. Kirsch. Ich hoffe, dass Sie nicht einem Patienten auf Kosten eines anderen helfen wollen.«

Im Flur schlug die Uhr vier. Mileva setzte die Tasse ab und

stand auf. Ihre Studentin würde jeden Moment da sein. Sie begleitete ihn zur Tür.

»Fahren Sie gleich wieder nach Berlin? Oder haben Sie noch in Zürich zu tun?«

Wahrscheinlich werde er gleich morgen früh abreisen, sagte er. Offensichtlich war es das, was sie hören wollte.

»Ich hoffe, Ihre Behandlung hat Erfolg«, sagte sie, als sie einander die Hand gaben, »und Fräulein Draganović kann wieder nach Hause.«

»Soll ich ihr Ihre Genesungswünsche ausrichten, wenn es so weit ist?«

Mileva zögerte. »In Anbetracht der Umstände, Herr Dr. Kirsch, wäre es wohl das Beste, wenn sie nicht mehr an die Zeit hier zurückdenkt. Ich glaube, das wäre das Beste für alle.«

Er sah keine Spur einer Studentin, weder auf der Treppe noch in der Eingangshalle oder auf der Straße. Mileva hatte gehört, was sie hören wollte, und gesagt, was sie sagen wollte. Kirsch war überzeugt, dass sie ihm viel mehr erzählen könnte. Doch Marija war zum Eindringling für Mileva geworden, vielleicht zu einer Gefahr, und wahrscheinlich betrachtete sie ihn jetzt genauso. War es wirklich der Seelenfrieden ihres Sohnes, den sie so ängstlich schützen wollte? Oder die Familienehre? Oder keins von beiden? War es Albert Einstein, der geschützt werden musste, sein Ruf, sein untadeliger Name?

Kirsch hätte Mileva einen weiteren Besuch abstatten können, versuchen, sie in einer kooperativeren Laune zu erwischen. Doch er war sich sicher, wenn er zurückkehrte, egal an welchem Tag, egal zu welcher Stunde, würde sie für ihn leider nicht zu sprechen sein.

Bevor er die Straße überquerte, warf er noch einen Blick hinauf zu ihrer Wohnung. Es dauerte einen Moment, bis er merkte, dass sie am Fenster stand, eine kleine dunkle Silhouette, halb verdeckt von der Spiegelung des Himmels. Er nickte, doch sie stand einfach nur da, gerahmt wie ein Gemälde, und sah zu, wie er ging.

Er aß im Hotel Sankt Gotthard zu Abend und schlug in einem heruntergekommenen Lichtspieltheater in der Nähe des Bahnhofs die Zeit tot. Als er in der verrauchten Dunkelheit saß und die Bilder über die Leinwand tanzten, dachte er an Marija, und an Mileva.

Wie hatten sie und Einstein zusammengepasst? Mileva war traditionsverbunden, wo er ein Freidenker war, argwöhnisch, wo er offen, distanziert, wo er warm und leutselig war. Doch vor allem war sie verschlossen, voller Geheimnisse, während er sein Leben dem Aufdecken von Geheimnissen widmete. Max von Laue sagte, Mileva verstehe Einsteins Arbeit, habe einst mit ihm zusammengearbeitet. Marijas Aufzeichnungen zeigten, dass sie seine Arbeit immer noch aufmerksam verfolgte.

Nach einem kurzen Film wurde die Wochenschau gezeigt. Kirsch setzte sich auf, als General von Schleichers Bild auf der Leinwand aufflackerte. Hastig bestieg der Politiker ein Automobil, einen harten Ausdruck im Gesicht. Im Kommentar hieß es, dass er, weil er keine Mehrheit im Reichstag zusammenbekam, den Rücktritt seiner Regierung erklärt hatte. Statt seiner war Adolf Hitler zum Kanzler ernannt worden. Kirsch erkannte den Kaiserhof, kleine Figuren in langen Mänteln, die sich durch die Menge drängten. Zu beiden Seiten hatten die Menschen die Arme hochgerissen. Dann kam ein Schnitt zu einer Siegesparade von Braunhemden und Kriegsveteranen, Tausende, die auf der Charlottenburger Chaussee durch den Tiergarten auf das Brandenburger Tor zumarschierten. Kirsch erkannte die Stadt kaum wieder. Es war, als wäre Berlin in seiner Abwesenheit von fremden Horden übernommen worden. Kapellen spielten preußische Märsche. Vor der französischen Botschaft blieben sie stehen und sangen: »Siegreich wollen wir Frankreich schlagen.« Die Stimmen schwollen an wie ein betrunkener Ozean. Dann marschierten sie mit brennenden Fackeln weiter – Bankangestellte und Hilfskellner, hungrig nach dem Nervenkitzel der Schlacht und der Wiederherstellung der deutschen Ehre. In der Zwischenzeit konnten die Braunhemden auf den Straßen mit ihren Gegnern tun und lassen, was sie wollten. Keiner würde sich ihnen noch in den Weg stellen.

Und dann kam Kirsch der Gedanke, dass, wenn Marija wirklich Einsteins Tochter war, er dieses Wissen geheim halten musste. Niemand durfte die Wahrheit erfahren, vielleicht nicht einmal Marija selbst. Es durfte keine Aufsätze in Fachpublikationen geben, keine Zeitungsberichte, egal wie vorteilhaft sie für seine Karriere wären.

Dennoch wollte er, dass es wahr war, allen Gefahren zum Trotz. Er wollte es mehr denn je.

29

Die Psychiatrische Klinik Burghölzli lag im Südosten der Stadt, zwischen dem Zürichsee auf einer Seite und dem Zürichberg auf der anderen. Das Gebäude war imposanter als die Charité, mit einer majestätischen Steinfassade, die an ein englisches Herrenhaus erinnerte. Das Gelände war weitläufiger als alles, was Berlin zu bieten hatte, und die Aussicht von den oberen Stockwerken war atemberaubend, einzig getrübt von der viel befahrenen Eisenbahnstrecke, die um den See lief.

Es gab noch weitere Unterschiede. Das Burghölzli besaß eine eigene Erste-Klasse-Station, wo die Patienten wie auf einem Ozeandampfer gegen ein Aufgeld in luxuriösen Suiten untergebracht wurden, mit voll möblierten Salons und Esszimmern. Erste-Klasse-Patienten waren außerdem von der Arbeit auf dem Gelände und in den Werkstätten entschuldigt, die für die normalen Patienten zur vorgeschriebenen Rehabilitation gehörte. Die Arrangements waren sehr diskret. Die meisten Patienten zweiter und dritter Klasse wussten wahrscheinlich nicht einmal, dass eine erste Klasse existierte. Vermutlich ging man davon aus, sinnierte Kirsch, als er aus dem Taxi stieg, dass sich das Wissen um den minderen Status negativ auf die Behandlung auswirken könnte.

Albert Einsteins jüngerer Sohn gehörte zu denen, die in der ersten Klasse residierten. Kirsch gab der Empfangsschwester seine Karte und wurde über mehrere Korridore zur Südseite des Gebäudes geführt. Je weiter sie kamen, desto besser schien die Luft zu werden, der durchdringende Geruch von zerkochtem Essen und Desinfektionsmitteln wich weniger aufdringlichen, angenehmeren Düften: Gardinenstärke, Holzpolitur, Blumen.

So stellte er sich die exklusiven Privatkliniken und Sanatorien in den Schweizer Alpen vor, wo einst die wohlhabenden Schwindsüchtigen verhätschelt worden waren, bei sauberer Luft, Ruhe und leichter körperlicher Bewegung in einem zuträglichen Klima. Viele dieser Einrichtungen hatten sich inzwischen der Psychiatrie verschrieben, boten Wasserkuren an und die neuesten Therapien, zusammen mit reichlich Ruhe und Frieden – alles zu seinem Preis. In der Schweiz war der Wahnsinn, wie die Kriege der Nachbarländer, zu einem profitablen Wirtschaftszweig geworden.

Eine Tür wurde für ihn aufgeschlossen. Auf der anderen Seite übernahm eine zweite Schwester die Führung. Sie war groß und rothaarig und hatte helle, leicht sommersprossige Haut. Er folgte ihr eine Treppe hinauf, dann verschwand auch sie und ließ ihn auf dem Treppenabsatz stehen. Mehrere Minuten wartete er und sah aus dem Fenster in die verschneite Landschaft. Er hatte keine Ahnung, ob Eduard Einstein ihn empfangen würde, doch seiner Erfahrung nach nahmen Menschen, die in Anstalten festsaßen, jede Gelegenheit wahr, der eintönigen Routine ihres Alltags zu entkommen. Kirsch hätte auch den offiziellen Weg über Eduards behandelnde Ärzte nehmen könnte, aber die hätten wahrscheinlich Mileva unterrichtet, was er um jeden Preis vermeiden wollte. Eduard war seine letzte Chance, der einzige Mensch, der Marija in Zürich noch gekannt hatte und der vielleicht die Wahrheit über ihre Herkunft wusste.

Hinter einer Tür wurde Klavier gespielt: eine schnelle Tonleiter, steigend, fallend. Dann Akkorde, schwer und dramatisch. Kirsch spitzte die Ohren, doch im nächsten Moment brach die Musik ab. Er hörte noch drei oder vier Takte eines Walzers, dann eine einzelne Note, immer wieder, als hätte der Pianist etwas an der Stimmung des Klaviers auszusetzen.

Die große rothaarige Schwester kam zurück. »Bitte folgen Sie mir«, sagte sie.

Eduard Einstein saß mit dem Rücken zur Tür am Klavier und spielte wieder. Er trug ein weißes Hemd und weite karierte Hosen mit Hosenträgern und einem breiten Gürtel. Sein Haar war dunkel und zurückgekämmt. Das Klavier war in den obersten Registern schlecht gestimmt, doch er spielte gut, phrasierte gefühlvoll und präzise.

Der Raum war hübsch möbliert, aber unordentlich. Der Papierkorb war randvoll. Zeitungsstapel, ein Blatt aus Berlin, lagen auf dem Schreibtisch, darunter Illustrierte und Journale. Ein Aschenbecher quoll über. Ein seidener Morgenmantel hing über der Sessellehne. Kirsch fand das Zimmer überhitzt, ein großer gusseiserner Heizkörper tickte unter dem doppeltverglasten Fenster, das man mit zwei Eisenstäben versehen hatte. Es roch nach Tabak und einem Hauch von teurem Rasierwasser.

Als das Stück zu Ende war, stand Eduard auf. Er holte tief Luft, seine Schultern hoben und senkten sich langsam, dann drehte er sich zu seinem Besucher um. Seine Mutter hatte recht: seit dem Foto im Garten hatte er zugenommen. Sein Gesicht war fülliger geworden. Die Oberlippe stand ein wenig vor und suggerierte einen Schnurrbart, wo keiner war. Doch er sah immer noch gut aus: groß, dunkel wie seine Mutter, mit dem gleichen starken Mund und den glänzenden Augen.

»Bravo«, sagte Kirsch.

Der junge Mann lächelte, doch er sah ihm nicht in die Augen. »Die Partita in D-Dur.« Seine Stimme war weich, zögernd. »Nicht jeder mag Bach. Viele finden ihn trocken.«

»In den falschen Händen kann er etwas mechanisch klingen.«

Eduard senkte den Blick auf den gemusterten Teppich. »Mein Vater mag Bach. Er spielt die Violine. Nicht besonders gut. Nicht so gut, wie er glaubt, auch wenn ihm keiner die Illusion nimmt. Alle wollen sagen können: ›Ich habe mit dem großen Professor Einstein gespielt.‹ Es ist ihnen egal, wie holprig es klingt. Sie denken nur daran, vor ihren Freunden anzugeben.«

Er legte die rechte Hand um die linke und ließ die Knöchel knacken. Dann setzte er sich abrupt auf das Sofa.

Kirsch zog den Mantel aus und setzte sich ihm gegenüber. Die Menschen um Albert Einstein schienen ihn bei der ersten Gelegenheit ins Gespräch bringen zu wollen. Selbst bei Max von Laue hatte es nur Minuten gedauert. Doch es steckte mehr dahinter als Profilierungssucht – was bei Eduard ebenso überflüssig gewesen wäre wie bei von Laue. Es war, als kreisten ihre Gedanken ständig um diesen Mann, als sei er die Linse, durch die sie die Welt sahen.

»Manchmal spielt er auch Mozart«, sagte Eduard. »Wenn wir zusammen spielen, spielen wir Mozart. Aber die, die später kamen, rührt er nicht an. Sie sind ihm nicht geheuer. Beethoven oder Brahms – Brahms vor allem.«

»Zu schwierig?«

»Nein. Es steckt zu viel Gefühl darin. Das passt ihm nicht.«

Kirsch beobachtete den jungen Mann: Er war offensichtlich hochbegabt, doch außerdem war er sich seiner psychiatrischen Kondition bewusst, seiner Andersartigkeit. Beide Elemente vermischten sich zu einer charakteristischen Scheu, die mit redseligen Schüben durchsetzt war. Ähnliches hatte er bei anderen hochbegabten Patienten gesehen; und er hatte sich oft gefragt, ob die Begabung der Abnormität oder die Abnormität der Begabung zu verdanken war.

»Aus dem gleichen Grund weigert er sich, ins Kino zu gehen«, sagte Eduard. »Die traurigen Szenen wühlen ihn zu sehr auf. Da ist er wie ein Kind.«

»Wie ein Kind?«

Eduard nickte. Die Art, wie er während des Gesprächs auf den Boden blickte, erinnerte Kirsch an einen Blinden.

»Es macht für ihn keinen Unterschied, ob die Geschichte erfunden ist. Das meine ich damit. Er fühlt genauso mit, als wäre es echt. Nicht mehr und nicht weniger. Deswegen geht er nicht ins Kino. Er zieht die Ruhe vor. Er glaubt, die brauche er, um klar zu sehen.« Eduard legte die Hände zwischen die Knie. »Sind Sie wegen einer zweiten Meinung hier, Dr. Kirsch?«

»In gewisser Weise.«

Eduard wartete nicht auf weitere Erklärungen. »Man hat mich mit einer schizoaffektiven Störung diagnostiziert. Aber nur, weil die Psychiater hier sich nicht einigen können. Zuerst hat Dr. Zimmermann Schizophrenie diagnostiziert, wegen der Denkstörung, die er mir attestiert. Mein assoziatives Denken hatte sich gelockert, so dass ich oft unzusammenhängende Äußerungen von mir gab.« Einen Augenblick sah er Kirsch an, als wollte er ihn vom Gegenteil überzeugen. »Außerdem war er der Meinung, dass ich meinen Mitmenschen gegenüber widersprüchliche Gefühle und Affekte zeige. Wahrscheinlich dachte er dabei an meine Mutter.«

»Ihre Mutter?«

»Ich bin auf sie losgegangen. Hat man Ihnen das nicht erzählt? Ich wollte ihr nicht wehtun. Ich war nur wütend. Mein Vater ist genauso. Er hat seine Wut nicht unter Kontrolle. Er ist wie ein Kind, das sagte ich ja schon. Meine Mutter dachte, ich wollte sie vom Balkon werfen. Seitdem schließt sie die Balkontür ab.«

»Ich verstehe.«

»Assoziative Lockerung und Affektstörungen sind nach Bleuler zwei Kriterien zur Diagnose der Schizophrenie.«

Ein Lächeln zuckte über Eduards Lippen. Kirsch fiel auf, dass seine Zähne leicht schief standen und Nikotinflecken hatten.

»Zimmermann ist Bleuler-Anhänger«, sagte Eduard. »Schuler dagegen nicht. Ihm fehlen in meinem Fall die Halluzinationen, die seiner Meinung nach bei der Schizophrenie unweigerlich auftreten. Er sagt, ich leide unter manisch-depressiven Gemütszustandsstörungen, möglicherweise erblich bedingt. Da könnte was dran sein. Meine Mutter leidet auch gelegentlich unter Depressionen. Seit ich ein kleiner Junge war.« Er schniefte laut. »Haben Sie meine Mutter kennengelernt?«

»Ja.«

»Manche sagen, sie sei früher anders gewesen. Bevor mein Vater nach Berlin ging. Sie sei glücklich gewesen.«

Er starrte einen Moment vor sich hin, dann sah er mit gerunzelter Stirn auf. »Jedenfalls konnten sie sich nicht einigen. Aber dann haben sie von diesem neuen Krankheitsbild aus Amerika gehört: schizoaffektive Störung. Das schien ein guter Kompromiss zu sein: Schizophrenie mit manischen Episoden.«

»Das hat man Ihnen so erklärt?«

Eduard sprach so schnell, dass Kirsch Schwierigkeiten hatte zu folgen. »Oh nein. Umgekehrt. Ich habe es *ihnen* erklärt.«

»Verzeihen Sie, aber ich …«

»Ich war es, der ihnen die Diagnose nahegelegt hat. Ich habe mehr Zeit, die psychiatrischen Zeitschriften zu lesen, als meine Ärzte.« Er machte eine Kopfbewegung zum Schreibtisch hin. »Ich habe sonst nichts zu tun. Da lese ich den ganzen Tag.«

Es war offensichtlich, dass Eduard ausgehungert nach Unterhaltung war. Kirsch war nicht überrascht. Psychiatrische Krankenschwestern waren oft voller Mitgefühl, doch sie setzten sich selten hin und plauderten, vor allem nicht über die intellektuellen Themen, die Eduard interessierten. Wenn es stimmte, dass er das Genie seines Vaters geerbt hatte, war es in seinem Fall allerdings ein Genie ohne Ziele, eine ruhelose, planlose Kraft, die ihn von seiner Umwelt isolierte und ihm im Gegenzug keine Vorteile brachte. Wenn er ein Ziel hatte, dann nur, die Aufmerksamkeit seines berühmten Vaters zu erregen und so lange wie möglich zu halten.

»Ich bin nicht hier, um eine weitere Diagnose zu stellen, Herr Einstein.«

»Aber auf Ihrer Karte steht, dass Sie Psychiater sind.«

»Das stimmt.«

»Dann könnten Sie eine zweite Meinung äußern. Oder eine dritte.«

»Wem gegenüber sollte ich sie äußern?«

Eduard sah ihn verwirrt am. »Mir gegenüber. Man kann gar nicht zu viele Meinungen haben. Je mehr man bekommt, desto wahrscheinlicher ist es, dass eine dabei ist, die einem gefällt.«

»Ich glaube nicht, dass meine Meinung von Bedeutung wäre. Abgesehen davon …«

Eduard legte den Kopf zur Seite. »Was hält man in Berlin eigentlich von Dr. Jung? Jung sagt, was wir Geisteskrankheit nennen, ist gewöhnlich ein Produkt des Unbewussten – eine Krise, die uns zwingt, Hindernisse in unserer Entwicklung als Individuum zu erkennen. Er sagt, wir sollten sie begrüßen.«

»Ich habe davon gelesen.«

»Was die Leute Geisteskrankheit nennen, ist nur eine andere Art, die Welt zu sehen. Eine Art, die den Leuten nicht gefällt. Es ist eine tröstliche Vorstellung, dass Irrsinn zu etwas gut ist, finden Sie nicht? Dass der Irrsinn einen Sinn hat.«

Eduard lächelte wieder, unschlüssig. Kirsch hatte den Eindruck, alles was er tat, tat er unschlüssig, außer dem Klavierspiel. Er sprach schnell, hastete von einer Idee zur nächsten, als wolle er vermeiden, dass jemand zu genau hinhörte. Kirsch merkte, dass er schwitzte. Das Zimmer war völlig überheizt.

Er zog sein Taschentuch heraus. »Ich glaube nicht, dass es in Berlin eine einhellige Meinung zu Jungs Ideen gibt.«

Eduard lächelte. »Ich schätze, Freud hat da Oberwasser, da er bei Ihnen schon etabliert ist. Ich finde seine Schriften höchst überzeugend, vor allem seine Analyse der Familie. Haben Sie ›Totem und Tabu‹ gelesen?« Er drückte die Handflächen aneinander, als würde er sich die Worte herauspressen. »Freud sagt, dass jeder Sohn den Vater unbewusst töten und seinen Platz einnehmen will, und deswegen Schuldgefühle hat. Die Rolle des Vaters ist, den Instinkt des Sohns zu zähmen und ihn zu führen, damit er fähig wird, aus der Familie hinauszutreten – vor allem weg von der klammernden Mutter. Das Selbstvertrauen zu finden, sich draußen in der Welt zu behaupten. Andererseits, wenn kein Vater da ist ...«

Kirsch wischte sich über die Stirn. Es war nicht nur die Temperatur im Raum: Er hatte Fieber. Er spürte einen dumpfen Schmerz in den Gliedern. Auch die Art, wie Eduard redete, wie eine Idee die nächste jagte, hatte etwas Fiebriges.

»Herr Einstein«, sagte er, »der Grund, weswegen ich hier bin ... Ich wollte mit Ihnen über Marija Draganović sprechen.«

Plötzlich wurde Eduard still. Entweder spielte er den Überraschten, oder er war es wirklich. Dann lächelte er. »Marija? Ich habe seit Monaten nichts von ihr gehört.«

»Können Sie genauer werden?«

»Sie hat mir eine Postkarte aus Berlin geschickt. Das war im Oktober. Nur eine Postkarte, dann nichts mehr.« Eduard runzelte die Stirn. »Woher kennen Sie sie, wenn ich fragen darf?«

»Sie ist meine Patientin.«

»Ihre Patientin?« Die Knöchel seiner Finger knackten.

»Sie hat eine Art Zusammenbruch erlitten. Ich versuche, die Umstände aufzuklären, die dazu geführt haben.«

Eduard stand auf und ging ans Fenster. Auf dem Fensterbrett standen zwei kleine Kakteen, wie die bei Mileva Einstein im Wohnzimmer. Sie waren kuppelförmig, unter den Dornen von gespenstischem Grün. War es deswegen so heiß: weil die Kakteen Hitze brauchten?

»Was sind die Symptome?«, fragte Eduard.

»Gedächtnisverlust, hauptsächlich. Zunächst wusste sie nicht, wer sie war. Sie macht Fortschritte, aber wir wissen immer noch nicht, was zu ihrem Zustand geführt hat. Es kann sein, dass sie überfallen wurde, aber die Polizei ist sich nicht sicher.«

Eduard ging vor dem großen eisernen Heizkörper in die Hocke. »Wo soll sie überfallen worden sein?«

»Im Wald, im Berliner Umland.«

»Wo genau?«

»In der Nähe von Potsdam. Warum?«

Statt zu antworten, drehte Eduard langsam am Ventil. »Aber sie erinnert sich an mich?«

»Soweit ich sehe, standen Sie einander nahe.«

Eduard lächelte wieder. »Sie ist sehr intelligent, wissen Sie. Wie meine Mutter, als sie jung war. Mama wollte sie zuerst nicht unterrichten. Sie war sogar ziemlich wütend auf Tante Helene, als sie sie hergeschickt hat, aber als sie ihre Arbeit sah, konnte sie nicht widerstehen. Ein Kopf wie ihrer muss gefördert werden, sagte sie. Wir tragen eine Verantwortung.«

»Eine Verantwortung? Waren das ihre Worte?«

Eduard nickte. »Ich habe sie am Telefon gehört.«

Kirsch erinnerte sich an den Brief. *Ich bitte Dich, in dieser Sache Vorsicht walten zu lassen, und, soweit es in Deiner Macht steht, die Vereinbarungen zu achten, die getroffen wurden.*

»Tante Helene, ist das zufälligerweise Helene Savić?«

»Sie ist nicht wirklich meine Tante. Nur eine alte Freundin meiner Mutter aus Studientagen. Sie ist Österreicherin und hat einen Serben geheiratet – umgekehrt wie Mama: die ist Serbin, die einen Deutschen geheiratet hat. Eine gute Frau, und klug. Alle Freundinnen meiner Mutter sind klug. Waren Sie schon einmal in Belgrad, Dr. Kirsch?«

Kirsch schüttelte den Kopf.

»Belgrad bedeutet ›weiße Stadt‹. Ein schöner Name, finden Sie nicht?«

»Ihre Mutter sagt, sie habe Marija ein paar Monate unterrichtet, aber dann aufgehört. Warum?«

Eduard klopfte sich Staub von den Händen. »Weil Mama ihr nichts mehr beibringen konnte. Wenn Sie wüssten, womit ihre Arbeit sich befasste …«

Kirsch wusste es. Professor von Laue hatte es ihm erklärt.

»Ich glaube, sie arbeitete an der einheitlichen Feldtheorie«, sagte er. »Genauer gesagt, an einer fünfdimensionalen Geometrie, wie Ihr Vater sie kürzlich vorgeschlagen hat.«

Eduard wurde rot. »Es war die Idee meiner Mutter.« Er stand abrupt auf und ging zum Klavier. »Sie verfolgt immer noch alles, was mein Vater tut. Natürlich völlig kritiklos. Haben Sie sich je mit Quantenphysik beschäftigt, Dr. Kirsch?«

Kirsch hätte einen weiteren von Eduards akademischen Diskursen gern vermieden, doch dann dachte er daran, dass es Quantenphysik war, mit der Marija ihr Buch gefüllt hatte, Berechnungen von einer Art und Komplexität, die selbst Max von Laue beeindruckt hatte.

»Ich habe darüber gelesen.«

»Mein Vater hat sie in die Welt gesetzt. Er hat sie erschaffen, und jetzt will er sie verstoßen. Er wünschte, sie wäre nie geboren worden. Er sagt, falls die Quantenmechanik wahr ist, dann ist die Welt wahnsinnig.« Eduard betrachtete einen hellbraunen Fleck an der Decke. »Und nichts macht ihm mehr Angst als Wahnsinn.«

»Da ist er nicht der Einzige«, sagte Kirsch.

»Wissen Sie, warum mein Vater die Quantentheorie so bedrohlich findet?«, fragte Eduard. »Den wahren Grund?«

»Ich fürchte, diese Fragen sind mir zu hoch.«

»Oh, das ist nicht nur eine Frage des Intellekts, das versichere ich Ihnen. Bohr und die anderen, sie haben eine Welt erschaffen, die er nicht aushält.« Eduard schlug auf dem Klavier eine einzelne Taste an. »Die Quantentheorie sagt, dass jede Beobachtung Interaktion ist. Der Physiker kann nicht aus der Wirklichkeit hinaustreten und sie objektiv betrachten, genauso wenig, wie er mit einer Stoppuhr und einer Messlatte aus dem Universum steigen kann. In der Quantenwelt formt der Blick die Dinge, und bis die Dinge gesehen werden, ist ihr Wesen veränderlich: alles ist Potential, nichts ist Faktum. Bohr sagt, in der Physik geht es nicht darum, die Wirklichkeit zu erklären; es geht darum, die menschliche Wahrnehmung der Wirklichkeit zu ordnen, was etwas ganz anderes ist – manche würden sagen, etwas Minderwertiges.« Er spielte die ersten Töne einer Melodie, dann hielt er inne. »Sie sehen also, die Quantenphysik beraubt den Wissenschaftler seiner Objektivität. Er kann seinem Menschsein nicht entrinnen. Der Wissenschaftler ist Teil dessen, das er seziert, ob es ihm gefällt oder nicht.«

»Es klingt, als wünschten Sie, dass Ihr Vater scheitert«, sagte Kirsch.

Eduard hatte ihm immer noch den Rücken zugewandt. »Gewiss. Das liegt natürlich auch in meinem ganz persönlichen Interesse.«

»Ich verstehe nicht.«

»Wenn die Welt wahnsinnig ist, bin ich nicht im Nachteil. Dann ist es der Rest von euch, der herausfällt.«

Einen Moment herrschte Schweigen. Eduard schien auf etwas zu warten. Oder aber er hatte vergessen, dass er nicht allein war. Seine Intelligenz wirkte auf Kirsch wie eine Last, die einen zu Boden drückte. Vielleicht war sie das auch für Eduard: kein Vorteil, kein Mittel zu Erfolg oder Glück, sondern der Grund seiner Einsamkeit, eine Last, die er nie ablegen konnte.

»Warum ist Marija nach Berlin gefahren?«, fragte Kirsch schließlich. »Um ihre Studien fortzusetzen?«

»Vielleicht.«

»Oder hoffte sie, ihren Vater zu finden?«

Eduard blieb ganz still. »Ich dachte, ihr Vater sei tot.«

»Das hängt davon ab, wer ihr Vater ist, oder war.«

Eduard seufzte. »Wissen Sie, so können Sie ihr nicht helfen. Sie vergeuden Ihre Zeit.«

»Was meinen Sie damit?«

»Marija ist nicht verrückt.«

»Das habe ich nie behauptet. Abgesehen davon ist verrückt kein medizinischer Terminus, wie Sie sicher wissen.«

»Krank. *Gestört*. Marija verändert sich. Das ist ein Prozess, verstehen Sie, eine Vorbereitung. Tante Helene hat es verstanden. Sie versteht alles.«

»Eine Vorbereitung worauf?«

Eduard antwortete mit einem Schulterzucken, als könne er mehr sagen, sehe aber keinen Grund dazu.

»Warum ist Marija nach Berlin gefahren?«, wiederholte Kirsch.

»Ich habe erst durch die Postkarte davon erfahren.«

»Sie hat Ihnen den Grund nicht anvertraut?«

Eduard schlug wieder eine einzelne Note an, ziemlich laut, dann ließ er die Finger über die Tasten gleiten, das Fragment einer Melodie entstand. »Es ist nicht ratsam, einem Irren etwas anzuvertrauen. Man kann sich nicht darauf verlassen, dass er ein Geheimnis für sich behält.«

»Was für ein Geheimnis?«

»Irgendeines. Ich spreche vom Prinzip, von allgemeiner Vorsicht.« Aus der Melodie wurde ein Walzer, der gleiche Walzer, den Kirsch gehört hatte, als er im Treppenhaus wartete. »Ich hoffe, es macht Ihnen nichts aus, Dr. Kirsch. Ich muss üben, für meinen Vater. Auch wenn *er* nicht dazu kommt. Ich rechne jeden Tag mit ihm.«

Kirsch stand auf. Professor von Laue hatte gesagt, Einstein sei in Amerika und käme erst in einem Monat zurück.

»Danke für Ihre Zeit, Herr Einstein«, sagte er, aber Eduard spielte weiter und nickte nur zum Abschied – oder war es im Takt der Musik?

Auf dem Flur wartete die rothaarige Krankenschwester. Als sie die Treppe hinabstiegen, brach der Walzer plötzlich ab.

30

Als ich alt genug war, um nach Zagreb auf die Universität zu gehen, dachte ich längst nicht mehr an Tante Helenes Freundin. Ich wusste nur, dass das Geld für das Studium und ein kleines Taschengeld irgendwie zusammenkamen und dass Tante Helene eine Rolle dabei spielte. Doch ich fragte nicht weiter nach, aus Angst, mein Glück könnte mir wieder genommen werden. Denn auch wenn mein Vater weiterhin mit meinen Erfolgen prahlte, wann immer sich die Gelegenheit bot, wusste ich, dass ich mich nicht im Mindesten auf ihn verlassen konnte. Einerseits hatte er zu trinken angefangen, nicht nur abends, sondern auch am Tag. Immer seltener war er nüchtern, und seine Launen waren wechselhaft, zum Teil gewalttätig. Selbst wenn er mich lobte, fühlte ich mich nicht sicher. Hinter dem Rücken meiner Mutter forderte er mich auf, Wein mit ihm zu trinken. Dann sagte er, was für ein hübsches Ding ich geworden sei, und ich solle aufpassen, dass mich nicht irgendein junger Teufel vom rechten Weg abbringe. Wenn er so redete, fühlte ich mich unbehaglich und erfand Ausreden, um von ihm wegzukommen.

Spät nachts, wenn er längst zu betrunken für solche Schmeicheleien war, hörte ich, wie er die Treppe heraufkam. Waren seine Schritte laut und schwer, blieb ich im Bett. Doch manchmal versuchte er sich anzuschleichen, und dann sprang ich auf und schloss mich im Klosett oder auf dem Dachboden ein. Denn ich wusste, wenn er leise war, kam er in mein Zimmer, um mir Gute Nacht zu sagen, eine Vorstellung, die mir unangenehm war. In jenen Jahren lebte ich wie eine Katze, ich hatte immer einen Fluchtweg im Auge. Dabei versuchte ich, ihn nicht gegen mich aufzubringen. Denn ich war überzeugt, wenn er mich von der Universität nahm, wäre ich verdammt zu einem Leben in Gefangenschaft unter seinem Dach. Vergessen Sie nicht, dass ich selbst völlig mittellos war.

Die meisten Mädchen in meiner Lage hätten wahrscheinlich ihr Heil in der Ehe gesucht. Doch tatsächlich wäre es für mich alles andere als leicht gewesen, in Orlovat einen Mann zu finden. Unser Vater hielt sich für etwas Besseres und lud niemanden ein, und so wurden auch wir kaum eingeladen, außer gelegentlich von Verwandten. Auch in der Schule hatte ich nicht viele Freunde, außer einer Handvoll Mädchen in Bečkerek. Nebenbei hatte die Vorstellung der Ehe keinen großen Reiz für mich. Die Männer aus der Gegend waren Bauerntölpel, ohne Bildung und ohne Respekt dafür – wie die Jungen, die mich mit Steinen beworfen hatten, nur größer und überheblicher. Für sie war eine junge Frau, die allein in die Stadt fuhr, eine kurva, *oder würde früher oder später dazu werden. Das Letzte, was ich wollte, war, dass so etwas meinem Vater zu Ohren kam. Ich wusste, für die Familie gab es keine größere Schande als eine* kurva, *das hatte man mir früh eingebläut, noch bevor ich wusste, was das war. (Als ich meine Großmutter fragte, sagte sie nur, es sei eine Isebel, was mir nicht weiterhalf, da Isebel, soweit ich wusste, eine biblische Prinzessin war, die Baal verehrte und aus einem Fenster geworfen wurde.)*

Doch ich ging nach Zagreb und schrieb mich an der naturwissenschaftlichen Fakultät ein. In meinem Jahrgang war ich eine von nur drei Frauen, und die einzige, die Mathematik studierte.

Meine Freude über den Aufbruch wurde nur durch meine Schwester getrübt. Ich bedauerte, dass ich sie allein lassen musste, und hatte Schuldgefühle deswegen. Inzwischen lebte Senka wie eine Dienstbotin in unserem Haus. Den wenigen Besuchern ging sie aus dem Weg, so dass ihre einzigen Gefährten außer mir die Tiere waren, und manchmal die Frauen, die in den Obstgärten arbeiteten. Ich hatte Angst, dass sie ohne mich ganz vereinsamen würde. Weniger fürchtete ich, dass mein Vater sie misshandeln würde, wie er es früher manchmal getan hatte.

Ihre Gegenwart schien ihn nicht mehr wütend zu machen. Er sorgte besser für sie als während des Krieges. Oft aß sie mit uns am Tisch, und manchmal bekam sie ein neues Kleid und Stiefel und Strümpfe im Winter. Ich dachte, dass meine Mutter ihn an seine Verpflichtungen erinnert hätte und er ihnen nachkam, um sie milde zu stimmen. Senka aber nahm die mageren Gaben als Zeichen väterlicher Liebe, was ich allzu deutlich an den hundert Kleinigkeiten sah, mit denen sie ihn bedachte, angefangen damit, dass sie die größten, frischesten Eier für ihn aufhob, seine Pfeife reinigte und die Kissen auf seinem Sessel aufschüttelte. Vielleicht hätte ich erraten müssen, dass es andere Gründe für die Veränderung in seinem Verhalten gab, aber Senka redete nicht darüber. Wir verbrachten immer weniger Zeit miteinander, weil ich so mit dem Studium beschäftigt war. Ich wollte wohl einfach nicht sehen, was da vor meiner Nase geschah. Hätte ich es gesehen oder auch nur geahnt, dann hätte ich mich einmischen müssen – und alle meine Hoffnungen vergessen können.

Ich studierte seit eineinhalb Jahren in Zagreb, als ich von meiner Mutter hörte, dass Senka mit Fieber im Bett lag. Sie bat mich nicht, nach Hause zu kommen, aber aus ihrem Brief ging hervor, welche Sorgen sie sich machte, denn sie war zu meiner Schwester ins Zimmer gezogen, um nachts bei ihr zu wachen und sie zu beruhigen, wenn sie delirierte. Am nächsten Tag packte ich meinen kleinen Koffer und eine Kiste voller Bücher – in sechs Wochen standen die Mathematikprüfungen an und ich wusste nicht, wie lange ich zu Hause bleiben würde. Meine Angst, schlecht abzuschneiden, war groß, aus unterschiedlichen Gründen. Ich wusste, falls ich schlechte Ergebnisse erzielte, würden die Leute sagen, das weibliche Gehirn reiche nicht für ein so rigoroses Feld – das sagten sie ja auch so bereits, ohne dass ich ihnen Grund dazu lieferte.

Als ich zu Hause ankam, war alles anders als erwartet. Senka hatte sich erholt, aber stattdessen war meine Mutter krank geworden. Der Arzt, nach dem mein Vater erst jetzt schickte, attes-

tierte ihr eine Lungenentzündung. Mein Vater wollte sie ins Krankenhaus einliefern lassen, doch der Arzt, der jeden Tag die ganze Strecke von Novi Sad zu uns kam, meinte, die Reise würde ihren Zustand nur verschlimmern (es war Februar und sehr kalt). Außerdem könnte man im Krankenhaus auch nicht mehr für sie tun. Er bemerkte noch, es sei unklug von meiner Mutter gewesen, Senkas Nähe zu suchen, denn bei Infektionskrankheiten sei es das Beste, sich fernzuhalten. Etwa zur gleichen Zeit waren uns aus unklaren Gründen mehrere Tiere gestorben, und der Arzt bemerkte recht vorwurfsvoll, wie ich fand, dass das Ganze wohl dort seinen Anfang genommen habe. Es ärgerte mich, dass er so mit Spekulationen um sich warf, und ich wünschte, er hätte seine Meinung für sich behalten. Es war weder klug noch angemessen, unter solchen Umständen Schuldzuweisungen zu machen, vor allem wenn man nicht wissen konnte, welche Wirkung man damit erzielte.

Am dritten Tag, als ich meiner Mutter einen Teller Suppe brachte, hielt sie mich am Ärmel fest und bat, dass ich mich zu ihr setzte. Sie war blass und schmal, und zum ersten Mal sah ich deutlich den Schädel unter ihrer dünnen Haut, die hohlen Augen und die Zähne, die von den Lippen kaum noch bedeckt wurden. Als ich mich mit dem Tablett auf dem Schoß hinsetzte, schoss mir der Gedanke durch den Kopf: So kommt der Tod, nicht mit einem Klopfen an der Tür, sondern von innen. Er ist in uns und wartet darauf, herauszukommen. Danach wollte ich meine Mutter nicht mehr ansehen, weil ich Angst hatte, nur den Tod zu sehen, und nicht mehr meine Mutter.

Sie nahm meine Hand und sagte, sie habe etwas auf dem Herzen, und fragte, ob ich ihr helfen wolle, was ich ihr innig versprach. Sie sagte, sie mache sich große Sorgen um die Zukunft, vor allem um die von Senka. Sie bat mich, ihr zu versprechen, dass ich mich um Senka kümmern würde und darum, dass sie immer versorgt war, soweit es in meiner Macht stand. »Du wirst einen Mann finden«, sagte sie. »Aber die arme Senka wird niemanden haben außer dir.«

Ihre Sorge schien mir etwas einseitig. Denn ich sah auch in meiner Zukunft keine guten Chancen auf einen Ehemann. Ich war fast so allein auf der Welt wie meine Schwester, und ebenso abhängig vom guten Willen unseres Vaters. Doch das sagte ich nicht, sondern versprach meiner Mutter, worum sie mich bat. Tröstend tätschelte sie mir die Hand und sagte, sie mache sich meinetwegen keine Sorgen, denn sie habe immer gewusst, dass ein heller Stern über mein Schicksal wachte. Da fiel mir wieder ein, welches Glück ich mit meiner Ausbildung hatte, und mit dem Geld dafür, und ich fragte mich, ob mehr dahintersteckte als ein guter Stern.

Am nächsten Morgen schien sich meine Mutter ein wenig erholt zu haben. Sie hatte wieder etwas Farbe im Gesicht, ihr Appetit kehrte zurück, und sie war lebhafter als sonst. Wir hatten Grund zu der Hoffnung, dass das Schlimmste vorüber war. Doch zwei Nächte später kam das Fieber zurück, höher als je zuvor. Sie delirierte und weckte uns mit ihren Schreien. Dann wurde sie plötzlich wieder still und schlief ein, und am anderen Morgen war sie tot.

Ich hatte nie gedacht, dass zwischen ihr und meinem Vater eine große Liebe gewesen war, zumindest nicht von seiner Seite, weil er immer etwas zu schimpfen hatte. Ich konnte sie mir auch nie als junges Paar vorstellen, aufmerksam miteinander und leidenschaftlich verliebt. Doch als meine Mutter starb, war es, als hätte unser Vater alles verloren, als wäre die größte Liebe zu einem tragischen Ende gekommen. Er heulte und weinte und führte sich in einer Weise auf, dass ich seine Nähe nicht mehr ertrug, sondern stattdessen mit meinem Kummer aus dem Haus ging und ihn mit der armen Senka teilte, die womöglich nicht einmal richtig verstand, was passiert war und warum. Wir versteckten uns in einer Ecke des Stalls und hielten einander fest und weinten. Als es an der Zeit war, zurück ins Haus zu gehen, versammelten sich die Gänse um uns und folgten uns wie eine Trauereskorte. Diesmal zischte mich keine von ihnen feindselig an, was ich selbst in meinem Kummer zu schätzen wusste.

Ich muss jene Tage nicht weiter beschreiben, außer um zu sagen, dass die Organisation der Beerdigung mir zufiel und ich froh über die Beschäftigung war. Ich kümmerte mich um meine Schwester und tröstete sie, so gut ich konnte, und fand selbst Trost dabei. Es gibt keinen besseren Weg, eine Last zu tragen, als sich die eines anderen aufzuladen, wie Sie sicher wissen.

Weil ich fürchtete, ohne eine Frau, die kochte und saubermachte, würde mein Vater alles vor die Hunde gehen lassen, sorgte ich dafür, dass eine Frau aus dem Dorf kam, eine ehrbare Witwe namens Maja Lukić, um den Haushalt zu führen. Sie hatte einst für meine Mutter gearbeitet, als Kindermädchen und Haushaltshilfe, und war immer verlässlich gewesen. Vater fand langsam die Haltung wieder, und etwa eine Woche, nachdem wir meine Mutter zu Grabe getragen hatten, fragte er sogar, ob ich nicht zurück zu meinen Studien in Zagreb müsse.

Kurz darauf verabschiedete ich mich von Senka und kehrte zurück in die Stadt, dankbar, mich der Arbeit widmen zu dürfen, auch wenn mich eine düstere Vorahnung plagte, die ich nicht zu deuten wusste. Vater war ruhig, ruhiger als je zuvor, und Senka hatte sich von ihrer Krankheit vollständig erholt. Und doch spürte ich Risse in dem Frieden, wie eine dünne Eisschicht auf dem See, die jeden Moment brechen konnte.

31

Mit einem Schraubenzieher und einem gezielten Tritt brach Robert Eisner die Schublade auf. Normalerweise war der Aktenschrank nicht abgeschlossen. Er hatte sich früher schon darin umgesehen, ohne zu solchen Maßnahmen greifen zu müssen. Manchmal war er neugierig, wie Kirsch bei seinen Fällen vorging (Kirsch war ja immer auf dem neuesten Stand der Entwicklung). Doch normalerweise war er auf der Suche nach Schreibutensilien oder Formularen, da Kirschs Arbeitszimmer näher bei seinem war als das Vorratslager der Verwaltung zwei Stockwerke tiefer. Diesmal waren seine Motive finanzieller Natur. Allerdings war die Tatsache, dass Kirsch den Schrank vor seiner Abreise abgeschlossen hatte, merkwürdig – um nicht zu sagen eine Provokation. Nach allem, was Eisner für ihn getan hatte, hatte Kirsch nicht das Recht, Geheimnisse vor ihm zu haben.

Mit einem Ruck flog die oberste Schublade auf. Sie rutschte aus der Schiene und krachte auf die darunterliegende Schublade. Eisner zuckte zusammen und lauschte. Es wäre zu peinlich, mit dem Schraubenzieher in der Hand dabei erwischt zu werden, wie er Kirschs Schrank aufbrach. Aber es war halb sieben, und die meisten Patienten und Mitarbeiter waren beim Abendessen. Er löschte das Deckenlicht. Im Schein der Schreibtischlampe setzte er die Schublade wieder ein und blätterte die Akten durch.

Das Erste, was ihm auffiel, war ein Brief von Professor Eugen Fischer vom Kaiser-Wilhelm-Institut. Kirsch hatte anscheinend einen lukrativen Auftrag an Land gezogen. *Dieses Vorhaben ist von höchster Wichtigkeit, und ich bin überzeugt, dass es zu einer bedeutenden Veröffentlichung führen wird.* Eisner schnaubte. So, so: ein dicker Scheck und eine bedeutende Veröffentlichung.

Er fragte sich, was Kirsch getan hatte, um solche Vorteile zu genießen. Almas Vater musste ein gutes Wort für ihn eingelegt haben. Welche andere Erklärung gab es? Es sei denn, Fischer hatte Kirschs Namen aus der Zeitung: *der eminente Psychiater, der den Fall betreut.* Was für ein Witz. Der *eminente* Dr. Kirsch. Was für ein unverschämtes Glück er hatte.

Vom Flur hörte er Stimmen. Schwestern. Eisner schloss leise die Schublade und nahm ein Buch in die Hand, um unverdächtig zu wirken. Die Schwestern lachten, das Klappern ihrer Absätze wurde lauter, dann entfernte es sich.

Eisner kehrte an den Schrank zurück. Zunächst hatte de Vries sich mit mündlichen Informationen über den Fall zufriedengegeben – Eindrücke, Beobachtungen, Gerüchte –, wofür er ungewöhnlich gut bezahlte. Eisner hatte ihm alles gesagt, was er wusste, was nicht viel war, da sich Kirsch in jüngster Zeit so geheimnistuerisch und misstrauisch aufführte. Doch jetzt wurde der Reporter anspruchsvoller. Er wollte medizinische Berichte, Aufzeichnungen, Details.

»Wollen Sie, dass ich sie stehle?«, hatte Eisner protestiert.

»Natürlich nicht«, sagte de Vries. »Sie borgen sie für mich aus, gegen eine Gebühr.«

Die Akte der Patientin E. war die dickste im Schrank. Eisner breitete den Inhalt auf dem Tisch aus: Zeitungen, Postkarten von Berlin, Bleistift- und Kohlezeichnungen. Gesichter tauchten aus den Schatten auf wie Geister aus einem Grab: ein freundlicher alter Mann mit weißem Haar und nachdenklich gerunzelter Stirn, wie ein alter Filmstar. Mehrings spiegelnde Glatze; Schwester Brigittas glänzend angemalte Lippen, Lippen, die er irgendwann küssen wollte, wenn sich nichts Besseres ergab. Und da war Kirsch selbst. Sein Porträt war größer als die anderen, seine Züge in kräftigeren Strichen gemalt. Er sah traurig aus. Warum? Er war doch ein regelrechter Glückspilz.

Aber etwas fehlte. Wo waren die medizinischen Aufzeichnungen? Gesprächsnotizen, Diagnosen, offizielle und inoffizielle Berichte? Wo waren die Dokumentationen von Medikamenten und Behandlungsschritten? Die Akte von Patientin E. war keine medizinische Akte. Es war eine Sammlung von Erinnerungen. Als wäre die Patientin E. gar keine richtige Patientin.

Aber wenn sie keine Patientin war, was war sie dann?

Das Telefon klingelte. Eisner sprang auf die Füße. Jemand musste ihn an Kirschs Schreibtisch gesehen haben – vielleicht Kirsch selbst. Eisner sah zu dem schmalen Fenster. Es war zu schmutzig, als dass jemand hereinschauen konnte. Oder doch nicht?

Das Telefon klingelte weiter, dann hörte es plötzlich auf. Eisner ließ sich in den Stuhl sinken und legte die Hand auf sein klopfendes Herz.

Unten in der Akte fand er eine Art Quittung. Es war die Empfangsbestätigung für eine Monatsmiete, datiert eine Woche vor Weihnachten. Doch der Name, der darauf stand, war nicht der von Kirschs Vermieterin Frau Schirmann. Der Vermieter hieß Mettler, und das Haus war in der Wörther Straße.

Kirsch hatte, wie Eisner wusste, einen Stadtplan in der Schreibtischschublade. Eisner fuhr mit dem Finger über den Index. Wörther Straße. Er hatte den Namen schon einmal gehört. Die Indexzahlen verwiesen auf die Gegend nördlich des Alexanderplatzes. Ganz in der Nähe von Kirschs Wohnung. Warum mietete Kirsch zwei Wohnungen, die nur ein paar Straßen auseinanderlagen?

Da fiel es ihm wieder ein.

Kirsch hatte es eine Damenpension genannt. Das Einstein-Mädchen hatte dort gewohnt, bevor sie die Erinnerung verloren hatte. Aber warum bezahlte Kirsch ihre Miete? Und wie lange tat er es schon? Eine Woche? Einen Monat? Ein Jahr?

Die Glühbirne der Schreibtischlampe gab ein Summen von sich. Dann strahlte sie heller und brannte mit einem Knall durch. Eisner saß im Dunkeln. Er dachte über Kirsch und Marija Draganović nach, versuchte dahinterzukommen, was vor sich ging, was er übersehen hatte.

Einige Aspekte der Sache hatte er immer merkwürdig gefunden, um nicht zu sagen, geschmacklos: die Art, wie Kirsch den

Fall an sich gerissen hatte, wie er sich beim ersten Anzeichen von Medieninteresse ins Scheinwerferlicht drängte, vor den Fotografen posierte wie ein Filmsternchen bei der Premiere. Bisher hatte es sich Eisner mit schlichtem Eigennutz erklärt. Ein berühmter Psychiater war ein reicher Psychiater. Privatkliniken zahlten gutes Geld, um einen bekannten Namen zu ihrem Stab zählen zu können. Aber steckte vielleicht mehr dahinter? Gab es da noch eine Geschichte, über das Verhältnis von Arzt und Patientin hinaus, von der er nichts wusste?

Und wenn ja, wie viel würde de Vries wohl dafür bezahlen?

Die Tür der Pension war nur einen Spalt geöffnet und mit einer Kette gesichert, die dick genug war, um einen Ochsen zu erwürgen. Es war eine kalte Nacht, der Frost glitzerte bereits auf den Pflastersteinen und machte sie gefährlich glatt.

»Ich bin Reporter der ›Berliner Morgenpost‹«, sagte Eisner, weil es die beste Lüge war, die ihm einfiel. »Ich habe gehofft, Sie könnten mir etwas über Ihre Mieterin Fräulein Draganović erzählen.«

Mettler, der eine fettige Küchenschürze trug, blinzelte ihn durch beschlagene Brillengläser an. Ein unappetitlicher Geruch nach gekochtem Fleisch zog heraus auf die Straße.

»Ich habe nichts zu sagen«, sagte er und drückte die Schulter gegen die Tür.

»Ich bezahle.« Eisner griff in die Tasche und zog zwei Zehnmarkscheine heraus, die er hochhielt, damit Mettler sie sehen konnte. »Für Ihre Zeit und Ihre Mühe. Ich weiß, dass es schon spät ist.«

Die Tür blieb offen. Die Kette rasselte gegen das Holz.

»Herr Mettler?«

»Was wollen Sie wissen?«

»Nur, was Sie den Ärzten der Charité erzählt haben. Über Ihre Mieterin.« Mit Daumen und Zeigefinger fächerte er die Geldscheine auf. »Zehn Minuten Ihrer Zeit. Und ich verspreche Ihnen, dass ich Sie nicht erwähne. Keiner erfährt, dass ich hier war.«

Ein Lastwagen kam näher, die gelben Scheinwerfer flackerten zwischen den Bäumen, deren lange Schatten sich wie Klauen nach dem Trottoir ausstreckten. In den Motorenlärm mischte sich lautes Gebrüll.

Mettler nahm die Kette ab und hielt die Tür auf. Kaum war Eisner eingetreten, schlug er die Tür zu und schob beide Riegel vor. Eisner schoss der unangenehme Gedanke durch den Kopf, dass er ein Gefangener war. Er zog die Schultern hoch und sah sich um, musterte die verblichene grüne Tapete mit dem Blumenmuster, die Reihe leerer Postfächer, die Standuhr in der Ecke, der ein Zeiger fehlte. Der Gestank aus der Küche war widerlich – es roch nicht nach Essen, sondern nach ausgekochten Knochen. Plötzlich dachte er an Carl Großmann und Fritz Haarmann und die anderen berüchtigten Serienmörder, die die Leichen ihrer Opfer gekocht und zu Dosenfleisch verarbeitet hatten.

Herr Mettler schloss die Küchentür und hielt die Hand auf. »Ich spioniere meine Mieterinnen nicht aus«, sagte er. »Solange sie die Miete zahlen, können sie tun und lassen, was sie wollen.«

Eisner gab ihm die Scheine und wartete, dass Mettler ihn in die Wohnung führte, doch anscheinend würde das Gespräch im Treppenhaus stattfinden. Mettler blinzelte das Geld an, dann verstaute er es in den Falten seiner Schürze.

»Genau danach wollte ich fragen. Zahlt sie denn?«

»Im Moment hat sie das Zimmer noch gemietet.«

»Dank Dr. Kirsch. Bezahlt er für sie?«

»Er hat ein Arrangement für sie getroffen.«

»Wie nett von ihm. Ungewöhnlich für einen Arzt, finden Sie nicht?« Mettler schwieg. »Wie lange soll das Arrangement noch so weitergehen?«

»Das müssen Sie ihn fragen.«

Mettler musterte Eisner und leckte sich dabei über die Schneidezähne, als hätte er Hunger. Er hatte etwas Verstohlenes an sich, als hätte er etwas zu verbergen. Vielleicht hatte es mit seinen Mieterinnen zu tun. Vielleicht waren sie nicht alle fleißige

Studentinnen, die nach Berlin gekommen waren, um sich weiterzubilden.

»Ich würde gern ihr Zimmer sehen, wenn es möglich ist.«

Falls Kirsch und die Kleine eine Affäre hatten, würde er in ihrem Zimmer Hinweise darauf finden. Ein Liebesbrief, ein Foto – ein Buch, wie er Kirsch kannte. Ein Buch mit einer vielsagenden Widmung.

»Wozu?«, fragte Mettler.

»Hintergrund. Welche Nummer?«

»Drei.«

»Hat es ein Doppel- oder ein Einzelbett?«

»Einzelbett. Alle meine Zimmer haben Einzelbetten. Diese Pension ist eine Einrichtung für Damen.«

Eisner sah die Treppe hinauf. »Welcher Stock?«

»Vermietete Zimmer sind nicht zu besichtigen. Wir sind doch nicht auf dem Rummelplatz.«

»Natürlich nicht. Fünfzig Mark für einen kurzen Blick.« Aus der Küche kam ein Zischen. Eisner nahm ein paar Geldscheine heraus. »Die Kleine hat den Verstand verloren, Herrgott noch mal. Ihr ist es egal.«

Mettler räusperte sich und schob sich die Brille zurecht. »Sechzig. Und alles bleibt, wie es ist.«

»Einverstanden.«

Mettler beäugte das Geld. »Ich hole den Schlüssel.«

Er ging in die Küche. Ein weiterer Rülpser übelriechenden Gerippedunstes zog ins Treppenhaus. Eisner drückte sich ein Taschentuch an die Nase und drehte sich weg. Dabei fiel sein Blick auf einen Brief, der in einem der Postfächer lag, unter der Nummer drei.

Er war an Marija Draganović adressiert. Die Briefmarke stammte aus dem Ausland, und auf dem Poststempel stand ZÜRICH. War es Kirschs Schrift? Schwer zu sagen.

Doch er hatte keine Zeit zum Nachdenken. Er nahm den Brief, schob ihn in seine Brieftasche und steckte sie ein.

Mettler kam mit dem Schlüssel zurück.

»Wissen Sie was?«, sagte Eisner und ging zur Tür. »Vielleicht komme ich ein andermal wieder. Ich habe Sie schon lange genug aufgehalten.«

In der S-Bahn riss Eisner den Umschlag auf. Es war ein Brief darin, doch die Bahn schüttelte so, dass er nicht mehr als ein paar Worte auf einmal lesen konnte. Die Handschrift war eng und unordentlich, manches war ausgestrichen, dann wieder kamen Abschnitte, die so ordentlich wie in einem Schulheft waren, saubere aufrechte Buchstaben, die kurze Zeit später in ein Kritzeln übergingen.

Doch die Schrift war nicht das Einzige, was seltsam war: der Brief war an Marija adressiert, doch die Anrede lautete *Liebe Elisabeth*. War es ein Versehen?, fragte sich Eisner. Und wenn nicht, welches war ihr richtiger Name?

Am Bahnhof Friedrichstraße stieg er aus. Auf dem Bahnsteig hatte man neue elektrische Lampen angebracht. Runde weiße Glasschirme, in die verputzte Decke eingelassen wie eine Reihe blinder Augen. Er nahm den Brief wieder heraus und las ihn von Anfang an:

Zürich, 1. Februar

Liebe Elisabeth!

Als ich von Dir nichts hörte, dachte ich, Du hättest meinen Brief nicht beantwortet, oder wenn doch, dass sie mir Deine Antwort nicht ausgehändigt hätten. Ich wollte nicht wieder schreiben, denn was könnte ich sagen, wenn ich ausspioniert werde? Normalerweise gebe ich meine Briefe einer mir wohlgesinnten Schwester mit. Sie bringt sie dann zur Post, ich gebe ihr das Geld dafür, aber vielleicht zeigt sie sie auch erst Dr. Zimmermann. Ich weiß nicht, ob ich ihr vertrauen kann. Deshalb werde ich den Brief diesmal selbst aufgeben, wenn ich Ausgang habe. Es gibt einen Schokoladenladen mit einem Briefkasten vor der Tür. Sie führen uns immer hinein, damit wir uns die Süßigkeiten ansehen, wie Kinder, und wenn wir Taschengeld haben, dürfen wir uns etwas kaufen. Eine jämmerliche Übung, aber ich spiele mit.

Ich warte auf Deine Rückkehr aus Berlin und hoffe innig, dass Deine Mission erfolgreich ist. Ich habe nie geglaubt, dass Du mich vergessen hättest, aber ich fürchtete, Du könntest die Hoffnung auf Erfolg aufgegeben haben und in die Wojwodina zurückgekehrt sein. Ich habe mir allerhand Gedanken gemacht, aber ich wäre nie darauf gekommen, dass Du krank geworden bist, oder besser, dass sie behaupten, Du seist krank, damit sie Dich überwachen können und dafür sorgen, dass Du Ruhe gibst. Ich hatte befürchtet, dass in dieser unruhigen Stadt Gefahren auf Dich lauern, aber vielleicht war mir nicht klar, wie groß diese Gefahren sein würden. Die Welt verändert sich. Ignoranz ist sicherer als Wissen; Lügen sind eine leichtere Last als die Wahrheit. Doch ich hoffe, Du machst mir keine Vorwürfe, weil ich Dir gesagt habe, was ich weiß. Ich habe gesehen, wie groß Dein Bedürfnis danach war, und sei es nur um des Kindes willen.

Heute erschien hier, als ich Klavier übte, ein Arzt aus Berlin, ein Psychiater namens Kirsch. Er sagte, Du habest einen Zusammenbruch gehabt, aber auch, dass Du im Wald überfallen wurdest, was mich misstrauisch machte. Er sagte, Du leidest an Amnesie, aber dass Du Dich an mich erinnerst, was das Einzige war, das ich ihm guten Gewissens glauben konnte. Eine Weile war ich glücklich, weil – ich gebe es zu – ich lange Zeit dachte, Du hättest mich vergessen. Ich fürchtete sogar, Du hättest beschlossen, nach Amerika zu gehen, allein. Wenn ich Dich nur wiedersehen könnte, könnte ich Dir helfen. Ich fürchte, ohne mich als Ratgeber sind Dir Zweifel gekommen.

Der Arzt aus Berlin hat alle möglichen Fragen gestellt. Vor allem wollte er wissen, warum Du nach Berlin gekommen bist, eine Frage, die ich eher von einem Privatdetektiv erwartet hätte, falls ein Privatdetektiv angeheuert wurde. So einer hätte wissen wollen, was Du weißt und woher Du es weißt, ob Du Deine Ansprüche belegen kannst und wie groß die Gefahr ist, dass es zu einem Skandal kommt. Ich habe beschlossen, meinem Vater, wenn ich ihn sehe, von Dir zu erzählen, auch wenn es nicht leicht sein wird. Es sind Dinge, über die ich nicht reden soll. Abgesehen davon ist er voll und ganz mit der Quantenfrage beschäftigt, dieser Saat des Irrsinns, die er in die Welt gestreut hat und jetzt wieder einfangen und wegschließen will, wie Mr. Rochester seine arme, verrückte Frau. Aber um Deinetwillen werde ich einen Weg finden – damit Du endlich frei sein kannst von den Ängsten, die Dich quälen.

Ich frage mich, ob dieser Dr. Kirsch tatsächlich Dein Arzt ist, wie er behauptet. Ist er wirklich Psychiater? Er sieht selbst wie ein Gejagter aus und seine Hände zittern, auch wenn er es zu verbergen versucht. Vor mir kann er wohl kaum Angst haben, aber vor irgendetwas hat er Angst. Er ist verzweifelt auf der Suche nach der Wahrheit über Dich, fast so, als würde sein eigenes Leben davon abhängen. Ich habe noch nie einen Arzt gesehen, der einen Fall so ernst nimmt und der mehr an der Wahrheit interessiert ist als daran, Diagnosen zu stellen und Medikamente zu verschreiben. Für einen Arzt wusste er außerdem ungewöhnlich gut über Physik Bescheid.

Trotz meiner Zweifel war es ein angenehmes Gespräch. Bei ihm hatte ich weniger das Gefühl, das schwarze Schaf zu sein – vielleicht ist auch er ein schwarzes Schaf. Ich meinte so etwas zu spüren. Auf jeden Fall ist er anders als die Ärzte hier. Wenn er eine Frage stellt, dann, weil er meine Meinung hören will, und nicht, um aufgrund der Antwort ein Urteil zu fällen – über meinen Geisteszustand oder das Ausmaß meiner Störung. Er schien willens, auf Augenhöhe mit mir zu sprechen, was es mir wiederum erschwerte, vorsichtig zu sein. Ich war versucht, ihm alles zu erzählen, aber das tat ich natürlich nicht. Ich glaube, ich werde ihn wiedersehen. Denn er weiß, dass es noch mehr zu erfahren gibt über Dich und mich.

Ich denke oft an Dich, Lieserl. Wenn ich morgens die Augen aufschlage, sehe ich Dein Gesicht vor mir. Dann weiß ich, dass ich von Dir geträumt habe, selbst wenn der Traum mir entglitten ist. Ich stelle mir vor, wie Du durch die große Stadt gehst, sehe Dein Gesicht im Licht der Schaufenster und Straßenlaternen. Ich stelle mir vor, wie Du am Fenster sitzt und liest, vielleicht das Manuskript, das ich Dir gegeben habe – wahrscheinlich runzelst Du die Stirn über die unordentliche Prosa und die sonderbare Geschichte, die denen, die im Gefängnis der Gemeinplätze einsitzen, unverständlich bleiben muss. Ich stelle mir natürlich vor, dass Dir die Geschichte gefällt, oder dass Du sie wenigstens zu Ende lesen willst. Denn wenn Du es nicht tust, wirst Du nie ganz verstehen, was Du gelesen hast. Vergiss nicht, ich erhoffe mir immer noch einen Titel von Dir.

Ungeduldig warte ich auf Deine Rückkehr nach Zürich, obwohl ich mich inzwischen frage, ob es je dazu kommt. Wenn nicht, bitte ich Dich, zu verbrennen, was ich Dir gegeben habe, bevor es in die Hände jener fällt, die mich ein für alle Mal zum Schweigen bringen wollen.

Ich muss aufhören, damit ich nicht entdeckt werde.

Immer Dein
Eduard

32

Kirsch schien es, als hätten Einsteins Familie und Freunde einen Schwur getan. Fragen nach dem Privatleben des Physikers, zum Beispiel seinem Aufenthaltsort, wurden mit Schweigen oder Ausflüchten beantwortet. Die, die am meisten wussten, sagten am wenigsten. Die, die fast gar nichts wussten – Zeitungen, Politiker, Kleriker –, ergingen sich in Darstellungen seiner innersten Gedanken und Seelengeheimnisse. Eduard Einstein war immer noch der beste Kandidat, um an Fakten zu kommen. Vielleicht hatten Krankheit und Isolation seine Entschlossenheit und Loyalität aufgeweicht. Vielleicht würde er etwas ausplaudern. Doch war das, was er erzählte, verlässlich? Seine Ansicht der Welt war unkonventionell und verwirrend, gefärbt von Zwangsvorstellungen und Paranoia, die er unter einem Anstrich akademischer Objektivität verbarg. Er mochte alles Mögliche sagen, nur weil es ihm gerade in den Sinn kam.

Kirsch beschloss, den offiziellen Weg einzuschlagen, ohne den wahren Grund seines Interesses zu nennen. Er schrieb Briefe an den Direktor des Burghölzli Hans Wolfgang Maier und an Dr. Jakob Schuler, in denen er sie um Unterstützung für seine Studie bat. Eduard Einstein erwähnte er nicht, aus Furcht, sie könnten es ablehnen, dessen Fall zu diskutieren, weil er Erste-Klasse-Patient war und der Sohn eines so berühmten Mannes.

Nach zwei Tagen zog Kirsch in ein Zimmer mit Blick auf die Straße um. Er las Zeitung und beobachtete die Ströme der Fußgänger und Automobile, die Straßenbahnen, die regelmäßig ihre Runden drehten, die pünktliche Öffnung und Schließung der Läden, begleitet von stündlichen und halbstündlichen Glockenchören. Er malte sich aus, wie der junge Albert Einstein vom Polytechnikum auf die Stadt heruntergeblickt hatte, diese Abläufe der Zeit beobachtet und sich Alternativen vorgestellt hatte: ein Universum, in dem die Zeit nicht linear verlief, sondern sich wie ein Pendel bewegte, das schneller wurde, dann langsamer und schließlich in die entgegengesetzte Richtung schwang, zum Ausgangspunkt zurück, und mit ihm nahmen alle Gesetze der Physik die entgegengesetzte Richtung wie bisher. Oder ein Universum, in dem die Geschwindigkeit der Zeit dem Schlag des menschlichen Herzens entsprach, Sekunden der Aufregung oder Anstrengung würden komprimiert und die der Ruhephasen ausgedehnt – bis sie sich mit dem letzten Herzschlag in die Ewigkeit ausdehnten.

Oder ein Universum, in dem die Drehung und Kreisbahn der Planeten so unregelmäßig waren wie die Bewegung subatomarer Teilchen. Die Länge jedes Tages und jeder Nacht wären unvorhersehbar; wie auch der Wechsel von Ebbe und Flut und Jahreszeiten. Sonnenuhren wären nutzlos. Uhren wären nie erfunden worden, denn es wäre unmöglich, sie zu synchronisieren. Statt Uhren trügen die Menschen Astrolabien und Sextanten bei sich, mit denen sie die Höhe der Sonne und Sterne messen würden. Takt und Struktur des Lebens würden nicht von abstrakten Ideen diktiert, sondern von dem, was greifbar und wirklich war.

Und wenn wir zurück sind, dann unterhalten wir uns über die Nichtexistenz der Zeit.

Das hatte Max am letzten Tag am See zu ihm gesagt, als freue er sich auf ein Streitgespräch mit seinem unaufgeklärten Bruder. Jahrelang hatte es Kirsch irritiert, dass dieses Fragment ihrer Unterhaltung – so allgemein und unpersönlich – in seinem Kopf festsaß wie ein Ohrwurm. Aber was, wenn Max recht hatte, wenn die Zeit tatsächlich nicht existierte? Wenn die Zeit wirklich nur eine nützliche Konvention war, irrtümlich in den Status des Absoluten erhoben? Die Welt war voller unbewiesener Abstraktionen, die als absolute Wahrheiten galten. Die Zivilisation war nicht auf Relativität gebaut, geschweige denn auf Quantenmechanik. Sie basierte auf Glauben. An irgendetwas zwischen

Himmel und Erde musste man glauben, hieß es nicht so? Man musste Flagge zeigen, egal welche. Wenn nicht, wo blieben dann Loyalität, Pflicht, Aufopferung? Wo blieb die Moral? Wo blieb die Liebe?

Während er aus seinem Hotelfenster Zürich betrachtete, ging Kirsch diesen Streit der Ideen zum hundertsten Mal durch. Zusammen mit Einsteins Buch war er Max' Abschiedsgeschenk gewesen. Und wie das Buch brachte er ihm, wenn er sich darauf einließ, Max zurück: Max' lebendige, beseelte Präsenz in seinem Leben, die nur gerade nicht zu sehen war.

Nachts waren seine Träume krass und klar. Er träumte vom Feldlazarett, Gewehrsalven, Verwundeten, die auf Tragen hereinkamen. Er träumte, er hätte kein Operationsbesteck. Er hatte seine Instrumente verlegt, ein Verstoß, der vor dem Kriegsgericht verhandelt wurde, wie wenn ein einfacher Soldat sein Gewehr verlor. Er träumte, dass Karl Bonhoeffer tot war und Mehring an seiner Stelle die Charité leitete; dass Mehring an Kirschs Patienten mit einer neuen Therapie experimentierte, bei der dem Gehirn Stromstöße versetzt wurden. Am meisten aber träumte er von Marija. Er sah sie im Tanguero; sie tanzte mit einem großen, attraktiven Mann, in dem er erst beim Aufwachen Eduard Einstein erkannte. Sie trug das blaue Kleid und die Seidenstrümpfe von Karstadt. Alles war wieder so wie vorher, doch als er fragte, was passiert war, konnte er sie nicht hören, weil die Kapelle zu laut spielte. Dann mussten sie laufen, um den Zug nach Potsdam zu erreichen, wo sie ihn eifersüchtig machte, indem sie mit Max im Boot hinausfuhr und im Nebel verschwand. Kirsch konnte nur das ferne Echo ihres Lachens hören. Im Traum schalt er sich wegen seiner Naivität, weil es so klar war, dass Max viel besser zu ihr passte als er. Doch als das Boot zum Ufer zurückkam, war Marija nicht mehr darin, und statt Max saß dort ein alter Mann, dessen Gesicht so schrecklich entstellt war, dass Kirsch kaum hinsehen konnte.

Manchmal suchten ihn die Visionen auch tagsüber heim, wie

damals im Krieg. Das Wichtigste war, damit umgehen zu können. Er konnte trotz seiner überaktiven Phantasie funktionieren. Fürs Erste gab es keinen Grund, irgendjemanden über seinen Zustand in Kenntnis zu setzen.

Eines Morgens, er war auf dem Weg zum Frühstück, übergab ihm ein Page ein Telegramm. Es war von Professor Bonhoeffers Sekretärin Frau Rosenberg.

POSTEN STELLVERTRETENDER DIREKTOR UNBESETZT STOP
BALDIGE RÜCKKEHR NACH BERLIN ERBETEN STOP

Kirsch saß am Tisch vor dem Fenster und zählte die Worte. Vielleicht berechnete das Telegrafenamt neuerdings in Zehnerschritten, oder in Fünfern. So oder so, die Formulierung war unklar: zwei unverbundene Sätze, deren Zusammenhang verschieden interpretiert werden konnte. Dr. Mehrings Posten war anscheinend frei geworden und Kirsch sollte seinen Aufenthalt in der Schweiz abkürzen, um nach Berlin zurückzukehren. Hieß es, er sollte den stellvertretenden Direktor vertreten, bis Ersatz gefunden war? Sollte die Stelle neu besetzt werden, oder hatte Mehring nur längeren Urlaub eingereicht, oder war er krank? In diesem Fall hätten vier Wörter gereicht:

MEHRING KRANK STOP RÜCKKEHR ERBETEN STOP

Draußen hatte es wieder zu schneien begonnen, lichte Flocken, die aus einem trüben Himmel fielen. Er nahm einen Schluck aus seiner Kaffeetasse, das Porzellan klackte leise gegen seine Zähne. Vielleicht hielt es Frau Rosenberg für ungehörig, Dr. Mehrings Gesundheitszustand durch das Telegrafennetz zu posaunen.

MEHRING HÄMORRHOIDEN STOP RÜCKKEHR ERBETEN STOP

Er lachte nervös auf. Zu Mehrings Kehrtwende nach dem Vorfall mit Schwester Adele würde eine Kündigung besser passen als eine plötzliche Krankheit. Vielleicht hatte er einen Posten an einer anderen Klinik gefunden und die problematische Angelegenheit an der Charité nicht in der Schwebe lassen wollen. Einer Sache war sich Kirsch sicher: dies war keine Einladung an ihn, Mehrings Posten zu übernehmen. Unter den Kollegen gab es andere mit mehr Erfahrung, die Vorrang hatten.

Er wollte Zürich noch nicht verlassen. Er musste noch so viel herausfinden, Informationen sammeln, die für Marijas Zukunft wichtig sein konnten. Aber hatte er eine Wahl? Noch war er derjenige, der in Marijas Fall die Entscheidungen fällte. Wenn das Personalkarussell sich drehte, konnte sich das schnell ändern. Heinrich Mehring war nicht der einzige Psychiater, der gern neue Methoden ausprobierte, um die Geisteskranken ruhigzustellen.

Gleich nach dem Frühstück rief er im Burghölzli an und fragte nach Dr. Schuler.

»Ich hatte auf eine Unterredung mit Ihnen gehofft, bevor ich nach Berlin zurückkehre.«

Schuler entschuldigte sich. Falls er Kirschs Brief erhalten hatte, hatte er ihn völlig vergessen. Anscheinend war ihm sein Versäumnis peinlich, und so lud er Kirsch ein, am gleichen Nachmittag herauf ins Krankenhaus zu kommen. »Sie können auf unsere Unterstützung zählen«, sagte er. »Ich bin ein großer Bewunderer Ihres Professor Bonhoeffer. Er hat über die Jahre Großes für unsere Profession geleistet.«

Kirsch ging zu Fuß. Er nahm einen Flachmann mit Cognac gegen die Kälte mit und schlug den Weg am Ufer des Zürichsees ein. Der Marsch dauerte länger, als er erwartet hatte, und als er die Stadt hinter sich ließ, wurde es bereits leicht dämmrig, die letzten Strahlen der Sonne ließen die schneebedeckten Gipfel im Süden aufleuchten. Auf einer leeren, bewaldeten Straße blieb er stehen und atmete durch. Unter ihm färbte sich der See tiefblau.

Er trank einen Schluck Cognac und horchte in die Stille, in der nur seine eigenen Atemzüge zu hören waren. Er lauschte nach weiteren Lebenszeichen, doch nichts regte sich. Plötzlich wurde ihm heiß. Das Haar in seinem Nacken war feucht.

Es kostete ihn Mühe, die Taschen nach seinem Taschentuch abzusuchen, und er begann zu keuchen. Auf einmal wurde ihm schwarz vor Augen, Straße und Himmel versanken in einem pulsierenden rot-schwarzen Muster. Er musste sich an einem Telegrafenmast festhalten. Ihm kam der Gedanke, dass er nur träumte und in Wirklichkeit in seinem Bett im Hotel lag. Die Stadt unter ihm war eine Traumstadt, die nur von den Geistern der Erinnerung bewohnt wurde. Er hatte sich in das Hinterland von Professor Einsteins Leben hineingeträumt, an einen Ort, wo das Echo von Einsteins Anwesenheit noch immer in den engen kopfsteingepflasterten Gassen widerhallte, wo die, denen er nahegestanden hatte, gefangen waren im Bernstein jener kostbaren Tage.

Er holte tief Luft. Vor seinen Augen zuckten Lichtblitze in einem Strom von Blut. Er träumte nicht. Es war die Anstrengung und der Alkohol. Vielleicht ein leichtes Fieber. Er richtete sich auf und sah wieder klarer. Der Schweiß in seinem Nacken war kalt geworden.

Unten im Tal gellte eine Eisenbahnpfeife. Er lief Gefahr, zu spät zu kommen. Er folgte der Straße weiter bergauf und beschleunigte seine Schritte. Dann, als er um eine Kurve ging, fiel ihm hinter sich eine Bewegung auf: ein Mann, der ebenfalls zu Fuß unterwegs war, hielt in einer Entfernung von etwa fünfzig Metern mit ihm Schritt. Im Augenwinkel konnte Kirsch seine schmale Statur deutlich erkennen: ein junger Mann, der sich schemenhaft gegen die Lichter im Tal abzeichnete. Doch als Kirsch sich umdrehte, sah er nichts als Bäume.

Ein Vogelschwarm zog vorbei, Flügelpaare zerschnitten sirrend die Luft. Er zog die Schultern hoch und ging weiter. Der Mann war immer noch da. Lautlos bewegte er sich von Schatten zu Schatten, wie ein Jäger auf der Pirsch. Doch er versuchte nicht, sich zu verstecken. Er wollte Kirsch wissen lassen, dass er da war.

33

Dr. Jakob Schuler war ein kleiner, gepflegter Mann mit goldenen Ringen an den Fingern, graumeliertem Schnurrbart und ordentlich gekämmtem, dünnem Haar. Eine Brille mit engstehenden Gläsern verlieh ihm das Aussehen einer weisen Eule, was seine Patienten wahrscheinlich tief beeindruckte. Mit knapp sechzig war er so erfahren in seinem Fach, dass er mit dem früheren Direktor, dem berühmten Eugen Bleuler, nicht nur zusammengearbeitet, sondern sich offen mit ihm angelegt hatte.

»Er hat zu viel Zeit mit Freud vergeudet.« Schuler sprach schnell und laut. »Wollte dem Kerl immer alles recht machen und ihm Honig um den Bart schmieren: der Kopernikus des Geistes und so weiter.«

Sie folgten einem langen Flur, Schuler mit offenem weißem Kittel, auf einen Stock gestützt.

»Bleuler war grundsätzlich unsicher, hat sich nie zu einer Seite bekannt. Er hatte Angst, dass man ihn aus dem Kreis der Erleuchteten ausschließen, zu den Ungläubigen zählen würde. Sie wissen ja, wie es mit Freud ist.«

»Sie meinen, wenn man nicht für ihn ist, ist man gegen ihn?«

»Korrekt.«

Dieser Teil des Gebäudes war hell erleuchtet und laut, es herrschte ein ständiges Kommen und Gehen. Während die Patienten zweiter und dritter Klasse im Speisesaal zu Abend aßen, wurden die Stationen und Gemeinschaftsräume geputzt und durchsucht. Das Verbot von Alkohol, Tabak und anderen Stimulanzien wurde streng durchgesetzt, es sei denn, es lag eine ärztliche Erlaubnis vor. Im Gegensatz zu dem allgemeinen aseptischen Anschein hing ein Geruch nach Fäkalien in der Luft, den selbst der scharfe Bleichegeruch nicht ganz überdeckte.

»Diese besondere Marke des Glaubens ist schön und gut«, fuhr Schuler fort, »solange Ihre Patienten fünfzig Franken die Stunde zahlen, aber an einem Ort wie diesem bringt er nichts als Ärger. Die Leute nehmen Fragen nach ihrem Sexualleben nicht gerade freundlich auf, erst recht nicht, wenn man ihre Mutter ins Spiel bringt.« Sie wichen einem Wärter aus, der auf den Knien an einem großen dunklen Fleck an der Wand herumschrubbte. »Gegen den Ansatz habe ich nichts. Die Sache mit den kindlichen Erfahrungen ist recht überzeugend. Aber Freuds sexualisiertes Modell der Familienbeziehungen ist nichts als doktrinär.«

Karl Bonhoeffer hatte eine ähnliche Meinung zu Freuds Theorien. Vielleicht war das der Grund, warum Schuler Kirsch bei seiner Studie helfen wollte, solange die Patienten anonym blieben.

»Die Subjektivität bei der Diagnosestellung ist ein ständiger Reibungspunkt«, sagte er. »Und ein Blick auf die Familiengeschichten könnte Licht in die Frage der Vererbung bringen. Ich lese immer, dass Schwachsinn von Generation zu Generation weitergegeben wird, aber es wäre schön, wenn es Belege dafür gäbe.«

»Mir geht es nur um die Diagnosekriterien«, sagte Kirsch. »Ich will feststellen, ob sie konsistent sind; und ob die derzeitige Klassifizierung von Geisteskrankheiten wissenschaftlichen Ansprüchen genügt.«

Schuler runzelte die Stirn. Die Gummispitze seines Gehstocks gab ein kontrapunktisches Quietschen von sich. »Und was geschieht, wenn Sie feststellen, dass sie nicht wissenschaftlich ist? Sollen wir dann die ganze Psychiatrie an den Nagel hängen?«

»Warum sollten wir?«

Schuler sah ihn überrascht an. »Nun, Dr. Kirsch, mir scheint, unser Anspruch als Mediziner basiert auf unserer Fähigkeit,

Krankheiten eindeutig festzustellen. Wenn wir nicht sagen können, woran unsere Patienten leiden, wozu sind wir dann gut?«

Kirsch erinnerte sich daran, was Professor Fischer bei ihrem ersten Treffen gesagt hatte: *Status ist die Achillesferse der ganzen Profession.*

Schuler zog einen Schlüssel aus der Tasche. »Bevor wir den Wahnsinn eine Krankheit genannt und ihn damit medizinisch behandelbar gemacht haben, potentiell zumindest, wurden die meisten, die daran litten, weggeschlossen wie ein dunkles Geheimnis. Krankheit dagegen ist weniger stigmatisiert. Die Medizin, so rudimentär sie sein mag, bringt zumindest Hoffnung.«

»Ein wenig mehr Konsistenz in unseren diagnostischen Methoden, das ist alles, was ich will. Vielleicht gelingt es, einen objektiven Referenzrahmen zu erstellen.«

»Ich verstehe«, sagte Schuler. »Ein objektiver Referenzrahmen. Nun, davon hätten wir wohl alle etwas.«

Das Archiv des Burghölzli war in einem muffigen Keller untergebracht, wo auch die ausrangierten Krankenhausmöbel lagerten: Bänke, eine Tafel, mehrere Pulte, wie sie Kirsch seit seiner Schulzeit nicht mehr gesehen hatte. Nach einer kurzen Führung und der Einweisung in das Archivsystem legten sie eine Pause in Schulers Büro ein, einem geräumigen Zimmer, in dem Dutzende von Topfpflanzen an den Wänden aufgereiht waren. Schuler erklärte, dass zum Krankenhaus nicht nur weitläufige Gartenanlagen, sondern auch ein Wintergarten mit tropischen Pflanzen gehörte. Leider waren dort mehrere Scheiben zu Bruch gegangen, als ein Patient Gegenstände aus einem gegenüberliegenden Fenster im oberen Stock warf, und um die empfindlicheren botanischen Exemplare zu retten, hatte Schuler sie aufgenommen, bis die Scheiben repariert waren.

»Wir haben festgestellt, dass Gartenarbeit für viele Patienten eine ausgezeichnete Therapie ist«, sagte er und nahm eine Birkenfeige von einem Sessel, damit Kirsch sich setzen konnte, »solange sie die Früchte ihrer Arbeit sehen. Ein später Frost kann allerdings zu unsäglichen Rückschlägen führen.«

»Sie züchten nicht etwa auch Kakteen?« Kirsch sah sich in den Massen welkender Blätter um.

»Kakteen? Du meine Güte, nein. Für Kakteen haben wir nicht die richtigen Bedingungen, selbst im Wintergarten nicht.« Schuler fand für die Birkenfeige auf seinem Schreibtisch einen Platz, wo sie sein Gesicht nur halb verdeckte. »Auch wenn einer unserer Patienten ein paar ausgezeichnete Exemplare besitzt. Sein Vater hat sie aus Amerika mitgebracht. Wie kommen Sie darauf?«

»Ich glaube, ich habe sie gesehen. Wenn Sie von Eduard Einstein sprechen.«

»Ja, richtig. Woher kennen Sie ...?«

»Ich habe ihm letzte Woche einen Besuch abgestattet. In halbprivater Funktion.«

Möglichst allgemein erzählte Kirsch von seinem beruflichen Interesse am Fall Draganović, ohne Marijas Namen zu erwähnen. »Da ich schon einmal hier war, wollte ich die Gelegenheit nutzen und Herrn Einstein fragen, woran er sich erinnerte, da die beiden einander kannten. Ich hätte mich wohl zuerst an Dr. Maier wenden sollen, aber ich wollte ihn nicht wegen einer solchen Kleinigkeit behelligen.«

Schuler räusperte sich, das einzige Anzeichen, dass er Kirschs professionelle Schleichwege nicht guthieß. »Und hat sich Herr Einstein kooperativ gezeigt?«

»Ein Stück weit. Mit manchen Bemerkungen hat er mich allerdings verwirrt. Ich bin mir noch nicht sicher, was ich glauben soll.«

Schuler seufzte. »Nun. Im Moment befasst sich Dr. Zimmermann mit dem Fall. Sie sollten sich an ihn wenden.« Er griff zum Telefon. Ein paar Minuten später kam Dr. Zimmermann mit einer dicken Mappe herein. Er war zwanzig Jahre jünger als Schuler, klein, bebrillt und hager, mit dichtem dunklem Haar, das wellig an seinem Kopf anlag. An seinem linken Ohrläppchen klebte ein Pflaster.

Eilfertig schüttelte er Kirsch die Hand. »Wie ich höre, kommen Sie gerade aus Berlin«, sagte er und hob bedeutsam die Augenbrauen.

»Vor ein paar Tagen, ja.«

Zimmermann nickte ernst. »Wie ist es?«

Anscheinend hatte er die gleichen Wochenschau- und Zeitungsberichte gesehen wie Kirsch: Hitlers Ernennung zum Reichskanzler durch Hindenburg, die Menschenmassen und die Fackelparaden; Ereignisse, die Kirsch versäumt hatte. Zimmermanns Hochdeutsch ließ darauf schließen, dass er Deutscher war.

»Dr. Kirsch ist nicht hier, um über Politik zu reden«, sagte Schuler. »Er hat ein paar Fragen zu unserem Patienten Einstein.«

»Herr Einstein, tja …« Vergeblich sah sich Zimmermann nach einem freien Stuhl um. »Zweifellos ein interessanter Fall. Eine eindeutige psychische Störung gepaart mit herausragender Intelligenz und Bildung. Laut seinen akademischen Zeugnissen ist er ein hervorragender Stilist. Und er ist der beste Pianist, den wir seit Jahren hierhatten.«

In der folgenden Diskussion wurde deutlich, dass Dr. Schuler und Dr. Zimmermann geteilter Meinung über Eduards Diagnose waren, genau wie Eduard angedeutet hatte. Doch falls die Meinungsverschiedenheit zu feindseligen Gefühlen zwischen ihnen geführt hatte, ließen sie sich das nicht anmerken.

»Eduard hat einige Jahre Medizin studiert«, erklärte Zimmermann. Er lehnte sich an eine Tischkante zwischen einem Gummibaum und einer Zwergakazie. »Was die Diagnose erschwert. Er kennt alle Symptome und kann sie simulieren, wie es ihm gefällt.«

»Es macht ihm Spaß«, sagte Schuler. »Seine Persönlichkeit hat eine manipulative Facette: passiv, aber wirkungsvoll. Einer Frau nicht unähnlich.«

»Seine Haltung zur Psychiatrie an sich ist ambivalent, wie bei so vielen Dingen«, sagte Zimmermann. »Das Thema interessiert ihn natürlich, aber gleichzeitig legt er eine Skepsis an den Tag, als würde er das ganze Fachgebiet für Hokuspokus halten.«

Kirsch nickte. »Genau so kam es mir vor, als ich mit ihm gesprochen habe.«

»Es ist eine Haltung, die er seinem Vater abgeschaut hat«, fuhr Zimmermann fort, »und das ist meiner Meinung nach der Kern der Sache. Wenn sein Vater etwas nicht akzeptiert, kann Eduard es auch nicht akzeptieren, nicht rückhaltlos. Eduards Pech ist es, dass seine Gaben und Neigungen auf Gebieten liegen, für die sein Vater nichts übrighat, mit Ausnahme der Musik. Sie verstehen, dass das für ihn ein Dilemma bedeutet.«

Zuerst verstand Kirsch nicht. Die Gegenwart von Eduard in Marijas Leben wurde immer verwirrender. Einsteins Sohn war gebildet, und er verfügte über Phantasie; Kirsch ahnte, dass er auch eine spöttische, wenn nicht gar bösartige Seite hatte.

»Ein Dilemma«, wiederholte er. »Wie meinen Sie das?«

Zimmermann schob seine Brille auf der Nase hoch. »Entweder geht Eduard in Opposition zu seinem Vater, was ein hoffnungsloses Unterfangen wäre, denn sein Vater ist ein intellektueller Koloss ohnegleichen. Oder er resigniert und unterwirft sich der Missachtung von allem, was ihm einen eigenen Platz in der Welt sichern würde – man könnte sogar sagen, seiner eigenen Identität.« Er schlug die Mappe auf und nahm einen Stoß Papiere heraus, die lose mit einem blauen Band zusammengebunden waren. »Hier ist etwas, das Eduard geschrieben hat: philosophische Aphorismen nennt er sie. Er verschickt sie regelmäßig in Briefen, aber glücklicherweise ist er eitel genug, Kopien zu behalten.«

Er reichte Kirsch die Seiten. Sie waren mit ordentlicher Handschrift bedeckt, als wären sie sorgfältig abgeschrieben worden. Ein Satz war unterstrichen: *Nichts ist schlimmer, als einem Menschen zu begegnen, neben dem die eigene Existenz und alle Anstrengungen wertlos sind.* Kirsch blätterte um und fand einen weiteren Satz, der ebenfalls unterstrichen war: *Das schlimmste Schicksal ist, kein Schicksal zu haben – oder niemandes Schicksal zu sein.*

»Rührend oder rührselig«, sagte Schuler. »Geschmackssache.«

Zimmermann legte die Seite zurück in den Ordner. »Er hat auch ein Buch geschrieben. Mehrere hundert Seiten lang.«

Schuler runzelte die Stirn, als hätte Zimmermann etwas gesagt, das er besser für sich behalten hätte.

»Was für ein Buch?«, fragte Kirsch.

»Ein Roman anscheinend. Er hat öfter davon geredet, dass er daran arbeite, aber wir hätten nicht gedacht, dass der Roman tatsächlich existiert. Dann hat eine Schwester gesehen, wie er ein Manuskript verpackt hat. Leider war es verschwunden, als wir selbst nachsehen wollten. Wir glauben, er hat es an irgendjemanden weitergegeben. Höchst frustrierend.«

Kirsch traute seinen Ohren nicht. Mehrere hundert Seiten phantastischer Ergüsse, ganz gleich wie unorganisiert sie waren, boten möglicherweise mehr Einblick in Eduards Denken als Jahre der Analyse. Sie hatten das Buch direkt vor der Nase gehabt, aber sie hatten es nicht gesehen – weil sie nicht glaubten, dass es existierte.

»Haben Sie eine Ahnung, worum es darin geht?«

»Es spielt in einer psychiatrischen Anstalt«, sagte Schuler. »Und der Held ist ein Psychiater. Das ist alles, was wir wissen.«

Bei Eduards Interesse für Psychiatrie war die Wahl wenig überraschend. Vielleicht konnte er in der Fiktion die Entscheidungen treffen, die er im Leben nicht zu treffen wagte.

»Wollen Sie sagen, dass Eduards Beziehung zu seinem Vater die Ursache für seinen Zustand ist?«, fragte Kirsch.

Zimmermann nickte.

»Und Professor Einstein ist das bewusst?«

Schuler zuckte die Schultern. »Wir schicken die Berichte an Eduards Mutter. Wir gehen davon aus, dass sie sie weitergibt, aber …«

Zimmermann und Schuler wechselten einen Blick. Zimmermann berührte das Pflaster an seinem Ohr. »Es gibt kein Anzeichen von ... Interesse. Aber der Professor ist natürlich ein vielbeschäftigter Mann.«

»Ohne Zweifel fühlt Eduard sich allein gelassen«, sagte Schuler. »Für untauglich befunden und ausgemustert. Deswegen hasst er seinen Vater. Doch er vergöttert ihn auch. Ein solcher Konflikt der Gefühle ist nicht gesund, vor allem nicht bei einem empfindsamen jungen Mann.«

»Es zerfrisst sein Gemüt«, sagte Zimmermann. »Und das Schlimmste ist, ich glaube, er weiß es.«

Diese Einschätzung klang einleuchtend, mit oder ohne Rückgriff auf die strikten Lehren der freudianischen Psychoanalyse. Es war bekannt, dass Kinder sich häufig selbst die Schuld an der Vernachlässigung durch die Eltern oder der Abwesenheit eines Elternteils gaben, ganz gleich wie irrational das sein mochte. Wenn darüber hinaus der Vater ein Mann war, der einen überlebensgroßen Schatten warf, ein unnahbares Wesen, von Millionen geliebt, dann war es leicht zu verstehen, dass Gefühle von Schuld oder Unzulänglichkeit tiefe Wurzeln schlugen. Doch was die Behandlung anging, war der einzige Ansatz mit Hoffnung auf Erfolg, das Wesen dieser Beziehung zu ändern. Zwischen Vater und Sohn musste eine Bindung hergestellt werden, die nicht zerstörerisch, sondern förderlich war, bevor der Schaden irreparabel wurde. Es war ein Ansatz, der Hingabe und Zeit verlangte.

»Wir haben den Eindruck, dass Professor Einstein nichts von unserer Einschätzung hält«, fuhr Schuler fort. »Er glaubt, die Geisteskrankheit seines Sohnes habe nichts mit ihm zu tun. Sie sei erblich, wie angeborene Syphilis, nur schlechter behandelbar. Laut Eduards Mutter hat der Professor große Angst vor erblichem Wahnsinn – eine irrationale Angst, könnte man sagen. Als sein erster Sohn Albert sich vor ein paar Jahren mit einer älteren Frau verlobte, hat er sie von einem Privatdetektiv ausspionieren lassen. Und als sich herausstellte, dass sie kurze Zeit in psychiatrischer Behandlung gewesen war, hat er alles getan, um die Heirat zu verhindern.«

»Er hatte sicherlich seine Gründe«, sagte Kirsch.

»Anscheinend glaubt er, dass auch bei den Marićs der Wahnsinn in der Familie liegt. Und dann in eine Familie einzuheiraten, die mit dem gleichen Fluch belastet ist …«

»Könnte er recht haben?«

Schuler zuckte die Schultern. »Eduards Mutter leidet tatsächlich hin und wieder an Depressionen – das behauptet zumindest Eduard. Und seine Tante Zorka Marić ist während des Krieges zwei Jahre hier im Burghölzli gewesen. Alkoholismus und eine Art Nervenzusammenbruch, allerdings wahrscheinlich als Reaktion auf ein Trauma, wie aus den Aufzeichnungen hervorgeht.«

»Erblich oder nicht«, sagte Zimmermann, »es wäre leichter, das Leiden des Patienten zu behandeln, wenn sein Gefühl der Zurückweisung nicht so stark ausgeprägt wäre. Eduards Verhalten wurde deutlich auffälliger, als er erfuhr, dass sein Vater Europa vielleicht endgültig verlässt.«

Kirsch dachte daran, wie Eduard allein in seinem Zimmer tagaus, tagein Klavier übte, um sich auf den Besuch seines Vaters vorzubereiten – ein Besuch, der bisher nicht erfolgt war.

»Verlässt er Europa wirklich?«

»Gut möglich«, sagte Zimmermann. »Frau Einstein sagte uns, man habe ihm verschiedene lukrative Stellen in Amerika angeboten. Anscheinend kam Eduard dahinter, obwohl er noch nichts von den Plänen erfahren sollte.«

»Er hat einen Brief seines Vaters abgefangen«, sagte Schuler. »Offenbar tat er das schon eine Weile, ging die Post und die Papiere seiner Mutter durch. Sie glaubt, dass einige gestohlen wurden.«

Kirsch horchte auf. »Briefe?«

»Wir nehmen es an. Das war vor ein paar Monaten. Jedenfalls ist für Eduard allein schon der Gedanke, dass sein Vater Europa verlässt, tief verstörend. Was auch die Beziehung zu seiner Mutter beeinträchtigt hat.«

Auf dem Flur schrillte eine elektrische Glocke. Schuler zog

eine Uhr aus der Westentasche und stand auf. Er erklärte, er müsse einer Sitzung beiwohnen, und entschuldigte sich.

»Sagen Sie mir einfach, wann Sie mit den Archiven anfangen möchten. Ich sorge dafür, dass Sie vollen Zugang und einen ruhigen Platz zum Arbeiten haben. In der Zwischenzeit richten Sie Professor Bonhoeffer meine wärmsten Grüße aus.«

Dr. Zimmermann begleitete Kirsch zurück durch das Gebäude. Das Abendessen war gerade zu Ende, und die Patienten kehrten schweigend in ihre Quartiere zurück. Manche beäugten den Fremden im Vorbeigehen misstrauisch, doch die meisten starrten mit der vertrauten Mischung aus Resignation und Verwunderung ins Leere. Wenigstens war die allgemeine Stimmung ruhiger als in der Charité, aber vielleicht lag es nur daran, dass man hier großzügiger mit Beruhigungsmitteln umging.

»Ich hoffe, wir konnten Ihnen helfen«, sagte Zimmermann. »Sie wollten wissen, ob Herrn Einsteins Aussagen verlässlich sind, und ich fürchte, die Antwort ist: wahrscheinlich nicht. In seinem Kopf spielt sich einfach zu viel ab.«

»Sie machen sich Sorgen um ihn.«

Zimmermann nickte. »Ich habe Angst, dass das in Selbstzerstörung enden könnte. Es kann sein, dass er sich nach einer Art Märtyrertod durch die Hand seines Vaters sehnt.«

»Vielleicht war das das Schicksal seines erfundenen Psychiaters«, sagte Kirsch.

Zimmermann zuckte die Schultern. »Leider werden wir das wohl nie erfahren.«

Wieder dachte Kirsch an Eduard, wie er am Klavier saß. Er spielte so gut, so souverän, dass man ihn nie für geisteskrank gehalten hätte. Er war ein Musterbeispiel für die getrennten Bereiche der menschlichen Psyche; ein Teil konnte auf höchstem Niveau arbeiten, während ein anderer vollkommen dysfunktional war. In welchem Teil war bei ihm das Schreiben angesiedelt? Stammte das verschwundene Manuskript von Einstein dem Genie oder von Einstein dem Wahnsinnigen?

»Eine letzte Frage habe ich noch«, sagte er. »Wenn Eduard seine Symptome nach Belieben simuliert, woher wissen Sie dann, dass sein Verhalten nicht von Anfang an eine Scharade ist? Könnte es nicht einfach ein Hilferuf sein? Ein Mittel, um die Aufmerksamkeit seines Vaters auf sich zu ziehen?«

»Alles ist möglich, aber das wäre in meiner Erfahrung ganz ungewöhnlich. Sie müssen sich nur die Degeneration seiner Handschrift ansehen, um zu wissen, dass etwas im Argen liegt. Außerdem gab es einige extreme Verhaltensausfälle.«

»Zum Beispiel?«

»Wutausbrüche, Türenschlagen, manchmal hämmert er zehn Minuten lang mit den Fäusten auf das Klavier ein. Und einmal hat er seine Mutter angegriffen, als sie ihn beruhigen wollte. Er hat versucht, sie vom Balkon zu stürzen.«

»Zu mir hat er gesagt, er wollte sie nur erschrecken.«

»Das ist nicht alles. Seine Mutter unterrichtet junge Frauen – in Mathematik und Musik. Eduard fing an, splitternackt in die Unterrichtsstunden hereinzuplatzen. In seinem Zimmer hingen die Wände voller pornographischer Bilder. Seine Mutter wagte niemanden mehr hineinzulassen, nicht einmal das Dienstmädchen.«

Sie hatten den Haupteingang erreicht. In den leeren Fluren hallte das Schließen von Türen wider.

»Meine Patientin in Berlin war eine von Mileva Einsteins Schülerinnen. Aber ich weiß immer noch nicht genau, wie Eduard sie näher kennengelernt hat.«

»Wie heißt Ihre Patientin?«

»Marija Draganović.« Kirsch deutete auf den Ordner, den Zimmermann bei sich hatte. »Hat Eduard je von ihr gesprochen?«

Zimmermann dachte nach. »Ich glaube nicht, dass er sie je erwähnt hat, auch wenn …«

»Sie ist Serbin. Sie stammt aus der gleichen Gegend wie seine Mutter.«

»Ja, ich weiß. Ich erinnere mich recht gut an sie.«

Kirsch war nicht sicher, ob er richtig gehört hatte. »Wie bitte? Sie meinen, Sie kannten sie?«

»Nun ja, natürlich. Sie war eine Zeitlang als Patientin bei uns. In der ersten Klasse. Das wussten Sie nicht?«

»Nein. Das wusste ich nicht.«

»Eduard war zur gleichen Zeit hier«, sagte Zimmermann. »Ich vermute also, dass sie sich hier näher kennengelernt haben.«

34

Marija war bereits in psychiatrischer Behandlung gewesen, bevor sie nach Berlin kam. Hier war der Beweis, ihre Krankenakte. Sie hatte zwei Wochen im Burghölzli verbracht. Und wer konnte wissen, ob sie nicht vorher schon an einem anderen Ort in Behandlung gewesen war? Es schien, als hätte Inspektor Hagen recht behalten: Es war zwecklos, zu versuchen, Marijas Absichten in Deutschland oder die Ereignisse, die zu ihrer Auffindung geführt hatten, aufzuklären. Er war zwecklos, zu versuchen, Ursache und Wirkung zu rekonstruieren, wie man es bei der Untersuchung eines Verbrechens tat. Es hatte kein Verbrechen gegeben, es gab keine Ursache, keinen Zweck. Nur Wahnsinn.

Kirsch las die Akte in Dr. Zimmermanns Büro, während Zimmermann hin und her ging und so zu tun versuchte, als sei er beschäftigt. Das Dossier war schmal, aber vollständig. Die Fakten – Daten, Zeiten, Beobachtungen, Behandlungen – waren genau aufgenommen und unterschrieben. Objektive Informationen. Tatsachen. Genau das, was er in Zürich gesucht hatte: ein Einblick in Marijas Gemütszustand, eine solide Grundlage für einen Neuanfang. Doch es war nicht der Neuanfang, auf den er gehofft hatte.

Im September hatte sie sich im Krankenhaus vorgestellt. Von einer Überweisung oder einer Begleitperson stand in den Aufzeichnungen nichts. Anscheinend war sie aus eigenem Antrieb gekommen. Sie hatte über Schlaflosigkeit geklagt, Schlafwandeln, Panikanfälle und kurzzeitigen Gedächtnisverlust, der dazu führte, dass sie bisweilen minutenlang die Orientierung verlor. Ein Dr. Vogt hatte die Voruntersuchung durchgeführt. Da es keinen Hinweis auf ein Schädeltrauma gab, war seine erste Befürchtung ein Hirntumor gewesen, doch außer dem Gedächtnisverlust fehlten die Symptome, die eine solche Diagnose normalerweise stützten: Marija litt weder unter Kopfschmerzen noch unter Schwindelgefühl oder Übelkeit – eine Tatsache, die sie sehr betonte. Vogt notierte, dass die Patientin aufgeregt wirkte, *wobei sie sich stark bemühte, einen ruhigen Anschein zu erwecken.* Seine nächste Hypothese war ein Nervenanfall aufgrund emotionaler Belastung, wofür die beste Therapie vollkommene Ruhe in einer friedlichen Umgebung war. Auf Dr. Vogts Empfehlung hatte sie sich einige Tage später in der ersten Klasse der Klinik angemeldet.

Gedächtnisverlust. Da stand es schwarz auf weiß. Hatten sich die Beschwerden seitdem verschlimmert? Waren die Intervalle immer länger geworden bis zu der anhaltenden Amnesie, die Kirsch in Berlin beobachtet hatte?

Er las weiter. Marijas Aufenthalt in der Klinik verlief ereignislos. Neben viel Ruhe und verschiedenen Formen von Entspannungsübungen hatte sie mit Hydrotherapie begonnen, der neuesten Mode, für die das Burghölzli erst kürzlich umgerüstet worden war. Soweit Kirsch verstand, wurden die Patienten in nasse Tücher gewickelt und bei verschiedenen Temperaturen ins Wasser gelegt. Zimmermann sagte, es habe sich gezeigt, dass die Behandlung bei paranoiden und schizophrenen Patienten Angstzustände und Wahnvorstellungen linderte und ihre ruhigen Phasen ohne Hilfe von Medikamenten verlängerte. Kirsch konnte sich gut vorstellen, dass ein längerer Aufenthalt im Wasser eine entspannende Wirkung hatte. Die Erfahrung von relativer Schwerelosigkeit war sicherlich wohltuend. Doch es fiel ihm schwer zu glauben, es ließe sich eine nachhaltige Therapie daraus entwickeln. Auf jeden Fall wurde Marijas Behandlung nach nur einer Sitzung abgebrochen. Aus den Aufzeichnungen ging nicht hervor warum, nur, dass sie »unkooperativ« und »laut« geworden sei und Anzeichen von Panik gezeigt habe.

Die letzte Bemerkung von Dr. Vogt besagte nur: *Nach zwischenzeitlicher Besserung zeigt die Patientin wieder Unruhe und nachlassende Konzentrationsfähigkeit. Habe eine gründliche psychiatrische Untersuchung empfohlen, Beginn Anfang der Woche.* Doch bis dahin hatte Marija ihre Rechnung bar bezahlt und sich selbst aus dem Krankenhaus entlassen. Eine Nachsendeadresse hatte sie nicht angegeben.

Vogt hatte Marijas Behauptung, dass sie krank sei, nie in Zweifel gezogen. Dabei hatte er selbst keine konkreten Symptome beobachtet. Die Anzeichen einer Störung waren fragmentarisch und beruhten auf Hörensagen.

Es war nicht ungewöhnlich, dass sich jemand für ein paar Wochen diskreter Erholung aus eigenem Antrieb in eine psychiatrische Einrichtung begab. In wohlhabenden Kreisen waren Ruhekuren verbreitet, auch wenn das Burghölzli dafür nicht unbedingt das Krankenhaus der Wahl war, weil es hier zu viele echte Geisteskranke gab. Vielleicht war es reiner Zufall, dass Marija Eduard ein paar Wochen nach seiner erneuten Einweisung ins Krankenhaus gefolgt war. Und wenn es kein Zufall war? Lief sie einer seltsamen Faszination nach? Oder steckte Berechnung dahinter? Vielleicht hatte Marija wie Kirsch Eduards Schwäche entdeckt und ausnutzen wollen: eine Hintertür zur Wahrheit.

Plötzlich tauchten immer mehr Möglichkeiten auf – unwillkommen, doch hartnäckig. Selbst nach all der Zeit durfte er sie nicht ignorieren. Eugen Fischer hielt Marija für eine gerissene Hochstaplerin. Auch das war immer noch denkbar.

Kirsch nahm die Brille ab und rieb sich die Augen. Warum war Marija nach Berlin gefahren? Was hatte sie auf die Idee gebracht? Vielleicht existierte die Verbindung mit Einstein nur in seiner Phantasie. Hatte er sich Szenarien ausgemalt, die jeglicher Fakten entbehrten?

Als er die Akte zuklappte, merkte er, dass Zimmermann ihn hinter seinem Schreibtisch hervor beobachtete.

Zimmermann lächelte nervös. »Haben Sie gefunden, was Sie suchten?«

Es war noch überraschend hell, obwohl es bereits spät am Nachmittag war. Der Schnee gab phosphoreszierendes Licht ab, und Kirsch hatte keine Schwierigkeiten, den Weg zu erkennen, auch wenn der Himmel schon dunkel war. Ein einzelnes Paar Reifenspuren wand sich die Straße herauf.

Kirsch hatte den Mann ganz vergessen, den er beim Aufstieg zwischen den Bäumen gesehen hatte, doch als er jetzt die Serpentinen hinabging, sah er ihn wieder; er lehnte am Stamm einer Kiefer und rauchte eine Zigarette.

»Du hast dir Zeit gelassen«, sagte er.

Kirsch hatte keine Zeit, überrascht zu sein. Verschwommen erinnerte er sich an eine Verabredung mit diesem Mann. »Tut mir leid«, sagte er.

Max warf die Zigarette weg und trat auf die Straße. Sein alter Mantel hing lose über seinen Schultern. All die Jahre hatte er sich hier versteckt, in der neutralen Schweiz, unwiderstehlich angezogen von Albert Einsteins altem Wirkungsgebiet Zürich. Es war ihr Geheimnis gewesen, ein Geheimnis nur zwischen ihnen beiden, und Kirsch hatte es so wohl gehütet, dass er es fast selbst vergessen hatte.

»Was machst du noch hier?«, fragte Max.

Kirsch zog die Schultern hoch und ging weiter. »Ich bin wegen meiner Patientin hier. Es gibt da ein paar Dinge, die ich verstehen will.«

»Marija ist es, die die Antworten hat. Hier wirst du sie nicht finden.«

»Ich könnte herausfinden, wer sie ist.«

»Du meinst, wer sie war?«

»Wo ist da der Unterschied? Ich sehe keinen.«

»Wenn es nach dir ginge, wer sollte sie sein?«

Es sah Max ähnlich, solche merkwürdigen Fragen zu stellen.

»Lieserl. Sie sollte Elisabeth Einstein sein.«

»Warum?«

»Wie kannst du das fragen? Ausgerechnet du.«

»Glaubst du, dann wird sie wieder gesund?«

»Ja.«

»Wie Eduard Einstein. Sehr gesund.«

»Das ist etwas anderes.«

Max zuckte die Schultern. Wie sein großes Idol war auch er skeptisch, was die Psychiatrie betraf. Er hielt sie für keine echte Wissenschaft. »Sehr nobel von dir, all das für sie zu tun. Wenn sich herausstellt, dass du recht hast, steht sie für immer in deiner Schuld. Und ihr Vater auch.«

Direkt unter ihnen lag der See, dessen graues Wasser in den konturlosen Himmel überging. Es war, als stünden sie vor einem riesigen unvollendeten Fresko. Nur der Wald und die Stadt waren fertig.

»Ich bin nicht deswegen hier«, sagte Kirsch. »Ich brauche Fakten. Ich habe es satt, Vermutungen anzustellen. Ich brauche eine solide Hypothese.«

Max zog den Mantel enger um sich. Kirsch hatte ein schlechtes Gewissen, weil er den Mantel ohne zu fragen mitgenommen hatte.

»Dankbarkeit ist immerhin etwas«, sagte Max. »Zumindest wird sie sich an dich erinnern, oder? Wenn du nicht mehr da bist.«

»Darum geht es nicht.«

Max zündete sich noch eine Zigarette an. Früher hatte er nie geraucht. Aber jetzt war er älter. »Worum geht es dann?«

Kirsch ging weiter, ohne zu antworten. Nach ein paar Sekunden merkte er, dass sein Bruder ihm nicht mehr folgte. Er sah sich um. Max stand auf der Straße, seine Hände hingen an den Seiten herab.

»Du hast nicht mehr viel Zeit«, sagte er.

Als Kirsch aufwachte, lag er in seinem Bett im Hotel. Blaues Morgenlicht sickerte durch den Spalt zwischen den Vorhängen. Es war eiskalt. Einen Augenblick dachte er, Max stünde in der Ecke und beobachte ihn. Aber es war nur der Regenmantel, der am Kleiderschrank hing. Er ließ den Kopf wieder aufs Kissen sinken und zog sich die Decke bis zum Kinn. Es war eindeutig ein Traum gewesen. Er war sich sicher, dass er vom Burghölzli ein Taxi genommen hatte. Er erinnerte sich genau, wie Dr. Zimmermann eins gerufen hatte.

Er versuchte sich an Max' Stimme zu erinnern, an seine Gesichtszüge. Doch im Traum war es zu dunkel gewesen. Er erinnerte sich nur an die dunkle Gestalt, die sich vom Schnee abhob. Und die Stimme, war es wirklich die von Max gewesen? Kirsch wusste nicht einmal, ob er sie wiedererkennen würde, wenn er sie hörte.

Er stand auf, nahm den Regenmantel vom Schrank und hängte ihn über einen Stuhl.

35

Später am selben Morgen setzte er sich in seinem Hotelzimmer an den Schreibtisch und begann einen Brief an Alma. Für das, was er zu sagen hatte, war es nicht der beste Weg, aber nachdem ihr Vater krank geworden war, wusste er nicht, wann sie einander wiedersehen würden; und es kam ihm nicht richtig vor, sie extra nach Berlin kommen zu lassen, nur weil er die Verlobung lösen wollte. Schriftlich konnte er ihr wenigstens eine Erklärung geben, konnte seine Argumente darlegen, ohne dass er unterbrochen wurde. Und dann würde sie auch verstehen, warum eine Trennung in ihrem besten Interesse war. Er kam sich wie ein Feigling vor, aber er hatte keine Wahl. Er hatte schon viel zu lange gewartet. Warum? Weil er sich die ganze Zeit eingeredet hatte, seine Gefühle für Marija seien nicht real. Sie war eine Schwärmerei, eine Phantasie, die er in die einladende Leere ihrer Amnesie hineinprojizierte. Doch als sich langsam ein greifbareres Bild von Marija zu formen begann, sah er ein, dass es vielmehr seine Liebe zu Alma war, der die Substanz fehlte. Er war in die Idee von ihr verliebt gewesen: klar, gesund und unerschrocken, wie die Sonne an einem wolkenlosen Tag.

Er begann mit der Adresse auf dem Umschlag: der leichte Teil. Dann setzte er einen Entwurf auf, fing dreimal falsch an, bevor auch nur eine halbe Seite zusammenkam. Mit jedem neuen Versuch wirkten seine Erklärungen unzusammenhängender, schienen sich aufzulösen, statt sich zu verfestigen. *Ich leide an einer Krankheit,* schrieb er, *von der ich vermutlich nicht geheilt werden kann.* Um welche Krankheit es sich handelte, schrieb er nicht. *Es ist höchst unwahrscheinlich, dass wir Kinder haben könnten.* Außerdem sei er ohnehin nicht der Mann, der sie glücklich machen würde, schrieb er. Sie würde es bald selbst merken. Er sprach nicht von Liebe. Liebe, das wusste er, würde alles nur komplizierter machen. Doch so klangen seine Worte hohl und verlogen, als hätte jemand anders sie ihm diktiert.

Er sah auf die Uhr. Es war Zeit. Er schob den unvollendeten Brief in den Umschlag und ließ ihn auf dem Tisch liegen. Er würde ihn später fertigstellen, oder wahrscheinlich noch einmal neu anfangen. Als er in die Lobby trat, beschloss er, überhaupt nicht zu schreiben. Nach seiner Heimkehr würde er nach Oranienburg fahren und mit Alma von Angesicht zu Angesicht reden. Das war das Mindeste, was er ihr schuldete.

Während Kirsch unterwegs war, kam das Zimmermädchen, nahm den Brief und übergab ihn dem Concierge, der eine Briefmarke aufklebte und ihn mit der übrigen Post abschickte, während er das Porto auf Kirschs Rechnung setzte. Doch davon erfuhr Kirsch erst nach seiner Rückkehr ins Hotel.

Als er am Burghölzli ankam, brach die Sonne durch die Wolken, und breite strahlende Lichtstreifen fielen hinab auf den See.

Im Wintergarten, auf dessen Glasdach eine Schneedecke lag, war es dunkel. An einer Seite waren mehrere Scheiben eingeschlagen, die spitzen Zacken sahen aus wie kaputte Reißzähne. Nur durch die Löcher fiel Licht herein.

Eduard war mit einer Reihe von Sträuchern in Tontöpfen beschäftigt; er umwickelte die Enden der Zweige mit Lumpen. Er trug einen offenen Überzieher über einem roten Morgenmantel und einer Pyjamahose. Die Haare fielen ihm ungekämmt in die Stirn.

»Kamelien. Schauen Sie, sie gehen schon auf.« Er zeigte Kirsch die Spitze eines rosa Blütenblatts, das sich durch die Falten einer wachsartigen grünen Knospe drückte. »Ein harter Frost, und sie gehen kaputt.«

Sein Atem bildete weiße Wolken.

»Wir sollten hineingehen«, sagte Kirsch. »Sie holen sich eine Erkältung.«

Eduard begann die Knospe einzuwickeln. »Ich wusste nicht, dass Sie auch solche Diagnosen stellen. Sind Sie dafür überhaupt ausgebildet?«

»Bevor ich Psychiater wurde, war ich Chirurg.«

»Wirklich? Warum haben Sie aufgehört?«

Kirsch zog die Schultern hoch. Eduard war angriffslustig. »Muss es einen Grund geben?«

»Tja, das ist eine interessante Frage. Gehört der menschliche Geist in die Welt der klassischen Physik oder in die der Quantenphysik? Gibt es einen Grund für jeden Wunsch und Gedanken? Oder können sie ganz spontan auftreten?«

»Sagen wir, ich brauchte eine Veränderung.«

»Sie brauchen es mir nicht zu erzählen, wenn es ein Geheimnis ist.« Eduard stellte den Verband der Knospe fertig, riss den Lumpen an einem Ende ein und verknotete ihn. »*Ich* habe aufgehört, weil ich die Leichen nicht ertragen konnte. Nach ein paar Sektionen fing ich an, von ihnen zu träumen. Und dieser grauenhafte Gestank. Nicht einmal das Formaldehyd kann ihn verdecken. Ich nehme an, Sie wissen, was ich meine.«

»Ja.«

»Ich wurde diesen Geruch nicht mehr los. Es war, als hinge er in meinem Kopf, in meinem Gehirn. Ich roch ihn an meinem Kissen, wenn ich ins Bett ging. Ich roch ihn an anderen Leuten, an den Lebenden. Deswegen habe ich beschlossen, mich von den Leichen fernzuhalten. Ich wollte den Geruch nicht an mir haben.«

An der Front hatten sie die Toten in den nächsten verfügbaren Keller gelegt, bis sie fortgebracht werden konnten. Doch bei den Großoffensiven gegen die Russen waren die Keller schnell voll, selbst wenn sie die Toten in drei Schichten stapelten, und dann mussten sie sich mit Zelten behelfen. Die Sanitäter wickelten die Leichen in Laken, wenn welche übrig waren. Wenn nicht, zog man ihnen einen Sack über den Kopf. Doch spätestens nach ein oder zwei Tagen fand der widerliche Geruch den Weg ins Feldlazarett. Bald roch es überall nach Tod, und weder Chlor noch Phenol half dagegen. Wenn neue Verwundete hereingebracht wurden, sahen sie auf dem Dach die Krähen und die Raben, die sich dort versammelt hatten. Eduard hatte recht: Wer einmal mit diesem Geruch gelebt hatte, vergaß ihn nicht mehr. Der olfaktorische Abdruck war bleibend, und jede Erinnerung an jene Zeiten und Orte brachte ihn mit erschreckender Widerwärtigkeit zurück.

»Wenn es um den Geist geht, tendiere ich persönlich zur Quantenphysik«, sagte Eduard. »Entstehen Gedanken nicht durch Elektrizität? Und sind Elektronen nicht Quanten? Ich glaube jedenfalls nicht, dass die Vorgänge des Gehirns rein mechanisch sind. Ursache und Wirkung. Tick, tack. Nein, da steckt mehr dahinter.«

»Sie meinen, es gibt eine Seele.«

Eduard schnalzte mit der Zunge. »Die Flucht ins Übernatürliche bringt uns nicht weiter. Da tauscht man nur einen Satz unbeantworteter Fragen gegen einen anderen aus.«

»Was haben Sie dann gemeint?«

Eduard betastete ein Kamelienblatt. Die Spitze war bereits gelb. Bald würde es abfallen. »Die Schwierigkeit ist eine sprachliche. In der Quantenwelt gibt es Dinge, für die uns die Worte fehlen: Objekte, die sich erst in Zeit und Raum kristallisieren, wenn sie beobachtet werden; Position und Form, die potentiell existieren, aber nicht konkret. Die menschliche Sprache lässt solche gespenstischen Zustände nicht gelten. Ein Ding kann nicht an mehreren Orten gleichzeitig sein. Entweder es existiert oder es existiert nicht. Aber das ist eben nicht die Quantenwelt – aus der alle anderen Welten bestehen. Wie Niels Bohr sagte, wenn es um Atome geht, ist die einzige Sprache, mit der man etwas anfangen kann, die der Poesie.«

Kirsch hatte angefangen zu zittern. »Ich habe ein paar Fragen, Herr Einstein. Ich hoffe, es macht Ihnen nichts aus.«

Eduard griff in die Tasche und zog einen weiteren Lumpen heraus. Er versuchte ein Stück abzureißen, aber der Stoff verdrehte sich und es gelang ihm nicht. »Haben Sie ein Taschenmesser dabei? Oder eine Schere?«

Kirsch hatte immer ein Taschenmesser in der Brusttasche, hauptsächlich um Bleistifte anzuspitzen. Es hatte einen vergilbten Elfenbeingriff. Kirsch zögerte, dann zog er es heraus, klappte die Klinge auf und reichte es ihm.

»Ich kann mir denken, warum Sie kein Chirurg mehr sind.« Eduard wog das Taschenmesser in der Hand. »Es ist eigenartig, in die Toten hineinzuschneiden. Wie eine Schändung. Im Anatomiekurs haben die anderen Witze gemacht und ihnen Spitznamen gegeben, den Leichen, meine ich. Guten Morgen, Kasper; guten Abend, Molly. Nur ein Stück Fleisch, sagten sie, wie beim Metzger, nur nicht so frisch. Die Leichen lagen im Kühlraum, aber im Sommer war es auch da nicht kalt genug. Ich träumte, dass sie wiederkamen, schwarz und von den Eingriffen der Studenten verstümmelt.« Er drückte die Klinge probeweise gegen seine Handfläche. »Ich schätze, bei lebendigen Patienten fühlt es sich anders an. Wenn sie am Leben sind, können sie nicht wiederkommen, um einen heimzusuchen.«

»Wahrscheinlich nicht.«

»Es sei denn, sie sterben auf dem Operationstisch.« Eduard faltete den Lumpen über die Klinge und zog, bis er sich teilte. »Es muss ein schreckliches Gefühl sein, das Leben eines anderen in der Hand zu haben. Angenommen, man macht einen Fehler?« Er griff nach der nächsten Kamelienblüte, rieb mit dem Daumen über die Oberfläche. »Setzen Sie sich doch, Herr Doktor. Sie sehen blass aus.«

An der hinteren Wand standen einige Liegestühle. Kirsch war versucht, sich einen davon zu holen, aber dann überlegte er, wie seltsam es aussehen würde, wenn er saß und Eduard stand. Wie Professor Bonhoeffer sagte, untergruben solche Details das Verhältnis zwischen Arzt und Patient.

»Ich wusste, Sie würden noch einmal kommen«, sagte Eduard. »Sie wollen über Marija sprechen, nicht wahr?«

»Wenn es Ihnen recht ist.«

»Oh, ja. Ich rede gern über Marija. Das hilft mir, mich an sie zu erinnern. Sie ist hübsch, finden Sie nicht?«

»Ja, das stimmt.«

»Und intelligent, auch wenn man es ihr nicht gleich anmerkt. Auf den ersten Blick wirkt sie so unschuldig. Wie Besuch aus einer besseren Welt. Dann schämt man sich, dass die eigene Welt nicht so ist – so wie sie sein sollte.«

»Ihre Mutter sagte, Marija sei beeinflussbar und reagierte stark auf Suggestionen.«

Eduard schnaubte. »Meine Mutter schämt sich.«

»Wofür?«

Eduard drehte ihm den Rücken zu und wandte sich der nächsten Pflanze zu. Er bückte sich, um an der Knospe zu riechen, obwohl sie noch geschlossen war.

»Eduard?«

Er zuckte die Schultern. »Wie ich gesagt habe: Die Welt ist nicht so, wie sie sein sollte. Das ist alles, was ich meinte.«

Kirsch nahm eine Zigarette heraus und zündete sie an. Tatsachen. Ursache und Wirkung. Daran musste er sich halten.

»Bei unserem letzten Gespräch haben Sie verschwiegen, dass Marija als Patientin hier war. Warum?«

»Ich dachte, Sie wüssten das.« Eduard ging wieder an die Arbeit. »Ich habe eine Geschichte über sie geschrieben, wissen Sie. Man könnte sagen, sie war meine Muse.«

Kirsch sah zu, wie Eduard ein weiteres Stück Stoff zurechtschnitt. Er war froh, dass er die Klinge seit längerem nicht geschliffen hatte. »Dr. Zimmermann hat mir von Ihrem Buch erzählt.«

Draußen kamen zwei Männer in Arbeitskleidung um die Ecke, die zu zweit eine Leiter trugen. Sie blieben vor dem Wintergarten stehen. Der Vordermann spähte durch die Scheibe.

»Es spielt in einer psychiatrischen Klinik«, sagte Eduard.

»Das habe ich gehört.«

»Es geht um einen Psychiater, der sich in eine Patientin verliebt.«

Lärmend stellten die Handwerker die Leiter an die Seite des Wintergartens.

»Interessante Idee«, sagte Kirsch. »Wie kommt es dazu?«

»Warum verlieben wir uns? Weil wir jemanden finden, der uns das gibt, was wir wollen oder was wir brauchen. Jemanden, der uns befreien kann.«

»Ich verstehe. Und wie endet das Ganze?«

»Nicht glücklich, fürchte ich. Das Ende eines Romans muss glaubwürdig sein, sonst fühlt der Leser sich betrogen. Nichts ruiniert eine Geschichte so sehr wie ein unrealistisches Ende. Ich hoffe, Sie verzeihen mir.«

»Was gibt es da zu verzeihen?«

Eduard packte die nächste Knospe ein. »Vielleicht ist es eine Quantengeschichte, Dr. Kirsch. Nur in Prosa statt Poesie. Haben Sie je darüber nachgedacht?«

Kirsch klopfte die Asche seiner Zigarette in einen leeren Blumentopf. Eduard spielte mit ihm, versuchte ihn aus der Reserve zu locken. Gewiss hatte er mit Marija die gleichen Spielchen gespielt. Es war seine Art, sich zu amüsieren, das Ventil für seine verdrehte, ruhelose Genialität.

»Und Sie, Eduard? Sind Sie deswegen hergekommen? Um für Ihr Buch zu recherchieren?«

»Recherche ist wichtig. Der Schauplatz muss überzeugend sein. Das erwartet der Leser heutzutage. Sich auf eine Geschichte einlassen, nennt man das. Man muss die Leser dazu bringen, zu glauben.«

»Und Marija? Warum ist sie hergekommen?«

Eduard antwortete nicht. Wieder schien er sich ganz auf seine kostbaren Kamelien zu konzentrieren. Die Knospen sahen aus wie kleine bandagierte Fäuste, kampflustig in die Luft gereckt.

Einer der Handwerker draußen hielt die Leiter fest. Der andere war hinaufgeklettert. Nur die Füße und Knöchel waren zu sehen.

»Das ist Hermann«, sagte Eduard ohne aufzublicken. »Er ist manisch-depressiv. Manchmal lassen sie ihn zu mir kommen, dann hört er mir beim Klavierspielen zu. Er ist ganz vernarrt in Schubert. Mozart gefällt ihm auch, aber da muss ich vorsichtig sein, sonst fängt er an zu tanzen.«

Eine kleine Lawine rutschte vom Dach. Eine Säule aus Licht fiel herein und teilte das Halbdunkel. Hermanns Gesicht tauchte über ihnen auf, eine Maske der Konzentration, die Zunge zwischen den Lippen herausgestreckt. Kirsch musterte seine Bartstoppeln, das schlaffe Kinn, die Topfschnitt-Frisur.

»Sie fürchten, das Glasdach bricht ein«, erklärte Eduard, »vor allem jetzt, da es teilweise kaputt ist. Es ist vor ein paar Jahren schon einmal passiert, als die Schneedecke zu schwer wurde.«

Zum ersten Mal fiel Kirsch auf, dass die Holzbalken des Wintergartens ächzten. »Erzählen Sie mir mehr von Ihren Texten«, sagte er. »Geben Sie sie jemandem zu lesen?«

»Eigentlich nicht.«

»Vielleicht einmal einer der Schülerinnen Ihrer Mutter?«

Eduard schüttelte den Kopf.

»Aber ich habe gehört, dass Sie sich sehr gut mit ihnen verstanden haben. Fräulein Anka Streim zum Beispiel, oder Maja Schucan. Sie haben ihnen vorgespielt. Und Sie sind tanzen gegangen.«

Es stand alles in Eduards Krankenakte: wie Eduard gegen Ende der Stunde hereinkam und vorspielte. Mileva hatte ihn dazu ermutigt. Sie war stolz auf ihren jüngeren Sohn und wollte vermeiden, dass er wieder in Grübeln und Depression versank wie an der Universität. Im Allgemeinen fanden die Schülerinnen Eduard sehr charmant. Er begleitete sie auf Ausflügen oder ging abends mit ihnen aus. Doch dann wurde sein Benehmen schlechter. Eifersuchtsanfälle und »unangemessenes Verhalten« setzten jeder Aussicht auf eine romantische Beziehung ein Ende.

Eduard zuckte die Schultern.

»Diese Beziehungen hielten nicht, nicht wahr?«, fragte Kirsch weiter. »Und als Marija kam, müssen Sie befürchtet haben, dass wieder das Gleiche passiert.« Er trat näher und sprach so leise er konnte. »Haben Sie ihr deshalb den Brief gegeben, Eduard? Den Brief, den Sie bei Ihrer Mutter gefunden haben, in dem es um Lieserl ging?«

Er wartete auf eine Reaktion, ein Zeichen von Verwirrung oder Leugnen, doch es kam nichts.

»Ich habe gerätselt, wie Marija an den Brief kam. Ich glaube nicht, dass sie ihn selbst an sich genommen hat. Wann hätte sie die Möglichkeit dazu gehabt? Und ich bin mir ziemlich sicher, dass Ihre Mutter ihn ihr nicht gegeben hat. Bleiben nur noch Sie.«

Hermann stieg auf der Leiter höher und stellte einen Fuß auf das Dach, während er den Besen durch den Schnee schob. Der Mann am Boden gähnte.

»Aber wenn sie Ihre Schwester wäre«, sagte Kirsch, »würde das die Lage ändern. War das Ihre Überlegung? Marija würde bei Ihnen bleiben. Sie wäre für immer Teil Ihres Lebens, was auch passierte. Und Sie müssten sich keine Gedanken wegen einer möglichen Romanze mit ihr machen. All das könnten Sie umgehen.«

Eduard antwortete nicht. Er wickelte einen Stoffstreifen um eine Knospe, immer wieder, mit einer Miene höchster Konzentration. Es war verlockend, zu fragen, ob er tatsächlich glaubte, dass Marija seine Schwester war – ob er immer noch daran glaubte. Aber auf dem Weg herauf war Kirsch zu dem Schluss gekommen, dass selbst Eduards Meinung wenig Licht in die Angelegenheit bringen konnte. Allein seine Mutter kannte die Wahrheit, und sie würde natürlich nicht darüber reden. Trotzdem, es wäre vielleicht gut zu wissen, was Marija selbst geglaubt hatte.

Kirsch hatte wach im Hotelzimmer gelegen, als es ihm aufging: Hinter allem steckte Eduard. Nur er konnte Marija die Idee eingepflanzt haben, dass sie eine Einstein war wie er. Marija war von außen betrachtet eine starke Kandidatin für Lieserl, die verlorene Tochter: Sie war etwa im richtigen Alter; war im richtigen Teil der Welt aufgewachsen; hatte eine natürliche Begabung für Mathematik. Und da ihre Eltern tot waren, gab es praktischerweise niemanden, der die Idee anfechten konnte.

Es wäre eine vollkommen glaubwürdige Geschichte. Das Kind,

dessen Name Lieserl war, war unehelich gezeugt und geboren worden. Zu jener Zeit war Albert Einstein auf Arbeitssuche. Sein Antrag auf Schweizer Staatsbürgerschaft war noch nicht durchgegangen. Er und seine künftige Frau waren beide Ausländer, und ihre Visa konnten je nach Laune des zuständigen Beamten jederzeit aufgehoben werden. Ein Skandal konnte verheerende Auswirkungen haben. In Deutschland hätte Albert immer noch eingezogen werden können. Also ging Mileva nach Serbien und bekam ihr Kind heimlich. Ihre Freundin Helene hatte eine diskrete Adoption dort in die Wege geleitet. Vielleicht sollte es sogar nur ein kurzfristiges Arrangement sein. Vielleicht wollten die Einsteins ihre Tochter zurück in die Schweiz holen, sobald sie verheiratet und etabliert waren. Oder vielleicht wollte das nur einer von beiden. Ein solcher Konflikt konnte sogar zum Scheitern einer Ehe führen. Egal was dahintersteckte, man hatte die Familienehre geschützt. Lieserl war in Serbien bei ihrer Adoptivfamilie geblieben, *zum Besten aller,* wie Helene Savić geschrieben hatte.

Am Grab ihres Vaters fühlte sie sich befreit, hatte Marija gesagt. Ihre psychologische Verfassung hatte sie in dem Gedanken bestärkt, sie könnte adoptiert sein. Und hatte nicht Eduards Mutter gesagt, Marija neige zum Phantasieren?

»Hat sie Ihnen geglaubt, Eduard?«, fragte Kirsch.

»Was geglaubt?« Eduard suchte nach weiteren Knospen, doch er hatte bereits alle versorgt.

»Dass sie Lieserl war, Ihre Schwester.«

Eduard schüttelte den Kopf. »Ich habe keine Schwester.«

»Warum haben Sie Marija dann den Brief gegeben? Was hatten Sie vor?«

Eduard musterte das Taschenmesser, das er in der Hand hielt. Er begann die Klinge auf- und zuzuklappen. Jetzt, im Licht, sah Kirsch, dass er rot unterlaufene Augen hatte, und dunkle Ringe darunter. Er fragte sich, wie Eduards schizo-affektive Störung behandelt wurde. Er war so auf Marija konzentriert gewesen, dass er nicht einmal gefragt hatte.

»Eduard ...«

»Mein Vater hat Sie geschickt, nicht wahr?«

»Nein, ich habe Ihnen gesagt, wie es ist, Eduard: Marija ist meine Patientin. Ich brauche Ihre Hilfe.«

Eduard drehte sich um, das Messer in der Hand geöffnet. »Was spielt es für eine Rolle, was ich sage? Was spielt es für eine Rolle, was ich denke?«

»Sie und Marija haben einander nahegestanden.«

»Sie ist fort. Sie ist ... niemand. Sie kommen zu spät.«

Er kam einen Schritt näher, und einen Moment dachte Kirsch, er würde ihn mit dem Messer angreifen. Doch dann hob Eduard den Kopf und drückte sich die Klinge an die eigene Kehle, gegen die Schlagader, so fest, dass die Haut weiß wurde. Kirsch hörte Dr. Zimmermanns Worte: *Ich habe Angst, dass das in Selbstzerstörung enden könnte.* Und Kirsch hatte ihm das Messer dazu gegeben.

Plötzlich kam ein animalischer Schrei von oben. Instinktiv blickten beide Männer hinauf. Hermann musste sie beobachtet haben. Er lag flach auf dem Dach, das Gesicht gegen das Glas gedrückt, und hämmerte mit den flachen Händen auf die Scheibe, dass der ganze Wintergarten zitterte. Kirsch sprang vor und griff nach Eduards Handgelenk, doch Eduard war zu schnell für ihn: er wich geschmeidig aus und drehte sich auf dem Absatz wie ein Matador. Kirsch stürzte an ihm vorbei, stolperte über einen Stapel Blumentöpfe und landete auf dem Boden.

Eduard sah das Messer an, das er immer noch in der Hand hielt. Er blinzelte, als wüsste er nicht mehr genau, was er damit vorgehabt hatte. Dann klappte er vorsichtig die Klinge zu und gab es zurück.

»Danke, Herr Doktor«, sagte er. »Ich muss jetzt gehen und Klavier üben. Mein Vater wird ärgerlich, wenn ich nicht übe. Guten Tag.«

36

Das Mittel bestand aus Natrium und Schwefel: zehn Gramm eines gelblichen Puders am Boden einer kleinen unbeschrifteten Flasche. Der Pfleger an der Medikamentenausgabe im Hauptgebäude versicherte ihm, es sei das Original. Eisner musste nur noch eine zweieinhalbprozentige Lösung mit sterilisiertem Wasser herstellen und sie intravenös injizieren. Als Pulver war Natriumpentothal stabil und haltbar, nur die Lösung musste innerhalb von achtundvierzig Stunden verwendet werden. Danach begann sie das Glas anzugreifen.

»Zweihundertfünfzig Milligramm«, sagte der Mann. »Das ist die Maximaldosis. Das Körpergewicht spielt natürlich auch eine Rolle.«

»Natürlich.«

»Passen Sie auf, dass Sie keine zu hohe Dosis verwenden. Zu viel zu schnell, und der Patient erleidet einen Schock.«

»Wie lange hält die Wirkung an?«

»Kommt darauf an. Vielleicht fünfzehn Minuten.«

Eisner war enttäuscht. Fünfzehn Minuten waren nicht sehr lang für die Fragen, die er stellen wollte. Er fragte sich, wie viele Dosen Pentobarbital man geben durfte, und in welchem Zeitraum, aber er wollte den Mann nicht neugierig machen. Er gab ihm das Geld und kehrte in die Psychiatrische Klinik zurück. Er würde es einfach ausprobieren. Kanülen und Spritzen hatte er sich aus dem Lager besorgt. Außerdem hatte er sich eine gebrauchte Apothekerwaage und einen Messzylinder zugelegt. Doch wo bekam er das sterilisierte Wasser her?

Am Nachmittag ging er in die Küche und setzte einen Kessel Wasser zum Kochen auf, dann goss er das Wasser in eine saubere Kaffeekanne. Dass kein Kaffeepulver darin war, fiel niemandem auf. Er trug die Kanne in sein Büro und schloss die Tür ab. An seinem Schreibtisch bereitete er die Lösung für drei Injektionen zu, die er gleich aufzog. Er hätte am liebsten sofort angefangen, doch es war sicherer, bis nach dem Abendessen zu warten. Er wollte nicht gestört werden oder unnötige Aufmerksamkeit auf sich ziehen.

Die Aussicht auf seinen eigenen kleinen medizinischen Durchbruch erregte ihn. Kirsch würde es nicht gefallen, dass er in seiner Abwesenheit Experimente durchführte, aber was konnte er schon tun? Er hatte selber viel zu verbergen, und wer im Glashaus saß, sollte nicht mit Steinen werfen. Wie wollte er zum Beispiel seiner Verlobten erklären, dass er die Miete für das Zimmer bei Mettler zahlte?

Eisner hielt die Spritze ans Licht. Die Flüssigkeit war klar und farblos und wirkte so harmlos wie Wasser. Es war eine Weile her, dass er Spritzen gegeben hatte. Der Trick war, eine Vene zu finden und aufzupassen, dass man sie nicht ganz durchstach. Wenn Blut ins umliegende Gewebe drang, konnten alle möglichen Komplikationen auftreten. Wahrscheinlich war es am besten, die Patientin mit Riemen am Bett festzumachen. Er wollte nicht, dass sie herumzappelte.

Eisner drückte auf den Kolben der Spritze, bis sich am Ende der Kanüle ein Tropfen bildete. Es war wichtig, keine Luft zu injizieren. Luftblasen konnten zu Embolien führen und, wenn sie bis zum Gehirn wanderten, zum Hirnschlag. Die ganze Prozedur wäre sehr viel sicherer gewesen, wenn Martin zugestimmt hätte. Falls etwas schiefging, war es genaugenommen Martins Schuld.

Abgesehen von seiner Neigung, päpstlicher als der Papst zu sein, wenn es um seine Patienten ging, war Kirschs Problem, dass er sie nicht gern teilte. Er riss die interessanten Fälle an sich und tat so, als gehörten sie ihm allein. Seine Erkenntnisse behielt er für sich, und seinen Kollegen gönnte er keine Chance, etwas beizusteuern. Das Einstein-Mädchen war ein typischer

Fall. Martin war egoistisch, um nicht zu sagen undankbar. Schließlich hatte Robert ihn mit Alma bekanntgemacht. Er hatte ihn dem Schoß der Familie Siegel zugeführt. Allein deswegen verdiente er, mit ein bisschen mehr Respekt behandelt zu werden.

Vielleicht würde sich das Barbiturat als nutzlos herausstellen. Vielleicht schloss es nicht die Tür zum Unbewussten auf oder setzte die Fähigkeit zu lügen außer Kraft, wie behauptet wurde. Aber kein objektiver Beobachter konnte es Eisner zum Vorwurf machen, dass er es ausprobieren wollte. Nur durch Experimente, erfolgreich oder nicht, brachte man das Wissen der Menschheit voran.

Kirsch war absolut gegen das Experiment. Nur über seine Leiche, hatte er gesagt. Nun, das würde Eisner nicht abhalten, denn weder Kirsch noch seine Leiche waren irgendwo zu sehen.

Als der Wärter kam, lag Marija im Bett und schlief.

»Dr. Eisner möchte Sie unten sehen.«

Normalerweise kam nach Einbruch der Dunkelheit kein männliches Personal in den Frauentrakt. Marija vermutete, dass dies eine allgemeine Regel war, von der nur Ärzte ausgenommen waren. An der Art, wie der Wärter in der Tür stand und die Bilder an der Wand musterte, sah sie, dass sie recht hatte.

Sie drehte ihm den Rücken zu, doch ihre Augen blieben offen. »Ich bin müde«, sagte sie. »Ich möchte schlafen.«

Der Wärter hieß Jochmann. Er war ein stämmiger Mann mit Stiernacken und ruppigem Ton. Ihr war aufgefallen, dass die männlichen Patienten ihm aus dem Weg gingen.

»Es muss sein«, sagte er. »Jetzt kommen Sie schon.«

Sie lag still da, weigerte sich, sich zu bewegen oder zu antworten. Eisner war nicht ihr Arzt. Sie traute dem Wärter nicht.

Sie hörte, wie die Tür zuging. Erst dachte sie, er sei hinausgegangen, doch dann hörte sie seine schweren Schritte durchs Zimmer kommen. Sie wollte um Hilfe schreien, aber kaum hatte sie den Mund geöffnet, spürte sie eine Hand im Nacken, die ihr

Gesicht ins Kissen drückte. Jochmann drehte ihr den Arm auf den Rücken und hielt sie fest. Sie kämpfte ein paar Sekunden, doch er war zu stark und zu schwer für sie. Sie schaffte es gerade, den Kopf zur Seite zu drehen und nach Luft zu schnappen.

Sie zwang sich, ihre Muskeln zu entspannen. Um sie zu vergewaltigen, musste er sie mindestens mit einer Hand loslassen. Dann, wenn er sich die Hose aufknöpfte, hätte sie eine Chance. Doch er ließ nicht los. Er hielt sie fest, bis sie jeden Widerstand aufgegeben hatte; dann riss er sie auf die Füße.

»Es hat keinen Sinn, Schwierigkeiten zu machen«, sagte er. »Es ist zu Ihrem eigenen Besten.«

Er führte sie den Flur hinunter. Sie hatte das Gefühl, dass er so etwas öfter tat, dass es Routine für ihn war. Sahen deswegen die Wärter alle so stark aus?

»Mein Arzt ist Dr. Kirsch«, sagte sie.

»Na, dann haben Sie jetzt zwei«, sagte Jochmann. »Ist doch prima. Doppelt so viele Ärzte, da werden Sie doppelt so schnell geheilt.«

Er brachte sie eine Hintertreppe hinunter, die sie nicht kannte. Nach einer Weile ließ er ihren Arm los. Sie stiegen immer weiter hinab, bis sie einen warmen, nur schwach erleuchteten Keller erreichten. An den Wänden verliefen Rohre und es roch nach Heizöl. Staub und Ruß klebten an ihren Fußsohlen. Sie konnte weglaufen, aber wie weit würde sie kommen? Sie konnte schreien, aber wer würde sie hören?

»Wir sind fast da«, sagte Jochmann.

Er drückte gegen eine schwere Schwingtür und hielt sie ihr auf. Vor ihnen lag ein karger, halb gekachelter Raum mit mehreren Waschbecken an einer Wand. In der Mitte des Raums stand ein Eisenbett mit Riemen. Dr. Eisner saß am Fußende, die Hände zwischen den Knien, und ließ die Beine baumeln wie ein Schuljunge, der die Zeit totschlägt. Als er Marija sah, sprang er auf.

»Wo ist Dr. Kirsch?«, fragte sie.

Eisner sah gekränkt aus. »Im Moment könnte ich es Ihnen

nicht sagen. Anscheinend hat er sich eine Auszeit genommen.«

»Wann kommt er wieder?«

»Ich kann verstehen, dass Sie sich vernachlässigt fühlen. Aber das wird jetzt alles anders.« Er trat einen Schritt vom Bett zurück. »Ich möchte, dass Sie sich hier hinlegen.«

FUGUE

37

Ich beendete meine Studien in Zagreb nicht. Es lag nicht daran, dass ich faul oder enttäuscht gewesen wäre, oder Heimweh gehabt hätte, auch wenn ich oft einsam war. Es lag daran, was in Orlovat geschah, im Frühling meines letzten Studienjahrs, und es fällt mir heute noch schwer, daran zu denken, geschweige denn, es jemandem zu erzählen, doch das muss ich tun, wenn Sie verstehen sollen, weshalb ich hier bin und was ich von Ihnen wissen muss.

In jenem Frühjahr regnete es viel. Als ich zu Ostern mit dem Zug nach Hause fuhr, sah ich kilometerweit überflutetes Land. Stellenweise konnte man kaum sehen, wo die Felder aufhörten und der Himmel begann – ein hübscher Anblick, auch wenn er, wie ich wusste, Hunger und Not bedeutete für die, deren Ernte im Boden verdarb. Obwohl ich mein Kommen angekündigt hatte, war niemand am Bahnhof, um mich abzuholen, dabei regnete es und wurde bereits dunkel. Also wanderte ich allein durch das Dorf, sprang über die Pfützen, von einem schlammigen Stück Straße zum nächsten, bis ich vor dem Hof des Hauses Draganović stand.

Die Haustür war nicht abgeschlossen. In der Küche brannte eine Lampe, doch es war niemand da. Ich setzte den Koffer ab und ging hinters Haus, ich dachte, wenigstens Senka müsse da sein, weil sie sich um die Tiere kümmerte. Das Pferd war fort. Die Gänse und Hühner liefen auf dem Hof und im Obstgarten herum, manche außerhalb des Zauns, andere drängten sich unter den Bäumen am Rand des Feldes zusammen. Da bekam ich es mit der Angst. Senka hätte nie zugelassen, dass ihre Gänse und Hühner so umherirrten. Sie hätte sie in die Ställe gebracht, wo es warm und sicher war. Doch die Ställe waren leer, bis auf einen einsamen Vogel, der dürr und zerrupft aussah. Ich versuchte ihre geliebten Gänse zusammenzutreiben, doch es gelang mir nicht, sie zischten mich an und liefen davon.

Dann fiel mir Maja Lukić, die Haushälterin, ein, und ich machte mich auf den Weg zu ihr. Ich war noch keine zwanzig Meter gegangen, da kam sie mir auf der Straße entgegen, ebenso durchnässt und schlammbespritzt wie ich. Wir kehrten ins Haus zurück und sie berichtete mir, dass Senka seit gestern vermisst wurde. Maja und ein paar Leute aus dem Dorf hatten alles nach ihr abgesucht, doch bisher hatten sie noch keine Spur von ihr gefunden. Ich wusste, Senka wäre nie ohne Grund davongelaufen. Ich fragte, wo mein Vater sei und ob er eine Rolle bei der Sache spielte.

Ich kannte Maja Lukić nicht sehr gut. Als Senka und ich klein waren, hatte sie Plätzchen für uns gebacken und sie, in Musselin eingeschlagen, in den Zweigen der Bäume versteckt. Daran erinnerte ich mich. Doch seit ich zur Schule ging, hatte ich sie kaum noch gesehen. Jetzt verdiente sie als Wirtschafterin in unserem Haus ihr Geld. Es war also kein Wunder, dass sie nicht schlecht über ihren Dienstherrn reden wollte, um nicht vor die Tür gesetzt zu werden. Ich aber ließ ihre Ausflüchte nicht gelten und fragte sie ganz offen, ob mein Vater Senka wegen irgendeiner Nichtigkeit bestraft hatte, und wenn ja, was geschehen war.

Maja Lukić versicherte mir, dass nichts dergleichen vorgefallen sei, soweit sie wusste. Andererseits gestand sie, dass mein Vater, wenn er allein und betrunken war, Senka manchmal wegen des Todes unserer Mutter beschimpfte. In seinem Rausch gab er ihr die Schuld – wegen der Bemerkung des Arztes, die Krankheit habe zuerst die Tiere befallen und sei dann durch Senka ins Haus gebracht worden. Maja Lukić beschrieb diese Ausbrüche sehr vorsichtig, doch ich konnte mir leicht vorstellen, wie heftig sie waren. Senkas Existenz – sein Fleisch und Blut – war für Zoltán Draganović ein wunder Punkt, wenn es um sein Ansehen und seine Ehre ging. Aus irgendeinem Grund, den ich noch nicht verstand, konnten meine akademischen Leistungen Senkas Schwächen nie ausgleichen. Inzwischen weiß ich natürlich, weshalb.

Ich war mit Maja Lukićs Erklärung nicht zufrieden, und das sagte ich ihr auch. Nach kurzem Zögern führte sie mich in den Salon, wo sie gestern geputzt hatte, wie sie sagte. Nach dem Tod unserer Mutter war er nicht viel genutzt worden, auch wenn gegen die Feuchtigkeit stets ein Feuer im Kamin brannte. Maja nahm unser Familienalbum von seinem Platz auf dem Schreibtisch und zeigte es mir. Sie hatte es auf dem Fußboden gefunden, sagte sie, und dass sie fürchtete, Senka habe es gesehen. Als ich das Album aufschlug und sah, was mein Vater getan hatte, verstand ich, was sie meinte. Er hatte jedes Foto von Senka entfernt, selbst die, auf denen sie das Taufkleid trug. Wo sie auf Gruppenbildern zu sehen war, zum Beispiel den Familienporträts, die der Fotograf in Novi Sad von uns gemacht hatte, hatte er ihr Bild sorgfältig mit einem Messer herausgeschnitten. Manchmal war nur ein Schuh, ein Arm oder eine Haarsträhne von ihr übrig. Auf einem Foto hielt unsere Mutter Senka auf dem Schoß. Hier hätte er Senka nicht entfernen können, ohne meiner Mutter den Arm abzuschneiden. Stattdessen hatte er Senkas Kopf abgeschnitten. Nun schien unsere Mutter eine kopflose Puppe im Arm zu halten und darüber zu lächeln.

Als ich diese Grausamkeit sah, erfüllte mich ein Hass, wie ich ihn noch nie gespürt hatte. Gewalt liegt nicht in meiner Natur – nicht mehr als bei jedem anderen Menschen. Doch in diesem Moment hätte nur Blut den Zorn stillen können, den ich um meiner Schwester willen empfand. Es war, ich weiß, ein egoistischer Impuls: Rachedurst, der meine Schuldgefühle besänftigen sollte, weil ich nicht bei ihr gewesen war, weil ich sie vernachlässigt hatte. Glücklicherweise war mein Vater nirgends zu finden. Am Morgen hatte er das Dorf unter einem Vorwand verlassen, doch natürlich wollte er nur seiner Trunksucht frönen, wie selbst Maja Lukić zugeben musste.

In der Dunkelheit bestand keine Hoffnung, Senka zu finden, doch sobald es hell wurde, gingen wir wieder auf die Suche nach ihr. Es war Sonntag, und die meisten Dorfbewohner eilten fromm zur Kirche, um für das Wohl ihrer Felder und ihrer Brieftaschen zu beten. Uns kamen nicht mehr als sechs oder sieben Nachbarn zu Hilfe, obwohl der Regen aufgehört hatte. Vermutlich dachten die anderen, dass Senka eben nicht richtig im Kopf war und schon wieder von allein zurückkäme. Ich wusste es besser, und voller Angst machte ich mich mit zwei Begleitern auf den Weg zum Fluss. Hier, das spürte ich, lag die größte Gefahr, denn die Strömung war reißend. Die alte Steinbrücke wirkte wie ein Wehr, unter dessen Bögen das Wasser schäumend hindurchschoss. Ich fürchtete mich vor dem, was Senka geschehen sein könnte, falls sie ins Wasser gefallen war, denn keine von uns hatte als Kind richtig schwimmen gelernt. In unserem Teil der Welt gab es wenig Gelegenheit zum Schwimmen.

Wir folgten dem Fluss abwärts. Ich nahm mir eine Seite vor, meine Begleiter – ein Vetter von Maja Lukić und seine Frau – die andere. Kurz nach dem Dorf wand sich der Fluss einen knappen Kilometer durch die Felder. Hier kamen die Angler gern hin, denn es gab reichlich Schatten und das flache Wasser brachte die Fische nah heran. Jetzt aber war der Fluss über die Ufer getreten und überflutete die Wiesen und Birkenwäldchen zu beiden Seiten. Bis zu den Knien watete ich durch das schlammige, wirbelnde Wasser, voller Angst, hinabgezogen zu werden, so schlüpfrig und tückisch war der Boden unter meinen Füßen. Wir riefen Senkas Namen. Unsere Stimmen wurden nicht weit getragen. Das Wasser zog sich bereits wieder zurück, und es schien, als ob es den Schall mit sich nahm. Als ich den schwarzen Schlamm sah, der zurückblieb, packte mich das Grauen. Ich rief nach Senka, bis mir die Stimme versagte und ich nichts mehr hervorbrachte als ein Schluchzen. In meinem Herzen wusste ich, dass sie nie mehr antworten würde.

Dann hörte ich Majas Vetter. Er hatte etwas gefunden. Ich rannte durch die Bäume seiner Stimme entgegen, stolperte, stürzte. Ich muss ausgesehen haben wie eine Wahnsinnige, klitschnass und von Kopf bis Fuß mit Schlamm bedeckt, doch einen kurzen Augenblick regte sich Hoffnung in mir.

Majas Vetter war immer noch am anderen Ufer. Er zeigte auf eine Gruppe Trauerweiden. Eine Handvoll Krähen flog von einem Baum auf. Einen Augenblick später entdeckte ich etwas, das wie ein altes, verknotetes Laken in den unteren Zweigen hing. Erst als ich das dunkle Haar sah, das im Wasser trieb, erkannte ich, dass es meine Schwester war. Sie war tot: ertrunken, und die Flut hatte sie flussabwärts mitgerissen. Sie lag auf dem Rücken, die Schulter leicht erhoben, einen Arm über den Augen. Sie sah aus wie eine jener trauernden Marmorfiguren, die die Gräber großer Männer bewachen. Ich weiß nicht, wie lange sie dort gelegen hatte: einen Tag, schätze ich, denn die Krähen hatten bereits begonnen, sich über ihr armes, ungeschütztes Gesicht und den Mund herzumachen, ein Anblick, den ich seit zehn Jahren nicht vergessen kann.

An alles weitere erinnere ich mich kaum. Minuten- oder stundenlang war ich nicht ich selbst. Ich weiß, dass Maja und ihr Vetter die arme Senka herunternahmen und ihr Gesicht bedeckten. Andere kamen und halfen, sie fortzutragen, und dann kamen immer mehr, auch der Dorfpriester, alle wollten ihre Hilfe anbieten oder auch nur das grausige Schauspiel mit eigenen Augen sehen. Sie legten Senka auf den Küchentisch, doch der Priester sagte, wir müssten sie an einen kühleren Ort bringen, denn die Verwesung hatte bereits eingesetzt und würde durch die Feuchtigkeit beschleunigt. Dann brach ein Streit darüber aus, welcher Ort am besten geeignet sei. In der Kirche war es am kühlsten, doch der Priester erlaubte nicht, dass Senka dorthin gebracht wurde, bevor die Umstände ihres Todes geklärt waren. Also wurde sie in ein Laken gewickelt und in ein anderes Haus getragen, und ich sah sie nie wieder.

Der Einzige, der während dieser Vorgänge fehlte, war unser Vater. Maja Lukić war deshalb sehr besorgt, denn als Familienoberhaupt hatte er die Entscheidungen bezüglich seiner Tochter zu fällen, doch niemand schien erpicht darauf, ihn aufzuspüren. Ich glaube, den Dörflern gefiel es, einmal in dem großen Haus, das ihnen sonst verschlossen war, das Regiment zu führen. Am Ende war es Maja Lukić selbst, die ein Pferd und einen Einspänner beschaffte und ins nächste Dorf aufbrach. Mich ließ sie allein zurück. Sie hat mir seitdem oft versichert, wie bitter sie das bereute und wie sehr sie wünschte, sie wäre bei mir geblieben. Jahrelang machte sie sich Vorwürfe wegen dem, was dann passierte. Doch ich gebe ihr nicht die Schuld. Sie war die Angestellte meines Vaters, nicht meine. Sie handelte nach bestem Wissen, um die Rechte und die Ehre der Familie und des Namens Draganović zu schützen, Werte, die in einem Dorf wie Orlovat mehr gelten als alles andere, vielleicht sogar mehr als ein Menschenleben.

Ich saß lange in der Küche – wie lange genau, kann ich nicht sagen. Es muss eine Stunde oder länger gewesen sein, denn als ich mich endlich rührte, stand die Sonne niedrig am Himmel und lugte unter der Wolkendecke hervor. Ich zündete die Lampe an, die über dem Tisch hing. Dann stand ich auf, ging in die Spülküche und zog mein schmutziges Kleid aus. Im Hemd stand ich vor dem Spiegel, wischte mir den schwarzen Schlamm vom Gesicht und von den Armen und wusch mir die Haare unter dem Hahn. Warum ich das tat, weiß ich nicht. Ich hatte das Bedürfnis, mich zu reinigen, die Spuren dieses Tages von meiner Haut zu schrubben. Doch mehr noch suchte ich Beschäftigung, damit ich nicht weiter nachdenken musste. Ich schrubbte und schrubbte, bis meine Haut ganz rot war.

Ich war in der Waschküche, als ich sah, wie mein Vater durchs Tor auf den Hof kam. Das Pferd führte er hinter sich her. Anscheinend wusste er noch nicht, was passiert war, denn er summte eine Melodie vor sich hin und lachte sogar in sich hinein, als erinnerte er sich an irgendeinen unanständigen Witz.

Ich erwähnte bereits, dass ich instinktiv vermied, mit diesem Mann allein zu sein. Doch die kalte Wut, die ich in diesem Moment spürte, der brennende Rachedurst, löschte meine gewohnte Vorsicht aus. Ich hätte mich wohl besser durch die Hintertür davongemacht. Wie anders dann alles gekommen wäre. Mit Sicherheit wäre ich jetzt nicht hier, würde nicht diesen Brief an Sie schreiben. Wahrscheinlich hätten sich unsere Wege nie gekreuzt.

Doch wie Sie sich denken können, floh ich nicht. Stattdessen legte ich die Bürste zur Seite, ging in die Küche und griff nach dem größten Messer, das ich finden konnte.

38

Berlin, 3. Februar

Sehr geehrter Herr Professor E.!

Seit meiner letzten Nachricht habe ich folgende Informationen bezüglich der Sie interessierenden Angelegenheit erhalten:

Der fragliche Fall liegt derzeit in den Händen von Dr. Martin Kirsch (geb. 1890, Wittenberg). Kirsch hat als Militärarzt im Weltkrieg gedient, Ostfront, 9. Armee. Er erhielt mehrere Auszeichnungen, wurde dann jedoch im September 1918 als dienstuntauglich entlassen. Nach dem Hörensagen entging Dr. Kirsch dem Kriegsgericht nur, weil sein Befehlshaber Oberst Schad sich für ihn verwendete (Vergehen unbekannt).

Dr. Kirsch wird von seinen Kollegen als intellektuell arrogant und unpolitisch beschrieben. Gelegentlich illoyales Verhalten und Ungehorsam. Sein Verhalten hätte Konsequenzen, heißt es, hätte er nicht erfolgreich Beziehungen zu wohlhabenden und einflussreichen Kreisen geknüpft, zu nennen wäre insbesondere seine Verlobung mit der Tochter des Industriellen Otto Siegel. Verhält sich entgegenkommend, wenn professionelle oder finanzielle Vorteile in Aussicht stehen.

Dr. Kirsch hegt ein ungewöhnliches Interesse am Fall Draganović, offenbar sogar auf Kosten anderer Verpflichtungen. Die Tatsache, dass der Fall im Licht der Öffentlichkeit steht (siehe beiliegende Zeitungsausschnitte), mag dazu beitragen. Kirsch ist offenbar ehrgeizig und würde, wenn man ihn ließe, wahrscheinlich den Fall in jeder Beziehung zu seinem persönlichen Vorteil ausnutzen.

Dr. Kirsch hat kürzlich Urlaub genommen und ist nach Zürich gereist, angeblich um Recherchen für eine medizinische

Studie anzustellen. Dort suchte er die Psychiatrische Klinik Burghölzli auf, in deren Archiven Fräulein Draganović als ehemalige Patientin geführt wird, sie verbrachte im September letzten Jahres mehrere Wochen dort. Bis heute konnte ich die genauen Gründe für seine Reise noch nicht ermitteln. Angesichts seiner Beharrlichkeit und Entschlossenheit, die Geschichte seiner Patientin aufzudecken, ist jedoch nicht auszuschließen, dass Dr. Kirsch an eine Verbindung zwischen Ihnen und ihr glaubt, die er, falls sie beweisbar wäre, zu seinem Vorteil ausnutzen könnte.

Ich sehe die Notwendigkeit, einer solchen Entwicklung entgegenzuwirken, und bin bereit, alle nötigen Vorkehrungen zu treffen, um dafür zu sorgen, dass Ihre Interessen gewahrt bleiben.

Ihr ergebener
H. de Vries

39

Auf seinem Weg durch die Klinik sprach niemand ein Wort mit ihm, daher war Kirsch in keiner Weise auf das vorbereitet, was ihn erwartete, als er die Tür zu seinem Arbeitszimmer öffnete. Es war ausgeräumt. Der Aktenschrank war fort. Auf dem Schreibtisch keine Schreibmaschine, keine Papiere, keine Akten. Die Regale, deren Bretter sich normalerweise unter dem Gewicht von Büchern und Zeitschriften bogen, waren leer. Er zog die Schubladen seines Schreibtischs auf: Einzig eine alte Quittung der Buchhandlung Speyer & Peters lag darin, und ein Bleistiftstummel. Selbst sein weißer Kittel, der immer am Haken hinter der Tür hing, war verschwunden. Er griff nach dem Telefonhörer, um Frau Rosenberg anzurufen, doch die Leitung war tot. Als er das Kabel durch seine Finger gleiten ließ, starrten ihm am anderen Ende zwei Büschel nackte Drähte entgegen.

Der Inhalt seiner Aktentasche war jetzt der einzige Beweis, dass er je Psychiater gewesen war. Hatte Bonhoeffer seine Meinung wieder geändert? Hatte es noch eine Beschwerde gegeben? *In absentia* entlassen zu werden, war beispiellos. Andererseits war Kirsch bereits so gut wie entlassen gewesen. Er wäre längst fort, hätte selbst seinen Schreibtisch und die Regale ausgeräumt (was hatten sie mit seinen Büchern gemacht?), hätte Mehring seine Meinung nicht so plötzlich geändert.

Draußen regnete es in Strömen. Kirsch drückte die Aktentasche an sich. Seine Hände waren feucht. War es möglich, dass er sich Mehrings Gesinnungswandel nur eingebildet hatte? Oder ihn geträumt hatte? Seine Träume waren so lebendig, so verstrickt mit seinen täglichen Sorgen, dass es im Nachhinein oft schwer zu entscheiden war, was geträumt und was wirklich war. Er suchte nach dem Telegramm, das er in Zürich erhalten hatte. Vielleicht hatte er auch das nur geträumt. Er durchwühlte die Aktentasche, leerte nacheinander seine Taschen. Die Schweizer Franken waren noch in seiner Brieftasche, doch von dem Telegramm keine Spur.

POSTEN STELLVERTRETENDER DIREKTOR UNBESETZT STOP
BALDIGE RÜCKKEHR NACH BERLIN ERBETEN STOP

Er hatte sich verzweifelt gewünscht, Mehring und seine Quacksalber-Experimente verschwinden zu sehen; er wollte seine Patienten nach seinen eigenen Vorstellungen behandeln, ohne Einmischung von außen. Und genau das war eingetreten. Er war gar nicht auf die Idee gekommen, daran zu zweifeln, ob all das wirklich real sein konnte. Regenwasser lief ihm übers Kinn und tropfte auf den Kragen. Die Grenze zwischen Wahrnehmung und Imagination war fein, aber lebenswichtig. Er wusste nur zu gut, was passierte, wenn sie sich auflöste.

Max' Stimme flüsterte ihm ins Ohr: *Du hast nicht mehr viel Zeit.*

Er machte sich auf den Weg zu Bonhoeffer. Am Fuß der Treppe unterhielten sich zwei Schwestern. Bevor er guten Morgen sagen konnte, gingen sie in verschiedene Richtungen davon. Als er die Krankensäle passierte, fing er Seitenblicke von den Mitarbeitern auf, doch keiner lächelte oder grüßte auch nur. Ein Patient wurde von einem Arzt untersucht. Der Arzt war mit dem Stethoskop beschäftigt, aber der Patient starrte Kirsch an wie einen Geist, und Kirsch sah, wie sein Griff um den eisernen Bettpfosten fester wurde.

Wie lange war er fort gewesen? Er hatte rund eine Woche geplant, aber war es länger gewesen? Er hatte das Gefühl, ihm fehlte ein ganzer Zeitraum. Hatte man deswegen seine Sachen weggeräumt: weil er zu lange fort gewesen war? Oder hatte er vergessen, in der Klinik Bescheid zu geben, dass er weg wollte?

Vielleicht hatte er auch das nur geträumt. Für Bonhoeffer und das Personal war er einfach verschwunden. Vor dem Büro des stellvertretenden Direktors blieb er stehen. Wenn Heinrich Mehring da war, war die Sache klar.

Erst klopfte er leise, dann lauter, doch er bekam keine Antwort. Auf seiner Uhr war es neun. Vielleicht machte Mehring Visite, oder er war im Keller bei seinen Insulinexperimenten, mit denen er die Patienten weniger »schwierig« machen wollte.

Kirsch öffnete die Tür. Er war seit Monaten nicht mehr hier gewesen. Er erinnerte sich an den Geruch nach türkischem Tabak, eine Chaiselongue mit gelben, quastenverzierten Kissen, kolorierte Stiche von Wien und Budapest an den Wänden, eine verhalten erotische Sklavenmarktszene in der Ecke, teilweise verdeckt von einem Gummibaum. Ihm wurde flau: bis auf die Kissen war alles noch da.

Er ließ die Tür offen und trat ein. Es war kalt. Statt nach Tabak roch es nach Desinfektionsmittel. Er ließ den Blick über die Bücherregale mit den Glasscheiben wandern und war überrascht, dass Mehring zum Teil die gleichen Bücher besaß wie er. Sie standen sogar in der gleichen Ordnung. Da war Eugen Bleulers Buch über die Schizophrenie; Karl Jaspers' philosophische Autobiographie, Alexander Moszkowskis ›Dialoge mit Einstein‹. Kirsch nahm den Moszkowski heraus, blätterte darin und sah sich die Bleistiftanmerkungen an. Auch in Emil Kraepelins ›Das manisch-depressive Irresein‹ fand er Anmerkungen: dieselben Anmerkungen, die er gemacht hatte.

Jetzt wusste er wenigstens, was aus seinen Büchern geworden war. Mehring hatte sie sich unter den Nagel gerissen. Er musste gedacht haben, sein ungehorsamer Assistenzart hätte keine Verwendung mehr dafür. Und was war aus seinen Papieren, seinen Notizen geworden? Kirsch ging an den Aktenschrank und öffnete die Schubladen. Ja, da waren seine Papiere. Er schaute sich den Schreibtisch an. Seine Post – Briefe, die eindeutig an Dr. M. Kirsch adressiert waren – lag in Mehrings Eingangskorb.

Er griff zum Telefonhörer. Die Zentrale stellte ihn zu Frau Rosenberg durch.

»Hier ist Dr. Kirsch.«

»Guten Morgen, Herr Doktor.«

»Mein Büro, es ist …«

Was war es?

»Gefällt es Ihnen?«

Er setzte sich an den Schreibtisch. »Meine Sachen. Sie wurden ins Büro des stellvertretenden Direktors gebracht.«

»Ja.«

Anscheinend hielt sie keine weitere Erklärung für nötig.

»Ich, also …« Es trat eine Pause ein. »Mein Aktenschrank wurde geöffnet. Ich hatte ihn abgeschlossen.«

»Sind Sie sicher?«

Er war sich bei gar nichts mehr sicher. Er erwartete, jeden Moment aufzuwachen. Aber wo, und wann?

Vielleicht ist es eine Quantengeschichte.

»Ja, ich bin mir sicher.«

»Fehlt irgendetwas?«

»Nicht, dass ich wüsste, aber …« Er bemerkte, dass am Haken hinter der Tür ein weißer Kittel hing. »Wo ist Dr. Mehring?«

Frau Rosenberg zögerte. »Dr. Mehring arbeitet nicht mehr bei uns.«

»Wo ist er?«

»Er hat gekündigt.«

Kirsch sah die Bilder und die Chaiselongue an und fragte sich, warum Mehring sie nicht mitgenommen hatte. »Das wusste ich nicht.«

Wieder entstand eine Pause.

»Brauchen Sie sonst noch etwas?«

»Warum hat er gekündigt?«

»Das müssten Sie den Direktor fragen. Aber er ist im Moment nicht da.«

In Frau Rosenbergs Stimme hörte er ein ungewohntes Zögern, eine gewisse Distanz. In der Vergangenheit war sie immer freundlich zu ihm gewesen, wie eine nachsichtige Tante.

»Wäre sonst noch etwas?«, fragte sie wieder.

Kirschs Blick fiel auf einen großen Umschlag, der oben auf dem Eingangskorb lag. Als Absender stand *Universität zu Berlin* darauf gedruckt.

»Nein, danke«, sagte er und legte auf.

Er öffnete den Umschlag. Es war ein maschinegeschriebener Brief darin. Er war nicht von Professor von Laue, wie er erwartet hatte. Beigefügt war ein kurzer Aufsatz, veröffentlicht vom Institut für Psychiatrie.

Geschätzter Dr. Kirsch!

Ich hoffe, Ihre Recherchen gehen gut voran, und Sie können schon bald mit dem Sammeln von Daten beginnen. Die jüngsten Ereignisse an der politischen Front haben den Aussichten auf eine Reform der psychiatrischen Profession sowohl in Deutschland als auch anderswo starken Auftrieb gegeben. Ihre Arbeit ist wichtiger denn je, um die Abschaffung überkommener und nutzloser Praktiken voranzubringen.

Ich füge einen Artikel bei – man könnte sagen, ein Manifest –, der gerade von meinem Freund und Kollegen Dr. Ernst Rudin veröffentlicht wurde. Kopien werden derzeit, mit Genehmigung von oben, an die leitenden Kräfte aller psychiatrischen Einrichtungen verteilt. Wie Dr. Rudin darlegt, ist der interventionistische Ansatz der psychiatrischen Medizin gescheitert. Die gegenwärtige Psychiatrie fußt hauptsächlich auf unbewiesenen Annahmen und zweifelhaften Klassifikationen. Als solche bietet sie nur falsche Hoffnungen (Therapien usw.). Auf lange Sicht ist der einzige Weg, geistige Krankheiten einzudämmen und die Degeneration des Volkes aufzuhalten, die Einführung eines geistigen und sozialen Hygieneprogramms. Nur das kann helfen, die Irrenanstalten zu leeren und künftige Generationen zu schützen. Ich glaube, dass Deutschland jetzt endlich die Regierung hat, die diese Verantwortung zu tragen bereit ist, natürlich mit Unterstützung der relevanten akademischen Institutionen.

Sie werden sich freuen, zu sehen, dass Dr. Rudin ausführlich aus Ihrer letzten Studie aus den ›Annalen der psychiatrischen Medizin‹ zitiert, als Beleg für die Unwissenschaftlichkeit der derzeitigen Behandlungsmethoden der Schizophrenie. Sie erkennen sicher, wie wichtig diese Sache ist.

Herzlich Ihr

Dr. Eugen Fischer

Es war sein Kittel, der am Haken hing, doch er kam ihm fremd vor. Er war enger als vorher und weißer. Er roch nach Waschmittel. In seiner Abwesenheit, stellte Kirsch fest, war er gereinigt und gebügelt worden.

Er zog den Kittel über und machte sich auf den Weg in den Frauenflügel. Es wurde gerade ein Nähkurs abgehalten, die Patientinnen in ihren grauen Schürzen saßen im Kreis und hatten die Köpfe über ihre Arbeit gesenkt. Marija Draganović war nicht unter ihnen. Er ging hinauf in ihr Zimmer. Im Bett lag eine andere Patientin, eine Frau mit wild zerzaustem Haar. Er öffnete den Schrank: Ihre Kleider waren fort.

»Wo ist sie?«

Die Frau stützte sich auf die Ellbogen. Mit dem langen grauen Haar sah sie aus wie eine Hexe.

»Marija. Wissen Sie, wo sie ist?«

»Oh nein.« Die Frau setzte sich auf und schwang die Beine über die Bettkante. »Jetzt bin ich dran, Doktor. Ich warte schon ewig.«

Er fand Schwester Brigitta vor der Wäscherei, wo sie eine Zigarette rauchte. Sie blies den Rauch aus einem kleinen Fenster. Als sie ihn sah, warf sie die Zigarette fort und lud sich einen Stapel Bettwäsche auf.

»Ich suche Fräulein Draganović«, sagte er. Die Schwester sah ihn verständnislos an.

»Die Patientin E.«

»Ich weiß, wen Sie meinen, Dr. Kirsch. Aber sie ist nicht hier.«

»Nicht hier?«

»Man hat sie weggebracht. Vor ein paar Tagen.« Schwester Brigitta neigte den Kopf und setzte eine besorgte Miene auf, die so wenig überzeugend wie aufrichtig war. »Wussten Sie das nicht?«

40

Die SA nannte sich jetzt »Hilfspolizei«. Drei SA-Männer marschierten vor dem Eingang der Notaufnahme auf und ab, die Daumen in die Patronengürtel gesteckt. Als ein Krankenwagen kam, umringten sie ihn, als suchten sie nach Schmuggelware. Die Sanitäter stiegen aus und hievten einen Mann auf einer Trage aus dem Wagen. Einer der SA-Männer zog ihm die Decke herunter; ein anderer stieß ihn mit dem Gewehr an. Sie wollten wissen, ob er Prellungen oder Knochenbrüche hatte. Kirsch hörte, wie jemand »Blinddarmentzündung« sagte, und die Trage wurde vorbeigewinkt.

Im Krankenhaus war es stiller als gewöhnlich. Schwestern und Wärter wirkten beschäftigt und schweigsam. Sie gingen energisch ihren Pflichten nach und sprachen nur das Nötigste, mit leisen Stimmen. Als Psychiater hatte Kirsch keine Privilegien, was die Besuchszeiten anging, doch niemand hielt ihn auf, auch nicht, als er nach dem Weg fragte.

Schwester Brigitta zufolge war Marija vor drei Tagen krank geworden. Zuerst hatte sie hohes Fieber und delirierte. Dann fing sie an, aus der Nase zu bluten, und man holte einen Arzt. Aus Furcht vor einer ansteckenden Krankheit hatte man sie ins Haupthaus verlegt. Dort stellte man eine andere Diagnose. Anscheinend zeigte Marija eine allergische Reaktion, auch wenn Schwester Brigitta nicht wusste, wogegen.

Kirsch fand Marija auf einer der Genesungsstationen der Frauen. Zu beiden Seiten des Gangs standen acht identische weiße Eisenbetten. Bis auf zwei waren alle Betten belegt. Marija lag schlafend auf der Seite. Sie trug ein Nachthemd, die Ärmel waren aufgekrempelt. Ein Arm lag auf der Decke.

Er stand vor ihr und sah sie an. Er wollte sich zu ihr setzen und ihre Hand nehmen, doch es gab keine Stühle. Eine Patientin am anderen Ende des Saals hatte trockenen Reizhusten. Der Klang hallte von den nackten Wänden und glänzenden Holzböden wider.

Monate waren vergangen, seit er sie zum ersten Mal im Krankenhaus gesehen hatte. Jetzt waren sie wieder hier, und die Zeit dazwischen schien zu einem Augenblick geschrumpft. Marijas Haar war jetzt länger, und die blauen Flecken in ihrem Gesicht waren verschwunden, doch ansonsten sah sie genauso aus wie damals. Alles war wie damals. All seine Fragen und Strategien hatten nichts bewirkt. Gewisse Fakten waren ans Licht gekommen, doch sie erklärten wenig. Was in Marija vorging, was ihr geschehen war, blieb im Dunkeln. Er hatte genug Informationen, um Theorien und Vermutungen aufzustellen, doch nicht genug, um zu verstehen, geschweige denn, ihr zu helfen. Und die Zeit lief ihnen davon – ihr und ihm. Denn je länger die Erinnerung ausblieb, desto schwerer würde es werden, sie wiederherzustellen. Mit Erinnerungen war es wie mit Träumen; wenn man sie sich nicht ins Bewusstsein rief, lösten sie sich auf.

Er setzte sich auf die Bettkante. Marijas Zeichenblock lag auf dem Tisch. Er nahm ihn und blätterte die Seiten durch. Jede Seite zeigte sein Porträt, ihn und sonst niemanden. Selbst der alte Mann und der Filmstar waren vergessen. War es ein Fortschritt: ein Zeichen, dass die Wahnvorstellung, in der Eduard Einstein sie bestärkt hatte, langsam nachließ? Oder war es ein Hinweis darauf, dass sich ihr Zustand verschlimmerte?

Sie hatte ihn in verschiedenen Posen und mit verschiedenen Gesichtsausdrücken gezeichnet: sitzend, stehend, lächelnd, mit gerunzelter Stirn, heiter, nachdenklich. Doch als Kirsch weiterblätterte, wurden die Bilder allmählich schroffer, weniger genau, weniger eindeutig er. Die letzte Skizze bestand nur noch aus ein paar Strichen im leeren Raum. Kragen und Brille waren detaillierter als sein Gesicht. Danach waren die Seiten leer.

Marija bewegte sich. Ihre Haut war bleich und wächsern, ihr

Haar ungekämmt. Und doch schlug sein Herz schneller, als er sie sah: als er das Leben in ihren dunklen Augen sah, ihre geschwungenen Brauen, die weichen Konturen ihrer Lippen.

»Guten Morgen«, sagte er. Sie blinzelte ihn an, doch ihr Gesicht zeigte keine Regung. »Ich bin wieder da.« Er spürte, dass die anderen Frauen zu ihm herübersahen. »Ich war zu lange fort. Es tut mir leid.«

Sie hob die Hand und berührte ihre Lippen mit den Fingerspitzen. »War es lange?«

»Ein paar Wochen. Es hat länger gedauert als geplant. Wenn ich gewusst hätte …«

Sie hob die Hände und grub die Fingernägel in die Handflächen. »Bin ich wach?«, fragte sie.

Er zog die Trennwand vor und setzte sich wieder. »Natürlich bist du wach. Marija?«

Sie antwortete nicht. Sie öffnete und schloss die Hände, als hätte sie ihre Finger noch nie gesehen.

»Ich darf nicht hier sein«, sagte sie. »Ich habe es den Schwestern gesagt: Ich muss weg. Ich werde erwartet.«

»Wer wartet? Eduard?«

Sie schwang die Beine über die Bettkante. »Ich muss gehen.«

So verwirrt hatte er sie noch nie gesehen. Es musste die Wirkung eines Schmerzmittels sein, das man ihr gegeben hatte.

»Marija? Du weißt, wer ich bin, oder?« Er nahm den Zeichenblock und zeigte ihr das Bild auf der ersten Seite. »Ich bin es. Dr. Kirsch. *Martin* Kirsch.«

Sie sah sich das Bild an, dann ihn. »Martin«, sagte sie. Er glaubte, ein kleines Lächeln zu sehen. »Der Schriftsteller.«

Auf der anderen Seite der Trennwand waren Schritte zu hören.

»Wer hat das aufgestellt?«

Geräuschvoll wurde die Trennwand zurück an die Wand geschoben.

»Dr. Kirsch.« Es war Dr. Brenner mit der Stationsschwester. »Was machen Sie hier? Besuchszeit ist nur bis vier.«

Kirsch trat zurück, als die Schwester ans Bett eilte.

»So, kommen Sie«, sagte sie und zog die Decke hoch.

Gehorsam legte sich Marija wieder hin und schloss die Augen. Sie hatte ihn mit Eduard verwechselt. Das war noch nie passiert.

»Wie sind ihre Aussichten?«, fragte er Dr. Brenner.

»Ich denke, sie hat sich bald wieder erholt, auch wenn es eine Zeitlang auf der Kippe stand. Aber jetzt schreitet ihre Genesung von Tag zu Tag voran.«

»Was fehlte ihr denn eigentlich?«, fragte Kirsch.

Brenner sah ihn fest an. »Ehrlich gesagt hatte ich gehofft, Sie könnnten Licht in die Sache bringen.«

»Ich habe gehört, sie hatte eine allergische Reaktion.«

Brenner sah sich um. Offensichtlich wollte er das nicht gern vor einem Publikum besprechen. »Das war eine Theorie. Die Schwellung, der Ausschlag. Doch ohne die relevanten Fakten können wir nur raten.«

Brenners Ton war nie herzlich gewesen, doch jetzt klang er beinahe vorwurfsvoll.

»Welche relevanten Fakten?«

»Zum Beispiel, welche Medikamente sie bekommen hat«, sagte Brenner. »Das wäre hilfreich gewesen. Ich habe eine Anfrage an Ihre Abteilung geschickt, aber niemand hielt es für nötig, zu antworten.«

»Das tut mir leid. Ich war nicht da. Aber sie hat keine Medikamente bekommen. Überhaupt keine.«

Brenner strich sich mit den kurzen Fingern durch das strähnige graue Haar. »Danke, Schwester«, sagte er.

Die Stationsschwester ging davon.

Brenner kam einen Schritt näher. »Die Behandlung Ihrer Patienten ist Ihre Sache, Dr. Kirsch. Ich würde mich nie in Ihre Experimente einmischen. Aber bitte verkaufen Sie mich nicht für dumm.«

»Wovon reden Sie?«

Brenner nahm Marijas Handgelenk und drehte ihren Arm um, so dass die Innenseite sichtbar wurde. Die Haut um die Armbeuge war geschwollen und von Blutergüssen unterlaufen. Dann verstand Kirsch: zwei verkrustete Einstiche zeigten an, wo die Vene durchstochen war.

»Das ist das Erste, was ich höre. Ist er sich absolut sicher?«

Sie standen vor der Hintertür der Klinik. Eisner hatte die Hemdsärmel hochgekrempelt und versuchte sein Fahrrad zu reparieren. Das Rad stand umgedreht zwischen ihnen, das Hinterrad zwischen die Geländerstäbe geklemmt.

»Ich habe es selbst gesehen«, sagte Kirsch. »Mindestens zwei Injektionen.«

»Frisch?«

»Sehr frisch. Wie sind sie da hingekommen?«

Eisner kämpfte mit der Fahrradkette, die er über das Zahnrad zu zwingen versuchte. »Hast du eine Ahnung, wie unterbesetzt wir sind, Martin? Ich war vollauf damit beschäftigt, den Laden einigermaßen am Laufen zu halten. Was hast du eigentlich gemacht?«

»Du hast also keine Ahnung, was passiert ist?«

»Eine Ahnung habe ich. Nur keine Informationen.«

»Was für eine Ahnung?«

»Vielleicht wollte jemand sie betäuben. Um sich an ihr zu vergehen.« Eisner sah ihn durch die Speichen des Vorderrads an. »Das wäre nicht das erste Mal, Martin. Oder vielleicht hat man ihr etwas verkauft. Du weißt doch, wie das ist. Aus dem Lager verschwinden die ganze Zeit Medikamente: Beruhigungsmittel, Opiate. Bei meiner letzten Stelle gab es einen blühenden Schwarzmarkt.«

»Das glaube ich nicht. Marija hat kein Geld.«

»Vielleicht wollten sie nicht Geld von ihr.«

Eisner ließ die Kette los und betrachtete seine Hände. Sie waren voll mit schwarzem Schmieröl. Er schnaubte angewidert. Er hatte erst vor kurzem angefangen, mit dem Rad zur Arbeit zu fahren. Früher hatte er ein stilvolles, wenn auch fast schrottreifes Automobil gefahren, einen Vorkriegs-Adler. Aber dann hatte der Motor endgültig den Geist aufgegeben, und die Kosten einer Reparatur überstiegen seine Mittel.

»Du hast neulich von Barbitursäure gesprochen«, sagte Kirsch. »Das Wahrheitsserum. Du wolltest damit experimentieren.«

»Stimmt. Und du warst dagegen. Sag nicht, du hättest deine Meinung geändert.« Eisner sah das Fahrrad böse an. »Jetzt muss ich das ganze Ding noch einmal zerlegen. Unfassbar.«

»Ich habe meine Meinung nicht geändert. Ich denke nur, dass du es trotzdem getan hast. Hast du das?«

»Natürlich nicht. Wie kannst du so was denken.« Eisner wischte sich die Hände an einem Lumpen ab. »Vielleicht war es Mehring.«

»Mehring? Wovon redest du?«

»Komm schon, Martin. Er hatte dich die ganze Zeit auf dem Kieker. Und die Patientin E., na ja …« Er griff nach dem Schraubenzieher. »Alle wussten, dass der Fall dir wichtig war. Dem *eminenten* Dr. Kirsch. Vielleicht wollte er dir einen Knüppel zwischen die Beine werfen, als kleines Abschiedsgeschenk.«

Kirsch legte die Hand auf das Geländer. Er wollte nicht an Heinrich Mehring denken. »Das glaube ich nicht. Ich glaube kein Wort von dem, was du sagst.«

Eisner sah zu ihm auf. Seine blassen Augen zeigten keine Regung. »Wie du willst.«

Er konzentrierte sich wieder auf die Kette, setzte den Schraubenzieher als Hebel ein.

Kirsch trat einen Schritt näher. An seiner Schläfe bildete sich ein Schweißtropfen und lief ihm über die Wange. »Wenn ich herausfinde, dass du es warst, bist du die längste Zeit hiergewesen.«

Eisner seufzte und stand auf. Er wollte etwas sagen, doch Kirsch hörte nicht mehr zu. Er versetzte ihm einen Stoß gegen die Brust. Überrascht taumelte Eisner nach hinten, stieß das Fahrrad um und fiel ungelenk darüber. Kirsch ließ ihn am Boden liegen.

»Ach, und herzlichen Glückwunsch zur Beförderung«, rief Eisner ihm nach. »Du bist wirklich der beste Mann für die Stelle.«

41

Robert Eisner rappelte sich hoch und setzte die Reparatur seines Fahrrads fort. Selbst wenn Kirsch sich umsah, würde er seine geröteten Wangen und die zitternden Hände nicht bemerken. Eisner versuchte sogar zu pfeifen, doch sein Mund war zu trocken, und es kam nur ein Zischen heraus. Erst als Kirsch außer Sichtweite war, stand er auf, kehrte in sein Arbeitszimmer zurück und griff zum Telefonhörer.

Er war unentschlossen gewesen, was er mit der Akte anfangen sollte; oder mit dem geheimnisvollen Brief aus Zürich. Das Material an die Presse weiterzugeben, mochte einen Skandal heraufbeschwören, aber es war naiv zu glauben, dass der Abstieg seines Kollegen ihm zwangsläufig Vorteile bringen würde. Bei näherer Prüfung würde vieles ans Licht kommen. Was, wenn seine eigene Rolle aufgedeckt würde? Es konnte das Ende seiner Karriere bedeuten, oder noch Schlimmeres. Abgesehen davon war Kirsch sein Freund, zumindest hatte er ihn dafür gehalten. Freunde im Aufstieg waren nützlicher als Freunde auf dem Weg nach unten, selbst wenn es dem eigenen Selbstvertrauen nicht förderlich war.

Andererseits schien Kirsch ihm gerade die Freundschaft aufgekündigt zu haben. Die Vorsicht gebot zuzuschlagen, solange er noch in der Lage dazu war. Man denke nur, wie es Heinrich Mehring ergangen war. Er hatte Todesdrohungen erhalten und war aus dem Land geflohen. Keiner hatte Zweifel, wer dahintersteckte.

Die Zentrale stellte ihn durch. Am anderen Ende der Leitung klingelte es. Seine innere Stimme sagte ihm, dass er etwas Unbesonnenes, Folgenschweres tat. Doch Kirsch ließ ihm keine Wahl.

»De Vries.«

»Eisner.«

Ein Stuhl knarrte: De Vries setzte sich auf oder lehnte sich zurück.

»Nun, was kann ich für Sie tun, Dr. Eisner?«

Eisner deckte mit der Hand die Sprechmuschel ab. Die Maserung seiner Fingerspitzen war schwarz. Sie stanken nach Fahrradöl. »Es ist eher so, dass ich etwas für Sie tun könnte.«

42

Das ganze Dorf Reinsdorf hatte sich zum Einweihungsgottesdienst versammelt, und Kirsch hatte Mühe, einen Platz zu finden. Er zwängte sich ans Ende einer kleinen Bank zwischen der Tür und dem alten Taufbecken. Nach dem Gottesdienst trat die Gemeinde hinaus in den Sonnenschein und bewegte sich in einer Prozession zu der Kreuzung, wo das Kriegerdenkmal enthüllt werden sollte. Erst als alle den Kirchhof verlassen hatten, gelang es Kirsch, sich seiner Familie anzuschließen. Er war überrascht, als er seine Mutter in einem nagelneuen zweireihigen Mantel sah. Er war lang und schwarz, mit Ärmelaufschlägen, einem Gürtel und großen Knöpfen an Taille und Kragen. Dazu trug sie einen passenden schwarzen Hut und einen hellbraunen Pelzkragen. Er hatte sie noch nie so modisch gekleidet gesehen. Arm in Arm mit ihrem Mann, den Kopf hoch erhoben, schlenderte sie dahin, als wäre sie auf dem Weg in die Oper.

Kirschs Schwester Emilie folgte ein paar Schritte hinter ihnen. Sie trug Lippenstift und wurde von einem hageren Fremden um die dreißig begleitet, der etwas steif wirkte und eine goldene Taschenuhr in der Westentasche trug. Er ging am Ende der Gruppe und hielt einen derartigen Sicherheitsabstand zwischen sich und Emilie ein, dass Kirsch sich fragte, ob er überhaupt ihr Begleiter war.

»Das ist Reinhard«, sagte Emilie schließlich. »Mein Bruder Martin.«

Der Fremde blieb stehen, streckte ihm die Hand entgegen und machte eine förmliche Verbeugung. »Reinhard Poppel. Erfreut, Sie kennenzulernen.«

Sie schüttelten einander die Hand, dann gingen sie weiter; das

Denkmal war inzwischen in Sichtweite, verhüllt von einer großen Stoffbahn aus dunkelrotem Samt. Die Dorfbewohner hielten ihre Hüte fest, als ein scharfer Windstoß über den Platz fegte.

»Ich habe gehört, dass auch Sie gedient haben.«

Es dauerte einen Moment, bis Kirsch begriff, dass Reinhard Poppel mit ihm redete.

»Gedient? Ja, irgendwie schon.«

Poppel starrte das Denkmal an. »Ich war leider zu jung.«

Emilie wurde blass. Kirsch musste sich zusammenreißen. »Ja, das ist schade«, sagte er.

Emilies Ausdruck veränderte sich abrupt, aus Verlegenheit wurde Wut, und sie kniff die Augen zusammen, als wollte sie sagen: *Willst du, dass ich als alte Jungfer sterbe?*

Kirsch verschränkte die Hände auf dem Rücken und begann höfliche Fragen zu stellen. Anscheinend arbeitete Herr Poppel für die Schulaufsichtsbehörde und hatte Emilie bei einem seiner Schulbesuche kennengelernt.

»Mir ist gleich aufgefallen, wie aufmerksam die Schüler bei ihr sind, und wie eifrig sie lernen«, sagte er. »Selbst in Mathematik zeigten die Mädchen echte Begeisterung.«

»Sie klingen überrascht.«

»Nun ja, das ist selten – verständlicherweise, da sie die Mathematik nie wirklich brauchen werden.«

»Sie vergessen die Haushaltsbücher«, sagte Kirsch mit einem Blick in die Ferne.

»Ja, natürlich. Aber in der fraglichen Lektion ging es um Geometrie, nicht um Arithmetik. Ich fürchte, Euklid ist in der Speisekammer kaum eine Hilfe.«

»Lässt vermutlich die Milch gerinnen.«

Poppel lachte eilfertig und schien hocherfreut, dass er mit dem eminenten Bruder seiner Liebsten so famos zurechtkam. »Emilie hat wirklich Glück«, sagte er, »dass sie ihre wahre Berufung gefunden hat.«

Kirsch behielt seine Zweifel für sich. Er war überzeugt, dass Emilie immer davon geträumt hatte, Musikerin zu werden, an einem der großen Konservatorien in Berlin oder Dresden zu studieren, um später in der ganzen Welt Konzerte zu geben – und vielleicht hätte sie ihren Traum auch verwirklicht, wenn der Krieg nicht gewesen wäre.

Die Dorfgemeinde hatte sich inzwischen im Halbkreis um das Denkmal aufgestellt; Eltern nahmen ihre Kinder auf den Arm oder hielten sie fest an den Schultern, als wäre es gefährlich, zu nahe heranzugehen. Poppel war nicht mehr bei ihnen. Kirsch suchte die Gesichter der Anwesenden nach ihm ab und hoffte seiner Schwester zuliebe, dass er nicht zu unhöflich gewesen war. Dann entdeckte er ihn wieder. Er unterhielt sich mit einem Mann in brauner Uniform. Weitere SA-Männer sprangen von einem Pritschenwagen.

»Was machen die denn hier?«

»Das ist die Kapelle«, sagte Emilie. »Sie waren als Einzige bereit, umsonst zu spielen.«

Neben dem Denkmal tauchte ein pensionierter Generalleutnant in voller Uniform auf und schüttelte den örtlichen Würdenträgern und den Mitgliedern des Komitees die Hände. Als die Kirchturmuhr zwölf schlug, wurde unter verhaltenem Applaus die Granitplatte enthüllt. Zwischen den ordentlichen Häusern und ländlichen Scheunen wirkte der grob behauene, martialische Stein völlig fehl am Platz. Davor lag ein einzelner großer Kranz. Der Generalleutnant hielt eine kurze Rede über die Pflicht der Erinnerung, seine Stimme leise im böigen Wind. Die Errichtung von Denkmälern wie diesem, und viele davon seien schändlich überfällig, sagte er, spiele eine wichtige Rolle bei der Wiederherstellung der nationalen Würde, die nun endlich in Deutschland vorangetrieben werde. Die SA-Leute klatschten und ein Teil der Menge stimmte mit ein. Dann verlas der Generalleutnant die Liste der vierzehn gefallenen Helden von Reinsdorf, jeweils mit Rang und Regiment. Einige der Anwesenden holten Taschentücher heraus. Ein Kind weinte auf dem Arm seiner Mutter, weil es eine Ente gesehen hatte, die über die Straße watschelte, und sie streicheln wollte. Dann spielte die Blaskapelle ›Ich hatt' einen

Kameraden‹, während für die Lokalpresse Fotos gemacht wurden.

»Ich dachte, es wäre nicht genug Geld zusammengekommen«, sagte Kirsch, als sie herumstanden und darauf warteten, dass die Formalitäten über die Bühne gingen. »Mutter sagte doch, es würde nicht reichen für den Stein.«

»Das stimmt«, sagte Emilie, »aber Alma hat uns gerettet.«

»Wovon redest du?«

Emilie legte einen Finger an die Lippen und winkte ihn näher heran. »Ihr Vater hat die Differenz beglichen. Gerade erst letzte Woche.«

Kirschs Knie wurden weich. Er hatte beschlossen, mit niemandem über das Ende der Verlobung zu reden, bis er mit Alma persönlich gesprochen hatte. Zweimal hatte er in Oranienburg angerufen und eine Nachricht hinterlassen, doch sie hatte nicht zurückgerufen. Sein Brief hatte sie verletzt, nahm er an, vielleicht sogar beleidigt. Wahrscheinlich glaubte sie ihm nicht, dass er krank war. Es klang wirklich nicht sehr überzeugend, das musste er zugeben. Er hatte immer noch vor, sie zu besuchen, ihr alles zu erklären: dass das Ende der Verlobung ein Glück für sie bedeutete. Doch sie hatte kaum Grund, sich auf ein Treffen einzulassen, bei dem er sein Gewissen erleichtern konnte, während sie sich möglicherweise nur noch mehr gedemütigt fühlen würde. Er musste nach Oranienburg fahren, einfach vor ihrer Tür auftauchen und abwarten, was passierte.

»Bist du sicher, Emilie? Bist du sicher, dass es Almas Vater war?«

Emilie nickte. »Fünfhundert Reichsmark. Wo sollte das Geld sonst hergekommen sein?«

»Das hat sie mir gar nicht gesagt.«

»Natürlich nicht, Martin. Warum sollte sie, wenn du ohnehin davon erfährst?«

Das also war Almas Reaktion: Wohltätigkeit, Mitleid, Herablassung. Es gab keinen Grund, dass seine Familie leiden sollte, nur weil er das schwarze Schaf war. Doch irgendwie schien ihm das zu kompliziert für Alma, zu berechnend. Während Kirsch das Denkmal anstarrte, kam ihm der Gedanke, dass Alma vielleicht einfach nicht akzeptierte, was er geschrieben hatte. Sie tat seinen Brief als Entgleisung ab, als Symptom seiner Überarbeitung und der ungesunden Nähe zu den Irren. Sie saß zu Hause und wartete auf einen weiteren Brief von ihm, in dem er alles zurücknahm. In der Zwischenzeit verhielt sie sich genau wie immer.

Emilie verschränkte die Arme vor der Brust. »Manchmal habe ich das Gefühl, du kennst deine Verlobte gar nicht richtig.«

Das Komitee hatte im alten Schulhaus einen Imbiss organisiert, es gab Kartoffelsalat und belegte Brote, Bier für die Herren und Punsch für die Damen. Die Blaskapelle stand draußen und spielte Marschmusik. Der Generalleutnant schüttelte ein paar Hände und ging bereits nach zehn Minuten, doch jedermann schien zufrieden zu sein. Immerhin hatten es die vierzehn gefallenen Helden des Ortes geschafft, Reinsdorf in der Geschichte zu verankern, und man fand allgemein, dass das moderne Denkmal den altmodischen Obelisken und Kreuzen, die die Nachbargemeinden aufgestellt hatten, weit überlegen war. Kirsch holte sich ein Bier und schlenderte durch den Saal, nickte alten Schulkameraden zu und nahm die eine oder andere Gratulation zur bevorstehenden Hochzeit entgegen. Seine Mutter stand im Mittelpunkt, da jeder wusste, dass man ihr das Denkmal zu verdanken hatte. Sie war umringt von den Honoratioren, und ihr Gespräch wurde immer wieder unterbrochen mit der Bitte, in die Kamera zu lächeln. Irgendwann nahm sie ihren Ehemann an der Hand und ließ sich Arm in Arm mit ihm fotografieren. Es war lange her, dass Kirsch sie so ruhig und froh zusammen erlebt hatte, seine Mutter so ausgeglichen. Das Denkmal hatte die Menschen zusammengebracht, sie daran erinnert, dass das Dorf eine Familie war. Sie hatten gemeinsam gelitten, und gemeinsam erinnerten sie sich. Und jetzt, da die Namen in Stein gehauen waren, war es, als wären die vierzehn Helden hier gestorben, als hätten sie ihr Blut für Mauern und Häuser und Erde des Dorfes vergossen – siegreich, denn Mauern und Häuser standen noch, die Erde war noch da.

Nach einer Weile hörte die Kapelle zu spielen auf und kam herein. Kirsch begegnete ihnen in der Tür und ignorierte die Art, wie sie beflissen zurücktraten, um ihn durchzulassen, ihn Lob heischend angrinsten. Er sah auf die Uhr: In einer Stunde musste er zum Bahnhof. Er hatte sich gerade eine Zigarette angezündet, als er merkte, dass seine Mutter ihm gefolgt war.

Sie legte ihm die Hand auf den Arm. »Ich weiß, dass wir es nicht zuletzt dir zu verdanken haben, dass das Geld zusammengekommen ist.«

»Nein, ich …«

»Es war sicher nicht leicht, Alma um Hilfe zu bitten. Ich kenne deinen Stolz, und niemand bettelt gern um Almosen.«

»Du irrst dich. Ich wusste nicht einmal davon.«

Doch sie hörte ihm gar nicht zu.

»Ehrlich gesagt hatte ich sogar befürchtet, dass du gegen das Ganze bist. Ich weiß ja, was du über den Krieg denkst …« Ihr Blick glitt zu dem Denkmal. Aus einer Entfernung von hundert Metern sah es aus wie ein Asteroid, der vom Himmel gefallen war und sich in die Erde gebohrt hatte.

»Natürlich bin ich nicht dagegen«, sagte er.

»Wir reden beim Abendessen darüber.« Seine Mutter drückte seinen Arm und wandte sich zum Gehen. »Alma hat mir einen so lieben Brief geschrieben. Du bleibst doch zum Essen, nicht wahr?«

Nach dem Abendessen schlich sich Kirsch nach oben. Er war sicher, dass Max auf ihn wartete, um mit ihm über die Geschehnisse des Tages zu lästern: die Verschwendung von gutem Stein für diesen verlogenen Zweck, das irrwitzige Loblied auf die nationale Ehre. Kirsch wollte ihm versichern, dass er absolut der gleichen Meinung war. Doch als er in Max' Zimmer stand, stellte er fest, dass sich auch hier alles verändert hatte. Das Bett stand an einer anderen Stelle, und statt der alten Tagesdecke lag eine hellblau, grün und rosa gemusterte Decke darauf. Die alten, verschossenen Satinvorhänge waren neuen Vorhängen gewichen, bunt bedruckte Baumwolle mit Zickzackmuster. Am Boden lag ein neuer Teppich, und die große Kommode, in der so viele von Max' Dingen gewesen waren, hatte man in die Ecke gerückt. Es lagen Bürsten, Haarspangen und Kämme darauf, eine Nagelschere und eine Puderquaste in einer Silberdose. Nur Max' verblasstes Foto war noch da, alles andere von ihm war verschwunden.

Jetzt schlief Emilie hier. Nach dreizehn Jahren war sie endlich aus der Kammer im Erdgeschoss ausgezogen. Ihre Sachen lagen in den Schubladen, ihre Kleider hingen hinter der Tür. Sie hatte das Zimmer in Besitz genommen, hatte es ihren Bedürfnissen gemäß und nach ihrem Geschmack eingerichtet.

Über dem Kopfende des Betts hing ein kleines Bücherregal. Vor allem Romane und Gedichtsammlungen standen darin. Buchrücken mit goldgeprägten Blumenmustern: Goethe und Schiller, Shakespeare, Balzac und ein paar andere, die Kirsch nicht kannte.

Wo waren Max' Bücher geblieben, seine Kleider, sein Spielzeug aus Kindertagen? Waren sie auf den Dachboden verbannt worden? Oder hatten sie sie verkauft, um Geld für das Denkmal zu sammeln? Wahrscheinlich Letzteres, dachte er, sicher hielten sie das für angemessen. Er bezweifelte, dass viel Geld zusammengekommen war. Die Kleider waren alt, die Spielsachen kaputt, die Bücher nicht populär. Die Leute hätten sie höchstens aus Mitgefühl gekauft und würden sie bald wieder aussortieren, da sie für die neuen Besitzer nicht einmal sentimentalen Wert besaßen. Dann landeten sie im Abfall oder im Ofen. Und niemand würde sie je vermissen.

43

Kirschs neue Position war verbrieft. Heinrich Mehrings Patienten wurden ihm übertragen. Er packte die Krankenakten aus, die in Kisten in der Ecke standen, und ging sie nacheinander durch. Die Berichte zur Insulinschocktherapie fand er in einem gesonderten Ordner mit einem Schloss daran – er brach es auf, weil kein Schlüssel zu finden war. Mehring war sorgfältig gewesen. Er hatte jeden Schritt jeder Behandlung akribisch festgehalten: Dosierung, Zeit, Reaktionen, alles nach einem festgelegten Plan. Auf alle Patienten wurde das gleiche Schema angewandt, mit standardisierten Fragen und Medikationen. Nach Mehrings Einschätzung hatte sich das Verhalten der Patienten im Verlauf der Behandlung gebessert. Die von Paranoia und Halluzinationen geprägten Äußerungen gingen zurück. In manchen Fällen leugneten die Patienten, je welche gemacht zu haben. Fast alle wurden kooperativer, wenn sie aufgefordert wurden, bestimmte Aufgaben durchzuführen, körperliche wie geistige, und zeigten mehr Bereitschaft, sich wieder in die Gesellschaft einzugliedern. *Der wiederhergestellte Anpassungswille berechtigt zu der Hoffnung, dass der Patient in Zukunft als produktives Mitglied in die Gesellschaft zurückkehrt,* schrieb Mehring nach einer besonders erfolgreichen Sitzung.

Kirsch fand auch den Bericht zur Behandlung von Feldwebel Stöhr. Über den Vorfall am 30. November, der zu dem Angriff auf Schwester Adele geführt hatte, schrieb Mehring: *Sitzung vorzeitig abgebrochen. Siehe Anhang.* Doch Kirsch konnte keinen Anhang finden.

Er warf die ganze Akte in den Verbrennungsofen. Er hätte nie gedacht, dass er so etwas einmal tun würde, Daten waren schließlich Daten, doch als er angefangen hatte, stellte er fest, dass es überraschend befriedigend war. Am folgenden Tag ließ er Mehrings Laboratorien räumen: die Betten, die Infusionen, die Vorräte an Glukosewasser. Das Insulin ließ er ins Hauptgebäude bringen, mit der schriftlichen Notiz, es vorsichtshalber auf Kontaminierung zu untersuchen.

Die Patienten dagegen blieben. Unheilbar Schizophrene, vor allem solche, die als gemeingefährlich oder selbstmordgefährdet eingestuft wurden, schickte man normalerweise in geschlossene Anstalten, wo sie dauerhaft sediert wurden. In der Klinik konnte man sie nur behalten, wenn sie irgendeiner Behandlungsmethode unterzogen wurden, die Besserung versprach. Doch Mehrings Notizen listeten ausschließlich Symptome auf, die in Zusammenhang mit vordefinierten Krankheiten gebracht werden konnten. Die individuelle Geschichte der Kranken interessierte Mehring wenig. Die Möglichkeit, dass persönliche Erfahrungen sie zu ihrem extremen oder störenden Verhalten bewogen, ließ er völlig außer Acht. Kirsch wusste nicht, wo er anfangen sollte.

Die anderen Mitarbeiter waren nicht sehr hilfreich. Vielleicht war es Kirschs neuer Rang, der sie auf Distanz hielt. Anweisungen wurden prompt ausgeführt, doch niemand steuerte freiwillig etwas bei. Es war wie damals bei der Armee, eine Befehlskette über und eine unter ihm. Er besuchte die Stationen, die Werkstätten und Aufenthaltsräume, versuchte sich für jeden einzelnen Patienten Zeit zu nehmen, zuzuhören und mitzuschreiben; doch es waren zu viele Patienten, zu viele Geschichten. Obwohl er von Alpträumen und Fieberschüben gequält wurde, arbeitete er länger denn je, trotzdem machte er keine sichtbaren Fortschritte. Er wünschte, die Klinik läge in der Schweiz, in irgendeinem idyllischen Tal, damit er wenigstens Ruhe, saubere Luft und Leibesübungen verschreiben könnte wie die privaten Institute, deren Seriosität er früher angezweifelt hatte. Im Moment konnte die Klinik nur Obdach und Sicherheit bieten – und selbst das immer weniger.

Er entließ Patienten, wo es nur ging, und traf auf keinen Widerstand bei den Kollegen. Sein Versuch, die Patientenzahl zu reduzieren, wurde als Maßnahme zur Kostensenkung interpretiert. Es war allgemein bekannt, dass die Klinik, wie ähnliche ihrer Art, unter finanziellem Druck arbeitete. Im Haupthaus hatte man bereits begonnen, Personal zu entlassen.

Manche Familien waren froh, dass ihre Verwandten keine Gefahr mehr darstellten und dass die beste Therapie Zuwendung und Pflege sei. Die meisten waren nicht froh. Oft lehnten sie es schlichtweg ab, ihre Verwandten wieder aufzunehmen. Dann gab es Patienten, die keine Familie hatten, zumindest keine nahen Verwandten, bei denen sie unterkommen konnten. Bei ihnen schien es, als hätten sie noch weniger Hoffnung auf Zuwendung als auf Genesung. Deutlicher als je zuvor sah Kirsch, dass es für Geisteskranke einfach nicht genug Mitgefühl gab – es reichte nicht für alle.

Kirsch besuchte Marija jeden Tag, auch wenn die Besuchszeit kurz war und streng gehandhabt wurde, und kaum eine private Unterhaltung möglich war. Nach einer Woche wurde sie von Dr. Brenner entlassen. Körperlich war sie genesen, bestätigte er, und ihr geistiger Zustand schien stabil. Nur die Amnesie hatte sich nicht gebessert. Auf Kirschs Beharren wurde sie wieder in die Psychiatrie aufgenommen.

Am selben Tag erhielt Kirsch eine weitere Nachricht von Professor Fischer, in dem dieser ihm zu seiner Beförderung gratulierte und ihn um Informationen ersuchte:

Sie werden sich freuen zu hören, dass der Beauftragte für das Gesundheitswesen im Reichsministerium des Innern die Empfehlungen des Kaiser-Wilhelm-Instituts bezüglich eines Prioritätenwechsels in der Psychiatrie angenommen hat. Alle psychiatrischen Einrichtungen werden in Kürze angewiesen, eine umfassende Auflistung ehemaliger und gegenwärtiger Patienten zu erstellen, die Symptome unheilbarer geistiger oder neurologischer Krankheiten aufweisen oder aufgewiesen haben. Gemäß dem Vorsorgeprinzip werden diese Krankheiten von nun an als angeboren und damit als wahrscheinlich erblich betrachtet. Zu den aufzulistenden Patienten gehören alle, die an einer Form der folgenden Krankheiten leiden:

- *Schizophrenie*
- *Manisch-depressives Irresein*
- *Fallsucht*
- *erbliche Blindheit oder Taubheit*
- *schwere erbliche körperliche Missbildung*
- *schwerer Alkoholismus*
- *angeborener Schwachsinn*

Mit Hilfe dieser Informationen kann der Staat die Gesundheit des Volkskörpers schützen und künftige Generationen vor den Schäden und dem Elend erblicher Krankheiten bewahren.

Als Arzt an einer von Deutschlands angesehensten Einrichtungen wäre es zu Ihrem Vorteil, wenn Sie unverzüglich mit der Arbeit beginnen. Die Bereitschaft, bei der Unterstützung dieses bedeutenden Vorhabens eine Leitposition einzunehmen, wird Ihnen das Vertrauen und die dauerhafte Unterstützung der Verantwortlichen sichern.

Frau Rosenberg teilte ihm mit, dass der Direktor gerade telefonierte. Kirsch sagte, er werde warten. Zehn Minuten saß er schweigend im Vorzimmer, während Frau Rosenberg zögernd auf ihrer Schreibmaschine tippte, offensichtlich entschlossen, seinem Blick auszuweichen. Als er endlich vorgelassen wurde, stand der alte Mann vor dem Fenster und machte sich gereizt am Griff zu schaffen. Im Aschenbecher brannte unbeachtet eine Zigarette. Etwas an seinem Anblick irritierte Kirsch, doch er kam nicht darauf, was es war.

»Verdammter Zug«, murmelte Bonhoeffer. »Nehmen Sie Platz, Dr. Kirsch.«

Doch Kirsch blieb stehen. Er hielt Bonhoeffer den Brief hin. Der Direktor sah ihn skeptisch an, dann nahm er die Brille aus der Brusttasche. Erst jetzt begriff Kirsch, was ihn störte: Bonhoeffer trug seinen weißen Kittel nicht. Er sah sich im Zimmer um. Doch der einzige weiße Kittel weit und breit war sein eigener.

Bonhoeffer gab ihm den Brief zurück. »Ich kenne diese Forderungen. Aber ich weiß es zu schätzen, dass Sie mich auf dem Laufenden halten.«

»Sie wollen eine Liste. Der jetzigen und früheren Patienten.«

»So sieht es aus.«

»Wofür? Wozu soll das gut sein?«

Bonhoeffer sah Kirsch über die Brille hinweg an. »Warum fragen Sie nicht Ihren Professor Fischer?«

»Professor Fischer? Ich kenne den Mann kaum.«

Die Falten auf Bonhoeffers Stirn wurden tiefer. »Wie seltsam. Er scheint Sie recht gut zu kennen. Und nicht nur vom Hörensagen.«

Kirsch ging nicht darauf ein. Seine Verbindung mit Fischer war zu kompliziert, um sie zu erklären. »Wozu die Liste?«, fragte er wieder.

Der Direktor sah ihn ausdruckslos an. »Die Patienten, die auf der Liste stehen, werden in Spezialeinrichtungen überwiesen. Wann, wissen wir nicht.«

»Was für Spezialeinrichtungen?«

»Chirurgische Einrichtungen, nehme ich an. Auf jeden Fall haben sie nichts mit Psychiatrie zu tun, wie wir sie verstehen.« Bonhoeffer setzte sich an den Schreibtisch und blätterte in Papieren. »Natürlich muss für die Zwangssterilisationen das Gesetz geändert werden, ebenso für Euthanasie, wobei ich überzeugt bin, dass es nicht mehr lange dauert. Und sie müssen Chirurgen finden, die es tun.« Er griff nach der Zigarette, betrachtete das Ende, dann drückte er sie im Aschenbecher aus. »Aber ich bezweifle, dass das ein Hindernis darstellt. Unsere Kollegen in der Organmedizin haben nie an den Wert der Psychiatrie geglaubt.«

»Sie haben doch nicht vor zu kooperieren?« Kirsch legte die Hände auf den Tisch. Bonhoeffer starrte sie an, als fürchtete er, im nächsten Moment werde Kirsch sie um seinen Hals legen. »Sie werden ihnen diese Liste nicht aushändigen?«

»Natürlich werde ich tun, was das Gesetz von mir verlangt.«

»Zum Henker mit dem Gesetz.«

Bonhoeffer lachte. »Seien Sie vorsichtig. Sonst schickt das Gesetz Sie zum Henker.«

Kirsch hatte das Gefühl, der Boden unter seinen Füßen beginne zu schwanken.

»Geht es Ihnen nicht gut?«, fragte Bonhoeffer. »Sie sehen blass aus. Und müde.«

»Ich mache nicht mit.«

»Wollen Sie sich nicht setzen?«

»Es wäre besser, die Klinik zu schließen. Alle wegzuschicken. Wenn es das ist, was unsere Patienten erwartet.«

»Alle wegschicken?« Bonhoeffer neigte den Kopf. »Haben Sie damit nicht schon angefangen? Ist das nicht die ganze Zeit Ihr Ziel gewesen?«

»Mein Ziel? Mein Ziel ist … war immer …«

Kirsch wollte sich nicht setzen, aber seine Knie gaben nach. Er spürte ein Brennen in der Brust, als würde sich die Haut über den Rippen dehnen und reißen. Bonhoeffer bot ihm ein Glas Wasser an, doch er lehnte ab.

»Herr Direktor, Sie dürfen diese Informationen nicht weitergeben. Das ist undenkbar.«

»Im Gegenteil: Sie werden feststellen, dass sehr viel darüber nachgedacht worden ist. Die Erbgesundheit der europäischen Rasse. Sie waren wohl zu selektiv in Ihrer Lektüre, fürchte ich.«

»Man kann uns nicht dazu zwingen.«

»Gesetzlich nicht, noch nicht. Aber ich denke, das ist nur eine Frage der Zeit.«

»Dann müssen wir die Zeit nutzen.«

Bonhoeffer lehnte sich in seinem Stuhl zurück. Kirsch war schwer zu durchschauen. Anfangs war er engagiert und wissbegierig gewesen. Dann hatten sich seine Ideen verhärtet zu einer Missachtung von Autoritäten und anerkannter Praxis – zumindest hatte Bonhoeffer den Eindruck gehabt. Von da an schien ein allgemeiner moralischer Zerfall bei ihm eingesetzt zu haben.

Kirsch war arrogant, ehrgeizig und skrupellos. Heinrich Mehring hatte das Land verlassen, weil er und seine Frau Todesdrohungen erhielten. Es ging das Gerücht, dass Kirschs mächtige Freunde dahintersteckten.

Und jetzt, plötzlich, wollte Kirsch ehrenhaft handeln, ungeachtet der Konsequenzen. Bonhoeffer fragte sich, ob es ein Sinneswandel war oder ob er den Mann die ganze Zeit vollkommen falsch eingeschätzt hatte.

»Ich verstehe nicht ganz, was Sie meinen«, sagte er. »Die Zeit wie nutzen?«

44

An der Klinik war niemand überrascht, als der neue stellvertretende Direktor die Verantwortung für die Liste an sich riss. Als der Stab der Psychiatrischen Klinik Kirschs Rundschreiben las, in dem er alle anwies, die Patientenakten durchzugehen, vermuteten viele, dass sein Eifer, den Anweisungen des Reichsministeriums zu folgen, der wahre Grund für seine Beförderung gewesen war. Der Ton des Rundschreibens war knapp. Alle Akten ehemaliger und derzeitiger Patienten, auf die die angegebenen Kriterien zutrafen, waren unverzüglich bei Dr. Kirsch abzuliefern. Wo die Diagnose nicht eindeutig war – insbesondere bei Verdacht auf Schizophrenie oder manische Depression –, war die Akte ebenfalls abzugeben. Selbst die Akten der Verstorbenen waren nicht ausgenommen. Vielleicht gab es lebende Verwandte – Brüder, Schwestern, Kinder und Enkel –, die die Saat des Irreseins und Wahnsinns verbreiten und künftige Generationen gefährden konnten.

Zu dem Schicksal, das die Patienten erwartete, äußerte er sich nicht. Deutlich verlangte er nur das Sammeln und Weiterleiten der Daten; Daten, mit deren Hilfe die Regierung die Zukunft der Psychiatrie gestalten würde. Trotzdem rechnete er mit Protesten. Erbliches Irresein war ein Fluch, den man in den Familien seit jeher geheim gehalten hatte. Das Stigma des Wahnsinns war gefürchtet und unerbittlich. In der Psychiatrie hatte man Jahrzehnte gebraucht, diese Haltung zu überwinden, Familien zu überreden, ihre Geheimnisse den Psychiatern anzuvertrauen wie anderen Ärzten auch. Wenn diese sensiblen Informationen nun an die Behörden weitergegeben wurden – Namen, Adressen, Krankengeschichten –, war alles Vertrauen gewiss endgültig zerstört.

Sobald das Rundschreiben hinaus war, ging Kirsch auf dem Dachboden ans Werk, einem feucht riechenden Speicher, wo in schimmeligen Kartons und verschnürten Bündeln die ältesten Aufzeichnungen lagerten. Manche waren fast hundert Jahre alt, sehr viel älter als Emil Kraepelins erste Klassifizierung psychischer Krankheiten. Kirsch ging das Material durch und sortierte alles aus, was aus Sicht des Ministeriums für eine Erbkrankheit sprechen konnte. Es war eine schwierige Aufgabe. Episoden von Manie, Demenz oder Alkoholismus kamen in den meisten Fallgeschichten vor; epileptische Anfälle in vielen weiteren. Das einzige Mittel, sicherzugehen, dass kein Fall von Erbkrankheit übersehen wurde, war, sie alle mitzunehmen.

Innerhalb von vierundzwanzig Stunden lieferten Kirschs Kollegen die ersten Akten ab. Manche kamen persönlich, andere hinterließen das Material in seinem Postfach, mit beigefügten Notizen. *Dies sind die Fälle der letzten drei Jahre. Die anderen folgen in Kürze.* Am Abend des zweiten Tages stapelten sich die Akten bereits einen halben Meter hoch. Keiner seiner Kollegen hatte protestiert. Keiner hatte um eine ausführlichere Erklärung gebeten oder gefragt, wann sie ihre Akten zurückbekämen. Die Informationen flossen ohne Fragen und ohne Einschränkungen. In den Akten fand Kirsch zusätzliche Notizen, die an die Berichte geheftet worden waren, freiwillige Informationen: *Die Schwestern haben mehrmals Alkohol bei Herrn Göschel gefunden. Ich kann außerdem bestätigen, dass sein Vater das Aussehen eines Trinkers hat.* Manche gingen sogar noch weiter in ihrer Auskunft: *Streng genommen ist der Patient geistig weiter entwickelt als ein Idiot. Doch ich weiß aus guter Quelle, dass mindestens eins seiner Geschwister mongoloid ist.*

Bis zum Ende der Woche hatte Kirsch alle Akten, die er brauchte, um eine umfassende Liste zusammenzustellen. Er bezweifelte, dass es so etwas je gegeben hatte. Glich man die Unterlagen mit Geburts- und Heiratsregistern ab, war es nicht nur möglich, die Verbreitung von Geisteskrankheiten zu verfolgen, sondern auch vorherzusagen, wo sie in Zukunft auftreten würden. Die Versuchung, einzuschreiten, war groß. Vorbeugen war schließlich besser als Heilen, vor allem, wenn keine Heilung in Aussicht stand. Falls die anderen psychiatrischen Einrichtungen des Landes ebenso gründlich waren, würden erbliche Geisteskrankheiten eines Tages womöglich wirklich ausgerottet wie der Dodo oder die Bären, die einst durch die deutschen Wälder gestreift waren.

Nach dem Abendessen saß Kirsch allein in seinem Zimmer und wartete, dass es in der Klinik ruhiger wurde. Das Wetter war keine Hilfe. Ein starker, böiger Wind riss an den Fenstern und heulte über die Dächer. Es regnete in kurzen, heftigen Schauern. Gewitter machten die Patienten stets unruhig. Viele fürchteten sich und mussten sediert werden. Bei anderen entfesselte die Wildheit der Elemente etwas Wildes in ihnen selbst. Sie kreischten, redeten wirres Zeug, tanzten. Der Sturm war ein Meister, ein vorüberziehender Gott, dem sie huldigten. Gelegentlich hatten Unwetter auch Gewalt oder Selbstverstümmelung ausgelöst. Kirsch wurde mehrmals in den Männertrakt gerufen und ordnete an, das Licht eine Stunde länger anzulassen als sonst.

Gegen Mitternacht wurde es still in den Krankensälen. So geräuschlos wie möglich ging Kirsch hinunter in die Küche und holte sich einen Handwagen. Er belud ihn mit Patientenakten und hievte ihn über die Hintertreppe hinunter in den Keller. Im schwachen elektrischen Licht heizte er den Boiler an, indem er mit der rostigen Schaufel Kohle in den Ofen füllte. Es war eine schmutzige Arbeit. Lange schien es, als wollte die Kohle nicht brennen. Sie erzeugte nichts als schwarzen Rauch, der ihm in Schwaden entgegenschlug und Rußflecken auf seiner Brille hinterließ. Neunmal musste er nach oben zurückkehren, um alle Akten zu holen. Er konnte nicht zu viele auf einmal transportieren. Wenn der Wagen zu schwer wurde, konnte er ihn nicht mehr manövrieren. Die Eisenräder polterten laut auf den Stufen, und der Lärm hallte durchs Gebäude wie Artilleriefeuer. Es dauerte eine weitere anstrengende Stunde, bis er beginnen konnte.

Seine eigenen Akten kamen zuerst. Beim Umzug aus seinem

alten Büro war alles durcheinandergeraten. Ein paar von Marijas Zeichnungen waren bei der Korrespondenz mit Eugen Fischer gelandet. Andere Krankengeschichten waren auseinandergerissen und wahllos verstreut worden. Doch es spielte keine Rolle mehr. Er würde sie alle verbrennen. Patient in der Psychiatrischen Klinik der Charité gewesen zu sein, ganz gleich mit welcher Diagnose, war plötzlich etwas, das man verbergen musste; und der Heizofen war das beste Versteck. Auch seine Recherchen gingen dahin, mitsamt den Daten, die er für den Aufsatz in den ›Annalen der psychiatrischen Medizin‹ gesammelt und analysiert hatte.

»Ich schätze, du bist nicht einverstanden«, sagte er laut zu dem Schatten, der hinter ihm über die Wand tanzte. Der Schatten antwortete nicht, doch er zuckte vor dem rußigen Mauerwerk, als würde er den Kopf schütteln.

Als der letzte Nachweis seiner psychiatrischen Tätigkeit zu einem Haufen Asche geschrumpft war, warf Kirsch die anderen Aufzeichnungen hinterher, Akte für Akte, Bündel für Bündel. Die alten Papiere brannten schlecht. Sie zischten und knackten wie Fleisch auf dem Grill. Der Ofen erstickte fast an der Asche, und Kirsch musste ihn immer wieder säubern, damit das Feuer nicht erlosch. Er arbeitete bis tief in die Nacht, der Schweiß lief ihm in Strömen über das Gesicht. Das Letzte, was er in die Flammen warf, war sein weißer Kittel. Er brauchte ihn nicht mehr. Er hatte seine Kündigung bereits geschrieben. Sie lag in Professor Bonhoeffers Postfach.

Er wusch sich im Waschraum so gut es ging und machte sich dann auf den Weg in den Frauentrakt. Eine der beiden diensthabenden Schwestern saß schnarchend am Ende des Gangs. Von der anderen war weit und breit nichts zu sehen. Kirsch ging zu Marijas Zimmer, klopfte leise und öffnete die Tür.

Marija saß im Dunkeln am Fußende ihres Betts und starrte hinaus in die Nacht. Sie trug ihre Stiefel und Max' Mantel um die Schultern. Auf dem Schoß hatte sie ihren Zeichenblock.

»Bist du fertig?«, fragte er.

Sie verließen das Gebäude durch die Küche. Es war fast fünf Uhr morgens, und auf den Wolken in der Ferne schimmerte die blaue Dämmerung. Ein Taxi wartete. Schweigend fuhren sie durch die regennassen Straßen. Kirsch spürte in sich eine Leere und zugleich ein seltsames Hochgefühl, zwei getrennte und doch zusammenhängende Regungen, wie ein Objekt und sein Spiegelbild. Zum ersten Mal seit Jahren war er nicht mehr Psychiater, nicht mehr Arzt; und Marija war nicht mehr seine Patientin.

Sie saß neben ihm, das Profil ein Scherenschnitt vor dem Puls der vorbeigleitenden Straßenlaternen. Wieder kam ihm der Gedanke, wie wenig er von ihr wusste. Jede Antwort warf neue Fragen auf; und ganz gleich, wie viele Antworten er fand, ihr Innerstes, ihr Wesen blieb immer außerhalb seiner Reichweite. In dieser Ungreifbarkeit lag ihre Macht. Jetzt sah er, wie er davon verlockt worden war, dazu verführt, die Grenzen seines Verstehens zu suchen. Nach der Unendlichkeit all dessen zu greifen, das er nie wissen würde. Wenn es kein Einstein-Mädchen gegeben hätte, was wäre aus ihm geworden? Diese Frage stellte er sich oft. Doch er hatte immer noch keine Antwort.

In der Pension stiegen sie, ohne Licht zu machen, die Treppe hinauf. Durch ein Loch im Dach tropfte Wasser in einen Blecheimer, der auf dem Treppenabsatz stand. In Marijas Zimmer roch es muffig. Zu lange war es nicht bewohnt und nicht beheizt worden. Kirsch kniete sich vor das Kohleöfchen und versuchte Feuer zu machen. Zerknülltes Zeitungspapier lag unter der Kohle, doch wie die alten Patientenakten fing es nicht leicht Feuer.

»Bald wird es warm«, versprach er, als er das dritte Streichholz anriss.

Marija setzte sich aufs Bett und musterte die tristen Möbel und die Gegenstände – die Puppe mit dem Porzellankopf, die Bürste und den Handspiegel, die Schuhe hinter der Tür –, die angeblich ihr gehörten. Gleich würde ihr Blick an der Stelle hängen bleiben, wo sie sich umarmt und geküsst hatten, die Stelle am

Fenster, wo der Boden nackt war und die Dielen knarrten. Es kostete Kirsch Mühe, sich nicht umzudrehen, seine Erinnerung daran nicht mit den beiläufigen Details aufzufrischen: das Muster der Vorhänge, die Höhe der Decke, die Griffe des Fensters. Für kurze Zeit hatte es sich wie ein Anfang angefühlt, eine zweite Chance allen Widrigkeiten zum Trotz. Doch jetzt lastete die gemeinsame Erinnerung an jenen Moment auf ihnen, machte ihnen ihre unrealistischen Träume zum Vorwurf.

Im Kamin leckte die Flamme an den Kohlen. Eben hatte Kirsch noch gefroren, jetzt brannte seine Haut.

Marija schob die Hände unter die Knie. »Bin ich aus der Klinik entlassen? Gehe ich nicht mehr zurück?«

»Nein. Du darfst nicht zurück, niemals. Auch wenn du dich dort eingelebt hast, die Klinik ist kein sicherer Ort mehr. Dieses Land ist nicht mehr sicher.«

In ein paar Tagen würde sie einen neuen Pass und eine Adresse haben. Kirsch hatte der jugoslawischen Botschaft ihre Lage bereits erklärt. Man hatte sich einverstanden erklärt, Marijas Personalien in Belgrad zu überprüfen und ihm das Wesentliche mitzuteilen. Er würde ihr genug Geld geben, um nach Hause zu fahren, ganz gleich, wo das war. Dort würde sie Nachbarn wiederfinden, Kollegen, Freunde. Sie würden ihr erzählen, was sie wissen musste.

»Du musst Deutschland verlassen«, sagte Kirsch. »Je früher, desto besser.«

»Was ist mit dir?«

»Ich habe gekündigt.« Kirsch stand auf. »An der Klinik konnte ich nichts bewirken.«

»Aber was hast du jetzt vor?«

Kirsch musste sich am Kaminsims festhalten. Normalerweise kamen die Schwindelanfälle erst im Laufe des Tages. Er hatte gelernt, sie vorauszuspüren und dafür zu sorgen, dass seine Schwäche unbemerkt blieb. Doch diesmal war er nicht darauf gefasst. »Vielleicht mache ich irgendwo eine kleine Privatpraxis auf.« Er zwang sich zu einem Lächeln. »Das machen alte Feldärzte so.«

»Irgendwo? Nicht hier?«

»Auch ich bin mit Berlin fertig.«

Er wünschte, er könnte ihr alles erzählen: von der Liste für das Ministerium, dem Aufsatz, den er für die ›Annalen der psychiatrischen Medizin‹ geschrieben hatte, von seinem Bruder Max und dem Kriegerdenkmal; vor allem aber von Dr. Schad und dem Test auf Neurosyphilis, dessen Ergebnis positiv gewesen war. Die Versuchung war groß, ihr alles anzuvertrauen, und sei es nur, damit sie verstand, warum er nicht mit ihr gehen konnte. Warum in dem Leben, das auf sie wartete, kein Platz für ihn war. Doch ein anderer Teil von ihm sträubte sich, Marija zu viel aufzubürden. Ihre Gefühle für ihn waren wahrscheinlich längst abgekühlt. Mit etwas Glück würde sie ihn als nüchternen Mediziner in Erinnerung behalten, der so auf die Funktionen und Vorgänge des Geistes fixiert war, dass er verlernt hatte zu fühlen. Es war besser so, einfacher, sauberer.

»Es ist Zeit für einen Tapetenwechsel«, sagte Kirsch. »Zwölf Jahre in einer Stadt sind einfach zu lang.« Er klopfte sich die Jacke ab und suchte nach seiner Brieftasche. Ihm wurde schwindelig. Es war all der Rauch, und die Nacht ohne Schlaf. »Hier ist etwas Geld für die nächste Zeit. In ein paar Stunden machen die Geschäfte auf. Versuch es in der Grenadierstraße. Da gibt es alles, was du brauchst. Herr Mettler kann dir den Weg beschreiben.«

Er hielt ihr die Scheine hin. Es kam ihm merkwürdig vor, wie etwas Schmutziges. »Ich gehe dann.« Er legte das Geld auf die Kommode. »Ich komme wieder, sobald dein Pass fertig ist.«

Es fiel ihm schwer, normal zu gehen, den Kopf hoch zu halten. Als er die Tür erreichte, wurde ihm schwarz vor Augen und er fand die Klinke nicht. Er hörte Marijas Stimme, aber er verstand nicht, was sie sagte.

Er musste nur die Klinke finden, dann war er draußen im Treppenhaus. Aus den Augen, aus dem Sinn. Er wollte nicht, dass sie ihn sah, während er wie ein Betrunkener torkelte.

»Ruh dich aus«, sagte er. Sein Kiefer und seine Zunge waren schwer. »Für die Reise. Es wird eine lange Reise.«

Dann wurde es dunkel, ein rotierender, grobkörniger Nebel aus winzigen Quadraten und Dreiecken wie Kritzeleien in einem Schulheft. Wenn sich der Nebel nur einen Moment auflöste, wenn jemand ein Licht brächte, würde er auf den Beinen bleiben. Doch er fiel. Unwillkürlich hob er die Arme, doch seine Hände schlugen gegen Eisenstäbe. Ein Bett. Er wollte sich festhalten, doch dann fiel auch das Bett. Als er nach unten blickte, sah er strömendes Wasser: ein breiter schwarzer Fluss, winzige Lichtpunkte, die sich auf der glasigen Oberfläche bewegten. Er wusste nicht, ob er laut geschrien hatte oder nur in seinem Kopf.

Jemand packte seine Handgelenke und zog ihn auf den Steg. Es war Eduard Einstein. *Vielleicht ist es eine Quantengeschichte.* Da wusste Kirsch, dass er träumte.

Während er keuchend auf dem Boden lag, nahm Heinrich Mehring ein Taschentuch heraus und wischte sich sorgfältig die Hände ab. Das Taschentuch war schwarz von Asche.

»Ihr Fall, Dr. Einstein«, sagte er und wandte sich ab. Irgendwo weinte eine Frau.

Kirsch erfuhr später, dass das Fieber drei Tage dauerte. Es kam und ging, mit unterschiedlicher Heftigkeit und Wirkung. Seine wachen Stunden waren wirr und desorientiert, seine Träume oft ganz klar. Erinnerungen wurden unzuverlässig, Gegenstand ständiger Revision. Menschen, die er für tot gehalten hatte, tauchten an seinem Bett auf und erklärten ihm in aller Ruhe, dass er sich geirrt hatte. Die Lebenden wurden unter Holzkreuzen zu Grabe getragen oder unter Granitplatten, auf denen Listen von Namen standen. Von Schweißausbrüchen, Schüttelfrost und sengenden Kopfschmerzen gequält, kämpfte er um ein Gefühl für Ort und Zeit, eine Ordnung der Dinge, an die er glauben konnte, den Katalog einer unumstößlichen Wirklichkeit. Verzweifelt klammerte er sich an die Wahrnehmung der Außenwelt und seinen Platz darin, voller Angst, dass er sich, wenn er losließ, für immer verlieren würde.

Marija kümmerte sich um ihn. Das war die einzige Gewissheit. Wenn er aufwachte, war sie fast immer da, saß an seinem Bett, brachte ein Tablett mit Suppe oder schlief, in eine Decke gewickelt, auf dem Fußboden. Manchmal, wenn er die Augen aufschlug, fand er sich in seinem Zimmer bei Frau Schirmann wieder, umgeben von seinen Büchern und Papieren, aber er lernte, diesen Visionen zu misstrauen, nicht zuletzt wegen der Besucher, die häufig mit ihm im Raum waren, ohne seine Anwesenheit zu bemerken. Einer davon war Eduard Einstein. Er durchsuchte Kirschs Papiere nach dem Brief, den er seiner Mutter gestohlen hatte. Auch Kirschs Familie tauchte auf, sogar seine ältere Schwester Frieda, die er noch nie in Berlin gesehen hatte. Sie saßen in den dunklen Ecken des Zimmers, sein Vater hinter der Zeitung, wie Trauernde bei der Totenwache.

In einem Traum bat er seinen Bruder Max, Oberst Schad zu holen. Sie waren wieder in der Klinik, im Keller, umgeben von Mehrings Laboratoriumseinrichtung. Dann kam Oberst Schad wirklich. Er bat Marija, das Fenster zu öffnen, weil es zu warm war, und seine Stimme hallte wie in einem Bunker. Kirsch wollte ihm sagen, dass es keine Fenster gab. Sie waren doch im Keller. Da spürte er, dass es kühler wurde, und stellte fest, dass er wieder in Mettlers Pension war.

»Nicht über dreiundzwanzig Grad. Und nicht zu viele Decken.« Es war eindeutig Schad: kurz angebunden, aber freundlich. »Viel Flüssigkeit – klare Brühe ist sehr gut –, um das Blut zu verdünnen. In zwei Tagen komme ich wieder. Ach, und nehmen Sie das für seine Lippen. Alle paar Stunden einmal auftragen.«

Im nächsten Moment war Schad verschwunden – wieder nur ein Traum, dachte Kirsch. Oder eine Halluzination. Es war schwer, den Unterschied auszumachen. Aber dann war Marija bei ihm und betupfte seine aufgesprungenen Lippen mit Vaseline. Ihre Fingerspitzen waren kühl – ihre Berührung, erinnerte er sich, war immer kühl –, und er spürte ihren Atem auf seiner Wange. Er war sich sicher, dass beide Empfindungen echt waren, doch er wagte nicht, den Kopf zu drehen und sie anzusehen, aus Angst, sie würde auch verschwinden.

In einem Traum tauchte Max auf, saß am Fußende des Bettes und blätterte durch sein Einstein-Buch. Marija hatte es aus der Klinik mitgebracht.

»Ich glaube nicht, dass sie es gelesen hat«, sagte Kirsch.

Max sah nicht auf. »Sei nicht dumm«, sagte er. »Sie braucht es nicht zu lesen. Was hast du gedacht?«

Kirsch wollte fragen, was er damit meinte, aber Max war schon wieder fort, und das Buch mit ihm.

Einen Tag später sah er Marija zum letzten Mal. Sie stand am Fenster. Die Scheibe war beschlagen, und die Luft war kalt. Der alte Reisekoffer stand aufgeklappt mitten im Zimmer.

»Marija?«

Seine Stimme war nicht mehr als ein Krächzen. Marija sah nicht auf. Sie spähte durch die Vorhänge auf die Straße.

Er räusperte sich. »Was ist los?«

Sie kam ans Bett. Auf dem Tisch stand ein Teller Suppe, der abkühlte. »Nichts. Du musst essen.«

»Was hast du draußen gesehen?«

Sie nahm den Teller und einen Löffel. »Herr Mettler sagt, es ist nur ein Reporter.«

»Ein Reporter? Wie sah er aus?«

»Es ist nichts.«

Sie weigerte sich, darüber zu reden, bis er die Suppe gegessen hatte. Danach musste er seine Blase entleeren; und danach musste er wieder schlafen.

»Ich gehe eine Weile aus«, sagte Marija, als sie ihn zudeckte. »Ich muss ein paar Besorgungen machen. Es dauert nicht lang.«

Sie kehrte nicht zurück.

45

Wie versprochen kam Oberst Schad wieder. Marija war seit mehreren Stunden fort. Schad wusste auch nicht, wo sie war.

»Vielleicht hat sie sich eine neue Bleibe gesucht. Wollte nicht mehr auf dem Boden schlafen, kann ich mir vorstellen.«

Er horchte Kirschs Lungen mit dem Stethoskop ab. Anscheinend war er zufrieden. Kirsch war über den Berg, zumindest fürs Erste.

»Das hätte sie mir gesagt.« Kirsch schwang die Beine über die Bettkante. »Ich muss sie finden.«

Doch Schad legte ihm die Hand auf die Schulter. »Sie gehen nirgendwohin, Kirsch. In Ihrem Zustand kann eine Erkältung tödlich sein.«

»Es muss etwas passiert sein. Vielleicht hat sie sich verlaufen, oder ...« Kirsch versuchte aufzustehen. Er fühlte sich klar, aber ausgehöhlt, wie eine Pappmachépuppe. Wo waren seine Kleider, seine Schuhe?

»Martin.« Schad sah ihn an. Sein Blick war geduldig. »Sie weiß, was Ihnen fehlt. Sie weiß von Ihrer Krankheit. Ich weiß nicht woher. Von mir hat sie es nicht. Vielleicht hat sie es erraten. Aber Sie dürfen nicht überrascht sein, wenn sie ein wenig Distanz sucht ...« Er seufzte. »Ich habe Sie gewarnt. Selbst geliebte Menschen gehen leicht vom Schlimmsten aus.«

Kirsch sah sein Spiegelbild in der Schranktür. Sein Hemd stand offen und entblößte die Flecken an seinem Oberkörper. Sie hatten sich auf der Brust ausgebreitet, in breiten Bögen wie die Zangen eines gigantischen Krebses.

»Ich glaube, ich habe es ihr gesagt«, sagte er. »Nicht absichtlich.«

Schad räusperte sich und legte das Stethoskop noch einmal an. »Nun, das ist sehr lobenswert.«

Kirsch wusste, was Schad dachte: dass Marija seine Geliebte gewesen war. Doch auch wenn er sich irrte, hieß das nicht, dass er sich in allem irrte.

»Die Fieberschübe können kommen und gehen«, sagte Schad. »Damit müssen Sie rechnen. Ihr Körper kämpft gegen die Infektion an. Diesmal hat er gewonnen, würde ich sagen.«

Kirsch dankte ihm und bat um die Rechnung, doch Schad wollte nichts davon wissen. Er habe es gern getan, um der alten Zeiten willen.

»Außerdem ist es die junge Frau, der Sie zu danken haben«, sagte er. »Sie war eine ausgezeichnete Krankenschwester. Bei ihr waren Sie in sehr guten Händen. Das steht fest.«

Sobald Kirsch wieder auf den Beinen war, machte er sich auf die Suche nach ihr. Er klapperte eine Pension nach der anderen in den östlichen Bezirken ab. Doch sie war spurlos verschwunden. In den folgenden Tagen versuchte er es in Krankenhäusern, Kliniken, Anstalten. Viele hatten von dem Einstein-Mädchen gehört; keiner hatte sie gesehen. Er fragte bei der Polizei nach, sah sich sogar die Schnappschüsse nicht identifizierter Frauen an, die man tot aufgefunden hatte. Er besuchte die Kneipen um den Alexanderplatz und am Kurfürstendamm, das Foto aus der ›Berliner Woche‹ in der Tasche. Als letztes Mittel versuchte er sich an die Presse zu wenden. Eine Zeitlang waren die Berliner Zeitungen ganz wild auf den Fall gewesen. Doch die Redakteure, mit denen er sprach, interessierte es nicht, ob Marija oder sonst irgendjemand verschwunden war. »Zurzeit gibt es Wichtigeres, über das wir berichten müssen«, sagten sie. »Wir haben das Privileg, mitzuerleben, wie Geschichte geschrieben wird.«

Jeden Tag ging er in die Wörther Straße in der Hoffnung, dass Marija zurückgekehrt war oder eine Nachricht für ihn hinterlassen hatte. Er zahlte weiterhin die Miete. Doch sie kam nicht zurück und hinterließ auch keine Nachricht. Eines Tages kam er gerade rechtzeitig, um zu sehen, wie ein Lastwagen mit Möbeln losfuhr. Er wurde beinahe überfahren, als er versuchte, den Fahrer aufzuhalten. Es stellte sich heraus, dass die Möbel zu einem Auktionshaus gebracht wurden. Mettler hatte das Haus verkauft und war fortgezogen. Die neuen Besitzer hatten es anscheinend nicht eilig einzuziehen. Eine Woche darauf waren die Fenster mit Brettern vernagelt.

Ein paar Tage später fuhr er mit dem Zug nach Potsdam. Es war noch zu früh im Jahr für die Ausflugsdampfer, deshalb mietete er sich am Bahnhof ein Fahrrad und fuhr damit den gewundenen Weg zum Telegraphenberg hinauf. Der Einstein-Turm stand am Südhang. Glatt und weiß erhob er sich aus dem bewaldeten Hügel wie der Kommandoturm eines gewaltigen U-Boots. Die Fenster waren organisch geformt, als hätten die Kräfte der Evolution sie stromlinienförmig abgeschliffen. Einzig die silberne Kuppel des Dachs, unter der sich das große Teleskop befand, hatte ein Element reiner Funktion.

Es hieß, Einstein habe nicht viel übrig für das Gebäude, das ihm zu Ehren errichtet worden war. Er teilte die expressionistische Sensibilität des Architekten nicht. Obwohl er Vorsitzender der Stiftung war, in deren Besitz sich der Turm befand, hatte er ihn nur gelegentlich besucht. Doch Marija war bestimmt hergekommen, davon war Kirsch überzeugt. Immerhin war der Turm der einzige Ort in Berlin, der Einsteins Namen trug. Sie hatte sich warm angezogen und sich unter die Tagesausflügler gemischt, für die der Telegraphenberg ein beliebtes Ziel war, und sei es nur wegen der Aussicht, der sauberen Luft und der Gartenanlagen auf dem Gipfel. Vielleicht war sie hier gewesen an jenem Tag, bevor sie von den Jungen mit den Fahrrädern gefunden worden war. Vielleicht, dachte Kirsch, würde sie wieder hierherkommen, ohne genau zu wissen, warum, abgeschnitten von den beruhigenden Gewissheiten der linearen Zeit. Stattdessen wiederholte sich alles für sie. Ein Kreislauf von Krise, Amnesie, Genesung, Krise, ohne ein Ende außer dem Tod.

Heute blieben die Tagesausflügler aus, obwohl der Regen nachgelassen hatte und die Sonne durch die Wolken kam. Die Türen des Turms waren abgeschlossen und mit einer Kette gesichert. Eine Ecke war eingerüstet. Ein Stück Plane flatterte lose im Wind, dicke Seile peitschten auf den Boden.

Kirsch fuhr auf der anderen Seite den Hang hinunter. Der Weg war steil und rutschig. Er wurde immer schneller, und in den Kurven schlitterte er. Die Bremsen waren gefährlich hart eingestellt. Wenn er bremste, flog er fast über den Lenker. Er musste mit den Füßen bremsen. Minutenlang kämpfte er um sein Gleichgewicht, dann endlich wurde der Weg wieder eben.

Er ließ das Fahrrad ausrollen. Inzwischen war er tief im Wald. Die Bäume waren hoch und kahl. Regenwasser tropfte von den Zweigen und landete mit verstohlenem Knistern auf dem laubbedeckten Boden. Kirsch lauschte und sah sich um. Er wurde das Gefühl nicht los, dass er beobachtet wurde. Ihm fiel ein, was der Pastor in Reinsdorf über das Fallen der Blätter und die Gefallenen des Kriegs gesagt hatte. Ihm gefiel die Metapher nicht, er fand sie irreführend und schwach.

Ein Gewehrschuss zerriss die Stille. Es war ein Stück entfernt, mindestens hundert Meter. In den Wäldern rund um Berlin wurde gejagt, mit und ohne Jagderlaubnis. Ein Hund bellte. Kirsch hörte einen Mann rufen. Dann nichts mehr. Ein Vogel hockte zusammengesunken auf einem Ast, knapp drei Meter über ihm: eine Krähe oder ein kleiner Rabe. Seine schwarzen Federn waren zerzaust, vor allem um den Hals. Kirsch klatschte in die Hände, doch der Vogel flog nicht davon. Krank oder betäubt saß er da und sah ihn unverwandt an.

Der Kiesweg ging in einen Waldweg über. Kirsch radelte noch ein Stück, doch die Reifen sanken tief in den Schlamm. Schwarzes Wasser stieg aus dem Boden auf, sammelte sich in den Furchen und spritzte ihm ins Gesicht und auf die Kleider, bis er den Schlamm im Mund schmeckte. Er radelte stehend weiter, legte sein ganzes Gewicht in die Pedale, um nicht an Fahrt zu verlieren. Die schwarzen Pfützen, die vor ihm auftauchten, waren groß wie Granattrichter. Der Wald ertrank förmlich darin.

Nach einem Kilometer wurde es unmöglich, weiterzufahren. Er stieg ab und schob das Fahrrad, zwängte sich, um den Pfützen auszuweichen, durch Unterholz und Farne, bis er den Weg ganz verlor. Nach ein paar hundert Metern fand er ihn wieder. Kletten und Zweige blieben an seinen Hosenbeinen und Ärmeln hängen. Durch den Wald führten mehrere Straßen. Früher oder später würde er auf eine davon stoßen. Seiner Uhr nach war er seit einer Stunde unterwegs, doch als er den Schlamm vom Gehäuse wischte, stellte er fest, dass sie stehen geblieben war.

Endlich sah er einen goldenen Streifen am Himmel, der ihm zeigte, dass er in südwestlicher Richtung unterwegs war. Der See musste ganz in der Nähe sein. Er verließ den Weg und wandte sich ganz nach Westen, um so schnell wie möglich ans Wasser zu kommen. Der Boden stieg an, dann fiel er wieder ab. In diesem Teil des Waldes wurden die Bäume von Efeu erstickt. Nur Kiefern und Weiden waren noch am Leben.

Er sah das Haus nicht, bis er direkt in den Garten stolperte. Es stand auf einer kleinen künstlichen Lichtung, ein rotbraunes Holzhaus mit weißen Fensterläden. Eine große Dachterrasse mit einer Außentreppe und ein eigentümliches Bullaugenfenster im Erdgeschoss verliehen ihm den Anstrich eines Häuschens am Meer. Kirsch kannte das Haus aus der Zeitung und aus Architekturmagazinen. Bis auf das Fundament war es ganz aus Douglasien- und Kiefernholz errichtet, der Entwurf eine Anlehnung an den Bauhausstil. Auch wenn der genaue Standort nicht bekannt war, wusste Kirsch, wo er sich befand. Er hatte den Ortsrand von Caputh erreicht. Er stand im Garten von Albert Einsteins Sommerhaus.

Die Zeitungsausschnitte hatte er aufbewahrt, ebenso Fotos von Einstein mit verschiedenen berühmten Besuchern vor der Verandatür oder oben auf der Terrasse mit der Pfeife in der Hand, den Blick hinaus auf den See gerichtet. Kirsch hatte sich das Haus größer und schöner vorgestellt – nicht palastartig, aber doch elegant und einladend. Auf den Bildern hatte es die Wärme und die Weisheit seines Besitzers ausgestrahlt. Doch in der Realität wirkte es geschrumpft, beengt, als hätte Einsteins Abwesenheit ihm seine Aura genommen.

Klee und Unkraut überwucherten den Rasen. Der Gartenweg war voller Moos. Die Pflanzen in den Blumenkästen vor den Fenstern – auf den Fotos eine blühende Pracht – waren vertrocknet. Als Kirsch das Fahrrad auf den Boden legte und auf die Veranda zuging, hörte er gedämpfte Geräusche, ein Rumpeln wie das träge Stampfen einer Maschine.

Die Holztreppe war glitschig. Auf dem Absatz in der Mitte war das Geländer kaputt. Die Terrasse war mit nassem Laub bedeckt. In einer Ecke lag ein zusammengerollter Sonnenschirm. Durch die Bäume sah er den See, ein Streifen graues Wasser. Kirsch fröstelte. Seine Kleider klebten nass und kalt an seiner Haut.

Dann hörte er es wieder. Das Geräusch kam aus dem Haus. Die Tür, die von der Terrasse hineinführte, war abgeschlossen. Kirsch ging auf die andere Seite des Hauses und spähte durch die Fensterläden. Alles war dunkel.

In der Einfahrt stand ein schmutziger grüner Mercedes mit offenem Verdeck. Anscheinend war jemand im Haus. Doch die Einsteins konnten es nicht sein. Albert Einstein war im Ausland untergetaucht. Das neue Regime hatte seine Konten und was von seinem Besitz übrig war konfisziert. Eine den Nazis nahestehende Zeitung hatte eine Belohnung von fünfzigtausend Reichsmark auf seinen Kopf ausgesetzt, tot oder lebendig.

Kirsch ging zur Haustür. Er wollte klopfen, dann sah er, dass das Holz um das Schloss zersplittert war. Unter der Klinke war ein schlammiger Stiefelabdruck zu sehen. Jemand hatte die Tür eingetreten. Kirsch musste nur leicht mit der Schulter dagegenstoßen, und die Tür ging auf.

Ein schmaler dunkler Gang mit Schachbrettboden. Es roch feucht, modrig. Wände und Decke waren aus Holz. Eine schmale Treppe führte nach oben. Hinter einer angelehnten Tür war die

Kellertreppe. Kirsch ging zum hinteren Teil des Hauses, wo das Licht in Streifen durch die Fensterläden fiel.

Für Diebe war hier wenig zu holen. Die Möbel waren spärlich und schlicht. Es gab keine Vitrinen voll Familiensilber. Er betrat die kleine Küche. Neben einer Pfeffermühle lag eine aufgeplatzte Tüte Mehl. Arbeitsfläche und Spülbecken wimmelten von winzigen Ameisen.

Er spürte einen leichten Luftzug im Nacken. Das Geräusch kam von der anderen Seite der Wand: ein ungeniertes Klopfen, fast eine ironische Einladung. Auf dem Küchentisch lagen Messer, doch keins war scharf genug, um als Waffe zu dienen. Er trat zurück in den Gang. Papiere raschelten. Jemand war im Zimmer am Ende des Ganges. Er öffnete vorsichtig die Tür.

Das Sonnenlicht schmerzte in seinen Augen. Die Fenster waren kaputt. Die Fensterläden hingen nur noch an einem Scharnier. Sie schwangen auf und zu, schlugen draußen gegen das Eisengeländer. Der Raum – ein kleines Arbeitszimmer – war geplündert worden. Bücher und Papiere lagen überall verstreut. Hinter einem schlichten Kiefernholzschreibtisch kroch ein Mann auf allen vieren herum und sammelte ein, was am Boden lag. Kirsch brauchte einen Moment, bis er ihn erkannte.

»Professor von Laue?«

Erschrocken sah der Professor auf. »Wer sind Sie? Was wollen Sie?«

»Martin Kirsch. Von der Charité. Erinnern Sie sich nicht?«

Der Professor starrte ihn an. Sein Kragen hatte sich vom Hemd gelöst und entblößte ein Stück Haut an seinem Nacken.

»Die Tür war …«

»Was wollen Sie?«, fragte von Laue wieder.

»Ich suche nach jemandem.«

»Nach wem?«

»Nach einer Patientin. Einer ehemaligen Patientin. Die Frau, die Sie so neugierig gemacht hat.«

»Die Studentin?«

»Sie ist verschwunden.«

Von Laue runzelte die Stirn, dann schüttelte er den Kopf. Sein Misstrauen ließ nach. »Nun, hier werden Sie sie nicht finden. Hier wohnt niemand mehr.«

»So sieht es aus.«

Der Professor legte einen Stapel Akten auf den Tisch. Kirsch wurde bewusst, dass er ihn ziemlich erschreckt haben musste.

»Nun«, sagte von Laue. »Nun. Wie auch immer. Sie können mir helfen, die Papiere aufzulesen. Machen Sie sich nützlich. Es ist nur eine Frage der Zeit, bis sie zurückkommen.«

»Bis wer zurückkommt?«

»Wer glauben Sie wohl? Wir müssen das alles in den Wagen laden. Ich bringe die Sachen in seine Wohnung, bis mir ein sicherer Ort einfällt. Suchen Sie ein paar Kisten oder so etwas.« Von Laue sah ihn an. »Worauf warten Sie?«

Kirsch gehorchte. Unter der Treppe fand er einige alte Koffer und in der Speisekammer leere Obstkisten. Dann kehrte er ins Arbeitszimmer zurück, und sie packten die Papiere hinein.

»Die Bücher auch?«, fragte Kirsch.

»Die mit den handschriftlichen Anmerkungen. Die anderen nicht.«

Ein paar Minuten räumten sie schweigend auf. Kirsch spürte, dass von Laue seine anfängliche Feindseligkeit peinlich war. Er schien nach einem versöhnlichen Wort zu suchen.

»Wie kamen Sie auf die Idee, dass Ihre Patientin hier sein könnte?«, fragte er schließlich.

Kirsch hielt inne und wischte sich über die Stirn. Ursprünglich hatte er nur nach der Stelle suchen wollen, wo die Jungen mit den Fahrrädern sie gefunden hatten. Es war eine Möglichkeit, ihr nahe zu sein, er wusste keine andere.

»Im Herbst wurde sie hier ganz in der Nähe gefunden«, sagte er. »Ich denke, sie wollte möglicherweise ihren Vater treffen.«

Von Laue seufzte und begann das Bücherregal durchzugehen. »Sie meinen es gut, Dr. Kirsch, das sehe ich. Aber es wäre besser, wenn Sie Ihre Energie anderweitig einsetzten.« Er nahm einen Band in die Hand, betrachtete den Titel auf dem Rücken und stellte ihn wieder zurück. »Glauben Sie mir: Es wird nichts herauskommen bei dieser Suche.«

»Wie können Sie da so sicher sein?«

Lose Blätter fielen auf den Boden und glitten zwischen die Papiere, die bereits auf den Dielen lagen. Als Kirsch sich bückte, um sie aufzuheben, machte das Atmen ihm Mühe.

Von Laue blätterte durch ein Buch. »Die Leute denken, in Einsteins Arbeit ginge es nur um ferne Sterne und Galaxien. Sie denken, es hätte nichts mit ihnen zu tun. Aber sie vergessen dabei, dass wir alle Teil dieses Universums sind. Wir sind Ausdruck seiner physikalischen Gesetze wie alles andere auch, ob es uns gefällt oder nicht. Wenn man also das Verständnis vom Kosmos auf den Kopf stellt, stellt man auch das Verständnis vom Menschen auf den Kopf. Und das ist eine sehr tiefgreifende Angelegenheit.«

Kirsch fiel eine Ausgabe des Buchs in die Hand, das Max ihm geschenkt hatte: ›Über die spezielle und die allgemeine Relativitätstheorie. Gemeinverständlich.‹ Max musste von Laues Meinung geteilt haben, ein Stück weit zumindest. Weshalb hätte er seinem Bruder, dem Feldarzt, sonst so etwas geschenkt?

»Wollen Sie damit sagen, Einstein hätte kein Interesse an seiner eigenen Tochter?«

Von Laue lächelte. »Es ist nicht ganz so, wie Sie meinen.«

»Wie dann?«

Draußen schoben sich Wolken vor die Sonne. Plötzlich wurde es dunkler im Zimmer. Von Laue blickte aus dem Fenster in den Garten. Einen Moment lang dachte Kirsch, er hätte dort draußen jemanden stehen sehen, der sie aus dem Schatten beobachtete.

»Was, glauben Sie, steckt hinter den großen Verständnissprüngen, die Einstein möglich machte?«, fragte von Laue. »Sie haben den menschlichen Geist studiert, Dr. Kirsch. Wie kann es sein, dass Albert Einstein etwas sieht, das für alle anderen unsichtbar ist? Wie kann er sich Dinge vorstellen, die für die anderen unvorstellbar sind?«

»Ich schätze, er ist intelligenter.«

Von Laue schüttelte den Kopf. »Intelligenter als Poincaré? Intelligenter als Max Planck? Das bezweifle ich. Ich bezweifle, dass er selbst so etwas behaupten würde. Der Unterschied, der entscheidende Unterschied, ist die Unabhängigkeit seines Denkens. Seine Skepsis, wenn Sie so wollen. Irgendwie hat er die Fähigkeit entwickelt, sich von allen Annahmen, allen abstrakten Konzepten zu lösen, ganz gleich, wie tief sie im Grundgestein des menschlichen Geistes sitzen, und genau festzustellen, was real, was greifbar ist und was nicht. Linearer Raum und absolute Zeit waren mehr als sakrosankt, Dr. Kirsch. Es waren die Fundamente des rationalen Denkens. Sie in Frage zu stellen, war etwas, woran niemand auch nur gedacht hätte. Und Einstein hat nicht nur vorgeführt, dass es sich um eine Illusion handelt. Er hat es *gesehen.*«

Kirschs Stirn war warm, das Fieber pulsierte sanft in seinen Schläfen. »Ich bestreite seine Einzigartigkeit nicht. Ich verstehe nur nicht …«

»Doch, Sie bestreiten sie. Sie glauben, solche außergewöhnlichen Perspektiven könnten ohne Opfer erreicht werden, ohne Veränderung. Doch um die Welt wahrzunehmen, muss man aus ihr hinaustreten. Im Evangelium heißt es, die Wahrheit wird euch frei machen. Eigentlich sollte dort stehen: die Wahrheit wird euch *anders* machen.«

Was hatte Eduard Einstein bei ihrem ersten Treffen gesagt? *Marija verändert sich.*

»Aber das ist Wissenschaft«, sagte Kirsch. »Es kann doch nichts zu tun haben mit … mit seiner Familie.«

Von Laue schüttelte den Kopf. »Sie wollen mich nicht verstehen. Aber ich glaube, Sie tun es doch.« Er nahm zwei Bücher aus dem Regal, mit jeder Hand eines. »Wenn die gefühlten, instinktiven Vorstellungen von Raum und Zeit keine Gültigkeit mehr haben, dann werden die Konventionen der menschlichen Gesellschaft wohl kaum unfehlbar sein. Ehre, Gemeinschaft, Vaterland, Gott. Worauf gründen diese Ideen? Auf festen, fassbaren

Fundamenten? Etwas Absolutem, wie der Lichtgeschwindigkeit? Oder sind es bloße Annahmen, so zweifelhaft und unbeständig, dass ein rationaler Kopf kaum weiß, wo er anfangen soll?« Er packte die Bücher ein, dann öffnete er die Schreibtischschublade. Weitere Papiere lagen darin. »In einer skeptischen Welt würden Wahrheit und Gewissheit zusammengehören. Aber sehen Sie sich um. Ist es das, was Sie sehen?«

Kirsch berührte sein Gesicht. Er schwitzte. Als er die Augen schloss, sah er das Kriegerdenkmal in Reinsdorf, den glänzenden schwarzen Granit mit der großen dreisten Lüge: FÜR GOTT UND VATERLAND.

»So muss es nicht sein. Die Menschen können lernen.«

Von Laue lachte. »Wie kommen Sie darauf, dass sie lernen *wollen*? Mein lieber Freund. Für die Masse der Menschen sind es die Illusionen, die das Leben erträglich machen. Das ist die Tragik der *conditio humana*, wenn Sie mich fragen. Die Menschen müssen so tun, als gäbe es einen Sinn, obwohl die Vernunft ihnen sagt, dass es nicht so ist. Denn ohne Sinn, was hätten sie gemeinsam? Menschliche Bindungen würden sich auflösen. Die Gesellschaft würde zerfallen, und dann würden sie sich ganz allein der Gleichgültigkeit des Universums gegenübersehen. Das, mehr als alles andere, ist es, was sie vermeiden wollen; und dafür ist selbst Krieg ein Preis, den sie zu zahlen bereit sind.«

Der Wind pfiff ums Haus. Der Fensterladen knallte gegen den Rahmen. Von Laue hob eine Kiste hoch. »Wir müssen uns beeilen. Ich will hier weg sein, bevor es dunkel wird.«

Er ging hinaus zum Wagen. Kirsch machte sich wieder an die Arbeit und warf einen Arm voll Papiere in einen kleinen Lederkoffer. Er versuchte sich nicht vorzustellen, wie Marija in ihrem neuen Kleid und den neuen Schuhen hierhergekommen war, voller Hoffnung, den Albert Einstein aus den Zeitungen zu finden: den mitfühlenden Propheten, den wohlwollenden Vater. Er versuchte überhaupt nicht zu denken.

Er war fast fertig, als er ein Bündel Briefe entdeckte, ungeöffnet: Rechnungen, mehrere Einladungen in steifen, geprägten

Umschlägen, Sendungen, die vom Gewicht her Zeitschriften sein konnten. Ganz unten lag ein dicker weißer Umschlag, auf dem in einer gleichmäßigen Frauenhandschrift Einsteins Name und Adresse stand. Laut Poststempel war er am 26. Oktober im Berliner Postbezirk C aufgegeben worden. Kirsch wusste, wo er den Umschlag schon einmal gesehen hatte.

Darin war ein Stoß linierter Seiten, mit der gleichen sorgfältigen Handschrift beschrieben. Zwischen den beiden letzten Blättern lag eine Zeichnung: Albert Einstein vor einem Rednerpult, freundlich lächelnd.

Die erste Seite begann mit: *Warum bin ich nach so langer Zeit?*

LICHT

46

Es war dumm, zu glauben, ich könnte einen Mann von Zoltáns Größe überwältigen, selbst wenn er betrunken war; und noch dümmer, zu glauben, ich würde es fertigbringen, ihm das Messer in die Brust zu rammen. Ich wollte seinen Tod. Er hatte meine Schwester in den Tod getrieben, so sicher, als hätte er sie eigenhändig ertränkt. Doch irgendetwas hinderte mich daran, sofort auf ihn loszugehen, als er die Tür öffnete, was die klügste und wirkungsvollste Form des Angriffs gewesen wäre. Es war nicht Mitleid, was mich zurückhielt, und erst recht nicht Angst. Es war ein Gefühl – unbekannt und doch hart, wie ein Tumor im Fleisch –, dass einem anderen Menschen das Leben zu nehmen meinem Wesen fremd war; dass ich, sobald ich diesen tödlichen Schritt machte, für immer eine andere wäre. Mein altes Ich würde verschwinden, und ich würde eine neue Existenz beginnen, in der Geschichte und Blutsbande vergessen sein mussten und vielleicht der Geist lebendig war, das Herz dagegen für immer still.

Das Messer in der Hand, stand ich in der Küche und zögerte an der Schwelle dieser neuen, düsteren Existenz. Das war die Lage, als Zoltán Draganović vom Hof hereintorkelte.

Als er in die Küche kam, starrte er mich an, erschrocken zuerst, dann empört, dann belustigt, alle drei Regungen rangen miteinander in seinem benommenen Hirn.

»Was soll das?«, stieß er schließlich hervor. Er kniff die Augen zusammen, während er versuchte dahinterzukommen, was es mit meiner unerwarteten Feindseligkeit auf sich hatte. »Hast du mit deiner Schwester geredet? Was hat sie dir erzählt?«

Was hätte sie mir erzählt, wenn sie noch gelebt hätte? Oder wenn ich uneigennützig genug gewesen wäre, sie zu fragen? Nun, da es zu spät war, konnte ich es mir vorstellen. Doch ich brachte es nicht über mich, es auszusprechen, nicht einmal jetzt. Ein Teil von mir hoffte immer noch, dass ich mich irrte.

Zoltán kam näher. Ich stach mit dem Messer nach ihm, nach seiner Kehle. Ein Stoß, dachte ich, und er verblutet wie ein geschlachtetes Lamm. Verzweifelt suchte ich nach dem letzten Quentchen Willenskraft, das ich brauchte. Doch der Gedanke an meine Schuld, an meine schweigende Komplizenschaft bei Senkas Schicksal, schwächte mich.

Zoltán spürte, dass die Gefahr vorüber war. Als ich das Messer vor ihm schwang, lachte er nur.

»Das ist mein Haus«, sagte er und breitete die Arme aus. »Wenn du es willst, musst du es dir holen.« Er kam auf mich zugeschwankt, bot mir die Brust, forderte mich heraus.

Ich sagte ihm, ich wolle sein Haus nicht. Doch was ich wollte, konnte ich nicht laut sagen: die Zeit zurückdrehen und bei meiner Schwester bleiben, damit ihr nichts Böses geschah, sie lachen hören, als sie auf den Apfelbaum kletterte, oder mit ihr im Obstgarten sitzen und flüsternd Geheimnisse teilen wie damals als Kinder; vor allem wollte ich, dass ihr Vertrauen in mich gerechtfertigt gewesen wäre. Doch für all das war es zu spät, und selbst Zoltáns Tod konnte daran nichts ändern.

»Was willst du dann, Mädchen?«, fragte er. »Worüber regst du dich so auf?« Er neigte den Kopf und sah mich an wie ein interessantes Rätsel, dessen Lösung ihm langsam dämmerte. »Vielleicht bist du eifersüchtig auf deine Schwester.«

Bevor ich antworten konnte, schnappte er nach dem Messer, doch ich riss es weg und schnitt ihm dabei tief in die Hand. Er brüllte auf und schlug mir ins Gesicht, so fest, dass ich gegen den Tisch fiel. Ich war benommen und schmeckte Blut im Mund. Er stieß mich zurück und packte meine Beine, dass ich rückwärts auf den Küchentisch fiel, denselben Tisch, auf dem vor wenigen Stunden meine Schwester aufgebahrt gelegen hatte. Dann war er über mir, und sein Gewicht war so schwer, dass ich dachte, er würde den letzten Rest Leben aus mir herauspressen. Die Lampe über dem Tisch schwang hin und her, und der ganze Raum schien zu schlingern. Zoltán redete immer weiter, sagte, er hätte sich nicht mit meiner Schwester abgegeben, wenn er gewusst hätte, wie willig ich war; und viele andere Dinge, die ich nicht mehr hörte. Denn obwohl ich noch kämpfte, spürte ich, wie ich mich aus Raum und Zeit zurückzog und in einen Winkel des Vergessens floh, wo mich nichts berühren konnte, wo es keine Folgen und keine schlimmen Enthüllungen gab, weil es keine Erkenntnis gab. Von diesem empfindungslosen Ort beobachtete ich den Mann und die Frau, die auf dem Tisch unter der schwingenden Lampe kämpften – mehr sah ich nicht. Weder der Mann hatte einen Namen noch die Frau. Der Tisch war nur ein Tisch; und die Lampe warf Schatten über sie, so dass schwer zu erkennen war, ob es die Umarmung von Liebenden oder von Todfeinden war, die einander umbringen wollten.

Erst später, als ich aufwachte und merkte, dass ich allein war, drang die bittere Wahrheit zu mir durch, und ich begriff, was meine Schwäche und Schuld mich gekostet hatten.

Ich war kaum auf die Füße gekommen, als Maja Lukić zurückkehrte. Sie erriet wohl, was geschehen war. Sie zog mir den Mantel über, griff nach meinem Koffer und führte mich zu sich nach Hause, über die Hintergasse. In meinem Zustand hinterfragte ich nicht, was sie tat, doch sie hatte natürlich Angst, dass man uns auf der Hauptstraße sah, obwohl es schon dunkel war. Später machte mich diese Ungerechtigkeit wütend. Doch Maja Lukić war kein ignoranter Mensch. Sie kannte den kleinen Ort, in dem sie lebte, nur zu gut und wusste, dass die Ehre einer Frau, war sie einmal abhandengekommen, unwiederbringlich verloren war, wie ungerecht das auch sein mochte. Das war die primitive Grausamkeit des Dorfs, in dem ich aufwuchs, wo die Männer ihre Begeisterung für die Moderne und die Segen der Aufklärung beteuerten (wer würde nicht mit der Eisenbahn fahren, Medikamente einnehmen oder sein Haus mit Elektrizität versorgen?), doch die Herzen ließen sie in der Vergangenheit zurück, in den Schatten des Aberglaubens. Wie gut ich Ihre Ungeduld über diese einfältige, verfaulte alte Welt verstehe und Ihr Bedürfnis, sich von ihr zu befreien!

Ich bezweifle, dass Maja Lukić diese Meinung teilte, aber ihre Sorge um mich war echt. Sie beschloss, dass es das Beste wäre, wenn ich so bald wie möglich das Dorf verließ. Sie erzählte mir, sie sei schon seit einer Weile der Meinung, dass Zoltán nicht mehr ganz richtig im Kopf war, und habe mehr als einmal fast gekündigt. Sie fürchtete, Zoltán würde mich eher umbringen als zulassen, dass ich Anschuldigungen gegen ihn erhob. Sie gab mir alles Geld, das sie im Haus hatte, und schickte mich gleich am nächsten Tag nach Belgrad, mit einer hastig geschriebenen Empfehlung an eine angeheiratete Verwandte. Ich widersprach nicht. Ich wusste ja nicht, wo ich sonst hinsollte. In Orlovat konnte ich nicht bleiben, und ohne Zoltáns Geld konnte ich mein Studium in Zagreb nicht fortsetzen. Außerdem hatte ich Angst, dass er mich dort finden würde. In meinem Zustand überließ ich vernünftige Entscheidungen lieber anderen. Selbst meine Erinnerung ließ mich im Stich; manchmal wachte ich auf, ohne zu wissen, wo ich war, oder dachte, Senka und meine Mutter seien noch am Leben, und dass die Familie, zu der ich einst gehörte, noch existierte.

Svetlana Lukić war die Schwester von Majas verstorbenem Ehemann. Sie hatte ein kleines Schneidergeschäft in der Nähe der Kathedrale und war ein guter Mensch, wenn sie auch äußerlich spröde und verknöchert wirkte. Ich tat mein Bestes, ihr im Laden zu helfen. Mit der Nadel konnte ich nicht umgehen, aber ich half ihr mit den Büchern, die in solcher Unordnung waren, dass jeder Steuerinspektor kurzen Prozess gemacht hätte. Nach etwa einem Monat suchte ich mir eine Stelle als Lehrerin, was leicht war, da an Mathematiklehrerinnen stets großer Mangel herrschte. In den folgenden Jahren versuchte ich, meine Studien, so gut es ging, nebenher weiterzutreiben. Dank meines früheren Tutors in Zagreb erhielt ich Zugang zu den wichtigsten akademischen Bibliotheken und konnte sogar einige Vorlesungen an der Belgrader Universität besuchen, die meinen Appetit auf die Physik und die vielen unglaublichen Entdeckungen auf diesem Gebiet noch steigerten. Ich weiß, dass mein Selbststudium nicht mit einem echten Studium vergleichbar ist, aber meine Bemühungen, der Wissenschaft zu folgen, und das Nachdenken über ihre Geheimnisse brachten mir damals Frieden, selbst wenn dieser Friede unvollständig war.

Doch ich greife vor. Da ist noch mehr, was ich von jenem tragischen Frühjahr, als meine Schwester starb, berichten muss, auch wenn es mir schwerfällt. Außer mir weiß nur Maja Lukić alles. Jetzt sollen auch Sie davon erfahren. Das müssen Sie, sonst wäre meine lange Reise vergebens gewesen. Ich lege Ihnen meine lange gehüteten Geheimnisse in der Hoffnung zu Füßen, im Austausch auch eines von Ihnen zu erfahren. Das ist das Einzige, worum ich Sie bitte, nur das.

Mir wurde jedes Mal das Herz schwer, wenn ich die Briefe von Maja Lukić öffnete, denn es waren Neuigkeiten von Menschen und Orten, die ich vergessen wollte, bis auf meine arme Schwester natürlich. Maja schrieb mir, dass Senka nach Novi Sad überführt worden war, in die Provinzhauptstadt, wo sie im Familiengrab der Draganovićs beigesetzt wurde. Bis heute frage ich mich, warum Zoltán sich die Mühe machte. Ich kann mir nur vorstellen, dass er trotz allem den Schein wahren wollte. Ich wünschte, ich hätte bei dem letzten Abschied dabei sein können, doch mehr noch, sie hätten Senka an anderer Stelle zur Ruhe gebettet, in besserer Gesellschaft.

Ich begriff, dass Maja Lukić sich für mein Schicksal verantwortlich fühlte, so wie ich mich für Senkas Schicksal verantwortlich fühlte. Vielleicht verstärkten meine knappen Antworten ihre Schuldgefühle noch. Irgendwann begann sie anzudeuten, dass Zoltán Draganović nicht mein wirklicher Vater sei. Sie erwähnte wiederholt, was einst meine Großmutter mir erzählt hatte, etwas von einem Kind, das meine Mutter vor mir gehabt hatte und das am Scharlach gestorben war. Ich hatte die Geschichte fast vergessen. Für alle Welt war ich die Erstgeborene.

Doch Maja Lukić erzählte eine andere Geschichte.

Damals arbeitete sie in unserem Haus und sah das erstgeborene Kind dem Tode nahe. Meine Mutter sei untröstlich gewesen. Dann wurde Maja einige Wochen fortgeschickt. Niemand wurde ins Haus gelassen, nicht einmal der Priester, was ungewöhnlich war, denn wenn ein Kind um sein Leben kämpfte, zog man üblicherweise die Taufe vor, um seine Seele zu retten. Als Maja schließlich ihren Dienst wiederaufnehmen durfte, fand sie ein kerngesundes Kind vor – nur dass es nicht dasselbe Kind war. »Es war mindestens zwei Monate älter«, schrieb sie. »Es hatte ein runderes Gesicht und dunklere Augen.« Für sie gab es nur eine Erklärung: Ich war heimlich adoptiert worden, entweder um den Kummer meiner Mutter zu lindern oder weil Zoltán fürchtete, keine weiteren Kinder zu bekommen. Wo ich hergekommen oder wessen Kind ich wirklich war, wusste sie allerdings nicht.

Maja Lukić machte sich Sorgen, dass ihre Enthüllung mich verletzen oder schockieren würde, selbst nach allem, was passiert war. Es war eines, nicht das Kind meines Vaters zu sein; aber nun war ich auch nicht mehr das Kind meiner Mutter. Doch als ich den Brief las, hatte ich das Gefühl, als sei ein Rätsel, das mich mein Leben lang beschäftigt hatte, plötzlich gelöst worden. All die Jahre hatte ich mich in der Familie Draganović wie eine Außenseiterin gefühlt. Jetzt kannte ich endlich den Grund. Es war ein Schock, meine Gefühle so plötzlich und nachhaltig bestätigt zu sehen. Doch es war auch ein Trost.

Wahrscheinlich hätte ich von Zoltán die Wahrheit fordern können. Doch um nichts in der Welt hätte ich mich mit ihm in Verbindung gesetzt. Irgendwann, etwa neun Jahre später, erhielt ich Nachricht aus Orlovat, dass er an einem Schlaganfall gestorben war. Sein Rechtsanwalt kam aus Novi Sad, um seine Angelegenheiten zu regeln. Da es keine weiteren Nachkommen gab, wurde mir mitgeteilt, dass, nachdem die Gläubiger ausbezahlt waren, der restliche Nachlass an mich fallen würde. Es war mehr, als ich erwartet hatte, denn obwohl Zoltán seine karge Pension regelmäßig versoff, war das Land selbst in seinem Besitz geblieben. Dazu kamen ein gewisses Kapital und das Haus.

Ich fuhr nach Orlovat zurück und verkaufte einen Teil des Landes zu einem angemessenen Preis, dann kümmerte ich mich um das Haus. Widerstrebend ging ich Zoltáns Papiere durch. Alles war durcheinander, und am liebsten hätte ich die ganzen Papiere ins Feuer geworfen. Dann aber fielen mir einige Mitteilungen seiner Bank in Novi Sad in die Hände, die mehr als zehn Jahre zurückgingen und jeweils besagten, dass eine gewisse Summe von einer Bank in Zürich überwiesen worden war. Eine Frau Einstein-Marić schickte dreimal im Jahr Geld – genug für eine Universitätsausbildung. Die Zahlungen wurden zu dem Zeitpunkt eingestellt, als ich das Studium aufgab und nach Belgrad zog.

Sie können sich vorstellen, wie neugierig ich wurde. Ich erinnerte mich an Tante Helenes schweigsame Freundin und die Wirkung, die ihre Besuche auf meine Eltern hatten. Doch ich erinnerte mich auch, was ich später über ihre Leistungen und ihren Ruf als Wissenschaftlerin erfuhr. Plötzlich, im selben Zimmer, in dem Frau Einstein einst als Gast gesessen hatte, wagte ich, Maja Lukićs Geschichte zu glauben.

Ein paar Wochen später suchte ich Tante Helene in Belgrad auf. Ich hatte sie seit vielen Jahren nicht gesehen, doch sie erinnerte sich an mich und sprach mir ihr Beileid zum Tod meines Vaters aus. Ich sagte ihr, aufgrund meiner veränderten Lebensumstände wolle ich meine Studien im Ausland fortsetzen. Dann fragte ich sie, wo ich hingehen solle und ob sie Rat wüsste, wer mich in Mathematik und Physik unterrichten könnte, damit ich in die akademische Welt zurückkehren konnte. Sie beantwortete meine Fragen ernsthaft und, wie ich dachte, nicht ohne Freude. Schließlich, genau wie ich gehofft hatte, schlug sie mir vor, nach Zürich zu gehen und mich an eine Dozentin zu wenden, die sie dort kannte. Ich muss Ihnen wohl kaum sagen, wer diese Dozentin war.

Ich sagte Tante Helene nicht die Wahrheit, zumindest nicht die ganze. Ich wollte nichts lieber als wieder studieren. Ich träumte davon, mich wieder jenen seltsamen und schönen Rätseln zu widmen, nach der letzten und absoluten Klarheit zu suchen, mit der Sie sich, wie ich weiß, beschäftigen. Diesen Sieg zu erringen – wenn das denn möglich ist – wird sicherlich die krönende Leistung der Menschheit sein. Nichts könnte wichtiger, nichts lohnender sein.

Doch der Grund meiner Reise nach Zürich, mein Grund, nach Berlin zu kommen, ist einfacher: meine Herkunft aufzudecken und ein für alle Mal zu erfahren, ob Maja Lukićs Geschichte wahr ist. Ich glaube, nur Sie können mir helfen. Die anderen, die sprechen könnten, werden es nicht tun, solange Sie schweigen, davon bin ich überzeugt. So stark ist Ihr Einfluss auf sie. Es scheint, als wären Sie doppelt gesegnet: nicht nur mit der Macht über das Denken der Menschen, sondern auch über ihre Loyalität und Liebe – was, daran habe ich keinen Zweifel, nicht nur Ihrer Weisheit geschuldet ist, sondern auch Ihrer Güte und Ihrem Herzen. Und so begebe ich mich voller Zuversicht in Ihre Hände, in der Überzeugung, dass für Sie, vor allen Menschen, die Fortführung einer Lüge unerträglich ist, ganz gleich, wie bequem sie für Menschen mit engerem Blick und niedrigeren Grundsätzen sein mag.

47

Le Coq sur Mer, Belgien, April 1933

Die Sonne brennt durch den Dunst herab und bleicht die Schatten aus. Das Meer ist unnatürlich still, der Horizont verschmilzt mit dem weißen Himmel. Von der Veranda der Villa Savoyarde aus beobachtet Albert Einstein den Kriminalbeamten, der am Wasser auf und ab geht. Er heißt Gilbert und verbringt die meiste Zeit damit, über den Strand und die hohen Dünen, die die Villa umgeben, zu patrouillieren. Ein Attentäter könnte versuchen, sich mit dem Boot zu nähern, hat er Elsa neulich morgens erklärt. Ansonsten redet er wenig. Hauptsächlich raucht er Zigaretten und sieht den Fischkuttern zu, die auf und ab tuckern und Garnelen fischen. Dahinter, in der Ferne, kann man gerade noch die Fähren sehen, die den Hafen von Ostende in Richtung England verlassen.

Ein zweiter Beamter ist stets im Haus. Er hat einen unaussprechlichen flämischen Namen. Er sitzt in der Eingangshalle, lässt sich ab und zu eine Tasse Kaffee geben und beobachtet die Einfahrt. Immer wenn Besuch kommt, springt er auf und stellt jeden zur Rede, den er nicht erkennt. Die Bürger von Le Coq sind gebeten worden, zu schweigen, falls jemand nach Einsteins Aufenthaltsort fragt, doch es hat nichts geholfen. Jeden Tag kommen mehr Menschen über den Strand, manche Gleichgültigkeit heuchelnd, andere mit hemmungslos verrenkten Hälsen oder gezückten Fotoapparaten. Gilbert und sein Kollege werden merklich angespannter. Immer wieder überprüfen sie ihre Revolver und führen gedämpfte Telefongespräche mit ihren Vorgesetzten, bei denen sie sich über das Fehlen einer erkennbaren Grundstücksgrenze beklagen. In den Dünen hat es bereits Auseinandersetzungen mit Reportern und einem Filmteam gegeben, von mehreren akademischen Delegationen ganz zu schweigen. Sie sind kaum drei Wochen hier, und das Gefühl von Belagerung wird immer unerträglicher. Elsa schließt sich stundenlang in ihr Zimmer ein. Es steht außer Frage, dass dieses Refugium, das der belgische König gratis zur Verfügung gestellt hat, nur vorübergehend sein wird. Nazi-Deutschland ist zu nah, seine Reichweite zu groß. Hier zu arbeiten ist unmöglich geworden.

Einsteins Privatsekretärin Fräulein Dukas, eine schlichte, dünne Person mit rabenschwarzem Haar, sieht von ihrem Stenographieblock auf. Einstein hat das Diktat unterbrochen: einen Brief an Lord Rutherford wegen des anstehenden Besuchs in England. Ehrenvorlesungen in Glasgow und Oxford. Rutherford braucht die Bestätigung der Daten.

Ohne dass er darum bitten muss, wiederholt Fräulein Dukas die letzte Zeile: *»Ich hoffe, spätestens am 26. Mai in Dover anzukommen …«*

Normalerweise kümmert sie sich um die Termine. Sie kennt die Verpflichtungen und Termine ihres Arbeitgebers auswendig, und die seiner Frau ebenfalls. Doch es gibt Dinge, die sie nicht für ihn planen kann, Verpflichtungen, die nur er abwägen kann.

Ein Besuch in Zürich ist lange überfällig. Er hat versprochen, im Mai hinzufahren. Wie lange soll er bleiben? Drei Tage? Vier? Elsa möchte, dass er im Hotel wohnt, doch das wäre unhöflich und unnötig korrekt. Milevas Gästezimmer in der Huttenstraße ist vollkommen akzeptabel. Andererseits besteht die Gefahr, dass Mileva Eduard aus dem Burghölzli holt, um ihre Zeit miteinander zu maximieren. Vater und Sohn werden Duos spielen, was nicht wehtut, und sich über Psychiatrie und Literatur unterhalten, was sehr wohl wehtun wird. Er wird vermeiden, vom endgültigen Abschied zu sprechen. Er hat vor der Presse nichts von den Plänen, langfristig nach Amerika überzusiedeln, verlauten lassen. Seine öffentlichen Bemerkungen über das Land der Freiheit waren bisher eher abschätzig. Gleichzeitig sehnt er sich danach, die Kompliziertheiten der alten Welt hinter sich zu lassen, die Last der öffentlichen und privaten Verpflichtungen ein für alle Mal abzuschütteln. Die alte Welt ist, wie sein altes Leben, eine Ablenkung, eine dauernde Irritation. Die Vorstellung, einen Ozean zwischen sich und Europa zu haben, wird von Tag zu Tag reizvoller.

Drei Tage und drei Nächte. Danach wird Milevas gute Laune nachlassen. Ressentiments werden hochkommen. Ihre Freude und ihr Stolz, ihn zu sehen, werden von ihrer Neigung zum Unglücklichsein verdrängt werden. Mileva, die Märtyrerin. Kein Treffen verläuft ohne Andeutungen über gebrochene Versprechen und Vernachlässigung. In diesem Sinn ist ihr jüngerer Sohn die perfekte Waffe, ein lebender Vorwurf. Vor zwei Jahren ist sie unangekündigt in Berlin aufgetaucht, zur Hochzeit von Elsas Tochter, und brachte schlechte Neuigkeiten über Eduards Gesundheitszustand mit. Doch der Wahnsinn kommt nicht von seiner Seite der Familie. Man braucht nur ihre Schwester Zorka anzusehen. Sie hat den Großteil ihres Erwachsenenlebens in Anstalten verbracht. Jetzt lebt sie allein in Novi Sad in einem Haus mit vierzig Katzen.

Drei Tage und zwei Nächte. Das sollte reichen.

Einstein sagt zu Fräulein Dukas: »*Ich hoffe, spätestens am …*«

Auf dem Tisch liegt ein Stapel ungeöffneter Post. Die Vielfalt der internationalen Briefmarken ist noch beeindruckender als sonst, doch sein Blick bleibt an einem großen braunen Umschlag hängen. Er ist nicht frankiert. Es steht auch kein Name darauf, nur *Villa Savoyarde*.

»Woher kommt das?«

Fräulein Dukas sieht von ihrem Block auf und verscheucht eine aufdringliche Fliege. »Ein Motorradbote hat den Umschlag abgeliefert. Er wollte ihn Ihnen persönlich geben, aber der Wachtmeister …«

Sie wirft einen vielsagenden Blick zur Eingangshalle. Der

Umschlag ist mit Wachs versiegelt, und es steht *Vertraulich* darauf. Fräulein Dukas öffnet keine Post, auf der *Vertraulich* steht.

Einstein reißt den Umschlag auf. Er weiß, woher die Sendung kommt. Nur de Vries schickt seine Post mit einem privaten Kurier.

»Es dauert nur einen Moment«, sagt er und trägt die Papiere ins Haus.

Im Wohnzimmer bleibt er stehen und lauscht. Ein Rascheln aus der Halle verrät, dass der Kriminalbeamte Zeitung liest. Elsa ist oben. Noch bevor er zu lesen anfängt, spürt Einstein die klammernden Finger der Vergangenheit. Sie greifen nach ihm, wollen ihn an sich reißen. Ist ein Ozean genug? Wird er endlich in seinem auserwählten Hafen Princeton einlaufen, nur um seine alten Sünden im Gepäck zu finden, die darauf warten, ausgepackt zu werden?

De Vries' letzter Bericht beruhigt ihn, was die wichtigsten Punkte angeht. Bei der Draganović-Geschichte hat er keinerlei Hinweise auf eine Verschwörung gefunden, kein Anzeichen, dass ein Betrug oder eine Erpressung geplant war. Falls Marija Draganović einen Komplizen hatte, dann ihren Psychiater, einen ehrgeizigen, aber anscheinend labilen Mann, dessen intensive Beschäftigung mit dem Fall zu Gerüchten Anlass gegeben hat. Es wird von einer Verbindung zwischen beiden gemunkelt, die über die berufliche hinausgeht, aber nichts, was bedrohlicher wäre. Es bleibt die Möglichkeit, dass die Behauptungen des Mädchens das Produkt eines verwirrten Geistes sind, dass sie irgendwo, wahrscheinlich in Zürich, die Geschichte von Lieserl Einstein aufgeschnappt und zu ihrer eigenen gemacht hat. Es kommt häufig vor, dass sich geistig Verwirrte in solche Phantasien flüchten, vielleicht um einem chronischen Gefühl von Wertlosigkeit oder Isolation entgegenzuwirken. Andererseits haben die Berliner Ärzte bei Marija Draganović keine derartigen Tendenzen festgestellt, keine Hinweise auf eine fortgeschrittene Psychose. Auch auf Einstein hat sie nicht den Eindruck einer Geisteskranken gemacht. Andernfalls hätte er die Angelegenheit nicht weiterverfolgt.

Was die Wahrheit auch sei, die Frau ist nicht mehr in Behandlung an der Charité. De Vries hält es für unwahrscheinlich, dass sie je wieder an die Öffentlichkeit tritt. Einsteins Befürchtungen haben sich anscheinend als grundlos erwiesen.

Er lässt sich aufs Sofa sinken, die Hand auf dem Rand des Polsters. Er merkt, dass er immer noch ein Bedürfnis nach Details hat. Es bleiben so viele Ungewissheiten, die sich eines Tages zu einer Bedrohung entwickeln könnten, wie die Reste eines Tumors, der nicht vollständig entfernt wurde.

Wenn das Mädchen nicht gelogen hat und nicht verrückt ist, dann muss sie sich einfach geirrt haben. Lieserl ist seit vielen Jahren tot. Wenigstens hat man ihm das gesagt. Er versucht sich zu erinnern, wann ihm Mileva die Nachricht überbracht hat, die genauen Umstände. Doch er weiß es nicht mehr.

Auf der letzten Seite klebt ein kleinformatiges Foto, wie es bei Pässen und Meldebehörden verwendet wird, woher de Vries es wahrscheinlich auch hat. Er erinnert sich an das Gesicht. Marija war dort, im Publikum in der Philharmonie. Er hatte gerade mit seiner Vorlesung begonnen, als sie ihm auffiel. Es sind oft hübsche Frauen bei seinen öffentlichen Vorträgen, doch in ihrem Gesicht war etwas, das seine Aufmerksamkeit erregte. Er musste sie immer wieder ansehen. »Kennen wir uns?«, fragte er später, als sie sich durch die Menge zu ihm durchdrängte. Es sollte keine Floskel sein, keine Plattitüde. Es war die einzige Erklärung, die er hatte: dass sie sich schon einmal begegnet waren, dass irgendwo eine Erinnerung war, verheißungsvoll und süß.

Was spielt es jetzt noch für eine Rolle? Sie stellt keine Bedrohung mehr dar, keinen potentiellen Skandal, der sein neues Leben in Amerika gefährden könnte. Das Mädchen ist fort und wird nie zurückkehren. Nur das Foto bleibt beunruhigend – das Gefühl des Wiedererkennens, das ihn so fasziniert hat. Ist es sein eigenes Fleisch und Blut, das er wiedererkennt? Ist es das?

Er fährt sich mit den Fingern durch das lange weiße Haar. Warum sollte Mileva lügen? Um ihm wehzutun? Es hatte ihm nicht wehgetan, nicht einmal ein bisschen. Die Nachricht von Lieserls

Tod, sei sie wahr oder falsch, hatte für ihn keine praktischen Auswirkungen. Oder war es gerade das, was die Täuschung möglich machte – sogar leicht?

Dem Bericht liegt außerdem ein Brief bei, der an das Mädchen adressiert ist. De Vries hat eine Bemerkung angeheftet: *Dieser Brief wurde anscheinend von einem Patienten der Psychiatrischen Klinik Burghölzli verfasst. Seine Identität konnte noch nicht festgestellt werden.* Doch Einstein weiß schon Bescheid. Es ist unzweifelhaft die Handschrift seines Sohnes.

Er beginnt zu lesen. Der Wind vom Meer hat aufgefrischt, und es wird kühler im Haus. Er braucht seine Pfeife und seine Jacke. Auf dem Kaminsims tickt die Uhr. Eduard. An Eduard hat er nicht gedacht, weil er davon ausging, dass Eduard weit weg in seiner eigenen Welt war, unfähig, Pläne oder gar Ränke zu schmieden. Wurde er angestiftet? Hat ihn jemand mit Informationen versorgt, die nicht für ihn bestimmt waren? In seines Vaters Abwesenheit hat der alte Groll zu gären begonnen, hat geeitert, sich ausgebreitet.

Als Einstein den Brief gelesen hat, zerreißt er ihn und de Vries' Bericht und wirft die Fetzen in den Kamin. Dann geht er wieder hinaus auf die Veranda.

Fräulein Dukas nimmt Block und Bleistift zur Hand. »*Ich hoffe, spätestens am 26. Mai in Dover anzukommen*«, liest sie vor.

Einstein setzt sich und beschirmt die Augen vor der grellen Sonne. Bald wird ihn die Vergangenheit loslassen. Bald. Sein Leben wird leichter, klarer werden. In Princeton hat er Großes vor. Er wird die Jungtürken der Quantenmechanik zähmen und die Wissenschaft vor dem Wahnsinn bewahren. Wenn er endlich frei ist.

Er nimmt die Pfeife aus dem Aschenbecher. Sie ist ausgegangen, er saugt kalte, teerige Luft ein. »*Spätestens am 1. Juni.* Ich muss etwas länger fort, als ich dachte.«

48

Orlovat, 28. April 1933

Lieber Herr Dr. Kirsch!

Bitte verzeihen Sie mir, sollte Ihnen die Neugier, die mich zu diesem Brief veranlasst, unangenehm sein. Es ist einen Monat her, dass ich Berlin verlassen habe. In der Zwischenzeit habe ich mich sehr bemüht, Ihren Anweisungen zu folgen: Berlin und alles, was dort geschehen ist, zu vergessen. Doch es gibt Dinge, die ich wissen muss, und Dinge, die ich Ihnen sagen muss. Denn auch wenn ich nicht mehr Ihre Patientin bin oder Sie sonst irgendeine Verantwortung für mich haben, fürchte ich, meine plötzliche Abreise hat Ihnen möglicherweise Sorge bereitet oder Ihnen einen falschen Eindruck von meinen Gefühlen oder meiner Verfassung gegeben. Ich denke oft daran, wie viel Zeit Sie mir gewidmet haben, an Ihren Schutz und Ihre Fürsorge, und mich bedrückt die Vorstellung, dass ich Ihnen im Gegenzug nur Verdruss gebracht habe.

Das Erste, dessen ich mich vergewissern möchte, ist, dass es Ihnen gut geht und Sie sich von dem Fieber erholt haben. Ihr Freund Dr. Schad hat mir versichert, dass Sie auf dem Weg der Besserung waren, und ich hatte allen Grund, ihm zu glauben. Ihre Temperatur war gefallen; Sie aßen endlich und schliefen wieder ruhig, ohne die heftigen Alpträume, die mich in den ersten beiden Tagen so erschreckt hatten. Ich wünschte, ich hätte länger bleiben können, und sei es nur zu meiner eigenen Beruhigung, aber ich hoffe, dass Sie mich nicht zu streng verurteilen, wenn Sie die Wahrheit erfahren.

Eines der letzten Dinge, die Sie zu mir sagten, war, dass Sie an der Charité nichts bewirkt hätten. Ich hatte den Eindruck, Sie dachten, Sie hätten mir nicht genügend geholfen, Ihre Bemühungen wären umsonst gewesen. Ich möchte Ihnen sagen, dass Sie sich geirrt haben. Wenn Sie ein wenig früher genesen wären oder wenn ich Berlin ein wenig später verlassen hätte, hätten Sie sich selbst überzeugen können. Heute, da ich Ihnen schreibe, ist meine Erinnerung fast vollständig zurückgekehrt. Es gibt zwar ein paar Momente, Episoden aus der jüngsten Vergangenheit, die ich immer noch nicht ganz klar sehe, doch es sind wenige, und es werden immer weniger. Ich weiß wieder genau, wer ich bin, ohne auf die Informationen anderer oder Erinnerungen aus zweiter Hand zurückgreifen zu müssen. Ich brauchte seelische Kraft, mich dem zu stellen, was ich instinktiv im tiefsten, dunkelsten Winkel begraben wollte. Und diese Kraft habe ich, das weiß ich jetzt, dank Ihnen gefunden. Aus der Ferne wird mir immer klarer: ohne Sie hätte ich weiterhin nur als Schatten meiner selbst existiert, hätte vielleicht mit der Zeit gelernt, meine Rolle zu spielen, doch nie darin gelebt.

Als ich mich in Herrn Mettlers Pension um Sie kümmerte, spürte ich bereits, dass alles, was ich vergessen hatte, zurück an die Oberfläche kam. Stückchenweise tauchten Erinnerungen auf, in keiner klaren Reihenfolge. Zuerst merkte ich es gar nicht. In der ersten Nacht, als Sie schliefen, begann ich mich in dem Zimmer, das ich einmal bewohnt hatte, umzusehen und schaute mir die Gegenstände an, die angeblich mir gehörten. Ich fand den Reisekoffer und ging seinen Inhalt durch: die wissenschaftlichen Bücher, so beeindruckend und zugleich vertraut, die vielen Postkarten, die ich gekauft, aber nicht verschickt hatte, das Fotoalbum mit den leeren Seiten – ein Hinweis, dass in meiner Geschichte Traurigkeit war, die auf mich wartete, wollte ich die Vergangenheit aufdecken. Allmählich rückten die Erinnerungen an diese Dinge und ihre Bedeutung näher, wie ein Wort, das einem auf der Zunge liegt, aber sich nicht fassen lässt.

Ich strengte mich nicht allzu sehr an, danach zu greifen. Es waren müßige Momente in den Stunden, die ich damit verbrachte, zu schlafen und mich und meinen Patienten zu versor-

gen, eine Beschäftigung, für die ich sehr dankbar war. Wussten Sie, dass Frau Mettler mich ihre Küche benutzen ließ und mir sogar beim Kochen half, als sie hörte, wie krank Sie waren? Bald kannte ich mich gut in der Gegend aus, und ich fand auch Dr. Schad, nach dem Sie verlangt hatten. Ich nahm eines Morgens sogar eine Abkürzung von der Grenadierstraße, ohne darüber nachzudenken. Schon da hätte ich wissen müssen, dass meine Erinnerung zurückkam, doch es war ein anderer, greifbarerer Hinweis, der mir die Erkenntnis brachte.

Ich nahm Ihre Warnung ernst, dass Deutschland kein sicherer Ort mehr für mich war, doch ich wusste nicht genau, in welcher Form mir Gefahr drohte. Herr Mettler wollte mir nur sagen, dass Menschen verschwanden und dass ich nachts nicht auf der Straße sein sollte. Ich folgte seinem Rat, und selbst bei Tag, wenn alles friedlich und normal wirkte, war ich wachsam. Ich nahm an, falls ich verschwinden sollte, müsste man mich erst packen und überwältigen. Und so mied ich leere Straßen und Gassen und sah häufig über meine Schulter, ob mir jemand folgte. Manchmal geriet ich beinahe in Panik, weil ich mir einbildete, diesen oder jenen Fremden schon einmal gesehen zu haben. Wenn ich merkte, dass mich jemand ansah, kostete es mich große Mühe, mich nicht einfach umzudrehen und davonzurennen. Dann entdeckte ich jemanden, der mich zwar nicht verfolgte, aber das Haus beobachtete. Ich hatte ihn an dem Morgen gesehen, als ich Brot und Milch kaufen ging. Er lungerte vor dem Tor des jüdischen Friedhofs herum: ein bulliger Mann mit rotem Gesicht und harten Augen. Er war immer noch da, als ich wiederkam, nicht auf der Straße, sondern auf dem Friedhof, wo er, die Hände in den Taschen, ziellos zwischen den Grabsteinen herumschlenderte. Herr Mettler meinte, es sei wahrscheinlich ein Reporter. Reporter seien schon vorher in der Pension aufgetaucht, sagte er, und hätten impertinente Fragen gestellt. Doch der Mann vom Friedhof wirkte nicht, als hätte er irgendwelche Fragen. Er kam mir eher vor wie ein Jäger, der geduldig auf seine Beute lauerte.

Ich ging in mein Zimmer und trat ans Fenster. Ich konnte ihn nicht sehen, aber das hieß nicht, dass er fort war. Einerseits hatte ich Angst, andererseits sagte ich mir, dass die Angst unvernünftig war. Vielleicht war der Mann auf dem Friedhof, um einem geliebten Menschen die Ehre zu erweisen. Doch im Hinterkopf dachte ich wohl schon an Flucht, denn noch während ich diese Möglichkeiten erwog, zog ich die Schublade der Kommode auf, in der ich die saubere Wäsche und die Unterröcke aufbewahrte. Ohne nachzudenken, griff ich mitten in den Stapel und zog einen Pass und ein Bündel Geldscheine heraus. Ich hatte sie vor Monaten dort versteckt. Erst als ich sie in der Hand hielt, begriff ich, was passiert war: Ich hatte mich erinnert.

Später kam Dr. Schad. Sie hatten recht, ihm zu vertrauen, denn er war sehr sorgfältig und klar in seinen Anweisungen. Ich fragte ihn nach der Diagnose, ob stimme, was Sie mir im Fieber gesagt hatten. Vielleicht um Ihre Privatsphäre zu hüten, reagierte er zurückhaltend. Trotzdem hatte ich den Eindruck, er dachte, die Nachricht habe mich erschüttert und die Gefühle verändert, die ich vielleicht für Sie hatte. Er sagte, ich hätte das Glück, noch jung zu sein und mich erneut verlieben zu können. Er schien zu glauben, dass ich mehr für Sie war als nur eine Patientin. Ich berichtigte seine Annahme nicht, auch wenn ich manchmal wünschte, ich hätte es getan. Sie müssen unbedingt verstehen, dass Ihre Krankheit nicht der Grund für meinen plötzlichen Aufbruch war.

Dafür waren die Postkarten verantwortlich, die Postkarten, die ich anscheinend gekauft hatte, ohne sie je abzuschicken. Es war am Morgen des vierten Tages. Wie gewöhnlich verließ ich das Haus, um einzukaufen, indem ich durch Frau Mettlers Küche zur Hintertür hinausging. Wie gewöhnlich besuchte ich die kleine Bäckerei am anderen Ende der Treskowstraße, aber sie hatten kein Brot mehr, und so ging ich die Prenzlauer Allee hinunter, auf der Suche nach einer anderen Bäckerei. Dabei kam ich an einem kleinen Laden vorbei, der Zeitungen und Tabakwaren verkaufte. Vor der Tür stand ein Gestell mit Postkarten von Berlin, ganz wie die in meinem Zimmer: die gleichen Ansichten der gleichen Orte, und weitere. Es war das Geschäft, wo ich sie gekauft hatte.

Ich hatte keinen Grund, stehen zu bleiben, doch ich tat es. Ich begann die Fotos durchzusehen, vor allem die neueren, farbigen. Es war eine Gewohnheit von mir, seit ich meine Heimat verlassen hatte. Neben Straßen und Wahrzeichen gab es auch Bilder von Tieren: Hunde, Pferde und Katzen mit seidigem Fell und Schleifen um den Hals. Ich wählte eine Katzenpostkarte aus und ging zur Kasse. Und da erinnerte ich mich, für wen die Postkarte bestimmt war, für wen sie alle bestimmt waren. Regungslos stand ich in dem Laden, als die Erinnerungen auf mich hereinstürzten, eine nach der anderen, eine Antwort nach der anderen, mit einer Geschwindigkeit, dass mir schwindelig wurde.

Ich ließ die Karte fallen und lief auf die Straße. Inzwischen hatte der Berufsverkehr eingesetzt. Straßenbahnen und Trottoirs waren überfüllt. Ich hatte meinen Pass und das Geld bei mir. Nichts hinderte mich, sofort in den Zug zu steigen. In der Menge fühlte ich mich sicher, geborgen inmitten von all den Menschen. Ich fürchtete, wenn ich in die Wörther Straße zurückging, könnte es zu spät sein. Man würde kommen und mich holen, und Ihre Warnungen wären umsonst gewesen. Als ich den Alexanderplatz erreichte, kaufte ich eine U-Bahn-Karte zum Potsdamer Platz, und von dort nahm ich die Straßenbahn zum Anhalter Bahnhof. Sieben Minuten später ging ein Zug nach München. Diesen glücklichen Zufall wertete ich als Zeichen, dass ich das Richtige tat. Eilig kaufte ich mir ein Billett und bestieg den Zug.

Ich hoffe, Sie verstehen, dass ich gehen musste, wenn ich Ihnen erkläre, dass die Postkarten für ein Kind bestimmt waren. In dem kleinen Laden erinnerte ich mich endlich an das kleine Mädchen, das fünf lange Monate nichts von mir gehört hatte. Sie ist meine Tochter. Sie heißt Anna und ist neun Jahre alt. Wenige Tage, nachdem ich Berlin verließ, waren wir wieder vereint.

Ich bin fest entschlossen, dass uns nie wieder etwas trennen wird.

Es macht mir zu schaffen, dass etwas so Kostbares meinem Bewusstsein entgleiten konnte. Oft habe ich Schuldgefühle, dass meine Liebe zu Anna nicht stark genug war, um sie festzuhalten, als die Dunkelheit mich umfing. Was ist das für eine Mutter, die ihr Kind vergessen kann? Ich muss daran denken, dass die Kinder in dieser Welt allzu oft vergessen werden und dass es nicht immer absichtlich geschieht, wenn Unschuldige verlassen werden. Die Meinung der Gesellschaft ist ein Zwang, dem zu widerstehen nur wenige Menschen die Stärke oder den Mut aufbringen.

Die meiste Zeit ihres Lebens war Anna, aufgrund der Umstände ihrer Geburt, von mir getrennt. Es ist schwer für eine unverheiratete Mutter, eine Stelle als Lehrerin zu finden, selbst in unseren modernen Zeiten. Doch jetzt lebt Anna bei mir. Wir sind wieder aufs Land gezogen, in das Dorf, in dem ich geboren wurde. Hier wurde die Missbilligung der Schulbehörde durch den Personalmangel aufgewogen, so ließ man jedenfalls durchblicken. Auf jeden Fall werden Anna und ich uns nie wieder trennen.

Sie haben oft gefragt, warum ich nach Berlin kam. Jetzt kann ich Ihnen sagen, dass es wegen Anna war. Ich hatte gehofft, den Schatten zu beseitigen, der seit ihrer Geburt auf Anna gelegen hat, auch wenn sie es nicht wusste und, wenn es nach mir geht, auch nie erfahren wird. Bitte verzeihen Sie mir, wenn ich Ihnen Näheres nicht schriftlich erkläre. Falls mir das Glück zuteilwerden sollte, Sie wiederzusehen, werde ich nichts vor Ihnen verbergen. Doch hier kann ich nur sagen, ich habe mein Ziel nicht erreicht. Die Fragen bleiben unbeantwortet, auch wenn sie mich jetzt weniger quälen als früher. Manchmal frage ich mich, ob ich das, wie so vieles, Ihnen verdanke. Auf jeden Fall sehe ich immer klarer, dass der Schatten allein auf mir lastet. Er wird mit mir sterben und für immer verschwinden. Weder Anna noch die, die nach ihr kommen, werden ihn sehen, nicht einmal in ihren Träumen. Licht ist nicht wirklich Licht, bis es gesehen wird, sagen die großen Köpfe. Genauso kann eine Geschichte keine Schande sein, wenn keiner sie hört.

Es ist mein selbstsüchtiger Traum, dass Sie uns eines Tages hier besuchen. Anna ist ein intelligentes und schönes Kind, voller Neugier und Liebenswürdigkeit. Sie würden ihr so viel beibringen können. Selbst wenn die Zeit, die uns bleibt, kurz ist, würde mich jede Stunde glücklich machen, ganz gleich welcher Pflege Sie bedürfen. Sie haben gesagt, Sie seien mit Berlin fertig. Vielleicht kann Ihnen dieser unwahrscheinliche Hafen die Ruhe geben, nach der Sie sich sehnen und die Sie so verdient haben.

Wenn nicht, sollen Sie wissen, dass Ihnen für immer meine Dankbarkeit und Liebe gehört.

Ihre Freundin
Marija

49

Ratternd fuhr der Zug über eine massive Eisenbrücke ins Zentrum von Belgrad. Kirschs erster Eindruck von der weißen Stadt waren dicht bebaute Uferstraßen und waldige Hänge, die von Kirchen gekrönt wurden: eine südländische Stadt mit gedrungenen Häusern und roten Dächern. Erst als er im Taxi saß, nahm er auch die obligate Pracht der Hauptstadt wahr: breite Boulevards und palastartige Gebäude mit Kuppeln und Fassaden wie Hochzeitstorten. Doch auf den Straßen fuhren mehr Pferdewagen und Kutschen als Automobile. Männer wie Frauen waren trist und dunkel gekleidet, die neueste Mode war nicht bis hierher vorgedrungen. In der Nachmittagshitze hatte die Stadt etwas Träges, Provinzielles: aufgebläht und vage bedrohlich, ein Ort, wo die Männer Messer trugen, um ihre Ehre zu verteidigen.

In der Halle des Hotel Moskva konsultierte Kirsch das örtliche Telefonbuch. Es war ein schmales Heft, das nur ein paar tausend Namen enthielt, auch wenn der Portier ausführlich durch die Seiten blätterte, um seine Dicke zu unterstreichen.

»Amt *automatski*«, sagte er und deutete auf eine Telefonkabine am anderen Ende der Halle. »Absolut privat.«

Kirsch fand den Namen und die Nummer, die er gesucht hatte, und notierte sie mit der dazugehörigen Adresse auf einen Zettel.

»Wissen Sie, wo das ist?«, fragte er.

Der Portier las die Adresse mit zusammengekniffenen Augen. »Ja, ja.« Er zeigte über die rechte Schulter. »Kataníceva-Straße.«

»Können Sie mir den Weg beschreiben?«

Der Mann sah ihn zweifelnd an, als wüsste er nicht, ob er präzise Informationen wie diese an einen deutsch sprechenden Fremden weitergeben durfte, ohne sich des Hochverrats schuldig zu machen. »Warten Sie«, sagte er und rief den Pagen.

Der Page förderte einen verschlissenen Stadtplan aus der Hosentasche zutage und führte Kirsch hinaus auf den Platz. Die Kataníceva-Straße lag südlich des Stadtzentrums. Kirsch kaufte dem Pagen den Stadtplan ab und sprang auf eine Straßenbahn, die nach Süden fuhr. Die Leute starrten ihn an, als er nach Geld für die Fahrkarte suchte. Er hielt dem Schaffner ein paar Dinarscheine hin, doch der schüttelte nur den Kopf. Die Frauen sahen weg, als die Straßenbahn anfuhr. Die Männer starrten ihn weiter an, ohne jede Spur von Verlegenheit. Mehr als alles andere erinnerte ihn ein fettiger Metzgereigeruch daran, wie weit er von zu Hause fort war.

Die Häuser in der Kataníceva waren mehrstöckig, mit Fensterläden, roten Dächern und Stuckfassaden, manche schlicht, andere mit Putten und klassischen Urnen verziert; Häuser, die einmal imposant gewesen waren, doch nun durch die Macht und den Maßstab des Industriezeitalters unfreiwillig drollig wirkten. Nummer zehn zählte zu den größeren. Die Fassade war unter welken Ranken versteckt, dürre Äste klammerten sich wie knochige Finger an jeden Vorsprung. Im oberen Stock standen die Läden offen, ansonsten wirkte das Haus vernachlässigt und leer.

Kirsch klingelte. Zögernde Schritte schlurften über den Steinfußboden. Die Tür öffnete sich.

»*Dobro jutro.*« Kirsch zog den Hut. »Frau Helene Savić?«

Von der Frau, die vor ihm stand, sah er nichts als das bleiche Oval ihres Gesichts und ein gedrungenes silbernes Kreuz, das um ihren Hals hing. Sie blinzelte, doch ob sie überrascht oder vom grellen Licht geblendet war, konnte er nicht sagen.

»Mein Name ist Kirsch, Dr. Martin Kirsch.«

Er hielt ihr seine Karte hin. Die Tür öffnete sich ein paar Zentimeter weiter. Die Frau war schwarz gekleidet und trug ein schwarzes Kopftuch. Sie war wohl etwa in Tante Helenes Alter, nahm er an, auch wenn er nicht erwartet hatte, dass sie sich wie eine Nonne anzog.

Tante Helene stammte aus Österreich, und ihre Muttersprache war Deutsch, wie der Brief an Mileva Einstein-Marić bestätigte; doch die Frau, die vor ihm stand, schien ihn nicht zu verstehen. Kirsch blickte zu Boden und sah die riesigen Filzhausschuhe und den Scheuerlappen, mit dem sie offenbar den Boden gewischt hatte.

»Frau Helene Savić«, wiederholte er, »ist sie da?«

Die Frau nahm seine Karte entgegen. »Moment«, sagte sie und winkte ihn herein.

Auch die Eingangshalle wirkte vernachlässigt, heruntergekommene Eleganz. Die gestreifte Tapete war stumpf und löste sich stellenweise von der Wand; an der Decke waren schwarze Schimmelflecken; ein großer Spiegel in einem vergoldeten Rahmen war fast ganz oxidiert. Die Frau – vermutlich die Haushälterin – verschwand nach oben. Er hörte Stimmen: einen Mann, barsch und gereizt, die Frau beharrlich. Er lauschte auf eine dritte Stimme, die Stimme einer weiteren Frau, doch da war keine. Dreißig Jahre waren vergangen, seit Helene Savić den Brief an Mileva Marić geschrieben hatte. Vielleicht hatte sie sich von Milivoj getrennt und lebte nicht mehr hier.

Es war Tante Helene gewesen, die Marija zu Mileva Marić geschickt hatte. Das hatte Eduard Einstein ihm erzählt. Er hatte gesagt, dass seine Mutter deswegen wütend auf Helene war. Kirsch konnte sie verstehen: Helene hatte sich in Familienangelegenheiten gemischt, sie hatte an eine alte und schmerzhafte Wunde gerührt, einen unwillkommenen Geist zurück ins Leben gerufen. Mileva hatte andere Kinder, um die sich kümmern musste, ganz zu schweigen von ihrem eigenen Seelenfrieden. Und da war der berühmte Name, an den sie sich selbst nach der Scheidung klammerte.

Ich bitte Dich, Vorsicht walten zu lassen, und, soweit es in Deiner Macht steht, die Vereinbarungen zu achten, die getroffen wurden. Das waren vor dreißig Jahren Helenes Worte gewesen. Etwas hatte sie zu einem Sinneswandel bewogen. Das schlechte Gewissen? Ein religiöses Erwachen? Oder gab es materielle Gründe? 1903 war Albert Einstein Patentbeamter gewesen; jetzt war er der berühmteste Wissenschaftler der Welt. Als er sich in der schäbigen Halle umsah, den Geruch nach Schimmel und schalem Alkohol einatmete, konnte sich Kirsch vorstellen, dass hier Gedanken an eigenen Profit entstehen konnten. Wenn die Einsteins Marija akzeptierten, würde sie sich vielleicht erkenntlich zeigen. Und falls nicht, falls Mileva die Wahrheit abstritt, gab es auch einen Preis für das Schweigen.

Kirsch hatte beschlossen, dass die Wahrheit sein Geschenk an Marija sein würde: die Gewissheit, dass Zoltán Draganović nicht ihr Vater war, dass sie eine Einstein war, und ihre Tochter auch. Er vermutete, dass er in Helene Savić in dieser Sache eine Verbündete finden würde. Denn Tante Helene war gutherzig und klug, wie Eduard sagte. Sie verstand alles.

Oben ging eine Tür auf. Ein Mann stand an der Treppe: einen Meter achtzig groß, mit breitem Gesicht und übergewichtig. Er band den Gürtel des karierten Bademantels zu, der ihm zu kurz war. Mit mürrischem Gesicht blickte er herunter.

»Guten Morgen, Dr. …« Er starrte blinzelnd auf Kirschs Karte; anscheinend fiel es ihm schwer, die Schrift zu lesen.

»Kirsch. Martin Kirsch.«

»Wer sind Sie? Hat er Sie geschickt?« Milivoj Savić sprach Deutsch mit starkem slawischem Akzent.

»Ich bin in eigener Sache hier, Herr Savić.«

Der Mann war unsicher auf den Beinen, versuchte das aber zu verbergen. Die Haushälterin schob sich an ihm vorbei und kam vor sich hin murmelnd die Treppe herunter.

»Geht es um eine medizinische Angelegenheit?«

»Es geht um Marija Draganović. Ich würde gern mit Frau Savić sprechen.«

Savić grunzte etwas, dann straffte er die Schultern, als könnte er seine Trunkenheit dadurch verbergen. »Meine Frau ist im Moment nicht da.«

»Darf ich fragen, wann sie wiederkommt?«

»In zwei oder drei Tagen. Sie ist in Novi Sad und besucht …« Savić hielt sich mit einer Hand am Geländer fest. »… Freunde.«

Mehr hatte er nicht zu sagen. Schwankend drehte er sich um und ging in sein Zimmer zurück. »Ich werde ihr ausrichten, dass Sie hier waren«, murmelte er, dann schloss er die Tür.

50

Helene Savić, fünfundfünfzig Jahre alt, zierlich und grauhaarig, saß vor einem kalten Glas Tee am Fenster im Café Königin Elisabeth und wartete.

In ihrer Kindheit hatten Tuberkulosebakterien ihre Gelenke angegriffen, vor allem das linke Knie, und hatten das Wachstum ihres Beins beeinträchtigt. Wie ihre Freundin Mileva Marić, die ein angeborenes Hüftleiden hatte, musste sie ihr Leben lang einen orthopädischen Schuh tragen. Es war ein hässliches Ding, schwarz und klobig und unmöglich zu kaschieren. Sie konnte nur versuchen, ihn unter langen Röcken zu verbergen, und daher trug sie noch immer welche, obwohl sie längst aus der Mode gekommen waren. Sie wusste, dass sie darin älter aussah, als sie war, und im Sommer sogar etwas lächerlich, aber Belgrad war nicht Wien, und erst recht nicht Paris. Und seit Milivoj seine Stelle im Ministerium verloren hatte, waren modische Kleider ein Luxus, den sie sich ohnehin nicht leisten konnte. Erst jetzt, da es zu spät war, wünschte sie, sie könnte hübschere Kleider tragen, ein Schneiderkostüm zum Beispiel, ein tailliertes Jackett mit passendem wadenlangem Rock, wie sie es gelegentlich in Zeitschriften sah. Nur für diesen einen Tag wünschte sie, sie könnte wieder jung aussehen.

Sie starrte hinaus auf den Platz am Theater und blinzelte ins Licht. Dünne Wolken zogen geräuschlos über die Sonne hinweg. Ihr Griff um den abgewetzten Lederranzen, den sie auf dem Schoß hatte, wurde fester.

Der Ranzen gehörte ihrer ältesten Tochter Julka. Das Treffen mit Albert war vor vierzehn Tagen arrangiert worden – da hatte sie das Telegramm erhalten –, doch erst heute Morgen hatte sie überlegt, wie sie die Briefe transportieren sollte, die bis dahin in ihrem Schreibtisch eingeschlossen gewesen waren. Julka war längst erwachsen und verheiratet, sie hatte selbst zwei Kinder und arbeitete ehrenamtlich im Krankenhaus. Sie brauchte den Ranzen nicht mehr, und trotzdem fürchtete Helene, dass sie ihn eines Tages vermissen könnte, dass er einen sentimentalen Wert für sie besaß. Schon der Gedanke, dass sie erklären müsste, sie habe ihn weggegeben, war ihr unangenehm.

Draußen fuhr ein Pferdewagen vorbei, Hufe klapperten über das alte Kopfsteinpflaster. Die Uhr hinter der Theke zeigte halb zwei.

Es war ein Fehler, dass sie einen Tisch am Fenster genommen hatte. Albert wollte bestimmt nicht auf dem Präsentierteller sitzen. Doch jetzt war es zu spät. Hätte sie im Nachhinein um einen anderen Tisch gebeten, hätte sie nur noch mehr Aufmerksamkeit auf sich gezogen, und damit auf Albert. Die Kellner waren ohnehin schon aufmerksam genug, wie sie mit Speisekarten und Kuchentablett und Tagesempfehlungen um sie herumscharwenzelten. Sie fragte sich kurz, ob sie ihn wiedererkennen würden. Es war fünfundzwanzig Jahre her, dass er hier Stammgast gewesen war. Andererseits, natürlich würden sie ihn erkennen: die ganze Welt kannte Alberts Gesicht. Weniger sicher war, ob er Helene erkennen würde.

Auf dem Tisch lag ein Messer. Sie beugte sich vor, um einen Blick auf ihr Spiegelbild in der Klinge zu erhaschen. Wie anders musste sie ihm jetzt vorkommen, wie alt und verbraucht – vom Alter, vom Kindergroßziehen, doch vor allem vom unaufhaltsamen Verfall der Hoffnung. Manchmal wünschte sie, sie hätte Österreich nie verlassen oder wie Mileva einen Mann in der Schweiz gefunden, wo das Leben leichter war.

Albert hatte nichts von Milivoj Savić gehalten. Er fand den Mann zu dumm, zu beschränkt für sie. Das hatte er ihr mehr oder weniger ins Gesicht gesagt. Sie hatte es ihm nicht übel genommen. Sie war sogar ein bisschen geschmeichelt, dass Albert so eine hohe Meinung von ihr hatte. Was seine Beziehung zu

Mileva Marić anging, war Helene genauso besorgt, wenn auch aus anderen Gründen. Albert hatte Mileva nie verstanden. Er hatte nie die Tiefe der Schwermut begriffen, zu der sie fähig war, oder das Ausmaß ihres Bedürfnisses, geliebt zu werden.

Bevor Albert auftauchte, hatte sich Mileva schon beinahe damit abgefunden, eine alte Jungfer zu werden. Zwar war sie auf ihre Art hübsch, aber das Schicksal hatte ihr ein steifes Bein beschert und ein schüchternes, melancholisches Wesen. Weder Tanzen noch Kokettieren lag ihr im Blut. Der Einzige, dem sie je gefallen wollte, war ihr Vater Milos Marić, und darin zumindest hatte sie Erfolg. Mileva war sein Liebling gewesen, sein ganzer Stolz – bis sie ihm Schande machte.

Was hatte Albert zu Mileva hingezogen? Wohl nicht ihre Begabung für Differentialrechnung, ihre Fähigkeit, seine Experimente und Theorien zu verstehen – auch wenn das gewiss neu für ihn war bei einer Frau. Vielleicht war es ihre Fürsorglichkeit, die Vertrautheit und Kameradschaft, die mit vollkommener, bedingungsloser Hingabe einherging. Dann war da Alberts Mutter. Sie verabscheute den kleinen serbischen Krüppel, wie sie Mileva einmal genannt hatte. Sie beschimpfte und verspottete sie auf so bösartige Weise, dass Mileva nicht selten die Tränen kamen, wenn sie davon hörte. Doch in Alberts Augen gewann Mileva dadurch nur. Im Rückblick sah es Helene klar und deutlich: Schon damals hatte er sich befreien wollen. Sich gegen seine Mutter zu stellen, die wichtigste Frau in seinem Leben, war mit Sicherheit schwer gewesen. Doch gerade deswegen fühlte er sich dazu gezwungen. Es war eine Prüfung, die er bestehen musste.

Was er nicht sah – oder was ihn nicht interessierte –, war, wie diese Liebe Milevas Leben veränderte: Wie sich plötzlich alles nur noch um ihn drehte, wie abhängig sie sich von ihm machte. Es gab keinen besseren Beweis dafür als die Zeugung von Lieserl. In der Wojwodina wäre eine solche Verletzung der Familienehre mit Blut geahndet worden. Selbst ein Verlobter, der die Hochzeitsnacht vorwegnahm, konnte leicht mit durchschnittener

Kehle enden. Für die geschwängerte Geliebte waren Exil und ein Leben in Schande das Mindeste, womit sie rechnen musste. Vielleicht kümmerte das Mileva nicht, weil sie bereits im Exil lebte. Der große Einsteinsche Kosmos war jetzt ihre Heimat, ihre ganze Welt.

Alberts Telegramm war eher ein Befehl denn eine Einladung gewesen. Es war nicht einmal die Rede davon, dass er nach Belgrad kommen könnte. Wahrscheinlich wollte er Milivoj nicht begegnen oder fürchtete, dass er Schwierigkeiten machen könnte. Die Arbeitslosigkeit machte Helenes Mann schwer zu schaffen. Vielleicht hatte Mileva Albert erzählt, dass er trank und fluchte; dass er manchmal tagelang das Haus nicht verließ. Wenn, dann bereute Helene, dass sie sich Mileva anvertraut hatte. Es waren private Angelegenheiten. All seinen Fehlern zum Trotz war Milivoj immer ein ehrlicher Mann gewesen.

Der Kellner kam und räumte Helenes Glas ab. Sie war zu tief in Gedanken, um ihn davon abzuhalten. Er kam mit der Rechnung zurück. Sie suchte gerade nach ihrem Portemonnaie, als ein Fremder das Café betrat. Sein Gesicht war faltig und sommersprossig wie das eines Bauern, doch er trug ein gebügeltes Hemd und einen modernen Zweireiher. Er nahm den Hut ab, sah sich um, begutachtete aufmerksam jeden Tisch. Dann starrte er sie mit blassen, durchdringenden Augen an.

Die Handtasche rutschte ihr aus der Hand und fiel zu Boden. Sie bückte sich, und fast wäre ihr auch der Ranzen vom Schoß geglitten. Als sie wieder aufblickte, war der Fremde fort.

Draußen war ein schwarzes Automobil vorgefahren. Ein Grüppchen junger Frauen schlenderte vorbei und flüsterte miteinander. Sie blieben vor dem Fenster stehen und sahen sich nach dem Wagen um. Dann wandten sie sich ab, hakten einander unter und eilten kichernd davon. Albert war angekommen. Die Mädchen mussten ihn gesehen haben: einen alten Mann, der erstaunliche Ähnlichkeit mit Professor Einstein hatte. Sicher wären sie nie auf die Idee gekommen, dass es der echte Professor Einstein sein konnte, nicht hier, in einer serbischen Kleinstadt, wo es weder Teleskope noch eine Universität gab, die ihn interessieren könnten. Albert war viel zu berühmt, zu legendär, um zu einer bestimmten Zeit an einem bestimmten Ort zu sein. Helene kam der Gedanke, dass er – wie der Gott einer monotheistischen Religion – allgegenwärtig geworden war. Er war überall und nirgends. Sie fragte sich, ob das die ganze Zeit sein Ziel gewesen war, ob das die heimliche Sehnsucht war, die seine unbändige Neugier antrieb.

Er trug einen seltsam hohen schwarzen Hut mit breiter Krempe und einer Einbuchtung oben wie bei einem Cowboyhut. Zwischen seinen Zähnen steckte eine Pfeife. Die gestreifte Krawatte war mit einem kleinen unordentlichen Knoten gebunden. Er kam auf sie zu und winkte ihr mit der Pfeife zu. Dann nahm er den Hut ab und setzte sich. Seine Haare waren länger und wilder als früher, mit grauen und weißen Strähnen; die ursprüngliche Farbe war nur noch über seinen Ohren zu sehen. Anscheinend kümmerte sich die zweite Frau Einstein weniger gut um ihn als die erste.

»So«, sagte er. »Da bin ich.«

Sofort war der Kellner bei ihnen und reichte ihm eine Karte.

»Kaffee, schwarz«, sagte er und gab ihm die Karte zurück. »Zwei Tassen.«

Es war, als sei er vor einer Stunde und nicht vor zwanzig Jahren fortgegangen. Er suchte in der Jackentasche nach Streichhölzern. Seine Kleider rochen nach Tabak. Als junger Mann war er Helene stets adrett vorgekommen, trotz seiner bescheidenen Mittel, doch jetzt machte er einen etwas nachlässigen Eindruck. Äußerlichkeiten bedeuteten ihm vermutlich nichts mehr.

Helene merkte, dass sie ihn anstarrte. »Albert«, sagte sie. »Lieber Albert.«

Lieber Albert? Was sagte sie da? Sie wurde rot – rot wie ein Schulmädchen beim ersten Tanz. »Es ist schön, dich zu sehen.«

Albert lächelte sie nachsichtig an, seine dunklen Augen glänzten. Er riss ein Streichholz an und hielt es an den Pfeifenkopf.

Der Tabak roch erstaunlich fruchtig. Helene fand ihn sehr viel angenehmer als den trockenen, chemischen Gestank der Zigaretten, die ihr Mann rauchte.

Einstein schien ihre Gedanken zu lesen. »Eine amerikanische Mischung«, sagte er und warf das Streichholz in den Aschenbecher. »Sie heißt *Revelation*. Bei so einem Namen …« Er steckte die Daumen in die Westentaschen und sah sich um. »Das Café hat sich verändert.«

»Es ist so wie immer. Nur ein bisschen schäbiger.« Helenes Blick glitt über die abgewetzten Möbel, die vergilbten Baumwollvorhänge, die verkratzte, schmierige Wandvertäfelung, die man so schlecht überlackiert hatte, dass die Kratzer und Kerben noch auffälliger wurden. »Hier ist seit Jahren nicht renoviert worden. Es ist kein Geld da.«

»Es war das einzige Café, an das ich mich erinnern konnte«, sagte Albert munter. »Hier hat es immer ausgezeichneten Kaffee gegeben.«

Helene war sich sicher, dass ihn der Kaffee genauso enttäuschen würde wie das Lokal. Mit dem Wohlstand der örtlichen Bourgeoisie war auch die Qualität der Waren vor die Hunde gegangen. Novi Sad hatte vor dem Krieg als Grenzstadt eine gewisse strategische Bedeutung gehabt. Die Brücke über die Donau war ein wichtiger Zugang nach Österreich-Ungarn. Durch Zoll und Militär gab es reichlich Beamtenposten, und damit auch kommerzielle Möglichkeiten. Doch jetzt war Novi Sad mitten in Jugoslawien gestrandet, ein Marktflecken mit übermäßig vielen Prachtbauten, der letzte Halt vor Belgrad.

»Das wird mir fehlen«, sagte Albert. »Die Amerikaner wissen, wie man Tabak mischt. Aber die Kunst des Kaffees haben sie nie begriffen.«

Helene hatte gehört, dass er nach Amerika fuhr. Wollte er wirklich für immer dort bleiben?

»Wo wohnst du?«, fragte sie. »In der Kisacka-Straße?« Albert sah sie verständnislos an.

»Bei den Marićs.«

»Ach so.« Er runzelte die Stirn. »Nein. Dort wohnt jetzt Zorka.«

Er tippte sich mit der Pfeife gegen die Zähne, als wollte er ihr in Morsecode mitteilen, was das zu bedeuten hatte. Albert hatte Milevas jüngere Schwester nie beachtet; sie wiederum hatte immer große Angst vor ihm gehabt. Von ihren Erlebnissen im Krieg hatte sie seelische Narben davongetragen (Helene schauderte, wenn sie daran dachte). Wahrscheinlich hatte kein Mann, zumindest kein Serbe, Lust, eine Frau zu heiraten, die von einer Gruppe Soldaten vergewaltigt worden war, selbst wenn Zorka eine Heirat gewollt hätte. Doch das war kein Grund, sie zu meiden. Zorka hatte keiner Menschenseele je etwas zuleide getan.

»Wenn sie allein lebt, hat sie sicherlich genug Platz für einen Gast«, sagte Helene.

Nachdenklich zog Albert an seiner Pfeife. »Anscheinend ist das Haus voller Katzen. Sie sammelt die Streuner von der Straße auf. Macht die Dienstboten wahnsinnig damit, und ihre Mutter ist zu alt, sie davon abzuhalten.«

»Du bist bestimmt immer noch willkommen.«

»Ich fühle mich ganz wohl im Hotel. Morgen fahren wir ohnehin wieder ab.«

»Wir? Du bist nicht allein?«

Albert sah aus dem Fenster. Draußen stand der Wagen und wartete. »Ich darf nicht mehr ohne Begleiter reisen. Elsa besteht darauf, und meine amerikanischen Lohnherren ebenfalls. Heutzutage kann ich nicht mal einen Strandspaziergang machen, ohne dass mir die Detektive an den Fersen hängen.«

»Er ist Detektiv?«, fragte Helene und reckte den Hals.

»Wenn er dafür bezahlt wird. Aber diesmal hat er andere Pflichten. Elsa bildet sich ein, dass hinter jeder Ecke Nazispione lauern.«

»Ein Leibwächter.« Die Vorstellung kam Helene phantastisch vor, paradox. Wie konnte jemand Albert Einstein umbringen wollen? »Ist er bewaffnet?«

»Ich glaube nicht.« Albert untersuchte den Pfeifenkopf. »Unterhalten kann ich mich nicht mit ihm, aber wenigstens trägt er mir das Gepäck. Mein Rücken dankt mir die Pause. Nur meine Zunge ist beleidigt.«

Der Kaffee kam, mit einem Kännchen Milch. In Zürich, als sie alle zusammen studiert hatten, schien es, als lebte Albert nur von Kaffee – von Kaffee, Tabak und Würstchen, und Letztere nicht immer von der besten Qualität. Mileva hatte sich Sorgen gemacht, er würde Rachitis bekommen, und angefangen, ihn zu bekochen, als ginge es um sein Leben. Doch die Idylle wurde gesprengt, als Albert seine Mutter bat, ihre Lebensmittelpakete an Milevas Adresse zu schicken. Die Folgerung, dass die beiden bereits zusammenlebten, war eine gröbliche Verletzung von Frau Einsteins Gefühl für Sitte und Anstand. Seitdem verabscheute sie Mileva.

»Hast du die Briefe mitgebracht?«, fragte Albert, während er den Kaffee einschenkte.

Helene errötete. Genug geplaudert also. Ein kurzes Gespräch, höflich, aber ohne Wärme. Sie und Albert hatten sich seit seiner Scheidung nicht gesehen, aber sie hatte sich eingebildet, dass er sich freuen würde, alte Erinnerungen aufzufrischen.

»Sie sind hier. Natürlich sind ein paar verloren gegangen. Ich verstehe immer noch nicht, was du dir davon versprichst. Immerhin sind es Milevas Briefe.«

»Mileva will sie auch zurück«, sagte er.

»Du bringst sie ihr?«

Die Frage war albern. Er würde die Briefe vernichten: zu viele Informationen über eine unglückliche Ehe; zu viele Informationen über ein uneheliches Kind, das Albert nie gesehen hatte. Mit Ruhm und Geld kam die Paranoia. Eine andere Erklärung gab es nicht.

Helene griff nach ihrer Tasse, dann stellte sie sie wieder zurück. »Du hast nichts zu befürchten, weißt du. Du kannst mir vertrauen.«

Albert trank einen Schluck Kaffee und runzelte die Stirn, entweder wegen ihrer Worte oder weil der Kaffee eine Enttäuschung war, wie sie befürchtet hatte. »Das weiß ich. Aber was ist, wenn dir etwas zustößt? Was geschieht dann mit den Briefen? Was ist, wenn ihr ausgeraubt werdet?«

»Ich kann sie genauso leicht vernichten wie du, wenn es das ist, was ihr beide wollt.«

Albert griff in seine Jacketttasche und zog einen weißen Umschlag heraus. »Darum kann ich dich nicht bitten. Eines Tages sind sie vielleicht viel wert. Das wäre nicht fair.«

Er lehnte den Umschlag gegen das Salzfass, wie eine Geburtstagskarte. Helene ertappte sich dabei, wie sie seine Dicke abschätzte.

»Warum jetzt?«

»Das musst du noch fragen?«, sagte er. »Die Sache mit Marija Draganović. Diese unselige Geschichte.«

Albert wirkte verärgert. Helene erinnerte sich, wie hitzig sein Temperament war, die plötzlichen Wutausbrüche, die Mileva so geängstigt hatten – auch wenn sie nur im Flüsterton davon erzählte. Er war nicht sehr stark, aber er hatte schon in frühen Jahren gelernt, sich die Schwerkraft zunutze zu machen. Jeder, der seinen Zorn erregte, lief Gefahr, die Treppe hinuntergeworfen zu werden: Kinder, Dienstboten, sogar seine Frau. Mileva sagte, es sei, als ergreife dann ein anderer Albert von ihm Besitz, jemand, der seine Gefühle nicht unter Kontrolle hatte, der sich von ebender Leidenschaft und Gewalt hinreißen ließ, die er sonst fürchtete und verachtete.

»Ich hatte nichts Böses im Sinn, Albert. Ich habe einem intelligenten Mädchen meinen ehrlichen Rat gegeben. Sie war auf der Suche nach einer Dozentin, und Mileva war die naheliegende Wahl. Das ist alles.«

Albert schüttelte langsam den Kopf. »Du musst dich nicht verstellen, Helene. Mileva hat mir alles gesagt. Ich weiß, wer Marija Draganović ist.«

Helene spürte, wie ihr das Blut aus dem Gesicht wich. Die Lüge war nicht ihre Idee gewesen. Es war Mileva, die darauf bestand. *Ich sage ihm, Lieserl ist tot,* schrieb sie Helene in einem

Brief. Es war das Jahr, als Albert nach Palästina ging, das Jahr, als er die Nobelvorlesung in Schweden hielt. *Es ist das Beste, wenn er nie wieder an seine Tochter denkt: das Beste für ihn und das Beste für sie.* Mileva wollte, dass Helene das Geheimnis bewahrte.

»Es tut mir leid, Albert. Ich habe das getan, worum mich Mileva gebeten hat. Sie wollte, dass ich schweige, und das habe ich getan. Du hast schließlich nie nach Lieserl gefragt. Du hast nie das geringste Interesse an ihr gezeigt.«

Es fiel ihr schwer, Albert zu verletzen, auch wenn er es verdiente. Da war er wie ein Kind. Die Schuld fiel immer auf die zurück, die mit ihm schimpften.

»Sie ist nach Berlin gekommen«, sagte er. »Sie hatte sich vorgenommen, ihren Vater zu finden.«

»Mileva muss es ihr erzählt haben. Ich habe kein Wort gesagt, Albert. Das schwöre ich.«

Albert schüttelte den Kopf. »Ich weiß, ich weiß. Es war Eduard. Er hat bei Mileva ein paar alte Briefe gefunden. Über Lieserl. Ich weiß nicht genau, wann. Vielleicht schon vor Jahren.« Er räusperte sich. »So. Jetzt begreifst du, warum ich hier bin.«

Helene drückte den Ranzen an sich. »Was ist passiert?«

»Passiert?«

»In Berlin.«

»Nichts.«

»Nichts?«

Albert zuckte die Schultern. »Sie kam ins Sommerhaus.« Er schob die Kaffeetasse weg und schnalzte angewidert mit der Zunge. »Hier komme ich nicht mehr her. Früher war es besser. Schade.«

»Und dann?«

Albert griff wieder nach der Pfeife, doch sie war ausgegangen. Gleichgültig sah er in den Pfeifenkopf, als kümmerte es ihn nicht mehr, ob Rauch herauskam oder nicht.

»Es hat ein Missverständnis gegeben. Sie kam nach einem öffentlichen Vortrag zu mir. Das tun viele Frauen. Ich hatte ja keine Ahnung, wer sie war. Sie sagte, ihr Name sei Elisabeth. Sie unterrichtete Mathematik. Also habe ich sie nach Caputh eingeladen. Ich bekomme viel Besuch. Mehr als mir recht ist.«

Geschichten von Alberts Leben in Berlin waren bis zu Mileva vorgedrungen, und manche davon hatte auch Helene gehört. Seine zweite Ehe – mit seiner Cousine Elsa – war anscheinend ähnlich stürmisch wie die erste, allerdings weniger innig. Albert ließ sich von seiner Frau in nichts hineinreden. Sie hatte sich aus seinem Leben herauszuhalten. Er kam und ging, wie es ihm gefiel, aß, wo und wann es ihm gefiel, und empfing, wer immer ihm gefiel. Es wurde erzählt, dass seine Frau sich von dem Haus in Caputh ganz fernhalten musste, damit Albert sich ohne die Gefahr einer peinlichen Unterbrechung um seine weiblichen Verehrerinnen kümmern konnte. Solche Geschichten wurden von wohlmeinenden Verbündeten flüsternd an Mileva weitergegeben. Ohne ihn sei sie besser dran, sollte die Botschaft lauten. Aber Mileva ärgerte sich über das Gerede. Sie hielt die Informanten für illoyal. Albert hätte bessere Freunde verdient. In all den Jahren seit der Scheidung hatte Helene nie gehört, dass Mileva ein schlechtes Wort über ihn sagte.

»Sie ist also nach Caputh gekommen. Ich nehme an, du warst allein.«

»Ich habe gearbeitet. Du kannst dir nicht vorstellen, was heutzutage von mir verlangt wird, Helene. Es ist nicht so wie früher in Zürich. Damals war ich ein freier Mann.«

Helene hatte ein mulmiges Gefühl. Ein wenig unberechenbar war Albert schon immer gewesen, und ein Schürzenjäger auch. Früher hatte Helene es mehr für eine Pose gehalten. Aber jetzt, versehen mit dem Aphrodisiakum des Ruhms und frei von allen Konventionen, die normale Sterbliche banden, hatte er reichlich Gelegenheit, seine Wünsche auszuleben.

Marija sollte eine Eroberung sein, ein Liebesabenteuer. Lief es automatisch so mit seinen »Besucherinnen« ab? Hatte er eine Routine? Gab es einen Lieblingsplatz im Haus – vielleicht ein Kaminzimmer mit einem bequemen Sofa?

»Sie hat dir alles erzählt? Du hast erfahren, wer sie ist, bevor …«

»Sie hat behauptet, sie sei Lieserl. Kannst du dir das vorstellen? Aus heiterem Himmel. Ich dachte, sie wollte mich erpressen. Was hätte ich sonst denken sollen? Dank euch.«

Helene sah alles vor sich: Marija, voller Hoffnung, so aufgeregt, dass sie kein Wort herausbrachte; er, der all diese Symptome als die Verliebtheit einer hübschen jungen Verehrerin missdeutete. Wie schmeichelhaft. Wie erregend. Und dann diese unerhörte Behauptung, die nicht wahr sein konnte und ihn wie ein Schlag ins Gesicht traf.

»Du bist wütend geworden.«

»Ich habe sie hinausgeworfen.«

»Die Treppe hinunter?«

»Was?«

»Sie hat sich verletzt. Das hat Mileva gesagt.«

»Sie ist gestürzt. Es hatte geregnet. Die Stufen waren nass.«

»Die Stufen …«

»Ich wollte nach ihr sehen, aber sie ist fortgerannt. Wahrscheinlich dachte sie …«

Sie dachte, ihr Vater wollte sie vergewaltigen. Helene wurde schwindelig. Sie wollte nichts mehr hören, doch Albert redete weiter, wollte sich rechtfertigen.

»Sie hat mein Ruderboot genommen. Ist hineingesprungen und hat sich abgestoßen. Ich wusste, dass es leck war, aber sie hörte mir gar nicht zu.« Er klopfte die Pfeife im Aschenbecher aus. Unverbrannter Tabak fiel heraus, und Asche. »Sie war wie wahnsinnig. Sie keuchte so, ich dachte, gleich fällt sie um. Also habe ich sie fahren lassen.«

»Und du hast immer noch nicht gewusst, wer sie ist?«

»Woher hätte ich das wissen sollen? Nichts hat zusammengepasst. Ich habe erst richtig darüber nachgedacht, als ich hörte, dass ihr Psychiater in Zürich aufgetaucht ist.«

Am anderen Ende des Raumes saß ein örtlicher Würdenträger mit seiner Frau und beobachtete sie. Der Mann wirkte beleidigt, als sei die Anwesenheit eines Genies in diesem Café eine unverdiente Kränkung seiner eigenen Wichtigkeit.

»Es war sehr aufwühlend«, sagte Albert. »Ich war ein paar Tage wie vor den Kopf gestoßen. Ich bin fest entschlossen, dafür zu sorgen, dass so etwas nie wieder vorkommt.«

Helene riss sich zusammen. »Es tut mir leid, dass sie dir solche Unruhe verursacht hat. Ich hoffe, dir ist kein Schaden entstanden.«

Albert seufzte. Sein Atem roch schal und sauer. »Noch nicht.« Er nahm den Tabaksbeutel heraus und begann die Pfeife neu zu stopfen. »Aber jetzt weißt du, warum ich so vorsichtig bin, Helene. Es gibt zu viele Leute, die nur darauf warten, den ersten Stein auf Einstein zu werfen.« Er schmunzelte über sein Wortspiel. »Heutzutage bin ich wie ein Götzenbild. Manche wollen mich unbedingt verehren; andere wollen mich vernichten.«

Der Kellner kam, um die Tassen abzuräumen. Bevor sie sich bremsen konnte, griff Helene hastig nach dem Umschlag, um ihn in Sicherheit zu bringen. Als sie aufblickte, sah sie Albert lächeln.

Sobald der Kellner fort war, legte sie den Umschlag wieder auf den Tisch.

»Früher gab es Musik hier«, sagte Albert. »Was ist aus den Musikern geworden?«

»Wiener Walzer sind hier nicht mehr gefragt. Die Zeiten haben sich geändert, Albert.«

»Es war schön damals, einfach nur dazusitzen und zuzuhören«, sagte er. »Ohne ständig reden zu müssen.« Er sah auf die Uhr. »Ich muss los.«

Helene legte den Ranzen mit den Briefen auf den Tisch. »Sie sind alle hier drin.«

»Ach, ja«, sagte Albert, als hätte er die Briefe fast vergessen. »Danke.«

Er hängte sich den Ranzen über die Schulter und stand auf. Er gab eine komische Figur damit ab, denn für einen Erwachsenen war der Riemen viel zu kurz, doch es schien ihn nicht im Geringsten zu stören.

»Albert.« Helene legte ihm die Hand auf den Arm. »Sei mir nicht böse. Wegen Marija. Ich hatte das Gefühl, dass ich ihr nicht im Weg stehen durfte. Ich habe nicht gewollt, dass es Probleme gibt.«

Er tätschelte ihre Hand. »Probleme sind dazu da, dass man sie löst. Wie langweilig das Leben ohne sie wäre.«

Helene lächelte, auch wenn ihr nicht danach war. Sie hatte das Gefühl, dass sie gerade etwas Kostbares verlor, diesmal für immer.

»Bleib sitzen«, sagte Albert. »Am besten, ich gehe ohne großes Aufheben. Schade, dass ich nicht bleiben kann, aber ich habe noch eine Verabredung, bevor ich abreise.«

Dann setzte er sich den seltsamen schwarzen Hut wieder auf und schob die Pfeife zwischen die Zähne.

»Darf ich fragen, mit wem?«

Albert fischte ein paar Münzen aus der Hosentasche und legte sie lächelnd auf den Tisch. »Mit jemandem, der namenlos bleiben soll.«

51

Blinzelnd wacht Kirsch auf. Eine alte Frau rüttelt sanft an seinem Knie und redet auf ihn ein, doch er versteht sie nicht. Er ist im Zug eingeschlafen. Hastig setzt er sich auf, rückt sich die Brille zurecht. Die anderen Reisenden beobachten ihn. Er ist kurzatmig und schwitzt, sein Hemd ist nass.

Die alte Frau nickt und lehnt sich zurück, dann lässt sie den anderen Reisenden eine Erklärung zukommen: Der junge Mann hatte sicher einen Alptraum, wahrscheinlich hat er etwas Falsches gegessen. Die anderen Fahrgäste lachen.

In dem Abteil ist es heiß und stickig. Er bekommt kaum Luft. Die alte Frau sagt wieder etwas, als er, an seinem Kragen zerrend, unsicher auf den Gang hinaustritt. Sie zeigt auf das Gepäcknetz über den Sitzen, ermahnt ihn, seinen Koffer nicht zu vergessen. Weiß sie nicht, dass er ihn in der Flut verloren hat? Er ist durch den halben Waggon gegangen, bis er begreift, dass er die Flut nur geträumt hat.

Nach dem Besuch in der Kataníceva-Straße hat er Belgrad mit dem ersten Zug verlassen. Es hatte keinen Sinn, auf Helene Savić zu warten. Vielleicht dauert es Wochen, bis sie zurückkommt, wenn sie überhaupt zurückkommt. Vielleicht würde sie auch gar nicht mit ihm reden. Doch die Reise von Berlin hat ihn angestrengt, und es wäre besser gewesen, wenn er sich etwas ausgeruht hätte.

In Novi Sad erklärt ihm der Bahnhofsvorsteher, dass eine Nebenstrecke nach Nordosten über Titel führt. Der großen Landkarte an der Wand zufolge gibt es einen Bahnhof wenige Kilometer von Orlovat entfernt. Der letzte Zug ist schon abgefahren. Er muss die Nacht in Novi Sad verbringen.

»Ich empfehle Ihnen das Hotel Königin Maria«, sagt der Bahnhofsvorsteher. Sein Deutsch ist ausgezeichnet. »Das älteste Hotel in der ganzen Provinz, und immer noch das beste. Vor dem Krieg hieß es Königin Elisabeth, aber sie war Bayerin, daher …«

Er zuckt entschuldigend die Schultern. Offensichtlich ist er kein Verfechter der jugoslawischen Föderation. Kirsch runzelt die Stirn. Die Geschichte kommt ihm seltsam bekannt vor. Dann fällt es ihm ein: Wie das Hotel hieß auch Marija vorher Elisabeth. Sie war Lieserl. Ist der Bahnhofsvorsteher eingeweiht? Macht er sich über ihn lustig?

»Ich verstehe nicht.«

Der Bahnhofsvorsteher sieht ihn erschrocken an. »Nichts für ungut, mein Herr.« Er zeigt zur Straße. »Das Taxi bringt Sie hin.«

In der ganzen Stadt schlagen schwere, scheppernde Glocken zwei Uhr.

Marija Draganović hört die Glocken bis in die Halle des Hotels Königin Maria. Das Geläut hallt über den Platz und schreckt einen Schwarm Tauben auf. Sie faltet die Hände auf dem Schoß und wartet. Sie wartet schon eine halbe Stunde, in ihrem Magen rumort es nervös.

Vor zehn Tagen hat sie einen Brief von Mileva Einstein-Marić aus Zürich erhalten. Sie erkundigte sich nach Marijas Gesundheit und erklärte dann, dass ihr geschiedener Mann nach Novi Sad kommen und Marija treffen wolle. Er sei um ihr Wohl besorgt und wolle die Missverständnisse aufklären, die es in Berlin möglicherweise gegeben habe. Dem Brief folgte wenige Tage später ein Telegramm. Marija wurde gebeten, umgehend zu antworten. Das Treffen sollte heute um zwei Uhr stattfinden.

Ihr ist warm in dem schlichten grauen Kleid und den schweren Reiseschuhen. Die Türen des Hotels stehen offen, um frische Luft hereinzulassen. Auf der anderen Straßenseite kauert ein kleiner Bub auf dem Pflaster und spielt mit einem Kreisel. Vorher hat sie ihn mit seinen Brüdern und Schwestern gesehen, doch die anderen sind vor ein paar Minuten mit der Mutter weitergegangen. Es scheint, als hätten sie den Kleinen vergessen, aber es macht ihm offensichtlich nichts aus. Er hat nur Augen für den Kreisel, den er auf allen vieren beobachtet; seine Wange berührt fast den Boden, so fasziniert ist er, als wäre der Kreisel ein kleiner hölzerner Gott, dem seine wahre Macht nicht anzusehen ist.

Marijas Erinnerungen an Caputh sind immer noch unvollständig, die Fragmente spitz und scharf: wie die Scherben eines zerbrochenen Spiegels. Sie war mit dem Zug gekommen und dann durch den Wald gegangen, überrascht von der stickigen, harzigen Luft. Sie weiß noch, wie sie sich mit der Übersichtskarte, die sie gekauft hatte, Luft zufächelte. Die Ankündigung von Einsteins Vortrag fiel immer wieder heraus. Irgendwann hatte sie sie aufgelesen und in ihr Hemd gesteckt. Nach Caputh war es weiter, als sie gedacht hatte. Der Rock klebte an ihren Beinen. Kurz bevor sie das Haus erreichte, kam ihr ein Wagen entgegen. Eine Frau mit unordentlichem grauem Haar warf ihr vom Beifahrersitz einen abschätzigen Blick zu.

Das ganze Haus knarrte wie ein Schiff. Neben der Tür war Platz für die Schuhe. Sie war atemlos und zittrig, als sie im Flur stand und an ihren Stiefeln zerrte. Vor dem Wohnzimmer lag eine Steinterrasse, von der eine weiße Außentreppe auf die Dachterrasse führte. Das weiße Geländer leuchtete vor dem dunkler werdenden Himmel. Über einer Liege war eine karierte Wolldecke ausgebreitet.

»Elsa ist für den Nachmittag nach Berlin gefahren. Einkaufen und so weiter.«

Sie waren allein. Marija war erfreut. Sie und Einstein hatten sich viel zu erzählen, Geheimnisse anzuvertrauen. Es war besser, wenn niemand zuhörte.

Er hatte ihren Brief noch nicht erhalten, dabei hatte sie ihn schon vor drei Tagen abgeschickt. Auf die Post konnte man sich nicht verlassen, sagte er. Es wurde häufig gestreikt. Außerdem bekam er viel zu viel Post von der Öffentlichkeit. Er las nur das, was seine Privatsekretärin ihm hinlegte. Als sie vorschlug, trotzdem noch einmal nachzusehen, reagierte er gereizt.

»Was können Sie mir geschrieben haben, das Sie mir nicht sagen können?«

Doch da war vieles, das sie nicht sagen konnte. Deswegen hatte sie es ja aufgeschrieben: die ganze Geschichte für ihn so dargelegt, dass er verstand, damit er sie so kennenlernte, wie sie es als richtig empfand. Ihr war heiß von dem Marsch durch den Wald. Es war stickig, und der schwere Geruch nach Holz bereitete ihr leichte Übelkeit.

»Können wir ein bisschen Luft hereinlassen?«

Sie stand auf und ging zur Terrassentür. Der Griff klemmte. Einstein beobachtete sie vom Sofa, lächelte belustigt, als sie versuchte, den Griff zu drehen.

»Legen Sie doch die Jacke ab«, sagte er. »Dann kann ich Sie besser sehen.«

Sie erinnert sich, wie sie sich sagte, es wäre nichts dabei. Warum sollte ein Vater seine verlorene Tochter nicht ansehen wollen?

Sie sagte, sie habe Durst. Sie brauchte Zeit, um ihre Gedanken zu ordnen. Einstein verschwand und kehrte mit einem Kristallglas mit einer dunklen, süßen Flüssigkeit zurück. Er trug weite Hosen und ein Tennishemd. Seine Haut war braun über dem weißen Stoff.

Sie wusste nicht, wo sie anfangen sollte. Sie schämte sich so. Ihr war schwindelig. Sie zog die Jacke aus. Die Baumwollbluse klebte an ihrer Haut. Dann saßen sie beide auf dem Sofa. Einstein fragte sie nach dem Vortrag. Hatte sie allem folgen können? Hatte er zu viel von Feldgleichungen gesprochen? War die Differentialgeometrie verständlich gewesen? Es war, als hätte er keine Ahnung, wer sie war oder warum sie gekommen war. Und doch hatte er sie in der Philharmonie angesehen, als hätte er sie wiedererkannt. Sie hatte ihm nur ihren Namen gesagt, da hatte er sie beiseitegenommen. »Wir müssen uns unterhalten«, sagte er. »Möglichst bald. Ich habe gehofft, dass Sie zu mir kommen.«

Sie trank das Glas aus. Die Flüssigkeit brannte in ihrer Kehle. Einstein tätschelte ihr Knie. »Was wollten Sie mir denn so Dringendes sagen?«

Irgendwann wurde sie ohnmächtig. Als sie wieder zu sich kam, träumte sie. Sie war in Orlovat. Überall war Wasser, der Fluss war dunkel und angeschwollen, die Krähen fraßen an den Lippen ihrer Schwester, die in den Ästen der Weide hing. Der Küchentisch mit der Lampe darüber, die hin und her schwang. Eine Stimme in ihrem Kopf sagte: *Das bin nicht ich. Ich bin nicht hier.*

»Meinetwegen brauchen Sie nicht gleich ohnmächtig werden.« Einsteins Gesicht war dicht vor ihrem. Sein Atem roch nach Teer. »Ich versichere Ihnen, eine Dame sinkt nicht in meinem Ansehen, wenn sie sich bei vollem Bewusstsein der Liebe hingibt.«

Die Gläser fielen um und zerbarsten am Boden. Elisabeth Einstein. Ich bin Elisabeth Einstein. Ich bin Lieserl. Ihre Tochter. Sie erinnerte sich, wie sie die Worte im Kopf hinausschrie. Aber hatte sie sie wirklich laut gesagt?

Dann war alles schwarz. Sie hat nach dem Moment gesucht, doch es kommt nichts. Sie erinnert sich nur an den Geschmack von Blut in ihrem Mund. Sie weiß nicht, wie es passiert ist.

»Verdammtes kleines Luder.«

Auf seinem weißen Tennishemd waren Blutspritzer, genau über dem Herzen.

Plötzlich war sie auf der Terrasse. Sie sah den See im Hintergrund. Einstein packte sie am Arm. Sein Griff war fest: der Griff eines Seglers.

»Wer hat Sie auf mich angesetzt?«

Sie riss sich los, erreichte die Treppe, doch er war hinter ihr. Dann stürzte sie, griff mit den Händen ins Leere. Sie muss sich mehrmals überschlagen haben auf dem Weg nach unten. Schmerz drang durch ihre Panik. Sie erinnert sich, dass sie sich fragte:

Habe ich mir den Arm gebrochen? Ihre Hände waren aufgeschürft und bluteten.

Die Treppe zitterte. Er kam hinter ihr her, schwere Schritte polterten über die Stufen.

Sie rannte in Richtung See. Sah ein Ruderboot. Ihr Herz schlug so schnell, dass sie kaum Luft bekam, als sie zum Haus zurückblickte: keine Spur von Einstein, keine Menschenseele weit und breit. Wo war er? Dann das kalte Wasser, das zu ihren Füßen stieg. Das Boot sank. In ihren schweren Kleidern würde sie ertrinken. Sie würden sie hinunterziehen wie ein bleiernes Leichentuch. Aber was, wenn er sie sah? Wenn er ihr am Ufer folgte? Sie musste weg von hier. Sie musste außer Sichtweite kommen.

Die Sonne war längst untergegangen. Das Wasser war schiefergrau und kräuselte sich an der Oberfläche, weil der Wind auffrischte. Sie zerrte an ihren Kleidern, verschluckte sich, als das Boot unter ihr sank. Das Letzte, woran sie sich erinnert, war der schmerzhafte Schock des kalten Wassers, als ihr Kopf untertauchte, flüchtiges Entsetzen, als sie spürte, wie das Licht verschwand.

Ein Telefon klingelt. Marija sieht auf. Der alte Mann, der am Empfang arbeitet, kommt auf sie zu. Fast alle Angestellten im Königin Maria scheinen zu alt für ihre Tätigkeit.

»Fräulein Draganović?«

Sie nickt.

»Draußen wartet ein Wagen auf Sie.«

Sie späht hinaus auf die Straße. Der kleine Bub mit dem Kreisel ist verschwunden. Stattdessen steht ein schwarzes glänzendes Automobil dort. Jemand sitzt im Fond und raucht Pfeife.

Die Häuser in Novi Sad sind wie die Häuser in Belgrad, nur älter. Die Zeit und die Schwerkraft ziehen sie auseinander, nehmen ihnen die rechten Winkel und dabei die Würde. Die Straßen sind breit, baumlos und leer. Die Einwohner halten sich wohl zumeist in ihren Häusern auf, um vor der Hitze zu flüchten. Während

Kirsch durchs Zentrum fährt, bildet er sich ein, sie stehen hinter den abblätternden Fensterläden und beobachten ihn.

Ein hoch mit Bierfässern beladener Wagen versperrt die Straße. Der Taxifahrer will überholen und wird langsamer. Aus der Gegenrichtung kommt ein anderes Automobil, das dasselbe vorhat. Beide Wagen rollen im Schritttempo aufeinander zu. Als sie aneinander vorbeifahren, sieht Kirsch auf dem Rücksitz Marija neben einem älteren Herrn mit einem schwarzen, breitkrempigen Hut.

Zuerst ist er nicht überrascht. Es kommt häufig vor, dass er Marija sieht, wenn er an sie denkt, wenigstens ein paar Sekunden. Das Gleiche ist im letzten Kriegsjahr passiert, mit den Geistern der Toten. Er hat Marija auf eine fahrende Straßenbahn aufspringen sehen; er hat sie über einen vollen Bahnsteig eilen sehen. Oft sieht er ihr Spiegelbild in einem Schaufenster. Dann wird ihm mit einem Schlag bewusst, was er sieht. Die Bilder und Geräusche der Gegenwart fluten wieder herein. Und sie ist verschwunden.

Doch dieses Mal verschwindet sie nicht. Sie dreht den Kopf und sieht ihm direkt in die Augen. Er lächelt sie an. Sie lächelt nicht zurück. Ihr Blick ist erschrocken, als wäre sie diesmal die Lebende, aus Fleisch und Blut, und er die Erscheinung.

Sie fahren weiter, der ältere Herr beugt sich vor, neugierig, was seine Begleiterin so interessant findet. Kirsch sieht sein Gesicht.

Er besteht darauf, dass sie Albert zu ihm sagt. Auch wenn sie bis jetzt noch gar nichts gesagt hat, weil sie nicht weiß, was sie sagen soll. Es scheint keine Rolle zu spielen. Professor Einstein scheint mit einem gelegentlichen Nicken, einem »Ja« oder »Nein« zufrieden zu sein. Nach den ersten verwirrten Augenblicken hat sie sogar eine Spur von Euphorie in seinem Verhalten entdeckt: in seiner Stimme und der Art, wie er zufrieden an der Pfeife zieht, als sei eine Last von ihm genommen. Offensichtlich war er unsicher, wie sie auf ihr erneutes Treffen reagieren würde, und ist erleichtert, dass sie entgegenkommend ist. In Berlin hat es ein Missverständnis gegeben, sagt er, für das er sie entschädigen will, bevor er nach Amerika abreist. Ihre Amnesie erwähnt er nicht, entweder weiß er nichts davon, oder er glaubt nicht daran. Er dankt ihr höflich, dass sie sich die Zeit genommen hat, von Orlovat nach Novi Sad zu fahren. Er weiß, wie anstrengend die Reise ist, sagt er, er kennt die serbischen Straßen. Es ist, als wären sie alte Bekannte.

Am Steuer sitzt ein Fremder in einem zweireihigen Anzug. Seine engstehenden Augen beobachten sie im Spiegel – Augen, davon ist sie überzeugt, von denen sie schon einmal beobachtet wurde.

»Wer ist das?«, fragt Marija leise, damit der Fahrer sie nicht hört.

»Das ist de Vries. Keine Sorge. Seine Aufgabe hier ist es, der Schwerkraft entgegenzuwirken.«

»Der Schwerkraft?«

»Er trägt mein Gepäck.«

Vor ihnen rollt ein Wagen auf ihre Seite der Straße. Der Fahrer bremst. Sie sind an der Ecke der Kisacka-Straße, auf halbem Weg zum Bahnhof. Ein Taxi kommt ihnen entgegen. Es ist kaum Platz für beide Wagen.

Kirsch bittet den Taxifahrer anzuhalten, doch der versteht ihn nicht. Er denkt, Kirsch will sich über die Strecke beschweren. »Hier Baustelle.« Er zeigt mit dem Daumen über die Schulter und macht eine kreisende Bewegung mit der Hand. »Ich fahre herum.«

Durchs Heckfenster sieht Kirsch, wie Marijas Wagen schneller wird und Staub aufwirbelt.

»In diese Richtung.«

Er zeigt hinter sich, doch der Fahrer schüttelt den Kopf. Das ist nicht der Weg zum Hotel Königin Maria. Mit dem Kinn zeigt er in die andere Richtung und drückt auf die Hupe, als kämen sie dadurch schneller voran.

Kirsch zögert. Soll er ihr überhaupt folgen? Marija braucht seine Hilfe nicht mehr. Sie hat ihren Vater gefunden; oder er sie. Sie werden sich nicht mehr trennen. Marija und ihre Tochter werden mit ihm nach Amerika gehen, wo sie keine Geheimnisse mehr haben muss. Und da sie keine Bindungen zurücklässt, wird der Abschied in die Emigration nicht wehtun.

Kirsch legt dem Fahrer die Hand auf die Schulter. Der Fahrer tritt auf die Bremse.

»Andere Richtung«, sagte er. »Folgen Sie dem Wagen.«

Der Fahrer flucht und wendet mitten auf der Straße. Der Wagen mit Marija biegt rechts in eine Seitenstraße ab. Eine Frau mit einem Korb sieht ihm hinterher.

»Dort. Da lang!«

Jetzt reicht es dem Fahrer. Er tritt auf die Bremse und wirft Kirsch hinaus. Soll der Verrückte doch zu Fuß gehen. Kirsch packt seinen Koffer. Es sind keine anderen Taxis zu sehen, und auch sonst keine Autos. Er muss wohl oder übel zu Fuß weitergehen.

Almaska steht auf einem rostigen Eisenschild an der Ecke. Die Straße ist eng, die Fassaden heruntergekommen und rußig. Keine Straße, die irgendwo hinführt. Aber vielleicht wollen sie nicht weiter. Vielleicht ist Marija hier am Ziel.

Hundertfünfzig Meter weiter ist ein Platz mit Bäumen und einer Kirche, einem hohen Barockbau mit geschwungenem rotem Dach und weißem Glockenturm. Er läuft los, sucht nach einem Hotelzeichen, einer Schule, irgendetwas, das eine Erklärung liefern könnte, doch hier gibt es nur Wohnhäuser, eine Bäckerei mit geschlossenem Rollladen, rostende Eisenbalkone und abblätternde Farbe – und die Kirche.

Geburten, Hochzeiten, Todesfälle. Was können sie in einer Kirche wollen? Und dann fällt es ihm ein: das Kirchenregister. In der Kirche bekommt man seinen Namen. War Marija hier getauft worden?

Aber was spielt es noch für eine Rolle? Ein alter Kult, überholt, nutzlos. Was kann Albert Einstein daran liegen? Vielleicht braucht Marija ein Visum für Amerika. Vielleicht brauchen die Amerikaner einen Beweis dafür, wer sie wirklich ist.

Kirsch bleibt stehen und lehnt sich an einen Türbogen. Vom Laufen ist er außer Atem, und ihm ist schwindelig. Im Haus bellt ein Hund. Pfoten kratzen über den Steinboden. Die Tür erzittert, die Scharniere klirren.

Er geht durch die Almaska-Straße auf den kleinen Platz. Um die Kirche ist ein Friedhof, der von einem schmiedeeisernen Zaun umgeben ist. Eine leichte Brise bewegt die Baumkronen. Am anderen Ende des Platzes kurbelt ein Mann mit einer Schürze eine Markise herunter. Die Schrauben quietschen. Kirsch ist noch nie in seinem Leben hier gewesen, doch irgendwie fühlt sich der Platz vertraut an. Kurz denkt er, er würde wieder träumen, dass nichts von alledem Realität ist. Dann sieht er die beiden durch das Friedhofstor, sie schlendern zwischen den Grabsteinen umher: Albert Einstein und sein erstgeborenes Kind.

Kirsch bleibt stehen. Marija blickt nicht auf. Ihr Vater spricht zu ihr, und sie hört aufmerksam zu. Was sagt er? Was erklärt er ihr? Kirsch wünschte, er könnte es hören.

Sie soll wissen, dass er gekommen ist, und sei es nur, um sich zu verabschieden.

Dann sieht er den Wagen. Er parkt auf der anderen Straßenseite, der Motor läuft. Ein kleiner, gedrungener Mann steht ein paar Meter weiter und zündet sich eine Zigarette an. Er sieht sich auf der Straße um. Seine Bewegungen, die Art, wie er dasteht, das Gesicht – alles kommt Kirsch vage bekannt vor, aber er kann es erst nicht einordnen.

Der Reporter. Der, den er mit Eisner zusammen gesehen hatte. Der vor der Klinik herumlungerte. Was macht er hier?

Kirsch geht langsamer. Der Reporter muss wegen Einstein hier sein. Warum sonst wäre er den ganzen Weg gekommen? Aber wie hat er ihn gefunden? Woher wusste er, wo er ihn suchen musste?

Dann entdeckte ich jemanden … ein bulliger Mann mit rotem

Gesicht und harten Augen. Er war immer noch da, als ich wiederkam, auf dem Friedhof, wo er ziellos zwischen den Grabsteinen herumschlenderte.

Der Mann war Marija gefolgt, und ihre Spur hatte zu Albert Einstein geführt. Hatte er einfach Glück gehabt? Oder war das genau so beabsichtigt, geplant gewesen?

Aber wer würde einen solchen Plan schmieden? Wer hatte die Geduld, die Informationen, die Mittel? Ein kleiner Reporter jedenfalls nicht. Keiner, der für die Zeitung arbeitete. Vielleicht jemand, der für die Regierung arbeitete. Ein Geheimpolizist, ein Spion.

Man hätte Marija bei ihrer Ausreise aus Deutschland aufhalten können, doch man hat sie gehen lassen. Kirsch bleibt stehen. Plötzlich wird ihm alles klar. In Deutschland hat Marija ihnen nichts genutzt. Einstein würde nie ins Reich zurückkehren. Doch in der Wojwodina, einer Gegend, die er von früher kennt, fühlt er sich womöglich sicher. Vielleicht kommt er hier aus der Deckung. Das Einstein-Mädchen ist der Köder, und der Haken.

Und jetzt ist auch er hier. Gerade rechtzeitig, um Zeuge der Ermordung Albert Einsteins zu werden.

Der Fremde sieht ihn an. Er kneift die Augen zusammen, überlegend – oder verächtlich? In diesem Moment löst sich Kirschs letzter Zweifel auf. Von seinem Schicksal getrieben läuft er los, nicht fort, sondern auf den Attentäter zu.

Hans de Vries erkennt Martin Kirsch wenige Sekunden, nachdem dieser ihn erkannt hat, und nach einem Augenblick überstürzten Nachdenkens kommt er zum gleichen Schluss. Kirsch ist ehrgeizig und geistig labil – ein Mann, wie es heißt, mit einer kurzen Zündschnur. Sein eifersüchtiger und obsessiver Umgang mit dem Draganović-Fall ist bekannt und lässt ein in seinem Beruf ungewöhnliches Maß an Opportunismus erkennen. Für einen Opportunisten ist Albert Einsteins Anwesenheit in Novi Sad eine einmalige Gelegenheit: um seine Karriere voranzutreiben, sich beim neuen Regime beliebt zu machen, ganz zu schweigen von den fünfzigtausend Reichsmark, falls die Nazi-Zeitungen Wort halten. Er muss Albert Einstein nur töten und irgendwie über die Grenze kommen.

Alle Zweifel verschwinden, als er sieht, wie Kirsch losläuft – direkt auf ihn zu, die Zähne zusammengebissen, auf Kollisionskurs. Er ist nur noch zehn Meter entfernt, als de Vries in die Jacke greift. Die Walther ist nicht da. Ihm fällt ein, dass er die Pistole im Handschuhfach gelassen hat. Drei Tage für Professor Einstein den Chauffeur und Kofferträger zu spielen hat sein Gespür für Gefahr abgestumpft. Der Wissenschaftler ignoriert die Möglichkeit eines Attentats völlig und legt ein derart olympisches Selbstvertrauen an den Tag, dass es schwer ist, wachsam zu bleiben.

De Vries steht auf der Fahrerseite des Wagens, auf der falschen Seite. Vielleicht schafft er es trotzdem. Als er die Tür aufreißt, merkt er, dass es ein Fehler war. Kirsch wirft sich gegen die Tür und klemmt ihn ein. De Vries findet keinen Halt. Plötzlich läuten Glocken – schwer, laut –, nicht in seinem Kopf, sondern über ihnen. In der Kirche üben die Glöckner. Kirschs Brille ist heruntergerutscht. Sie hängt albern von einem Ohr. Er wirft sich wieder gegen die Tür, fester. De Vries spürt, wie eine Rippe knackt, und schreit auf.

Er sinkt zusammen. Kirsch lässt die Tür los. Er tritt zurück, holt aus und schlägt zu. De Vries' Kopf knallt gegen das Wagendach wie ein knochiger Fußball.

Albert bleibt auf halbem Weg zum Südportal stehen und versucht sich zu orientieren.

»Es ist so lange her«, sagt er. »Mileva war einmal mit mir hier, aber ich bin mir nicht sicher …«

Mit der Pfeife zeigt er erst in eine Richtung, dann in die andere, dann brummt er zufrieden etwas und geht um den Kirchturm herum, der im verschleierten Sonnenlicht strahlend weiß leuchtet. Der Kirchhof ist klein, aber ordentlich angelegt, Eiben stehen in regelmäßigen Abständen zwischen den Grabsteinen.

Blumen, manche welk und braun, bezeugen die stumme Zwiesprache zwischen den Lebenden und den Toten.

Sie gehen etwa fünfzig Meter.

»Da ist es«, sagt Albert. »Hier.«

Er führt sie zu einer Gruppe von Grabsteinen an der Friedhofsmauer. Die Inschrift auf den Steinen lautet MARIĆ. Er zeigt auf einen davon. Ein Tonkrug mit Pfingstrosen steht davor. Wie der Stein sehen sie frisch aus.

»Das ist Milos Marić«, sagt Albert. »Mein Schwiegervater, früher. Hier wäre Milevas Platz gewesen, wenn sie nicht …«

Er vollendet den Satz nicht. Das muss er nicht. Mileva hat Schande über die Familie gebracht, weil sie schwanger wurde. In den Augen ihres Vaters war sie nicht besser als eine *kurva*. Dann begreift Marija, was Einstein ihr sagen will: *Ich habe diese Regeln nicht gemacht. Sie haben nichts mit mir zu tun.*

Albert geht ein paar Schritte, sieht sich einen Stein nach dem anderen an. Ein paar Meter weiter, halb verborgen hinter einer üppigen Eibe, ist ein weiteres Familiengrab. Die Grabsteine hier sind weniger gepflegt: die meisten sind verwittert und spröde, die schmiedeeisernen Kreuze schief und krumm, weil sich knorrige Wurzeln darunter zu schaffen machen. An ein einfaches Holzkreuz ist eine kleine Messingplakette genagelt. Darauf steht: S.D. Es ist das einzige Grab der Draganović, auf dem Blumen stehen, auch wenn sie verwelkt sind.

Für Marija liegen dreißig Jahre und über tausend Kilometer zwischen der Familie Draganović und der Familie Marić. Hier aber, auf diesem kleinen Kirchhof, sind es nicht mehr als ein paar Meter Erde. Hier sind sie Nachbarn, Freunde, Staub desselben Staubs – nur hat sie nichts davon wissen dürfen.

Albert starrt das Holzkreuz an. »Weißt du, wer das ist?«

»Wissen Sie es?«

Albert vergräbt die Hände in den Taschen. »Ich habe ihren Vornamen vergessen. Wie hieß sie?«

»Senka.«

»Ach, ja. Sie ist ertrunken, nicht wahr?«

»Ja.«

Endlich nimmt Albert den Hut ab. »Sie hat mir gesagt, du seist es gewesen. Meine frühere Frau, meine ich. Sie sagte, Lieserl sei gestorben. Ertrunken. Und als du behauptet hast, du wärst …«

»Aber warum? Warum hat sie das getan?«

»Ist das nicht klar?«

Familienehre. Das will er sagen. Alles ist geschehen, um die Ehre der Familie Marić zu schützen. Doch die Lüge wäre nur notwendig gewesen, wenn Albert gedroht hätte, an die Angelegenheit zu rühren, seine Tochter zu suchen, ihre Existenz bekannt zu machen. Und wo sind dafür die Beweise? Vielleicht hat Mileva ihrem Exmann gesagt, er habe keine Tochter mehr, weil sie wusste, dass er das hören wollte. Eine potentielle Belastung weniger, eine irdische Fessel weniger.

Albert greift in sein Jackett und nimmt einen Umschlag heraus. Marija weiß sofort, dass Geld darin ist. Ein Abschiedsgeschenk. Im Austausch gegen ihr Stillschweigen.

Sie hockt sich hin, um die verwelkten Blumen aufzuheben. Vor ein paar Monaten hat sie sie hingestellt, auf dem Weg in die Schweiz. »Sie sind nie gekommen, um uns zu sehen, wie es Mileva manchmal tat, nicht wahr? Sie haben sich nie nach uns erkundigt. Waren Sie überhaupt nicht neugierig?«

Albert schüttelt den Kopf, setzt den Hut wieder auf und wendet sich ab. Einen Moment denkt Marija, er würde sie hier zurücklassen, doch dann dreht er sich wieder um. »Meine Liebe, was auf Erden hätte mich neugierig machen können?« Er zeigt zum Himmel, zur Sonne, zum Licht. »Im Vergleich dazu?«

Großvater. Marija hat den richtigen Moment abpassen wollen, ihm davon zu erzählen. *Deswegen wollte ich dich finden. Das wollte ich dir sagen.* Doch jetzt sieht sie mit kristallener Klarheit, dass dieser Moment nie kommen wird.

Albert redet wieder, etwas von den Umständen, dass sie ein Recht auf eine Erklärung hat, aber Marija versteht ihn nicht, weil die Glocken zu läuten begonnen haben. Sie läuten so laut, dass der kleine Platz erbebt, keine helle, festliche Melodie, sondern ein hartes, mechanisches Dröhnen, das die Luft erschüttert. Albert hält ihr den Umschlag hin, dann macht er einen Schritt vor und wirft ihn ihr in den Schoß. Im gleichen Moment entdeckt sie Martin Kirsch – jetzt gibt es keinen Zweifel mehr daran –, der über den Kirchhof auf sie zuläuft.

Der Rinnstein wimmelt von schwarzen Ameisen. De Vries hat das Gefühl, es sind Millionen, ein brodelnder Schwarm, der alles verschlingt – nur dass diese Ameisen, anders als bei Ameisen üblich, keine kollektive Richtung haben, keine erkennbare Marschroute. Es sind Ameisen im Chaos, energisch und fleißig, aber ohne lenkenden Zweck, deren Anstrengungen dazu verdammt sind, sich gegenseitig auszuschalten und die Kolonie in den Tod zu führen. Er spürt das Kribbeln ihrer Beine auf dem Handrücken. Er spürt ihre winzigen Zangen in seiner Haut.

De Vries rappelt sich auf die Knie. Der Wagen steht plötzlich an einem steilen Hang. Er fragt sich besorgt, ob er die Handbremse angezogen hat, ob der Wagen wegrutscht, bevor …

Bevor was? Dann erinnert er sich: bevor er an die Pistole kommt, die Pistole, die er braucht, um Martin Kirsch aufzuhalten. Er stemmt sich hoch, lehnt sich über den Fahrersitz, klappt das Handschuhfach auf.

Die Walther fühlt sich kühl und schwer an. Schon sie in der Hand zu halten, beruhigt ihn. Als er aussteigt, scheint der Wagen sich wieder aufzurichten, wie ein Boot, das langsam aus der Schieflage kommt. Er blinzelt, spürt etwas Klebriges am Auge, das am Lid festtrocknet. Er will es wegwischen. An seinem Finger ist Blut.

Er sieht sich auf dem Platz um. Die Glocken läuten, aber es ist niemand zu sehen. Wie lange ist er bewusstlos gewesen? Wo ist Einstein? Blitzartig kommt ihm der Gedanke, dass die Glocken Einsteins Tod einläuten. Oder ist es doch noch nicht zu spät? Vielleicht rufen ihn die Glocken zu Hilfe.

Er läuft zum Friedhof. Sein linkes Auge ist blutverklebt. Er hört Stimmen, Rufe. Einstein steht stocksteif da. Mit erhobenem Arm rennt Kirsch auf ihn zu. Was hat er in der Hand? Ein Messer? Eine Pistole?

De Vries' und Einsteins Blicke treffen sich. Einstein steht wie angewurzelt da. Er zeigt auf Kirsch, als wollte er sagen: *Tu etwas.* De Vries hebt die Walther, hält sie mit beiden Händen fest. Er hat erst einmal damit geschossen, und das ist mehr als ein Jahr her, an dem Tag, als er sie gekauft hat. Er hatte im Wald auf faule Äpfel gezielt und jeden einzelnen verfehlt. Eigentlich müsste er das Schießen üben, aber die Patronen sind so teuer. Was, wenn er Kirsch verfehlt und den Professor trifft? Was dann?

Kirsch packt Einstein am Arm. Er muss schießen. Jetzt.

»Gott steh mir bei.«

De Vries' Hände zittern, als er zielt.

Sein Körper zuckt unnatürlich, als hätte ein Netz unsichtbarer Kräfte, die ihn zusammen- und aufrecht halten, plötzlich versagt. Koordination, Gestalt, Richtung lösen sich in formlose Unordnung auf. Kurz findet Kirsch das Gleichgewicht wieder, der Blick erstaunt, dann sinkt er in die Knie.

Albert läuft zum Tor. Dort steht de Vries, Blut im Gesicht. Er steckt etwas in seine Jackentasche. Langsam begreift Marija, dass er den Schuss abgegeben hat. Es ist alles ein Irrtum. Es ist alles umsonst.

Sie rennt zu Kirsch. Er liegt auf dem Boden. Sie kann die Wunde nicht sehen. Sie muss irgendwo unter der Jacke sein. Marija will nachsehen, aber er klammert sich an ihren Arm wie ein Blinder.

»Ist er unverletzt?« Sein Gesicht ist totenbleich. »Ist er in Sicherheit?«

Das ist alles, was er wissen will. Die Glocken haben aufgehört zu läuten. Vom Platz hört sie das Schlagen von Wagentüren, dann springt ein Motor an.

Kirsch keucht, bewegt sich. Marija hilft ihm, sich auf die Seite zu drehen. Wenn er auf der Seite liegt, ist die Gefahr geringer, dass er an seinem eigenen Blut erstickt. Sie braucht einen Krankenwagen, er muss sofort ins Krankenhaus. Der Friedhof ist leer, aber es muss jemand in der Kirche sein. Die Leute, die die Glocken geläutet haben.

»Ich komme wieder«, sagt sie. »Bleib ganz ruhig liegen. Ganz ruhig.«

Er klammert sich immer noch an ihren Arm. Sanft macht sie sich von ihm los und verschränkt seine Hände unter dem Kinn.

52

Die Sonne steht hell am Himmel. Sie scheint ihm ins Gesicht, blendet ihn fast. Wurde er niedergeschossen? Es muss so gewesen sein. Wenigstens besser als eine Granate. Lieber eine Kugel als ein Granatsplitter. Eine Kugel lässt sich leichter entfernen, die Wundränder sind sauberer. Das Schwierige ist nur, die Blutung zu stoppen.

Er stellt sich vor, wie der Chirurg ihm die Kleider vom Leib schneidet, die Schwestern die Wunde mit Pinzetten und Watte säubern. Dann geben sie ihm Chloroform oder Morphium gegen die Schmerzen. Wenn nur sein Herz nicht so schnell schlagen würde. Er will nicht ohnmächtig werden. Erst will er sich vergewissern, dass er nicht zu spät gekommen ist.

Er rollt sich auf den Rücken. Jetzt sind es zwei Sonnen, gelb und heiß. Die Schwestern sind wie Nonnen angezogen. Wegen der Masken und der Tracht kann er nur ihre Augen sehen: konzentriert, aber ausdruckslos. Mit einem Anflug von Bedauern wird ihm klar, dass der Fall Draganović abgeschlossen ist. Es gibt nichts mehr, das er für sie tun kann. Er versucht sich mit dem Gedanken zu trösten, dass er eines Tages, wenn die Zeit reif ist und Marija weit fort ist, einen Bericht für eine psychiatrische Zeitschrift verfassen kann. Vielleicht ist ihre Geschichte aufschlussreich, vielleicht können klügere Menschen als er Schlussfolgerungen daraus ziehen.

Ein weißer Vorhang hängt vor einem Fenster und bauscht sich im Wind wie ein volles Segel. Einer der Chirurgen beugt sich über ihn und runzelt die Stirn. Hinter der Maske bewegen sich seine Lippen, doch Kirsch kann nichts hören.

Er schließt die Augen. Bald hat er das Gefühl, zu schwimmen, nicht in den dunklen Wassern seiner Alpträume, sondern auf einem klaren, glitzernden Meer. Er hört Stimmen vom Ufer, Stimmen, die er lange nicht gehört hat. Sie rufen ihn. Es gibt so viel, das sie wissen wollen, so viele Geschichten, die er ihnen erzählen muss. Sie haben die ganze Zeit auf ihn gewartet.

Trotzdem hofft er, dass er nicht allzu bald bei ihnen ist. Er will noch ein wenig bei Marija bleiben. Er will wissen, dass alles gut ist. Er will in ihr Gesicht schauen und sie lächeln sehen – so wie sie lächelte, als er sie zum ersten Mal sah. Er will ein Foto oder eine Zeichnung: eine Erinnerung an sie. Er versucht sie zu rufen, aber sein Mund kann ihren Namen nicht formen. Wie heißt sie eigentlich? Marija oder Elisabeth? Welchen Namen wird sie wählen, jetzt, da sie die Wahl hat?

Als er aufwacht, sitzt sie neben ihm und hält seine Hand. Sein ganzer Körper ist schwer, und es kostet ihn Kraft, den Kopf zu drehen. Als er diesmal ihren Namen sagt, kommt er laut und deutlich heraus.

Sie beugt sich zu ihm. »Ich bin da. Bleib schön still.«

Im anderen Teil des Krankensaals geht eine Schwester von Bett zu Bett und verteilt Laken. Sie blickt kurz auf, dann setzt sie ihre Arbeit fort. Die weiß verputzte Decke ist gewölbt, wie in einer Kapelle oder einem mittelalterlichen Schloss. Durch ein offenes Fenster sieht er Bäume. Dann erinnert er sich.

»Ist er in Sicherheit?«, fragt er. »Ist er in Sicherheit?«

»Ja, das ist er.«

»Man ist dir gefolgt. Es war eine Falle.«

Sie nickt, lächelt beinahe. »Es war gut, dass du da warst. Du hast ihm das Leben gerettet.«

Der Gedanke ist neu. Er hat Albert Einstein das Leben gerettet. Mehr kann niemand von ihm verlangen. Selbst Max wäre stolz auf ihn – Max am allermeisten.

Für einen Moment fühlt er keinen Schmerz. Er fühlt sich leicht.

»Am Ende hat er dich gefunden. Dein Vater.«

»Ja.«

Sie setzt ihm ein Glas Wasser an die Lippen. Erst jetzt merkt er, dass er durstig ist. Obwohl er vorsichtig trinkt, läuft ihm das Wasser über das Kinn.

»Geh mit ihm nach Amerika. Mit deiner Tochter. Dort seid ihr sicherer.«

Marija stellt das Glas auf dem Nachttisch ab. Als sie ihn wieder ansieht, lächelt sie wirklich.

»Gut. Aber du musst mit uns kommen.«

»Ich?«

Sie hält seine Hand in beiden Händen.

»Mein Vater hält es für eine ausgezeichnete Idee. Wirst du kommen? Wenn du wieder gesund bist?«

Er hat sich Amerika oft vorgestellt, und wie Marijas Leben dort aussehen wird. Er sieht sie auch jetzt, auf der Veranda eines weißen Holzhauses. Sie arbeitet konzentriert, den Bleistift in der Hand, ein Notizbuch auf dem Schoß, genau wie das, das sie in Berlin hatte. Durch ein offenes Fenster kann er ihren Vater sehen, der auf und ab geht und seine Pfeife raucht, während er auf die Früchte ihrer Arbeit wartet. Im Garten hüpft ein kleines Mädchen Seil und zählt vor sich hin. Trockenes Laub liegt auf dem Gras. Er geht den Weg hinauf, schiebt ein Fahrrad. Marija sieht auf und lächelt.

»Wenn ich wieder gesund bin«, sagt er und schließt die Augen.

Eine halbe Stunde später verlässt Marija das Krankenhaus. Der Polizist, der auf dem Flur vor sich hin döst, rührt sich nicht. Sie hat bereits vor seinen Vorgesetzten ausgesagt, dass sie allein auf dem Friedhof gewesen sei, am Grab ihrer Schwester. Sie kenne weder den Täter noch das Opfer und wisse auch nicht, worum es gegangen sei. Bis jetzt hat niemand ihre Aussage in Zweifel gezogen. Vielleicht ändert sich das nun, da es um einen Mord geht, falls die örtlichen Ermittler gründlich sind. Aber sie bezweifelt es. Der Tod eines unbekannten Fremden ist allenfalls merkwürdig. Doch er stellt keine Gefahr für den Frieden der Bürger dar. Ihr Vater und sein Leibwächter sind längst abgereist.

Als Marija auf die Straße tritt, kommt ihr Maja Lukić mit ihrer Tochter entgegen. Anna hat extra ihr neues blaues Kleid angezogen und sich eine Schleife ins dunkle Haar gebunden. Marija geht in die Knie und drückt das Mädchen an sich.

»Sie ist sehr brav gewesen«, sagt Maja. »Sie fährt so gern mit der Eisenbahn.«

»Ich wünschte, er hätte sie noch sehen können.« Marija will vor dem Kind nicht weinen, aber es fällt ihr schwer, die Tränen zurückzuhalten, ihre Stimme fest und ruhig klingen zu lassen.

»Er?« Maja Lukić flüstert. »Du meinst den berühmten Wissenschaftler?«

Marija holt tief Luft. Sie steht auf, klopft sich den Staub vom Rock. »Nein. Sein Name war Martin Kirsch.« Sie nimmt ihre Tochter bei der Hand und führt sie weg. »Er war Arzt.«

Liebe Elisabeth!

Mit dieser Nachbemerkung möchte ich dich bitten, das wilde Produkt meiner Phantasie nicht allzu streng zu beurteilen. Bald wird es nur noch in Deinem Kopf existieren (falls überhaupt), denn es ist allein für Dich bestimmt. Dies ist Deine Geschichte in mehr als einer Hinsicht, bist Du doch sowohl Figur darin als auch Leserin. Und so hoffe ich, dass Du mich, den Autor, nicht allzu dreist findest; denn als Leser, wie als Wissenschaftler, gestaltet man zwangsläufig mit, was man beobachtet, mit den Sinnen, mit der Erfahrung, mit dem Glauben. Wir teilen uns die Verantwortung, Du und ich, wie Eltern, auch wenn die Umstände der Zeugung recht unausgewogen waren.

Ich hoffe, in Dr. Kirsch hattest Du über all diese Seiten hinweg einen angenehmen Begleiter. In Wahrheit habe ich nie einen Psychiater wie ihn kennengelernt. Er ist ein Arzt, wie ich gerne einer geworden wäre, hätte ich eine kräftigere Konstitution gehabt und einen besser geordneten Geist. Selbst die Art seines Todes hätte ich in Kauf genommen, denn in gewisser Weise ist ein solcher Tod glücklicher, als das Leben es zuweilen ist. Wer würde nicht lieber für eine große Sache sterben, und sei sie nur eine Illusion, als ohne Träume zu leben?

Ich stelle mir gern vor, dass Niels Bohr und seine Mitstreiter den Wert meines Romans erkennen würden. Mein Vater würde ihn gewiss mit jeder Faser seines Seins verabscheuen. Daher wärst Du gut beraten, ihm die Geschichte nicht zu zeigen. Er würde seine Beteiligung an ihrem Entstehen rundheraus abstreiten, genau wie er abstreitet, bei der Entwicklung meines Wesens beteiligt gewesen zu sein, oder bei der Deinen. Er würde nicht zögern, diese Seiten als das Werk eines Wahnsinnigen zu bezeichnen, wenn er feststellt, wie die Figuren, Du und ich und Dr. Kirsch, an verschiedenen Orten gleichzeitig existieren – wie seine Quanten, die er so gern wieder einfangen würde. Andererseits nennt er vieles wahnsinnig, was ihm missfällt. Vielleicht ist das leichter, als es zu akzeptieren. Und doch wünschte ich, er würde eines Tages sehen, was ich geschrieben habe, ganz gleich ob es ihm missfällt; damit er vielleicht ein wenig mehr darüber erfährt, welchen Preis seine Freiheit gekostet hat.

Ich habe versucht, meinen eigenen Charakter, mein Verhalten und meine Störung aufrichtig wiederzugeben. Ich stelle fest, dass ich meine Marotten recht deutlich beobachten kann, als gehörten sie zu einem anderen Mann. Dennoch war es schwer, von meinen extremeren Ausfällen zu berichten, für die ich mich natürlich schäme – vor allem da ich weiß, dass sie im Lauf der Zeit häufiger und zunehmend unerträglich werden. Ich bin nur froh, dass ich es geschafft habe, die Geschichte fertigzustellen, bevor meine Behandlung hier ernsthaft beginnt. Das war nur mit Inspiration möglich – Inspiration, die Du mir gegeben hast.

Das Letzte, was bleibt, ist der Titel. Ich habe beschlossen, Dir die Wahl zu überlassen. Ich werde Deinen Vorschlag annehmen, egal wie er lautet. Ein großes Geschenk ist es nicht, aber ich habe sonst nichts, was ich Dir geben kann, weil ich hier weder Einfluss noch Geld besitze, nur ein paar Kleider, meine Musik und meine Gedanken. Aber Du, Elisabeth, weißt, welche Macht im Geschenk eines Namens liegen kann, im Guten wie im Schlechten – Du vor allen anderen.

Was auch passiert, erinnere Dich an mich, wie ich war.

Immer Dein

Eduard

Historische Anmerkung

Nach dem Erlass des »Gesetzes zur Verhütung erbkranken Nachwuchses« am 14. Juli 1933 wurden in Deutschland rund 400 000 Menschen zwangssterilisiert. Die Mehrheit waren Patienten psychiatrischer Kliniken und ähnlicher Einrichtungen. Darüber hinaus wurden zwischen 1939 und 1945 im Rahmen der verdeckten »Aktion T4« 250 000 geistig und körperlich behinderte Menschen ermordet. Die Hauptverantwortlichen für das Rassenhygieneprogramm der Nazis, darunter Dr. Eugen Fischer, wurden nie vor Gericht gestellt.

Nach der endgültigen Abreise seines Vaters nach Amerika im Oktober 1933 verschlimmerte sich Eduard Einsteins Gemütszustand rapide. Er verbrachte die restlichen zweiunddreißig Jahre seines Lebens als Patient in der Zürcher Psychiatrischen Klinik Burghölzli, wo er einer ganzen Reihe von Behandlungen unterzogen wurde, unter anderem der Insulinschocktherapie und der Elektroschocktherapie. Er sah seinen Vater nie wieder.

Nach seiner heimlichen Ankunft in New York nahm Albert Einstein eine Stelle am Institute of Advanced Study in Princeton an. Von nun an widmete er seine ganze Aufmerksamkeit der Suche nach einer einheitlichen Feldtheorie. Selbst wenige Stunden vor seinem Tod im April 1955 arbeitete er im Krankenhaus noch an seinen Berechnungen. Die Arbeit seiner letzten fünfundzwanzig Jahre hat nach Meinung der Physiker allerdings nur geringen wissenschaftlichen Wert. Die zentralen Lehren der Quantenmechanik dagegen besitzen heute noch Gültigkeit.

1986 kam die bis dahin geheime Korrespondenz zwischen Einstein und Mileva Marić an die Öffentlichkeit. Zum ersten

Mal wurde die Existenz einer Tochter bekannt, die ein Jahr vor ihrer Hochzeit zur Welt kam. In den Briefen wird das Kind Lieserl genannt, geboren am oder um den 27. Januar 1902, wahrscheinlich in Titel, einem Dorf in der damals zu Österreich-Ungarn gehörenden Provinz Wojwodina. Es gibt Hinweise darauf, dass das Mädchen geistig behindert gewesen sein könnte. Sein Schicksal bleibt ungewiss.

Danksagungen

Für die großzügige Unterstützung bei den Recherchen zu diesem Buch danke ich Barbara Wolff vom Albert Einstein Archive der Jewish National & University Library in Jerusalem und Osik Moses vom Einstein Papers Project am Caltech in Pasadena, Kalifornien.

Außerdem danke ich Alice Meyer für ihre Erinnerungen an Deutschland vor dem Krieg; Claudia und Heiko Geithner, Jonathan Scherer und Clare Scherer für ihre hilfreichen Anmerkungen zum ersten Entwurf; Christopher Zach für die vielen unschätzbaren Hinweise und Vorschläge; Peter Straus, Stephen Edwards und Laurence Laluyaux für ihre enthusiastische Befürwortung und James Gurbutt dafür, dass er dem Buch eine Chance gegeben hat.

Und schließlich danke ich meinen Eltern Peter und Dorothy Sington für ihre unerschöpfliche Ermutigung und Unterstützung.

dtv

Matthew Pearl

Der Dante Club

Roman

Übersetzt von Rudolf Hermstein

ISBN 978-3-423-**20826**-0

Boston 1865. Ein Serienmörder versetzt die Stadt in Angst und Schrecken. Die Polizei ist ratlos. Ausgerechnet die Mitglieder des neugegründeten Dante Clubs ahnen, was es mit den Untaten auf sich hat: Die bestialischen Bostoner Morde setzen die in Dantes ›Inferno‹ beschriebenen Höllenqualen in die Praxis um. Fieberhaft versuchen die Gelehrten, die nächsten Schritte des Mörders vorherzusehen – doch dieser verfügt über teuflische Schlauheit …

»Matthew Pearl ist der leuchtende neue Stern am Literaturhimmel – ein ungestümer, phantasievoller und enorm begabter Autor. Raffinierte Handlung, klassische Motive, gelehrte Figuren … dieses Buch muss man einfach lieben!«
Dan Brown (Autor von ›Sakrileg‹ und ›Illuminati‹)

»Ein wahrlich meisterhaftes und lesenswertes Buch, ein Thriller, den zu lesen höllischen Spaß macht.«
(www.zdf.de)

Bitte besuchen Sie uns im Internet: www.dtv.de

dtv

»Ein großartiges Buch!
Ich konnte nicht mehr aufhören zu lesen.«
Maarten 't Hart

Dorinde van Oort

Frau im Schatten

Eine Familiengeschichte

ISBN 978-3-423-21221-2
ISBN 978-3-423-40270-5 (eBook)

Annetje Beets stirbt beinahe hundertjährig. Ihr Leben hat sie in Familien verbracht, die größer, berühmter, mächtiger waren als sie. Ein scheinbar stilles Leben. Doch während des Begräbnisses kommen bei ihrer Enkelin erste Fragen auf: Was hat es mit »dieser Geschichte« auf sich, von der ständig gesprochen wird? Im Nachlass stößt sie auf spektakuläre Familiendokumente und beginnt mit Nachforschungen. An deren Ende kommt die Erzählerin zu erschütternden Schlussfolgerungen. Die Frau, die sie nur als »Oma Annetje« gekannt hat, war sowohl Opfer als auch Täterin in einer Familiengeschichte, die sich wie ein Kriminalroman liest.

Bitte besuchen Sie uns im Internet: www.dtv.de

Susanne Goga im dtv

Kommissar Leo Wechsler ermittelt im
Berlin der zwanziger Jahre

Leo Berlin

Kriminalroman

ISBN 978-3-423-**21390**-5

1922. Wer hat den Wunderheiler mit dem Jade-Buddha erschlagen? Berlin wird von einer Reihe von Morden erschüttert. Ein Fall für Leo Wechsler.

»Ein außergewöhnlicher historischer Kriminalroman. Spannend, authentisch, wunderbar erzählt – eine Zeitreise erster Klasse.«
Rebecca Gablé

Tod in Blau

Kriminalroman · dtv premium

ISBN 978-3-423-**24577**-7

Berlin 1922. Ein Künstler wird ermordet. Eine erste Spur führt zur rechtsextremen Asgard-Gesellschaft. Und Leo Wechsler fragt sich, welche Rolle die avantgardistische Tänzerin Thea Pabst bei all dem spielt …

»Spannend von der ersten bis zur letzten Seite, ein klasse Krimi über die Zwanziger, die so golden nicht waren.« *Neue Presse*

Die Tote von Charlottenburg

Kriminalroman

ISBN 978-3-423-**21381**-3

1923. Eine engagierte Ärztin und Frauenrechtlerin wird tot aufgefunden. Ihr Neffe will nicht an einen natürlichen Tod glauben. Und in der Tat hatte sich die Ärztin zu Lebzeiten viele Feinde gemacht … Der dritte Fall für den Berliner Kommissar Leo Wechsler.

Bitte besuchen Sie uns im Internet: www.dtv.de